明治戯作集　上

オリジナル本を二分冊としております。

新日本古典文学大系　明治編　9

明治戯作集

須田千里
岩田秀行
校注

岩波書店刊行

編集委員
中野三敏
十川信介
延広真治
日野龍夫

題字　三藤観映

目次

解説

凡例

一　底本はそれぞれ次の通りである。
『青楼半化通』　単行本初版（上巻・中巻＝明治七年七月十八日官許、下巻＝同年十一月十二日官許、東京小説社書林星野松蔵等）。京都大学人間・環境学研究科総合人間学部図書館蔵本。

『高橋阿伝夜叉譚』　単行本初版（初編―四編＝明治十二年二月三日出板御届、五編・六編＝同年三月六日出板御届、七編・八編＝同月十九日出板御届、いずれも金松堂辻岡文助）。初編は国立国会図書館蔵本、二―八編は神奈川近代文学館蔵本。ただし、底本には一部虫損個所等があるため、当該個所の本文写真のみ、下記三本によって差し替えた。

　神奈川近代文学館蔵本（初編袋、初編上中巻）。

　徳島文理大学蔵本（初編下巻、三編上巻見返し―六オ、五編上巻一ウ―五オ、八編上巻見返し―四オ、八編中巻一ウ―七オ）。

　日本近代文学館蔵本（五編上巻見返し―一オ、八編中巻見返し―一オ）。
　※数字は丁数、オは表面、ウは裏面を指す。
『沢村田之助曙草紙』　初編―三編＝明治十三年七月三日届。四編・五編＝同年十月十一日届、いずれも島鮮堂綱島亀吉。校注者蔵本。本文写真には校注者所蔵の三種から最善のものを選んだ。

二　本文表記は原則として底本に従った。ただし、誤記や誤植、脱落と思われるものは、校注者の判断によって訂正・補足し、必要に応じて脚注で言及した。校注者による補足は〔　〕内に示した。

1　句読点

（イ）句読点（。、）は原則として底本のままとし、校注者の判断により適宜句間を空けた。

2　符号

（イ）反復記号（ゝ、ヽ、〱　々）は、平仮名は「ゝ」、片仮名は「ヽ」に置き換え、「ヽ」「〱」「々」は底本のままとした。

（ロ）圏点（。・、）、傍線（——　═）などは原則として底本のままとした。

3　振り仮名

（イ）底本の振り仮名は、本行の左側にあるものも含めて、原則として底本のままとした。

（ロ）校注者による振り仮名は、（　）内に、歴史的仮名遣いによって示した。

4　字体

（イ）漢字・仮名ともに、原則として現在通行の字体に改め、常用漢字表にある文字はその字体を用いたが、底本の字体をそのまま残したものもある。

（例）燈（灯）　飜（翻）　龍（竜）　嶽（岳）

（ロ）当時の慣用的な字遣いや当て字は、原則としてそのまま残し、必要に応じて注を付した。

5　仮名遣い・清濁

（イ）仮名遣いは底本のままとした。

（ロ）仮名の清濁は、校注者において補正した。ただし、清濁が当時と現代で異なる場合や、西洋の固有名詞で誤りと断定できない場合は、底本の清濁を保存し、必要に応じて注を付した。

6　改行

（イ）改行後の文頭は、原則的に一字下げを施した。

三　本書中に、今日の人権意識に照らして不適当な表現・語句があるが、原文の歴史性を考慮してそのままとした。

四　脚注・補注

1　脚注は、語釈や人名・地名・風俗など文意の取りにくい箇所のほか、掛詞や縁語などの修辞、当て字など、解釈上参考となる事項に付した。

（イ）『青楼半化通』『高橋阿伝夜刄譚』における法令関係の記述は、内閣官報局編『法令全書』(明治二十―二十六年。原書房、一九七四―七六年復刻)によった。

（ロ）『青楼半化通』『高橋阿伝夜刄譚』における当時の町村名等については、明治四年四月の戸籍法から十一年七月の郡区町村編成法まで実施された大区・小区制に拠らず、その期間の前後の名称を用いた。

（ハ）『高橋阿伝夜刄譚』では、お伝の名を、本作の登場人物として扱う場合は「お伝」とし、実在の人物の場合には「でん」として区別した。

（ニ）『青楼半化通』『高橋阿伝夜刄譚』で『仮名読新聞』を示す場合、後に『かなよみ』と改題されているが、『仮名読新聞』に統一した。

（ホ）『沢村田之助曙草紙』における役者の事蹟や改名の記述に関しては、基本的に、伊原敏郎『近世日本演劇史』(早稲田大学出版部、一九一三年)、同『明治演劇史』(早稲田大学出版部、一九三三年)、国立劇場調査資料課編『歌舞伎俳優名跡便覧 第三次修訂版』(日本芸術文化振興会、二〇〇六年)に基づきつつ、私見を加えた。

(ヘ)『沢村田之助曙草紙』における歌舞伎外題の表記および読み、また初日の日付に関しては、立命館大学アート・リサーチセンター公開アーカイブス「歌舞伎・浄瑠璃興行年表」に基づきつつ、私見を加えた。

2　本文や他の脚注を参照させる場合には、頁数と行、注番号によって示した。

3　脚注で十分に解説し得ないものについては、↓を付し、補注で詳述した。

(イ)『沢村田之助曙草紙』の補注および解説で使用した写真、浮世絵は、とくに断りのない場合、校注者所蔵のものである。

4　引用文には読みやすさを考慮して、適宜、濁点や振り仮名を加減し、また句間を空けたり句読点を加えたりした。圏点や傍線は原則として割愛した。漢文は可能な限り仮名交じりの読み下し文とした。引用文中、校注者による補足は〔　〕内に示した。

(イ)『沢村田之助曙草紙』では、『和英語林集成』や『言海』など辞書類からの引用において、語義を適宜選んで示した場合、省略箇所を一々明示しなかった。傍点や二重傍線は一重の傍線に置き換えて示した。

5　作品の成立・推敲過程上注目すべき主要な点に、他本との校異注を付した。

(イ)『高橋阿伝夜叉譚』で、本文異同・校訂の対象とした諸本は次のとおりである。

初編

・初版早印本……国立国会図書館蔵本(底本)、国文学研究資料館蔵A本(請求記号ハ4-163)、明治大学図書館蔵本。

・第一次改修後印本……神奈川近代文学館蔵本(〈神〉と略)、徳島文理大学蔵本、国文学研究資料館蔵B本

（請求記号ハ 4-137）。
・第二次改修後印本……日本近代文学館蔵本、京都大学蔵A本（中下巻）。
・第一次改版本……京都大学蔵A本（上巻）、東京大学大学院法学政治学研究科附属近代日本法政史料センター（明治新聞雑誌文庫）蔵本（〈東〉と略）。
・第二次改版本……京都大学蔵B本、関西大学図書館蔵本、早稲田大学本間久雄文庫蔵本。
・第三次改版本……国文学研究資料館蔵C本（請求記号ハ 4-19）、早稲田大学柳田泉文庫蔵本。

二編

・初版早印本……神奈川近代文学館蔵本（底本）、徳島文理大学蔵本。
・改修後印本……国文学研究資料館蔵A本、国文学研究資料館蔵B本、日本近代文学館蔵本。
・第二次後印本……東京大学大学院法学政治学研究科附属近代日本法政史料センター（明治新聞雑誌文庫）蔵本、京都大学蔵B本。
・第三次後印本……関西大学図書館蔵本、早稲田大学本間久雄文庫蔵本。
・第四次後印本……国文学研究資料館蔵C本（〈資C〉と略）。
・第五次後印本……明治大学図書館蔵本、早稲田大学柳田泉文庫蔵本。

合本再刊版

活字版としたものは、合本された活字再刊本である左記の三種を指す（いずれも横浜市中央図書館蔵）。
・錦松堂版……明治十八年十月錦松堂発兌。翻刻出版人井沢菊次郎。
・自由閣版……明治十九年四月自由閣発兌。翻刻出版人西村富次郎。

・銀花堂版……明治二十一年一月銀花堂発兌。翻刻出版人野村銀次郎。

五　付録として、三作品に関連する地図を収録した。また、『有喜世新聞』『東京曙新聞』沢村田之助記事、および沢村田之助出演年表を収録した。

服部応賀

青《せい》楼《ろう》半《はん》化《か》通《つう》

須田千里 校注

家禄奉還によって一時金を得た下級士族の堕落ぶりを、明治初年の新吉原遊廓の状況にからめて風刺した作品。「青楼」は遊女屋(ここは新吉原のそれ)。「半化通」は半可通(通人ぶっている未熟者)に、開化の未熟さを込めるか。または主人公と茶屋・娼妓との化かし合いの意を込めるか。

作者服部応賀は、戯作者万亭応賀(一八一九-九〇)の後の名。明治七年四月二十五日改名(同年五月二日『新聞雑誌』二三九等)。江戸時代は常陸(茨城県)下妻藩井上家に出仕、のち戯作者となり、『釈迦八相倭(やまと)文庫』(弘化二年〈一八四五〉-明治十八年)などの合巻を著す。明治以降は、文明開化の世相を風刺する作風に転換。

表紙画・挿絵の惺々暁斎は浮世絵師河鍋暁斎(きょうさい)＝一八三一-八九)。狩野洞白らに師事し、反骨精神に富んだ奇抜な作風で知られる。挿絵では応賀や仮名垣魯文などの著作に腕を揮った。

〔**底本**〕三巻三冊。半紙本。各巻八丁、定価三銭五厘。売り出しは、上巻が明治七年九月一日(同五日『郵便報知新聞』広告)、中巻九月二十一日(同二十三日同紙広告)、下巻十二月二日(同六日同紙広告)。版元は東京小説社書林星野松蔵(浜町三丁目五番地)等八書肆。本巻ではこれを底本とした。なお、後刷本に、三巻を一冊に合綴し、黒表紙に「服部応賀　青楼半化通　全」と題簽を貼付、上巻見返し以外の各巻表紙・見返しを削除したものなどがある。版元は東京小説社書林の山崎屋清七(小伝馬町三丁目)等。

〔**梗概**〕幕末から明治初期の混乱や、度重なる大火などで不景気ぎみだった新吉原遊廓は、明治五年の芸娼妓解放令によりさらに大打撃を受け、衰微を極めていた。そこで明治七年四月、休日の客を目当てに花見の桜を植えたが、急な雷雨のため当てが外れてしまう。失望した茶屋の主猫屋又六は、桜に即興の狂歌を結い付けて千客万来を願う(上巻)。そこに現れた見栄っ張りの田舎士族奉還斎家六は、又六のおだてに乗って桜の次に花菖蒲を植える金主となり、家禄奉還で得た一時金二百円を渡した上、不足分をかつて馴染みの娼妓流石野(さすがの)から得ようと画策する(中巻)。わざと乞食の格好をした家六は流石野に心中を持ちかけるが、予想通り、うまく断られる。そこで、以前心中立てに貰った流石野の指を返して縁を切るから、その時贈った金時計と金煙管を返せと迫るが、これも断られる。その上、又六が金を持ち逃げしたことを流石野から聞かされた家六は、田舎で仕事に精を出すよう戒められ、心ばかりの資金を貰って早々に廓を後にする(下巻)。

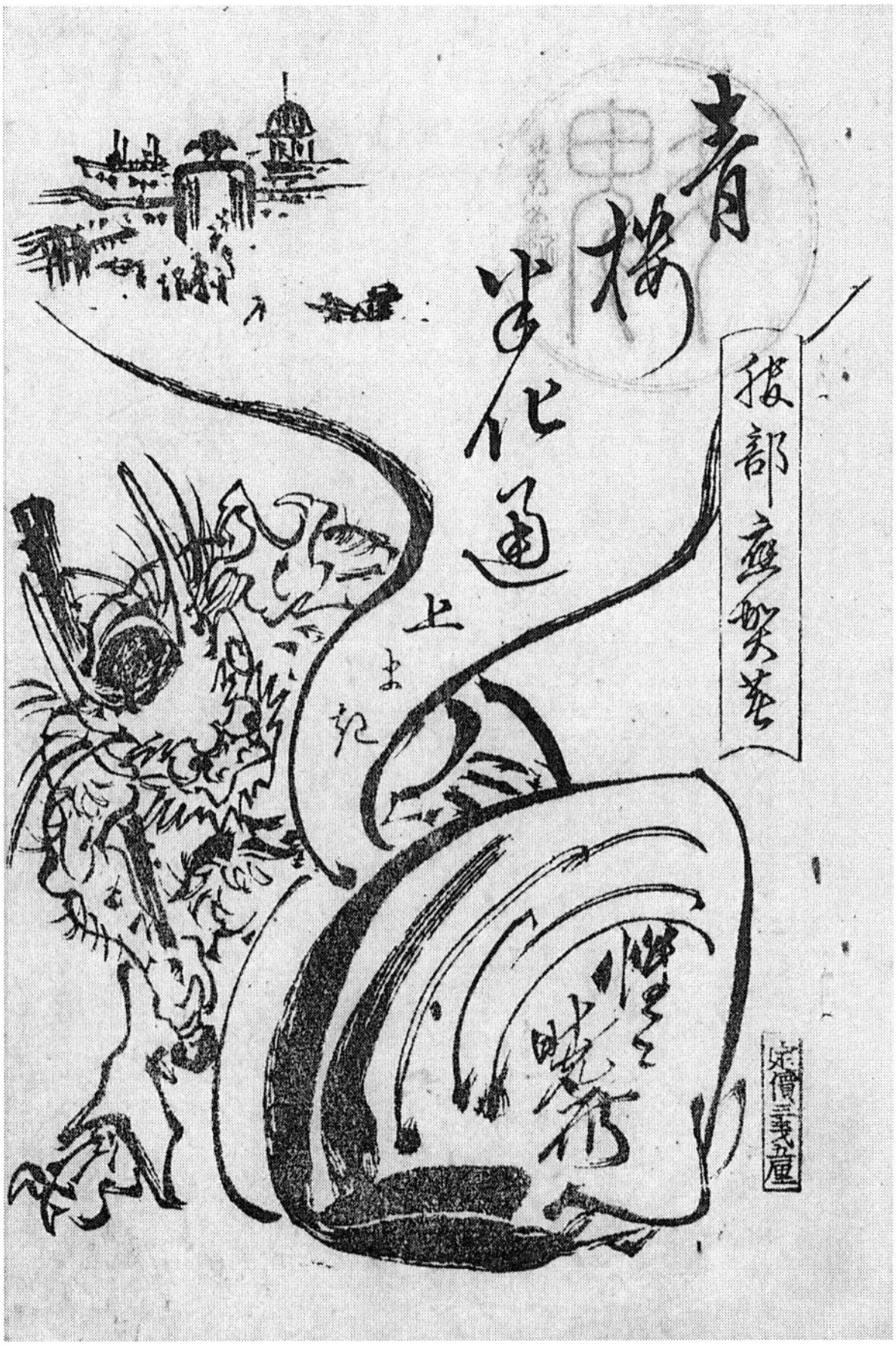

上巻表紙　「青楼半化通　上まき」「服部応賀著」「惺々暁斎」「定価三銭五厘」。大ハマグリ(蜃)が吐き出す蜃気楼を、金棒を持った鬼が覗き込む図。蜃気楼に浮かぶのは、新吉原(吉原とも。現台東区千束三―四丁目)遊廓。中央に大門(おおもん)＝新吉原東側中央にある出入り口の惣門)、左は見返り柳か。見返り柳は衣紋坂(日本堤から新吉原の大門に向かう下り坂、遊客が衣紋を繕うことから付けられた名所)の東角にあったしだれ柳で、遊客が名残を惜しんで振り返るところからいう。↓付図1①②③。日本堤から衣紋坂を下った遊客が大門を入ってゆく。新吉原内には高層の洋風建築となった妓楼(↓五頁注六)が見える。単色刷。

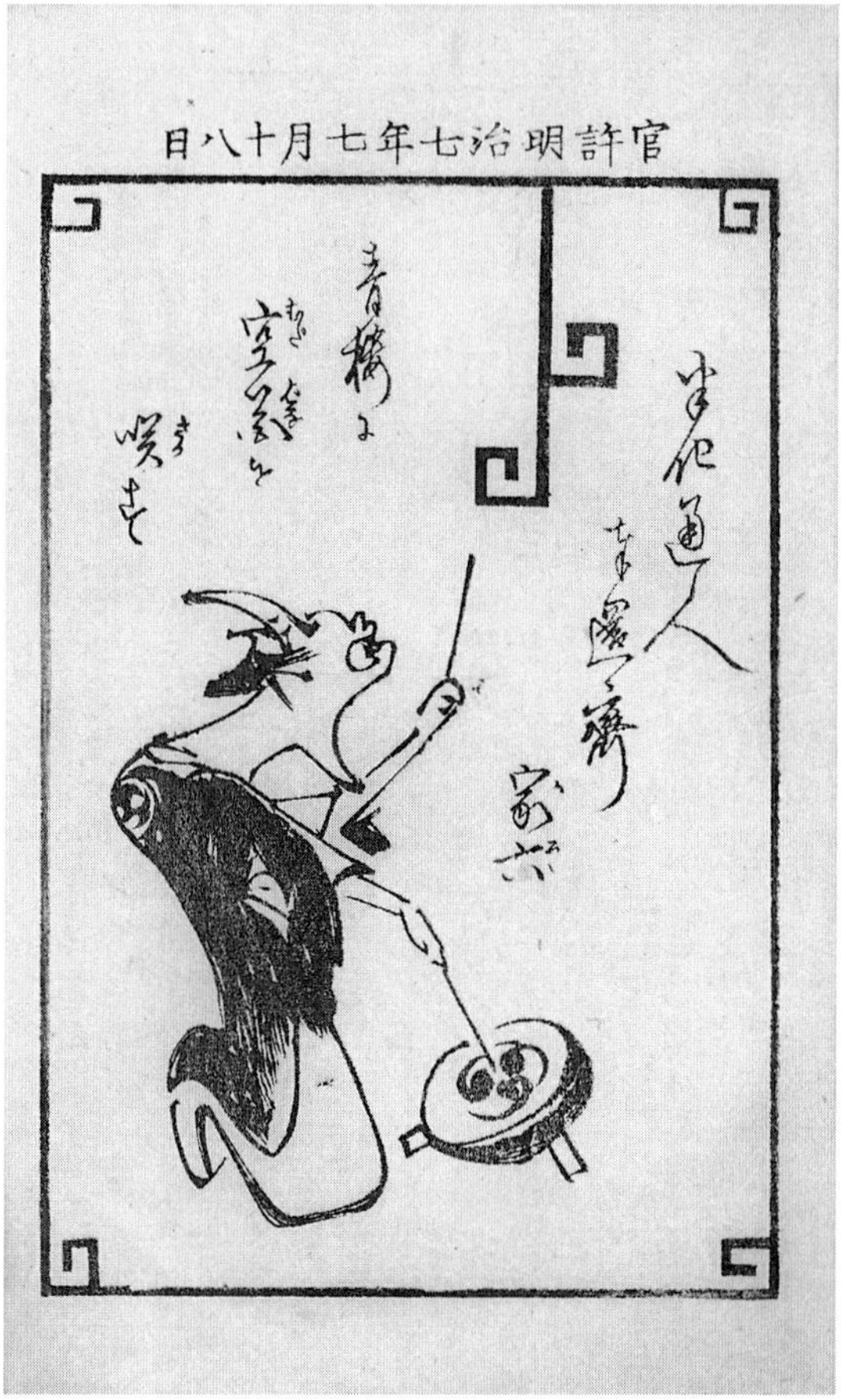

上巻見返し　角を生やした鬼が太鼓をたたく図。「半化通人　奉還斎家六(かろく)　青楼に　空花(むだばな)を　咲(かさ)す」。上欄に「官許明治七年七月十八日」。↓補一。

一 架空の物事に仮託して自己の思想を述べること。福沢諭吉『かたわ娘』(明治五年九月)でも「寓言」とある。応賀作品では『驕人必懍篋(きようじんびつくりばこ)』(明治七年六月)に「喨言」(ほらを吹く意)、『金庫(かねぐら)三代記』(明治七年七月)に「譬言」とある。 二 文の初めに置き、改まった態度で事を説き起こすのに用いる。そもそも。 三 衣紋坂の見返り柳。↓三頁表紙注。新吉原の娼妓をたとえる。 四 私娼をたとえる。↓補二。 五『新吉原細見記』の標題。↓補三。明治五年の芸娼妓解放令(↓補七)による新吉原の衰微をいう。 六 松の枝が二層三層と重なるように、高層となった妓楼。↓補四。 七 五葉の松が根から水を吸い上げる意に、娼妓が初めて客を取る意を掛ける。 八 新吉原の惣門(↓三頁表紙注)。↓補五。 九 閻魔庁の役人。↓補六。以下、芸娼妓解放令以前の、妓楼の楼主などによる身売り証文の厳しいチェックや、大門を入った右側にある会所で娼妓が逃亡しないよう女手形を調べたことなどをいう。 一〇 ↓補六。 一一 ↓補六。 一二 ↓補六。 一三 地獄で生前の罪業の軽重をはかる秤。

青楼半化通《せいろうはんくわつう》上之巻

寓言[一]　服部応賀著

○

[二]夫《(それ)》　[三]衣紋坂《ゑもんざか》の柳《やなぎ》四方《よも》に靡《なびけ》ども　此頃《このごろ》市中《しちう》の[四]垣衣《しのぶぐさ》に其色《そのいろ》を奪《うばゝ》れて　[五]五葉《ごよう》の松《まつ》も席内《せきだい》に根《ね》を張《はら》ざれば　[六]二階三階《にかいさんがい》の枝葉《しよう》に緑《みど》り茂《しげ》りの[七]水揚《みづあげ》もなし　[八]大門《おほもん》は地獄《ぢごく》の罪人《ざいにん》を待《まつ》ためにや　更《さら》に鉄《くろがね》の堅固《けんご》に建構《たてかまへ》けるが　[九]閻府《ゑんぶ》の冥宦《みやうくわん》　[一〇]観鬼嗅鬼《みるめかぐはな》に附《つひ》て[一一]鉄札《てつさつ》をしらべ　[一二]浄頗梨《じやうはり》の鏡《かゞみ》に向《むか》はせ　[一三]業《ごう》の秤《はかり》には掛《かけ》るといへども　[一四]方今《ほうこん》[一五]旧例《きうれい》あらたまりて　罪人《ざいにん》に極楽《ごくらく》の活業《なりわへ》を懇《ねんごろ》に諭《さと》されて元《もと》の[一六]火宅《うきよ》へ蘇生《いきかへ》らすれば　[一七]此川竹《このかはたけ》の苦界《くがい》に沈《しづみ》て泥水《どろみず》を呑亡者《のむもうじや》一人《ひとり》もなければ　[一八]衣々《きぬぐ》をつぐる[一九]明烏《あけがらす》の頭《かしら》はいまだ白《しろ》くはならねど　[二〇]鐘《かね》は上野《うへの》も浅草《あさくさ》も六時《ろくじ》ばかりが居続《いつゞけ》して　[二一]外《ほか》は勘定《かんぢやう》あらたまる暦《こよみ》となりて　[二二]細見《さいけん》もやみの晦日《みそか》に月《つき》を見《みれ》ば　四角《しかく》の玉子《たまご》の厚焼《あつやき》くふて　[二三]開化《かいくわ》を囀《さへづ》る吉原雀《よしはらすゞめ》　大酔《たいすい》に入《いつ》て夢《ゆめ》に化《け》して蛤《はまぐり》となり　忽《たちま》ちに洋形《ようふう》の[二四]新規《しんき》楼《ろう》を吹建《ふきたて》ければ　此廓《このさと》の苦労《くろう》を[二五]保食《うけもつ》[二六]黒郎助殿《くろすけどの》も　此先《このさき》の苦労《くろう》は助《たすけ》る[二七]見留《みとめ》も付《(つか)》ざるとて　[二八]吉徳強力殿《よしとくがうりきどの》の[二九]異見《いけん》に付て[三〇]叱々《こんく》ちきと立退《たちのけ》ば　跡《あと》に和光《わくわう》の宝珠《たま》もなし　[三一]旭《あさひ》の尊像《そんざう》も　今[三二]大《おほ》見世《みせ》の主人《あるじ》は[三三]三階五階《さんがいごかい》を持《たもち》ながら　何《なに》ゆへにか[三四]無陀如来《むだにょらい》と拝《おが》む　[三五]時世《ときよ》とは言《いゝ》ながら斯《かゝ》る

一四 現今。 **一五** 以下、明治五年十月の芸娼妓解放令で娼妓が親元・親戚等へ引き渡されたことをいう。↓補七。 **一六** ここでは、娼妓が新吉原から解放されたことをいう。↓補八。 **一七** 辛く定めない娼妓の境遇に陥って苦しむ。「川竹」「苦界」「泥水」いずれも娼妓(遊女)の世界をいう。 **一八** 女と共寝した男が別れて帰るべき朝。後朝(きぬぎぬ)。 **一九** 明け方に鳴く烏。客が新吉原から帰るべき時はまだ来ていないけれど、の意。↓補九。 **二〇** 新吉原に娼妓がいなくなったため、何日も帰らない居続けの客もいなくなり、代わりに、ただ上野や浅草の寺から聞こえてくる六時を告げる鐘の音だけが居続け客のように思われる、の意。↓補一〇。 **二一** 他の客は、太陽暦に変わったので早々にお勘定を済ませ。「あらたまる」は「勘定」「暦」双方に掛かる。↓補一一。 **二二**『新吉原細見記』も明治六年には発行されず、太陽暦により晦日にも月が見えるようになり、四角い卵を分厚く焼いた卵焼きを食べて。↓補一一。 **二三** 文明開化ばかり話題にして、新吉原をひやかして浮かれ騒ぐ客は、ひどく酔っ払って。「季秋之月(略)爵(すずめ)大水に入つて蛤(はまぐり)と為る」(『礼記』月令)のもじり。ある物が変化して別の物になるたとえ。雀が晩秋に海浜に群れて騒ぐところから蛤になるとしたもの。「雀大水

(二一九頁に続く)

縁《あん》なき衆生《しゆじやう》は度《どし》がたしと　遂《つい》に[一]大音寺《だいおんじ》の[二]蓮《れん》台に転坐《てんざ》すれば　こゝにては又[三]肉食妻帯《にくじきさいたい》の腥《なまぐさ》き[四]香花《かうげ》に鼻《はな》をしかめて　[五]欣求浄土《ごんぐじやうど》を念《ねん》じても　衰微《すいび》は[六]四宿《よしゆく》も一畑《ひとつはた》。さすれば　是から[七]田を行《ゆく》も畔《あぜ》を行もおなじ一連托生《いちれんたくしやう》なりと　旭丸屋《あさひまるや》の印《いん》をば解《とひ》て拳《こぶし》に悟道《さとり》の汗《あせ》を握《にぎ》る[八]穴賢《あなかしこ》　扨《さて》[九]秋葉《あきば》の燈明台《とうみやうだい》は　いまだ[一〇]洋人《べろ〳〵》の渡来《とらい》なき代《よ》に　[一一]半髪《はんはつ》の小髷人《ちよんまげら》が[一二]鼻《はな》の先《さき》を三尺棒《ぼう》より高《たか》く築《きづい》て　[一三]諸港《しよかう》の朋《(とも)》に魁《さきがけ》して能《よく》ヲイラン海《かい》の闇《やみ》を照《てら》せしかば　[一四]衝突《しやうとつ》の患《うれひ》もなく　[一五]上《じやう》気《き》の先頭《せんどう》多《おほ》く船《ふね》を山谷に繋《つなぎ》ければ　上陸護送《じやうりくごさう》の[一六]提灯持《てうちんもち》も[一七]日本堤《にほんづゝみ》に絶《たへ》ざりしが　[一八]火防《ひぶせ》の神燈《とうみやう》も天から降《ふら》す[一九]火《ひ》の雨は防《ふせぎ》がたくや　[二〇]過年《こしかた》[二一]水道尻《すいどうじり》に火が付て瓦解《ぐわかい》の跡《あと》も失《うしな》へば　其《その》光《ひかり》を[二二]馬道《むまみち》の時《と》計屋《けいや》の戸外《みせ》に移《うつ》す　是《こ》は[二三]元傾城界《もとけいせいかい》に立《たつ》て[二四]放蕩恋慕《はうとうれんぼ》の闇《やみ》を[二五]照《てら》せしが　今《いま》は又[二六]開明進歩《かいめいしんぽ》の人を[二七]照《てら》すを　[二八]煩悩《ぼんのう》の犬猫《いぬねこ》の眼《め》には知《しる》やしらぬや　[二九]抑光陰《そもくわういん》の運転《うんてん》は矢《や》を射《いる》よりも殊《こと》に早《はや》ければ　[三〇]一時《いちじ》を見《みる》うちにはや二時《にじ》にうつり　昼《ひる》とおもへば夜《よる》となり　今日《けふ》といふまに翌日《あす》となり　[三一]一月二月《いちげつにげつ》は夢《ゆめ》の間《ま》なれば　[三二]嫁《よめ》が姑《しうと》に成《なり》かはるのは　遅《おそ》きやうでも[三三]脚《あし》は早し　譬《たと》へ千万金を積《つむ》といへども　光陰《くわういん》の脚《あし》ばかりは[三四]五厘《ごりん》も止《とま》らぬことを示《しめ》せば　或夜　此時《このと》計屋《けいや》の前《まへ》まで[三五]素見空過《すけんぞめき》に鼻唄《はなうた》で来《きた》りし者　此時計の針《はり》の運《はこぶ》を詠《み》て[三六]遊戯《ゆうげ》の費《ついへ》を自《みづ》からさとり　其処《そこ》より直《すぐ》に家へ戻《もど》りて[三七]夜業《よなべ》の燈火《とうくわ》に附《つき》しとありしが　是等《これら》は開明《かいめい》の光《ひかり》を見て開明に進歩《しんぽ》する[三八]難有人《(ありがたきひと)》なれども　多くは身上《みのうへ》しらずの懶惰《のらくら》者の中《なか》に　[三九]学書《よみかき》も達者《たつしや》なれども　身の行《おこな》ひの悪《わろ》きのみにて零落《おちぶれ》て居《いる》をもしらず　親《おや》の難義《なんぎ》　妻子《さいし》をも顧《かへりみ》ず　他《た》

一 正覚山大音寺。↓補一七。 二 蓮の花形に作った仏像の座。 三 明治五年に僧侶の肉食妻帯を許可。↓補一八。 四 仏前に供えられたお香と花。 五 極楽浄土を心から願い求めること。ここは、旭如来がより相応しい安住の地を求めた、ということか。 六 品川・新宿・板橋・千住も新吉原と同様だ。↓補一九。次の「田」「畔」は「畑」の縁語。 七 廃業して新吉原から出る旭丸屋と最後まで一緒にいようと思ったものの、さすがに不安で、悟っているはずなのにひどく緊張する、の意か。 八 ああ、おそれ多いことよ。 九 秋葉の常夜灯台。↓補二〇。 一〇 振り仮名「べろ〳〵」は、西洋人がぺらぺらと外国語を喋るさま。「ぺろ〳〵」に同じ。「静かにぺろ〳〵と何か談(はな)せば通弁の者佐野平に申すやう」(幸田露伴「是は〳〵」『都の花』二十二、明治二十二年九月)。「洋人(ばア)」(総生寛『西洋道中膝栗毛』十三・上、明治七年十二月自序)。 一一 花街に遊ぶちょんまげ姿の通人。↓補二一。 一二 天狗の鼻よりも高く、得意になって灯明台を築いて。↓補二二。 一三 あちこちの港に集まる諸国の船員仲間の先に立って、花魁(おいらん)買いの案内をしたので。↓補二三。 一四 船同士の衝突に、客同士が一人の花魁を取り合うことをたとえる。底本振り仮名「ちようとつ」。誤記として改める。 一五 これから娼

妓を買うのだとのぼせ上がった客たちが、先を争って猪牙船（ちよきぶね）を山谷堀に繋いだので。→補二四。 一六 提灯を持って一行の先頭に立つ人の意に、他人の手先になってほめて回る人を掛ける。 一七 浅草聖天町(現台東区浅草七丁目)から下谷三之輪(現台東区三ノ輪)に続く山谷堀の土手。新吉原通いの道として利用された。 一八 →注九。 一九 非常な不景気のたとえ。「火が雨 貧を云(略)火ノ雨がフルとも云」(『俚言集覧』)。 二〇 灯明台の焼失をいう。→補二五。 二一 水道尻(→補二五)が火事で焼けたことに、「尻に火が付く」(物事の切迫したさま)を掛ける。 二二 浅草北馬道町の立花屋長左衛門。→補二六。以上、明治初年の新吉原衰退により、娼妓・客のみならず、黒郎助稲荷・旭如来・秋葉の常夜灯台などの昔の新吉原名物が廓内から失われ、替わって新しい洋風建築やランプが現れたさまを述べる。 二三 傾城(上等な娼妓)の世界。「傾城買ひ」と掛ける。 二四 恋慕。「暮」は「闇」の縁語。 二五 主語は秋葉の灯明台。 二六 知識が開けてよい方へ進んで行く人。 二七 主語は「時計屋」のランプ。 二八 煩悩を起こさせる芸娼妓とその客。→補二七。

(二九頁に続く)

絵 「三品無陀女来（さんぼんむだにょらい）」。上中下三種の娼妓をそれぞれ阿弥陀如来に掛ける。→補二九。

の金銭《きんせん》を自《わが》ものとして湯水《ゆみづ》の如《ごと》くに遣《つか》ふあれば　又其朋友《とも》として其[一]非義《ひぎ》を諫《いさめ》ざるうへ是《これ》を幸《さいは》ひに　[二]不正《ふしやう》の品《しな》と知《しり》ながら質入《しちいれ》の仲立《なかだち》抔《など》して[三]悪処《あくしよ》へ連立《つれだち》　此奴等《こやつら》は[四]鮑魚《ほうぎよ》に集《あつま》る青《あを》蠅《ばい》なれば　論《さと》せば反《かへつ》て[五]仇《あだ》を為《なす》ゆへ　大飯《おほめし》を喰《く》ふ毒虫《どくむし》と見効《みなし》て　[六]天《てん》の網《あみ》にかゝるを見《み》よ都《すべ》て人《ひと》は旦《あさ》に起《おき》　夕《ゆふべ》まで稼《かせい》でさへ[七]一期《いちご》の活計《くらし》は難《かた》きものを　五銭七銭の儲《もうけ》さへ出来《でき》ぬ身が[八]他力《たりき》の金銭を費《ついや》して後《のち》に。譬改心《たとへかいしん》をすればとて　人には寿《いのち》の限《かぎ》りあれば　空遣《むだづかひ》の金銭一代《いちだい》の中《うち》に取《とり》かへすこととなるべきや　されば[九]一度《いちど》の過《あやまち》一世《いつせ》の大瑕《おほきづ》となれば　[一〇]福者《ふくしや》の貧《ひん》賤《せん》に終《おは》るは皆此光陰《みなこのくわういん》をしらぬがゆへなり　爾《しか》るに難有《（ありがたく）》も追々《おい〳〵》[一一]学校盛《がくかうさかん》になり　[一二]市中見巡《しちうみまはり》の燈火《ちやうちん》[一三]庶人《しよじん》の善悪《ぜんあく》を明《あきら》かに照《てら》せば　彼懶惰者《かののらくらもの》の中《うち》に　[一四]逼迫《くいつめ》て晩蒔《おそまき》ながら[一五]蕃椒《とうがらし》のやうなる筋《すじ》をあらはして[一六]人力車を引《ひく》もあり　又[一七]土畚《つちもつこ》を荷《かつぐ》もあれば　自然《しぜん》[一八]田町《たまち》の[一九]掛行燈《かけあんどん》も薄闇《うすくらく》なり[二〇]花街《くるわ》の万燈《まんどう》も既《すで》に消《きへ》なんとせしが　舶来《はくらい》の[二一]石油全盛《いしみづぜんせい》を次足《つぎたせ》ば　ランプ乱婦《らんぷ》も又[二二]連々《れん〳〵》と夜景《けしき》を持直《もちなほ》して　心底《しんそこ》は[二三]水臭《みづくさ》くも客《きやく》に[二四]チヤ火家油《ほやあぶら》を浮《うか》せて[二五]盲時計《めくらどけい》の懐《ふところ》を照《てら》し　[二六]牛肉の旦那《ぬしや》。馬車《ばしや》らしくまで　茲《こゝ》に光陰《くわういん》を費《ついや》せし[二七]遊楼の油断　忽《たちまち》大敵《てき》となつて　終《つひ》に[二八]牛馬解《かい》放《ほう》の[二九]筒袖《つゝ》にむかはれ　怖《おそれ》[三〇]玉げた[三一]銃《てつぽう》見世も又[三二]半焼《やけ》に[三三]夢野となり　[三四]紙を喰《くひ》さく牝鹿失《めじかなけ》れば[三五]夢をむすぶ牡鹿《おじか》も来《こ》ぬゆへ　[三六]遣手《やり》の鬼《おに》は角《つの》を折《おり》　[三七]薺花《べん〳〵ぐさ》は[三八]弦《けん》番の家根《や》に茂《しげ》りて　[三九]翠帳紅閨《すいかうけい》に枕《まくら》並べし全盛《ぜんせい》も　[四〇]吉野竜《たつ》田の花紅葉《もみぢ》も　[四一]夢と覚《さめ》ては跡《あと》もなや　と[四二]哀傷《あいじやう》を調《しらぶ》れば　[四三]二挺《てう》の皷《つゞみ》は簑輪狸《みのわだぬき》の山彦となり　[四四]一中河東《かとう》の猫《ねこ》の皮《かわ》も紙袋《かんぶくろ》を冠《かぶせ》られて　戸棚《とだな》の隅《すみ》に[四五]ニヤンの

一 道理に外れていること。 二 不正(ふせい)。他人の品。 三 新吉原などの遊廓。 四 悪友のたかるたとえ。↓補三〇。 五 仕返しをする。 六 天の張りめぐらした網。悪事の報いは到底逃れられないことのたとえ。「天網恢恢、疎にして失はず」(『老子』)を踏まえる。 七 一生の間。 八 他人にたかって得た金銭。 九 一回の過ちが一生で最も大きな失敗となる。 一〇 裕福な人が貧乏な中で一生を終えるのは、みなこうした時間の大切さを知らないからだ。 一一 明治五年、学制頒布。↓補三一。 一二 ↓補三二。 一三 庶民。 一四 生活に行き詰って。 一五 唐辛子のような太い筋を立てて。発奮するさま。 一六 人力車夫は最下層の職業とされていた。↓補三三。 一七 土木作業用の土を入れたもっこ。もっこは、筵(むしろ)などの四隅に縄をつけ棒で担いで運ぶ具。 一八 浅草田町(現台東区浅草五―六丁目・千束四丁目)。新吉原の東、日本堤南側に位置。新吉原への通り道の一。 一九 新吉原通いの客目当てに店先などに掛けておく行灯。ここは不景気のさま。 二〇 新吉原の多くの灯火も消えてしまいそうになったが。不景気のさま。「くるわ」は周囲を囲われた遊廓。 二一 新たに輸入された石油によって消えようとした灯火が持ち直し、盛んになる意に、娼妓に客が多くついてはやる意の「全盛」を掛ける。またランプから風儀の乱れ

音《ね》もださねば　四六鉄漿濆《おはぐろどぶ》に足を洗《あら》ふ幇間虫《たいこむし》もある中《なか》へ　又そろ〳〵四七藻《も》に住《すむ》虫のわれから立《たち》戻《もど》る出稼《でかせぎ》に　父母《ちゝはゝ》恋しと鳴音《なく》はあれども　四八今日《けふ》は当家《こゝ》に網《あみ》をはり　翌日《あす》は隣《となり》へ巣《す》をかへる女郎蜘《ぐも》の自由《じゆう》より　四九亡八虫《くつわむし》の泣面《なきつら》を八人《はちにん》九人の一坐《ざ》ありても　広《ひろ》ひ五〇籠《かご》に玉虫《たまむし》たらねば夜明《よあけ》を独《ひと》り待《まつ》むしあり　斯《かゝ》る淋《さび》しき秋の夜に　又五一闐々《どん〳〵》姦《さわぎ》の沢山《たくさん》あるは　是《これ》一六の日に限《かぎる》がゆへ　其闐々のどんと沢山のたくを採《とつ》て　五二一六闐沢《どんたく》と芸者に謡《うた》はせてどんたくを永《なが》く願《ねが》へども　五三奢者《おごるもの》は久《ひさ》しからず　人めも恋草《こいくさ》も冬枯《ふゆがれ》て　五四往来《わうらい》は広《ひろ》くなれども商売《しやうばい》は狭《せま》くなるより　五五外《そと》の芸者と船宿《ふなやど》の苦情《くじやう》の争《あらそ》ひ伝染《でんせん》して　五六廓《なか》に五七茶屋と貸坐敷《かしざしき》の苦情《くじやう》の争《あらそ》ひ発《おこ》りしが　元《もと》より五八合持《あいもち》の生活《しやうばい》なれば　間《ま》もなく和睦《なかなをり》になる上は　合互《あひたがひ》に五九凋《しぼ》む花の渡世《とせい》を開《ひら》く時《じ》節《せつ》もよしと　六〇旧暦《もと》の弥生《やよひ》に六一中絶《ちうぜつ》の桜を植込《うゑこみ》ければ　其景《そのけ》色《しき》昔《むかし》にも劣《おと》らぬがゆへ　何人《なにびと》にや花の枝に　○六二春霄一六桜価千金《しゆんじやうのいちろくさくらあたへせんきん》　としるしたるを見て皆々悦《よろこ》び　此花今に盛《さかり》とならば　一六の日の賑《にぎは》ひはどのやうにあろうぞ　と指折《ゆびをり》かぞへてたのしみけるに　六三四月下《げ》旬《じゆん》の六の日は　六四爛熳《らんまん》と花の恋情《れんじやう》も零《こぼれ》かゝりて客を待《まち》しに　六五豈斗《あにはか》らずも六六午後《ひるご》より風雨《ふうう》烈《はげ》しく　電《いなづま》ひらめき　六七聢《しか》も六八浅草《あさくさ》の空《そら》に雷《かみなり》つよく六九破《あばれ》けるゆへ　七〇闐沢連中《どんたくれんちう》も此七一けんまくに肝《きも》をひやして　七二元雷門《もとかみなりもん》のあたりより人力車に飛乗《とびのり》て家路《いゑぢ》へ走《はしら》する者多ければ　今を盛《さかり》の花の七三廓《さと》も　待客《まつきやく》は来《き》もせずに待《また》ぬ七四雷《ごろつき》の声《こゑ》に怖《おそれ》て　皆戸《みなと》をさして失志《こはがり》けるが　七五粤《こゝ》に七六猫屋又六《ねこやまたろく》といふ茶屋《ちやや》の主《あるじ》　漸《やうや》く雷《かみなり》の遠《とほ》く鳴《なる》を聞《きゝ》すまして　二《に》階《かい》の雨《あま》戸を押《おし》あけて見れば　七七けろり

た女性「乱婦」を導く。↓補三四。二二 連なって。二三 よそよそしくても。原義は「水っぽい」意で、「石油」の縁語。二四 気に入るようなことを言って嬉しがらせ。「ちやほや」を掛ける。「ほや」に、ランプの「ほや」の「油を浮せ」は「石油」の縁語。「油を乗せる」「油をかける」と同意。「あぶらをかけるとは　うれしがらせる事也」(仮名垣魯文『西洋道中膝栗毛』九・下、明治四年)。二五 高価な懐中時計を持った客の懐具合を明らかにし、の意か。↓補三五。二六 ↓補三六。二七 遊女屋が好景気に油断していたところ。「油断」は一〇行以下の「石油」「ランプ」「油を浮せて」などの縁語。二八 芸娼妓解放令(↓補七)を指す。二九 袂(たもと)のない筒形の袖の着物。大人の仕事着・日常着。遊女から素人になったということ。「筒」は下の「玉」「銃」の縁語。三〇 びっくりした。三一 最下級の遊女屋。↓補三七。三二 明治六年一月十一日の火事(↓補二五)で南東側の羅生門河岸が焼けたことを指す。三三 心配していた通り景気が悪くなって。↓補三八。三四 客に誘いの手紙を出す娼妓をたとえる。↓補三九。三五 夢を見る牡鹿(↓補三八)。客をたとえる。三六 情け知らずの遺手婆も降参し。「遺手」は娼妓の世話や取り締まり、しつけ等をする中年の女性。「鬼」「角」は縁語。三七 なずな(薺)の異名。

(二九—三〇頁に続く)

かんとお月《つき》さま　たつたお独《ひとり》夜桜を御見物《ごけんぶつ》なされば　猫又恨《うら》めしげに空《そら》を[一]詠《ながめ》て独言《ひとりごと》に「元《もと》よりどんたくを目的《もくてき》に植《うゑ》し一六桜なれば　雷《かみなり》の[二]太鼓持《たいこもち》もせめてどん〳〵とも叩《たゝ》ひてくれなば　どんたくの人寄《よせ》ともなるべきに　[三]乪々《ごろ〳〵》カリ〳〵とは[四]いろけのなひ。[五]そも[六]ごろ〳〵かり〳〵は茶屋商売《しやうばい》には大禁物　其上[七]闐沢《どんたく》様を追《おひ》ちらすのみならず　人力車に銭をとらせ　お宅《たく》へ帰《かへる》かかへらぬうちに又此やうに空を晴《はら》して　銭もなひ月や星に[八]素見《すけん》されるも忌《いま》はしき。斯《かく》花を[九]見捨《みすて》る野暮《やぼ》な風雷神此地にあるとも　[一〇]又吉野には花を愛護《あいご》の御神あり　其上吉原と吉野《よしの》とは[一一]名の縁《ゆかり》あるのみならず　吉野に「[一二]日本花《にほんばな》「七曲坂《なゝまがりざか》「千本《せんぼん》桜《ざくら》「妹背山《いもせやま》あれば　吉原に又「[一三]日本堤《にほんづゝみ》「[一四]衣紋坂《ゑもんざか》「[一五]千本格子《せんぼんがうし》　客と女郎の[一六]妹背山ありて夫《それ》に[一七]対《つい》し　彼方《あなた》は花の名処《めいしよ》。此方は色《いろ》の名処。花と色とは名も[一八]合傘《あいがさ》に遁《のが》れぬなか。殊《こと》に[一九]吉野山は黄金《こ》の塊《かたま》りなれば金御嶽《かねがみたけ》ともいふをさいはひ　今一心に[二〇]遥拝《ようはい》して此桜《はな》に付《つい》て金儲《かねもうけ》を授《さづか》らんと　俄《にわか》に[二一]口《くち》をそゝぎ硯《すゞり》を清《きよ》めて　[二二]蔵王尊《ざわうそん》へ手向《たむけ》の歌《うた》に　○[二三]春たつといふばかりにや三芳野の山程金を江戸桜かな　としたゝめて店先《みせさき》の桜《はな》に結付《ゆひつけ》。千客万来　[二四]急々《きう〳〵》入用如律令《によりつれい》とぞ拝《はい》しける

半化通上之巻　了

一　遠く見渡して。「眺めて」の意。
二　雷神の持つ太鼓に、太鼓持ち(↓補一)を掛ける。
三　「乪々(キ)」は雷鳴の音。
四　興ざめだ。景気のよい太鼓の音ではなく、恐ろしい雷鳴だから。
五　そもそも。
六　茶臼で茶を挽(ひ)く音に、芸娼妓がお茶を挽く(客がつかず暇なこと)を掛ける。↓補五八。
七　↓九頁注七〇。
八　夜桜をただ見されるのも。↓六頁注三五。
九　見ても放って置いて、心にかけない。
一〇　吉野山の蔵王権現のこと。↓補五九。
一一　名が似ている。ただし吉原の名は、元和三年(一六一七)、葭(よし)が一面にはえていた葺屋町(ふきやちよう)＝現中央区日本橋堀留付近)に遊女屋を集めて開かれたことから、葭原と俗称したことによる。
一二　↓補六〇。
一三　↓六頁注一七。
一四　↓三頁表紙注。
一五　新吉原で格式の高い大格子(大籬(おほまがき))の見世。間口十三間(約二三・七(メートル))のうち右方の籬五―六間(約九・一―一〇・九(メートル))を、上まで幅七寸(約二一(センチメートル))の赤塗りの千本格子とした。
一六　男女の仲の深さを山の奥深さにたとえた語。

一七 対応し。
一八 相合(あいあい)傘のように切っても切れない深い間柄。
一九 →補六一。
二〇 遠く隔たった所から拝むこと。
二一 口の中を洗い清め。
二二 蔵王権現。→補五九。
二三 「はるたつといふ許(ばかり)にや三(み)吉野の山もかすみてけさは見ゆらん」(『拾遺和歌集』春・巻頭歌、「平さだふんが家歌合によみ侍ける　壬生忠岑(みぶのただみね)」)をもじった狂歌。→補六二。
二四 お金が至急入用です、の意。「急々如律令(きゅうきゅうにょりつりょう)」のもじり。もと、中国漢代の公文書の終りに、至急に律令のようにせよ、の意で書き添えられた句だったが、日本では修験道で調伏祈念の験者が最後に唱える句となった。修験道場である吉野山の縁語。

中巻表紙　「服部応賀著〔印は「卍亭」〕」「青楼半化通　中のまき」「惺暁斎画」。にやけた男が女郎蜘蛛(→補四五)の巣に引っかかったさま。蜘蛛は巣に小判を貯め込んでいる。単色刷。

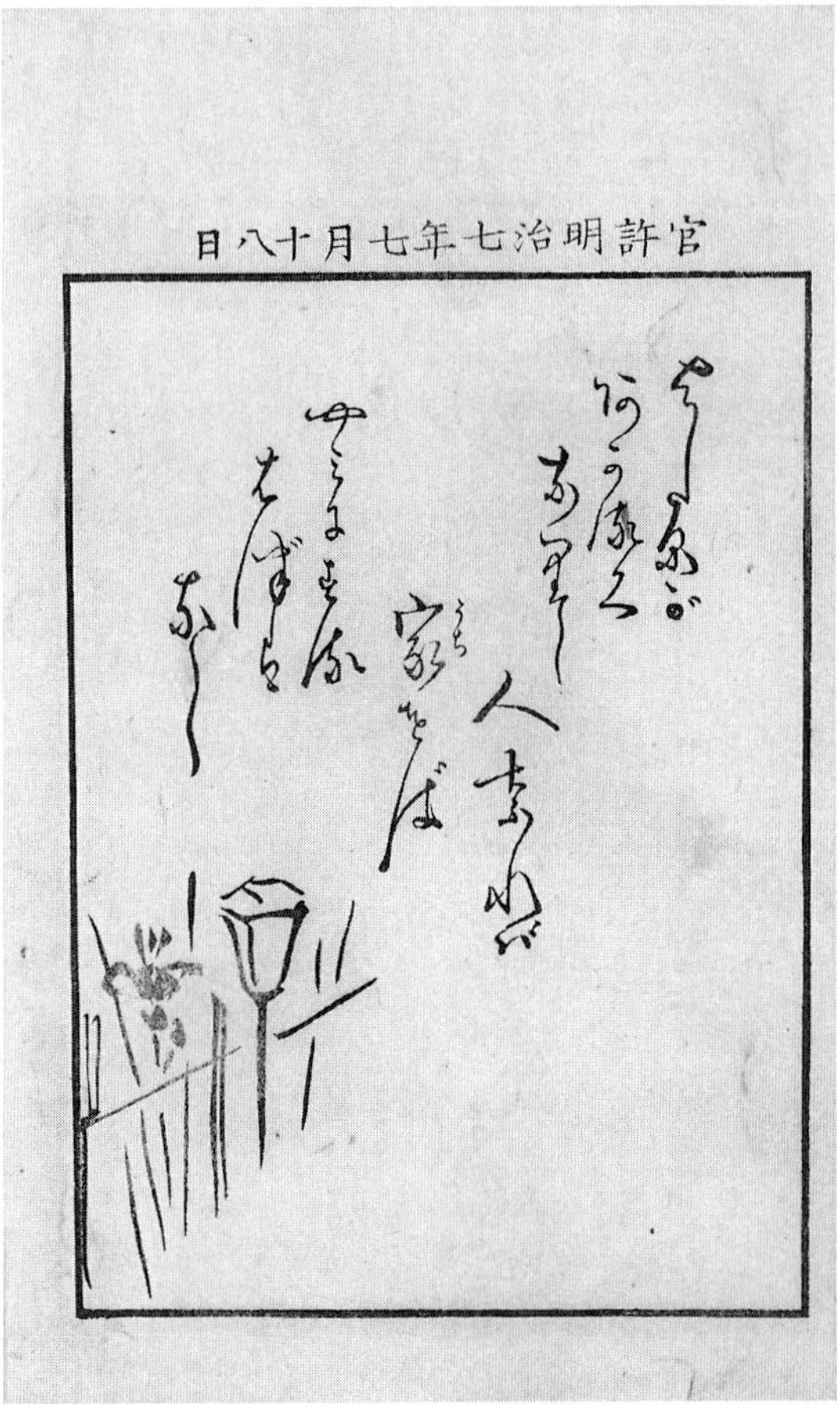

中巻見返し 花菖蒲(→一七頁注七)とぼんぼりの絵。「よし原が あかるく なりし 人なれば 家(うち)をば やみにする はづは なし」。花菖蒲を植える金主となり、新吉原の景気を良くする奉還斎家六(→注八)のことだから、自分の家のことを省みないはずはない、との皮肉。川柳「吉原が明るくなると内は闇」(西原柳雨『訂正増補 川柳吉原志』春陽堂、一九二七年)を踏まえる。「俳歌(ハイカイ)氏曾て云はず乎(や) 吉原明かなれば兮(ヨシハラガアカルクナレバ)、家乃ち暗らし兮(ウチガヤミ)」(服部誠一『東京新繁昌記』初編「貸座舗 附吉原」明治七年)。なお、『教訓浮世眼鏡(めがね)』下「泥水」(天保十五年〈一八四四〉)でも応賀は、「よし原が あかるくなれる 人ならば うちをもやみに するはづはなし」と類似の歌を記す。上欄に「官許明治七年七月十八日」とある。

一 「やまとうたは(略)ちからをもいれずして、あめつちをうごかし、めに見えぬおに神をもあはれとおもはせ」(『古今和歌集』仮名序)による。具体的には一〇頁一一行「春たつと…」の歌を指す。 二 もっともなことだなあ。「むべ 宜」(大槻文彦『言海』明治二十二—二十四年)。

三 →補六三。 四 →一〇頁注一〇。

五 全国的に県が成立したのは、明治四年七月の廃藩置県による。

六 従来の武士の身分にあった者の称。

青楼半化通《せいろうはんくわつう》中之巻

寓言　服部応賀著

○

夫《それ》　[一]和歌《わか》の徳《とく》には　天地《あめつち》をも動《うごか》し　眼《め》に見《み》ぬ鬼神《おにがみ》の心をも和《やはら》ぐる　とは[二]宜《むべ》なる哉《(かな)》　扨《(さて)》青楼《せいろう》の茶屋《ちやや》猫屋《ねこや》又六《またろく》なる者　諸々《ほうぐ》の債《おひめ》にせがまれて　[三]やりくりさんだんもぎつしり迫《つま》りし。脂煙箒《やにぎせる》となり　グウもスウも出《いで》ざる場《ば》より[四]花を愛護《あいご》の蔵王尊《ざわうそん》を祈《いのり》ければ　其夜《そのよ》八時《はちじ》頃《ごろ》に見世《みせ》へ一人《ひとり》の客《きやく》あり　是《こ》はそも或[五]県下《けんか》の[六]士族《しぞく》にて　[七]俳名《はいみやう》を[八]奉還斉家六《ほうくわんさいかろく》とよび　自《みづか》ら[九]通人風《つうじんかぜ》を吹《ふか》す[一〇]名聞者《みやうもんしや》なるが　曩《さき》に[一一]洋学修行《やうがくしゆぎやう》のために東京に来り　或学校《あるがくかう》に入て間《ま》もなきに　此猫又の方《かた》より[一二]開花屋《かいくわや》といふ[一三]娼家《かしざしき》におもむき　[一四]流石野《さすがの》といふ[一五]娼妓《おいらん》に馴染《なれそめ》て　[一六]必用《ひつよう》の洋書《やうしよ》までを売払ひて修行《けいこ》に怠《おこた》りければ　終《つい》に学校を[一七]放逐《はうちく》されて本国《ほんごく》に立帰《たちかへ》りしが　今又茲《こゝ》に来りけるゆへ　猫又は地獄《ぢごく》で仏《ほとけ》を見たる如《ごと》くに悦《よろこ》び　取あへず[一八]深閑《しんかん》とせし二階《かい》を開《ひら》きて　[一九]花を斜《なゝめ》に褥《しとね》につけ　酒肴《さけさかな》をすゝめて　又六の云《(いふ)》「誠《まこと》に先生の御身《み》の上を殊《こと》に御案《ごあん》じ申せし処　[二〇]能《よく》こそ御[二一]出府《しゆつぷ》くだされし　此廓《このさと》も追々《おひ〳〵》衰微《すいび》に及《およ》び　先生当地《たうち》にお[二二]出《(いで)》あれば　[二三]御明智《ごめいち》を拝借《はいしやく》して何成《なになり》とも金儲《かねもうけ》を致《いた》さんと思ひしに　其甲斐《そのかひ》もなく　さて御覧《ごらん》の

↓補六四。
七 俳人としての名前。俳号。
八「家禄奉還」のもじり。↓補六五。
九 通人(遊里の事情に通じた遊び上手な人)らしいそぶりをすること。半可通。　一〇 世間でよい評判を得ようとして体裁を繕う人。見栄っ張り。
一一 西洋の学問を修めること。
一二 文明「開化」に桜や花菖蒲の「開花」を掛けたか。明治五年『新吉原細見記』(玉屋山三郎刊)・同十年五月版権免許『吉原細見 廓(さと)の賑ひ』(福田栄造編・刊)・同年八月御届『〔新吉原細見記〕』(邨上松太郎編・刊)。明治九年四月『深川仮宅細見』の改編本か)には見えない名。
一三 貸座敷(↓補七)。
一四「流石」(評判通りであることに感嘆する意)を掛けた名か。これも注一二の細見類に見えない。
一五 ↓補二三。
一六「必ズ用ヰルベキコト。無クテ叶(かな)ハヌコト」(『言海』)。
一七 底本「放遂」。誤記として改める。
一八 ひっそりと静まりかえっているさま。「深閑」(槙島昭武『書言字考節用集』十二、享保二年、高橋五郎『漢英対照 いろは辞典』明治二十一年)。
一九 斜めに夜桜を眺められるよう、敷物を敷いて座らせ。　二〇 よくぞ。
二一 地方から東京に出ること。
二二 もしおいでがあれば。以下、「已然形＋ば」で仮定条件の場合が見られる。　二三 優れた知恵。

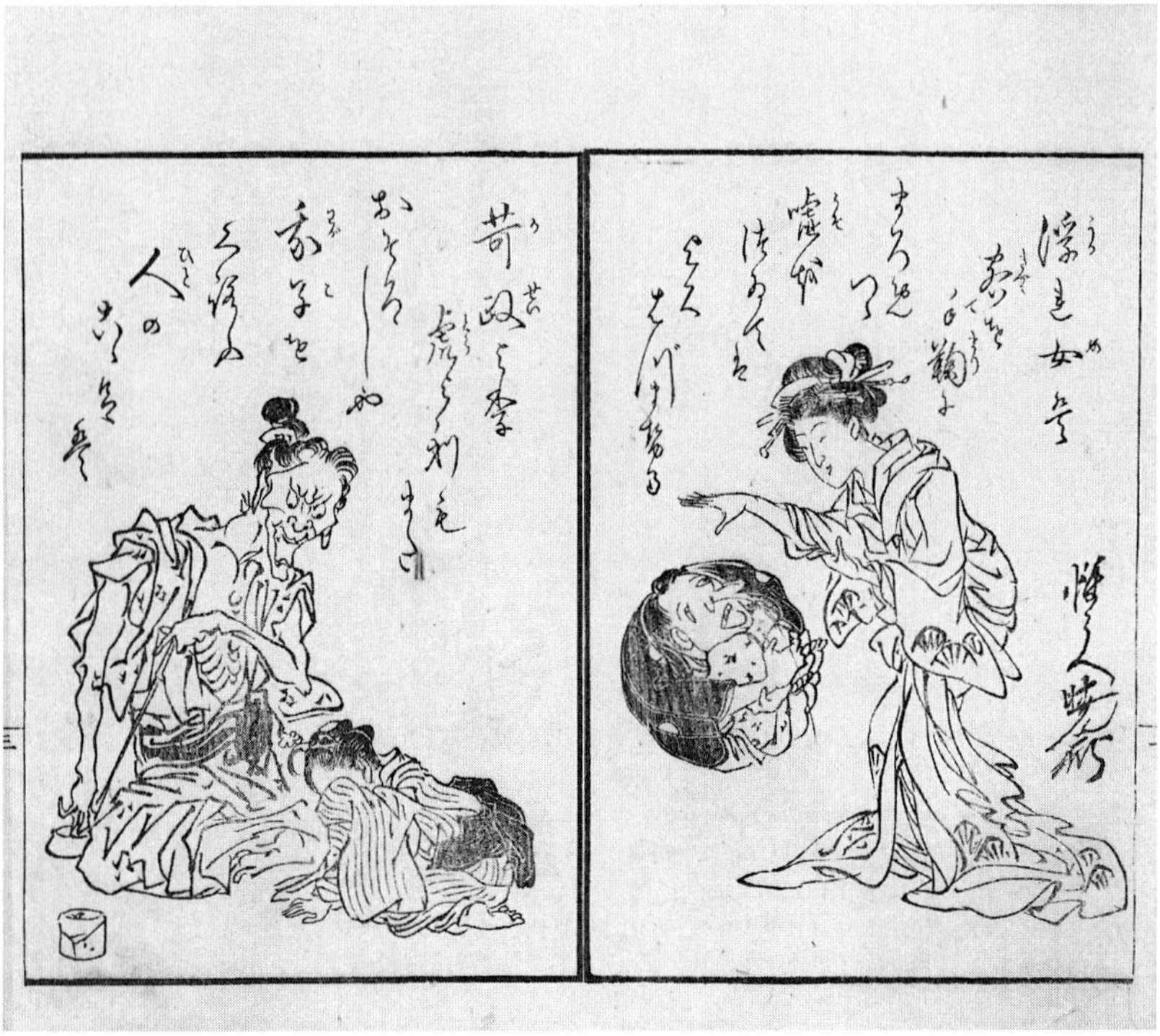

絵 にやけた客を手鞠にしてつく娼妓(右)。娼妓になるよう、長煙管を手に娘に迫る母親(左)。署名は「惺々人暁斎」。→補六六。

一 →補五四、九頁注六二。
二 学校の教育により、思慮分別がついたのか。→補三一。
三 それとも自分の妻の嫉妬が怖いのか。→補六七。
四 一六の休日になっても、それらしい様子は少しもない上に。
五 →九頁一二行以下。
六 食べて行けない。
七 ご利益(りやく)が即座に現われて。
八 お金をもうけさせてくれる人のたとえ。 九 対等以下の相手に用いる自称。→補六八。
一〇 流石野が自分に惚れたために放校の憂き目にあった、と見栄を張る。半可通らしい言い分。 一一 →補六五。
一二 当時の金貨には、明治四年発行の二十円・十円・五円・二円、五年発行の一円、六年以降発行の五円があった(銘は必ずしも発行年と一致しない)。下の「輝す」は縁語。
一三 ひときわ優れた商売。「いつかど一廉(略)格段ニ勝レテ。別段ニ」(『言海』)。「廉」は底本「簾」。誤記として改める。 一四 先月。
一五 西洋の学問を修めて、ペラペラ外国語を話すのではうまく事が運ばないから。これも見栄。「ペロ〳〵」は→六頁注一〇。 一六 →補六九。

ごとく[一]一六桜を植《うへ》ても　此頃《このごろ》は諸人が不風流《ぶふうりう》になつたのか　又[二]学校で眼《め》をあいたのか
[三]但《たゞ》しはおかみさんの角《つの》がこわいのか　此花の盛《さかり》に　[四]一六といへどもどんたくのどんもな
きうへ　[五]雷《かみなり》にまで商売を妨《さまた》げられ　是では[六]あごが干《ひ》あがると　一心不乱《いつしんふらん》に花を愛護《あいご》の神《かみ》
を祈《いのり》ければ　其[七]霊験覿面《れいげんてきめん》に先生を授玉《さづけたま》はるうへは　誠《まこと》に[八]金箱《かねばこ》を得《え》たるも同《おな》じこと　と聞《きく》
より家六《かろく》の云《いふ》　「イヤ[九]僕《ぼく》が身の上も　しつての如《ごと》く[一〇]流石野《さすがの》の恋情《れんじやう》より計《はか》らず古郷《こきやう》へ立戻《たちもど》
りしが　[一一]今般家禄奉還《こんぱんかろくほうくわん》の[一二]金貨《きんくわ》を請取《うけとり》しゆへ　是《これ》を以《もつ》て[一三]一廉《いつかど》の商方《しやうほう》に就《つき》　名を天下に輝《かゞやか》す
には当地《たうち》に限《かぎ》るものなれば　[一四]後月出府《あとげつしゆつぷ》に及《およ》びけるが　迚《とて》も[一五]洋学《ようがく》のベロ〱にては埒《らち》があ
かねば　僕《ぼく》　[一六]天狗俳諧《てんぐばいかい》の一社《いつしや》を取建《とりたて》て　全国《こくちう》へ[一七]羽《はね》をひろげて名を轟《とゞろか》し　又諸邸《しよやしき》の跡《あと》の地《ち》
を[一八]払下《はらひさげ》て　其処《そこ》へ[一九]山林《さんりん》に閉社《へいしや》する神体《しんたい》を遷坐《せんざ》なさしめ　それに付て金儲《かねもうけ》の工風《くふう》もあり
其外《そのほか》[二〇]山を穿《うがつ》て道《みち》となし　道を掘《ひら》ひて川とする目論《もくろみ》も多くあれば　其願書《ねがひしよ》を[二一]夫々《それ〲》の御役場《おやくば》
へ差出《さしいだ》しおけば　今にも[二二]其願《ねがひ》が済《すむ》ときは大金儲《おほがねもうけ》いくらもあれども　僕此廓《さと》へは[二三]若干《たいへん》の金
を費《ついやし》たれば　商方の手始《てはじめ》に　[二四]万吉原《よろづよしはら》の名もよければ　是まで費《ついやし》たる金に利を加《くわ》へて取返《とりかへ》
す事を見付るまで　此二階《にかい》に[二五]止宿《ししゆく》をさせよ　扨今年此廓《さてことしこのさと》へ桜を植《うゑ》たるは　好《このん》で不景気《ふけいき》を
[二六]招《まねぎ》しなり　[二七]其仔細《そのしさい》といふは　[二八]今年《ことし》は戌《いぬ》の年《とし》なれば[二九]犬桜《いぬざくら》にて　犬の[三〇]花面《はなづら》にさへ[三一]的殺《てきさつ》の棒《ぼう》が
あたる剛《こわ》ひとしなり　其上《そのうへ》[三二]花《はな》を見《み》て犬にもあたる抔《なぞ》は　三《み》ッ子《ご》にさへも知《し》れるものを
そこらに気《き》が付《つか》ず　[三三]可惜《あたら》大金を空花《むだばな》に散《ちら》せしは口惜《くちおしき》ことゝ聞《きく》より　又六が云　「[三四]何《いか》さま

一七 勢力を伸ばして。「天狗」の縁語。
一八 ↓補六五。
一九 山林に放置されたままの神社の御神体を移動させ。明治維新による神道の国教化に便乗した、ということ。
二〇 山を貫いて道を通し。「今般　政府に於て　家禄奉還の多人（たにん）へ山林諸地とも略貫（りやくか）を以て御払下の命ありしは　誠に肉親の子を思ふが如き深慈の御配慮なるところと」（応賀『権兵衛種蒔論』明治七年五月）。
二一 関係するそれぞれのお役所。
二二 願いが許可された時には。
二三 「若干（そこばく）」は数量の多いさま。たくさん。
二四 「よろずよし」（何事についてもよい）と「吉原」を掛けた洒落。
二五 泊ること。
二六 近世以降「まねぐ」ともいった。↓補七〇。 二七 事情。
二八 明治七年の干支は甲戌（きのえいぬ）。
二九 「犬棒」のもじり。↓補七一。
三〇 「鼻面」とあるべきを、「桜」の縁で「花面」とした。
三一 狂犬撲殺用の棒。↓補七二。
三二 花見に来ても狂犬に出くわす恐れがあるため、人出が少なくなることなんかは。 三三 もったいないことに、大金をばらまいて役にも立たない桜を植えたのは。 三四 なるほど。相手の言葉にあいづちを打つ感動詞。

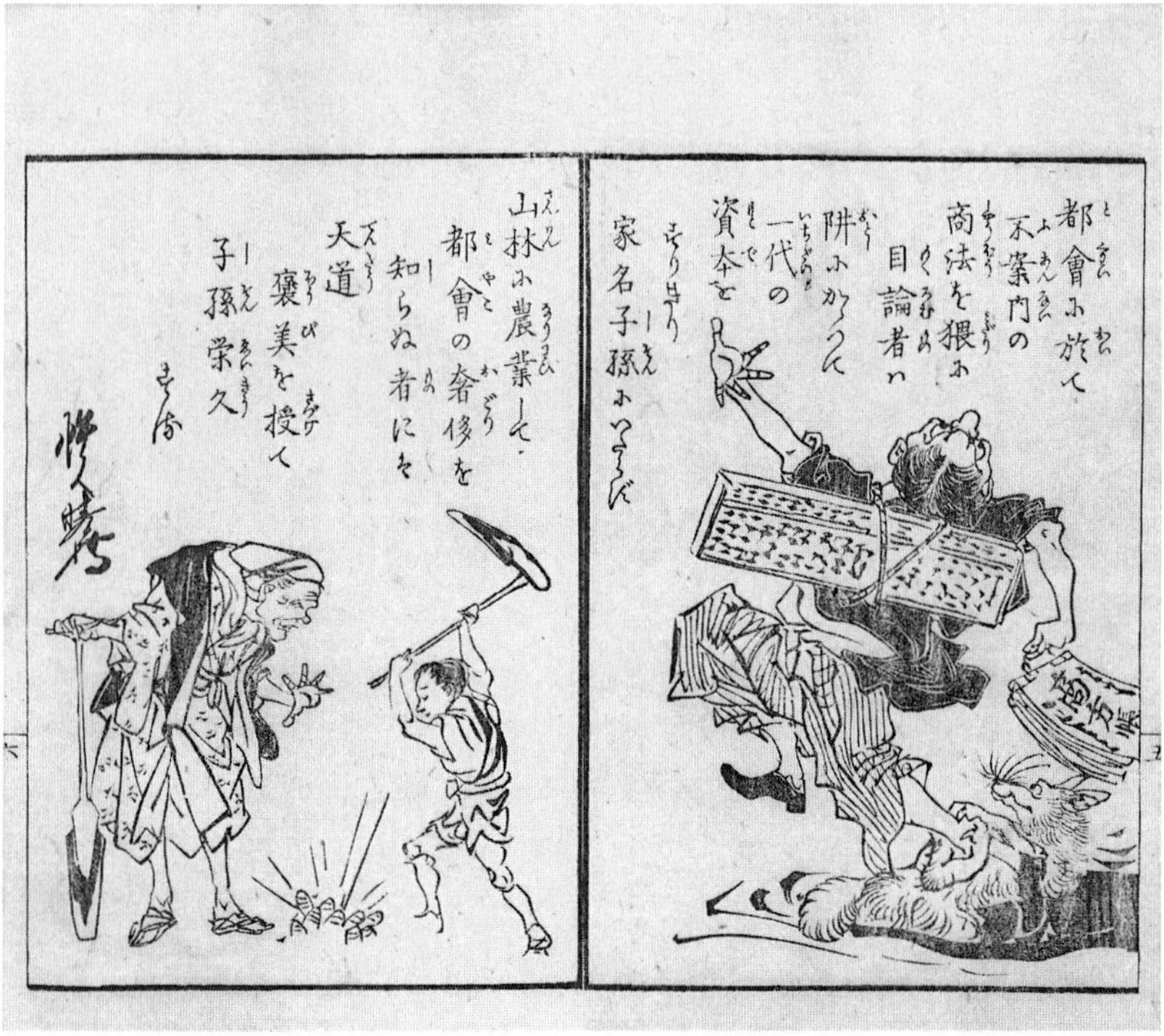

絵　算盤(そろばん)を背負い、「商方帳」を持った散切り頭の男が、狐(娼妓)または煩悩の犬(→六頁注二八)に足を取られ、落とし穴に引っぱり込まれようとするさま(右)と、鋤(すき)を持った祖父と鍬(くわ)を振り上げた孫が小判を掘り出すさま(左)。署名は「惺人暁斎」。→補七三。

一 一向に。下の否定表現を強調する語。「怢」は忘れる意。

二 紀国屋文左衛門も大慌てで逃げ出してしまうような見事なご商才です。→補七四。

三 諺「悪い後はよい」(悪い事があった後は良い事が起こりやすい)に「吉原」を掛けた語。

四 人間何事につけ、もう一度人の言葉に便乗して頑張れば金儲けができる、の意。→補七五。

五 先例。

六 今から七、八年前。

七 安政五年(一八五八)以降、仲の町に菖蒲を植えた。→補七六。

八 振り仮名「けいき」は景気。景色に伴う風情。ありさま。

九 花菖蒲が水に濡れていっそう鮮やかなように、色里新吉原の女たちもますます美しいことだ。花菖蒲の濡色(水に濡れた色)に、色事の意の「濡」を掛ける。

一〇 歌詞に三味線などの節回しをつけて。

そこには[一]怢乎気《とんとき》が付《つき》ませぬが　先生此度《このたび》商方の手始に　万《よろづ》よし原にて金儲《かねもうけ》をするにお気が付《つき》しは　[二]紀文《きぶん》ははだしの御明才　都《すべ》て[三]凶《わるい》あとは吉原《よしはら》ともいふ譬《たとへ》あり　又[四]人間万事再往《にんげんばんじさいわう》の尻馬《しりむま》に乗《のつ》て鞭打《むちうつ》ときは　千里《せんり》を駈《かけ》て金儲の山に登《のぼ》る　といふこともあれば　此外《このはづれ》たる一六桜の跡《あと》に又能金儲《よきかねもうけ》の目論《もくろみ》あり　其[五]古例《ためし》といふは　[六]此《この》七八年後《あと》の頃《ころ》　毎年《いつも》の如《ごと》く桜を植《うゑ》たるが　折悪《をりあし》く雨風繁《しげ》くて桜は外《はづれ》しが　其跡へ[七]花菖蒲《はなしやうぶ》を植《うゑ》しに　殊《こと》の外[八]景色《けいき》がよき上《うへ》或客人戯《あるきやくじんたはむれ》に　○[九]濡色《ぬれいろ》の里《さと》に色ます花菖蒲《はなしやうぶ》　といふ発句《ほつく》を花に結付《ゆひつけ》しを　芸者《げいしや》が見付《みつけ》て其《その》発句に[一〇]手《て》を付て茶屋《ちやや》〴〵にて[一一]端謡《はうた》にうたひければ　里《さと》に色《いろ》ますといふ文句が遊女《おいらん》　客《きやく》の気にかなひて　終《つひ》に世上に弘《ひろま》り　[一二]既《すで》に大門《おほもん》を打《うつ》て人を計《はか》り込《こむ》ほどの群集《にぎはい》となれば　内外の茶屋　舟宿《ふなやど》まで大金を儲《もうけ》ました事が御坐《ござ》れば　[一三]先生なんと此桜の跡へ[一四]花菖蒲《はなしやうぶ》を植る[一五]金主《もとじめ》となり　其菖蒲の端唄《はうた》を作《つく》りて　それを手拭《てぬぐひ》に染《そめ》させて　貸坐敷《かしざしき》をはじめ　茶屋船宿　芸者へ[一六]配当《はいたう》して　其入費《にうよう》に[一七]八割《はちわり》の利足《りそく》を加へて毎日取立る事抔《(など)》は　私がお請合《(うけあひ)》申上《もふすうへ》は聊《いさゝか》も御損《ごそん》はなく　大金の儲《もうか》るうへに　[一八]大門を打《うつ》よりも御名が世上へ高く弘《ひろ》まれば　是こそ[一九]両手に黄金《こがね》の花菖蒲　と弁舌《べんぜつ》を尽《つく》しければ　家六[二〇]そゞろに悦《よろこび》て「イヤ此里にての金儲《かねもうけ》は夫《(それ)》にあり　しかし其入費何程《そのにうよういかほど》かゝるや　「[二一]されば　菖蒲の植込《うゑこみ》が凡《(およそ)》[二二]二百両　手拭《てぬぐひ》が染賃《そめちん》ともにて凡百五六十両かゝるべし　「さらば茲《こゝ》に持合《もちあは》す[二三]奉還《ほうくわん》の賜金《しきん》二百円《ゑん》あれば　是《これ》を[二四]手金《(てきん)》に渡《わた》せば何《なに》くれの用意せよ　[二五]跡金《あとがね》は　僕に命《いのち》をくれる印《しるし》とてかの

一一 端唄(→補一三)。類似の詞章は↓補七七。

一二 すっかり大門(→三頁表紙注)を閉め切って、人々を詰め込んだような賑わい。「大門を打つ」は、刃傷事件があった時や、廓を貸切にして豪遊する時などに、門を閉め切って出入りを禁ずること。

一三 どうでしょう。相手の同意を期待して呼びかける感動詞。

一四 ↓補七八。

一五 振り仮名「もとじめ」は出資者の意。

一六 割り当てて。

一七 一日八割の利息とすると年利二万九二〇〇%。カラス金(一日一割)の八倍で、考えられない高利だが、ここは猫屋又六が家六に取り入る大げさな言葉と見て、日歩と解する。

一八 紀文(→注二)のように、廓を貸切にして豪遊するよりも。↓補七九。

一九 大金と名声が得られるので、両手に黄金製の花菖蒲を抱えるようなものです。「両手に花」のもじり。

二〇 むやみに。

二一 そのことです。相手のことばを受けて説明する時の感動詞。

二二 二百円。↓補八〇。

二三 家禄奉還で得た現金二百円。↓補八一。

二四 「TE-KIN(略)手金、Earnest money」(『和英語林集成』再版)、「手付金ノ中略」(『言海』)。

二五 残金。

流石野《さすがの》が指《ゆび》[一]を切《きつ》ておこせし其返礼《そのへんれい》とて　僕百五十両にて求《もと》めたる金時計《きんどけい》[二]と　百両にて拵《こしら》へたる金無垢《きんむく》[三]の喜世留《きせる》を無理《むり》[四]に取上《とりあげ》らるれば　其二品をしなよく取かへして[五]　質物《しちもつ》とし皆金《みながね》を渡《わた》すまで　先仮請取《まづかりうけとり》を書《かく》べし　と二百円の証書《しやうしよ》[六]をとりて金をわたし　其硯《すゞり》にて旧暦《きうれき》[七]の五月初旬より青楼に於て　古今例《ここんためし》なき花菖蒲の色競《いろくらべ》あるおもむきを四方《よも》へ布告《ふこく》する新聞紙《しんぶんし》[八]の下書《げしよ》をしたゝめて　夜中《やちう》をも厭《いとは》ず[九]新聞社へ使《つかひ》を走《はしら》せ　夫より又白紙を手拭《てぬぐひ》の形《かた》にこしらへて　自《みづか》ら[一〇]ひねくつたる花菖蒲の画《ゑ》をかきちらし　其上へ　蛇《へび》[一一]が蚯蚓《みゝづ》をひきつれて天上へのたくりあがるやうな文字にてかきし端唄《はうた》の文句に　○里《さと》[一二]のくらひのに白《しろ》いものが見へる　あれは家六《かろく》が花菖蒲　としるせし手拭の雛形《ひなかた》[一三]を又六に渡《わた》せば　又「イヤ先生　さとのくらひのに白いものが見《み》へる　あれは家六《かろく》の花菖蒲《はなしやうぶ》　とはなんとおもしろくできました　此唄《このうた》が今《いま》にはやつてくると　又大門を〆切《しめきつ》て人を計《はかつ》ていれるほどの混雑《にぎはひ》となりまする　爾《しか》し此節《このせつ》は三方《さんぼう》[一四]が行抜《ゆきぬけ》になつていれば　人死《ひとじに》[一五]する事《こと》もあるまひゆへそこの心配《しんぱい》はまづ安心。さらば今より開花屋《かいくわや》[一六]へお供《とも》　といへば　家六はかぶりをふりて「イヤ　流石野《さすがの》にはかの二品を取返《とりかへ》す手段《しゆだん》にすこし工風の事あれば　僕一人《ぼくひとり》にて行《ゆく》に付《つき》酒薦一枚《さかごもいちまい》[一七]ほしき　といへば　有合酒樽《ありあふさかだる》の薦《こも》をほどひてわたせば　夫《それ》[一八]を身に紛《まと》ひて　頬冠《ほうかぶり》なぞしつゝ怪《あや》しげに姿《すがた》をこしらへて　流石野《さすがの》の方《かた》へと只一人出行《たゞひとりいでゆき》ける　扨其翌日《そのあくるひ》にいたれば　新聞紙《しんぶんし》四方に配達しければ　是《これ》を見《み》たる者は　今度《こんど》青楼《せいろう》に植《うゑ》る菖蒲《しやうぶ》は一六桜の跡《あと》

一 自分の指を切って、届けてよこしたそのお礼ということで。↓補八二。
二 金側の懐中時計(袖時計・袂時計とも)。↓補八三。
三 雁首と吸口が純金製の煙管。「白〔銀製の意〕の喜世留の重たきやつを」(為永春水『春色梅児誉美』後編第八齣、天保三年〈一八三二〉)。
四 流石野に無理やり取り上げられたので。五 うまい具合に取り返して、それらを質に入れてお金をこしらえるから、全額を渡すまではとりあえず二百円の仮領収書を書いてくれ。
六 ↓一七頁注二三。
七 明治七年の旧暦五月一日は、新暦六月十四日。↓補七八。
八 新聞に載せる下書き。「新聞紙、A newspaper」(『和英語林集成』再版)。「げしよ 下書 シタガキ」(『言海』)。現在の「新聞」に当たる語が「新聞紙」、「ニュース」に当たる語が「新聞」。
九 当時の東京の日刊紙には『郵便報知新聞』(報知社)、『東京日日新聞』(日報社)、『日新真事誌』(猊刺屈社)などがあり、隔日刊行のものに『新聞雑誌』(日新堂)があった。
一〇 苦心し、趣向を凝らして描いた。
一一 非常に下手な字のたとえ。「みみずがき(略)蚯蚓ノ這ヒ蜒転(ノタ)ルガ如ク文字書クコト。(拙書ニイフ)」(『言海』)。「書肆が需(もとめ)に盲蛇。蚯蚓ののたくり摸写(かきうつ)して」(楽亭西馬『弓張月春廼霄栄(はるのゆうばえ)』十八編、

をつひで　一九半化通人が一世一代に二〇奉還《ほうくわん》の資本《たね》を亡《する》か殖《ふや》すかのつぼみを開《ひら》かするもくろみなれば　是は誠《まこと》に二一廓《くるわ》の一六菖蒲とぞいふ

二二下巻大尾早々発兌

青楼半化通中の巻了

文久元年(一八六一)自序)。
一二 かっぽれのもじりで、新吉原の暗さ(不景気)と花菖蒲の白い花を対比させた文句。↓補八四。 一三 手本。
一四 大門以外の三方が通り抜けられるようになっているので。↓補八五。
一五 混雑の余り、行き場のない人が圧死することもあるまいから。
一六 ↓一三頁注一一。
一七 「酒樽ヲ包ムニ用キル薦」(『言海』)。ワラで粗く織った筵など。
一八 乞食に落ちぶれた形。↓二二頁一二行「乞食の飢倒のごとくなるに」。↓補八六。 一九 家六を指す。周囲には、名声を一人占めしようとする半可通と看破されていた、ということ。「平化通」は↓二頁解題。 二〇 奉還のお金をなくすか増やすか、種が生育して花開くかどうかの計画。「つぼみ」「開く」は「資本(ねた)」の縁語。
二一 一六の休日に来る客を目当てに花菖蒲を植えるのは、新吉原の興廃を賭けた危険な勝負だ。「一六菖蒲」に一六勝負(サイコロの目が一か六かを賭ける博打。転じて危険な賭け)を掛ける。明治七年六月十八日『新聞雑誌』二六二の「近辺の者は一六しようぶと呼べり」(↓補七八)を踏まえた表現か。応賀は『当世利口女(むすめ)』(明治六年三月)で、同年二月の『新聞雑誌』七六に言及。
二二 作品完結の下巻は早々に発売します。実際の売り出しは十二月二日。↓二頁解題。

山東京伝『傾城買四十八手』口絵（京伝画）

下巻表紙　「青楼半化通　下の巻」「服部応賀著」「惺ゝ暁斎画」「定価三銭五厘」。鯉に乗った中国の仙人琴高（葛洪『列仙伝』等）を娼妓に見立てたもの。鈴木春信画「見立琴高仙人」（明和五年〈一七六八〉）や山東京伝『傾城買四十八手』（寛政二年〈一七九〇〉）口絵などに先例がある。これらで、遊女が読んでいるのは客の文だが、ここでは冊子（本作の見立てか）を読む。暁斎らしいダイナミックな筆致。単色刷。

下巻見返し　芸妓の三味線で浮かれ踊る家六の影法師。「こめの高(かた)ひのに気楽(きらく)が見える　あれは家録(ママ)(かろく)のかげつぽし」は、かっぽれの文句のもじり(↓補八四)。米が高くなったのに、気楽に浮かれ踊っている家六の影法師が見えることだ、の意。明治五年の一石当たりの東京での米価は三円八十八銭だったが、六年には四円七十二銭、七年は七円二十八銭と高騰(↓補八〇)。「かげっぽし」は影法師の方言。山形県南置賜郡・米沢市・栃木県などに採集例がある。なお、応賀は「神田明神下の服部何某の息子さん」(鶯亭金升『明治のおもかげ』「早桶—戯作者の茶番—」山王書房、一九五三年)だが、親の出身地は不明。「残截(ざんぎり)頭の壁人(かげぼし)は」(応賀『驕人必慄筐(きょうじんびつくりばこ)』)。「惺々暁斎」「耕文堂梓」。耕文堂は、本書発行者星野松蔵の書肆名で、本作以前には、明治五年に萩原乙彦『新撰尺牘往来』を出版。上欄に「官許明治七年十一月十二日」とある。

青楼半化通下《せいろうはんくわつう》の巻

寓言　服部応賀著

当今青楼に艶美《ぜんせい》[一]の遊女あまたある中に　開花楼《ろう》[二]に出稼《でかせぎ》[三]する流石野《さすがの》[四]ときこへたるは　是を外邦《ぐわいほう》[五]に譬《たとふ》れば　悉達太子《(しつたたいし)》[六]を教化《きやうげ》せし淫肆《いんし》[七]の遊女婆須密多女《うかれめばすみつたによ》[八]に等《ひとし》く　是を内国《ないこく》[九]にたとふれば　西行法師の宿《やど》を借《かり》るに　「世の中をいとふまでこそかたからめ仮《かり》のやどりを惜《おしむ》君哉」[一〇]　と読ければ　「世をいとふ人とし聞《(きけ)》ば仮の宿に心とむなと思ふばかりぞ」[一一]と返歌せし江口《ゑぐち》[一二]の遊君妙女《ゆうくんたへぢよ》にひとしく　面《おもて》に白粉《はくふん》　紅裾《かうきよ》[一三]を粧《よそほ》ひ　嬋娟《せんけん》[一四]として無明長夜《むみやうちやうや》[一五]に煩悩《ぼんのう》[一六]を促《うなが》し　菩提《ぼだい》[一七]の床《とこ》にさそへば　また法性無漏《ほつしやうむろ》[一八]の大海《だいかい》には恒順《がうじゆん》の月朗《つきほがらか》なりと舌打《したうち》[一九]しつゝ眠《ねむ》る行燈《あんどん》[二〇]を掻《かき》たてるも　内心孝道《ないしんかうどう》の勤《つとめ》より梅毒《ばいどく》の障《さはり》ありて　流石野は此《(この)》ほど府下《ふか》[二一]の病院《びやうゐん》におもむきしが　忽平癒《たちまちへいゆ》[二二]の免札《めんさつ》を得《ゑ》て　吾楼《わがろう》に初夜《しよや》[二三]頃帰《ごろかへ》りければ　二日以前《ふつかいぜん》[二四]より家六来《かろくきた》りて御身《(おんみ)》の帰を待《まつ》と告《つぐ》れば　たゞちに部屋に入て家六の伏《ふし》[二五]たる様《さま》を見れば　墨《すみ》なるか痣《あざ》なるか　其寝白黒斑《そのねがほくろまだら》にして　肌《はだ》に酒薦《さかむしろ》[二六]やうなるを纏《まと》ひ　さながら乞食《こつじき》の飢倒《ゆきだほれ》[二七]のごとくなるに驚《おどろ》き　ためろう[二八]うち　家六は狸眠《たぬきねい》りを覚《さま》して云《(いふ)》　「アヽ苦《くる》しや〳〵　そこへ来《き》たはた[二九]そ　湯なり水なり吞《のま》せてくれ　とさもよは〳〵しき声にいへば　流石野鉄瓶《てつびん》の沸《わき》[三〇]ざまし

一 全盛。→八頁注二一。 二 →一三頁注一二。 三 →補四四。 四 →一三頁注一四。 五 外国。 六 釈迦が在俗中、迦毘羅衛《(かびらえ)》国の浄飯王《(じようぼんおう)》の太子だった時の名。悉達多《(しつた)》。 七 遊女屋。 八 険難国宝荘厳城の遊女。→補八七。 九 国内。 一〇 この世を仮の宿と考えて、出家するまでのことは難しいかもしれませんが、私が今晩だけの宿を借りようとするのさえ、あなたは物惜しみなさるのですねえ。「かり」は「仮」と「借り」を掛ける。→補八八。 一一 あなたは世を厭うて出家した方だと聞きましたので、私の住む浮世の仮の宿なんかにお心をお留めくださいますな、と思うばかりです。→補八八。 一二 摂津国西成郡(現大阪市東淀川区)にあった港町。「遊君」は遊女。→補八八。 一三 赤いすそ。 一四 あでやかで美しく。 一五 煩悩のために悟りを得ず、衆生が生死流転していくことを、長い夜の闇にたとえていう。 一六 煩悩を起こさせ。 一七 煩悩を起こした男を極楽往生させる寝床。性的な意味でいう。 一八 煩悩を離れた絶対不変の真理の世界では、普賢菩薩が常に衆生に従って恵みを与えるという誓いを守っている。ここは、「無明長夜」「煩悩」「菩提」という仏語の縁で「法性無漏」「恒順」を出したもので、要するに、

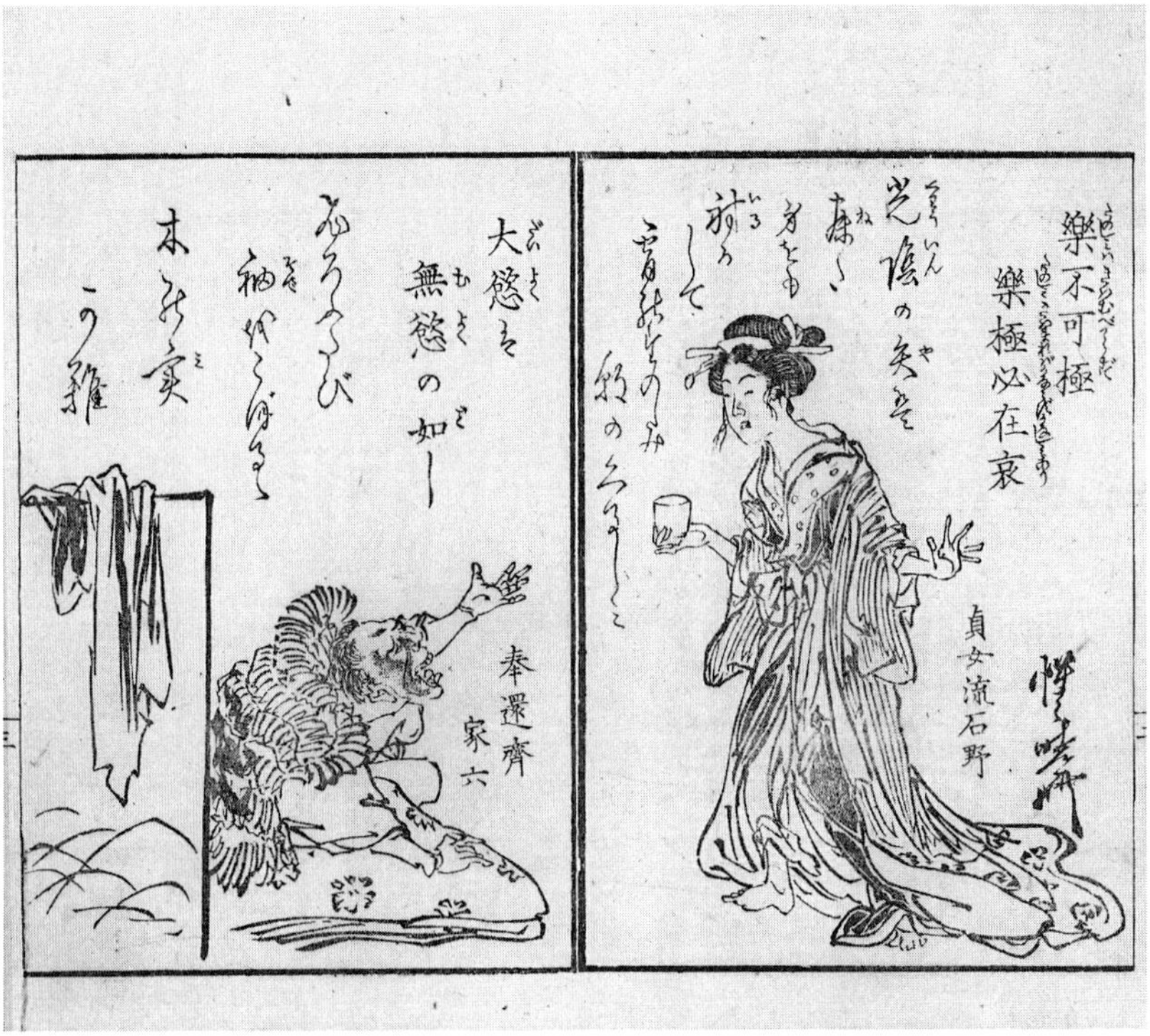

流石野の床中でのふるまいが素晴らしく、客を煩悩から解放してくれる、ということ。「恒順」は「恒順衆生」の意で、普賢菩薩の十願の一つ。「長夜」「大海」「月」は縁語。

一九 おいしい物を食べた時のしぐさ。ここは、客が流石野の床上手に満足した、の意。

二〇 暗くなった行灯の灯心を掻き立てて、別の客に誘いの手紙を書く、の意か。それも実はお金をかせいで親孝行するためであったが、その結果梅毒を患い。→補八九。

二一 明治七年五月二日完成の府下病院のこと。→補九〇。

二二 完治したという証明書。ただし、梅毒は抗生物質を用いない限り治癒せず、第二期に見られる赤い全身発疹が消失したとしても一時的なものである。

二三 戌の刻(現在の午後八―九時頃)。六時(→補一〇)の一つ。

二四 家六が又六と会い、新聞に花菖蒲の記事を送ったのが一昨日、それが新聞に載ったのが昨日、ということ。→二七頁一二行。

二五 寝ている様子。

二六 →一八頁注一七。 二七 飢えや病気などのため、道ばたに倒れた人。

二八 ためらう。様子をうかがう。

二九 誰だ。 三〇 湯ざまし。一度沸かした湯の生ぬるくなったもの。

絵 →補九一。

を湯呑についであたへければ　其顔をつれ〴〵[一]とながめて　「コハ久しや流石野[二]　さら[三]ば起直《おきなを》りて身の上を語《かた》るべし　そも過世《すぐせ》[四]いかなる因《ちなみ》にや　御身此世界《せかい》[五]にわれならで男はなきと思ひ　吾も又御身ならで女はなきと深く契《ちぎ》り　天[六]にあらば比翼《ひよく》の鳥《とり》　地《ち》にあらば連理《れんり》の枝《あだ》　と偕老同穴《かいろうどうけつ》[七]をかたく言合《いゝかは》[八]せたれば　体《からだ》は二ツあれども心は一ツなりしが　吾は不運《ふうん》にて露命今日《ろめいこんにち》[九]に迫《せま》り　斯《かく》のごときむさくろしき[一〇]姿をして活《いき》ながらへるも口惜《くちおし》ければ　独《ひとり》。身《み》[一一]を失《うし》なわんと覚悟《かくご》を定《さだめ》たるが　夫《それ》にては一旦《いつたん》御身と取《とり》かわしたる起請《きしやう》[一二]も反古《ほご》になるゆへ　活恥《いきはぢ》[一三]を忍《しの》ばず花街《くるわ》へ来りしは　迚《とて》[一四]も此世の縁《ゑん》は薄《うす》ければ来世永劫《やうがう》[一五]一ツ[一六]蓮台《れんだい》に楽《たのし》まん為に　かねて誓《ちかひ》しごとく二人の身を一ツに繋《つなひ》で鏡《かゞみ》[一七]が池に沈《しづ》まんと決心《けつしん》すれば御身も今宵《こよひ》を命日《めいにち》と覚悟《かくご》してくだされ　と出《いで》ぬ泪《なみだ》の眼《め》をしばたゝければ　流石野ぎよつとせしが　[一八]さあらぬ躰にて　「ほんに頼《たのも》しひお心からよくも誘《さそ》ふてくだ[一九]さんした　モシかねての約束《やくそく》をたが[二〇]ひて独り冥土《あのよ》へ行《ゆか》さんすと　す[二一]ぐと跡《あと》から追付て　極楽の仏の前でも地獄の鬼のいる前でも　見付次第に胸《むな》ぐらをとつて　共《とも》[二二]に死《しぬ》女郎をだまして独り死《しぬ》。不《ふ》実《じつ》者　男傾城[二三]　人でなし　と恥[二四]にはぢをかゝせるものを　よくも止《と》まつて　わたしと共に死《しん》でくださるお心ざしは　嬉《うれ》しくて〳〵うれし涙《なみだ》がこぼれますは　「そんならそなた[二五]は共に死《しぬ》きか　「そりやもとよりの覚悟《かくご》でござんす　「そりやほんとふにか　「モウかう死《しぬ》かくごをするからには　お前にみ[二六]れんがおこりもするとわたしが喰殺《くいころ》さねばなりませ

一　「思ヒツツ打ナガメテ。ツクヅク」(『言海』)。
二　しばらくぶりだ。
三　それでは。
四　前世からのどのような因縁ゆえか。
五　自分(家六)以外には男はいないと思い。
六　男女の契りが深く、離れがたい仲であることのたとえ。白居易「長恨歌」の「天に在りては願はくは比翼の鳥と作(な)り、地に在りては願はくは連理の枝と為らん」による。「比翼の鳥」は、雌雄それぞれが一目一脚一翼で、常に合して一体となって飛ぶ想像上の鳥。「連理の枝」は、幹は二本で、枝が一つにくっついた木。
七　ともに老い、死ねば墓穴を同じくする意。夫婦の愛情の変わらないこと。
八　前もって約束しておいたので。
九　露のようにはかない命で、死期が今日に迫り。
一〇　むさくるしい。きたならしい。
一一　自殺する。
一二　起請文(→補八二)も無駄になるから。
一三　生き永らえた恥をあえてさらして。
一四　どうせ。
一五　未来にわたる長い時間。「よう」は「永」の呉音。
一六　極楽浄土で同じ蓮華の台座に座ること。
一七　浅草橋場町西側(現台東区橋場二

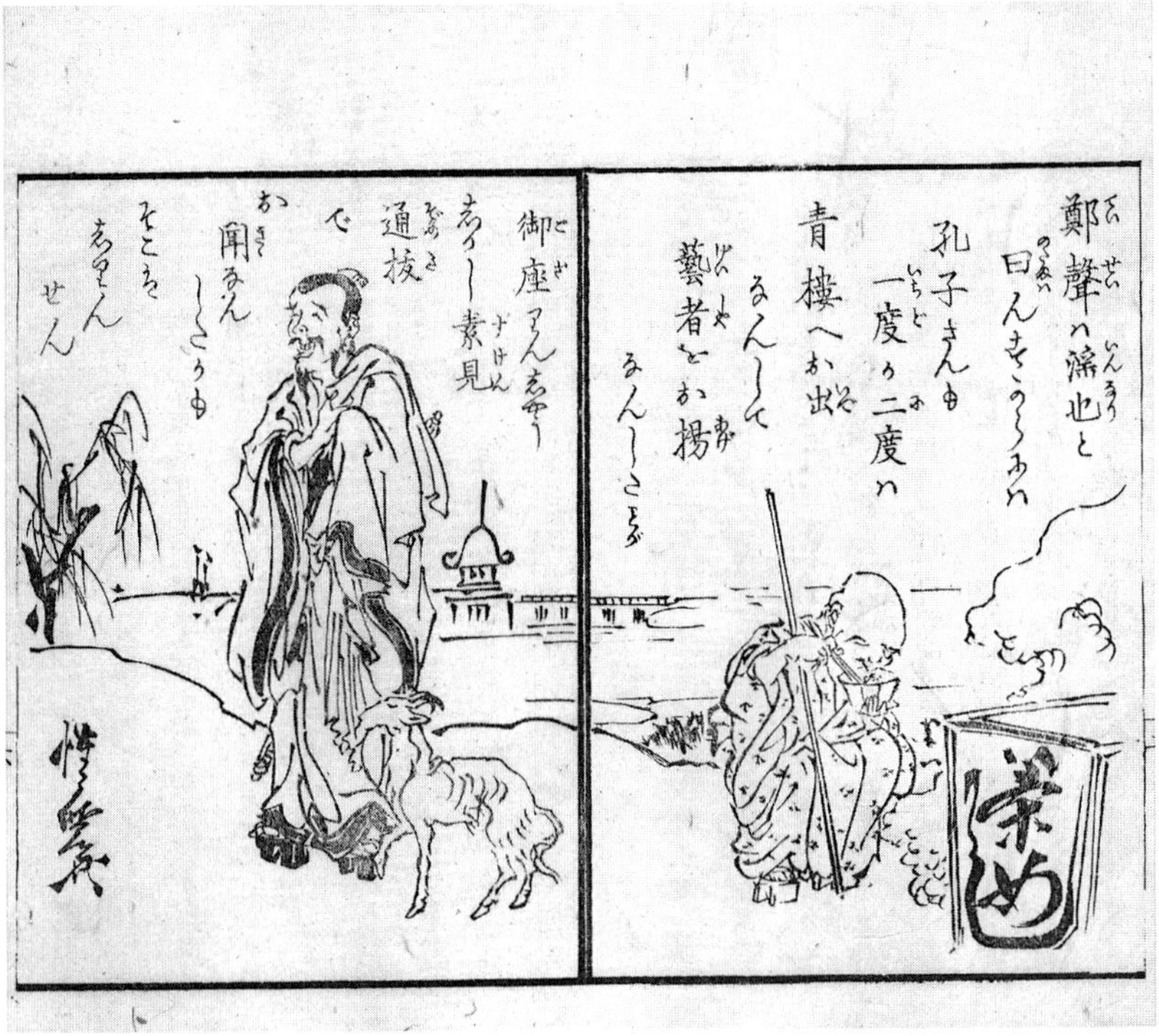

丁目)にあった総泉寺門前の池(↓付図3)。↓補九二。

一八 何食わぬ様子で。

一九 下さいました。新吉原の娼妓・新造(若い娼妓)・禿(かむろ)＝娼妓の小間使いをした童女)の使った廓(さと)ことば。↓補九三。

二〇 背いて。

二一 すぐに。

二二 いっしょに死ぬ約束をした娼妓を。

二三 遊女同様、誠意のない男。

二四 恥の上塗りをする。金に詰まって死ぬ恥の上に、あの世でも罵り恥を掻かせてやる、ということ。

二五 対等以下の相手に対して用いる対称。「稍(やや)下輩ニ用ヰル」(山田美妙『日本大辞書』明治二十五―二十六年)。

二六 未練。死ぬのをためらうこと。

絵　茶飯売りから「茶めし」を買って腹ごしらえする按摩と、ヤギを連れたにやけた男(孔子に見立てる)。背景は新吉原、左に見返り柳。茶飯は、「(一)茶ヲ煮タル湯ニテ炊ギタル飯、但シ、塩、少許(すこしばかり)ヲ加フ。(略)(二)今、専ラ、きがらー ノ称」(『言海』)。きがら茶飯は「淡(スウ)ク、醤油、或ハ、酒ナド加ヘテ、炊ギタル飯、(略)今、単ニコレヲ茶飯トノミモイフ」(『言海』)。茶飯売りは夜間に茶飯やあんかけ豆腐などを売り歩いた行商人。↓補九四。

ん「これ〳〵其様に短気《たんき》をせまひ[一]　さらばまづそれにて安心　「夫《（それ）》はよいが　二人《ふたり》が死《し》[二]出《で》の用意はどこにござんす　「死出《しで》の用意とは　「おまへも何をとぼけさんす　今おまへは[三]椶櫚《しゆろ》の木《き》とやら芭蕉《ばせを》とやらの流を汲《くん》で　[四]お鼻が天上へつかへる程の。大先生家六《かろく》様ではござらぬか。わたしも廓《くるわ》で細《ほそ》[五]くとも流の名をばよばれし身。其二人が名にし[六]おう鏡が池へ沈《しづ》むには　死出の旅路の対《つい》[七]の小袖《こそで》は　[八]此世《このよ》の縁《えん》は浅黄《あさぎ》無垢《むく》の裾《すそ》に家六を反古染《ほごぞめ》にして水晶《すいしやう》の珠数《じゆず》も二連《にれん》[九]いる　其上是まで世話になりし茶屋　舟宿　芸者　牽頭《たいこ》[一〇]へも寄物《かたみ》[一一]に添《そへ》て辞世《じせい》の発句をも残し[一二]おけば　[一三]采女塚《うねめづか》の傍《かたはら》へ比翼塚《ひよくづか》[一四]をも建《たて》てくれて　[一五]追善《ついぜん》の浄留理を草葉の蔭《かげ》で聞ことは　嬉しくはござんせぬか　「それは嬉しいことではあるが　其入用なか〳〵二百両や三百両では覚束《おぼつか》なひ　其金があれば死《しぬ》にも及《（およば）》ず　今むしろ一枚《いちまい》の身となりて。[一六]そんなことは夢にも見られることではない　「そんならわたしもむしろを着《き》てむしろの揃《そろひ》で手に手をとつて鏡が池へ行《ゆか》[一七]さんすきか　「それより外の事はない　「ほんに悃《あきれ》た[一八]お乞丐《こじき》さん　わたしやそんなやすい命はもちん[一九]せぬゆへ　独《（ひとり）》で早くお死《しに》なんせ「ヲヽ[二〇]その言葉《ことば》をさつきからまつていた　コレ此指《ゆび》は　去年《きよねん》[二一]そちが命がはりに切《きつ》ておこ[二二]した起請《きしやう》なるが　此程そちが心が腐《くさつ》たゆへに指《ゆび》も又腐《くさつ》て　此頃《このごろ》は鼻《はな》[二三]もちもならねば　今是《（これ）》を返《かへ》して縁を切《きれ》[二四]ば　其時わたした金《きん》[二五]の時斗《とけい》と。金の喜《き》せるをこゝへ出《いだ》せ　「アノ[二六]下《くだ》さんした品を取返す　そんな嘘《うそ》つきがどこにあろうぞ　「こいつ　さん〴〵嘘《うそ》をつきな

一　起こすまい。　二　死んで冥土へ行くための準備の品。　三　ヤシ科の常緑高木で、高さ約七メートル、葉は径六〇―九〇センチメートルの扇形。印象の類似から次の「芭蕉」(バショウ科の多年草、高さ約四メートル、葉は長さ一・五メートルほどの長楕円形)を導き、これに俳諧の松尾芭蕉を掛ける。その俳風の流派に連なって。　四　極めて得意なさま。家六は天狗俳諧(↓補六九)の宗匠を目論んでいた。　五　娼妓として少しは名の知られた者です。「流」は、その定めない身の上から遊女(娼妓)をいう。「細く」「流」は縁語。　六　有名な。　七　そろいの小袖。「小袖」は丈の長い筒袖の着物。現在の和服の原型。　八　この世の縁の浅かった二人の死ぬときの着物ですから、表裏とも全部あさぎ色の無地にして、その裾に「家六」という文字を模様のように染め出して。「浅黄」は浅葱。「反古染」は手紙の反故のような模様のこと。「藍色ノ淡キモノ」(『言海』)。　九　「連」は紐などで貫いて作ったものを数える助数詞。　一〇　幇間(↓補一)。「牽頭(けんとう)」は中国近世の口語から出た語。「牽頭(たいこ)中居(かなゐ)に送られて」(竹田出雲ら『仮名手本忠臣蔵』第九、寛延元年〈一七四八〉初演)。　一一　形見。思い出す種や記念となるもの。「寄物(カタミ)」(『書言字考節用集』九)。　一二　残しておいたならば。　一三　底本「委女塚(うぬめづか)」。誤記として改める。采女塚は↓補九五。

がら　吾をうそつきとはふとひやつの[二七]　「是はおかしい　君傾城《きみけいせい》[二八]の嘘《うそ》は勤《つとめ》の誠《まこと》　といふを御存《ごぞんじ》ないか。一夜《ひとよ》に三人五人へも枕を並《なら》ぶれば。其客《まろうど》へ誓《ちかい》のごとく義理《ぎり》を立《たて》るものならば　此身を粉《こ》に砕《くだ》き。振《ふり》かけても足《たり》はせぬ。貰《もろ》ふたうへはわたしのものゆへ　其二品はござんせぬ　「なければないにて諦《あきら》めるが　此指《ゆび》はそつちへ返《かへ》す　吾まだ外の女郎より貰《(もろふ)》た指はいくらもある　と指の数々を見せければ　「君は[二九]大通人[三〇]ゆへ　あまたの女郎さん方も指をお切《きり》なんしたろ。わたしにも指帳《ゆびてう》[三一]があるからそれをおめにかけん　と硯[三二]箱の引出《ひきだし》より小帳を取出《とりいだ》して見《み》せ　「去年お客にやりたる指《ゆび》の数は〆《(しめ)》て百八本[三三]　其中にてそなたのは第八番目　しかも仕込《しこみ》[三四]の指の切《(きれ)》めゆへ　台《だい》[三五]の物《もの》の甘煮《うまに》の蛸《たこ》の足なれば　腥《なまぐさき》はしれたこと　夫程[三六]指は切たれども　右[三七]も左も此《(この)》ごとくに十本揃ひし　親のかたみに疵《きづ》さへ付ぬ勤《つとめ》の手妻《てづま》[三八]をうちあけるは　そなたから悪心《あくしん》[三九]を売付《うりつけ》ればわらはも意気地《いきぢ》の買《かい》ことばなれども。元より敵《かたき》[四〇]の末《すへ》ではなく　縁《ゑん》あればこそ仮始《かりそめ》[四一]にも枕をかはせしお客ともへば[四二]　なんでやそまつに思ふべき　昨日府下《きのふふか》[四三]の病院《べういん》にて　奉還斉《ほうくわんさい》といふものが仲の町へ花菖蒲《はなあやめ》を植《うゑ》ること。新聞《しんぶん》に見へたるが　夫は何者《なにもの》と。お医《い》者方《しやがた》が聞《きか》さんしたゆへ。君の御出府をそれにてしり　けふ帰《かへる》[四四]さに猫又へよらんとせしに　戸を〆切《(しめきり)》て貸店の札を張《はれ》ば　其隣で聞《きゝ》けるに　君[四五]がことより出奔《かけおち》の始末をしり。又わらはへ猫又よりの文を見れば　家六様へ時[四六]を以て御恩《ごおん》をかへすと書《かい》てはあれども　持逃欠落《もちにげかけおち》[四七]した者の再《ふたゝ》び世《よ》に出《で》た

一四 心中した男女を一か所に合葬して築いた塚。一五 故人の冥福を祈って、その生前のありさまを浄瑠璃節に作って語るのを、あの世から聞くのは。二人の心中が、近松門左衛門作の浄瑠璃のように人々にもてはやされるのを期待する意。一六 それだけの金を用意することは、まったく覚束ない。一七 行かせる気ですか。一八 「乞食」の丁寧語。一九 持ちませんから。二〇 流石野から金時計などを取り返す口実になる、ということ。二一 ↓一八頁一行以下。二二 「下輩ニ用キル対称ノ代名詞」(『言海』)。主として武士・男性が用いた。「そなた」(↓二四頁注二五)より敬意が低い。二三 こちらによこした誓いの品。二四 切るから。二五 臭くて我慢できない。二五 ↓一八頁注二。二六 すぐに言葉が出ない時、つなぎに入れる感動詞。あのう。二七 図々しい奴だな。「ふとシ(略)心ガ物ニ動ゼヌ(悪意ニ)」。｜「ふとい男」。◎肝ふとし＝(物ニ畏レヌホド、ヅウヅウシクアル)」(『日本大辞書』)。二八 遊女が嘘をつくのは、稼業に誠実な証拠。「君」は「遊女ノ異称」(『言海』)。「傾城(略)(一)美人ノ称。(略)(二)転ジテ、遊女ノ称」(同)。二九 「対称ノ代名詞、敬フニ用キル」(『言海』)。男女共に用いた。三〇 大変な通人。皮肉。三一 切った指を誰に与えたか記録した帳面。↓補八二。

(三〇頁に続く)

ためしはござんせぬ「ヤア猫又が欠落してはかうしては居《ゐ》られぬ　と立上る袖を引とめて「その[一]あわてさんしたとて　今ははや[二]六日のあやめ[三]「そのあやめがかけおちしては　いよ〳〵[四]ほんまに死《しな》ねばならぬ「それといふも[五]御先祖からの御扶持にはなれて　今から御子孫の命とたのむ奉還《ほうくわん》の御金を[六]麁略《そりやく》になされし天の御罰《ごばつ》。しかしいつぞや[七]御《ご》げんのとき取落《(とりおと)》されしお文を見て　お国許《くにもと》の御家内と子供衆の御難義《なんぎ》をしれば。君是よりお国へおもむきて[八]身骨《みほね》を労《ろう》して稼給《かせぎ》はゞ。わらは[九]寸志《すんし》の資金《もとで》を恵《めぐむ》べし　といへば。家六　両手を合《あはせ》て拝《おがむ》を見るより　流石野は二階を下《おり》しが間《ま》もなく来りて[一〇]金札の一包《ひとつゝみ》をわたし「是よりふたゝび都へきたりて　芸者[一一]女郎の蜘《くも》の巣《す》へかゝり給ふことなかれ。もはや夜明《よあけ》に及《および》たれば　人目《ひとめ》を忍《しのび》て此里《さと》を早く出給《いで》へ　[一二]都の端《はし》まで車も用意させたり[一三]と悪を善にてむくはすれば　さすがの家六も[一四]己惚《おのぼれ》の。角《つの》をおられて一句《いつく》も出ず。[一五]後悔《かうくわい》を先に立《たて》て車に乗《のれ》ば。[一六]家根《やね》にも一羽《いちわ》の[一七]阿房烏《あほうがらす》　アホウ〳〵と鳴《なき》ながら車と共《とも》に飛去《とびさり》ける

青楼半化通下の巻　終

一　あわてなさっても。
二　時機に遅れて無駄なことのたとえ。五月五日に菖蒲を軒に差したことから。「十日の菊」(九月九日の菊の節句の翌日に咲いた菊)と対にしていう。「六日の菖蒲　十日の菊　悔めども前(きさ)に立(た)ず」(魯文『西洋道中膝栗毛』四編「総編本文読例」、明治四年)。
三　新吉原に花菖蒲を植えるためのお金を預けた猫又に逃げられては。
四　本当に。　五　→補六五。
六　おろそかになさった。
七　お目にかかること。特に遊女が用いた。「御見参」の略。
八　辛苦をいとわず、仕事に精を出して。
九　元手として、心ばかりのお金を。
一〇　紙幣。→補九七。
一一　→九頁注四八。
一二　都の端まで送ってゆく人力車も用意させました。「両国より人力車に載せられ(略)車に乗りしを覚へて居るのみ」(明治八年四月二十五日『朝野新聞』)。
一三　家六の悪行に対し、流石野は善事によって報いたので。
一四　自分を通人だとうぬぼれていたのを打ちひしがれて。
一五　もう取り返しがつかないことを今さらに後悔して。諺「後悔先に立たず」のもじり。
一六　開花楼の屋根。
一七　→補九八。

（五頁より続く）

に入て蛤となり。山出し妹《いも》が婿臭《ぬらくら》して。御内儀となるより」（二世柳亭種彦『七不思議葛飾譚』九編自序、慶応三年〈一八六七〉）。

二四 蚕気楼（大ハマグリの吐く気が作ると信じられた楼閣。「蛤」の縁語）と、妓楼が新たに洋風建築となったことを掛ける。↓三頁表紙注、五頁注六。

二五 保食神《うけもちのかみ》＝五穀豊穣を司る、稲荷神社の祭神）に、縁結びの苦労（↓補一二）を「受け持つ」を掛ける。

二六 九郎助《くろすけ》稲荷。「苦労」と韻を踏む。↓補一二。

二七 見込みも付かない。

二八 吉徳稲荷と合力稲荷。↓補一三。

二九 訓戒。

三〇 稲荷四社が廓外に出て行ったので、狐の像がくわえた宝珠もなくなった。↓補一四。

三一 旭（朝日）如来。追分の弥陀とも。↓補一五。

三二 格式の高い見世（以前の大籬《おおまがき》）。

三三 「戒」と「階」を掛ける。↓補一六。

三四 「弥陀如来」（↓注三一）に「無駄」を掛けた地口。新吉原が不景気なため、いくら拝んでも無駄だ、の意。

三五 芸娼妓解放という時勢が原因とはいえ、こんな仏縁のない者は救いようがない。

（七頁より続く）

二九 そもそも歳月の進行は。「光陰矢の如し」を踏まえる。「抑」は底本「仰」。誤記として改める。

三〇 時刻の名称。「正午を、十二時の針の真中に定め、それより次第に、一時二時とかぞへ行ば」（柳河春三『西洋時計便覧』明治二年）。

三一 一カ月や二カ月。

三二 女性が嫁入りして子を生み、その子が嫁を取って自分が姑となる。諺「昨日は嫁、今日は姑」「嫁化して姑となる」に同じ。「よめが万事こらへて　しうとめにかち（勝）をふつてやれば　ぢきによめがしうとめになつて　かちを見るじせつがくるなり」（応賀『教訓浮世眼鏡《めがね》』下「口角力《すまふ》」天保十五年〈一八四四〉。絵入り）。

三三 時間が過ぎるのは早い。

三四 少しも止まらない。↓補二八。

三五 浮かれ騒ぎながら、ひやかしに見て歩くこと。

三六 「YU-GE, ユウゲ、遊戯、Amusement（略）Syn. TAWAMURE」（ヘボン『和英語林集成』再版、明治五年）。

三七 夜、灯火の下で仕事をしたということだが。

三八 めったにない、立派な人。

三九 読み書きもよくできるのに、素行が悪いだけで落ちぶれているのだが、それにも気付かず。

（九頁より続く）

荒れ果てたさまのたとえ。果実の形が三味線の撥《ばち》に似ているところからいう。春の七草の一つ。

三八 検番（見番）。↓補四〇。

三九 翡翠《かわせみ》の羽で飾ったとばりを垂れ、紅色に塗った寝室に、客と共寝したはやりの娼妓も。

四〇 桜の名所吉野山（現奈良県吉野郡吉野町）と、紅葉の名所竜田川（現奈良県北西部）。新吉原の絢爛たるさま。

四一 夢から覚めてしまったように、もはや跡形もないことだ。

四二 その無常をいたんで、曲を奏でたところ。「哀傷」は濁って読むこともあった。「為朝木石にあらざれば、その哀傷《あいしやう》を見捨がたくて」（曲亭馬琴『椿説弓張月』拾遺巻三、文化七年〈一八一〇〉）。

四三 二挺鼓を打っても、三之輪町に住む狸の腹鼓がこだまのように返ってくるだけで。↓補四一。

四四 一中節や河東節の伴奏をする三味線も、紙袋に入れられて。↓補四二。

四五 補四二の手まり唄の歌詞に、「何の音も」を掛ける。

四六 新吉原遊廓の太鼓持ち（↓四頁見返し注）には廃業する者もいる中で。↓補四三。

四七 藻に棲むワレカラという虫のように、自分から、新吉原に出稼ぎに戻る娼妓には、蓑虫のように父母が恋しいと泣く者もいるけれども。↓補四四。

四八 貸座敷間を自由に移動する娼妓のたとえ。↓補四五。

四九 遊女屋にとってさらに悪いことに。↓補四六。

五〇 貸座敷に娼妓の数が足りないので、一人夜明けまで娼妓を待つ客もいる。↓補四七。

五一 「閭々」は太鼓の音。「一六の日」は毎月一と六のつく日で、休日。↓補四八。

五二 一六の休日。「どんたく」はzondag（オランダ語で日曜日）の訛。↓補四九。

五三 妓楼の繁栄は長くは続かず、人の出入りも恋愛沙汰も冬になるとなくなって。↓補五〇。

五四 人が来ない分、往来は広くなったが、商売にゆとりがなくなったために。

五五 新吉原に属さない芸者と、船宿の争い。↓補五一。

五六 新吉原の異称。↓補五二。

五七 引手茶屋（↓補五一）と遊女屋（↓補七）。↓補五三。

五八 持ちつ持たれつの商売。

五九 いま衰えている華やかなこの商売を、また繁栄させるには時節もよいと。

六〇 旧暦の三月。明治七年三月は新暦で四月十六日－五月十五日に当たる。

六一 ↓補五四。

六二「春宵 一刻 値ひ千金」(蘇東坡「春夜」)のもじり。春の宵、一六の休日に来る客を目当てに植えた桜は千金に値する、の意。
六三 四月二十六日(日曜日)。↓補五五。
六四 咲き乱れた花は、その恋心もあふれ出るように。
六五 思いがけないことに。
六六 読みは「昼後」(午後の意)による。
六七 その上に。「聢」はしかと、確かに、の意で、耳に定かに聞きとめる意の国字。ここは当て字。
六八 新吉原の南の浅草寺の方を指す。
六九「硠」は雷の音。ゴロゴロ。
七〇 休日で新吉原に向かった人々。
七一 剣幕。怒りに満ちたすさまじい顔つき・態度。雷鳴の擬人表現。
七二 雷門は慶応元年(一八六五)焼失したので「元」をつける。↓補五六。
七三「さと」は「色里」の略称。新吉原。
七四「ごろつき」は雷の異称。ごろごろと音を立てるところから。
七五「粤(ツエ)」は事柄を説き起こす語。その時。
七六 ↓補五七。
七七 下界の騒ぎに無関心なさま。四月二十六日は月齢十一。

(二七頁より続く)
三二 硯・筆・墨・小刀などを入れておく箱。
三三 人間の持つ百八種の煩悩の数に掛ける。
三四 買い入れておいた女の刑死人の指が、ちょうど無くなった折だったので。↓補八二。
三五 台屋(やだい)と呼ばれた仕出し屋から、茶屋・遊女屋へ運び込まれた料理品。↓補九六。指の正体はその、うま煮のたこの足だった、ということ。うま煮は、肉や野菜などをみりん・砂糖・鰹節・醬油などで甘く濃い味に煮つけた料理。
三六 指帳では百八本も。
三七 右手も左手もこれこの通り十本そろった、親から受け継いだこの身体に。「かたみ」は、親をしのぶよすがとなるもの。
三八 手品の種あかしをしたのは。
三九 悪事を計画して、売り言葉で悪口を言ったので、私も自分の生き方を貫き通すため、買い言葉で応じましたが。
四〇 あなたは敵の子孫ではなく。
四一 ほんのちょっとでも共寝したお客。
四二 どうして。反語。
四三 ↓二二頁注二四。
四四 帰る途中、猫屋又六方へ寄ろうと。
四五 あなたがお金を出したことから、又六がそれを猫ばばして行方をくらましたことまで、事の次第を知り。
四六 よい時期になったら。お金ができた時、の意。
四七 他人のお金を持って逃げた者が。

仮名垣魯文

高《たか》橋《はし》阿《お》伝《でん》夜刄《やしや》譚《ものがたり》

須田千里　校注

明治九年八月二十七日、旅人宿丸竹で古着商後藤吉蔵を斬殺して金を奪った高橋でんは、捕縛当初から異母姉の仇討と称して容易に罪を認めず、斬罪に処されたのは二年半後の明治十二年一月三十一日だった。その悪知恵に長けた冷静さから、時の毒婦ブームに乗って直ちに合巻化され、本作は際物として岡本勘造『其名も高橋毒婦の小伝 東京奇聞』と熾烈な競争を演じた。内容は、でん及び関係者の供述を参照しつつ、お伝の父を博徒としたり、ハンセン病の妙薬として男児の生肝を取った実話を利用したりするなど、独自の設定が見られる。

作者仮名垣魯文は戯作者（一八二九‐九四）。『西洋道中膝栗毛』（初編明治三年）、『牛店雑談 安愚楽鍋』（初編同四年）などで開化期風俗を描き、流行作家となる。明治五年の「三条の教憲」で実学尊重の世となった後は戯作から遠ざかるが、久保田彦作『鳥追阿松（とりおいおまつ）海上新話』（明治十一年）による毒婦物の流行に乗じて本作を執筆。代表作の一つとなり、「四五千部を売尽した」（野崎左文「『高橋阿伝夜刄譚』と魯文翁」『明治文学名著全集 第五篇 高橋阿伝夜刄譚』東京堂、一九二六年）。

表紙画・挿絵の守川周重（生没年未詳）・梅堂国政（一八四八‐一九二〇）はともに歌川派の浮世絵師。

〔底本〕八編二十四冊。中本。各冊九丁（ただし初編中巻・下巻のみ八丁）。初編のみ和装活版本、二編以降は整版本。売り出しは二月十三日（初編）‐四月二十二日（八編）。版元は金松堂辻岡文助（日本橋区横山町三丁目二番地）。本巻では初版早印本を底本とした（なお、初編・二編の後印本・改版本には本文異同が見られる。↓解説）。

〔梗概〕淫奔な母お春と博徒鬼清の私生児として上野国下牧村に生まれた高橋お伝は、美貌と悪知恵を兼ね備え、波之助と結婚した後も賭け事にふけっていた。鬼清から身の上を聞いたお伝は、後に捕縛された彼の口から悪事がばれるのを恐れ、波之助とともに養家を出奔。藤川村光松寺で波之助がハンセン病を発症したため、妙薬を求めて甲斐国に向かう。甲府で遊女勤めをしたお伝は、そこを逃げ出し、追手からも逃れて横浜に行く。密売女となったお伝は、スリの市松に心を移し、病状の悪化した波之助を絞殺。市松と上州へ向かう途中、軽井沢近郊で捕縛されるが、うまく言い逃れて下牧村の養家に帰る。その後、出奔して上京する途中、小川市太郎と関係を持ったお伝は、鈴木浜次郎らを籠絡し、また種々の商売に手を染めるが結局失敗。後藤吉蔵を殺して金を奪うが捕縛され、二年半もの間しぶとく罪を認めなかったが、口書が偽りと認定され斬罪に処された。

高橋《たかはし》阿《お》伝《でん》夜叉《やしゃ》譚《ものがたり》　初編

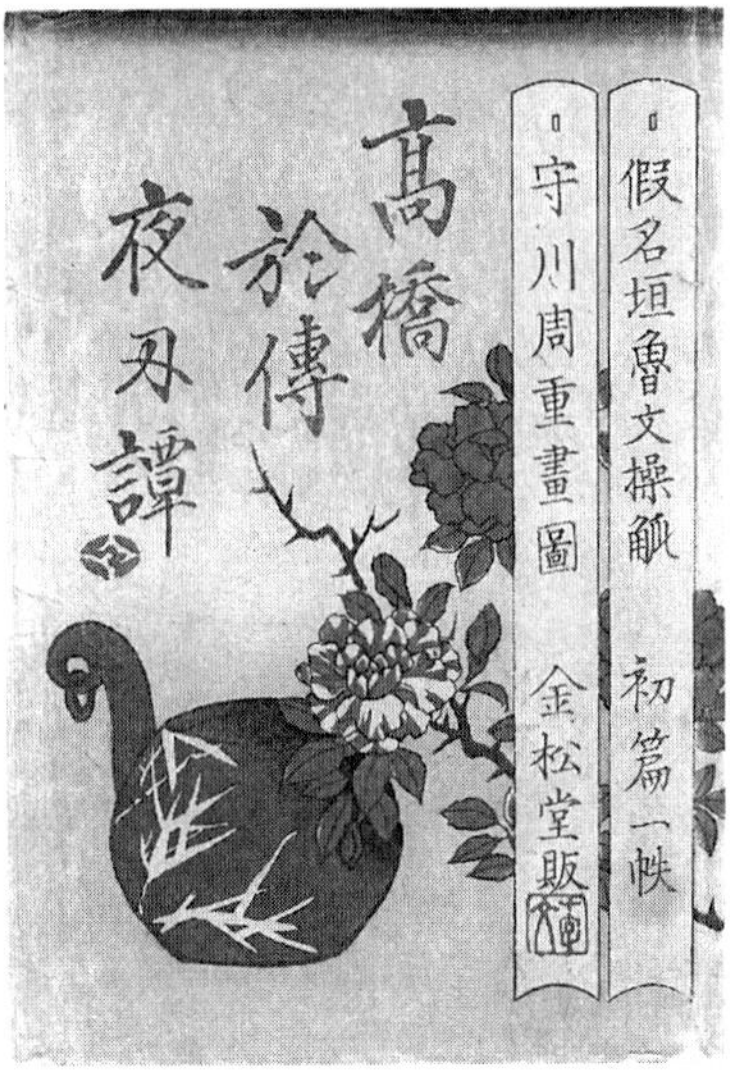

初編　袋

上巻表紙

中巻表紙

袋(前頁)　赤と紅白の椿。多色刷。

表紙(上段と次頁右)　三枚続。旅人宿丸竹で後藤吉蔵(中巻)を殺害するお伝(上巻)。お伝の顔は、明治十二年五月二十九日(二十八日初日を延期。二十八日『読売新聞』)－七月六日に河竹新七(黙阿弥)作『綴合於伝仮名書《とじあわせおでんのかなぶみ》』が新富座で上演された際、お伝に扮した尾上菊五郎を想定したもの(岩田秀行氏御教示)。なお、お伝を菊五郎が演じることは、五月六日『読売新聞』に記載。外から窺う情人小川市太郎(下巻。提灯に「小川」とある)。多色刷。なお、八編までを通じて、裏表紙はひし形に「〈文」を入れて並べた図案(「辻文」＝辻岡文助の意)、または「金」字を松の枝葉に見立てた図案(辻文の屋号「金松堂」の意)。

下巻表紙

上巻見返し

仮名垣魯文操觚

守川周重画

高橋阿伝夜叉譚　初篇上

東京書肆　金松堂梓

上巻見返し　「操觚」は文筆に従事すること。昔、中国で觚（四角の木札）に文字を記したところからいう。守川周重（ちかしげ）は浮世絵師。本名音次郎。豊原国周（一八三五－一九〇〇）に師事し、歌川周重とも称した。号喜蝶斎、一梅斎等。明治二－十五年頃に活躍し、西南戦争物の錦絵や三枚続の役者絵に秀でた。本作は草双紙挿絵の代表作。他に二世柳亭種彦（柳亭仙果）『白縫譚』六十四－六十八編（明治十一カ－十四年）の口絵・挿絵・表紙などがある。揚洲（橋本）周延とは同門。二色刷。

回顧《くわいこ》すれば[一]八《や》年前《とせさき》。余《よ》乎《や》自己《みづから》の拙筆《へた》を覚《おぼ》へ。断然架空《だんぜんかくう》の業《げふ》を廃《はい》し。[二]稗史《はいし》の筆《ふで》を[三]机上《きしやう》に投棄《なげすて》。[四]飄々乎《へう〳〵こ》として[五]横濱《わうわん》の山荘《さんさう》。[六]窟螻蟻《くつろぎ》の[七]茅舎《ばうしや》に隠《かく》れ。老《をひ》の学問《がくもん》[八]手跡《て》六旬《ろくじう》。翌日《あすち》散る迄《まで》の[九]帰《かへ》り花《ばな》。聊乎《いさゝか》[一〇]昨非《さくひ》を知《し》らむと欲《ほつ》すに。如何《いかに》せん[一一]糊口《ここう》の銭術《せんじゆつ》。[一二]老《をひ》の坂《さか》にも世《よ》渡《わた》りの。杖《つゑ》突乃《つきの》の字《じ》を供《そな》ふる為《ため》。[一三]新聞記者《しんぶんきしや》の隠居職務《いんきよしごと》。[一四]活《いき》た老父《おやぢ》の捨所《すてどころ》と。世《よ》に謡《うた》はれて茲《こゝ》に至《いた》るに。旧識《きうしき》の[一五]金松主人《きんせうしゆじん》。[一六]昨今府下《さくこんふか》に名高《なだか》き[一七]毒婦《どくふ》阿伝《おでん》が[一八]顛末《てんまつ》を潤色《じゆんしよく》し。全部《ぜんぶ》に[一九]補綴《ほてつ》せよと乞《こ》ふ。[二〇]知命《ちめい》[二一]奈何《いかん》ぞ天《てん》に悖《もと》らん。[二二]実盛擬賽《さねもりきどり》の白紙《しらかみ》に。鬢髭染《びんひげそめ》る墨筆《すみふで》を。今更採《いまさらと》るさへ大人気《おとなげ》なきに。況《いはん》や旧《ふる》きに[二三]帰《かへ》り新参《しんざん》。覆《かく》せし恥《はぢ》を[二四]文明《ぶんめい》の。照前《あかるみ》へはと[二五]固辞《こじ》すと雖《いへど》も。[二六]旧交旧債《きうかうきうさい》已《やむ》を得《え》ず。[二七]遁辞《とんじ》に術《すべ》なく水茎《みづぐき》の。跡止《あとと》むる事《こと》となりしは。笑柄草《わらひぐさ》の種蒔《たねまき》ならん歟《か》

明治十二年第二月　仮名垣魯文題[二八]

一 足かけ八年前の明治五年。↓補一。
二 草双紙。↓補二。
三 清濁いずれにも読んだ。「机上（きしやう）に筆を踊らすのみ」（式亭三馬『浮世風呂』四・下、文化十年〈一八一三〉）。
四 世事にとらわれないさま。
五 横浜。魯文は明治六年冬神奈川県庁の雇員となり、横浜に移住（野崎左文『かな反古』明治二十八年）。「横濱（よこはま）」（魯文『西洋道中膝栗毛』七編序、明治四年）。
六 ↓補三。
七 小さく粗末な家。自宅を謙遜していう。
八 六十歳の手習い。晩学をいう。明治九年時、魯文は数えで四十八歳。「三十振袖四十嶋田　素読三十筆（て）六十」（『西洋道中膝栗毛』十・上、明治四年）。
九 季節外れの花。
一〇 過去の過ち。遅まきながら学問に励み、これまでの戯作者人生を反省しようと思っていたのに、の意。
一一 生活のためにお金を得る方法。
一二 だんだん年老いてゆく身で、生活上の便り（お金）を用意するため。「杖突乃の字」はその字形から、腰をかがめ杖をつく姿をたとえる。「杖つきのゝ字の老人は」（魯文『滑稽富士詣』万延元年—文久元年〈一八六〇—六一〉、四・上）。
一三 魯文は明治六年五月には『横浜毎日新聞』に入社か（五月三十日同紙「新鮮牛乳売捌」等）。八年十一月一日『仮名読新聞』を創刊。
一四 川柳「辻番は生きた親仁の捨てど

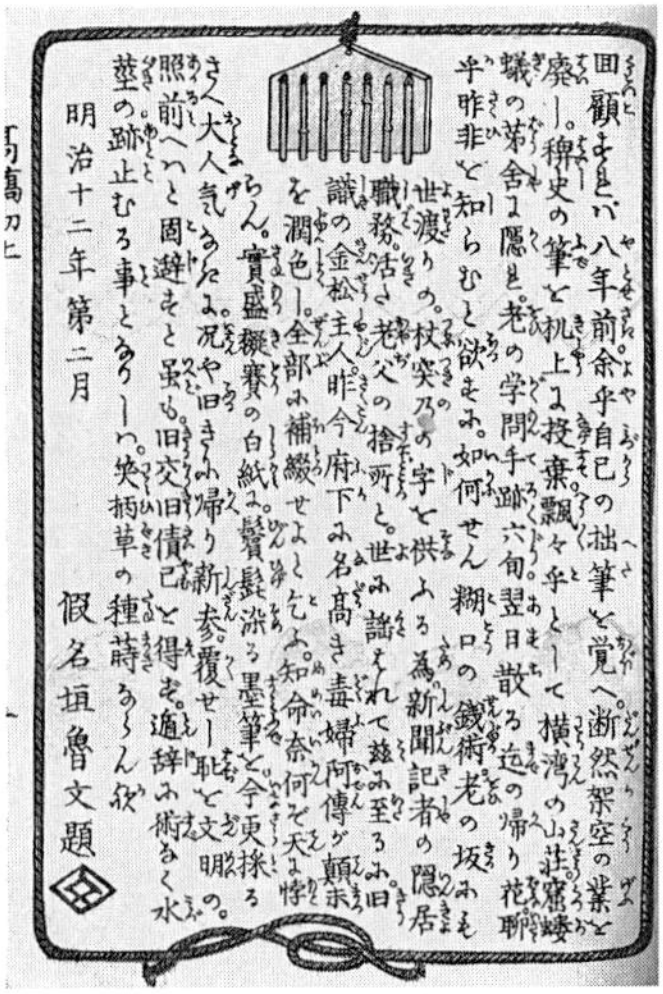
回顧すれバ八年前余乎自己の拙筆を覚へ。断然架空の業を廃し。稗史の筆と机上ニ投棄。飄々乎として横浜の山荘ニ寓居蟻の第舎ニ隠匿。老の学問手跡六旬。翌日散る迄の帰り花聊乎昨非と知らむと欲すれバ。如何せん糊口の銭術老の坂ニも世渡りの。杖突乃の字を供ふる為。新聞記者の隠居職務。活さ老父の捨所と。世ニ謡れて茲ニ至るニ。旧識の金松主人。昨今府下ニ名高き毒婦阿傳が顛末を潤色し。全部ニ補綴せよと乞ふ。知命奈何ぞ天ニ悖らん。實盛擬賽の白紙ニ。鬢髭染る墨筆と。今更採るさへ大人気なけれバ。況や旧きニ帰り新参。覆せし恥を文明の。照前へハと固避すれど虽も。旧交旧債已事と得ず。遁辞ニ術なく水茎の跡止むる事となりしハ。先栖草の種蒔なるらん歟

明治十二年第二月　假名垣魯文題

ころ」（大曲駒村編『川柳大辞典』日文社、一九五五年）を踏まえる。辻番は、江戸時代に武家屋敷町の辻々に設けられた番小屋の番人。何の役にも立たない者がなるとされた。

一五 書肆金松堂、辻岡文助。当時の有力書肆。明治三―四年に魯文『金花七変化』二十八―三十一編を出版。↓補三〇。

一六 明治十二年一月三十一日斬罪に処された高橋でんの記事は、二月一日以降諸新聞に掲載。↓補四。

一七「心悪シク人ヲ害スル女」（大槻文彦『言海』明治二十二―二十四年）。「阿」は親しみを込めて呼ぶとき、その名などに付ける接頭語。

一八 一生の履歴。

一九 資料を取捨して文章を作ること。本作以前では、素人作者の草稿に手を入れた『仮名文章（かなまじり）娘節用』前後編（天保二年〈一八三一〉）に「曲山人補綴」、魯文『小栗一代記』（嘉永七年〈一八五四〉）に「鈍亭主人補綴」、同じく『将門一代記』（安政二年〈一八五五〉自序）に「鈍亭魯文補綴」、三遊亭円朝作話『今朝春三組盃』二編（明治五年）に「山々亭有人補綴」などの例がある。先人の作を元にしたというニュアンスが強い。ここは、「近村なる何某

――三八頁に続く

絵 文面を鳴子（田畑が鳥獣に荒らされるのを防ぐためのしかけ。縄を引いて音を出す）と縄で囲む意匠。多色刷。

高橋九《たかはしく》右《ゑ》ヱ門《もん》の
養女毒婦《やうぢよどくふ》阿《お》伝《でん》

撃剣師《げきけんし》
斎藤良之助《さいとうりやうのすけ》

破落戸《ならずもの》
信州無《しんしうむ》藉《せき》
鬼清《おにせい》

(なにがし)が親しく見聞の記事と 今回おでんが口供」(↓六六頁一五行)、親・関係者の供述などの資料に依拠して書いた、というスタンス。実事尊重を旨とする「三条の教憲」に対応。

二〇 五十歳の異称(『論語』為政)。当時魯文は数えで五十一歳。

二一 どうして自然の道理に背くことができようか、いやできない。老齢で任に堪えない、の意。

二二 実盛を真似て、年寄りのくせに再び執筆する意。「実盛」は↓補五。「筆の白髪を摺る墨に。染て壮輩(わかて)の手柄と競ひ。実盛賽(ども)きの憤発も」(魯文『恋相場花王夜嵐(こいそうばはなのよあらし)』三編自序、明治十四年八月)。

二三 一度主家を辞した後、再び戻って仕えること。再度戯作の筆を執る意。 二四 文明開化の世の中へ。

二五 「固辞」は底本(国立国会図書館蔵本)「固避」。意によって改める。「固避(こじ)せざるは」(魯文『佐賀電信録』小引、明治七年)。なお、活字版三種(↓凡例)ともに「固辞」。

二六 昔からの付き合いや借り。

二七 言い逃れの方法もなく、書くことになったのは、物笑いの材料を提供するものといえようか。「水茎の跡」は筆跡や文字。

二八 「ロ文」の二字を印章化した魯文の印(藤田徳太郎「仮名垣魯文研究補遺」『明治文学講座』四、木星社書院、一九三三年)。

——以上三七頁

阿《お》伝実母《でんじつぼ》
お春《はる》

高橋代助舎弟《たかはしだいすけおとゝ》
波之助《なみのすけ》

口絵　鎌を持った草刈り姿のお伝(↓六四頁八行)、鬼清(↓四五頁一〇行)を取り押さえ鳴子で縛ろうとする斎藤良之助(↓一〇八頁五行)、縄を持つお春(↓四三頁三行)、それを見る波之助(↓七二頁二行)。多色刷。

○緒《いと》[一]　言《ぐち》

去《さ》る明治《めいぢ》九年《ねん》八月《ぐわつ》二十六日の夜《よ》　浅草御蔵前《あさくさおんくらまへ》[二]旅人宿《りよじんやど》[三]大谷《おほたに》[四]三四郎方《らうかた》にて　後藤吉蔵《ごとうきちざう》[五]を殺害《せつがい》なしゝ毒婦《どくふ》高橋《たかはし》お伝《でん》の事跡《じせき》は　其口供《そのくちがき》[六]に因《よつ》て渠《かれ》[七]が履歴顛末《りれきてんまつ》の概略《あらまし》[八]を知《し》るに足《た》るを以《もつ》て　諸新聞《しよしんぶん》[九]此《これ》に基《もとづ》き　各記者《かくきしや》筆《ふで》を採《と》つて長談数回《ちやうだんすくわい》に及《およ》ぶと雖《いへど》も　彼口供《かのくちがき》の如《ごと》きは　毒婦《どくふ》が狡才《かふさい》[一〇]　詐欺《いつはり》をのみ旨《むね》とし　現《げん》に明《めい》々く[一一]たる法庭《はうてい》を暗冥《くらま》さんとするに有《あり》て　遂《つひ》に其実《そのじつ》を告《つ》ぐるに至《いた》らず　然《しか》れ共《ども》　官《くわん》[一二]の明鏡《めいきやう》　毒婦《どくふ》が胸裏《こゝろ》を認定《みさだむ》るの証《しやう》を挙《あげ》　審判断決《しんばんきはまり》て　同十二年《ねん》一月三十一日東京裁判所《とうけいさいばんしよ》[一三]にて　左《さ》の如《ごと》く申《まを》し渡《わた》されたり

群馬県下《ぐんまけんか》[一四]上野国《かうづけのくに》[一五]利根郡《とねごほり》[一六]下牧村《しもまきむら》[一七]
四拾四番地《ばんち》平民九《へいみんく》[一八]右衛門《ゑもん》養女《やうぢよ》
高橋《たかはし》おでん　二十九年二ケ月[一九]

其方儀《そのはうぎ》[二〇]　後藤吉蔵《ごとうきちざう》の死《し》は自死《じし》[二一]にして　己《おのれ》の所為《しわざ》にあらざる旨所《おもむき》申《まを》し立《たつ》ると雖《いへど》も　第《だい》一　右吉蔵《みぎきちざう》を殺害《せつがい》せし云々《しかぐ》の書置《かきおき》　及《およ》び当所警視分署《たうしよけいじぶんしよ》[二二]等《とう》[二三]に明治《めいぢ》[二四]十年《ねん》八月《ぐわつ》十日紏問《きうもん》判事《はんじ》[二五]に於《おい》ての供状《くちがき》　第《だい》二　医員《いゐん》の診断《しんだん》　第《だい》三　今宮秀太郎《いまみやひでたらう》[二六]の申供《まをしくち》[二七]　第《だい》四　旅店大谷《りよてんおほたに》三四郎等《らうとう》の申供《まをしくち》　第《だい》五　宍倉《しゝくら》[二八]佐七郎《らう》の申述《まをしのべ》　此衆証《このしゆうしやう》[二九]に依《よ》れば自殺《じさつ》に非《あら》ざる事明白《ことめいはく》なりとす　而《しか》して広瀬《ひろせ》[三〇]某《ばう》の落胤《おとしだね》[三一]　或《あるひ》は異母《はらがはり》[三二]の姉《あね》の復讐《かたき》なりと云《い》ひ　又《また》は姉在世《あねざいせ》の

一 まえがき。序文。 二 浅草御蔵（江戸幕府の蔵米の貯蔵所）の前あたり。現台東区の南東部、隅田川西岸の地名。↓付図3①。 三「旅人宿（はたごや）」（明治十二年二月十九日『東京新聞』雑報）。 四 旅人宿丸竹の主人。↓三四三頁注一五、三四五頁六行。 五 でんが殺害した古着商。↓三三六頁一六行。 六 裁判所が被疑者・関係者を尋問し、その供述を記した調書。 七 三人称の代名詞。男女ともに用いる。「かれ 彼、渠」（高橋五郎『漢英対照 いろは辞典』明治二十一年）。 八 底本「既略」。第一次改版本（↓凡例）以下により改める。 九 小（こ）新聞を中心に掲載。↓補四。 一〇 悪知恵。 一一 物事を明白に判断する法廷をごまかし、判断を誤らせようとする。 一二 曇りのない澄んだ鏡のような、裁判官の判断は。 一三 明治初期は「とうけい」と漢音で読む方が優勢。東京裁判所は↓補六。 一四 明治四年の廃藩置県後は九県に分かれていたが、九年群馬県に統一。以下の判決文は各紙に掲載。↓補七。 一五 旧国名。現群馬県とほぼ重なる。 一六 群馬県北端に位置する郡。 一七「しももく」と読む。現利根郡みなかみ町下牧。利根川東岸に位置し、明治十年頃の戸数は一一九、人口五二三（『日本歴史地名大系10 群馬県の地名』平凡社、一九八七年）。↓付図2①。 一八 華族・士族以外の族称で、明治二年―大正三年使用。

景況《ありさま》 及《およ》び[三三]須藤為次郎《すとうためじらう》等を証拠人《しやうこにん》と云《い》ふも [三四]果《はた》して姉《あね》の[三五]生所《うまれどう》等をも[三六]認《したゝ》む可《べ》き徴憑《しるし》なし [三七]畢竟《ひつきやうな》名を復讐《かたきうち》に托《たく》し 自《みづか》ら[三八]賊名《ぞくめい》を匿《かく》さん為《ため》に出《いづ》る遁辞《にげことば》なる者《もの》とす [三九]此《これ》に由《より》て之《これ》を観《み》れば 徒《いたづら》に[四〇]艶情《いろ》を以《もつ》て吉蔵《きちざう》を欺《あざむ》き 財《ざい》を図《はか》るも遂《つひ》に能《あた》はざるより 予《あらかじ》め殺意《さつい》を起《おこ》し 剃刀《かみそり》を以《もつ》て殺害《せつがい》し 財《ざい》を得《う》る者《もの》と認定《にんてい》す 依《よつ》て[四一]右科人律謀殺第《みぎとがじんりつばうさつだい》五項《こう》に照《てら》し[四二]斬罪申《ざんざいまを》し付《つく》る

[四三]罪案如此《ざいあんかくのごとく》なれば 諸新聞《しよしんぶん》に掲載所《かゝぐるとこ》ろは毒婦《どくふ》が[四四]奸舌《かんぜつ》の虚《きよ》に基据《もとづき》て 其実際《そのじつさい》を得《う》る者《もの》ならず 各記者《かくきしや》も亦此《またこれ》を知《し》りて[四五]附言《ふげん》あり 他日必《たじつかなら》ず確報《くわくはう》に因《よつ》て再記《さいき》す可《べ》きを[四六]証《しやう》す 本編《ほんへん》は略《ほゞ》その実《じつ》に近《ちか》きを探《さぐ》り [四七]条々聊《でうくいさゝ》か文飾《ぶんしよく》して [四八]男児婦幼《だんじふえう》の勧懲《くわんちやう》一端《たん》に供《そな》ふる而已《のみ》

明治十二年二月十[四九]二日 東京[五〇]出雲町《とうけいいづもちやう》 [五一]仮名読新聞社《かなよみしんぶんしや》に於《おい》て

仮名垣魯文再誌

二九 満二十九歳と二カ月。嘉永二年―明治十二年（一八四九―七九）となるが、生年は諸説あり。各紙、月は異なるが「三十年」で（→補七）、これだと嘉永元年生まれ（→六四頁注九）。高橋九右衛門の子孫の家に残るでんの略歴書（昭和九年十一月）によれば、嘉永元年八月十三日生まれ（萩原進『群馬県遊民史』「女のやくざ」「二、高橋おでん」上毛新聞社、一九六五年）で、三十年五カ月となる。他に嘉永四年説（→六四頁注九）などがある。 三〇 下位の相手に対し武士などが用いる対称。江戸時代以降、言渡し・判決の際に用いられた慣用句。末尾は「…申付る」。 三一 自殺。 三二 明治七年一月設置の東京警視庁が十年一月廃止され、内務省警視局に移管、東京警視本署となり、八年十二月以降の警視第一方面第一署から、警視第一方面第一分署と改称（山元一雄『日本警察史』〈松華堂書店、一九三四年〉、警視庁史編さん委員会編・刊『警視庁史 明治編』〈一九五九年〉）。なお、振り仮名「じ」は底本のママ。「じ」は「視」の呉音。「一視同心（いつしどうしん）」（魯文『佐賀電信録』上）。第一次改版本（→凡例）以下は「し」。 三三 「丼」の誤植か。→補七。 三四 同年八月九日『東京曙新聞』に、でんがあくまで白状しないため、一昨日より東京裁判所刑事課糾問掛りで厳しく調べられている旨の記事がある。

（一五六頁に続く）

高橋阿伝《たかはしおでん》[一]夜叉譚《やしやものがたり》　初編《しよへん》上之巻

仮名垣魯文補綴

○第《だい》一回《くわい》　[二]荊棘根《いばらね》を分《わかち》て薊草《あざみ》を生《しやう》ず

[三]男女《なんによ》その性《せい》を異《こと》にし　その質《しつ》に別《べつ》あるは　[四]造物主宰《ざうぶつしゆさい》の機関《きくわん》にして　[五]唯人生《たゞひとだね》を滋産《ふやす》の妙《みやう》工《こう》　骨格瑣細《こつかくさゝい》の変化《かわり》ある而已《のみ》　蓋《けだ》し霊魂《れいこん》の善悪《ぜんあく》　女子《ちよし》にして男子《だんし》に勝《まさ》れる者《もの》は　[六]西哲《せいてつ》の[七]所謂《いわゆる》雌雄双性《しうさうせい》の混淆《こんかう》に生《しやう》じ来《きた》り　加《くわ》ふるに父母《ふぼ》教育《きやういく》の[八]親疎《しんそ》に依《よつ》て　[九]白糸《はくし》色《いろ》を染《そむ》るの類《るゐ》か然《しか》れ共《ども》　[一〇]外面《げめん》の菩薩《ぼさつ》　内心必《ないしんかなら》ず夜叉《やしや》の如《ごと》しと[一一]同一視《どうじ》するは不可《ふか》なり　美女《びちよ》に善行《ぜんかう》あり醜婦《しうふ》に悪行《あくかう》あり　[一二]大天姿国色《それてんしこくしよく》ありて　[一三]奸毒妲妃呂后《かんどくだつきりよかう》に等《ひと》しき　現今見聞《たゞいまけんもん》するの[一四]奇蹟《きせき》　記《しる》して将来《しやうらい》の懲戒《いまし》めとす　抑《そも〳〵》本年《ほんねん》一月下旬《げつげじゆん》　[一五]刑場刀下《けいじやうたうか》の鬼《き》となりて　その悪名《あくめい》を[一六]世《よ》に触《ふ》れし高橋阿伝《たかはしおでん》が[一七]成長《ひとゝなり》を索《たづぬ》るに　今《いま》を去《さ》る三十余年前《よねんまへ》　世《よ》は旧幕《きうばく》の[一八]政事《せいじ》に属《ぞく》せし[一九]嘉永年間《かえいねんかん》の頃《ころ》とかや　上野国《かふづけのくに》利根郡《とねごほり》[二〇]後閑村《かうかんむら》に　櫛淵長兵衛《くしぶちちやうべゑ》といへる農民《ひやくしやう》あり　祖父《そふ》の代《だい》より引《ひき》続《つゞ》き　一村内《そんない》にも肩身《かたみ》広《ひろ》く　[二一]作男田植女《さくをとこたうゑめ》抔《など》多《おほ》く役《つか》ひて　[二二]竈《かまど》の煙《けぶ》り立登《たちのぼ》りたる暮《く》らしなりしが　年々《ねん〳〵》の[二三]左《ひだ》り前《まへ》　洪水凶作《でみづきようさく》に打続《うちつゞ》く薄命《ふしあはせ》　[二四]領主《りやうしゆ》が苛酷《きびしき》年貢《ねんぐ》の[二五]債《はた》りに　漸々《おひ〳〵》所有《しよいう》の田《でん》畑《ばた》まで今《いま》は残《のこ》らず他手《ひとで》に渡《わた》し　その日《ひ》の煙《けぶ》りも立《たて》かねて　[二六]淵《ふち》は瀬《せ》となる[二七]水飲農民《みづのみびやくしやう》　渇《かわ》

一「夜叉」は容貌醜悪で獰猛な鬼神。羅刹とともに毘沙門天の眷属で北方を守護。お伝の恐ろしい心情・行為をたとえる。第二次改版本(→凡例)以下では「夜刄」(刄は刃の俗字)。この用字は当時の通用で、中・下巻標題でも同様。山東京伝『善知安方(うとうやすかた)忠義伝』(文化三年〈一八〇六〉)巻五の「滝夜刄姫」や、「外面如菩薩内心如夜刄」(二世十返舎一九『御贄(おとしだま)美少年始(ねんし)』五編自序、嘉永三年〈一八五〇〉)、「内心の女夜刄」(明治十一年十一月二十二日『仮名読新聞』)など。
二 イバラの根からアザミが生える。世間の嫌われ者から似たような子が生まれるたとえ。
三 当時は「だんぢよ」より一般的な読み方。「性」は性別。
四 造物主による巧妙なしかけであって。「機関(しかけ)」(魯文『西洋道中膝栗毛』九編序、明治四年)、「其の機関(シクミ)の巧みなる」(服部誠一『東京新繁昌記』六「芝金杉瓦斯会社附瓦斯燈」明治九年)。→補一〇。
五 人類の数を増やすためのすばらしい工夫。「人生」は子孫を生む基になる人間。「滋」は増える意。
六 西洋のすぐれた思想家・哲学者。ナフェースを指す(→補一〇)。
七 男女二つ性質が入り混じること。「衆医輩(おほくのいしや)嘗て男女双性(まじり)の人ありといふことを信(まこと)とする者なかりけり　然れども世間双性人(まじりのひと)或は全くなきにしもあらず」(ナフェース『婦女性理一代鑑』一。→補一

けるロ《くち》[二八]を濡《ぬ》らす而已《のみ》を　然加之《かてゝくわへて》[二九]妹《いもと》[三〇]のおきのは　曩《さき》の年隣村何某《としりんそんなにがし》へ縁付《えんづき》しを　其本夫《そのおっと》が放蕩《はうたう》より身代《しんだい》[三一]を破産《はさん》して　已《やむ》を得《え》ず不縁《ふえん》[三二]となり　貧《まづ》しき中《なか》にも便《たよ》るは本家《さとかた》[三三]　女《をんな》[三四]の児《こ》は婦妻《をんな》に属《つき》　十二才《さい》なる一女《むすめ》のお春《はる》を伴《ともな》ひ連《つれ》て　長兵衛《ちやうべゑ》方《かた》に立帰《たちかへ》りしが　破壁《やれかべ》の間洩《ひまも》る冬《ふゆ》の雪風《ゆきおろし》[三五]　防《ふせ》ぎかねたる煎餅蒲団《せんべいぶとん》[三六]　夫婦母子《ふうふおやこ》が柏餅《かしはもち》[三七]　血統《ちすぢ》[三八]の中《なか》とて気《き》の毒《どく》と　おきのが心配《こゝろづか》ひより　重荷《おもに》[三九]に小荷駄《こづけ》の娘《むすめ》お春《はる》　[四〇]ひとり口《ぐち》でも減《へ》らさんものと　奉公口抔索《はうこうぐちなどたづ》ぬる内《うち》同村渋谷《どうそんしぶや》小左衛門《こざゑもん》は荘客《ひやくしやう》[四一]ながら富豪《ものもち》にて　不足《ふそく》とするは　四十に余《あま》れど未《いま》だ一子《こども》の無《なき》により　孤子《みなしこ》にても養《やしな》ひたしと人伝《ひとづて》に聞《きゝ》しより　氷人《なかうど》[四二]をもてお春《はる》が事《こと》を[四三]いひ入《い》るゝに　小《こ》左衛門《ざゑもん》は望《のぞ》む所《とこ》ろと打歓《うちよろこ》びて　日《ひ》を選《えら》み法《はふ》の如《ごと》く約定整《やくぢやうとゝの》ひ　お春《はる》を養女《やうぢよ》に乞《こ》ひ受《うけ》たり

去《さ》[四四]る程《ほど》に　隙行駒《ひまゆくこま》[四五]の足掻早《あがきはや》くも二年余《とせあま》り　お春《はる》は二八[四六]の花《はな》の顔《かほ》　深山隠《みやまがく》[四七]れの一重桜咲立《ひとへざくらさきたつ》頃《ころ》は　都路《みやこぢ》の八重《やへ》にも勝《まさ》る風姿《ふうし》あり　殊《こと》に嬌《なまめ》く粧《よそほ》ひに　村内《むらうち》なる壮年《わかもの》[四八]ばらは渋谷《しぶや》が庭《には》を垣間《かいま》看《み》て　我手《われた》[四九]折《を》らんと競《きそ》ふも多《おほ》く　お春《はる》も素《もと》より浮《うき》[五〇]たる性《さが》の　[五一]さそふ水茎蹟《みづぐきあと》とめて或壮夫《あるわかうど》が送《おく》りし艶書《ふみ》[五二]あり　お春《はる》は之《これ》を受収《うけをさ》めて　帯《おび》の間《あはひ》に挟《はさ》みしを　事《こと》に紛《まぎ》れて取落《とりおと》せしを　養父《やうふ》小左衛門《こざゑもん》は立居《たちゐ》[五三]の端《はし》　図《はか》らずも拾《ひろ》ひ取《と》り　何事《なにごと》やらんと披《ひら》き見《み》るに

一日《ひとひ》はちらと御姿《おんすがた》[五四]をみそめまいらせてより　はや面影《おもかげ》[五五]に立波《たつなみ》の　よるとなく昼《ひる》となく　忘《わす》れもやらぬ小車《をぐるま》[五六]の　廻《めぐ》り逢瀬《あふせ》の岩《いは》[五七]まくら　かはしまつる事《こと》もこそと　攻《せめ》[五八]て隙《ひま》[五九]もる風《かぜ》の便《たよ》りに　思《おも》ひを添《そ》へて知《し》らせまいらせ候《そろ》　及《およ》[六〇]ばぬ山《やま》の初蕨《はつわらび》　下《した》もえのみこ

〇)。**八** 強弱。厚薄。**九** 白い糸が色に染まる。人が善や悪に染まることのたとえ。「墨子、練素(白く柔らかい絹糸)を見て之に泣く。其の以て黄にすべく、以て黒にすべきが為なり」(『淮南子』説林訓)による。「おさなきはしろきいとのごとく　いかやうにもそまるものなりとは」(山東京伝『心学早染艸』上、寛政二年〈一七九〇〉)。「今年十五の莟(つぼみ)の花　善か悪かは白糸のまだ馴染なき妹(いもと)のお峯を」(岡本勘造『夜嵐阿衣花廼仇夢(よあらしおきぬはなのあだゆめ)』明治十一年六―十二月、初・下)。**一〇** 女は、外貌は菩薩のように美しく柔和だが、内心は夜叉のように醜悪残忍である、といわれるが、よい行いをする美女や悪い行いをする醜婦もあるのだから、これと同一視はできない。しかし、以下に記す高橋お伝の場合は、外面と内心が正反対だ、ということ。**一一** →四〇頁注二一。**一二** 「夫(そ)れ」は改まった態度で事を説き起こす語。そもそも。「天姿」は生まれつきの姿。「国色」は国内第一の容色、絶世の美人。**一三** 心がねじけ、他に害を及ぼすこと。「妲妃」は殷の紂王(ちゅうおう)の妃。淫楽に耽り、残虐を好み、殷の滅亡の因となった。「呂后」は前漢の高祖劉邦の皇后。劉邦の天下平定を助けたが、高祖の死後実権を掌握、劉氏一族と対立し国を混乱させた。劉邦の寵姫戚夫人への残虐ぶりは有名。

——(一九八頁に続く)

①

百姓長兵衛

毒婦阿伝《どくふおでん》が未生《みしやう》の発端《ほつたん》
淫婦阿春《いんふおはる》が成長《をひたち》の来歴《らいれき》

長兵衛妹おきの

おきの娘おはる

絵 百姓櫛淵長兵衛の陋屋のさま。竹縁で蚊遣火を焚く。

一 こんなに煩悩を抱えているのでは、来世何に生まれ変わることになるか、恐ろしく思います。「そも俳諧に心とめし後の身　いかなる虫にかなるらん」(横井也有『鶉衣』前編続編・百虫譜、天明七年〈一七八七〉)。 二 恋いつつ送る日々は初めのうちが苦しいものと言い聞かせて迷う気持ちを抑え、あえて一途に思いつめることだ。『新後拾遺和歌集』(至徳元年〈一三八四〉成)十一・恋歌一所収、前関白近衛の歌(『題林愚抄』「恋部一」にも収録)。「ふみ」「恋路」「入」は縁語。 三 春を司る女神。「お春」の名にちなむ。 四 高い峰へ架け渡した橋。 五 手紙。 六 底本「扑」(打つ意)。誤植として改めた。「むくつけ」は無骨で野暮ったいさま。 七 文章技巧。修辞。 八 送り主は誰だろうか。 九 それとなく。 一〇 「高」根の桟し(=橋)で、「高橋」が隠された名。 一一 村役人。江戸時代、村の行政を司った人々の総称。身分は百姓で、名主(庄屋)・組頭(年寄)・百姓代などがある。 一二 身分。 一三 学問。 一四 底本、ここに挿絵①が入る。以下、初編では同様に、丸数字は挿絵位置を示す。 一五 浮薄で淫らであり。 一六 「Whisper 耳語(サヽヤ)クコト」(開拓使『英和対訳辞書』明治五年)。ひそひそ話。「耳話(さゝやき)つゝ」(魯文『佐賀電信録』下、明治七

がれ候て　終《つひ》に煙《けぶ》りとのぼり果候《はてさふら》はゞ　[一]後《のち》の身《み》までも如何《いかゞ》　おそろしさに
[二]ふみ初《そ》むる程《ほど》は苦《くる》しき恋路《こいぢ》ぞと迷《まよ》ふをしゐて思《おも》ひ入哉《いるかな》
[三]佐保姫《さほひめ》のきみへ参《まゐ》る　　[四]高根《たかね》のかけ橋《はし》より
斯嬌《かくなま》めかしき[五]玉章《たまづさ》は　田家漢《ゐなかをのこ》の[六]朴訥《むくつけ》に　似合《にあは》しからぬ[七]文《ふみ》の綾《あや》　[八]主《ぬし》は誰哉《たそや》と出入《でいり》の者《もの》に[九]余処《よそ》ながら眼《め》を配《くば》るに　近村下牧村《きんそんしもまきむら》なる高橋勘兵衛《たかはしかんべゑ》が長男《ちやうなん》　勘左衛門《かんざゑもん》とて二十一二の壮夫《わかもの》が日頃親《ひごろした》しく立入《たちい》れば　[一〇]高根《たかね》の桟《かけは》しと記《しる》したる匿《かく》し名《な》こそ彼者《かのもの》ならん　渠《かれ》は農家《のうか》に生《うま》れし身《み》ながら　父《ちゝ》は[一一]村役《むらやく》も勤《つと》むる[一二]身柄《みがら》　其子《そのこ》にも[一三]書筆《しよひつ》を学《まな》ばせ　彼《かれ》も少《すこ》しく文才《ぶんさい》ありと聞《きゝ》しに[一四]①違《たが》はず　此艶書《このふみ》は　お春《はる》が許《もと》へ渠《かれ》よりとて　送《おく》りし者《もの》に疑《うたが》ひなし　併《しか》しながらお春《はる》が性《さが》　如何《いかに》も[一五]軽浮《はすは》に淫《みだ》りがはしく　此頃他《このごろひと》の[一六]耳話《さゝやき》を思《おも》はず聞《きゝ》し事《こと》こそあれ　虚《うそ》か実《まこと》か証拠《しやうこ》は見《み》ねど　当近村《このきんそん》に[一七]漂遊博徒《たゞよふばくと》　信州[一八]無籍《しんしうむせき》の[一九]破落戸《あぶれもの》　綽号《あだな》を鬼清《おにせい》とか呼《よば》るゝ奴《やつ》と密《ひそか》に忍《しの》び会《あひ》たる抔《など》　[二〇]扉《と》の建《たて》られぬ禍《わざは》ひの　門《かど》を防《ふせ》ぐは[二一]遺蹟《ゐせき》に供《そな》ふ　お春《はる》を他家《たけ》に[二二]嫁《よめ》らすに如《しく》ことなしと意《こゝろ》に[二三]点頭《うなづき》　親族甲乙《しんぞくたれかれ》をうち招《まね》き　窃《ひそか》に[二四]内事《ないじ》を談合《だんかふ》するに　各自《をの〲》お春《はる》が淫猥《みだら》なる日頃《ひごろ》の行蹟《おこなひ》を[二五]知《し》るものから　此事《このこと》に[二六]左袒《さたん》して　高橋方《たかはしかた》へ婚姻《こんいん》の[二七]相談《さうだん》を言入《いひい》るゝに　勘左衛門《かんざゑもん》は夢《ゆめ》かと計《ばか》り　疾《とく》より慕《した》ふお春《はる》が身《み》を　[二八]先方《さきかた》よりして媒妁《なかだち》たるは　[二九]待《ま》てば海路《かいろ》の日和《ひより》にて　願《ねが》ふてもなき僥倖《さいはひ》と　父母《ふぼ》にも乞《こ》ひて許諾《ゆるしえ》を得　[三〇]旧暦《こよみ》の日取嫁入《ひどりよめいり》よしと　いふ日《ひ》を待間《まつま》も[三一]一時千秋《ときせんしう》　つひに[三二]黄道吉日《くわうだうきちにち》を撰《えら》みてお春《はる》を迎《むか》へ取《と》り　夫婦《ふうふ》とこそは

年）。 一七 浮浪のばくち打ち。魯文は嘉永四、五年（一八五一-五二）頃、長我部の幸蔵という博徒に世話になったことがあり、賭博通だった（野崎左文『高橋阿伝夜刄譚』と魯文翁」『明治文学名著全集 第五篇 高橋阿伝夜刄譚』東京堂、一九二六年）。 一八 勘当されたり、罪を犯したりしたために、戸籍を除かれた者。出身地名を冠し、長脇差を差した博徒となるものが多かった。 一九 「不法デ手ニノラヌモノ。＝ヤクザモノ」（山田美妙『日本大辞書』明治二十五－二十六年）。「破落戸（わるもの）」（為永春水『春色梅児誉美』三編十七齣、天保四年〈一八三三〉）。 二〇 諺「人の口には戸が立てられぬ」（世間の噂は止めることができない）を踏まえる。「禍の門」は、諺「口はわざわいの門」から、口を指す。世間の噂を防ぐには。 二一 由緒ある家に差し上げるのがよい。 二二 嫁入りさせるに越した事はない。 二三 底本「黙頭」。自由閣版（→凡例）の「點（点）頭」により改める。 二四 内輪のことを相談する。「DAN-KŌ（略）(hanashi-ai,)」（『和英語林集成』再版）。「お峯に談合（だんかう）して」（岡本勘造『夜嵐阿衣花廼仇夢』四・中）。 二五 知っているものだから。 二六 賛成すること。 二七 初版早印本および〈神〉「相談か」、〈神〉以外の改修後印本「相談ヲ」。第一次改版本以下により改める。→凡例。

（九一頁に続く）

成《なり》にけれ　斯《かゝ》ればお春《はる》は思《おも》ひ儲《まを》けず高橋方《たかはしかた》へ嫁《よめ》りしかど　是《これ》まで勘左衛門《かんざゑもん》が[一]千束《ちづか》の艶書《ふみ》も　心《こゝろ》に染《そ》まねば　返辞《いらへ》もせず打捨置《うちすておき》しに　這回《こたび》の婚姻《こんいん》　[二]慕《おも》ふに添《そ》はで思《おも》はぬに添《そ》ふも養父《やうふ》の威光《ひかり》は消《け》されず　去《さり》とて　[三]過日村芝居《いつぞやむらしばゐ》興行《こうぎやう》の夜《よ》の見物《けんぶつ》に　[四]隔《へだ》ての土間《どま》の隣同士《となりどし》[五]放蕩《だうらく》肌《はだ》の装象《なりかたち》　[六]きつぱりとした男《をとこ》の風体《ふうてい》　[七]当国柄《このくにがら》の漂遊人《あそびにん》と　[八]看初《みそめ》て舞台《ぶたい》に目《め》も触《ふ》れず[九]煩悩《ぼんのふ》の火《ひ》に薫《くゆ》らす煙草《たばこ》　つけて戻《もど》すが縁《えん》の端《はし》　物言換《ものいひかは》すを恋路《こひぢ》の桟《かけはし》　[一〇]打出《うちだ》して後《のち》　雑沓《ひとごみ》に　紛《まぎ》れて[一一]手《て》に手《て》を鳥居前《とりゐさき》　産神廟《うぶすなさま》の森《もり》の蔭《かげ》　[一二]露《つゆ》の転《ころ》び寐《ね》草枕《くさまくら》　[一三]縁《えん》を結《むす》ぶの神《かみ》かけて誓約《いひかは》したる清吉《せいきち》さんと　忍《しの》び逢《あ》ふ夜《よ》も度重《たびかさな》り　早晩《いつしか》お腹《なか》も唯《たゞ》ならぬ　挙動《やうす》は[一四]必定《てつきり》[一五]懐妊《くわいにん》の月《つき》を累《かさ》ねて[一六]袖袂《そでたもと》　覆《かく》しかねたる其時《そのとき》は　義理《ぎり》ある父《とゝ》さん母《はゝ》さんに　何《なに》と明《あか》して言解《いひわけ》せん[一七]一層《いつそ》の腐《くさ》れ　清《せい》さんと連《つれ》て[一八]遁《のか》ふと思案《しあん》の最中《もなか》　此家《このや》に[一九]嫁《よめ》る土産児《みやげもの》　[二〇]一箇《いつか》凌《しの》ぎの口防《くちふせ》ぎには　是《これ》こそ勿怪《もつけ》の幸《さいは》ひと　胆太《きもふと》くも色《いろ》にも出《いだ》さず　泰然自若《おちつきすまし》て居《ゐ》る内《うち》も　清吉《せいきち》が事《こと》のみ思《おも》ひ　便《たよ》りせんにも便宜《びんぎ》を得《え》ず　嫁《か》して[二一]日柄《ひがら》も立《たゝ》ぬのみか　[二二]里帰《さとがへ》りさへ連立者《つれだつもの》あり　[二三]兎《と》やせん角《かく》やと焦心中《もだゆるうち》　当家《このや》に農業《のふげふ》の[二四]日雇《ひよう》を取《とり》　日々《にち〳〵》入来《いりく》る後閑村《かうかんむら》のお角《かく》といへる老婆《らうば》あり　此者《このもの》の一男《せがれ》根太郎《ねたらう》は　彼《か》の清吉《せいきち》とは博奕《ばくえき》の[二五]連累《なかま》にて　[二六]類《るゐ》は友《とも》の悪漢《わるもの》なるを　お春《はる》は予《かね》て知《し》るものから　僥倖《さいはひ》の便《たよ》りを得《え》たりと　[二七]入来《いりく》る端居《はしゐ》を看認《みとむ》る時《とき》　[二八]同村《どうそん》の縁因《よしみ》に托《かこ》つけ　物《もの》など与《あた》へて親《した》しく近寄《ちかよ》せ　折《をり》を看合《みあは》せ封書《ふうしよ》に添《そ》へて彼清吉《かのせいきち》に[二九]金円《かね》を贈《おく》り　数回事《しば〳〵こと》を通《つう》ずる体《てい》を　或時本夫《あるときおつと》勘左衛門《かんざゑもん》は物蔭《ものかげ》より窺《うかゞ》ひ看《み》て　最訝《いといぶ》かしく思《おも》ふに付《つけ》　お春《はる》が

一 多くの恋文も、気に入らないので。二 慕っている鬼清とは結婚せず、好きでもない勘左衛門と結婚するのも、自分の養父、渋谷小左衛門の権威に逆らえなかったからであった。「(威)光」「消」は縁語。三 江戸時代後期になると、娯楽として農村でも芝居興行が盛んになってきた(萩原進『群馬県遊民史』)。四 間が仕切られた土間(舞台正面の座席)。五 ばくち打ちなど、遊び人風の身なり、かっこう。六 はっきりと目立った。七 この上野国の土地柄である博徒。↓補一二。八 初めて見て恋い焦がれ。九 盛んな煩悩を火にたとえ、次の「薫らす」を導く。恋慕のあまり、吸いさしの煙管を男に差出すやり取りをきっかけに、言葉を交わしたのが恋の道の始まりで。一〇 一日の興行が終わった後。一一 互いに手を取り合って、産土(うぶすな)=生まれた土地の守護神)を祭る社の鳥居前の森陰に入り。手を「取る」と「鳥居」の掛詞。一二 露に濡れるのもいとわずそのまま野外で枕を交わし。一三 縁結びの神に誓って夫婦になる約束をした。一四 確かに。一五 底本「腠妊」。第三次改版本(↓凡例)により改める。五七頁絵も同様。一六 袖でお腹のふくらみを隠せなくなった時には。一七「いっそのこと」を強調していう。「いめへましい。いつそのくされに是からどこぞ遊びにつれてあよびなせへ」(十返舎一九『東海道中膝栗毛』

挙動《ふるまひ》に目《め》を注《つく》るに　頃《ころ》しも夏《なつ》[三〇]の仲季《なかば》にて　夕風靡《ゆふかぜそよ》ぐ時可《ときよし》と　お春《はる》は浴室《ゆどの》[三一]に入相《いりあひ》の　かねて不審《ふしん》の勘左衛門《かんざゑもん》も続《つゞ》いて浴《ゆあ》むを　風炉《ふろ》[三二]の中《うち》にて妻《つま》の腹部《ふくぶ》の唯《たゞ》ならぬを余処《よそ》ながらに確乎看認《しかとみとめ》　脱《あが》りて後《のち》に思《おも》ふやう　渠《かれ》が我家《わがや》へ嫁入《よめり》てより　未《いま》だ纔《わづか》に五《い》ツ月余《つきあま》り　然《しか》るに乳房《ちぶさ》に黒色《くろいろ》[三三]を生《しやう》じ　腹《はら》も目立《めだち》て膨脹《ふくだみ》[三四]たるは　正《まさ》しく妊娠《にんしん》と覚《おぼ》えたり　合点《がてん》ゆかずと此日《このひ》より　お春《はる》が挙動《やうす》を余処《よそ》ながら窺《うかゞ》[三五]ふとしも夢知《ゆめし》らず　斯《かく》て同月《どうげつ》の末《すゑ》ツ方《かた》　産神祭礼《うぶすなまつり》の夜《よ》[三六]宮《みや》とて当村内《たうそんない》の大混雑《おほこんざつ》　産神《うぶすな》の境内《けいだい》には　観物《みせもの》　放下師《てづま》[三七]　泥路蓮祭文《でろれんざいもん》[三八]　居酒《ゐざけ》[三九]　飴菓子《あめくわし》莚店《むしろみせ》　所《とこ》[四〇]ろ狭《ぜく》まで立並《たちなら》びて　近村《きんそん》のお洒落娘《しやらくむすめ》[四一]　新家《しんや》[四二]の小旦那《こだんな》　脊戸《せど》[四三]の舎兄《せなご》　新田《しんでん》[四四]の舎弟《しやてい》[四五]までも　悉皆《しつかい》[四六]鋤鍬《すきくは》の手《て》を止《やす》めて　老《をひ》も若《わか》きも詣《まを》でる中《なか》に　家柄《いへがら》[四七]の勘左衛門《かんざゑもん》は早朝《けさ》より羽《は》織《をり》うち纏《まと》ひ　社前《やしろ》[四八]の事務《じむ》を扱《あつか》ふとて出行後《いでゆくのち》に　お春《はる》は浮和《うわ》[四九]〳〵　予《かね》て窃《ひそか》に牒《しめ》し合《あは》せしお角老婆《かくばゝあ》が合図《あひづ》は今宵《こよひ》と　黄昏頃《たそがれごろ》より家《いへ》の中《うち》なる作男《さくをとこ》　下婢抔《げちよなど》を社頭《やしろ》に参《まい》らせ　其身《そのみ》は俄《にわか》に化粧《けはひ》を飾《かざ》り　衣服《いふく》を更《かへ》て待折柄《まつおりから》　後閑村《かうかんむら》より息継《いきつぎ》[五〇]あへず　老婆《らうば》お角《かく》が走来《はせきた》り　お春《はる》が耳《みゝ》に抜歯《ぬけば》の口《くち》さし寄《よ》せて　秘密《ひそ》〳〵と打語《うちかた》らふに心得《こゝろえ》て　家《いへ》には年来仕《としごろつか》へたる　七十余《あま》りの雇《やと》ひ野爺《おやぢ》を留守《るす》に止《とゞ》めて　産神《うぶすな》へ参詣《さんけい》といひ[五一]作《こしら》へ　山路伝《やまちづた》ひに急《いそ》ぎ脚《あし》　お角《かく》と倶《とも》に打《うち》連《つれ》て　後閑村《かうかんむら》の葎《むぐら》[五二]の宿《やど》　老婆《らうば》が巣栖《すみか》の門《かど》の扉《と》を　開《あく》る間遅《まおそ》しと破障子《やれしやうじ》　塵埃畳《ほこりたゝみ》に餅莚《もちむしろ》[五三]蚊帳《かちやう》[五四]に換《かゆ》る蚊遣《かやり》の煙《けむ》り　目《め》[五五]も渋団扇《しぶうちは》あほり立《たて》　待草臥《まちくたびれ》し清吉《せいきち》を　見《み》るよりお春《はる》は走《はし》り寄《よ》り　別《わか》れて以来《いらい》五箇《いつゝ》月《き》余《あま》り　浮世《うきよ》[五六]の義理《ぎり》と義理《ぎり》ある親《おや》に隔《へだ》てられ　仇《あだ》[五七]し夫《づま》　思《おも》はぬ男《をとこ》と

八・下、文化六年〈一八〇九〉。「寧（そいつ）の腐れ　瘡（さか）深い足手まといの女房は此山中へ置去で　身軽に走るが妙策ならんと」（高畠藍泉『巷説児手柏』後・八、明治十二年）。一八 立ち退こうと。一九 嫁入りの時に既に妊娠している子。「腹に土産のあることを隠しておいて　支度の金をずっしりせしめて」（岡本勘造『夜嵐阿衣花廼仇夢』二・下）、「夜食の塊（かたまり）〔＝情交の結果できた子〕をお土産で」（明治十一年十一月十日『仮名読新聞』）。二〇 一時しのぎ。お腹の子を勘左衛門の子と言えば、鬼清との噂を防ぐことができる、ということ。二一 日数。二二 結婚後、嫁が実家を正式に訪問すること。婿方の礼物を持っていく。婿が同行する場合もあった。二三 こうしようか、ああしようかと。二四 一日幾らで雇われ。二五「れんるゐ 連累、かかりあひ、同類（罪悪の）」（『漢英対照 いろは辞典』）。二六「類は友を呼ぶ」の諺どおり。「るゐはともなるおさき者」（魯文『滑稽富士詣』四・下）。二七 根太郎が入って来て、縁側などに座っているのを。二八 自分が同じく後閑村出身であることに事寄せて。二九「KINYEN（略）金円 Money」（『和英語林集成』三版、明治十九年）。三〇「仲」は真ん中、「季」はとき。旧暦五月。三一 湯殿に入る頃、日没を告げる鐘の音が聞こえたが、以前か

——（一五六頁に続く）

②

田舎《ゐなか》戯場《しばゐ》
に姦淫情《かんいんじやう》
を誘《さそ》ふ図《づ》

おはる

清七

絵 村芝居興行の夜、隣合わせた土間で知り合ったお春・清吉(鬼清)。↓四六頁注九。「清七」となっているのは、執筆直前に魯文が人物名を変更したことを示す。

一 深い気持ちがなく、その場限りで結んだ夫婦の縁。「赤縄」は、夫婦となる男女は目に見えない赤い縄でお互いの足がつながれている、という唐の『続玄怪録』(『続幽怪録』とも)所収「定婚店」による語。 **二** 勘左衛門になれ親しめず、つらいことの多い身の上。 **三** 「鬼」の清吉も、恋に対してはやはり、あだ名に反して。 **四** 美しい女(お春)を指す。 **五** 緒が台座に編みこまれず、側面の輪に通すようにした旅行用の草鞋。 **六** 大脇差を差して往来したことから、博徒をいう。大脇差は約五四センチメートル以上。 **七** 顔を売った。 **八** 立ち退く。「遠くへふけて保養をせんと」(岡本勘造『夜嵐阿衣花廼仇夢』二・下)。 **九** 男としての体面や意地を立て抜くためだ。 **一〇** ↓四六頁注一七。 **一一** 強いて金品を借りること。 **一二** (馬子が問屋などへ荷物を受け取りに行くついでに他の荷物を運び、賃銭を得たところから)ある事をするついでに、他の事をして利益を得ること。 **一三** 考え。 **一四** 密会する男女に席を貸す家。 **一五** 諺「鬼の女房に鬼神がなる」(鬼のような男には、それに釣り合った鬼のような女が妻になる)

[一]仮染《かりそめ》の赤縄《えにし》は結《むす》べど　けふまでも[二]心《こゝろ》は解《と》けぬ憂身《うきみ》の悲《かなし》さ　推量《すゐりやう》して取縋《とりすが》れば　[三]恋《こひ》には流石鬼《さすがおに》といふ綽号《あだな》に反《そむ》く清吉《せいきち》も　暫止凋《しばししほ》れて居《ゐ》たりしが　四辺看周《あたりみまわ》し小声《こゞゑ》にいふやう　自己《おれ》もてめへが高橋《たかはし》へ　嫁《よめ》に行《ゆく》との便《たよ》りを聞《き》き　予《かね》て連累《なかま》の放蕩者《だうらくもの》も　大方知《おほかたし》ツたふたりが中《なか》　晴《はれ》て女房《にようばう》に貰《もら》はふと　公然《おもてむき》では言《い》はれぬ身《み》の上《うへ》　併《しか》し一端手《たんて》に持《も》つた　[四]花《はな》を他《た》人《にん》に取《と》られては　[五]切緒《きりを》の草鞋《わらじ》で日本国中《につぽんごくちう》　股《また》にかけたる[六]長脇差《ながわきざし》　腕《うで》で世渡《よわた》る面目《めんもく》に　係《かゝ》はる意地《いぢ》と気《き》を張込《はりこみ》　折角《せつかく》[七]売《うつ》た此土地《このとち》を　[八]ふけるも恋《こひ》と[九]男《をとこ》づく　[一〇]一層《いつそ》の腐《くさ》れ高橋《たかはし》へ踊込《おどりこ》ンで　[一一]強借《おしがり》の金《かね》を路用《ろよう》に　[一二]行《ゆき》がけの駄賃《だちん》にてめへを引浚《ひつさら》ひ　跡《あと》をくらます[一三]了簡《れうけん》で　既《すで》に覚悟《かくご》をした所《とこ》ろへ　当家《こゝ》の老母《おふくろ》へ便《たよ》りの文《ふみ》には　時節《じせつ》を待《まつ》もしばしの内《うち》　路用《ろよう》の金《かね》をくすねたら　逃《にげ》て此家《このや》を出会《であひ》の[一四]中宿《なかやど》　何処《いづこ》の果《はて》か山《やま》の奥《おく》　[一五]鬼《おに》の女房《にようぼ》の鬼神《きじん》と成《な》ツて　添遂《そひとげ》るとの②心底《しんてい》を　聞《き》いて少《すこ》しは[一六]泰山《おちつい》たが　夫《それ》も当座《たうざ》の気憩《きやす》めかと　[一七]今《いま》まで晴《はれ》ぬ疑念《うたがひ》の曇《くも》り霞《かす》みの信州無籍《しんしうむせき》　此清吉《このせいきち》が身《み》の上《うへ》を　知《し》ツて斯《かう》いふ悪縁《あくえん》を　結《むす》ンだからは[一八]遁《のが》れはあるめへ　夫《それ》とも怖《こわ》く成《な》ツたのかと　いはせも果《はて》ず膝摺《ひざすり》よせ　モシ清吉《せいきち》さん　邪推《じやすゐ》はお廃止《やめ》　逢《あふ》た時《とき》よりお前《まへ》の[一九]業行《なりはひ》　[二〇]十二目《め》のある洒脳骨《しやれかうべ》　[二一]有為転変《うゐてんべん》の世渡《よわた》りと　知《し》ツて惚《ほれ》たが身《み》の因果《いんぐわ》　妾《わたし》や[二二]堅気《かたぎ》は忌《きら》ひだから　[二三]遠島船《ゑんとうぶね》を腰《こし》につけ　[二四]諸友綱《もろともづな》に縛《しば》られて　どんな苦《く》役《えき》や[二五]懲役《ちやうえき》も　少《すこ》しも厭《いと》ひはしないヨと　悪事《あくじ》に染《そ》まる淫婦《いんぷ》の本性《ほんしやう》　「その[二六]根生《こんじやう》がすはツたら　足手《あして》纏《まと》ひでも何処《どこ》までも　連《つれ》て立退路費《たちのくろよう》の[二七]手当《てあて》は　「サアその心配《しんぱい》もしてゐるけ

を踏まえる。自分は、「鬼清」のあだ名に釣り合った女房になる、の意。「山の奥」は「鬼」の縁語。「世を忍ぶ身の供定持(きやうぢやうもち)の譬(たと)へ　つひに阿松は作蔵が心の儘(まゝ)に身をまかせしは」(久保田彦作『鳥追阿松海上新話』三・下、明治十一年三月)。

一六 当て字。泰山のようにどっしりとしてゆるぎないことから。

一七 今までお春を疑っていたが、自分も後ろ暗いところのある信州出の無籍者。「疑念の雲」と「曇り霞み」は掛詞。「曇り霞み」は隠れた罪悪。「警察の鏡に掛て照されては曇り霞は隠し切れません」(明治十一年十月二十二日『仮名読新聞』)。

一八 逃げるつもりはあるまい。

一九 世渡りの種。生業。

二〇 二つのサイコロ。それを用いて行う丁半博打(ばくち)。壺に入れた二つのサイの目の合計が丁(偶数)か半(奇数)かを言い当て、当てれば賭金と同額を得、外せば賭金を取られる。「洒脳骨」は、風雨にさらされて白骨化した頭がい骨。サイコロが象牙・牛の角・骨などで作られることからの連想。

二一 この世の事物一切は因縁によって仮に存在しているものであり、常に変化してやまないということ(仏語)。ここは、ツキに左右されるばくち打ち渡世をいう。近世末頃までは「うゐてんべん」と読むことが多い。「今は此方(こっち)が使はるゝ有為転変(うゐてんべん)」(『夜嵐阿衣花廼仇夢』四・下)。

れど　金《かね》の置場《おきば》の勝手《かつて》も知《し》らぬ[一]今参《いままい》りの妾《わたし》といひ　殊《こと》に母屋《おもや》の隠居《いんきよ》の目配《めくば》り　心《こゝろ》に委《まか》せぬ事《こと》ばかり　四五日内《うち》には金《かね》の有処《ありか》を捜《さが》し当《あて》て　[二]持《も》たれる程盗《ほどぬす》み出《だ》して来《く》る程《ほど》に　夫《それ》までは遠《とほ》くへ行《ゆ》かず　必《かなら》ず近所《きんじよ》に居《ゐ》ておくれと　語《かた》ふ内《うち》に[三]二更《よつ》の鐘《かね》　逢《あ》ふ間短《まみぢか》き夏《なつ》の夜《よ》の傾《かたむ》く月《つき》の影暗《かげくら》き　一室《ひとま》にしばし[四]転《まろ》び寐《ね》の　[五]蚊《か》にせゝられつ蚤《のみ》の針《はり》　さすが[六]大胆不法《だいたんふはふ》の淫《いん》婦《ぶ》も　本夫《おつと》ある身《み》は気《き》もせかれ　[七]復《また》のあふ瀬《せ》を約《やく》しつゝ　帯引寄《おびひきよ》せて立揚《たちあが》りぬ

二二 堅実で地味な職業。ばくち打ちなどに対していう。
二三 遠島の刑を受けた罪人を運ぶ船。遠島になるのを覚悟で、の意。「遠嶋ぶねをこしに付ケ、あるとあらゆるあくじもがつてん」(三世瀬川如皐『与話情浮名横櫛』五幕目)。↓補一四。
二四 同じ縄に一緒に縛られて。
二五 「種種ノ工事ニ役使ス、軽キハ数日ヨリ、重キハ数年ニ亘リ、終身ナルヲ極トス」(『言海』)。明治五年四月の「懲役法」(太政官第一一三号)により定められたものであり、時代錯誤。
二六 根性。
二七 準備。

以上四九頁

一 新参者。
二 邪魔になるくらい。
三 「二更(にこう)」は夜を五等分したうち二番目の時刻。日の出入りを基準とした江戸時代の不定時法では、夏は「二更」も「四つ」も午後十時半前後。
四 ごろ寝。情交を示唆。
五 蚊につつかれたり、蚤に刺されたり。「さすが」は「刺す」の掛詞で、「針」の縁語。
六 底本「太臘」。誤植として第一次改版本(↓凡例)により改める。
七 逢瀬。会う機会。

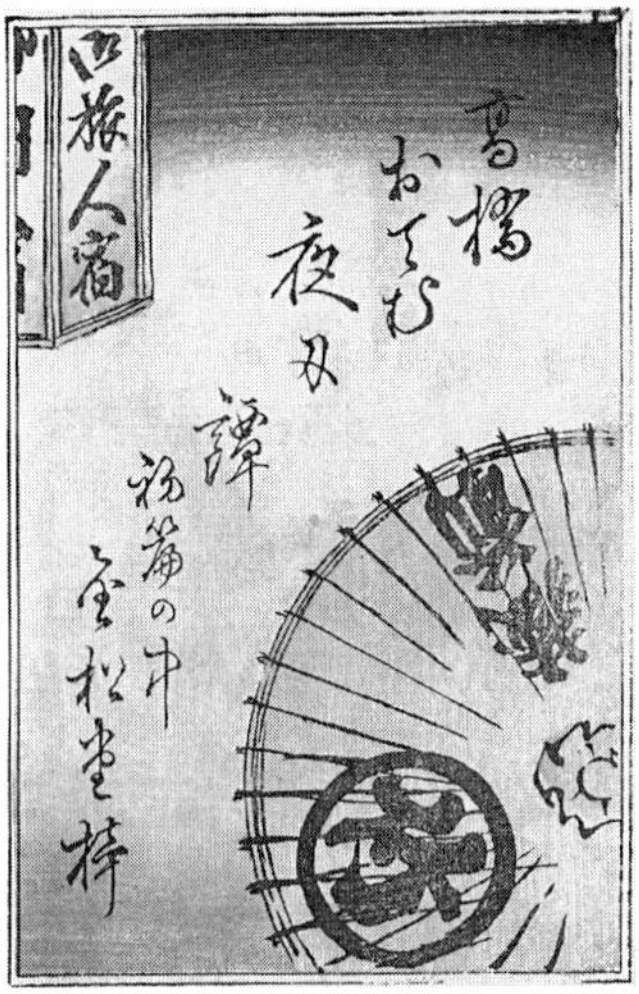

中巻見返し

高橋おてむ夜叉譚

初篇の中

金松堂梓

中巻見返し　「蔵前」「(竹)」の傘、「御旅人宿」の掛行灯。お伝が後藤吉蔵を殺害した旅人宿丸竹を示す。上部は濃い灰色で雲母摺（きらず）り、下は薄灰色だが、第一―三次改版本（↓凡例）は全面薄灰色。傘は黄色で、先端のみ灰色だが、第一次・第二次改修後印本・第一次改版本（↓凡例）は傘全体が黄色。多色刷。

高橋阿伝夜叉譚《たかはしおでんやしやものがたり》 初編中之巻

仮名垣魯文補綴

○第二回　[一]臥猪《ふすゐ》の床《とこ》に[二]青嵐眠《せいらんねむり》を覚《さま》す

産神祭祀《うぶすなまつり》の神楽《かぐら》の音《ね》は　遠《とほ》く[三]利根川《とねがは》の水《みづ》に響《ひゞ》き　田舎芝居《いなかしばゐ》の鳴物《なりもの》は　近《ちか》く[四]後閑村《かうかんむら》の林《はやし》に伝《つた》ふ　[五]三更《かう》の月高《つきたか》く昇《のぼ》り　[六]四阿《あづまや》の庭隈《にはくま》なく照《て》らして　隠《かく》すとすれど顕《あら》はるゝ[七]忍《しの》び出立《でだち》に　お角《かく》が家《いへ》の[八]脊戸《せど》を窺《うかゞ》ふ壮者《わかもの》は　是《これ》なん高橋勘左衛門《たかはしかんざゑもん》にて　抜足《ぬきあし》さし[九]脚耳峡《あしみゝそば》だつを家《うち》には[一〇]夫《それ》ともしら髪《が》の老婆《らうば》　[一一]廻《めぐ》る因果《いんぐわ》の[一二]糸操車《いととりぐるま》　ブン〱来鳴《きな》く蚊《か》を払《はら》ひ　[一三]夜延《よのべ》の[一四]燈台《とうだい》元《もと》くらく　勘左衛門《かんざゑもん》が腰《こし》に佩《さし》たる刀《かたな》の[一五]鐺《こじ》り扉《と》に[一六]礑《あた》るを　[一七]聾《つんぼ》の疾耳速《はやみゝはや》くも聞付《きゝつけ》　[一八]疵持足《きずもつあし》を踏立《ふみたて》て　誰哉《たそや》と脊戸《せど》にをり立《たち》て戸《と》を引《ひき》あくれば　佇《たゝず》みたる勘左衛門《かんざゑもん》は[一九]突然入《ずつといり》　お角此《かくこの》家《や》におはるは居《ゐ》ぬか　宵《よひ》に[二〇]足下《おぬし》と連立《つれだつ》て　祭礼《まつり》へ参詣《さんけい》した儘《まゝ》で　夜《よ》が更《ふけ》るに帰《かへ》らぬから大方故家《おほかたさと》へ寄《よ》つたであらうと　今櫛淵《いまくしぶち》を訪《たづ》ねたが　此方《こちら》へは来《こ》ぬとの事《こと》　必定同伴《さだめしつれ》の足下《おぬし》の処《とこ》へ寄《よ》つたであらうと　[二一]星《ほし》を点《うた》れて愕《びつ》くりすれど　素《もと》より悪婆《あくば》が[二二]早速《さそく》の舌頭《したさき》　ハイ宵《よひ》の口連立《くちつれだつ》て参詣《さんけい》はしたなれど　[二三]猪孤屋《しゝごや》の曲《まが》り角《かど》で別《わか》れて妾《わし》は帰《かへ》りました　[二四]偶《たま》さかの脚序《あしついで》　何処《どこ》へかお寄《より》で有《あり》まし③やうと[二五]空嘯《そらうそぶ》くを　聞《きゝ》もあへず　[二六]狼《おほかみ》ばゝアの狸汁《たぬきじる》　一盃喰《ばいく》

一 猪が枯草などを集めて寝る所。転じて男女の睦みあう所。
二 青葉を吹き渡る夏の風。鬼清・お春の密会現場に突如現れた勘左衛門をたとえる。
三 上野国利根郡最北の大水上山(おおなかみやま)を源とし、関東平野を南東に流れ、銚子で鹿島灘に注ぐ大河。全長三二二キロメートル。↓付図2。　四 ↓四二頁注二〇。　五 真夜中。↓五〇頁注三。
六 粗末な田舎家。　七 人目につかないような格好で。　八 裏口。
九 耳を傾けて聞く。「峡」は山と山の間の意。「峙」の誤植か。第一次・第二次改版本は「歌」と誤植。第三次改版本及び活字版は「欹」と訂正。↓凡例。　一〇 そうとも知らない、白髪の。
一一 諺「因果は廻る車の輪」(車の輪が回るように、善悪の報いは自分の上にやってくる意)による。
一二 繭や綿から糸を取ったり、その糸をより合わせたりするのに用いる車。糸車。「ブンブン」はその回る音で、蚊の羽音と掛ける。なお、第一次改版本(↓凡例)以下「糸練車」(振り仮名は異同なし)。
一三 夜に仕事をすること。夜なべ。
一四 諺「灯台もと暗し」を踏まえ、すぐそばに勘左衛門がいるのに気づかない、の意。
一五 刀のさやの先端を包む金具。
一六 「礑」は一般に「はた」と読み、激しく打ち当たるさま。これを「あたる」意に転用。漢語では「底」の意。

③

悪漢清七

姦夫《かんぷ》淫婦《いんぷ》の悪《あく》
業《がう》後年《かうねん》に廻《めぐ》る
田家《でんか》の密会《みつくわい》

高橋お春

孀婦お角

一七 都合悪いことはかえってよく聞こえること。
一八 すねに傷持つ。身にやましいところがあるので、足音高く、誰だ、と裏口に下り立って。
一九 ためらわず一気にするさま。ずいと。
二〇 足下は「同等ノ人ヲ敬フニ用ヰル。ソコモト。貴殿」(『言海』)。「おぬし」は「稍(やや)下輩ナルニ用ヰル。ソナタ」(同)。お角は使用人なので「おぬし」と呼ばれる。
二一 図星を指されて。「僕の鑑定に違ひはあるまい。と星を差されて武田はギツクリせしが」(末広鉄腸『花間鶯』上・三、明治二十年)。
二二 すばやい気転で言うには。「SA SOKU, サソク Quick (略) Syn. SOKUZA」(『和英語林集成』再版)。
二三 田畑を荒らす猪などの獣を追い払うために作った番小屋。第二次改版本以下では「猪狐屋」。
二四 たまに出かけたこの機会を利用して。 二五 とぼけて素知らぬふりをするのを、最後まで聞きもせず。
二六 →補一五。

絵 「田家」は田舎の家。日雇取お角の家で共寝する清七(清吉=鬼清)とお春。お春はしどけないなりで、帯を解いている。蒲団から起き上がる清七。枕屏風、お鉢の上に籠行灯、徳利に杯などが見える。お角は「孀婦」(寡婦)の設定。

はせてうまく〳〵と　帰《かへ》さうとて帰《かへ》らうか　[一]主《ぬし》ある女《をんな》を引込《ひきこ》んで　[二]密夫《みそかをとこ》の媒妁《とりもち》は　[三]欲《よく》の眼《まなこ》の黒暗《くらやみ》に　子細《しさい》があらうと踏込《ふみこ》む一間《ま》に　おはるは愕《びつく》り　清《せい》吉に蒲団被《ふとんかぶ》せて[四]胸《むね》をすへ其身《そのみ》の方《かた》より進《すゝ》み出《いで》　モシ旦那《だんな》さん堪忍《かんにん》して　是《これ》には訳《わけ》のある事《こと》と　[五]いふを案内《しるべ》の手探《てさぐ》りに　おはるが髪《かみ》の毛《け》引攫《ひきつか》み　右手《めて》の拳《こぶし》の雨《あめ》あられ　噂《うわさ》に聞《き》いた姦夫《まをとこ》の　清《せい》吉めは何処《どこ》にゐる　[六]重《かさ》ねて置《お》いて両断《よつ》にする　[七]太《ふと》いは老婆《らうば》　憎《にく》いは淫婦《いんぷ》　勘左衛門《かんざゑもん》が此面《このつら》へ　よく[八]肥糞《しもごゑ》をなすりをツた　片《かた》つ端《ぱし》から免《ゆる》さぬぞと障子《しやうじ》を踏折《ふみをり》　[九]蚊遣鉢《かやりばち》ひつくりかへす灰泥《はいまぶ》れお角《かく》は其儘裏口《そのまゝうらぐち》より逃去《にげさ》る跡《あと》に　おはるの叫《さけ》び　蒲団被《ふとんかぶ》りて片隅《かたすみ》に　潜《ひそ》まり居《ゐ》たる清吉《せいきち》は　おはるが苦痛《くつう》を看兼《みかね》てや　[一〇]飛《と》んで火《ひ》に入《い》る悪漢《わるもの》の　性根《しやうね》をすへて蒲団《ふとん》を刎退《はねの》け　勘《かん》左衛門《ざゑもん》が打手《うつて》を押《おさ》へ　女《をんな》を[一一]手込《てごめ》に大人気《おとなげ》なく　本夫《ていしゆ》の威光《ゐくわう》の殴打擲《ぶちてうちやく》　合手《あひて》にするなら此《この》清吉《せいきち》を如何《どう》でもして看《み》ろ　此上《このうへ》は逃《にげ》も隠《かく》れも　[一二]貧乏動《びんぼうゆる》ぎもしねへぞと　力《ちか》ら委《まか》せに突放《つきはな》せば　勘左衛門《かんざゑもん》は刀《かたな》の[一三]鯉口《こひぐち》[一四]抜《ぬき》そばめて声《こゑ》ふるはし　[一五]偖《さて》こそ清吉《せいきち》　姦夫《まをとこ》の罪《つみ》は遁《のが》れぬ此場《このば》の不体裁《ふしだら》　[一六]重《かさ》なり合《あふ》とも　尋常《じんぢやう》に首延《くびのば》すとも　婀魔諸共覚悟《あまもろともかくご》をしろと詰寄《つめよす》るを　清吉《せいきち》はどつかと坐《ざ》し　ヤイ勘左衛門《かんざゑもん》　姦夫《まをとこ》とは何《なん》の戯言《たわごと》　何処《どこ》に密夫《みつぷ》の証拠《しやうこ》がある　迫《せか》ずと訳《わけ》を聞《き》いた上《うへ》　[一七]自然此方《もしやこつち》が[一八]非《ひ》に陥《おち》たら　遅《おそ》かれ速《はや》かれ[一九]無《な》いからだ　命《いのち》はいつでも与《くれ》てやる斯《かう》なるからはぶちまけて　最初《はじめ》の事《こと》からいふて聞《き》かそう　他聞悪《ひとぎゝわる》い姦夫呼《まをとこよば》はり　密夫沙《みつぷざ》汰《た》なら其方《そつち》が[二〇]まをとこ　足下《きさま》の女房《にようぼ》にならぬ前《さき》　自己《おれ》とお春《はる》は夫婦《ふうふ》の約束《やくそく》　[二一]飽《あき》もあかれ

一 人妻。 二 間男。 三 欲に目がくらんだからで、そちらの暗い部屋があやしいと。 四 覚悟を決め。 五 (お春の)声をたよりに手探りで。 六 妻と情夫の二人をまとめて真っ二つに斬り、四つにして成敗する、の意。密通した男女の成敗として一般的な表現。ただし姦夫(鬼清)に内済金を支払わせる解決法もあった。 七 ふてぶてしい。 八 人間の糞尿を肥料としたもの。「顔に泥を塗る」の強調表現。 九 蚊遣をたくための火鉢。
一〇 諺「飛んで火に入る夏の虫」を踏まえる。 一一 手痛い目にあわせること。 一二 ほんのちょっとでも動かないぞ。「此納りのつく迄は、びんぼうゆるぎもする物かへ」(三世瀬川如皐『与話情浮名横櫛』五幕目)。
一三 刀の鞘の口(鯉が口を開いた形に似ていることから)。 一四 刀をひき抜いてそばに引き寄せる。 一五 予感が適中したことへの驚きを表す感動詞。相手はやっぱり清吉(鬼清)だったのだな。 一六 お春と重なり合うなり、おとなしく首を伸ばして斬りやすいよう差し出すなり、一緒に成敗するから覚悟しろ。「婀(阿)魔」は近世、特に関東で、女性をいやしめて呼ぶ語。 一七 「自然」は「もしかして」の意。 一八 悪いとなったら。
一九 死ぬ身の上。 二〇 間男。→注二。
二一 互いに愛し合ってやまない男女の仲。 二二 先に夫婦約束をした。
二三 挨拶もなく。無断で。 二四 田圃。

もせぬ中《なか》を　養《やしな》ひ親《おや》の圧制《おしつけ》で足下《きさま》の女房《にようぼ》に成《な》つたのは　うき世《よ》の義理《ぎり》とは言《い》ひながら親《おや》の許《ゆる》さぬ中《なか》とはいへ[二二]先口《さきぐち》かけた清《せい》吉に　一言半句《ごんはんく》の[二三]沙汰《さた》もなく　嫁《よめ》に行《ゆく》とは女《をんな》も女《をんな》いつか何処《どこ》でか出会《であふ》たら　思《おも》ふ有丈怨《ありたけうら》みをいはふと　待《まつ》に祭《まつ》りの帰《かへ》り道《みち》　折《をり》よく出《で》あふた[二四]反甫《たんぼ》みち　否《いや》と云《いふ》のを[二五]無理《むり》往生《わうじやう》　連《つれ》て此家《このや》に脚《あし》やすめ　一間《ひとま》を借《かり》て[二六]示談《じだん》の最中《さいちう》　理不《りふ》尽《じん》のまをとこ呼《よば》はり　白痴威《こけおど》しの刃物《はもの》三昧《まい》　その[二七]強迫《こはもて》を怖《こわ》くは思《おも》はぬ信濃《しなの》産《うま》れの[二八]喰詰者《くひつめもの》堅気《かたぎ》に情婦《をんな》を取《と》られちやア　故郷《こきやう》へ[二九]恥《はじ》をさらしなの　田毎《たごと》の月《つき》の顔汚《かほよご》し　[三〇]姥捨山《うばすてやま》の身《み》は捨鉢《すてばち》　[三一]浅間《あさま》の煙《けむ》とは消《きへ》させぬ　[三二]諏訪《すは》の氷《こほり》のあぶない橋《はし》を　渡《わた》りかけたる係《かゝ》り合《あひ》　[三三]上州者《じやうしうもの》に[三四]活馬《いきむま》の　眼《まなこ》を[三五]ぬかれた此始末《このしまつ》　斯《かう》なるからは[三六]退引《のきひき》ならず　おはるをくれるか[三七]但《たゞ》し又《また》[三八]金《かね》と転《ころ》んでおはるが[三九]断縁《てきれ》　耳《みゝ》を揃《そろ》へて二百両《ひやくりやう》　女《をんな》と引替此場《ひきかへこのば》で渡《わた》すか　[四〇]如何《どう》でも密夫《みつぷ》と看認《みとめ》たなら　見事《みごと》ふたりを重《かさ》ねて斬《き》るか　二ツに一ツの返事《へんじ》をしやれと　[四一]尻引《しりひき》まくりて[四二]揚《あげ》あぐら　素《もと》よりおはるの色香《いろか》に溺《おぼ》れ　はなれもやらぬ勘左衛門《かんざゑもん》は　今清吉《いませいきち》が舌頭《したさき》に言《い》ひまくられて打惑《うちまど》ひ　初《はじ》めの気勢《いきほひ》どこへやら　摑《にぎ》りし刀《かたな》の柄《つか》も緩《ゆる》み猶予時《ためらふとき》しも　お角《かく》が告《つげ》に　おはるの養父《やうふ》小左衛門《こざゑもん》に引添《ひきそ》ひて　実母《じつぼ》のおきのも此家《このや》に走付《はせつけ》　子細《しさい》を聞《き》くに清吉《せいきち》がいひ懸《がゝ》りは　全《まつた》く一時《じ》の罪《つみ》を遁《のが》るゝ作《こしら》へ言《ごと》に疑《うたが》ひなけれど　姦夫《まをとこ》といふたしかなる証拠《しやうこ》もなければ　[四三]理《り》を以《もつ》て非《ひ》に陥《おちい》りし勘左衛門《かんざゑもん》の弱身《よはみ》につけ込《こ》む悪漢根生《わるものこんじやう》　密夫《みつぷ》の汚《を》名《めい》を雪《すゝ》がずば　冤《むじつ》の罪《つみ》の濡衣《ぬれぎぬ》を着《き》せた始末《しまつ》を役所《やくしよ》に訴《うつた》へ　互《たが》ひに隠《かく》す[四四]くらやみの　恥《はぢ》は

二五 無理やり承知させて。 二六 相談。「他人の襲撃の示談(しだん)を受(うく)ると雖も同意せず」(魯文『西南鎮静録 続編』上、明治十年)。 二七 強硬な態度。 二八 不身持ちのために生計が立てられなくなった者。 二九 恥をさらし、故郷更級(さらしな)の田毎の月の名誉を汚すことになる。「田毎の月」は、信濃国更級(現長野県千曲市)の姨捨山麓斜面にある、小さく区切られた田の一つ一つに映る月。古来、観月の名所。 三〇 「おばすてやま」とも。信濃国北中部更級郡の冠着(かむりき)山の別称。標高一二五二メートル。↓付図2。『大和物語』等に見える棄老伝説の地。「さらしな」「田毎の月」の縁語で、次の「捨鉢」を導く。 三一 浅間山(信濃国の、上野国との境にそびえる活火山。↓付図2)の煙のようにお前(お春)をこのまま消えさせはしない(勘左衛門に取られはしない)、と。 三二 諏訪湖。信濃国中部の諏訪郡にある。↓付図2(「諏訪」の上)。厳寒期には結氷し、一月下旬頃には「御神渡(おみわたり)」と呼ばれる数条の隆起した氷堤ができることがあり、次の「あぶない橋」はこれを指す。 三三 勘左衛門を指す。 三四 素早く抜け目ない行為のたとえ。 三五 底本「ぬれた」。第二次改版本以下により脱字を補う。 三六 避けも逃れもできない。 三七 それとも。 三八 金で解決をつけて。 三九 「てきれ 手切」(『言海』)。手切れ金を不足なく調達して。「耳」は大

たちまち表《おもて》むき　その口止《くちどめ》はおはるをくれるか　女《をんな》に換《かへ》る二百両《りやう》　[一]舅《しうと》と聟《むこ》の[二]膝《ひざ》とも談合《だんかふ》頓《やが》て夜《よ》明《あけ》に間《ま》もあるめへ　疾々埒《とくくらち》をあけぬかと　促《うなが》し立《たつ》るを小《こ》左《ざ》衛《ゑ》門《もん》　[三]思《し》案《あん》の臍《ほぞ》をうち固《かた》め　清吉《せいきち》を別間《べつま》に招《まね》き　ゆすりと知《し》れど此事《このこと》を世間《せけん》に洩《も》らさば一家《いつけ》の恥辱《ちゞよく》　養《やしな》ひむすめの不行跡《ふしだら》に　付《つけ》ては聟《むこ》の[四]外聞《ぐわいぶん》を　近郷《きんがう》までも触布《ふれし》く[五]道理《だうり》と　清吉《せいきち》を[六]品《しな》よく諭《さと》し　閨衣《ねまき》の儘《まゝ》にて走来《はせき》たれば今《いま》は所持《しよぢ》する金子《きんす》もなけ[七]れど　五十両《りやう》にて勘弁《かんべん》なさば　明朝我家《みやうてうわがや》で[八]証書《しやうしよ》と引替《ひきかへ》　相違《さうゐ》なく手《て》渡《わた》しすべし　もし不承知《ふしようち》なら養女《むすめ》のふしまつ　足下《おぬし》と[九]子細《わけ》のあることも　老《をひ》の眼《まなこ》で看認《みとめ》て置《お》いた　[一〇]とても恥《はぢ》のかき序《ついで》　親《おや》の手《て》づから召連訴《めしつれうつた》へ　養女《むすめ》も足下《おぬし》も[一一]浄玻璃《じやうはり》の鏡《かゞみ》にかけて　[一二]黒白《こくびやく》を別《わか》ツは官《かみ》の[一三]御沙汰《ごさた》にあると　さすがは老煉《ろうれん》　[一四]肝《きも》に針刺《はりさゝ》れて戦々《びくく》底気味《そこきみ》わるく　[一五]安《やす》い物《もの》だが手《て》を拍決着《うつけつちやく》　金受《かねうけ》とるは翌《あす》の朝《あさ》　当村内《たうそんない》の[一六]あたま役《やく》　渋谷《しぶや》の家名《かめい》に疵《きず》の付《つ》くこの[一七]紛紜《ごたつき》は　高橋《たかはし》の家《いへ》にも響《ひゞ》く世間《せけん》の[一八]喋々《くちぐ》　外《ほか》へ洩《も》らさぬ口止《くちどめ》を　五十両《りやう》とは[一九]価《ね》ではねへ　そんなら旦那《だんな》また明朝《みやうあさ》　わしはお先《さき》へ引取《ひきとり》ますと　肩《かた》に掛《かけ》たる手拭《てぬぐ》ひに頬冠《ほうかむ》りしてのそくと　脊戸《せど》の方《かた》より立去《たちさり》けり　跡打《あとうち》みやりて小左衛《こざゑ》門《もん》は　おきのと倶《とも》に勘左衛門《かんざゑもん》おはる夫婦《ふうふ》を伴《とも》なひ連《つれ》　一先櫛淵《まづくしぶち》の家《いへ》に帰《かへ》り　おきのはおはるを[二〇]罵懲《のりこら》し　小左衛門《こざゑもん》は勘左衛門《かんざゑもん》の意《こゝろ》のうちをうら[二一]問《とふ》に　勘《かん》ざゑもんのいへるやう妻《つま》のおはるが淫行《いたづら》は　吾輩方《われらかた》へ嫁《よめ》らぬ以前《いぜん》　[二二]渠過《かれあやま》ツて改《あらた》むる了簡《れうけん》あらば　[二三]その罪《つみ》の旧《ふる》きは問《と》はず妻《つま》として　舅《しうと》のこゝろを安《やす》めんと　妻《つま》に[二四]惑溺《おぼる》る心《こゝろ》より　[二五]離《はな》れ難《がた》なき風情《ふぜい》あれば

判・小判の縁(ちふ)の意。
四〇 どうしても。
四一 着物の裾をまくって尻を出す。居直るさま。
四二 片膝を立ててあぐらをかくこと。横柄なさま(→六五頁絵)。「床のうちにあげあぐらで、みせ三味せんを持、何かひいてゐる所へ」(山東京伝『傾城買四十八手』寛政二年〈一七九〇〉)。
四三 道理の上で正しい者が、かえって不利な立場になる。
四四 諺「暗やみの恥を明るみへ出す」を踏まえる。隠しておけばそのままで済むような勘左衛門の恥が、わざわざ世間に明らかになる。

以上五五頁

一 小左衛門と勘左衛門。
二 諺。思案に余ったときは自分の膝とでも相談する、の意から、どんな相手でも相談してみればそれだけの効果はあることをいう。「談合」は清音(→四五頁注二四)。
三 決心を固め。
四 悪い評判。
五 底本「道里」。第一次改版本以下により改める。
六 うまい具合に。
七 底本「なけど」。第三次改版本により脱字を補う。
八 金五十両を受け取る代わりに、今後一切お春に関わらないし、過去のいきさつも公表しない、などを誓約する証文。

④

勘《かん》左《ざ》エ《ゑ》門《もん》浴《よく》
室《しつ》に妻《つま》の懐《くわい》
妊《にん》を怪《あやし》む

高橋勘左エ門

雇婢

高橋お春

九 肉体関係がある。
一〇 どうせ恥のかきついでだから、いっそ。
一一 地獄の閻魔庁にある、死者の生前の行為をそのまま映し出す鏡の意から、ごまかすことのできない澄みきった眼識をいう。
一二 正邪、善悪を明らかに判断する。
一三 お裁き。
一四 急所を突かれて。
一五 五十両は安いが、これで話をまとめて落着し。
一六 もめ事のまとめ役。頭を丸めた僧侶のなすべき役目からこういう。
一七 もめごと。
一八 「喋喋」はしきりに喋るさま。
一九 安いものだ。
二〇 ののしり懲らしめ。
二一 それとなく心中をうかがったところ。
二二 謝罪して。
二三 お春の過去の罪は問題にせず、妻として認め。
二四 夢中になって心奪われている。
二五 離れがたい様子。

絵 →四七頁二行以下。入浴する勘左衛門とお春。お春の横に鏡台。「雇婢」は雇われた下女。村役を務める豊かな家なので、別に湯殿がある。

然《しか》らんには今宵《こよひ》の始末《しまつ》は　此儘《このまゝ》にして洩《も》らすまじ　[一]壁《かべ》に耳《みゝ》ある世《よ》の習《なら》ひ　夜更《よふけ》たれど④[二]ふたり共《とも》我家《わがや》に泊《とま》るは近隣《きんりん》の不審《ふしん》を招《まね》く基《もと》ゐなれば　夜明《よあけ》ぬうちに帰《かへ》るが宜《よ》し　おきのどのは一泊《ぱく》あれ　纔《わづか》の路次《みち》も[三]土《と》地《ち》の悪風《あくふう》　例《れい》の破落戸《ならずもの》に出《で》あはゞ難儀《なんぎ》と　睡《ねぶ》りにつきたる四五人《にん》の作男《さくをとこ》を呼《よ》び覚《さま》し　前後《ぜんご》に挑灯《てうちん》照らさせて　聟《むこ》とむすめを其夜《そのよ》のうちに　[四]後閑《かうかん》村《むら》へ送《おく》りやりぬ　斯《かく》てその翌《あく》る朝《あさ》　清吉《せいきち》は櫛淵《くしぶち》の家《いへ》に来《きた》り　小左衛門《こざゑもん》に面会《めんくわい》して　昨夜《さくや》約束《やくそく》の金《かね》を乞《こ》ふにぞ　証書《しやうしよ》と引替《ひきかへ》[五]五十円《ゑん》を清吉《せいきち》に渡《わた》しやるに　思《おも》ひ儲《まを》けぬ大金《たいきん》は　博奕《かけ》の[六]資本《もとで》を得《え》たりやと　悦《よろこ》び勇《いさみ》て彼処《かしこ》なる[七]袁彦道場《ゑんげんだうじやう》へ走《は》せ至《いた》り　[八]浮《うか》べる富《とみ》の一夜《ひとよ》も有《たも》たず皆《みな》うち敗《まけ》て元《もと》の杢阿弥《もくあみ》　財布《さいふ》は空《から》となりしとぞ

[九]そもこの鬼神《おにかみ》の清吉《せいきち》は　信濃国《しなのゝくに》[一〇]伊《い》奈郡《なごほり》　[一一]朝日《あさひ》村《むら》の農 民《ひやくしやう》有賀《ありが》清助《せいすけ》の次男《じなん》に生《うま》れをさなき頃《ころ》より博奕《かけ》を好《この》み　農業《のうげふ》を忌《いみ》きらひ　父母《ふたおや》の目《め》をくらまし窃《ひそ》かに金銭《きんせん》を掻《かき》さらひ　市場《いちば》に出《いで》ては[一二]賭莚《かけむしろ》の端《はし》にすはるも度々《たびく》にて　博徒《ばくと》の群《むれ》にも面貌《おもて》を看知《みし》られ其頃《そのころ》朝日《あさひ》村《むら》の[一三]眼張小僧《めばりこぞう》と呼做《よびな》されしは　その眼《まなこ》の人並《ひとなみ》よりも多《おほ》きくて　且《かつ》はするどき故《ゆゑ》といふ　年《とし》十五のをり　他人《たにん》の者《もの》を[一四]掠《かす》めし事《こと》の露顕《ろけん》して　父清助《ちゝせいすけ》は物堅《ものがた》き性質《せいしつ》なれば　忽《たちま》ち家《いへ》を放逐《はうちく》せしより　竟《つい》に博徒《ばくと》の群《むれ》に入《い》り　[一五]塩尻《しほじり》の熊蔵《くまざう》とてその頃名高《ころなだか》き袁彦道家《ばくちうち》の子分《こぶん》となりて　彼処《かしこ》や此所《こゝ》と暴行《あばれ》あるき　よからぬ事《こと》の[一六]数《かず》を尽《つく》し　残《ざん》忍無頼《にんぶらい》に世渡《よわた》るうち　時《とき》は[一七]文政《ぶんせい》二年の冬《ふゆ》　同国《どうごくさ》[一八]佐久郡《くごほり》[一九]岩村田《いはむらた》に[二〇]住吉《すみよし》の神事《じんじ》ありて

一 どこで誰に聞かれているかわからない。
二 勘左衛門とお春が実家(養父・渋谷小左衛門の家)に泊まるのは。
三 この土地特有の悪い風習。↓四六頁注七。
四 下牧村とあるべき。いったん後閑村の櫛淵の家へ行き、おきのはそこに泊まり、勘左衛門・お春は同村の小左衛門方には泊まらず、下牧村の高橋家へ帰ったということ。
五 五十両。近世では、小判の丸い形から「両」と同意に使われた。
六 元手を得た、に「得たりや」(しめたぞ)を掛ける。
七 賭場。「袁彦道」は博打の意。中国の六朝、晋の袁耽(あざなは彦道)がその名人だったことから。
八 はかない富。苦労せずに得た金銭。
九 そもそも。
一〇 信濃国南東部、天竜川流域の伊那谷を中心とした郡。明治十二年上伊那・下伊那の二郡に分かれた。↓付図2。
一一 伊那郡ではなく、その北方の東筑摩郡西南端の村。東は塩尻、北は松本と接する。↓付図2③。
一二 丁半博打で、壺をふせる場所へ敷くござ。ぼんござ。転じて賭場。ぼんござは、サイコロを入れた壺を伏せるとき音がしないよう紙のコヨリで編んだ。縦二尺(約六一センチメートル)、横三尺くらいのござ(萩原進『群馬県遊民史』)。

⑤

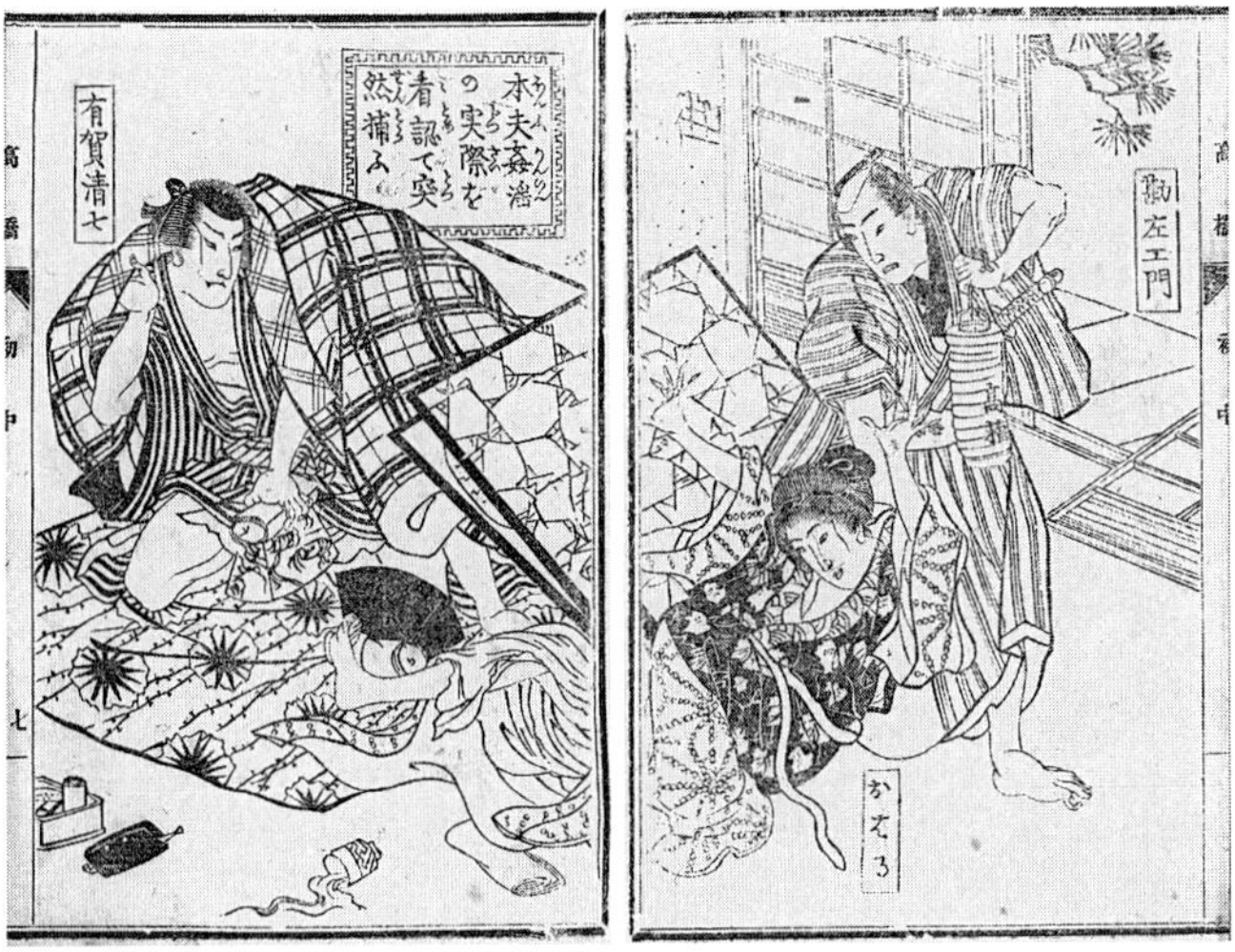

勘左エ門

おはる

本夫《ほんぶ》姦淫《かんいん》の実際《じつさい》を看認《みとめ》て突《とつ》然《ぜん》捕《とら》ふ

有賀清七

一三「眼張り」は目を大きく見開く意。六〇頁九行も同じ。
一四 盗む。
一五 東筑摩郡の地名（現塩尻市）。松本盆地の南端に位置し、江戸時代は中山道の下諏訪・洗馬（ばせ）間の宿駅として発達。→付図2。
一六 あるだけ全部やり。
一七 一八一九年。後に「弘化二の誤り」（→九一頁六行）とある。弘化二年は一八四五年。第二次改修後印本（→凡例）以下は訂正済み。
一八 信濃国中東部、中央を千曲川が北流し、東は上野国と接する郡。明治十二年に南佐久・北佐久の二郡に分かれた。→付図2。
一九 現佐久市岩村田（いわむらだ）。岩村田藩内藤氏一万五千石の城下町。中山道の宿駅として栄えた。→付図2④。
二〇 住吉神社の祭り。「JIN-JI（略）神事（略）A Sintoo festival」（『和英語林集成』再版）。

絵　→五四頁三行。お春・清七（清吉）の密会現場に踏み込む勘左衛門。真夜中なので、勘左衛門は「高橋」と記した小田原提灯を下げている。寝床には箱枕が二つ。倒れかかる枕屏風。

夜《よ》は[一]一倍《ばい》の群衆《ぐんしゆう》を[二]看《み》当《あて》に競《きそ》ふ賭博《とばく》の莚《むしろ》　[三]市街《ちまた》に敷《しき》て勝負《しようぶ》を争《いど》むに　此夜《このよ》清吉《せいきち》は[四]諏訪《すは》の方《かた》より懐《ふとこ》ろ寂《さび》しく廻《めぐ》り来《き》たり　いづれの莚《むしろ》の[五]貸元《かしもと》にも路金《ろぎん》を乞《こ》ひて　先《まづ》一端《たん》塩尻《しほじり》の熊蔵方《くまざうかた》へ立戻《たちもど》らんと　群居《むれゐ》る人《ひと》を押分《おしわけ》て[六]賭莚《ぼんござ》の挙動《やうす》を看《み》やるに　此貸元《このかしもと》は伊奈郡《いなごほり》に[七]天魔《てんま》の大《だい》九郎《らう》と呼《よば》れたる　此道《このみち》の巨魁《おやぶん》[八]株《かぶ》にて　予《かね》て塩尻《しほじり》の熊蔵《くまざう》とは　[九]かすり場《ば》の争《あらそ》ひより日頃《ひごろ》その中睦《なかむつ》ましからず　此《これ》に随《したが》ふ子分《こぶん》の者《もの》も　互《たが》ひに[一〇]牛角《ごかく》のあらそひ絶《た》えず　今《いま》はからずも清吉《せいきち》は此場《このば》に来合《きあは》せ　大《だい》九郎《らう》の居《ゐ》るを看《み》かけて　退《しりぞ》かば[一一]億病者《おくびやうもの》と嘲《あざけ》られん　[一二]親《おや》の遺恨《ゐこん》は子《こ》のうらみ　[一三]若間《もしま》違《ちが》はゞ腕《うで》づくと　草鞋《わらじ》の儘《まゝ》にその場《ば》へ踏《ふみ》込《こ》み　天魔《てんま》の親分《おやぶん》久《ひさ》しぶりだ　[一四]盛《さか》ツた所《とこ》ろで[一五]無心《むしん》があると　[一六]藪《やぶ》から傍若無人《ばうじやくぶじん》のことばを　何奴《なにやつ》ならんと　大《だい》九郎《らう》は眉《まゆ》に皺《しわ》よせ看仰《みあ》げつゝ　誰《たれ》かと思《おも》へば眼張小僧《めばるこぞう》か　今《いま》が勝負《しようぶ》の真《ま》ツ盛《さか》り　無心《むしん》があるとは　そこらに並《なら》ンだ[一七]店屋物《てんやもの》の[一八]煮込《にこみ》の⑤田楽《でんがく》[一九]酴醾漉《どびろく》の[二〇]熱酣《あつがん》が一盃《ばい》[二一]飲《きめ》たく成《な》ツたのか　[二二]意地《いぢ》の穢《きた》ねへ下卑野郎《げびやらう》　飲代《のみしろ》の無心《むしん》なら[二三]一切形《きりかた》が付《つ》いた跡《あと》　うしろから廻《まわ》ツて来《こ》い　客《きやく》の手前《てまへ》も憚《はゞ》からず　気《き》の利《き》かぬ小僧《こぞう》めと　白眼付《にらめつく》るを恂《びく》ともせず　オイ親分《おやぶん》　ひよつ子《こ》ながら塩尻《しほじり》の熊蔵《くまざう》が子分《こぶん》の清吉《せいきち》煮込《にこみ》のおでんやどびろくは　おめへの子分《こぶん》の口《くち》には[二四]合《あふ》か　おらの[二五]畑《はたけ》は[二六]上種《じやうだね》ゆゑ[二七]胡瓜《きうり》のへぼくた　[二八]南瓜野郎《かぼちややらう》は　[二九]薬種《くすり》にしたくもひとりもねへ　おらが無心《むしん》は此場《このば》[三〇]銭《せん》残《のこ》らず借《かり》てゆきてへのだと　[三一]喧嘩《けんくわ》じかけは此場《このば》の抵抗《はりあひ》　大《だい》九郎《らう》はこれを聞《きく》より面色《めんしよく》

一 いっそう。 二 めあて。 三 町なか。 四 信濃国中部の地名。諏訪藩三万石の高島城下の他、上諏訪・下諏訪は甲州街道・中山道の宿駅として栄えた。→付図2。 五 賭場の管理をする親分。賭金の不足した客に金を貸した。 六 →五八頁注一一。 七 欲界の第六天にいる魔王。衆生の成道を妨げ、人心を擾乱しようとする悪魔。 八 「株」は身分、地位等を表す接尾語。 九 賭場。「かすり」は上前をはねる意。通常二―六%、目によっては一〇%(萩原進『群馬県遊民史』、田村栄太郎『やくざの生活』雄山閣、一九八一年)。「かすり場につき三度も四度も恥をかいたが遺恨の元よ」(八木節「国定忠治」『日本民謡集』岩波文庫〈一九六〇年〉)。 一〇 「牛角 互角」(『言海』)。 一一 「臆病者」に同じ。 一二 親分の恨みは子分の恨みだ。 一三 しそこなったら。 一四 にぎわった。 一五 「俗ニ、心無ク憚リナク、人ニ物ヲ与ヘヨト請フコト」(『言海』)。 一六 「藪から棒」と「傍若無人」の掛詞。 一七 飲食店から取り寄せた食物。 一八 おでん。明治二十年頃までは「煮込みおでん」と行灯に書いて縁日の屋台で売られた。こんにゃく、八ツ頭、筋、ちくわなどを煮込んだもの(山本笑月『明治世相百話』「おでんの逆輸入」第一書房、一九三六年)。 一九 どぶろく。蒸した米に麹(こうじ)と水を加えて発酵させ

[三二]朱《しゅ》を注《そゝ》ぎ　左右《さいう》に目《め》くばせする間《ま》もあらせず　[三三]長脇差《ながわきざし》に[三四]切緒《きりを》のわらじ　身《み》を固《かた》めたる子分《こぶん》の四五人《にん》　一度《ど》に清吉《せいきち》に立《たち》かゝり　[三五]青年《にさい》と侮《あなど》りめつた打《うち》　むねんとあせれど多勢《たぜい》に独《ひと》り　敵《てき》しかねて人込《ひとごみ》の中《なか》を[三六]潜《くゞ》りつ此場《このば》を避《さ》け　一先《ひとまづ》明神《みやうじん》の森《もり》まで来《きた》り　茲《こゝ》にて乱《みだ》れし髪《かみ》かきあげ　衣服《いふく》の泥《どろ》を摺落《すりおと》し　草鞋《わらじ》のひもを結《むす》びしめ　長《なが》わきざしの鯉口《こひぐち》くつろげ　[三七]御手洗《みたらし》の水《みづ》に咽喉《のど》を潤《うる》ほし　徐々《そろ〳〵》町《まち》に立出《たちいで》て　賭場《かけば》のやうすを窺《うかゞ》ふに　はや[三八]更闌《かうたけ》て人《ひと》もちり　市商人《いちあきうど》は荷《に》をしまひ　博徒《ばくと》は[三九]むしろを捲《まく》をりなれば　清《せい》吉《きち》は時分《じぶん》はよしと　[四〇]海野《うんの》が住家《すみか》に立帰《たちかへ》る大《だい》九郎《らう》の途中《とちう》を待伏《まちぶせ》　うらみをはらすは[四一]金《かな》井《ゐ》が原《はら》と　小高《こだか》き丘《をか》の[四二]櫟《くのぎ》の蔭《かげ》に　潜《ひそ》むとも[四三]いざしろ妙《たへ》の　霜《しも》の夜道《よみち》の枯草《かれくさ》を　踏《ふみ》つゝ来《き》かゝるふたりの者《もの》は　是《これ》なん天魔《てんま》の大《だい》九郎《らう》　闇路《やみち》をてらす[四四]小田原挑灯《をだはらてうちん》　先《さき》に立《たち》たる子分《こぶん》に提《さげ》させ　しるしの[四五]大字《だいじ》は紛《まが》ふ方《かた》なき敵《てき》と見《み》るより　清吉《せいきち》は丘《をか》より下《を》りて[四六]行先《ゆくさき》にてうちんばつさり　子分《こぶん》の肩先《かたさき》[四七]ばらり寸《ずん》と切倒《きりたふ》すに　大《だい》九郎《らう》は[四八]事《こと》の茲《こゝ》に不《ふ》意《い》に出《いづ》れば驚《おどろ》きあわて　二足《あし》三あし身《み》を退《しりぞ》き　何奴《なにやつ》なれば此狼籍《このらうぜき》　海野《うんの》の天魔《てんま》を看《み》違《たが》へて　追剝《おひはぐ》つもりの[四九]出来星《できぼし》どろばう　合手《あひて》が違《ちが》ふ出《で》なほせと　言《いは》せもあへず声《こゑ》ふりたて　その[五〇]らうぜきは目張《めばり》の清吉《せいきち》　さいぜんは多勢《たぜい》をたのみ　よくもひとりを[五一]手《て》込《ごめ》にしたな　頃日《ひごろ》重《かさ》なる遺恨《ゐこん》の返報《へんぱう》　こよひの仕《し》かへし覚悟《かくご》をしろ「何《なに》をこしやくな[五二]ぴんころ小僧《こぞう》め　飛《と》んで火《ひ》に入《い》る夏《なつ》の虫《むし》　[五三]刀《かたな》の錆《さび》にしてくれんと　[五四]二尺《しやく》八寸《すん》だ

ただけの、滓(すか)をこさず白く濁った酒。「酴醾（音「トビ」）」は濁り酒・どぶろくの意。二〇「ATSU-GAN（略）熱燗」（『和英語林集成』再版）。「あつがん　熱燗」（『言海』）。二一「きめる」は飲む意。「手酌できめて取々に、やっつ返しつ飲み廻し」（初世桜田治助『名歌徳三升玉垣』四立目、享和元年〈一八〇一〉初演）。二二 食い意地の張った下品な奴め。二三 ひとしきりにぎわった博打が落ち着いた後に。二四「合が」の誤りか。二五「畑」は同類の意。塩尻の熊蔵一家をたとえる。二六「畑」「胡瓜」「南瓜」の縁語。ここは「上等」の意。二七 つるの末の方になった、出来の悪いキュウリのような男。二八 容貌のみにくい、カボチャのような男。「そとへでろ　このかぼちややらうめ」（魯文『両国八景荏土久里戯(えどくりげ)』安政三年〈一八五六〉）。二九 全然いないことのたとえ。三〇 賭場にある金銭。三一 喧嘩腰で返答したのは、この場で相手と張り合うためだった。三二 怒りで真っ赤になり。三三 →四九頁注六。三四 →四九頁注五。三五 青二才。三六 潜って。この「つ」は接続助詞的な用法。三七 神社の入り口で、参拝者が手を清め、口をすすぐ場所。三八 夜が更けて。三九 賭場を閉める。四〇 小県(ちいさがた)郡海野宿（現長野県東御市本海野）。岩村田の北西。北国脇往還の宿駅で、上田宿と小諸宿の中間。↓

（三二六頁に続く）

んびら物《もの》すらりと引《ひき》ぬき　唯《たゞ》ひとうちと被《かぶ》[一]りかくるを　清吉《せいきち》は疾《とく》よりたく[二]はふ砂《すな》の目《め》つぶし　大《だい》九郎《らう》の真向《まつかふ》めがけはつしと投《なぐ》れば　捻《ひね》りし紙《かみ》の包《つゝみ》はとけて　飛《とび》ちる砂《すな》は目《め》口《くち》に入《い》りて働《はたら》[三]かれず　卑怯《ひきやう》のわつぱ[四]がふるまひと　天魔《てんま》は阿修羅《あしゆら》[五]のあれ身《み》となり　如泡闇夜《によはうあんや》[六]のめつた打《うち》　清吉《せいきち》は右《みぎ》にさけ左《ひだ》りに受《うけ》て　大《だい》九郎《らう》のうしろへ廻《まわ》り　肩《かた》さきより乳《ち》の下《した》かけて切《きり》[七]さぐる拳《こぶし》のさへに　何《なに》かはたまらん　唯《たゞ》一刀《とう》に息《いき》たへたるを　乗《のり》かゝりて止命《とゞめ》[八]をさし　傍《かた》へにうごめく重傷《ふかで》の子分《こぶん》も息《いき》の音《ね》とめて　大《だい》九郎《らう》が胴巻《どうまき》[九]に包《つゝ》みて所持《しよぢ》せし三百両《りやう》の金《かね》　ひき浚《さら》ひてその場《ば》を立退《たちのき》　あ[一〇]しをはかりに塩尻《しほじり》の熊蔵方《くまざうかた》へ走《はせ》かへりて　云々《しかぐ》の始末《しまつ》を語《かた》るに　悪事《あくじ》を好《よみ》[一一]する熊蔵《くまざう》は　清吉《せいきち》が此《この》はたらきを歓《よろこ》び称《しよう》[一二]して　信濃《しなの》の天魔《てんま》と自《みづ》から誇《ほこ》る　悪徒《あくと》を殺《ころ》せし手練《しゆれん》の程《ほど》は　実《じつ》に鬼神《おにかみ》の化身《けしん》なりとて　是《これ》より鬼神《きじん》の清吉《せいきち》と同類中《なかまうち》にて尊敬《そんけい》せられ　忽《たちま》ち男《をとこ》[一三]を売《うり》しかど　大《だい》九郎《らう》が子分等《こぶんら》が仇《あだ》と狙《ねら》ふて付《つき》まとへば　熊蔵《くまざう》は　渠《かれ》[一四]が為《ため》に秘《ひ》[一五]蔵《さう》の子分《こぶん》を打《う》たれもせば一世《せ》[一六]の恥辱《ちじよく》と　国越《くにごゑ》[一七]させ上州辺《じやうしうへん》へ落《おと》しやりしは嘉永《かえい》[一八]二年《ねん》の春《はる》にして　此時清吉《このときせいきち》は二十四年《ねん》と聞《きこ》えたり

記者曰《きしやいふ》[一九]　此清吉《このせいきち》が来歴《らいれき》は　現《げん》に長野《ながの》[二〇]県下《けんか》在松本《ざいまつもと》[二一]の知己《ちき》何某《なにがし》が来社《らいしや》の一話《わ》にして　伝外《でんぐわい》[二二]の余談《よだん》なりと雖《いへど》も　本文《ほんもん》これに係《かゝ》るの話《はな》し多《おほ》きを以《もつ》て　附《つけ》て此者《このもの》の小《せう》伝《でん》を略記《りやくき》せり　看客《みるひと》[二三]　応報《おうはう》の全《まつた》きは次編《じへん》を読《よ》みて知《し》[二四]らせたまへ

一　振りかぶる。
二　用意していた目つぶしの砂を。
三　動けない。
四　子供を罵っていう語。「わらわ(童)」の転。
五　阿修羅(帝釈天などと戦闘する悪神)のように激しく暴れまわり。
六　如法闇夜。真の闇夜。提灯を切り落とされた上、目つぶしのためまったく見えないから。
七　切り下ろした剣の腕前の冴え。
八　のどや胸などの急所を刺して息の根をとめ。
九　細長い帯状の袋で、高額の金銭や貴重品などを入れ、胴に巻きつけておくもの。落としたり、盗まれたりしないため。
一〇　「足を限りに」に同じ。「はかり」は限度の意。足で行ける限り。
一一　よしとする。
一二　ほめたたえて。
一三　男としての名を世間に広めたが。
一四　熊蔵にとって。
一五　「ひさう　秘蔵(略)珍重シテ養フコト」(『言海』)。
一六　一生に一度の大きな恥。
一七　国ざかいを越えて上州辺に逃がし。なお、国定忠次も、島村伊三郎を闇討した後、上州から信州松本へ国越した(萩原進『群馬県遊民史』)。博徒にはよくある設定。
一八　一八四九年。この時二十四年(満年齢)なら生まれは文政八年(一八二五)、大九郎を斬り殺した弘化二年(一八四五)。

下巻見返し

夜叉譚

初編の下

金松堂版

魯文編

↓五八頁注一七)は満二十歳。
一九 書き手が自分のことを指していう語。筆者(魯文)。
二〇 明治四年の廃藩置県により成立した長野・筑摩の二県は、同九年長野県に統合。
二一 松本にいる。松本は信濃国国府所在地。江戸時代は松本藩戸田氏六万石の城下町で、善光寺道(北国西脇往還)の宿駅として栄えた。↓付図2。
二二 高橋お伝の伝記とは直接関わらない余談。
二三 読者よ。作者からの呼びかけ。
二四 「せ」は尊敬の意。

下巻見返し 行灯に「おでん／かんさけ(燗酒)」と書かれた商い店。六〇頁一〇行の「煮込の田楽 酴醾漉の熱酣」を踏まえつつ、お伝・勘左衛門を寓するか。多色刷。

高橋《たかはし》阿伝《おでん》夜叉《やしや》譚《ものがたり》　初編下之巻[一]

仮名垣魯文補綴

○第《だい》三回《くわい》　悪漢《あくかん》再来《さいらい》して毒婦《どくふ》を誘《さそ》ふ

去程《さるほど》に　下牧村《しもまきむら》なる高橋勘《たかはしかん》ざゑもんは　素《もと》より鼻毛《はなげ》[二]を算《かぞ》へられしおはるが色《いろ》に溺《おぼ》るゝより　清吉《せいきち》との密会《みつくわい》も　舅小《しうとこ》左《ざ》衛《ゑ》門《もん》が扱《あつか》[三]ひを幸《さいは》ひ　夫《それ》[四]なりにすまして後《のち》　素《もと》の如《ごと》く妻《つま》となし　一月《つき》あまり過《すご》すうち　彼鬼清《かのおにせい》は又外《またほか》に　よからぬ事《こと》[五]のあるにつけ　捕亡《とりかた》[六]の手《て》に縛《いまし》められ　領主《りやうしゆ》[七]の獄舎《ひとや》に繋《つな》がれしと聞《き》くに　おはるは亡命《かけおち》[八]のおもひを一端《たんと》ゞ止まりて　高橋《たかはし》に落着《おちつく》うち　その年《とし》の十一月　則《すなは》ち嘉永《かえい》[九]三年《ねん》に女子《によし》を出産《しゆつさん》せし所《とこ》ろ　当家《たうけ》へ嫁《か》せしは五[一〇]月の下旬《げじゆん》　わづか七箇月《かつき》にて分娩《ぶんべん》せしは　若哉《もしや》清吉《せいきち》が胤《たね》[一一]ではなきか　世《よ》には月《つき》[一二]たらずの子《こ》もあれば　疑《うたが》ふのみも本意《ほんい》[一三]にあらずと　思《おも》ひなほしておはるを責《せめ》ず　出生《しゆつしやう》の女子《によし》をお伝《でん》となづけ　育《そだ》つる内《うち》に　母《はゝ》のおはるは奸毒《かんどく》[一四]たちまち身《み》に報《むく》ひて　不図《ふと》身《み》の内《うち》に悪腫《あくしゆ》[一五]を生《しやう》じ　日《ひ》を経《ふ》る程《ほど》に膨脹《はれあが》り　立居《たちゐ》もならず床《とこ》に臥《ふ》し　昼夜《ちうや》の痛《いた》みに苦《くる》しみ叫《さけ》び　医療《いれう》に手《て》を尽《つく》すといへども　殊《こと》の外《ほか》の難症《なんしやう》[一六]にて　剰《あまつ》[一七]さへ黴毒《ばいどく》[一八]の余病《よびやう》[一九]を混《こん》じ　食事《しよくじ》も絶《たえ》て咽喉《のんど》を通《とほ》さず　肉落骨《にくおちほね》あらはれて　終《つひ》に⑥翌年《よくねん》[二〇]の夏《なつ》のはじめ　世《よ》に亡人《なきひと》となりしより　式《かた》[二一]の如《ごと》

一　底本「券」。第一次改版本(↓凡例)以下により改める。

二　男が、惚れた女にいいように扱われること。鼻毛を読まれる。

三　とりなし。示談。↓五六頁四―八行。

四　それでよいことにしておき。

五　底本「あるつけ」。第三次改版本(↓凡例)「有(ある)につけ」により、脱字として「に」を補う。

六　「捕亡」は逃げる者(罪人)を捕える役人。のち、「捕亡吏(ほぼうり)」として明治初期に一部の県に置かれ、明治五年一月十日大蔵省無号達により各県に設置、江戸時代の地方警察制度が廃止された(山元一雄『日本警察史』)。これを意識した用字か。なお、これは明治八年「邏卒」と改称、さらに「巡査」と改称。↓補四五。

七　当時、下牧村・後閑村は沼田藩領。↓四二頁注二四、三四〇頁注四。領主は土岐頼之(よりゆき)。

八　悪事などが原因で、戸籍を抜けて逃亡すること。「かけおち(略)亡命」(『言海』)。「亡命(ばうめい／カケオチ)の身の上」(魯文『西南鎮静録 続編』下、明治十年)。↓四九頁九行以下。

九　一八五〇年。後に嘉永元年の誤りとある(↓九一頁六行)。第二次改修後印本以下は「元年」と訂正済み。下牧村宗門改帳(慶応三年〈一八六七〉)にでんの年齢が十九歳とあること(『古馬牧村誌』月夜野町誌編纂委員会、一九七二年)からすれば、嘉永元年生まれ。↓四〇頁注一九。ただし、鬼

⑥

勘左エ門

悪漢《あくかん》の激発《げきはつ》
非《ひ》を非《ひ》とし
て暴行《ぼうかう》を
逞《たくま》しうす

清七

渋谷小左エ門

おきの

お春

清が信州から上州へ国越えした嘉永二年(→六二頁一二行)以前となり、矛盾する。なお、高橋勘左衛門の供述「下調(その二)」(→補一一文献)によれば、春は嘉永四年七月下旬頃にでんを出産。

一〇 前注の勘左衛門の供述によれば、春と結婚したのは嘉永四年一月二日(→四五頁注三二)。 一一 子。

一二 十カ月に満たないで生まれた子。

一三 本来の望み。

一四 →四二頁注一三。

一五 たちの悪いはれもの。

一六 難病。 一七 その上。

一八 梅毒。 →『青楼半化通』補八九。

一九 本来の病気のほかに、別に出る病気。

二〇 勘左衛門の供述「下調(その二)」によれば、でん出産直後の嘉永四年九月初め頃離縁、春は実家に戻った。「我意強くして何分自分の意に応ぜざる」ゆえという。渋谷小左衛門の養子の供述「下調(その四)」によれば、春はのちに嘉永六年二月利根郡生早(ママ)村勇吉(姓不明)の妻となったが、五月病死。

二一 慣例に従って、遺骸を埋葬場まで送ったが。

絵 現場に踏み込んだ勘左衛門に対し、尻をまくって逆にゆすりかける清七(清吉)、仲裁しようとする渋谷小左衛門・おきの。→五四頁一二行以下。

く野辺《のべ》送《おく》り　勘《かん》ざゐもんは最愛《さいあい》の妻《つま》に別《わか》れ　子《こ》を遺《のこ》され　茫然《ばうぜん》として半年《はんとし》あまり月《つき》を過《すご》すに　[一]去《さ》る者《もの》は日々《ひゞ》に疎《うと》しの世《よ》のことわざ　ひとり寂《さび》しき閨《ねや》のひま　幸《さいは》ひ媒妁《なかだち》のあるに委《まか》せ　近村《きんそん》より後妻《かうさい》を迎《むか》へとりて家事《かじ》を任《まか》すに　[二]継《まゝ》しき中《なか》は兎角《とかく》に[三]熟《じゆく》せず　殊《こと》さら世間《せけん》の口《くち》の端《は》に　おでんは全《まつた》く勘《かん》ざゐもんの胤《たね》にはあらぬ[四]土産物《みやげもの》　実《じつ》は鬼清《おにせい》の子《こ》なること月《つき》のたらぬが何《なに》より証拠《しやうこ》　それを我子《わがこ》といつくしみ　育《そだ》てる父《ちゝ》のおろかさは　是《これ》ぞ[五]親馬《おやば》鹿爺《かちやん》りんぞと罵《のゝし》りあふが　後妻《かうさい》の耳《みゝ》に入《いり》ては気《き》も安《やす》からず　[六]長女《そうりやう》ながら　此女児《このむすめ》に当家《たうけ》の[七]遺籍《ゐせき》を相続《さうぞく》させなば　するゞゝ家《いへ》の名折《なをれ》とならんと　或時《あるとき》の寐物《ねもの》がたりに此風聞《このふうぶん》を本夫《おつと》に告《つぐ》るに　勘《かん》ざゐもんも此事《このこと》を心《こゝろ》にいぶかしく思《おも》ひ居《ゐ》たれば　是《これ》よりいたくお伝《でん》を疎《うと》み　愛《あい》もうせては観《み》るも物憂《ものう》く　何処《いづこ》へか養女《やうぢよ》にやらんと　その[八]口《くち》をたづぬる由《よし》を[九]同村《どうそん》に[一〇]別家《べつけ》せし兄《あに》の高橋《たかはし》[一一]九ざゐもんが聞付《きゝつけ》て　我《われ》に幸《さいは》ひ子《こ》なきゆゑ　おでんを養女《やうぢよ》にもらはんとの談合《だんかふ》こそ幸《さいは》ひなれと　[一二]おでんが四才《よつ》になれる春《はる》　兄《あに》の養女《やうぢよ》におくりしなり

記者曰《きしやいわ》く　本編第《ほんぺんだい》一回《くわい》より茲《こゝ》に至《いた》るまでの物語《ものがた》りは　毒婦《どくふ》おでんが[一三]因果応報《いんぐわおうはう》の起原《おこり》を説《と》く緒口《いとぐち》にして　彼[一四]小説《かのせうせつ》[一五]作《つく》り物語《ものがたり》に比《ひ》せば　趣向《しゆかふ》の[一六]傚染《したぞめ》に略類《ほゞるゐ》せり　然《しか》れどもその事《こと》は　架空無根《かくうむこん》のはなしにあらず　曩《さき》に我社《わがしや》によする[一七]原書《げんしよ》は　おでんが故郷《こきやう》の同郡《どうぐん》　然《しか》もその近村《きんそん》なる何某《なにがし》が親《した》しく見聞《けんもん》の記事《きじ》と　今回《こんくわい》おでんが[一八]口供《こうきよう》とを[一九]比較《ひかう》して　[二〇]略年暦《ほゞねんれき》を訂正《ていせい》し　[二一]条々《でうぐ》少《すこ》しく潤色《じゆんしよく》の筆《ふで》を加《くは》ふる者《もの》は　[二二]看客《みるひと》に倦《うま》ざらしめんと

一 離れていく者(死者)は月日が経つにつれてだんだんと忘れられていく。 二 血の繋がりがなく、よそよそしい間柄。継母と継子の関係。なお、勘左衛門の後妻は「やゑ」、明治二十六年に六十三歳で没(萩原進『群馬県女性史話』西毛新聞社、一九六五年)。 三 よく調和しない。 四 →四六頁注一九。 五 親馬鹿を嘲る魯文の造語。→補一六。 六 「総領(略)男女ニ通ジテ、第一ノ子。長子 長女」(『言海』)。 七 「遺跡(略)死者ノ跡目」(『言海』)。勘左衛門の残した家督。 八 受け入れ先。 九 第一次改版本以下「同村の」。 一〇 分家。 一一 以下「九右衛門」(→六七頁一四行)「九ゑもん」(→同一五行)などと表記。 一二 勘左衛門の供述「下調(その二)」(→補一一文献)によれば、でんを九右衛門の養女に遣ったのは嘉永四年(一八五一)九月下旬頃で、生後六十日位だったという。 一三 過去の因縁の善悪に応じて現在の果報を受けること。お春と鬼清の不義の娘であることが、斬罪となったことの「起原」だ、ということ。 一四 『水滸伝』など中国の白話小説や、その影響を受けた近世の読本。「小説(略)実説虚説ヲ雑(まじ)ヘテ戯作セル読本(ヨミホン)、多ク通俗ノ文体ニ記ス」(『言海』)、「小説(よみほん)」(楽亭西馬『南柯夢優妓舞衣(なんかのゆめまいぎぬお)』四編、安政二年〈一八五五〉

のすさびなり　其事《そのじ》実《ゞつ》においては聊《いさゝ》かも原意《げんい》にたがふ事《こと》なく　且前《かつさき》[二三]にもいへるおでんが口供《くちがき》の如《ごと》きは　法庭《はふてい》[二四]　其口頭《そのくちさき》の虚多《きよおほ》く　実《じつ》の少《すく》なきを認定《みさだ》むるの罪案《ざいあん》[二五]を証《しやう》とし　渠《かれ》が申《まを》し立《たて》に依《よ》る事稀《ことまれ》なり

此編《このへん》三巻《ぐわん》の記《き》をなすこと　時間《じかん》わづかに二昼《ちう》[二六]二夜《や》に過《すぎ》ず　殊《こと》さら出版者《しゆつぱんしや》発兌《うりだし》のすみやかなるを欲《ほつ》するより　活字《くわつじ》を以《もつ》て行《ぎやう》をなせば　字句《じく》の間《あはひ》毫毛《がうもう》[二七]も透《すき》なく　一[二八]行《ぎやう》三十七字《じ》　一丁《ちやう》の字数《じすう》八百八十八文字《もんじ》　現今坊間《たゞいまばうかん》[二九]に流布《るふ》する　絵上画上《ゑじやうぐわじやう》[三〇]加文《かきいれ》の草双紙《くさざうし》三冊物《さつもの》とは異《こと》りて　所謂読沢山《いはゆるよみだくさん》[三一]の冊子《さうし》[三二]といふ可《べ》し　然《しか》れども　本文挿絵《ほんもんさしゑ》[三三]に遅《おく》れ　連合《れんがふ》[三四]の全《まつた》きを得《え》ず　是なん絵《ゑ》の彫《ほり》を前《さき》にし　活版後《くわつぱんのち》[三五]になれるを以《もつ》ての齟齬《そご》なり

第《だい》二編《へん》より記者注意《きしやちゆうい》して　画《ゑ》と本文《ほんもん》と照対《せうたい》[三六]するを要《えう》とす可《べ》し

天地《てんち》の配《はい》[三七]は陰陽《いんやう》[三八]を以《もつ》てし　男《をとこ》は女《をんな》を以《もつ》て室《しつ》[三九]となし　女《をんな》は男《をとこ》を以《もつ》て家《いへ》[四〇]とし　夫婦《ふうふ》和《くわ》して後《のち》に家道《かだう》[四一]成《な》れり　併《しか》しながら牝鶏《ひんけい》[四二]の晨《あした》を司《つかさ》どり　河東《かとう》[四三]の獅子《しゝ》高《たか》く吼《ほゆ》るは　中等以下《ちうとういか》[四四]に多《おほ》くありて　其事吉兆《そのこときつてう》ならずと雖《いへど》も　彼高橋勘《かのたかはしかん》ざゑもんが　姦夫《かんぶ》の胤《たね》と知《し》りながら　お伝《でん》を遺籍《ゐせき》となさんとせしを　後妻《かうさい》の為《ため》に諫《いさ》められ　疑団《うたがひ》[四五]のこゝろ茲《こゝ》に帰《き》し　家《いへ》を避《さけ》て別家《べつけ》の兄《あに》九右衛《ゑ》門《もん》の養女《やうぢよ》とせしは　まぐれあたりの僥倖《さいはひ》ながら　後《のち》に一家《け》に禍《わざは》ひを醸《かも》すの種《たね》を蒔初《まきそめ》しにて　嘆《なげ》くべきの一端《たん》[四六]なりし　去程《さるほど》に　九ゑもんは姪《めい》のおでんを養女《やうぢよ》としてその寵愛《ちようあい》[四七]おほかたならず　掌中《たなそこ》[四八]の玉《たま》　挿頭《かざし》の花《はな》といつくしむ中《うち》　光陰《くわういん》[四九]ひまなく逸《はや》くも八

自序)、「昔時(むかし)流行(はやり)し小説(よみほん)の」(岡本勘造『夜嵐阿衣花廼仇夢』五・上)。　一五 史実や事実に基づかない、『竹取物語』『源氏物語』などの物語。　一六 襯染(しんせん)。後に大事な趣向を出すために、その事の起こりや来歴などを前もって書き備えておく小説技法。「唐山(からくに)元明の才子等が作れる稗史には、おのづから法則あり。(略)襯染(しんせん)は下染にて、此間にいふしこみの事也」(『南総里見八犬伝』九輯中帙附言、天保六年〈一八三五〉)。　一七 作品化するもとになった、でんに関する文書。次行「見聞の記事」と同じもので、「原書たる」などとしないと主述が対応しない。　一八 くちがき。→四〇頁注六。　一九 比べ考えること。　二〇 事件の起こった年。　二一 一つ一つのくだり。　二二 読者が退屈しないよう、興にまかせてしたことである。　二三 →四〇頁一一行―四一頁一行。でんの供述は嘘が多いと裁判所も判決で認定しているので、本作では彼女の申し立てに余り依拠していない、ということ。　二四 法廷が。「認定むる」に係る。　二五 →四一頁注四三。　二六 明治十二年二月二十三日『仮名読新聞』によれば、「初編は纔(わづか)四五日の急製工(きうごしらへ)ゆゑ　活版に絵を加へ刷立(すりたて)ましたが　今日(こんにち)発兌(うりだし)の第二編より木版絵草紙形にあらため」とある。

(一八二頁に続く)

ツ九ツの年《とし》に至《いた》るに　その容貌《かほだち》は[一]玉《たま》を欺《あざむ》き　露《つゆ》の滴《した》たる天姿《てんし》をそなへ　[二]高貴《かうき》に恥《はぢ》ぬ粧《よそほ》ひあれど　其性実母《そのさがじつぼ》のおはるに[三]似《に》ざるは　かの悪漢清吉《わるものせいきち》の[四]質《しつ》をうけしか　あら〳〵しく女業《をんなわざ》にはふさはしからぬ[五]あらくれたる遊《あそ》びを事《こと》とし　正《しやう》月の玩弄《もてあそ》びも　羽根《はね》つき鞠《まり》をはづます抔《など》は　一向《かふ》に目《め》にもふれず　男児《をとこゞ》にうち交《まじ》り　[六]紙鳶《いかのぼり》を風《かぜ》にはらませ　[七]礑独楽《あてごま》の勝《しよう》負《ぶ》をいどみ　時《とき》にふれては男《をとこ》の子《こ》に喧嘩《けんくわ》をしかけ　逆《さか》らふ者《もの》に摑《つか》みつき　拳《こぶし》をあげて打《てう》擲《ちやく》のちからは強《つよ》く　[八]山吹巴《やまぶきともゑ》の幼稚《をさな》だちとも怪《あやし》まれ　村内近村《そんないきんそん》の[九]悪《あく》太郎《らう》　いたづら盛《ざか》りの孩鬼大将等《がきだいしやうら》も　此《この》おでんには頭上《あたま》を低《たれ》て　渠《かれ》が指揮《さしづ》を反《そむ》くはなく　たま〳〵友《とも》なき独《ひと》り遊《あそ》びにも　高《たか》き梢《こずゑ》に[一〇]攀《よぢ》のぼり　木《き》の実《み》を奪《うば》ひ　或時《あるとき》は他《ひと》の垣根《かきね》を[一一]揉《も》み毀《こは》し　庭《には》に潜《くゞ》りて咲《さく》はなの枝《えだ》ををり　草《くさ》を摘《むし》り　又夏《またなつ》の日《ひ》は小川《をがは》に飛入《とびい》り　水泳《みづおよ》ぎに危《あやふ》きを顧《かへり》みず　隣家《りんか》の者《もの》もその暴行《いたづら》に舌《した》をまきて呆《あき》れ果《はて》　憎《にく》まぬ者《もの》ぞなかりける　[一二]されば[一三]鴻雁《こうがん》[一四]玄鳥《つばくら》と代《かは》り花《はな》ちる梢《こずゑ》に蟬《せみ》なきて　おでんが十三より猶《なほ》一層《そう》の美《び》をまして　容貌《かたち》[一五]ます〳〵うるはしく[一六]彼竹取《かのたけとり》の翁《をきな》がむすめ　赫奕《かぐや》ひめの[一七]艶麗《あてやか》なるも斯《かく》やとばかり　[一八]鄙《ひな》には稀《まれ》なる風姿《すがた》を供《そな》へ奸智《かんち》も[一九]亦凡《またなみ》に勝《すぐ》れ　[二〇]舌《した》を飜《ひるがへ》せば剃刀《かみそり》の如《ごと》く　[二一]邪推《じやすゐ》を廻《めぐら》すは水車《みづぐるま》も如《しか》ず　夫《それ》のみならず筆《ふで》の跡《あと》も拙《つた》なからず　養父《やうふ》九ゑもんが毫《ちと》ばかり[二二]俳諧歌《はいかいうた》よむに倣《なら》ひ　[二三]三十一文字《みそひともじ》を詠《よみ》いづるに　却《かへ》ツて父《ちゝ》に勝《まさ》りたり　或時《あるとき》　産神《うぶすな》の[二四]奉額《はうがく》に記《しる》し載《のす》る[二五]戯笑歌《ざれうた》の催《もよ》ほしなりとて　神《じん》官何某《くわんなにがし》より出《いだ》したる[二六]兼題《けんだい》によせての詠歌《よみうた》

一 玉かと見間違えるばかりに美しく。
二 身分の高い人にもひけを取らない風情、ありさま。
三 底本「似たるは」。「お春が性　如何も軽浮(はす)に淫りがはしく」(→四五頁九行)や「渠(かれ)も兄貴の血統(すぢ)だけ」(→七一頁九行)と照らし、改める。
四 性格。
五 もっぱら乱暴な遊びばかりしていて。
六 凧(たこ)。
七 こまを回してぶつけ合い、早く止まった方を負けとする遊戯。嘉永二、三年(一八四九―五〇)以降の遊び(喜多川守貞『守貞謾稿』二十八、天保八年―慶応三年〈一八三七―六七〉成)。
八 山吹と巴(いずれも木曾義仲の愛妾)の子ども時代。山吹は腕力に、巴は武術に優れ、ともに義仲に従って勇戦したとされる(『平家物語』九「木曾最期」)。
九 いたずら小僧。
一〇 底本「擧〔挙〕のぼり」。第一次改版本以下により、誤植として改める。
一一 上下に揺り動かして壊し。
一二 さて。
一三 がん(「鴻」は大きな雁)。秋に北方から渡来し、越冬して春に帰る。
一四 燕。「玄鳥」はその異名。「仲秋の月(略)鴻雁来り、玄鳥帰り」(『礼記』月令)とあるように、ちょうど鴻雁と入れ替わりになる。ここは、時が移り変わるたとえ。

⑦

九《く》右《ゑ》エ門《もん》悪《あく》少女《せうぢよ》を養《やしな》ふて家《いへ》に禍害《わざはひ》を醸《かも》す

高橋九右エ門

おでん

九右エ門妻

一五 底本「やす〳〵」。第三次改版本により改める。
一六『竹取物語』のかぐや姫。あたりが照り輝くばかりの美しさから付けられた名。「奕」は輝く意。
一七「あてやか」は上品で美しいさま。「心ばへなど、あてやかにうつくしかりつることを見ならひて」(『竹取物語』)。
一八 田舎。
一九 人並勝れ。
二〇 口から出る言葉は剃刀のように鋭く、辛辣で。
二一 邪推の早さは水車も及ばないほど。「廻す」は「水車」の縁語。
二二 内容や用語に滑稽味を帯びた歌。狂歌。
二三 歌。
二四 奉納した額。
二五「俳諧歌」に同じ。
二六 歌の会などで、前もって出しておかれた題。

絵 九右衛門の養女となったお伝が、ままごと遊びの道具を散らかし、投げつけるなど、乱暴するさま。

[一]和田宴《わださかもり》　あさひてふ名《な》にや寄《よ》けむ盃《さかづき》のあから引《ひく》なり[二]和田《わだ》の岬《みさき》は⑦
[三]鶴《つる》が岡《をか》　鶴《つる》が岡春《をかはる》の日脚《ひあし》もなが〳〵とつゞく歩《あゆ》みや[四]七里《なゝさと》のはま

[五]斯生狂才《かくなまきやうさい》のあるに委《まか》せて　おでんは[六]人《ひと》をひと〻も思《おも》はず　既《すで》に[七]二八の春《はる》を迎《むか》へ　[八]深山《みやま》ざくらの咲満《さきみつ》ころは　男恋《をとこゝひ》しき風情《ふぜい》も見《あら》はれ　媚《なま》めかしく粧《よそほ》ひて　[九]宮寺《みやでら》まゐりも　信心《しんぐ》は養父《やうふ》のてまへをつくろふのみ　兎角賭奕《とかくかけごと》を好《この》むより　竊《ひそ》かに[一〇]土場《どば》に忍《しの》びゆき　[一一]野田《のでん》ばくちに立《たち》よりて　女《をんな》に似合《にあは》ぬ[一二]長短《ちやうたん》の　目《め》を乞《こ》ふことのしば〳〵なるより　村内近村《そんないきんそん》のたれかれも　此《この》ありさまを折《をり》ふし看《み》かけて　むかしの事《こと》を聞知《きゝし》る者《もの》は　[一三]偖《さて》こそおでんは鬼《おに》清《せい》の　胤《たね》にうたがひなしとして　驚《おどろ》き怖《おそ》れぬ者《もの》もなく　[一四]此事《このこと》九ゑもんの耳《みゝ》にも入《い》り　深《ふか》く論《さと》せど　その折《をり》ばかり以後《いご》を慎《つゝし》むけはひなれど　父《ちゝ》の目顔《めかほ》をしのびては　又《また》も賭奕《とばく》の場所《ばしよ》に至《いた》り　悪業《わるさ》は日《ひ》にますばかりなり　○[一五]茲《こゝ》に又《また》　当時《このとき》より十七年前《ねんぜん》　賭《かけ》と盗《ぬす》みの[一六]両科《ふたつ》にて　[一七]領主《りやうしゆ》の獄舎《ひとや》に繋《つな》がれたる悪漢有賀清吉《わるものありがせいきち》は　[一八]旧悪多《きうあくおほ》き者《もの》なりとて江戸《えど》に送《おく》られ[一九]小伝馬町《こでんまちやう》に入牢《じゆらう》する事《こと》三年余《ねんあま》り　そのあひだの拷問《がうもん》に　[二〇]石《いし》を抱《いだ》き　からだを釣《つる》され　なせし悪事《あくじ》を[二一]推問《すゐもん》あれど　素《もと》よりの大胆者《だいたんもの》　身《み》の皮破《かはやぶ》れ　骨肉《こつにく》を[二二]挫《ひしが》るゝことたび〳〵なれど　岩村田《いわむらた》にて大《だい》九郎《らう》と子分《こぶん》を殺《ころ》し　三百両《りやう》の金《かね》を奪《うば》ひし事《こと》などは　[二三]絶《たへ》ておくびにも出《いだ》さず　軽《かろ》き罪《つみ》のみ白状《はくじやう》せしかば　遂《つゐ》に四年目《ねんめ》にて[二四]佐渡《さど》ヶ島《しま》へ流刑《けい》となり　[二五]彼廃所《かのはいしよ》にて[二六]水《みづ》かひ人足《にんそく》の苦役《くえき》にをること十三年《ねん》　ことし満刑《まんけい》の期《とき》を得《え》て　故郷《こきやう》は今《いま》もはゞかりありと

一 ↓補一七。 二 ↓補一八。 三 ↓補一九。 四 ↓補二〇。 五 ↓補二一。 六 傍若無人に振舞っていたが。 七 ↓四三頁注四六。嘉永元年(一八四八)生まれ(↓六四頁注九)なら、この時文久三年(一八六三)。 八 ↓四三頁注四七。奥山の桜が満開となるように、お伝が年ごろになる頃には。 九 神社やお寺にお参りすること。 一〇 賭場。 一一 野外(川の中洲・桑畑・辻・山林・墓場・岩場など)でする博打(萩原進『群馬県遊民史』)。 一二 丁半ばくちで、出てほしいサイの目を声に出して願うこと。「長短」は目の大小。 一三 ↓五四頁注一五。 一四 目を盗んでは。 一五 話題を転換する時の語。 一六 「科」は咎(がと)の意。 一七 ↓六四頁注七。 一八 過去の悪事。 一九 小伝馬町の牢屋敷。↓補二二。↓付図3③。 二〇 石抱(いしだき)、吊責(つるしぜめ)の拷問。↓補二三。 二一 厳しく取調べをすること。 二二 押し砕かれる。 二三 少しも口外せず。 二四 ↓補二四。 二五 配所。流罪の地。「廃所(略)流人ノ所居」「配所 同上」(槙島昭武『書言字考節用集』一、享保二年〈一七一七〉)。 二六 佐渡鉱山で、坑内のわき水を汲み上げる仕事に従事した人夫。 二七 気が抜ける。 二八 どうせ、牢屋から出て外の自由な世界に戻ることはないだろうと。 二九 命の続く限り。 三〇 牢屋。 三一 「荒海や佐渡によこたふ天河(あまのがは)」(芭蕉『奥の細道』)を踏まえ、佐渡島でひっそり暮

再《ふたゝ》び上州《じやうしう》に帰《かへ》り来《きた》り　後閑村《かうかんむら》なるお角《かく》が子息《せがれ》　根太郎《ねたらう》の家《いへ》に至《いた》るに　お角《かく》は疾《とく》に世《よ》を去《さり》たれど　根太郎《ねたらう》は今《いま》も在《あり》　絶《たへ》て久《ひさ》しき面会《めんくわい》に　櫛淵《くしぶち》のおはるが病死《びやうし》　その遺子《わすれがたみ》はおでんとて　ことし十七才《さい》に及《およ》ぶ抔《など》ものがたり　彼《かの》おでんこそ貴兄《あにき》の胤《たね》と　今以《いまもつ》て噂《うはさ》たへずと聞《き》くより　清吉[二七]張合《せいきちはりあひ》ぬけ　[二八]所詮再《しよせんふたゝ》び娑婆《しやば》の風《かぜ》に吹《ふ》かるゝことは有《ある》まじと　覚悟《かくご》はしたれど　[二九]命《いのち》を限《かぎ》り拷問《がうもん》の苛責《かせき》を堪《こら》へ　[三〇]暗《くら》い所《とこ》ろに四年越《ねんごし》　[三一]暴波《あらなみ》よする島隠《しまがく》れ　十七年《ねん》で此土《このと》地《ち》へ　帰《かへ》る心《こゝろ》の目論見《もくろみ》は　おはるにあふて[三二]身《み》の振方《ふりかた》と　思《おも》ふた的《あて》は[三三]鵤《いすか》の嘴《はし》　喰《くひ》ちがふたるとんちんかん　万《まん》にひとつの頼《たの》みはおでん　切《き》ツてもきれぬ血統《ちすぢ》の縁《えん》　[三四]いつぞは名乗《なのり》合《あふ》やうに　頼《たの》む〳〵と[三五]托《かくつ》けられ　根太郎《ねたらう》は[三六]小膝《こひざ》を打《うち》　夫《それ》こそ丁度《てうど》[三七]幸《さいは》ひあり　彼《かの》おでんは[三八]勘《かん》ざゑもんが兄《あに》九ゑもんの養女《やうぢよ》となりて　おなじ下牧村《しもまきむら》に在《あ》り　[三九]渠《かれ》も兄貴《あにき》の血統《ちすぢ》だけ十三四から勝負好《しやうぶずき》　この頃《ごろ》は市場《いちば》や[四〇]宮地《みやち》の賭《かけ》の場所《ばしよ》へもをり〳〵出《で》かけ　親《おや》にかくれて長半《ちやうはん》の[四一]女熊坂《をんなくまさか》　高橋《たかはし》の[四二]おてん婆《ば》むすめと[四三]名代者《なだいもの》　わるさにたけた[四四]性根魂《しやうねだま》　彼奴《きやつ》を[四五]仲間《なかま》へあほりこみ　兄貴《あにき》となのり合《あは》せたうへには　養父《やうふ》の物《もの》を引出《ひきだ》す入智恵《いれぢゑ》　どうでもなるから当分《たうぶん》は　自己《おれ》の家《うち》に止宿《をちつ》いてと　[四六]目《め》のよる所《とこ》ろへたま〳〵の　客《きやく》あしらひに囲炉裏《ゐろり》を焚《たき》つけ　[四七]茶釜《ちやがま》に沸《わか》す酒《さけ》の酣《かん》　田舎《いなか》に過《すぎ》た[四八]利根《とね》の鯉《こひ》　乾《ほし》て串《さし》たる[四九]巻藁《まきわら》より　取《とり》をろしたる[五〇]馳走《ちさう》ぶり　[五一]十七年《ねん》の長《なが》ばなしに　東方《ひがし》のしらむもうち忘《わす》れ　森《もり》のからすに驚《をど》ろかされて　ゐろりの端《はた》に[五二]転《まろ》び寐《ね》しつ　[五三]佐渡《さど》の夢《ゆめ》をや結《むす》ぶらん　○[五四]同気《どうき》あひ需《もと》め　[五五]同病《どうびやう》あひ哀《あは》れ

らしたことをいう。三二 これからどうして生活していくか、相談しようと。三三 ↓補二五。三四 いつかは。三五 無理に結びつけて言われ。お春の代わりに、会ったこともないお伝を持ち出して会いたいと願う意。振り仮名は第二次改版本では「かこつ」。三六 はっと思い当たった時などに、手でちょっと膝をたたく。三七 よい機会。三八 底本「勘ゑもん」。脱落として「ざ」を補う。三九 お伝を指す。四〇 神社の境内。四一 ↓補二六。四二 「おでん」の名と掛けるか。四三 世間で評判が高い者。四四 「性根」(根性、心構え)を強めていう語。四五 そそのかして自分たちの仲間に入れ。四六 ↓補二七。四七 湯を沸かしたり、茶を煮出したりするのに用いる釜。上がつぼまっていて口が狭い。ここは茶釜の湯で酒の燗をする意。四八 ↓補二八。四九 藁を巻いて束ねたもの。焼き魚の串を刺す台などに用いる。「巻」は底本欠字。第二次改修後印本以下により補う。五〇 もてなし。五一 十七年分の積もる話。五二 うたたねして。この「つ」は接続助詞的な用法。↓六一頁注三六。五三 辛かった佐渡時代の夢でも見ているのだろうか。五四 諺。同じ性質のものが自然と集まることのたとえ(『易経』乾)。五五 諺。同じ境遇に苦しむものが同情し助け合うことのたとえ(『呉越春秋』闔閭内伝)。

み　類《るゐ》[一]をもつて友《とも》とするは　都《すべ》て下情《かじやう》[二]の慣《なら》ひにして　おでんが賭博《とばく》の友《とも》とする　悪婆《あくば》[三]あく少年《せうねん》も多《おほ》かる中《なか》に　取分《とりわけ》[四]一家《け》の親《したし》みふかき　同村《どうそん》[五]二十六番地《ばんち》高橋代助《たかはしだいすけ》の舎弟《をとゝ》に　波之助《なみのすけ》とて本年《ほんねん》二十四才の壮者《わかもの》　此《これ》も角髪《つのがみ》[六]の頃《ころ》よりして　深《ふか》く賭博《かけごと》を好《この》めるより　おでんとをなじ場所《ばしよ》に集《つど》ふに　波之助《なみのすけ》はおでんが容貌《かほだち》うつくしきに心《こゝろ》あれば　お伝《でん》も亦《また》　波之助《なみのすけ》が色白《いろしろ》く　面部愛《おもてあい》[七]らしく　鼻筋通《はなすぢとほ》りて　こゝらに稀《まれ》なる美男《びなん》に懸想《けさう》[八]し　賭《かけ》の場所《ばしよ》より帰《かへ》り道《みち》　夜《よる》の山坂田《やまさかた》[九]の畔《くろ》の人目《ひとめ》なきをり　思《おも》ひあふ手《て》に手《て》の合図《あひづ》　稲《いな》[一〇]むらを時《とき》[一一]の屏風《べうぶ》と立《たち》よりて　野末《のずゑ》に結《むす》ぶ艸《くさ》まくら　濡《ぬれ》[一二]にぞぬれし露《つゆ》の床《とこ》　はかなき契《ちぎり》をかこつのみ　実《げ》にや[一三]遠《とを》くて近《ちか》きもの　をとこ女《をんな》の道《みち》なりと　清少納言《せいせうなごん》[一四]のことばの如《ごと》く　況《まし》て一家《いつけ》のちなみある　波之助《なみのすけ》とおでんが中《なか》　訳《わけ》[一五]ある事《こと》を知《し》る者《もの》ありて　九ゑもん代助《だいすけ》の耳《みゝ》にも入《い》るに　ふたりは是《これ》を幸《さいは》ひとし　殊《こと》に波之助《なみのすけ》は兄《あに》の厄介《やつかい》[一六]　いつかは他家《たけ》へ養子《やうし》となる身《み》の上《うへ》のかゝ[一七]り人《びと》　おでんは聟《むこ》をとる者《もの》なればと　水入《みづい》[一八]らずの内和相談《うちわさうだん》　九ゑもん方《かた》へ波之助《なみのすけ》を聟《むこ》とする話《はな》しも整《とゝの》ひ　[一九]その年《とし》の暮婚姻《くれこんいん》をとり結《むす》び　是《これ》より波之助《なみのすけ》は九ゑもんの聟《むこ》となりておでんを妻《つま》とし　九ゑもんは無妻《むさい》ゆゑ離《はな》[二〇]れ家《や》に隠居《いんきよ》[二一]して　波之助《なみのすけ》に家督《かとく》を譲《ゆず》り　更《さら》に家《か》[二二]事《じ》には関係《くわんけい》せず　斯《かゝ》れば波之助夫婦《なみのすけふうふ》の者《もの》は　貯《たくは》へ金《きん》の自儘《じまゝ》[二三]になるより　似《に》た者夫婦《ものふうふ》の好《すき》のみち　是《これ》よりいよ〳〵賭《かけ》に耽《ふけ》り　家内《かない》は他《ひと》にうち委《まか》せ　賭《かけ》の場所《ばしよ》にのみ歩《あゆ》みを運《はこ》び　昼夜《ちゆうや》を分《か》かぬ放蕩《はうたう》も　土地《とち》の風《ふう》とて怪《あやし》む者《もの》なく　後《のち》には我家《わがや》に博徒《ばくと》を引入《ひきい》れ　隠居《いんきよ》に匿《かく》

一 諺「類は友を呼ぶ」による。
二 庶民の心情。
三 女の悪党や、乱暴な若者。
四 同じ「高橋」という家で、親しみの深い。下牧村の高橋姓は三つのマキ(同族)に分かれ、九右衛門の家と波之助の家は別のマキ、勘左衛門は九右衛門の新宅にあたる(萩原進『群馬県遊民史』)。
五 先代の高橋代助の供述「下調(その三)」(→補一一文献)によれば、住所は「下牧村二十六番地」で正確。なお供述当時(明治十年一月)の代助の年齢は「六十年五ケ月」だから、文化十三年(一八一六)生まれ。
六 角前髪(すみまえがみ)。元服一、二年前の若者が、額の左右の角(すみ)を剃り込んだ髪型。半元服。
七 底本「面部てらしく」。第三次改版本により改める。
八 恋慕し。
九 あぜ。田と田の間に土を高く盛った所。
一〇 刈り取った稲を、脱穀するまで田などに積み重ねて乾燥させておくもの。
一一 一時の屏風として。
一二 夜露にたいそう濡れながら情交し、束の間の逢瀬を恨み嘆くばかりだった。「濡る」に情交する意を掛ける。
一三 一見かけ離れているように見えて、男女は意外に結ばれやすいこと。能因本系『枕草子』一七一段の「遠く

⑧

阿伝《おでん》の成《をひ》
長田家《たちでんか》の
悪太郎《あくたらう》を
凌《しの》ぐ

おでん

て近きもの　極楽。舟の道。男女の仲」による。「仮寐(ねかり)の夢を結びしより遠くて近き男女(なんによ)の道」(明治十一年十月十五日『仮名読新聞』)。

一四 清原元輔の娘。一条天皇の中宮定子に仕え、宮廷での見聞や自然・人事などを才気ある筆致で『枕草子』に記した。

一五 情交関係がある。

一六 生家に寄食して家の当主に養われる者。

一七 被扶養者。

一八 親しい人だけの、内輪の相談の結果。

一九 →補二九。

二〇 母屋(おもや)から離れてある家。はなれ。

二一 一家の主が家督を子孫に譲って身を引くこと。財産を分けて世帯を別にすることが多かった。田村栄太郎『妖婦列伝』(雄山閣、一九六〇年)「実説高橋お伝」によれば、九右衛門は所有する田畑の内から、収穫九石余分の田畑を譲ったという。

二二 家政。

二三 自分の思い通りになること。

絵　→六八頁二行。男の子の凧を横取りするお伝。お伝の後ろに子守り女。「道祖神」は、村境や辻などの路傍で外来の疫病や悪霊を防ぐ神。

れて奥《おく》の間《ま》に　賭《かけ》のむしろを開《ひら》くも間々《まゝ》あり　抑《そも〱》従前当国《じうぜんたうごく》[一]の悪風《あくふう》は　賭博《かけごと》を以《も》て歓楽《たのしみ》の第《だい》一とする人気《じんき》[二]なれば　この国《くに》の農工商《のうこうしやう》に勝負《しようぶ》をいどまぬ者《もの》とてなく　女童子《をんなわらべ》も随《したが》つて此悪業《このあくげふ》に身《み》[三]をやつせば　終《つひ》には産《さん》[四]を破《やぶ》り　家《いへ》を失《うし》なひ　賭《かけ》を⑧以《もつ》て営業《なりはひ》とし　土地《とち》を去《さ》り　他方《たはう》[五]に走《はし》り　旅《たび》より旅《たび》を股《また》にかけ　草鞋脱間《わらじぬぐま》[六]も荒《あら》くれて　長脇差《ながわきざし》は寐《いね》ても離《はな》さず　[七]銭争敗《せんさうはい》して財布《さいふ》むなしく　鐚《びた》[八]一文《もん》に窮迫《きうはく》すれば　白昼他《はくちうひと》の家《いへ》に迫《せま》り　夜陰富豪《やいんふがう》の扉鎖《とざし》[九]を開《ひら》いて　強《しひ》て金銭《きんせん》を掠奪《りやうだつ》[一〇]し　人《ひと》を殺《ころ》し　火《ひ》を放《はな》ち　残忍無頼《ざんにんぶらい》を潔《いさ》[一一]ぎよしとし　自己水滸《みづからすゐこ》[一二]梁山泊《りやうざんぱく》の豪傑《がうけつ》に比《ひ》し　英雄《えいいう》と称《しやう》し　一時《じ》の闘場《いさかひ》に死《し》[一三]を愉快《こゝろよ》しとする無謀《むばう》の所為《しよゐ》を　上州《じやうしう》人《じん》の栄誉《ほまれ》と覚《おぼ》へ　いと浅猿《あさまし》[一四]き弊習《へいしう》も　今文明《いまぶんめい》[一五]の御代《みよ》に臨《のぞ》み　悪漢《わるもの》多《おほ》く地《ち》[一六]を攘《はら》ひ　良民之《りやうみんこれ》に代《かは》れりとぞ　閑話休題《それはさておき》[一七]　此頃佐渡《このごろさど》より帰《かへ》り来《きた》る有賀清吉《ありがせいきち》は　連累根太郎《どうるゐねたらう》[一八]の家《いへ》に止《とゞ》まり　如何《いかに》もしてお春《はる》が遺子《かたみ》　お伝《でん》に名乗逢《なのりあは》ん者《もの》と　賭《かけ》の場所《ばしよ》に出会《いであひ》て其面《そのおもて》を看折有《みるをりあれ》[一九]ど　好《よき》機会《をり》を得《え》ず　詞《ことば》も換《かは》[二〇]さで過《すご》すに　幸《さいは》ひ後閑村《かうかんむら》[二一]なる日蓮宗《にちれんしう》の大寺《おほてら》に会式《ゑしき》[二二]ある夜《よ》の大勝負《おほしようぶ》[二三]に　お伝《でん》が本夫波之助《おつとなみのすけ》と　[二四]日光無籍《につくわうむせき》[二五]今市《いまいち》と言《いへ》る懶惰者《あぶれもの》[二六]と　口争《くちあらそ》ひより事起《ことおこ》り　酒狂《しゆきやう》[二七]の今市《いまいち》[二八]乱妨《らんばう》にも波之助《なみのすけ》を打擲《ちやうちやく》せしを　居合《ゐあは》せたる清吉《せいきち》が　是《これ》を助《たすけ》て今市《いまいち》を酷《からく》[二九]こらし　荒縄以《あらなはもて》[三〇]ぐる〱巻《まき》に縛《しば》り揚《あげ》　波之助《なみのすけ》の疵傷《ていた》[三一]む折《をり》　此事《このこと》を扱《あつかひ》[三二]て　今市《いまいち》が酒《さけ》の酔醒《ゑひさめ》たる時分《じぶん》縄《なは》を解《と》き　波之助《なみのすけ》に乱妨《らんばう》[三三]の罪《つみ》を深《ふか》くも謝《わび》させて　故《ゆゑ》[三四]なく其場《そのば》を済《すませ》しを縁《えん》の端《はし》[三五]に　是《これ》よりも深《ふか》く交《まじは》り　高橋《たかはし》の家《いへ》に立入端開晁《たちいるはしひらけり》

一 →四六頁注七。 二 その地方一帯の気風。 三 無益なことに夢中になる。浮身をやつす。 四 財産を失い。 五 他国。 六 旅の終わる時とてなく、常に乱暴な振舞いをし。「あらず」と「荒くれて」を掛ける。 七 賭けごとに負けて、財布も空っぽとなり。 八 わずかなお金にも不自由すると。「鐚」は質や出来上がりの悪い銭。良銭の何分の一かに数えて使用した。 九 閉ざした門戸。 一〇 略奪。 一一 好ましいと思い。 一二『水滸伝』の梁山泊に集う豪傑に自分をなぞらえ。『水滸伝』は、中国の元末・明初頃に成立した長編白話小説。元末の施耐庵、明の羅貫中が作者に擬せられる。宋の徽宗皇帝の時代、山東省の梁山泊に集った宋江ら一〇八人の英雄豪傑が大活躍する物語。 一三 死ぬのをいとわない意。 一四 嘆かわしい悪習。 一五 文明開化の明治の代。 一六 すっかり無くなってしまい。 一七 話を本筋に戻す際の定型句。さて。 一八 →四六頁注二五。 一九 初版早印本(→凡例)・第一次・第二次改版本以下は「看折」。第一次・第二次改修後印本は「看時」。三千部印刷のうち初売り五百部は手違いから最終丁が一行多くなり、これを印刷工が勝手に縮めたため、文意不明の箇所が生じたという(→九一頁)。第一次・第二次改修後印本は、これを魯文が改めた本文。第一次改版本以下は、初版早印本と第一次・

(二八二頁に続く)

高橋阿《たかはしお》伝《でん》夜刄譚《やしゃものがたり》　二編

二編　袋

上巻表紙

中巻表紙

袋（前頁） 梅の木と花見用の床几。上に「かなよみ」新聞（→三六頁注一三）と茶碗、猫形の灰吹き。多色刷。

表紙（上段と次頁右） 三枚続。鬼清（上巻）とお伝（中巻）が互いの血を合わせて父子関係を確認する場面（→九七頁以下）。外から天狗の格好をした男が入り込む（下巻）。頭巾《ときん》・高下駄で金剛杖を持つ。多色刷。

下巻表紙

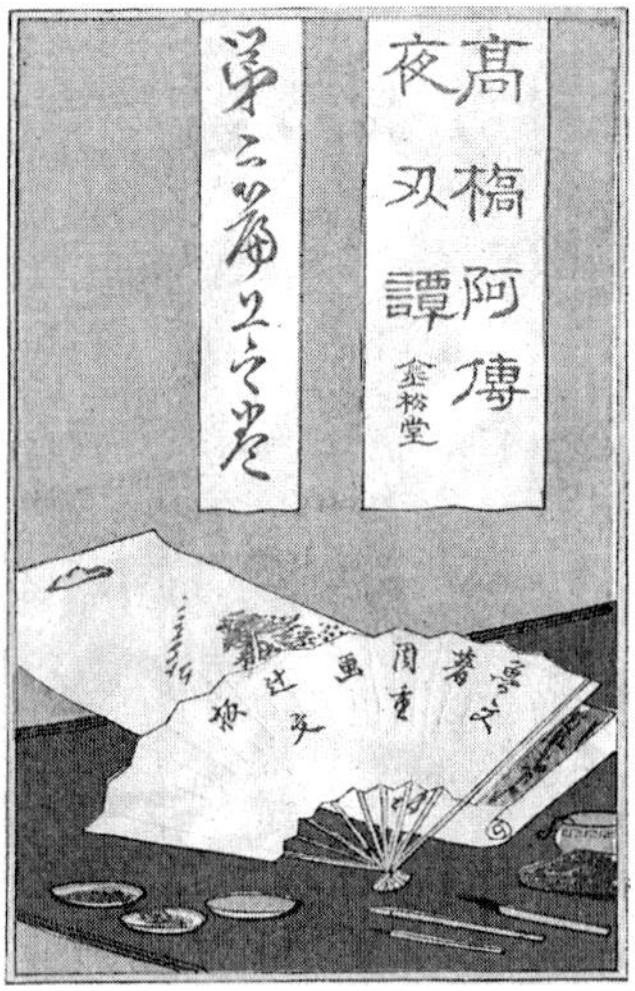

上巻見返し

高橋阿伝夜刄譚　　金松堂

第二篇上之巻

上巻見返し　緋毛氈に筆と絵の具皿、扇に「魯文　著　周重　画　辻文板」。多色刷。

[一]伝奇《でんき》は劇場《げきぢやう》の謂《いひ》にして。[二]電機《でんき》は[三]伝信《でんしん》の機関《きくわん》なり　[四]されば毒婦《どくふ》の伝。[五]目今《もくこん》[六]江湖《ごうこ》にその記《き》を成《な》し。彼処《あつち》もお伝《でん》[七]此処《こちら》も。[八]甘《あま》い辛《から》いを混淆《こきまぜ》て。[九]外題《げだい》の精製《みごと》　[一〇]画組《ゑぐみ》で威《おど》し。[一一]手柄《てがら》は仕勝《しがち》発兌《うりだし》の。[一二]速《はや》いとをそいを互《かた》みに競《きそ》ひ。記者《きしや》も各自《おの〳〵》[一三]筆鋒《ひつぱう》を。光《ひか》らす中《なか》の流行遅《りうかうおく》れ。[一四]老黄鳥《をひうぐひす》も谷《たに》より出《いで》て。若木《わかき》の梅《うめ》の[一五]鎗先《やりさき》に。抵抗《はりあふ》とには非《あら》ずと雖《いへど》も。強《しひ》ての依托《たのみ》に[一六]だら〳〵急案《きうあん》[一七]でん〳〵太鼓《たいこ》の音《ね》を逸《はや》め。[一八]二の午《むま》までに二編《へん》の[一九]首尾《しゆび》。合《あは》す積《つも》りを[二〇]社用《しやよう》に他事《たじ》なく。夜延《よなべ》の燈下《とうか》に[二一]油《あぶら》を減《へ》らす。[二二]猫々老爺《めう〳〵おやぢ》が[二三]七変化《しちへんげ》。[二四]新聞雑誌《しんぶんざつし》の突筆《なぐりがき》。何《なん》でも持《も》てこい　[二五]ヤテこませうと。[二六]安受負《やすうけおひ》が重荷《おもに》となり　[二七]苦中《くちう》の楽書行成《らくがきゆきなり》に序《じよ》す

明治十二年二月　　仮名垣魯文戯誌 ◈

一　芝居（もと中国明代の戯曲を指す）。「華人（からびと）の伝奇（しばゐ）」（曲亭馬琴『曲亭伝奇花釵児（はなかんざし）』享和三年〈一八〇三〉自序）。以下「お伝」の「でん」にちなんだ措辞。
二　「えれきじかけ Electrical machine」（『漢英対照 いろは辞典』）。
三　電信。電報。東京―横浜間の公衆電報取り扱い開始は明治二年十二月。六年二月に東京―長崎間、十年には全国的に広まり、東京に電信中央局を設置。「機関」は↓四二頁注四。
四　さて。
五　ただ今。
六　世間。当時、諸新聞に関係記事が連載されたことを指す。↓補四。
七　後に「此処もお伝（でん）」と訂正（↓一四四頁注一四）。
八　煮込みの「おでん」と掛ける。
九　表紙や袋に記された題名。ここはその意匠のすばらしさをいう。↓三三―三五頁。
一〇　本の内容に合わせて組み入れた挿絵で読者を幻惑し。
一一　諺。手柄は立てた者が勝ちで、誰に遠慮することもない。
一二　岡本勘造『其名も高橋毒婦の小伝東京奇聞』との出版競争を指す。↓補三〇。
一三　文章の勢いを戦わせている中で。「鋒」（ほこ先）の縁で次の「光らす」を導く。
一四　以下、嘉永六年（一八五三）年生まれの岡本を「若木の梅」として、文政十

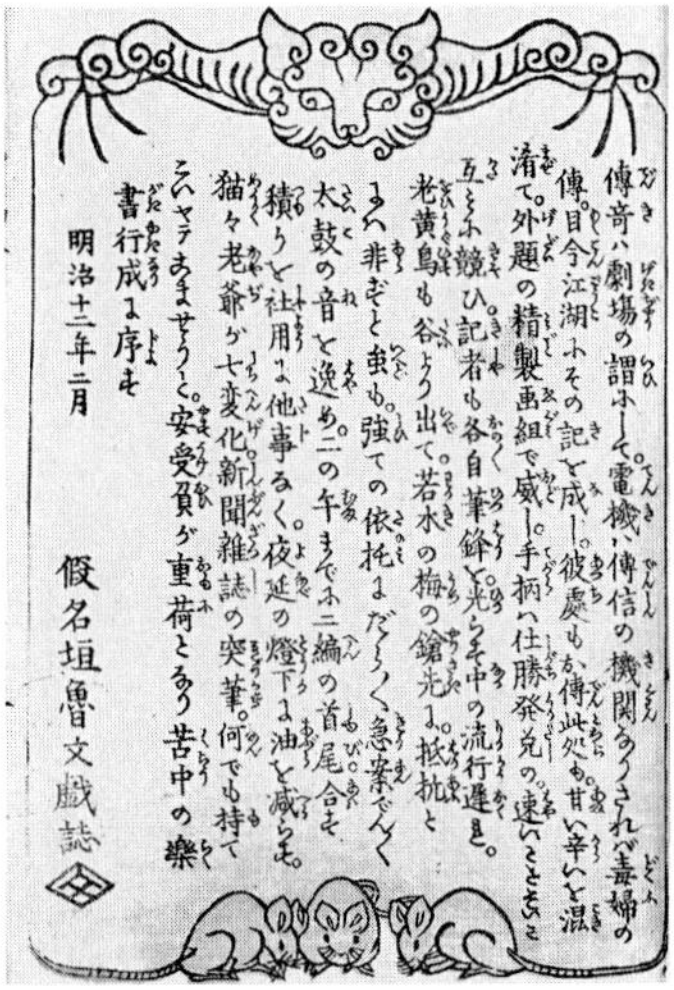
傳奇《でんき》ハ劇場の謂にして。電機《でんき》ハ傳信《でんしん》の機関《きくわん》なりされバ毒婦《どくふ》の
傳。目今江湖にその記を成し。彼處も。此処も。甘い辛いと混
淆て。外題《げだい》の精製画組で威し。手柄ハ仕勝発兌の速いこと〱に
互ひに競ひ。記者も各自筆鋒を光らす中の流行遅れ。
老黄鳥も谷より出て。若水の梅の鎗先に。抵抗と
まへ非ぞと虫も。強ての依托まだらく急案でんく
太鼓の音と逸め二の午までに二編《へん》の首尾合せ
積りと社用に他事なく。夜延の燈下に油を減らしぬ。
猫々老爺が七変化。新聞雑誌の突筆。何でも持て
こいヤテ あませうらく。安受負が重荷となる苦中の楽
書行成に序を
明治十二年二月
假名垣魯文戯誌

二年(一八二九)生まれの魯文自らをたとえる。「黄鳥」は鶯の異名。
一五 梅の梢を鎗のほこ先にたとえる。
一六「だらだら急」に「急案」を掛ける。初めはゆっくりと、後から急いで草案を作り上げる意。「口絵を除(のけ)て十八丁。牛の小便だら〱急。夜延(よなべ)の燈下の丁子主人(ちやうじがしら)」(二世十返舎一九『御贄(おとしだま)美少年始』五編自序、嘉永三年)。
一七 幼児の玩具。柄の付いた太鼓の両側に小さい鈴や玉を糸で結びつけ、振るとそれが太鼓に当たって鳴る。「お伝」と掛ける。
一八 二月の二度目の午の日。明治十二年二月は十六日。「二」編との縁で出したか。売出しは二十二日(↓補三〇)。
一九 始めから終わりまで書き上げるつもりだったが。
二〇「頃日仮名読本社無人に臨み」(『魯文珍報』三十四「浅草元祖牛肉売捌老舗」明治十二年二月十日)というように、人手不足のため。
二一 骨身を削る意を掛ける。「油」は膏血。底本「減(へら)らす」、衍字として改める。
二二 魯文の号。↓補三一。
二三 対象に応じて様々に書きぶりを変えること。「猫」の縁語。「彼(あの)猫」は目の玉の七変化が十八番のお家物
八〇頁に続く
絵 序は、「猫々老爺」の縁で、猫が幕の上から鼠を窺う意匠。多色刷。

高橋波之助《たかはしなみのすけ》

甲府柳町《かうふやなぎまち》の娼妓《しやうぎ》
花山《はなやま》　実《じつ》は阿伝《おでん》

博徒《ばくと》勝沼《かつぬま》の
源次《げんじ》

二階廻《にかいまは》し
お虎

（いへ《もの》）だ」（明治十二年三月二十二日『仮名読新聞』「猫々奇聞」）。

二四 日刊の『仮名読新聞』のほか、二月三日より『歌舞伎新報』（当初は月三回、のち五回前後刊行）にほぼ毎号寄稿、ために『魯文珍報』は二月十日の三十四号で廃刊となる多忙ぶり。

二五 「突」は「にわかに」の意。

二六 やってやろう。「こます」は補助動詞で、ある動作を意のままに無遠慮に行う意。

二六 安請け合い。

二七 苦しい中、行きあたりばったりに落書きめいたこの序文を記す。「ゆきなりに 行成 事ノ成リ行クママニ」「落書 楽書」（『言海』）。

——以上七九頁

口絵 四編下巻で、金に困ったお伝が勝沼源次（→一八五頁二行）の紹介により甲府の遊女屋に勤めに出る場面（→一八九頁）の原構想に基づく。お伝は打掛けの下に波之助をかくまい、源次は短銃を持つ。庖丁で猫を刺し殺すお虎、近寄る鼠。構想が脹らんで延びたが、当初は二編にこの場面を出す予定だったことを示す。五編中巻冒頭に、五編で終える予定が版元の意向で引き延ばした旨の断り書きがある。→二一七頁。「二階廻し」は妓楼の二階で座敷や道具類一切を取り扱う中年すぎの女だが、このお虎は実際には登場しない。多色刷。

癩《らい》病《びやう》医《い》者《しや》
佐《さ》藤《とう》昌《しやう》庵《あん》

源次《げんじ》の妻《つま》
お鳥《とり》

口絵　佐藤昌庵は四編上巻後半―中巻の生肝取りの場面(→一七一頁以下)に登場。当初は二編に出す予定だったとわかる。同様に、お鳥は四編下巻末尾に名が出る(→一九七頁一一行)。斧で仏像を割り、火にくべようとするさま。赤ん坊を入れた籠を上から釣り下げる。多色刷。

①高《たか》橋《はし》阿《お》伝《でん》夜叉《やしや》譚《ものがたり》　上之巻

第四回《だいしくわい》　鮮血《ちしほ》を混淆《まじへ》て阿伝《おでん》実父《じつぷ》を知《し》る

仮名垣魯文補綴

[一]月《つき》になどこととふことのなかるらん同《おな》じ昔《むかし》の影《かげ》を見《み》るにも　夫《それ》にはあらで[二]旧情《きうじやう》を語《かた》るもさすが面目《めんぼく》なしと　彼鬼清《かのおにせい》も血筋《ちすぢ》の恩愛《おんあい》　わが子《こ》の為《ため》には[三]ひかされて　一時《いちじ》もはやく親子《おやこ》の名《な》のりを遂《とげ》んとすれど　其便宜《そのつて》なくて空《むな》しくも過《すご》せしに　お伝《でん》が本夫波之助《をつとなみのすけ》と今市《いまいち》の喧嘩《けんくわ》のことに[四]立入《たちいり》て懇意《こんい》を結《むす》び　をりふしは高橋《たかはし》の家《いへ》に立入《たちいり》　あるじ波之助《なみのすけ》も近《ちか》ごろは農業《のうげふ》はうちすてゝ　賭《かけ》にのみ[五]身《み》をやつし　お伝《でん》も好《この》むみちなれば　養父《やうふ》九《く》右エ門が[六]寐《ね》まりし後《のち》は　②夜更《よふけ》て博徒《ばくと》を家《いへ》に引入《ひきい》れ　[七]勝負《しやうぶ》の莚《むしろ》をひらく事《こと》もたび〱

①

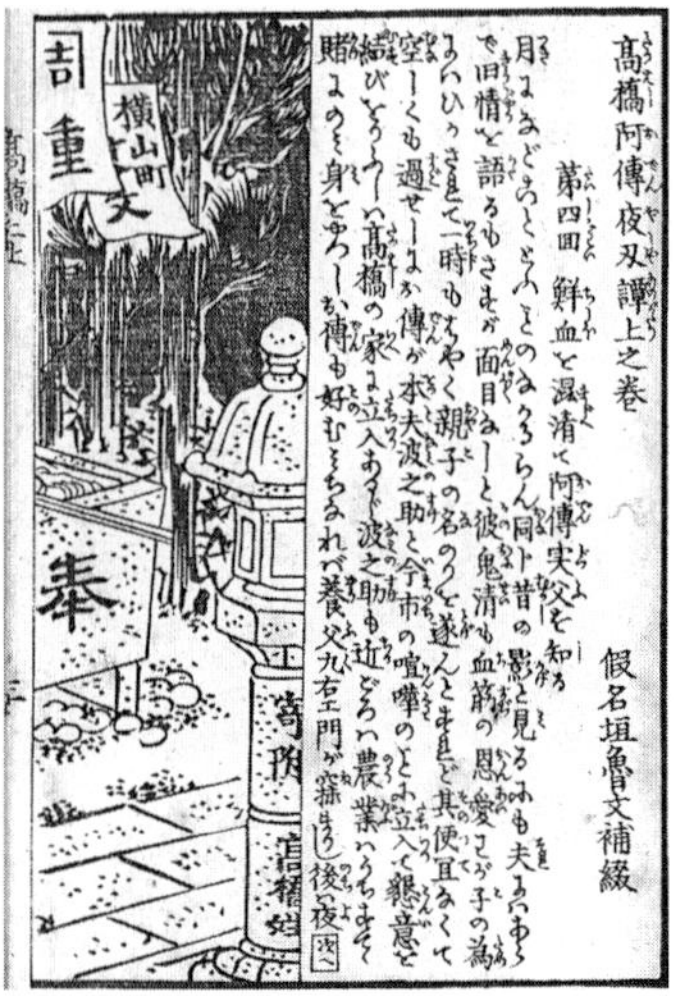

絵　神社の境内の景。「横山町〔辻〕文」。「辻文」は「辻岡文助」(↓三六頁注一五)。「周重」は守川周重(↓三五頁上巻見返し注)。石灯籠に「寄附　高橋姓」。

一「月催旧情といふことを　右兵衛督基氏／月になどこととふことのなかるらむおなじむかしのかげと見るにも」(『万代和歌集』十五・雑歌二)。今も昔も同じ月の光だと見るにつけても、どうして月に昔のことを尋ねないことがあろうか(いや、尋ねたいものだ)。『万代和歌集』は鎌倉期の私撰集。藤原光俊等撰。宝治二年(一二四八)成立。

二 前注和歌の詞書をもじる。前から抱いていた気持ち(↓七一頁七行)を島帰りの自分(=鬼清)がいまさら語り出すのも面目ないと思うものの。

三 思い切れないで。

四 関わり合って。↓七四頁一二行以下。

五 のめり込み。

六 寝る。「誘(ざい)就枕(ね)るべし」(『南総里見八犬伝』八十二回、天保三年(一八三二))。

七 賭けごとを始める。

②

なりしが　或日《あるひ》九ゑもんは舎弟《をとゝ》勘[八]《かん》左衛門が方《かた》に用事《ようじ》ありて今宵《こよひ》は帰《かへ》りがたしとて出去《いでさり》し舅《しうと》の留守《るす》　いのち[九]の洗沢《せんたく》　こよひこそ誰彼《たれかれ》をうちつどへ　源平[一〇]《げんぺい》の[一一]咲《さき》わけつゝじ　白《しろ》と赤《あか》との長短[一二]《ちやうたん》を競《きそ》はんものと　村内近村居合《そんないきんそんゐあは》せたる道楽《だうらく》もの　やくざ仲間《なかま》に使《つかひ》を走《はし》らせ　このことを言送《いひおく》るに　待《まち》まをけたるいた[一三]づら連中《れんぢう》高橋《たかはし》が家《いへ》にたちまち集《つど》へ　日ぐれを合図《あいづ》に　奥《おく》まりたる一間《ひとま》の内《うち》に賭[一四]《ぼん》莚《ござ》をひらくと等《ひと》しく　長[一五]《ちやう》ざゑもん　半[一六]《はん》べゑ方《がた》と二[一七]タ側《かは》に　あぐらかきツヽ居[一八]《ゐ》ならびて　いづれも欲[一九]《よく》の熊《くま》たか眼《まなこ》　むしろを

八 底本「勘右衛門」。誤記として改める。
九 寿命が延びるほど、日常の苦労から解放されるような楽しみ。「洗沢」は「洗濯」に同じ。
一〇 源氏は白旗、平氏は赤旗を用いたところから、紅白二組にわかれて争うこと。
一一 一本のつつじに紅白異なった色の花が咲くこと。丁半ばくち(→四九頁注二〇)をたとえる。
一二 優劣。
一三 することがなく、ぶらぶらしている仲間たち。
一四 →六〇頁注六。
一五 丁(二つの賽の目の合計が偶数)。
一六 半(同じく奇数)。
一七 両側。
一八 並んで座り。
一九 貪欲な鋭い目つき。鷹狩に用いられるクマタカが、獲物を探している目つきから連想していう。

絵　波之助と今市の喧嘩を仲裁したことで懇意になった鬼清(清吉)が、波之助夫婦にもてなされるさま。鬼清の髪はざんぎり、根太郎は総髪(全体の髪の毛を伸ばし、頂きで束ねて結う)。

③

囲《かこ》む車座《くるまざ》の　うちに一蒸《ゆげ》たつばかりなり

③○茲《こゝ》に又《また》　日光《につくわう》無籍《むせき》今市《いまいち》は　さきに波之助《なみのすけ》とけんくわのをり　清吉《せいきち》が二かの者《もの》に三助力《ぢよりき》して　四その身《み》を五手込《てご》めにいましめたるは　仲間《なかま》のよしみを思《おも》はずして　素人《しろうと》に六肩《かた》を入《い》れ　後日《ごにち》これを七功《こう》にいひ立《たて》　彼高《かのたか》はしに銭金《かね》の八むしんを言《いは》ん心なるべし　渠《かれ》も信州上州《しんしうじやうしう》に　名《な》を知《し》られたる悪《あく》党《たう》に似《に》あはしからず　腹《はら》の底《そこ》きたなきふるまひ　殊《こと》に又　酒に酔《ゑひ》しを知りながら　九むざんと縄《なは》めにかけたるふるまひ　其場《そのば》は一〇すべよく済《すま》せしかど　遺恨《ゐこん》は一一片《へん》

絵　鬼清に遺恨を抱く今市・畑作・鎌五郎が、うち果たそうと村の出口の地蔵堂に集まったさま。鎌五郎は酒を入れた徳利を持つ。今市は総髪。

一　激しい熱意のさま。

二　波之助。

三　「JO-RIKI（略）助力（略）help」（『和英語林集成』再版）。

四　今市を指す。

五　→五四頁注一一。

六　加勢する。

七　手柄として強調し。

八　無心。金をねだること。

九　情け容赦なく、縄で縛った振舞い。

一〇　すんなり。→七四頁注三四。

一一　「HEN-SHI, ヘンシ、片時 A short time, a moment」（『和英語林集成』再版）。

④

時《し》もわすれやらず　折《をり》もあらば仕《し》かへしの　命《いのち》のやり取して一二退《の》かんと　日《ひ》ごろ一三兄弟分《きやうだいぶん》の誓《ちか》ひを結《むす》びし一四桐生《きりう》の畑作《はたさく》　一五足利《あしかゞ》の鎌《かま》五郎などいへる無頼《ぶらい》の同類《どうるい》に　このことをうちあかすに　渠《かれ》らも常に清吉が一六我意《がい》をふるふを心よ④からず　かれが勢《いきほ》ひに一七敵《てき》しかねおめ〳〵としてその下《した》に伏《ふく》すむねんをはらすは爰《こゝ》と　今市《いまいち》に一八かたんして　あすをも待《また》ず清吉《せいきち》を一九打《うつ》てしめるが男《をとこ》の意地《いぢ》　おにとあだ名《な》の清吉《せいきち》なりとて　ひとりに三人　息《いき》の根《ね》とめるに手間《てま》ひまいらずと畑作《はたさく》が二〇はやるを　今《いま》市《いち》おし止《とゞ》め　渠《かれ》も聞《きこ》ゆる悪党《あくとう》な

一二 補助動詞。「…てのく」の形で用い、あえて…してしまう、の意。
一三 博徒仲間で、同じ親方との間に仮の親子関係を取り結んだ者同士が杯を交わし、兄弟同様の間柄になること。
一四 上野国南東部、足尾山地の南西側のふもと、渡良瀬川と桐生川の間にある地名(現群馬県桐生市)。高級絹織物の産地。→付図2。
一五 下野国南西端、足尾山地の南側のふもと、渡良瀬川北岸にある地名(現栃木県足利市)。安価な絹・綿織物の産地。→付図2。
一六 自分の思うままに振舞う。
一七 対抗できず、恥知らずに相手の意に従う無念。
一八 加担。
一九 厳しく打ちのめす。
二〇 興奮して、勇み立つ。

絵 高橋の家の裏口で中の様子を窺う今市・畑作・鎌五郎。畑作の手には竹槍。

⑤

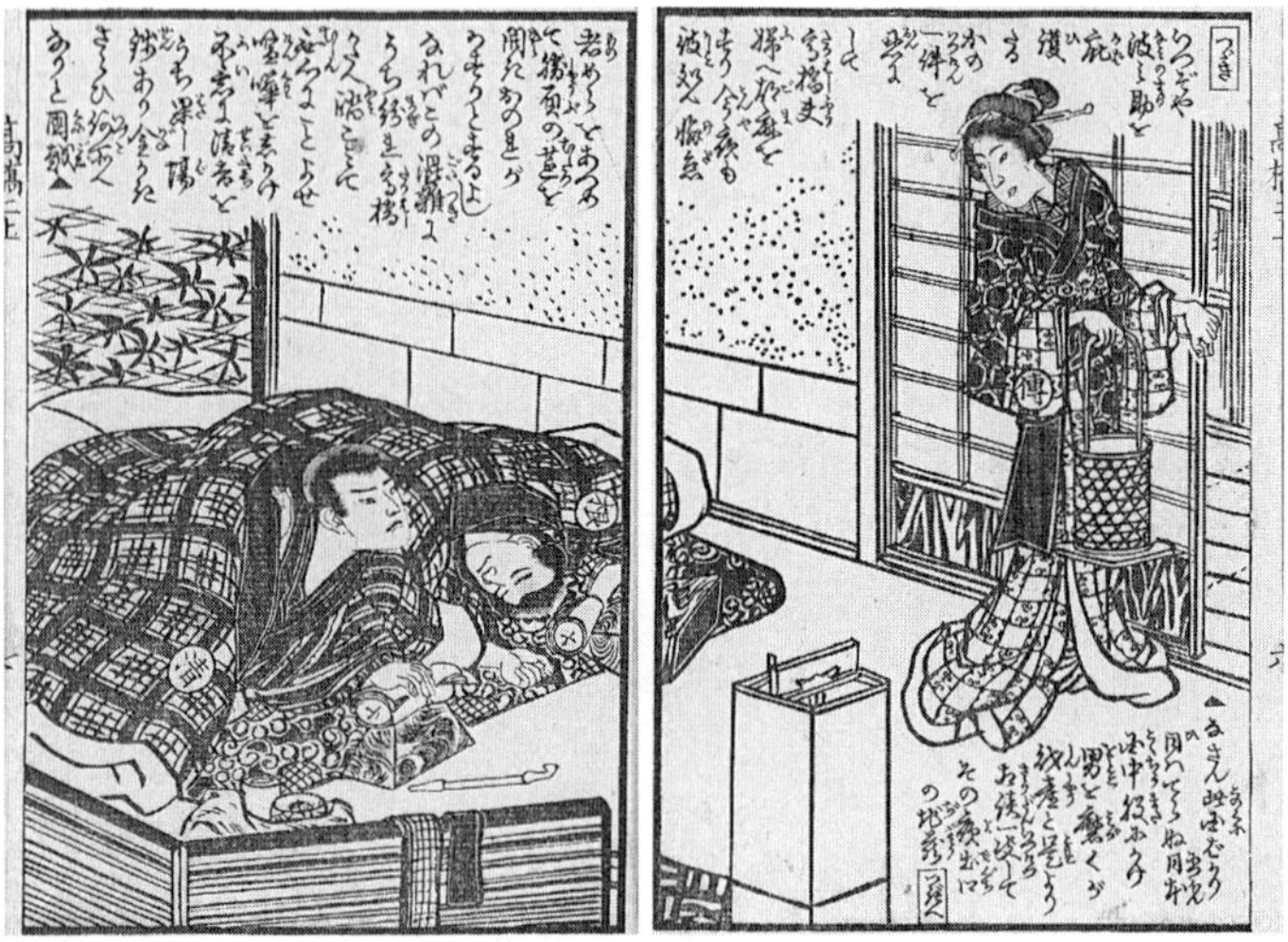

れば　[一]そこつにかゝらば仕損《しそん》ずべしと　聞《きく》より鎌五郎《かまごらう》[二]小膝《こひざ》をうち　夫《それ》にこそ[三]屈竟《くつきやう》の[四]籠《かご》におひこむねぐら鳥《とり》　此《この》ごろ清吉《せいきち》めは⑤いつぞや波之助《なみのすけ》を庇護《かばひ》たるかの一件《いつけん》を[五]恩《おん》にして　高橋夫婦《たかはしふうふ》へ胡《ご》麻《ま》をすり　今夜《こんや》も彼処《かしこ》へ[六]懈怠者《けだもの》めらを　あつめて勝負《しやうぶ》の莚《むしろ》を開《ひら》き　おのれが[七]かすりとするよしなれば　この混雑《ごたつき》にうち紛《まぎ》れ高橋《たかはし》かたへ踏《ふみ》こみて　無心《むしん》にことよせ喧嘩《けんくわ》をしかけ　不意《ふい》に清《せい》吉《きち》をうち果《はた》し　[八]場銭《ばせん》あり金《がね》かきさらひ　何所《いづこ》へなりと国越《くにごゑ》なさん　[九]此国《このくに》ばかり日《ひ》はてらぬ　日《につ》本国中股《ほんこくちうまた》にかけ　[一〇]男《をとこ》を磨《みが》くが

絵　お伝の急報に目を覚ます鬼清。一緒に寝ているのは根太郎。枕元に有明行灯、枕屏風。お伝は籠提灯(→九二頁注九)を持つ。

一 軽はずみに行動したら。
二 →七一頁注三六。
三 おあつらえ向き。
四 ねぐら(巣)にいるひな鳥をおとりに親鳥を捕える方法。
五 恩に着せて。
六 「懈怠者(けだもの)」は怠け者の意。「いたづら連中」(→八三頁注一三)を指す。これに「獣(人でなし)」の意を掛ける。「懈怠者(けだもの)同士の」(明治十二年一月二十三日『仮名読新聞』)。
七 上前をはねる。丁半ばくちの胴元である高橋夫婦から、利益の一部をかすめ取る意。
八 →六〇頁注三〇。
九 諺「ここばかりに日は照らぬ」(どこにでも太陽は照っている、生きる場所はここだけではない、の意)を踏まえる。
一〇 男としての修養を積むことが財産になると。

⑥

財産《しんしやう》と　是《これ》より相談《さうだん》一決《いつけつ》して
その夜《よ》[一一]出口《でぐち》の地蔵堂《ちざうだう》⑥に三人《みたり》出《いで》あ
ひ　国越《くにごゑ》の[一二]きり緒《を》の草鞋《わらじ》　[一三]甲《かふ》か
け脚半《きやはん》　[一四]長《なが》わきざしを腰《こし》におび
分《わけ》て桐生《きりふ》の畑作《はたさく》は　[一五]竹鑓《たけやり》一《ト》筋《すぢ》
用意《ようい》して　[一六]旧刻《きうこく》の丑満《うしみつ》すぎ　小《こ》
道伝《みちづた》ひに高橋《たかはし》の門辺《かどべ》にいたり
軒端《のきば》に彳《たゝ》ずみ内《うち》の様子《やうす》を伺《うかゞ》ふに
此夜《このよ》は[一七]まとひの連中《れんちう》にいさかひ
ありて　いつよりもはやく[一八]莚《むしろ》を
巻《ま》きしかば　みな〳〵は立帰《たちかへ》り
[一九]清吉《せいきち》は一泊《ぱく》して睡《ねむ》りにつき　寂《せき》
寞《ばく》として音《おと》もなければ　清吉《せいきち》が
居《ゐ》るやをらずや知《し》るよし無《なけ》れど
万《まん》が一居《ゐ》ぬときは　波之助夫婦《なみのすけふうふ》
の者《もの》に[二〇]強談《がうだん》して有金《ありがね》を借《か》らんも

一一 村から外へ通じる境界。
一二 →四九頁注五。
一三 足を保護し、軽快に歩けるように、甲掛と脚半をつけること。甲掛は底を抜いた古足袋を用い、足の甲を保護する。脚半は膝から下脛あたりを覆う布。
一四 →四九頁注六。
一五 竹の幹の端を斜めに切ってとがらせ、槍の代用としたもの。油を塗り、あぶることもある。
一六 一日を十二に分けた昔の時刻で「丑満」(丑の刻を四つに分けた、その第三刻。今の午前二―三時頃)過ぎ。明治六年一月一日太陽暦への移行とともに西洋式の時法を導入。
一七 「まとゐ　円居(略)一ツ座敷ノ寄合」(『言海』)。「円居(まとゐ)の席へ伴へば」(『南総里見八犬伝』六十三回、文政十二年(一八二九))。
一八 賭場を閉じる。
一九 後に「清吉根太郎は一泊し」と訂正(→一四四頁注一六)。
二〇 強引に談判して。

絵　根太郎が、奪った竹槍で畑作を突き殺すさま(→八九頁九行)。行灯・煙草盆などが散乱し、女(お伝か。八三頁絵と同じ柄の着物)と老人(本文に言及されないが九右衛門か)が逃げ惑う。

⑦

のと　等《ひと》しく裏手《うら》にうち廻《めぐ》り
垣[一]を毀《こぼ》ちて庭口《にはぐち》に忍《しの》ぶをりふし
お伝《でん》は本夫《をっと》[二]と一ツふすまにいね
たるが　厠《かはや》[三]に行《ゆき》て手《て》を注《そゝ》がんと
[四]雨扉《あまど》引《ひき》あけ　手水鉢《てうづばち》の柄杓《ひしやく》[五]にや
をら手《て》を懸《かけ》る　此時《このとき》[六]はやくかの
ときをそく　みたりの悪徒《あくと》は
雨扉《あまど》のひらく⑦を天《てん》の与《あた》へとつか
〳〵寄《よ》るに　さすが大胆《だいたん》のお伝《でん》
ながら　不意《ふい》のことなり　殊更《ことさら》
に三人《みたり》等《ひと》しき大男《おほをとこ》の突然《とつぜん》よるに
驚《おど》ろかされ　盗賊《どろぼう》なりと呼《よば》はり
ながら　その儘奥《まゝおく》に走《はせ》こむにぞ
波之助《なみのすけ》をはじめ清吉《せいきち》も愕然《がくぜん》とし
て目《め》をさまし　清吉《せいきち》はいそがは
しく　傍《かた》へにねたる根太郎《ねたらう》をゆ

絵　鎌五郎と波之助の闘争（→九二頁）。ただし本文では、お伝が鎌五郎の足にしがみついて邪魔する場面はない。短炮を持った鬼清が襖（ふすま）の蔭から窺う。

一　垣根を壊して、庭の出入口から忍び込む。

二　同じ布団で寝ていたが。「ふすま」(衾)は寝る時にからだの上に掛ける綿入れの夜具。

三　便所。

四　盗難・雨風防止や保温などのため、家屋の窓や縁、出入口の外側に建てる戸。縁側の雨戸を閉ざした外側に手水鉢があり、手を洗う水を入れておく。

五　おもむろに。

六　これとほとんど同時に。「この時遅くかの時早く」とも。

⑧

り覚《さま》して立《たち》あがり　予《かね》て用意《ようい》の七短炮《ぴすとる》をたづさへながら　まつくら闇《やみ》を探《さぐ》り足《あし》にすゝむ後《あと》より根《ね》太郎も引《ひき》つゞき　中《なか》の間《ま》に出《いづ》るとたん　竹鑓《たけやり》八ひつさげ畑作《はたさく》がイ《たゝず》む姿《すがた》⑧は曲者《くせもの》に九擬《まが》ひあらじと一〇突然《ゆきなり》にかの竹鑓《たけやり》を引《ひき》さらへば畑作《はたさく》は一一南無《なむ》さんばうと腰《こし》の一二強刀《だんびら》ぬきはなし　打《うつ》てかゝるを一三身《み》をひらき　彼竹鎗《かのたけやり》にて畑作《はたさく》が脇腹《わきばら》ぐさと突《つき》つらぬけば　アツと一四魂消《たまぎ》るこゑ諸共《もろとも》　その場《ば》へのけさまに倒《たふ》れたり

七「pistol（ピストル）短銃」（『世界商売往来』青山堂再刻、明治六年）。↓補三二。
八 底本「ひつさげひさげ」。衍字として錦松堂版（→凡例）により改める。
九 間違いないと。
一〇 いきなり。「ゆきなりに（略）突然ニ」（『日本大辞書』）。「突然と踏込んで行成（ゆきなり）（略）武者振つき」（明治十一年十二月二十日『仮名読新聞』）。
一一 南無三宝。しまった。突然困った事態が起こった時、失敗に気付いた時などに発する感動詞。南無三。
一二 →六一頁注五四。
一三 身をかわして避け。
一四 絶叫する声。「魂切（たまき）る小児の叫び（略）十一年なる男児（おのこ）を刺殺して」（魯文『西南鎮静録　続編』下）。

絵　鬼清を目指して奥に踏み込む今市、襖の蔭に立つ鬼清。

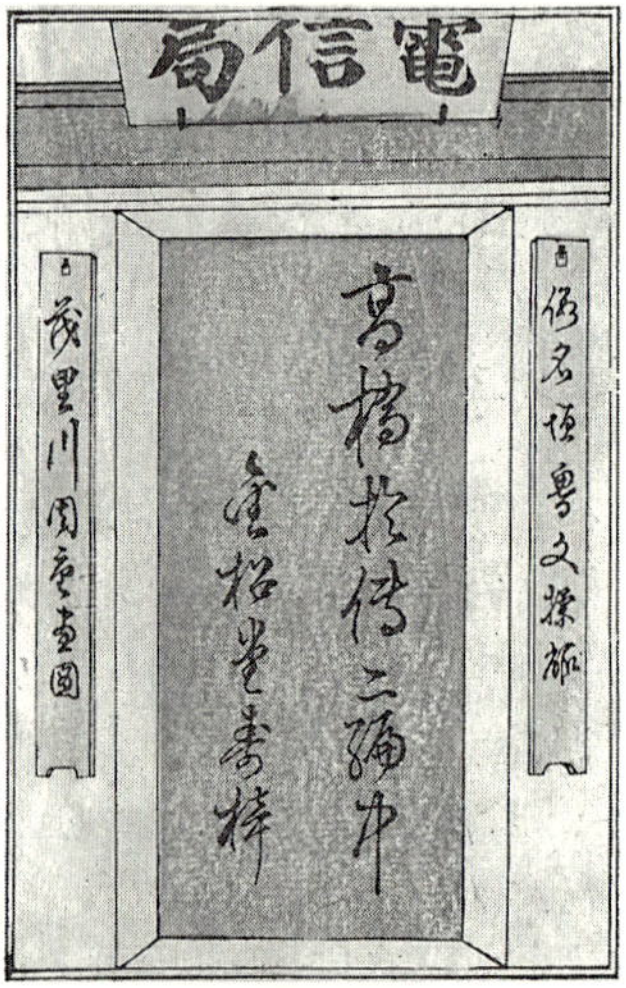

中巻見返し

仮名垣魯文操觚[一]
高橋於伝　二編中
金松堂寿梓[二]
茂里川周重画図

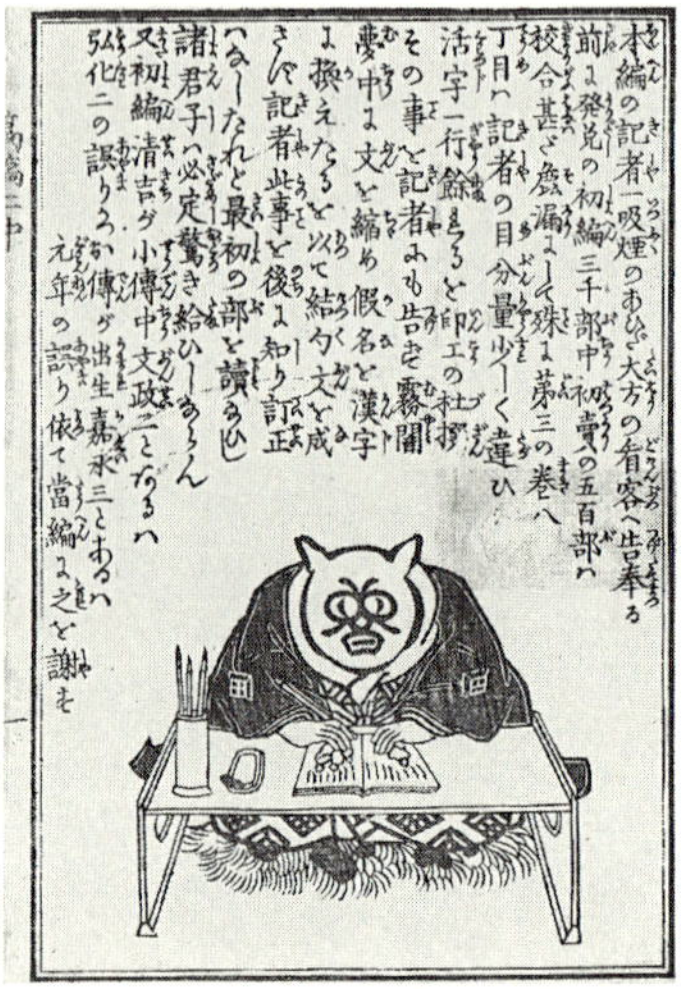

中巻見返し　「電信局」（→七八頁注三）の入口の意匠。多色刷。

絵　自序下の絵は猫を模した魯文の像（→補三二）。顔の眉・目・ひげ・口は「魯」の字をくずして描く。二一六頁絵・明治十二年四月二十七日『仮名読新聞』・『格蘭氏伝倭文賞（ぐらんどしでんやまとぶんしよう）』三編（明治十三年二月六日発売）袋などにも同様の絵が見える。紋は→三六頁注二八。

一　→三五頁上巻見返し注。
二　めでたく出版する、の意。
三　筆者。魯文を指す。**四**　敬意をこめて世間一般の人をいう語。「羞(はづ)らくは大方の嗤笑(しせう)を惹(ひか)ん」（曲亭馬琴『椿説弓張月』後篇巻六跋、文化五年〈一八〇八〉）。**五**　「二類ノ文ヲ見比ベテ、誤レルヲ正スコト」（『言海』）。ここは、活字に組んで仮に刷ったものを、原稿と照らし合わせ誤りを訂正すること。校正。
六　行き届かず、手落ちの多いさま。
七　→七四頁三行「以て営業とし」以下。
八　印刷工。**九**　「ZUZAN」（『和英語林集成』三版）。いいかげん。
一〇　無闇。前後も考えず。
一一　底本（初版早印本）はこの訂正以前の本文。→七四頁一〇行「看折」、同一三行「荒縄以」以下。
一二　初売の印刷分五百部。
一三　「君子」は不特定の人を敬っていう語。諸賢。**一四**　→五八頁一六行。
一五　→六四頁注九。

本編《ほんぺん》の[三]記者《きしや》一吸煙《いつぷく》のあひだ　[四]大方《たいはう》の看客《ごけんぶつ》へ告奉《つげたてまつ》る　前《さき》に発兌《うりだし》の初編《しよへん》三千部中《ぶちう》　初売《はつうり》の五百部《ぶ》は　[五]校合甚《きやうがふはなは》だ[六]麁漏《そろう》にして　殊《こと》に[七]第《だい》三の巻《まき》八丁目《てうめ》は　記者《きしや》の目分量少《めぶんりやうすこ》しく違《たが》ひ　仮名《かな》活字《くわつじ》一行余《ぎやうあま》れるを　[八]印工《いんこう》の[九]杜撰《づざん》　その事《こと》を記者《きしや》にも告《つげ》ず　[一〇]霧闇夢中《むやみむちう》に文《ぶん》を縮《ちゞ》め　仮名を漢字《かんじ》に換《か》えたるを以《もつ》て　結局文《けつくぶん》を成《な》さず　記者此事《きしやこのこと》を後《のち》に知《し》り　[一一]訂正《ていせい》はなしたれど　[一二]最初《さいしよ》の部《ぶ》を読《よみ》給ひし[一三]諸君子《しよくんし》は　必定驚《さだめしおどろ》き給《たま》ひしならん　又初編清吉《またしよへんせいきち》が小伝中《せうでんちう》　[一四]文政《ぶんせい》二とあるは弘化《こうくわ》二の誤《あやま》り　かつお伝《でん》が出生《うまれ》　[一五]嘉永《かえい》三とあるは元年《ぐわんねん》の誤《あやま》り　依《よつ》て当編《たうへん》に之《これ》を謝《しや》す

（四五頁より続く）

二六 先方から取り持ってくれたのは。

二九 諺「待てば海路(「甘露」とも)の日和あり」。じっくり待っているうちには、海が静かになって航海に適した日和(思いがけない好機。「甘露」なら、天が降らせる甘い露の降るような日和)が巡ってくる、の意。

三〇 民間では、婚姻の日取りについて俗信があり、太陰暦の中段に記された十二直(日々の吉凶を示したもの)のうち、「輿入の吉日としては、なる〔成〕、たいら〔平〕、たつ〔建〕、さだん〔定〕の四日を選ぶなり」(平出鏗二郎『東京風俗志』下、明治三十五年)。 三一 待ち焦がれるあまり、一刻が大変長く感じられること。一日千秋。「お君が車の走る跡には鯰猫(ねねこん)先生一時千秋」(明治十一年十一月十六日『仮名読新聞』)。

三二 何事を行うにもよい日。本来は陰陽五行説に基づく。高橋勘左衛門の供述「下調(その二)」(→補一一文献)によれば、勘左衛門は嘉永四年(一八五二)一月二日に春と結婚。勘左衛門は文政五年(一八二二)生まれで、当時数えで三十歳。ただし「下調(東京その他の分一括)」によれば結婚は嘉永元年。なお、高橋九右衛門の子孫の家に残るでんの略歴書(昭和九年十一月)によれば、勘左衛門は明治二十一年六十六歳で没(萩原進『群馬県遊民史』「女のやくざ」「二、高橋おでん」)。

高橋阿伝夜刄譚《たかはしおでんやしやものがたり》⑨ 二編中之巻

仮名垣魯文補綴

○第《だい》五回《くわい》　修羅闘場《しゆらたうぢやう》[一]に紅蓮池《ぐれんち》[二]を生《しやう》ず

[三]再《ふたゝ》び説《と》く　根太郎《ねたらう》は暗《くら》きに紛《まぎ》れ　賊《ぞく》は仲間《なかま》の畑《はた》さくとも知《し》らず〳〵突伏《つきふせ》て　なほうごめくを[四]手拭《てぬぐ》ひの布《ぬの》もて止命《とゞめ》の背後《うしろ》より　物《もの》をもいはず根太郎《ねたらう》が肩先深《かたさきふか》く切伏《きりふせ》るは　別人《べつじん》ならず今市《いまいち》にて　血汐《ちしほ》に染《そめ》なす強刀《だんびら》[五]ひさげ　目《め》ざす仇《あだ》の鬼清《おにせい》めを是非《ぜひ》うちとめんと　[六]阿修羅《あしゆら》のごとく奥《おく》へ踏《ふみ》こむ　夫《それ》より前《さき》に　鎌五郎《かま》は波之助《なみのすけ》と[七]しのぎをけづる[八]奮激突戦《ふんげきとつせん》　おでんは疾《はや》くも[九]籠挑灯《かごぢやうちん》のあかりに飛《とび》こむ今市《いまいち》の姿《すがた》を見認《みと》めて　[一〇]火入《ひいれ》の灰《はい》を[一一]さそくの目潰《めつぶ》し　[一二]我武者《がむしや》の今市《いまいち》　[一三]めくらなぐりに波之助《なみのすけ》を目《め》がけて切《きり》こむ危《あや》ふき折《をり》から　[一四]ふすま障子《しやうじ》に小《こ》[一五]がくれして　狙《ねらひ》はづさぬ短炮《ぴすとる》の弾丸《たま》は　たちまち今市《いまいち》が胸《むね》より[一六]のんどへ続《つゞ》け玉《だま》　二発《はつ》に⑩めりこむ苦痛《くつう》のひと声《こゑ》　もろくも其場《そのば》へのけぞりたり　この砲音《つゝおと》に驚《おどろ》く[一七]畑作《はたさく》　ひるむ所《ところ》をたゝみかけ　[一八]同《おな》じ枕《まくら》に切伏《きりふせ》て　今《いま》は残《のこ》る曲者《くせもの》なしと　灯《あかり》をてらし　死骸《しがい》をよく〳〵検査《あらたむ》るに　今市《いまいち》はじめ鎌五郎《かまごらう》　畑作《はたさく》の三人《みたり》なれば　さては渠《かれ》らは先頃《さきごろ》の　清吉《せいきち》が[一九]扱《あつか》ひたる紛紜《もつれ》[二〇]をしうねく遺恨《ゐこん》とし　[二一]今宵《こよひ》の事《こと》を伺《うかゞ》ひ知《し》り　不意《ふい》にしかへしに押入《おしいり》しは　飛《と》ンで

一 激しい争いの行われる所。修羅場。 二 真紅の血の池ができる。血みどろの殺し合いのたとえ。 三 前話(上巻)を引き継いで語る意。 四 手拭いの布で(畑作の)首を絞め、息の根を止めたその背後から。 五 「ひさぐ(略)[引キ下グ、ノ略]手ニ下グ。ヒッサグ」(『言海』)。 六 梵天・帝釈などと絶えず戦闘する悪神。転じて、猛り立つことのたとえ。 七 激しく争う。互いの刀の鎬(しのぎ)=刃と峰の境界の高く膨らんだ部位)を削り合うような激しい斬り合いからいう。 八 激しく奮い立ち、突き進み戦うこと。奮撃突戦。「死者(しにもの)狂ひの奮激突戦」(魯文『佐賀電信録』下)。「三尺(みさし)に近き焼刀(やきたち)の、稜(かど)うち鳴す奮撃突戦」(『南総里見八犬伝』六十四回、文政十二年〈一八二九〉)。 九 竹で編んだ籠に紙を張った古風な提灯。 一〇 喫煙用の炭火を入れておく小さな器。 一一 早速。↓五二頁注二二。 一二 血気にはやり向こう見ずなこと。がむしゃら。「即死に見懲りず我武者の横須賀よこぞっぺい。はっしと張られて」(近松半二ら『鎌倉三代記』三、天明元年〈一七八一〉初演)。「葉子はわれにもなく我武者にすり入って」(有島武郎『或女』前・十七、一九一一―一九年)。 一三 相手の所在もわからないまま、むやみに殴ること。 一四 襖(ふすま)。細い木の骨を組み、両面から紙や布地で張り包んで作った障子。今の「障子」に当たるのは「明

⑨

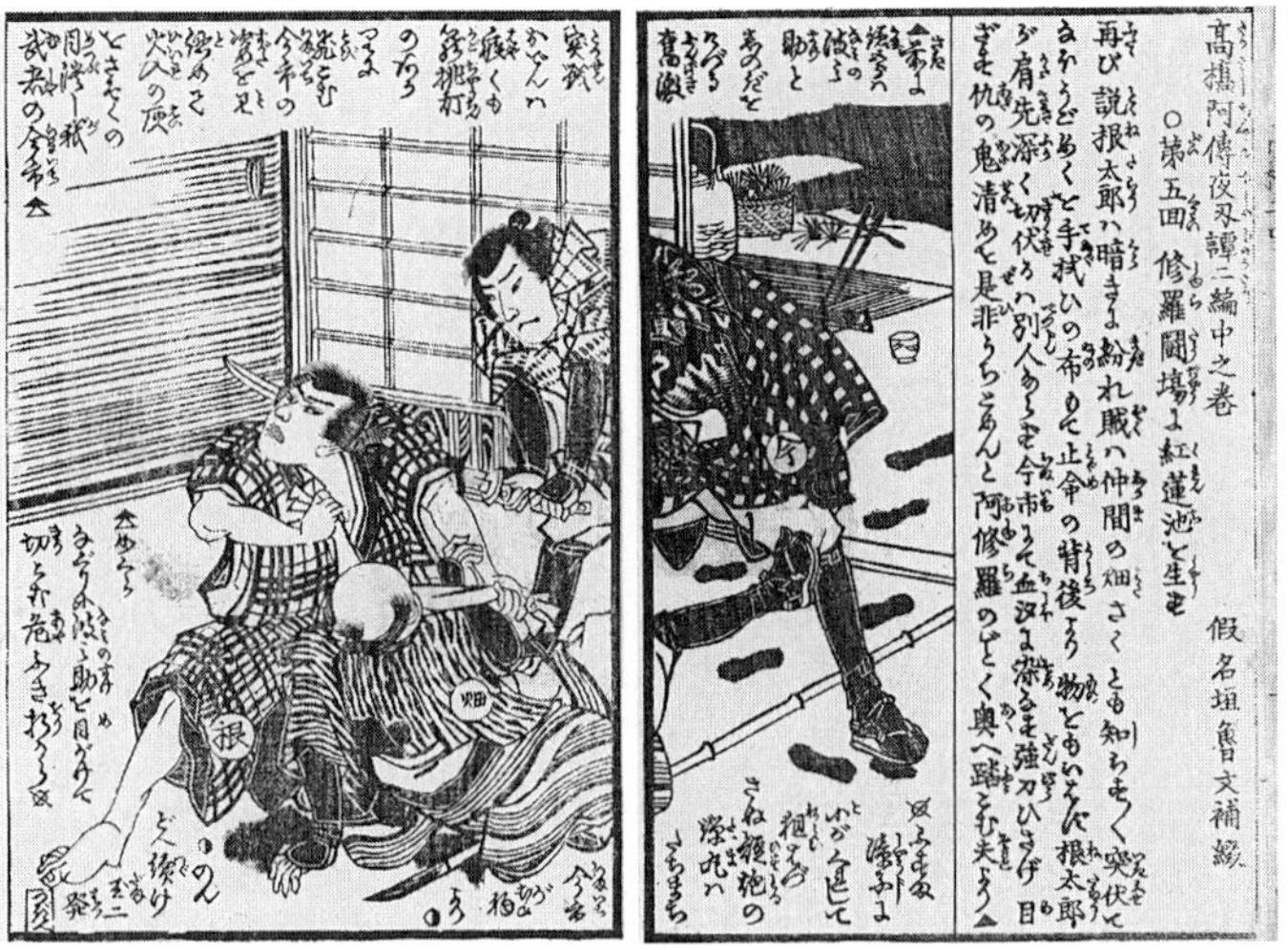

火《ひ》に入《い》る夏《なつ》の虫《むし》　さりながら根《ね》太郎《たらう》が　[二二]傍杖《そばづへ》打《う》たれて殺《ころ》されたるは　かへすぐ\も哀《あは》れむべし　⑪と　波《なみ》之助のことばの半途《なかば》　[二三]おでんは声《こゑ》もひそやかに　当夜《こよひ》一《いち》度《ど》に四人の死《し》を　[二四]包《つゝ》むとすれど露顕《ろけん》は必定《ひつぢやう》　去《さり》とて当家《このや》より訴《うつた》へて　今市《いまいち》はじめ残《のこ》るふたりを盗賊《とうぞく》なりといひ立《たて》るとも　平常《ふだん》彼奴《きやつ》らと交際《つきあひ》て　[二五]髄《すね》に疵《きづ》もつわれ〴〵夫婦《ふうふ》　殊《こと》に清吉根太郎《せいきちねたらう》の[二六]悪《わる》い顔同士《かほどし》そらふた場合《ばあひ》　つよく[二七]吟味《ぎんみ》を受《うけ》るに至《いた》らば　其時《そのとき》にこそ互《たがひ》の[二八]大事《だいじ》　[二九]妾《わし》が鳥渡《ちよつと》の考《かんが》へには　どうせ[三〇]無宿《むしゆく》の[三一]あぶれ者畑作鎌《はたさくかま》五郎の亡骸《なきがら》は　当夜《こんや》の内《うち》

（あかり）障子」。　一五　ちょっと物陰に隠れること。　一六　喉（のど）。　一七　畑作はすでに根太郎に殺されており（この回冒頭部）、八八頁絵に見えるようにここは「鎌五郎」とあるべき。　一八（波之助が）今市と同じ場所で鎌五郎を切り倒し。　一九　→七四頁一三行以下。　二〇　執念深く。　二一　→八六頁七行以下。　二二　喧嘩のそばにいて、思いがけず被害をこうむること。巻き添えを食う。二三　以下、悪知恵に長けたさまは、「奸智も亦凡に勝れ」（→六八頁一三行）とある通り。　二四　隠そうとしても。　二五　身にやましいところがある。「髄」は骨中のあぶらの意だが、この意を持つ「髄」に「すね」の古訓があることから、混同されたか。「髄当（スネアテ）」（『太平記』十四「将軍御進発大渡・山崎等合戦ノ事」）。　二六　悪い評判の者同士が揃った。　二七　取調べ。　二八　一大事。賭博開帳の波之助・お伝夫婦に加え、博徒鬼清の旧悪が暴かれるかもしれない、との意。賭博の主犯は遠島。→補一四。　二九　近世、主として女性が用いた。「I- used only by low people」（『和英語林集成』三版）。　三〇「ヤドナシ（略）人別ニ入ラヌコト。無籍」（『言海』）。→四五頁注一八。　三一　→四五頁注一九。

絵　手拭いで畑作の首を絞める根太郎を、背後から切り伏せる今市。足もとに血の付いた竹槍。

⑩

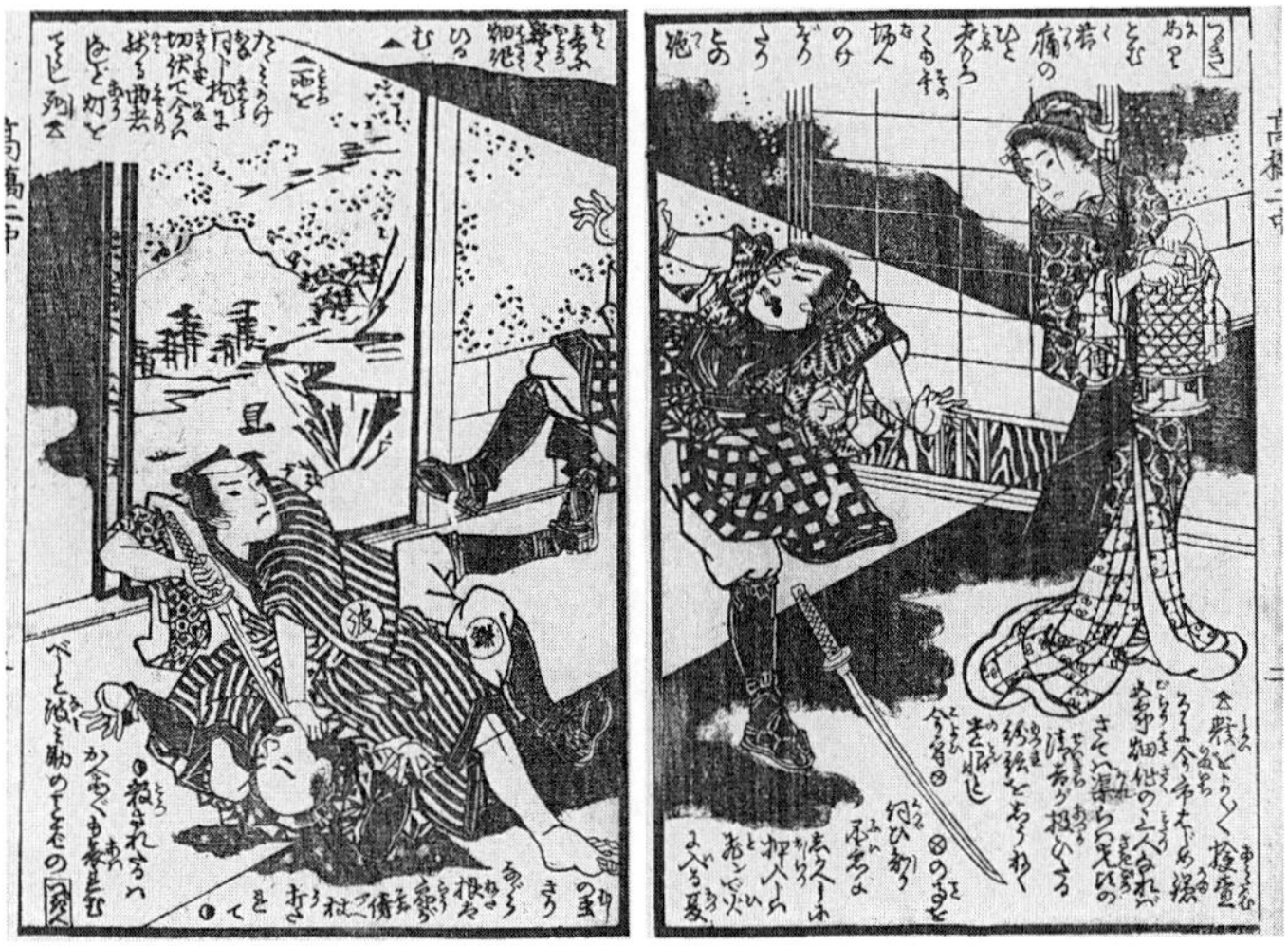

に利根川筋《とねがはすぢ》へ　一どんぶり投没《きめ》て
も親《おや》なし子なし　いつか流《なが》れの
果《はて》しらぬ　魚《さかな》の餌食《ゑじき》⑫が罪《つみ》ほろぼ
し　残《のこ》る根《ね》太郎今市《いまいち》の死骸《しがい》を
戸外《おもて》の田《た》三の畔《くろ》へほうり出《だ》して訴《うつた》
へなば　途中行《とちうゆき》四あひの喧嘩《けんくわ》と看《み》
て　我家《わがや》へ祟《たゝ》五りの来《こ》ぬは保証《うけあひ》
時刻《じこく》の移《うつ》らぬそのひまに　はや
く／＼と促《うな》がすことば　実《げ》にも
つともと　波《なみ》の助《すけ》は破《やぶ》れ葛籠《つゞら》六を
取出《とりだ》し　清吉《せいきち》に指揮《さしづ》して畑作鎌《はたさくかま》
五郎の死骸《しがい》を押《おし》こみ　こよひは
夜明《よあけ》に近《ちか》ければ　若春負出《もしよひだ》して
人目《ひとめ》にかゝらば　後《のち》に悔《くゆ》るもそ
の甲斐《かひ》なし　翌《あす》の夜迄《よまで》と木小屋《きごや》七
の奥《おく》に深《ふか》く匿《かく》し　元《もと》の坐《ざ》に立《たち》か

絵⑩　お伝の籠提灯に照らされた今市。襖隠れの鬼清（絵⑪）に短炮で射たれ、口から血が溢れる。鎌五郎を切り伏せる波之助。

絵⑪　絵⑩からの続き。短炮を発砲する鬼清。腰を抜かしている女性は、眉を剃っているところから姑（しゆうとめ）か。ただし高橋九右衛門は「無妻」（→七二頁一三行）の設定。なお、実際の九右衛門の妻は越後出身の「はつ」といい、明治十七年七十三歳で死去（『古馬牧村誌』）。

絵⑫　お伝の策略により畑作と鎌五郎の死骸を葛籠に入れる鬼清。お伝の横に今市・根太郎の死骸。あたりを窺う波之助・お伝・鬼清。

一 利根川方面。「筋」は地名について大体の方角を表す接尾語。 二 死骸をどぶんと沈めても、親も子もない身の上だから捜す者とてなく、際限なく流れ流れて、いずれは魚の餌になるだろうが、それがこれまでに犯した罪の償いになるだろう。「きめる」はある行動を取る意。 三 →七二頁注九。 四 たまたま行き合わせた所で起こった喧嘩。 五 ある行為の報いとして公儀などから受ける追及。後難。 六 衣類などを収める、かぶせ蓋付きの大きな箱。つづら藤などのつる草を編んで作ったが、後には竹の網代（あじろ）で作り、上に紙を張って柿渋・漆などを塗った。 七 材木、薪などを積んでおく小屋。

⑪

⑫

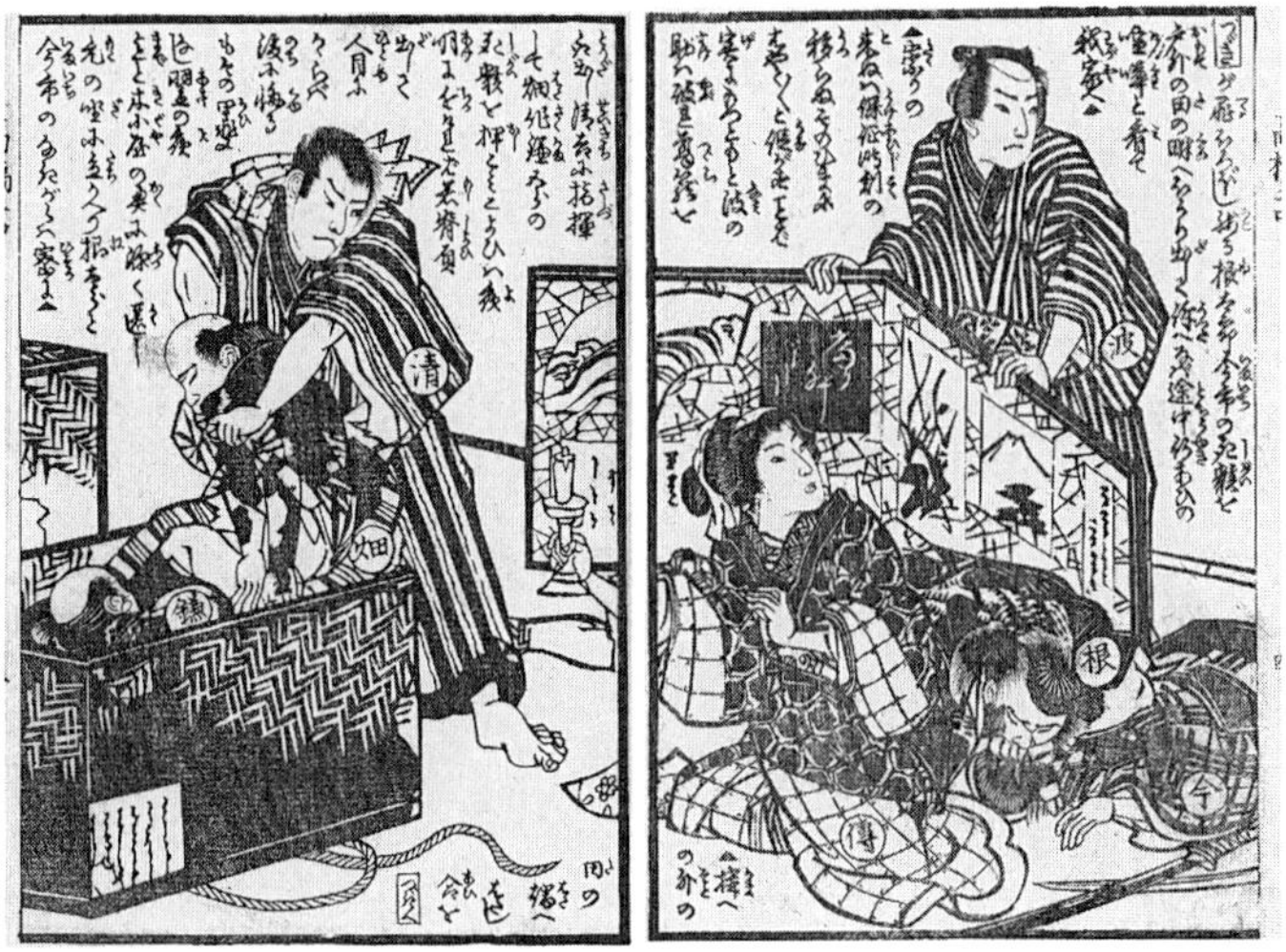

⑬
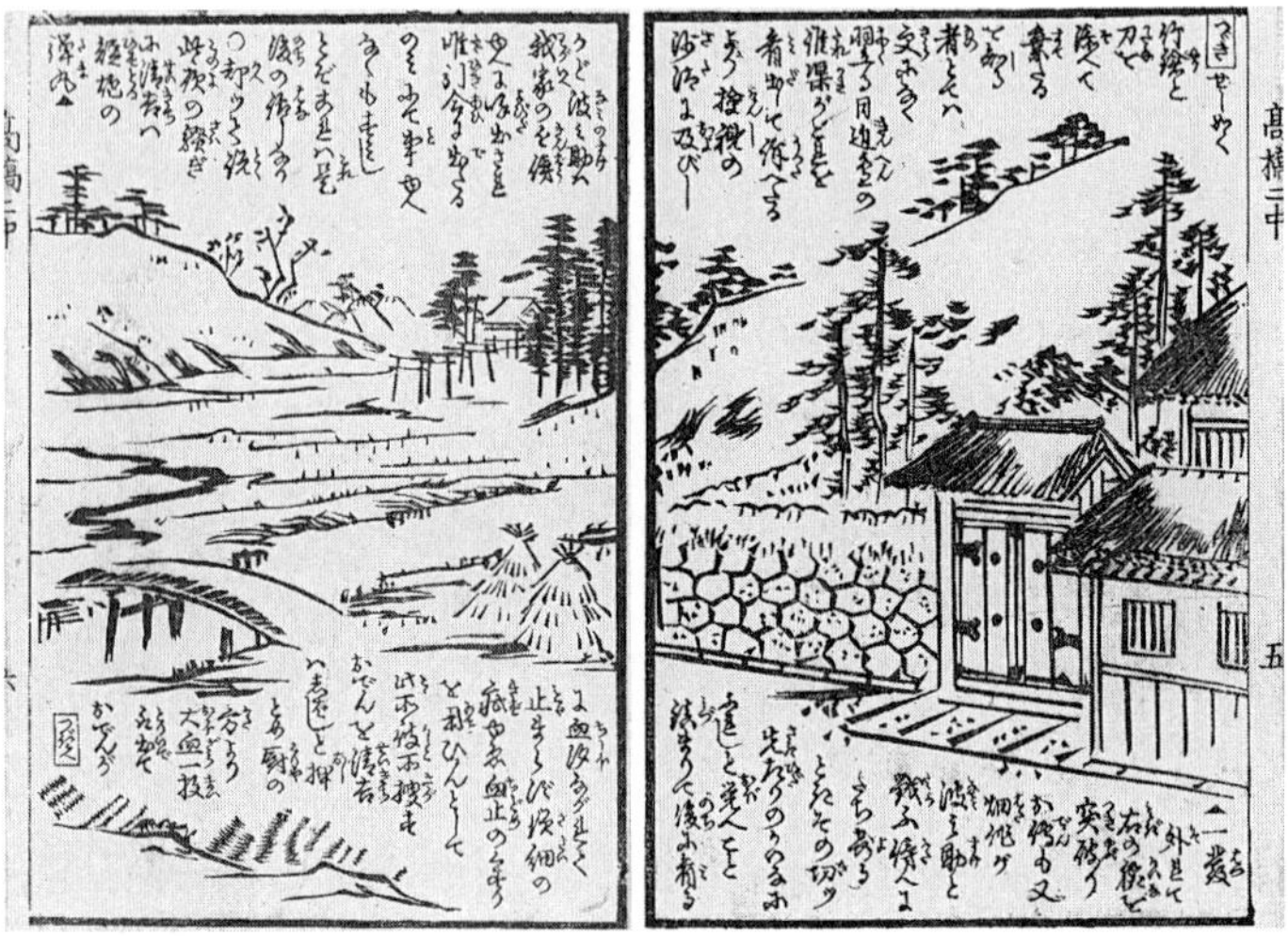

へり　根《ね》太郎と今市《いまいち》のなきがら
は　密《ひそか》に一構《かま》への外《そと》の田《た》の端《はた》へ
はたし合《あひ》をせ⑬し如く竹鎗《やり》と刀《かたな》を
添《そ》へて棄《すて》たるを　知《し》る者《もの》とては
更《さら》になく　翌《あく》る日近辺《きんぺん》の誰渠《たれかれ》が
これを看出《みだ》して訴《うつた》へたるより
二検視《けんし》の沙汰《さた》三に及《およ》びしかど　波之《なみの》
助《すけ》は我家《わがいへ》の近傍《きんばう》ゆへに呼出《よびだ》され
唯引合《たゞひきあひ》四に出《で》たるのみにて　事《こと》五ゆ
へなくもすみしとぞ　これは是《これ》
後《のち》の話《はな》しなり
○却《かへ》六ツて説《とく》　此夜《このよ》の騒《さは》ぎに清吉《せいきち》
は　七短炮《ぴすとる》の弾丸《たま》一発外《ばつそ》れて　右《みぎ》
の腕《かいな》を突破《つきやぶ》り　お伝《でん》も又　八畑作《はた》
が波《なみ》之助《すけ》と戦《たゝか》ふ傍《かた》へにたち寄《よ》る
とき　その切《き》ッ先左《さきひだ》りのかいな

絵　高橋家の外の景。根太郎・今市の死骸を捨てる田の畔。

一　家屋敷。
二　変死の疑いのある死体について、その死亡が犯罪によるものかどうか調べること。検死。
三　指図が下ったが。
四　関係者として出頭を命じられること。
五　何事もなく。
六　前条の話に対し話題を転換する場合に用いる語。さて。話かわって。中国の白話小説などに多用される「却説」を訓読したもので、読本などに多い。「却説(さて)おきぬは」(岡本勘造『夜嵐阿衣花廼仇夢』三・上)。
七　自分の右手で発砲したピストルの弾が逸れて、「右の腕を突破り」とあるのは不自然。
八　「鎌五郎」とあるべき。→八八頁絵。

⑭

にふれしと覚《おぼ》へ[九]こと鎮《しづ》まりて後《のち》に看《み》るに　血汐《ちしほ》ながれて止《とゞ》まらず　瑣細《ささい》の疵《きず》ゆゑ　[一〇]血止《ちどめ》のくすりを用《もち》ひんとして　此所彼所《こゝかしこ》捜《さが》すおでんを　清吉《せいきち》はしばしと押《おし》とめ　厨《くりや》の方《かた》より大皿《おほざら》一枚《まい》取《とり》出《いで》て　おでんが⑭血汐《ちしほ》を乞《こ》ひ受《うけ》て皿《さら》に止《とゞ》めて　いぶかる夫婦《ふうふ》に更《あらた》めていへるやう　[一一]いつぞは名のりて聞《き》かせんと思《おも》へど　証拠《しやうこ》のなきことなれば　是《これ》までは口外《かうぐわい》せねど　自己《おれ》はおでんが実《じつ》の父《ちゝ》訳《わけ》はゆるりと後《のち》のはなし　先差《まづさし》あたる親子《おやこ》の証拠《しやうこ》　たがひに受《うけ》し手疵《きず》が幸《さいは》ひ　これをよく見て[一二]あらそはれぬ血統《ちすぢ》を知《し》り[一三]ねと

九 騒ぎが収まった後で。

一〇 止血薬。生姜を噛んでつけるとか、五倍子の粉をつける（林良適ら編『普救類方』五・下、享保十四年〈一七二九〉）、また鬱金（うこん）の根、蒲穂（がまのほ）の花粉など種々の民間薬があった。街頭で香具師（やし）が売ったガマの油も有名。

一一 いつかは。

一二 はっきり表れた血の繋がり。

一三 きっと知ってくれ。「ね」は完了の助動詞「ぬ」の命令形。

絵 「根太郎今市の死骸」。莚（むしろ）に覆われた二人の死骸を指し示す検視の役人。背後に小者。前で控える老人（九右衛門か。八七頁絵と同じ柄の着物。または村役人か）と波之助は紋付袴の礼装。道標に「上野国利根郡／下牧村掃除」とあるのは、下牧村の害悪を取り除く意を諷する。

⑮

皿《さら》にうけたるおでんが血汐《ちしほ》へその身の腕《かいな》の疵《きず》より絞る鮮血《せんけつ》は血《ち》一は看《み》る間《ま》に動《うご》めき打混《うちまじ》り　忽《たちま》ち和《くわ》二せしを　夫婦《ふうふ》の者《もの》三はまじろぎもせずうち眺《なが》め　三人面《おもて》を看《み》合せたる中に　取分《とりわ》けおでんの不審《ふしん》　この血合《ちあは》四せのあらそはれぬは　かね〴〵人の⑮話《はな》しに聞《き》き親《おや》といはれて疑《うたが》ふは　その訳柄《わけがら》をきかぬゆゑト　いふをも待《また》ず清吉《せいきち》が　説出《ときいだ》したるむかし語《かた》り今を去《さ》ること一五トむかし　十八年《ねん》の夢《ゆめ》のあと六　おでんが母《はゝ》のおはると馴染《なれそめ》　経水《めぐりみづ》七が止《とま》りて三月《みつき》めに　現在《げんざい》この村当家の親族《しんぞく》高橋勘《たかはしかん》ざゑもんの妻《つま》となり　七《なゝ》八

絵　「〇此画(このゑ)は清吉(せいきち)がお伝(でん)への昔語(むかし)りにて　十八年前(まへ)の話(はな)しなり」。お春が人目を忍んで清吉(鬼清)に金を渡すさま。二人の間柄を想起させ、次のお伝との血合せを導く。

一　「血は」は衍字。後に訂正。↓一四四頁注一七。改修後印本は「血は」を削る。ただし、〈資C〉のみ「血は」を復元。初版早印本を版下に覆刻したためか。↓凡例。

二　まじり合ったのを。

三　まばたきもせず。

四　血縁関係を確認できると信じられた方法。↓補三三。

五　遠く過ぎ去ったと感じられるほどの過去(一定の年限を示してはいない)。

六　今から十八年前、もはや夢のように跡形も残っていないことだが。

七　振り仮名「みづ」は衍字。後に訂正。↓一四四頁注一九。「けいすゐ　経水　ツキノサハリ。月経」「めぐり(略)月ノー、ノ略、月経ニ同ジ」(『言海』)。「経水久閉(めぐりがわるい)から(略)医師(おいしゃ)さまに看て貰つたら、姙身(みもち)に違ひなひと」(為永春水『春色梅美婦禰』二編十二回、天保十二年〈一八四一〉)。改修後印本は振り仮名「みづ」を削る。ただし、〈資C〉のみ「みづ」を復元。初版早印本を版下に覆刻したためか。

八　↓補三四。

⑯

月子《つき》を産《うみ》たるより　[九]世間《せけん》の口《くち》にかゝりしことは　波《なみ》の助《すけ》どのも聞しりたらん　その[一〇]胤《たね》やどしは⑯此清吉《このせいきち》　おはるが今《いま》もながらへ居《ゐ》なば　[一一]内所《ないしょ》の事《こと》の談合《だんかふ》と　思《おも》ひ懸《がけ》なく此世《このよ》を去《さ》りしと　[一二]根《ね》太郎よりきいた時《とき》　ちからは落《おち》たが　[一三]紛《まが》ひのねへおれが血《ち》すぢのおでんが成長《せいちやう》　立派《りつぱ》な女《をんな》になつたうへ　[一四]道楽者《だうらくもの》の落《おと》し胤《だね》　いよ〱以《もつ》てあらそはれぬは　[一五]生《うま》れついての勝負《しやうぶ》ずきと　聞《きく》はせめての憂《うさ》はらし　[一六]此《この》家へ入込む[一七]こんたんも　実《じつ》はお伝《でん》と父子の名《な》のりがしたいばかりの身《み》の願《ねが》ひ　悪事《あくじ》にからだを投出《なげだ》す身《み》でも

九 世間の噂の種になる。→六六頁三一六行。
一〇 子をはらませた主。父親。
一一 他人に知られないように、自分の身の振り方を相談しようと思っていたのに、思いがけなく。→七一頁六行。
一二 底本（初版早印本。→凡例）・〈資C〉「根太郎が」。誤刻として、改修後印本により改める。「が」のスペースに「より」と窮屈に入れ木（改める箇所に別の木を埋めて、彫り直すこと）されている。〈資C〉の誤りは初版早印本を版下に覆刻したためか。
一三 まぎれもない。
一四 身持ちの良くない者。ばくち打ちなど。
一五 →七〇頁五行以下。
一六 底本・〈資C〉は「家」の振り仮名二、三字分を黒く入れ木。誤刻に気づいたものの、改める時間なく刷ったものか。改修後印本は「や」と入れ木。〈資C〉の誤りは初版早印本を版下に覆刻したためか。
一七 魂胆。

絵 お伝と鬼清が血合せをして父子関係を確認する。腕を組んで見守る波之助。

⑰

子《こ》の可愛《かあい》さは堅気《かたぎ》も同様《どうやう》　コレお伝《でん》　聟《むこ》[一]どんも　是《これ》からはかけ替《がへ》のねへ親舅《おやしうと》[二]　分《わけ》て[三]悪業《わるさ》の類《るゐ》は友《とも》　重《かさ》⑰なる縁の糸道[四]を　切《き》らずに繋《つな》ぐ内所《ないしよ》の親子《おやこ》　大事《だいじ》にせぬと不孝《ふかう》だぞといふに　おでんも波《なみ》の助《すけ》も　偖《さて》[五]はさうかといよ〳〵おどろき　内所《ないしよ》[六]はどうでも高橋一家《たかはしいつけ》に斯《かゝ》る秘密《ひみつ》の洩《も》れきこへなば夫婦《ふうふ》の不為《ふため》と　清吉《せいきち》に口止金《くちどめきん》を与《あた》へツヽ堅《かた》く約《やく》して　是《これ》よりは日毎《ひごと》に入《い》[七]り来《きた》ることを断《ことは》り　不敵《ふてき》[八]の夫婦《ふうふ》も此《この》ことのみは　最安《いとやす》からず思《おも》ひけるとぞ

絵　鬼清の昔語りが終わって、夜が明けたさま。

一「どん」は、人名、または人を表す名詞に付いて、軽い敬愛の気持ちを示す接尾語。

二 鬼清は、お伝にとっては親、波之助には舅。

三 特に、悪事にかけては自然に寄り集まった似た者同士だ。

四「糸道が付く」は、人並みに三味線が弾けるようになること。ここは、不思議に繋がった親子の縁を大切にせよ、の意を、「縁の糸」「糸道」「切らず」「繋ぐ」などの縁語を使っていう。

五 それでは。事の真相が明らかになった時などに発する語。

六 我々だけで知っている分には差し支えないが。高橋の家にこの秘密が知れたなら、勘左衛門と血の繋がっていないお伝は九右衛門から家を追い出されるかも知れず、波之助・お伝夫婦の為にならないと思って。

七「来」の振り仮名は「く」の誤りと後に訂正。→一四四頁注二〇。

八 胆が太くて物怖じしない夫婦も。諸本「夫婦不敵の夫婦も」。衍字として錦松堂版により改める。

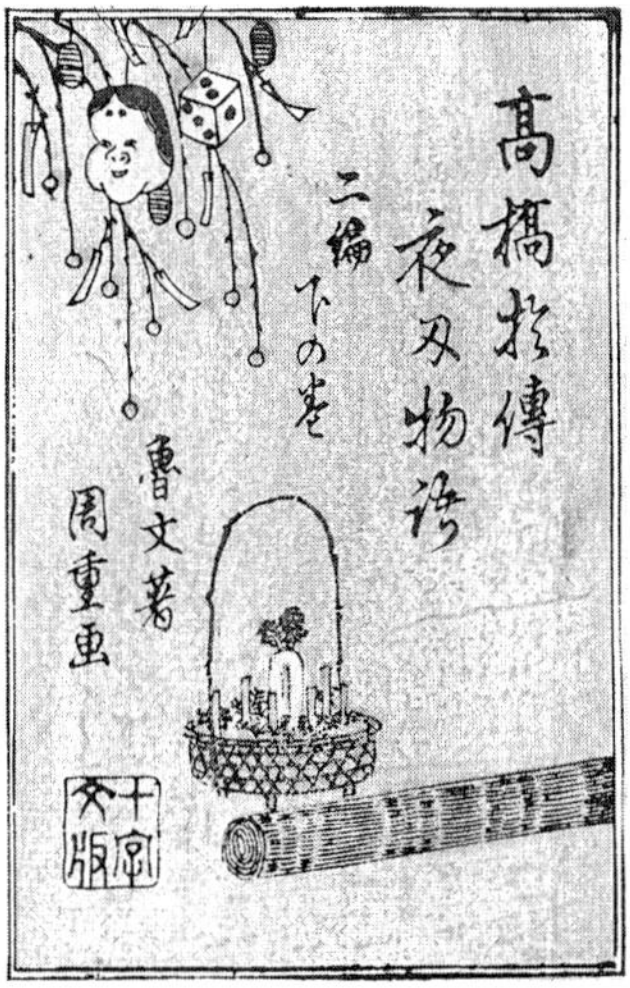

下巻見返し

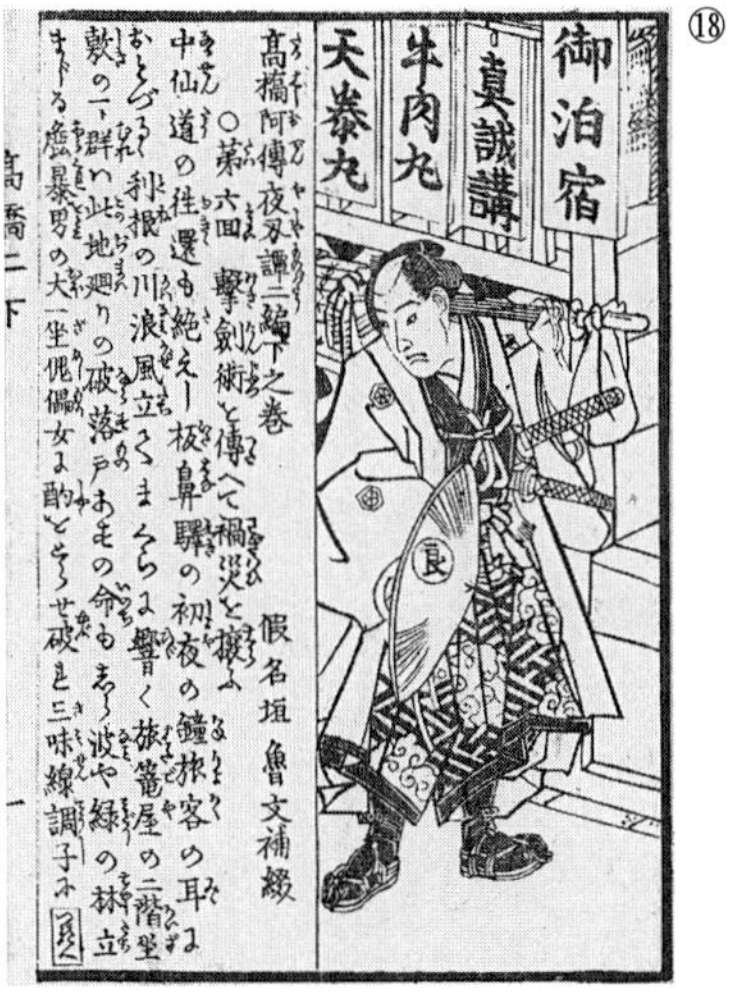

高橋於伝夜叉物語

二編　下の巻

魯文著

周重画　印〔十字文版〕

下巻見返し　繭玉（正月十四日に、繭のように丸めた餅・団子・おもちゃの小判などを葉のない柳などにつけ、繭の収穫の多いことを祈ったもの）と、春の七草。印の「十字」は、「辻」が十字路を意味するところから。多色刷。

絵　旅籠屋に泊まる剣術修行者（斎藤良の助）。「御泊宿」の左にある「真誠講」は、明治八年に内国通運会社（現・日本通運）により発足した優良旅籠の組合。一人旅でも安心して宿泊でき、馬や人力車などを斡旋し、手荷物を安全に運んだ（井上敏子「信州の真誠講」、東京女子大学『史論』十七、一九六七年三月）。「牛肉丸」「天泰丸」は本作の奥目録前の広告にしばしば挙がる薬の名。いずれも「官許」で、前者は「朝鮮名法」とあり、滋養強壮（大包二十五銭）の薬、後者は咳・痰の薬（一包六銭二厘五毛）。これらの広告は岡本勘造『夜嵐阿衣花廼仇夢』初編中巻などにも見える。

⑱高橋阿伝《たかはしおでん》夜刄譚《やしやものがたり》　二編下之巻

仮名垣魯文補綴

○第《だい》六回《くわい》　撃剣術《げきけんじゆつ》を伝《つた》へて禍災《わざはひ》を攘《はら》ふ

[一]中仙道《なかせんだう》の往還《ゆきゝ》も絶《た》えし　[二]板鼻駅《いたはなえき》の[三]初夜《しよや》の鐘《かね》　旅客《りよかく》の耳《みゝ》におとづるゝ　[四]利根《とね》の川浪風立《かはなみかぜたち》て　まくらに響《ひゞ》く旅籠屋《はたごや》の　二階坐敷《かいざしき》の一ト群《むれ》は　[五]此地《このち》廻《まは》りの破落戸《ならずもの》　あすの命《いのち》もしら[六]波《なみ》や　緑《みどり》の林《はやし》立《たち》まじる　麁暴男《あらくれをとこ》の大《おほ》一坐《ざ》　[七]傀儡女《めしもり》に酌《しやく》をとらせ　破《やぶ》れ三味線《さみせん》調子《てうし》に外《はづ》⑲れ　[八]濁《だみ》たる声《こゑ》の[九]高崎《たかさき》ぶし　〽可愛《かあい》あの人《ひと》が通《とほ》れどよらぬ　まさか寄《よ》つてくれと頼《たの》まれぬ　このヱ〳〵このヱ〳〵　このヱ〳〵このヱ　如左《ちよさ》こいのぢよヲサ　どんぶり鉢《ばち》を敲《たゝ》き立《たて》[一〇]角力《すまひ》ぢん九《く》の[一一]乱妨踊《らんばうおど》り　[一二]杯盤狼《はいばんらう》ぜきその場《ば》に倒《たふ》れ　[一三]娼妓《しやうぎ》に引《ひ》かれて[一四]蹌〻踉〻《さう〳〵らう〳〵》をの〳〵[一五]閨房《ねや》に入《い》る跡《あと》は　[一六]嵐《あらし》の枯野《かれの》の如《ごと》く寂寥《せきりやう》として　物音絶《ものおとたえ》し座敷《ざしき》〳〵の仕切《しきり》の間《ま》に　宵《よひ》に泊《とま》りし剣術《けんじゆつ》つかひが　今《いま》の騒《さわ》ぎに寐《ね》もやらず　[一七]うつ〳〵と聞《きく》ともしらず　ふすま隔《へだ》ちし隣《りん》席《せき》の　閨房《ねどこ》の中《うち》に男《をとこ》の耳語《さゝやき》　「熊兄《くまあに》イまだねぬか[一八]　⑳「オヽ八蔵《ざう》　和主《わぬし》[一九]も起《おき》てか　時《とき》[二〇]にあしたは　下牧村《しもまきむら》の高橋夫婦《たかはしふうふ》が草津《くさつ》[二一]へ湯治《たうぢ》ときいたを幸《さいは》ひ　途中《とちう》に待伏《まちぶ》せ　阿魔《あま》[二二]も野郎《やらう》も諸《もろ》共《とも》に　日ごろはびこる[二三]鼻《はな》ばしら挫《ひし》いで　荷物路金《にもつろぎん》は勿論《もちろん》　身《み》ぐるみ剝いで行《ゆき》[二四]がけの駄賃《だちん》

一 五街道の一。本州の中部山岳地帯を縦貫し、江戸日本橋から上野・信濃・美濃・近江の五カ国を経由して草津に至り、東海道に合流する。宿駅は武蔵国板橋から近江国守山まで六十七。東海道の裏街道としてよく利用された。 二 上野国碓氷(うすい)郡(現群馬県安中市)にある中山道の宿場町。高崎の西、安中の東に位置。碓氷川の川越場所となるなど交通の要衝で、上州七宿で最も栄えたといわれる。↓付図2⑦。 三 戌の刻(現在の午後八―九時頃)に寺院で鳴らす鐘。初夜の勤行の時刻を知らせる。 四 利根川の支流碓氷川を指す。 五 その土地に住んで、遊里や盛り場などをぶらつくならず者。 六 知らずに、盗賊の仲間になる。「しら波」も「緑の林」も盗賊の異称。↓補三五。 七 ↓補三六。 八 だみ声。濁った感じの下品な大声。 九 上野国南部の城下町、高崎地方の民謡か。直後の歌は未詳。類似の歌詞に「可愛男(かあいをとこ)は通れど寄らぬ、にくい男は日に幾度」(「都々逸」「醇朴古雅」、海賀変哲編『端唄及都々逸集』博文館、一九一七年初版、一九二二年四月八版)。 一〇 ↓補三七。 一一 荒々しい踊り。 一二 酒席で盃や皿が散乱するさま。 一三 遊女。ここは「傀儡女」(↓補三六)のこと。 一四 酒などに酔ってよろよろ歩くさま。 一五 男女の寝室。

⑲

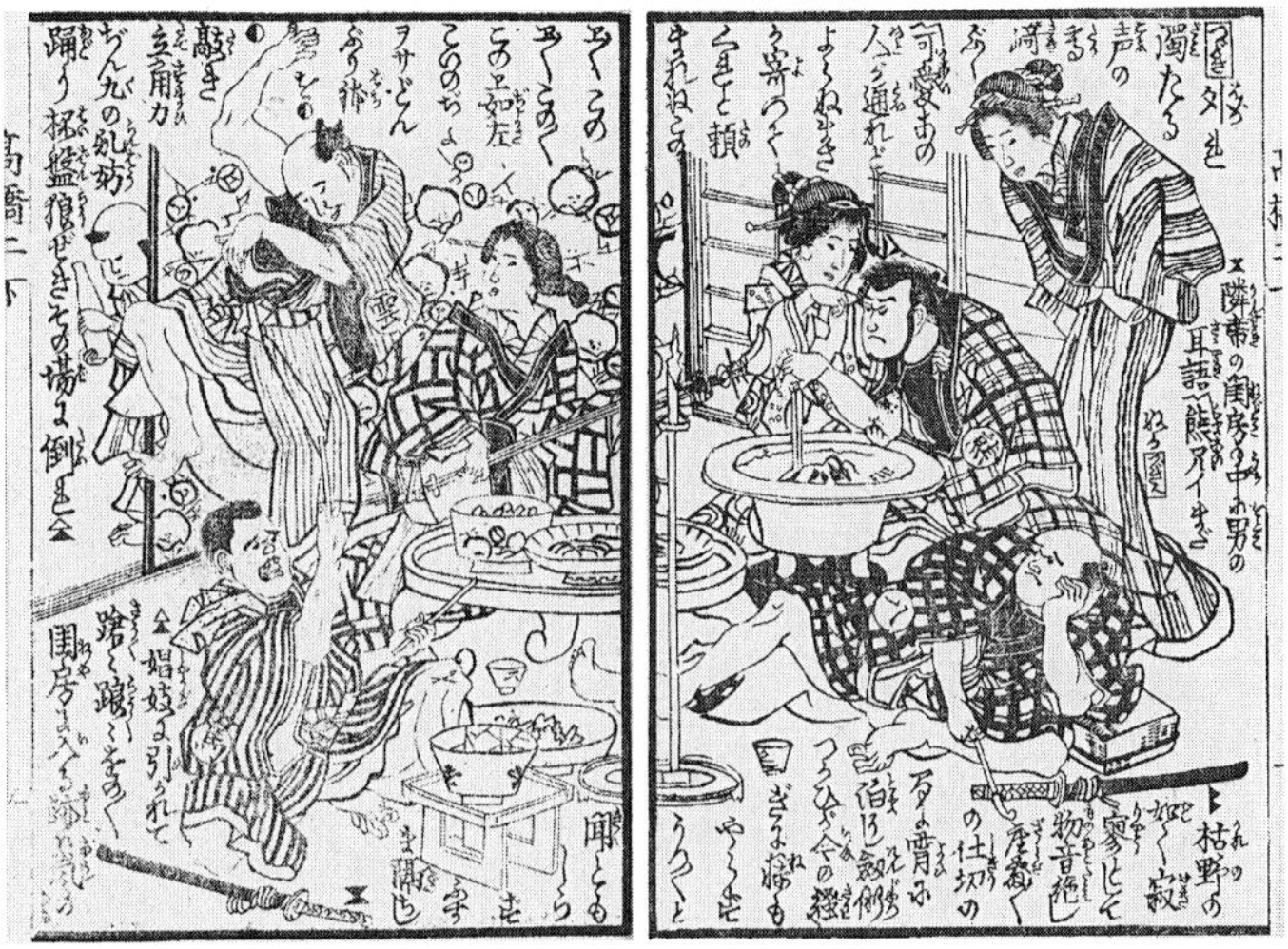

は　[二五]ズキの廻《まは》ツたふたり　併《しか》し彼奴等《きやっ》もしっかり者《もの》　一ト筋縄《すぢなわ》ではゆくめへと　馬《むま》吉と雲《くも》七に手つだひさせる注文《ちうもん》[二六]で　今夜《こんや》の馳走《ちそう》が前祝《まへいは》ひ　「[二七]網《あみ》をはる名の近道《ちかみち》を　来る彼奴等《きやつら》の運《うん》の尽き昼《ひる》でも往来《ゆきゝ》の稀《まれ》なる山道《やまみち》　[二八]四の五のぬかせばふたりとも　息《いき》の音《ね》止《と》めるが[二九]早手《はや》まはしと　語《かた》らふ廊《らう》下に[三〇]合方《あひかた》の　傀儡女《めしもりをんな》が[三一]上草《うはざう》履《り》　入り来《く》るけはひに熊《くま》ゑもんが　[三二]それと目《め》くばせ　八蔵《ざう》はそんなら翌朝《あした》と立《たち》あがり　自己《おの》が閨《ねや》へと出《いで》ゆく様子《やうす》　始終《しじう》を聞《きゝ》とる隣席《りんせき》の　剣術《けんじゆつ》つかひは心にうなづき　[三三]夜着《よぎ》うちかつぎて睡《ねむ》

一六 後に「嵐の後(のち)の枯野」と訂正。
↓一四四頁注二一。
一七 うつらうつら。なかば眠り、なかばさめているさま。
一八 諸本「ね」欠字。錦松堂版により補う。 一九 対等以下の相手に対して用いる対称。おぬし。 二〇 ところで。話題を転じる時に用いる接続詞。
二一 ↓補三八。 二二 ↓五四頁注一六。
二三 勢い盛んな向こう気を打ち壊し。
二四 ↓四九頁注一二。ここは、高橋夫婦に乱暴するついでに、荷物や路銀などすべて奪うこと。「剝いで行く」と掛詞。 二五 役人の手が回った我々二人らしいやり方だ。「ズキ」は犯罪者仲間の語。「づきがまわってみやこをたかぶけ」(魯文『薄緑娘白波』初編、慶応四年〈一八六八〉)。「ヅキの廻りし暗き身は」(岡本勘造『其名も高橋毒婦の小伝　東京奇聞』六・中)。
二六 計画。
二七 「網を張る」(ねらった人間を待ち伏せる)と「榛名」を掛ける。「榛名」は上野国中央部の群馬郡榛名山村(現高崎市榛名山町)。↓付図2。中山道を北西にそれて榛名方面に向かい、草津へ近道する、の意。
二八 なんだかんだと文句を言ったら。「ぬかせば」は諸本「うかせば」。誤刻として、錦松堂版により改める。
二九 手っ取り早いこと。

一〇四頁に続く

絵 飯盛女とともに騒ぐ熊ゑもん・八蔵・馬吉・雲七ら。

⑳

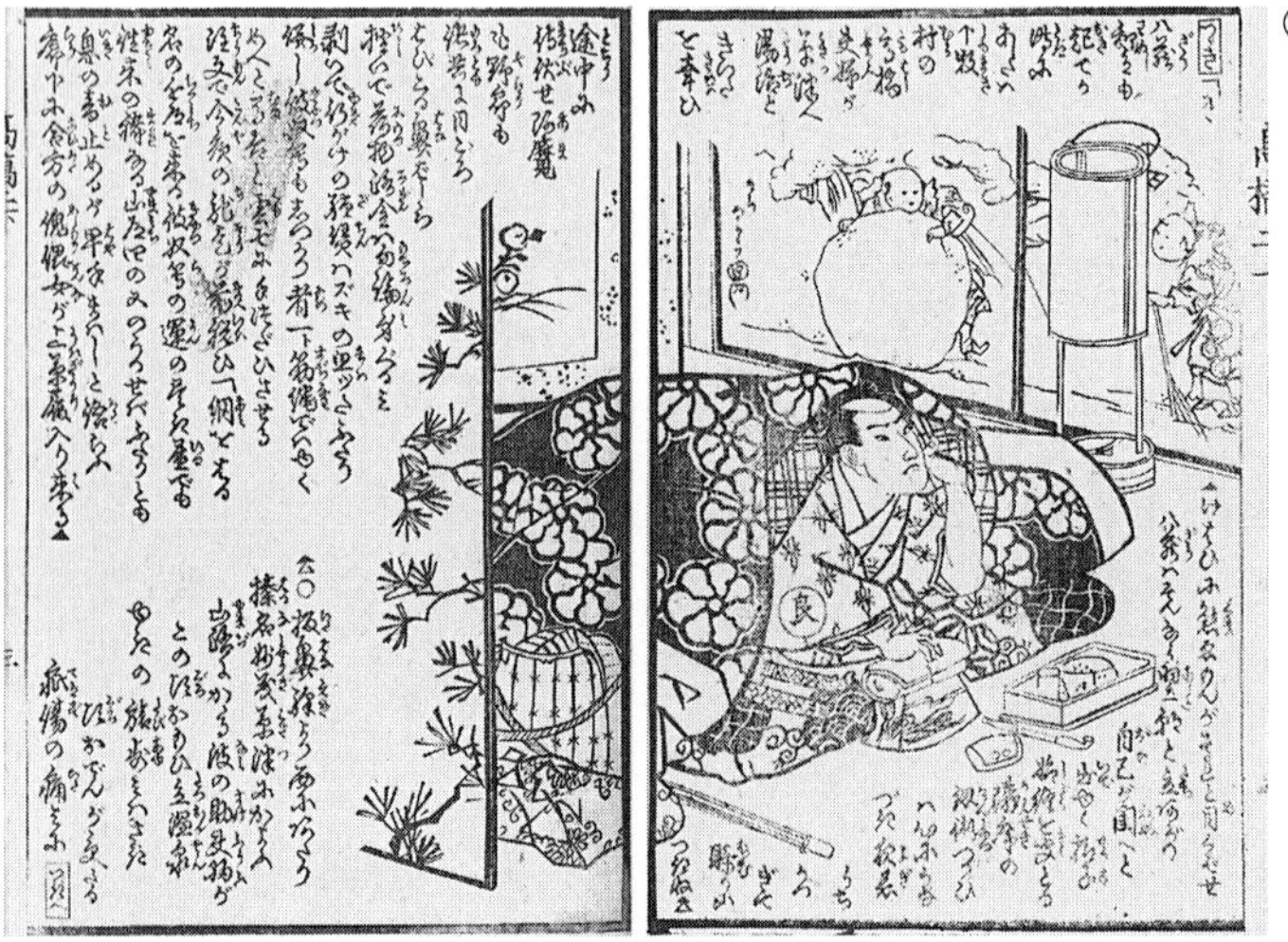

りにつきぬ
○板鼻駅《いたはなえき》より西にあたり　榛名《はるな》
一妙義草津《みやうぎくさつ》にかよふ　山路《やまぢ》にかゝる波《なみ》の助夫婦《すけふうふ》が　この頃《ごろ》おもひ立温泉《たつおんせん》ゆきの旅歩《たびあゆ》みは　二さき頃《ごろ》おでんが受たる疵傷《てきず》の　痛《いた》みに㉑悩《なや》むを愈《いや》さんとて　夫婦《ふうふ》ひとしく三旅《たび》よそほひして　老僕《しもべ》ひとりに四調度《てうど》を担《にな》はせ　さしかゝりたる峠《とうげ》の五半途《はんと》　六まちまをけたる七馬《むま》吉雲七《きちくも》　夫婦《ふうふ》の者を見るよりも老僕《しもべ》がになひし旅荷物《たびにもつ》を　行所《ゆくところ》まで持参《ぢさん》せん　八若《もし》かつがせずは酒代《さかて》はずつしり　馬士雲助《まごくもすけ》の九世《よ》渡《わた》りを　老人業《としよりわざ》のやせ腕《うで》に　扱《あつ》かはれては　一〇身過《みすぎ》がならぬ　是《ぜ》

三〇「相手。（オモニ客ニ対スル女郎ヲ云フ）」（『日本大辞書』）。
三一 廊下など家の中ではく草履。
三二 密談を他人に聞かれないように、との注意。
三三 寝具の一。襟と袖の付いた大形の着物の形で、厚く綿を入れたもの。掛け布団はこの上にかける。

——以上一〇三頁

絵 熊ゑもん・八蔵の密談を隣で聞く斎藤良の助。夜着（→前頁注三三）を掛けている。横には剣術修行用の防具と竹刀。

一 上野国西部の甘楽（かんら）郡妙義町（現群馬県富岡市妙義町）。→付図2。妙義山（一一〇四メートル）東麓に位置する妙義神社の門前町。妙義山は、赤城山（一八二八メートル）・榛名山（一四四九メートル）とともに上毛三山の一。
二 →九六頁一六行。
三 旅をする時の服装。
四 手まわりの道具類。
五 途中。
六 待ち設けたる。待ち受けていた。
七 「馬士雲助」（→一四行）の性質を表す名前。
八 担がせてくれないならば、心づけ（チップ）だけでもたっぷり貰おう。
九 住所不定で悪質な道中人足。旅人の弱みに付け込んで酒手をせびる輩が多かった。
一〇 生活。

㉑

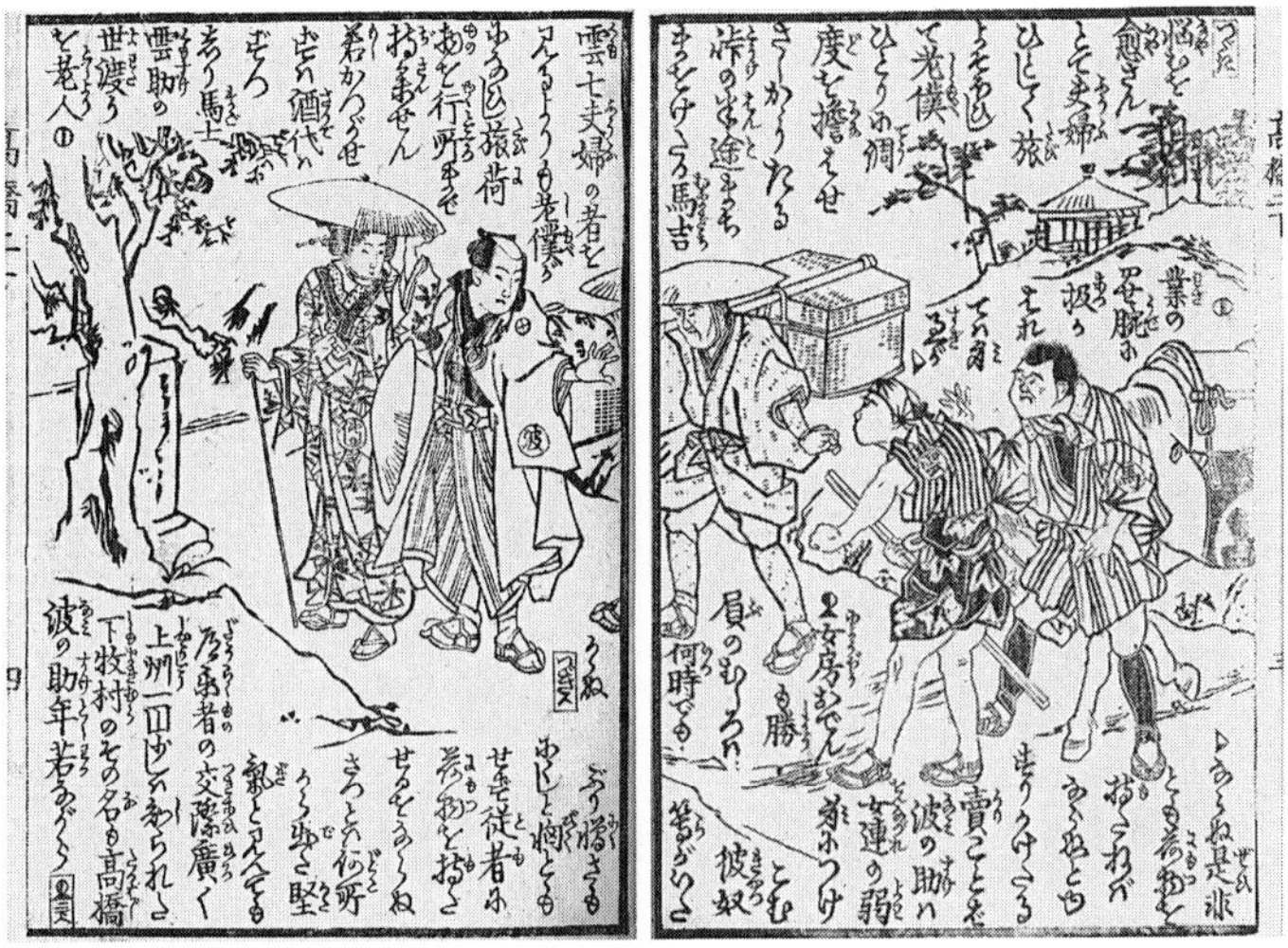

非《ひ》とも荷物《にもつ》を持《も》たねばならぬとゆすりかけたる売《うり》ことば　波《なみ》の助《すけ》は　女連《をんなづれ》の弱身《よわみ》につけこむ彼奴等《きやつら》がいたぶり[一一]　憎《にく》さもにくしと恂《びく》[一二]ともせず　従者《とも》に荷物《にもつ》を持《も》たせるを　ならぬ[一三]さつとは何所《どこ》から出《で》た　堅気《かたぎ》と見へても道楽者《だうらくもの》の交際《つきあひ》広《ひろ》く　上州《じやうしう》一円少しは知《し》られた下牧村《しもまきむら》の　その名《な》[一四]も高橋《たかはし》波《なみ》の助《すけ》　年若《としわか》ながら女房《にようぼう》おでんも　勝負《しやうぶ》[一五]のむしろは何時《いつ》でもかゝぬ㉒きほひ[一六]肌《はだ》　見損《みそこ》なふたか　立《たち》されといふに　二人はあざ笑《わら》ひ　ぬかしたり[一七]青二才《あほにさい》　はした[一八]勝負《しやうぶ》の手慰《てなぐさ》み　井戸《ど》[一九]の蛙《かはづ》の世間見《せけんみ》ず　おのれが村《むら》のその

一一　他人に金品をねだること。
一二　「恂」はびくびくする意。「そんなに恂（びつ）りする直（ね）ぢやアねへ」（式亭三馬『浮世風呂』四・中、文化十年〈一八一三〉）。
一三　「ならぬ」との咎め立ては、いったいどういうことか、の意。一〇四頁一六行以下「身過がならぬ」「持たねばならぬ」を受ける。「さつと」は「察度」で、咎め・非難の意。
一四　その名も高い、高橋波之助だ。
一五　賭場にいつも出入りしている勇み肌だ。「かゝぬ」は「欠かぬ」で、怠らぬ意。
一六　底本（早印本）は、四ウ―五オの見開き（一〇七頁絵㉓）と、五ウ―六オの見開き（一〇六頁絵㉒）が乱丁。順序を正した。改修後印本では、柱の丁付を変えて訂正。
一七　言いやがったな、若造め。
一八　わずかの金しか賭けない博打。
一九　「井の中の蛙」に同じ。

絵　お伝らをゆすりかける馬吉・雲七。

㉒

外《ほか》で　誰《たれ》ひとり知《し》る者《もの》はあるめへに　[一]自惚《うぬぼれ》の吹聴《ふいちやう》　聞《き》く耳《みゝ》が穢《けが》れるハヱ[二]　荷物《にもつ》を持《も》たせることが出来ずは　懐中《くわいちう》にある路用《ろよう》の金《かね》　荷物《にもつ》[三]ぐるめ置《おい》てゆけと[四]きそひかゝれば　お伝《でん》は傍《かたはら》より　偖《さて》[五]はわいらは　追剝《おひはぎ》の下働《したばた》らきが世渡《よわた》りか　見事剝《みごとはぐ》ならはいで看《み》よ　女ながらも[六]剣術《けんじゆつ》の　一手は腕《うで》に覚《おぼ》えがある　サア波《なみ》さん[七]し[八]つかりおしよと　帯《おび》のあひより取出《とりだ》す短刀《たんとう》　波《なみ》の助《すけ》も[九]脇《わき》ざしの柄《つか》に手《て》をかけ身構《みがま》へて　寄《よ》らばきらんと目《め》を配《くば》る　うしろの林《はやし》の蔭《かげ》よりして　つか〲立出《たちで》る熊《くま》ゑもん　八蔵《ざう》のふたりのわる

絵　熊ゑもんを蹴飛ばす斎藤良の助の勢いに、たまらず逃げる馬吉・八蔵。

一 自惚れの自慢話。
二 自分の主張を相手に強く提示する語。終助詞「は」に間投助詞「え」の付いたもの。
三「ぐるみ」に同じ。
四 互いに張り合って向かっていく。
五 おまえら。同等もしくは目下の複数の相手に用いる対称。
六 →一〇八頁四行以下。
七 底本は「ん」の刷りが一部薄い。改修後印本は入れ木か。
八 問。
九 道中差し。近世、武士以外の旅行者が護身用に差す刀。武士の大刀と小刀の中間の長さで、二尺(約六一センチメートル)前後のものを一本差した。

㉓

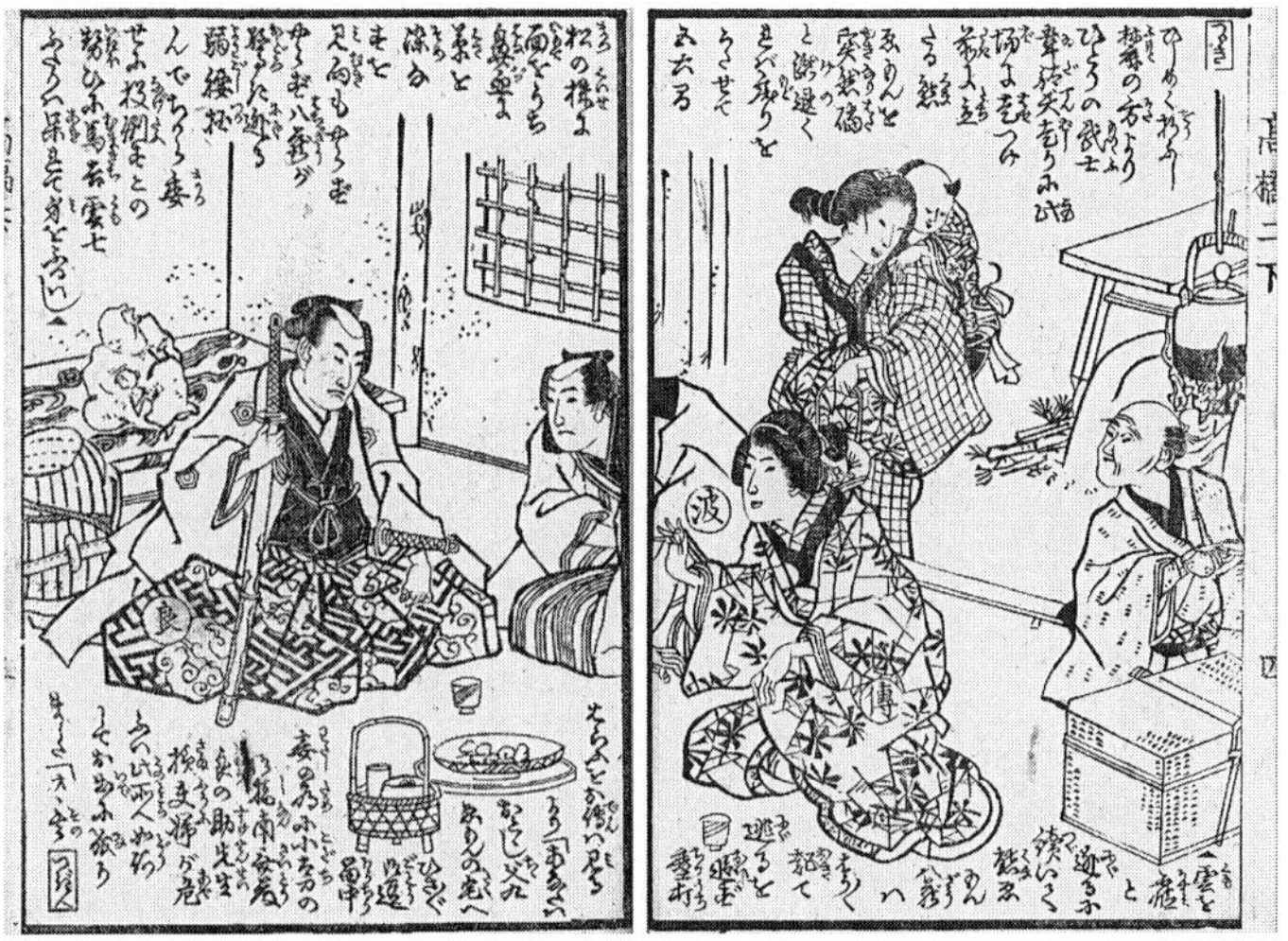

もの　ヤイ馬吉《うまきち》も[一〇]雲《くも》七も　むだ口《ぐち》きより[一一]たゝんでしまへと　さしづに[一二]こゝろへ　[一三]いき杖《つゑ》の加《か》勢《せい》はこゝにと[一四]熊《くま》と八　夫婦のものをとりかこんで　[一五]てをくださんと㉓[一六]ひしめく折《をり》ふし　麓《ふもと》の方《かた》よりひとりの武士《ものゝふ》　[一七]韋駄天《ゐだてん》走《ばし》りに此場《このば》に走《はせ》つけ　前《さき》に立《たち》たる熊《くま》ゐもんを　[一八]突然《ゆきなり》[一九]礚《はた》と蹴《け》退《の》くれば[二〇]戻《もど》りをうたせて[二一]五六間　松《まつ》の[二二]株《くいぜ》に面《おもて》をうち　鼻血《はなぢ》に草《くさ》を染《そめ》なすを[二三]見《み》向《むき》もやらず　八蔵《はちざう》が驚《おどろ》き逃《にぐ》る[二四]弱腰《よわごし》摑《つか》んで　ちから委《まか》せに投《なげ》倒《たふ》す　この勢《いきほ》ひに馬吉雲《むまきちくも》七　ふたりは呆《あき》れて身《み》をふるはし　[二五]雲《くも》を霞《かすみ》と逃《にぐ》るに続《つゞ》いて　熊《くま》ゐもん

一〇　諸本「雲も七も」。錦松堂版により、衍字として改める。
一一　たたきのめしてしまえ。
一二　↓補三九。
一三　息杖。駕籠かきなどが持つ長い杖で、立ち止まって一息ついたり、担いだ物を支えたりするのに使う。↓一〇五頁絵。
一四　後に「馬(まう)」と雲(もく)」と訂正(↓一四四頁注二二)。改修後印本(↓凡例)は「熊(まく)」を「馬(まむ)」と入れ木。
一五　底本「てを」は改修後印本では「手を」。
一六　押し合って騒ぐ。
一七　韋駄天(足の速い神)のように非常に速く走ること。
一八　↓八九頁注一〇。
一九　「はたと 礚 物ノ相撃ツ音(略)ナドニイフ語」(『言海』)。どんと、足で蹴ってやると。
二〇　もんどり打って。空中で一回転して。
二一　約九―一一《メートル》吹っ飛んで。
二二　切り株。
二三　底本「見向もやらず／やらず」。衍字として、改修後印本により改める。
二四　意気地のないその腰をつかんで。
二五　一目散に逃げていくさま。

絵　夫婦を救った斎藤良の助が、麓の茶店で身の上を語る。子どもを背負ったのは茶店の女房。

㉔

八蔵《ざう》ははら〳〵[一]起《おき》て逃《にぐ》るを追《おは》ず　塵打《ちりうち》はらふをお伝《でん》は見《み》るより「あなたはおとゝし　父《ちゝ》九ゑもんの宅《たく》へひさ〴〵[二]御逗留中《ごとうりうちう》　妾《わたし》の為《ため》に小太刀《こだち》[三]の御指南《しなん》　斎藤《さいとう》良《りやう》の助先生様《すけせんせいさま》　夫婦《ふうふ》が危《あや》ふい此《この》所《ところ》へ　如何《どう》[四]してお出《いで》に成《な》りました」「オ、其話《そのはなし》㉔しは麓《ふもと》の茶屋《ちやや》にて　ゆる〳〵語《かた》りきかさんと　彼処《かしこ》の木蔭《こかげ》に蹲踞《うづくま》り　ふるへて居《ゐ》たる老僕《しもべ》を呼《よ》び　荷物《にもつ》を担《にな》はせうち連《つれ》て　ふもとの茶店《さてん》[五]に下《くだ》りゆきぬ

○話説《はなし》[六]二ツに分《わか》りて　今《いま》より三《み》とせ前《さき》にもどる　そも〳〵此剣《このけん》[七]道修行者《だうしゆぎやうじや》　斎藤良《さいとうりやう》の助実尭《すけさねたか》とい

絵　お静が石段で落した扇を、下僕に届けさせる松永鉄弥。

一　やっとのことで。「這ふ」の終止形を重ねて成立した語。
二　長らく。
三　小形の太刀を使う剣術。→一〇六頁九行。
四　「宵に泊りし剣術つかひが　今の騒ぎに寐もやらず」(→一〇二頁一〇行)、「始終を聞とる隣席の　剣術つかひは心にうなづき」(→一〇三頁一四行)、→一〇四頁絵。
五　「さてん　茶店　チヤミセ」「ちやみせ　茶店　路傍ニ、行人ヲ息ハシメ、煎ジ茶ナド供スル小店」(『言海』)。「茶屋」(→八行)に同じ。
六　別の話を始める際の常套句。江戸後期の読本などで用いられた。
七　「剣術」に同じだが、より新しい用法。「専(もっ)ら剣道の指南を做(な)せる伊藤竜太郎と喚(よ)るゝ者」(染崎延房『近世紀聞』四・二、明治七年自序)。

㉕

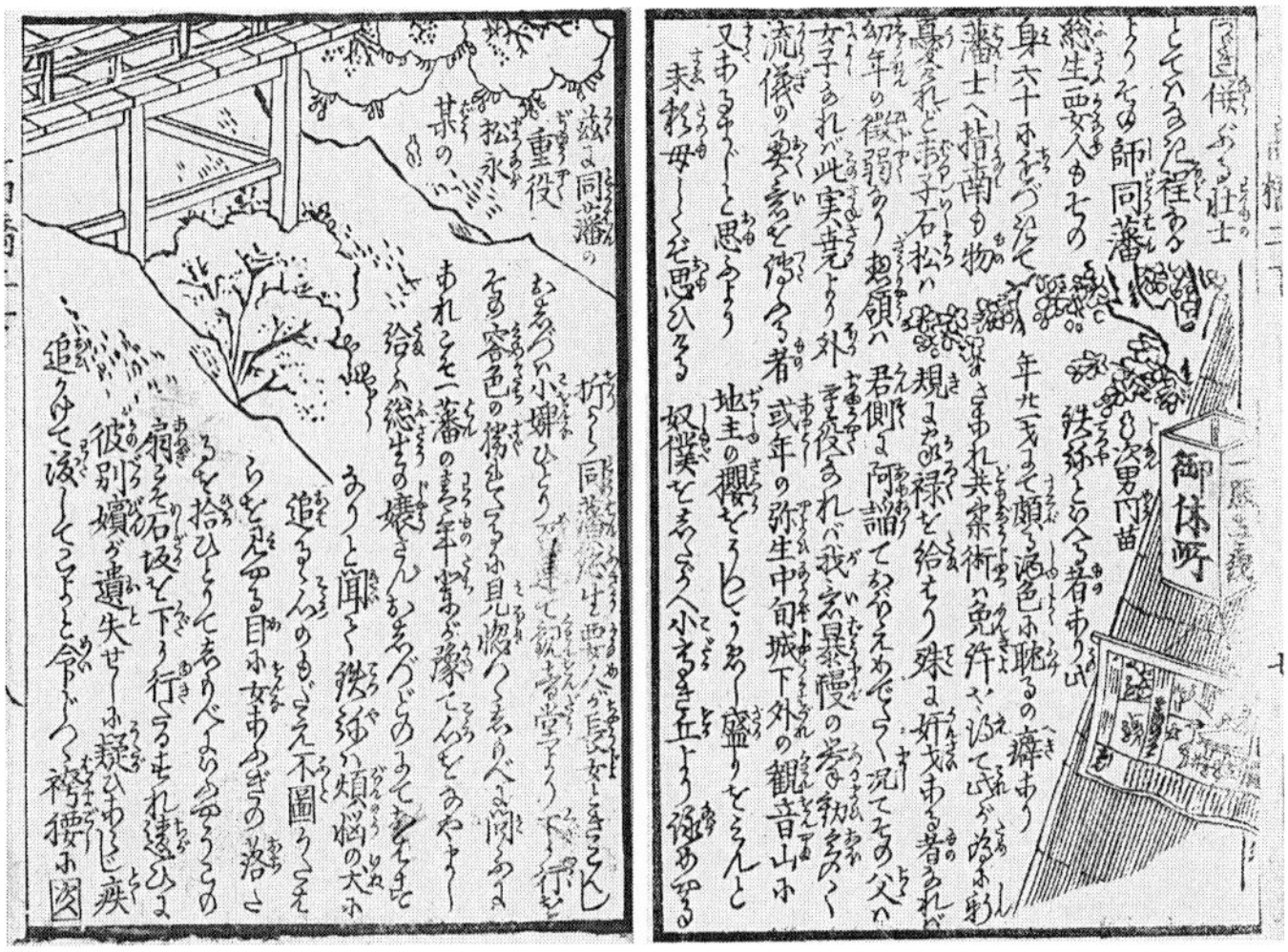

へる武士《ぶし》は　常陸《ひたち》[八]旧小藩《きうせうはん》の家士《かし》[九]にして　父祖《ふそ》の代《だい》より藩主《はんしゅ》へ剣《けん》道《だう》の師範《しはん》を職《しよく》とし　実尭《さねたか》はやく父母《ふぼ》をうしなひ　叔父《おぢ》[一〇]の為《ため》に成長《ひとゝ》なりしが　性来文武《せいらいぶんぶ》に疎《うと》からず　殊《こと》に血統《ちすぢ》のあらそはれず　十二才のころよりその太刀《たち》[一一]筋《すぢ》もなみ〳〵ならねば　叔父《おぢ》何某《なにがし》は良《りやう》の助《すけ》をゆく〳〵は父《ちゝ》[一二]の職《しよく》に至《いた》せんと　師《し》につかせます〳〵勉《べん》[一三]強従事《きやうじうじ》さするに　廿《はたち》[一四]のをり師《し》[一五]伝《でん》の印可《いんか》を授《さづ》かって　一藩中《ばんちう》に肩《かた》を併《なら》ぶる㉕壮士《わかもの》[一六]とてはなき程《ほど》なるより　その師同藩総生要人《しどうはんふさふかなめ》[一七]もその身《み》六十に近《ちか》づきて　藩士《はんし》へ指南《しなん》も物憂《ものう》[一八]けれど　末子石松《ばっしいしまつ》は

八 現茨城県の大部分。水戸藩（三十五万石）以外は小藩が多く、幕末―明治四年の廃藩置県前は、水戸藩ほか十三藩に分立。五万石未満の藩は、松川（旧守山。明治三年成立）・府中（石岡。水戸藩支藩）・宍戸（水戸藩支藩）・谷田部・下館・下妻・龍ケ崎（明治四年成立）・牛久・麻生・志筑（慶応四年成立）・松岡（水戸藩支藩）の諸藩。この内、城持ちは下館・松岡二藩で、他は陣屋。松林伯円（しようりん はくえん）の縁で前者を意識するか。→一一〇頁絵注。
九 家臣。
一〇 叔父の力で一人前に成長したが。
一一 太刀の使い方も優れていたので。
一二 剣道師範の地位に達せさせようと。
一三 熱心に剣道を学ばせたが。
一四 底本は振り仮名「は」欠。改修後印本により補う。
一五 奥義を身に付けたことを証明する、師匠からの免許状。
一六 「壮者（ワカ モノ）」（『書言字考節用集』四）。
一七 →補四〇。
一八 おっくうになったが。
絵 観音堂の桜と、石坂下の葦簀張（よしず ばり）の茶店。掛行灯には「一服壱銭」「御休所」とある。

㉖
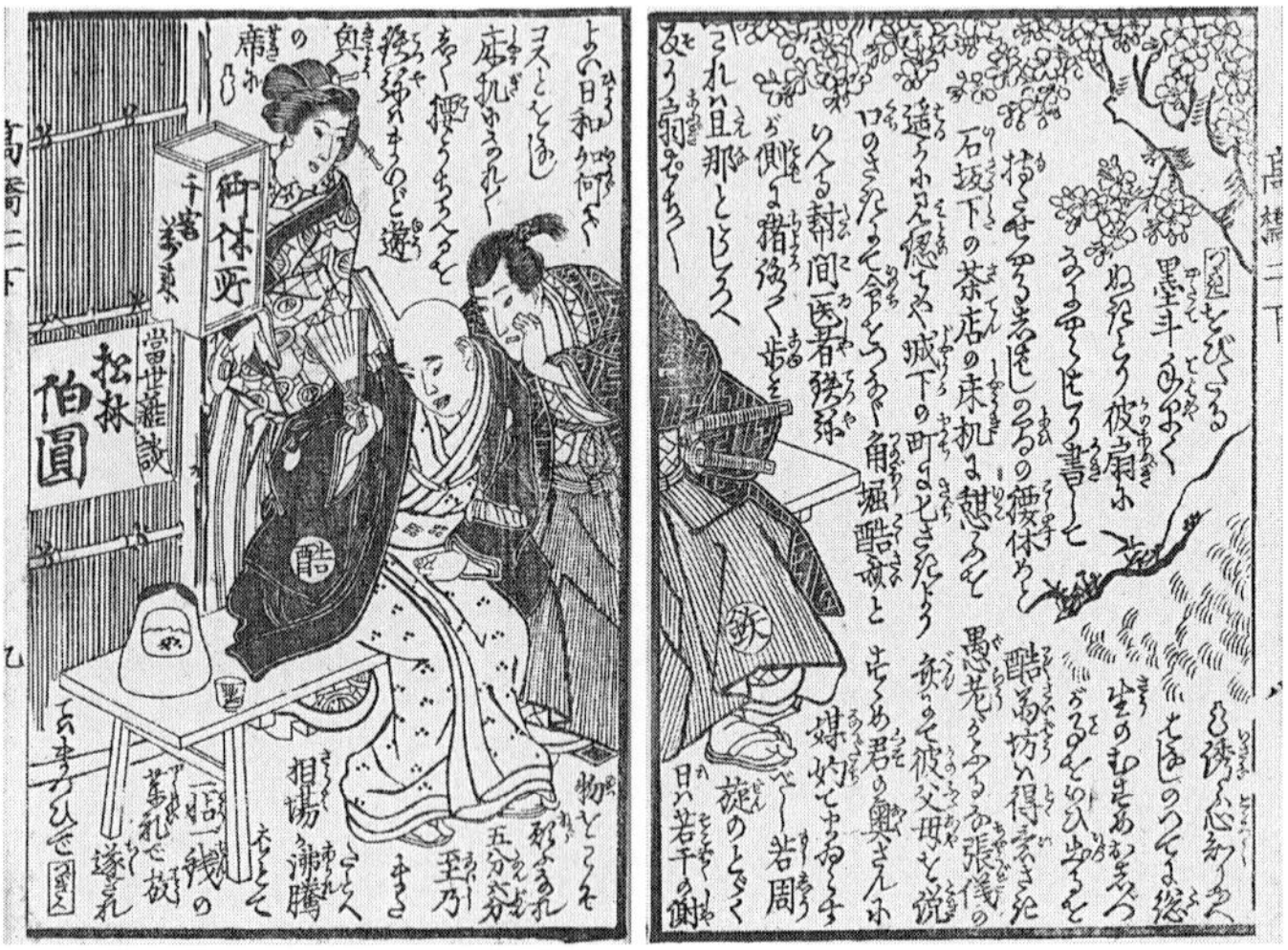

幼年《えうねん》の[一]微弱《びじやく》なり　[二]惣領《さうりやう》は女子《によし》なれば　此実尭《このさねたか》より外流儀《ほかりうぎ》の[三]奥意《おくい》を伝《つた》ふる者《もの》　又《また》あるまじと思《おも》ふより　末頼母《すゑたのも》しくぞ思《おも》ひける

茲《こゝ》に同藩《どうはん》の重役松永某《ちゆうやくまつながばう》の次男《じなん》[四]同苗鉄弥《めうてつや》といへる者《もの》あり　此《この》年廿一才にて頗《すこぶ》る酒色《しゆしよく》に耽《ふけ》るの癖《へき》あり　[五]さあれ共《ども》[六]柔術《じうじゆつ》は免許《めんきよ》を得《え》て　此《これ》が為《ため》に新規《しんき》に[七]家禄《かろく》を給《たま》はり　殊《こと》に[八]奸才《かんさい》ある者《もの》なれば　[九]君《くん》側《そく》に阿諂《おもねり》ておぼえめでたく　況《まし》てその父《ちゝ》は重役《ぢゆうやく》なれば　[一〇]我意暴《がいばう》慢《まん》の挙動《ふるまひ》多《おほ》く　或年《あるとし》の弥生中旬《やよひなかば》城下外《じやうかはづれ》の[一一]観音山《くわんをんやま》に[一二]地主《ちしゆ》の桜《さくら》をうつしうゑし盛《さか》りをみんと　奴僕《しもべ》をしたがへ　小高《こだか》き丘《をか》より[一三]詠《なが》め

絵　茶店で角堀酷斎にお静のことを相談する松永鉄弥。掛行灯には「御休所」「千客万来」とある。葦簀には「当世雑談／松林伯円」。松林伯円は講釈師。常陸国下館藩の郡奉行手島助之進の四男。↓補四一。
一　か弱い。底本「徴弱」。錦松堂版によって改める。
二　↓六六頁注六。
三　奥義。　四　同姓。「松永」。
五　そうではあるが。
六　日本古来の武術で、突く、打つ、蹴るなども含んだ。「柔道」は、これを基にして明治十五年嘉納治五郎により創始されたもの。
七　その家に代々伝えられる俸禄。次男なので家督は継げないが、柔術に秀でていたため、新たに一家をおこすことを許された、ということ。
八　悪知恵。
九　君主のご機嫌を取って気に入られ。
一〇　自分勝手で乱暴な振舞い。
一一　常陸国と陸奥国との国境、久慈郡北部に観音山(標高五一四・六メートル)があるが、久慈郡は水戸藩領で「旧小藩」ではない。単に「観音堂」(↓一一一頁三行)のある山の意か。ただし下館藩(↓一〇九頁注八)の中館に観音寺がある。
一二　寺院の建立以前からその土地にあった神を祭った神社。
一三　景色など特定の対象を、鑑賞的な態度でよく見ること。　一四　世間に

㉗

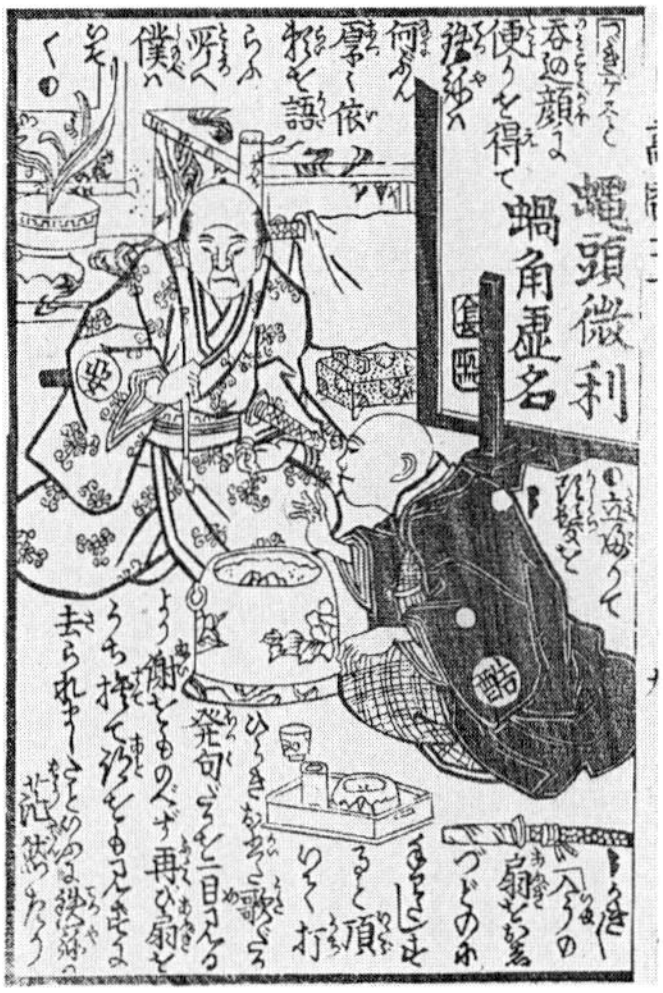

やる折《をり》から　同藩総生要人《どうはんふさうかなめ》が長女《ちやうじよ》ときこへし[一四]おしづは　小婢《[一五]こをんな》ひとり召連《めしつれ》て　観音堂《くわんをんだう》より下《くだ》り行《ゆく》を　その容色《みめかたち》の勝《すぐ》れたるに見惚《みほれ》つゝしもべに問《と》ふに　あれこそ一藩《ばん》の青年輩《わかものたち》が　予《かね》て心《こゝろ》をなやまし給《たま》ふ　総生《ふさう》の嬢《じやう》さんおしづどのにておはすなりと　聞《きい》て鉄《てつ》弥《や》は[一六]煩悩《ぼんのう》の犬《いぬ》に追《おは》るゝ心《こゝろ》のもだえ　不図《ふと》かたはらを見《み》やる目《め》に　女《[一七]をんな》あふぎの落《おち》たるを拾《ひろ》ひとりてしもべにいふやう　この扇《あふぎ》こそ　石坂《いしざか》を下《くだ》り行《ゆき》たるすれ違《ちが》ひに　彼別嬪《かのべつぴん》が遺失《おと》せしに疑《うたが》ひあらじ　疾追《とくおひ》かけて渡《わた》してこよと命《めい》じつゝ　[一八]袴腰《はかまごし》に[一九]㉖をびたる[二〇]墨斗《やたて》[二一]手早《ばや》くぬきとり　彼扇《かのあふぎ》になにやらはしり書《かき》して持《も》たせやる　しばしの間《あひ》の腰休《こしやす》めと　石坂下《いしさかした》の茶店《さてん》の[二二]床机《しやうぎ》に憩《いこ》ふを　遥《はる》かに見認《みとめ》てや　城下《じやうか》の町《まち》に[二三]匕《さぢ》さきより口《くち》のさきにて命《いのち》をつなぐ[二四]角堀酷斎《つのぼりこくさい》といへる[二五]幇間医者《たいこゐしや》　鉄弥《てつや》が側《そば》に[二六]猪路《ちよろ》〳〵歩《あゆ》み　「これは旦那《だんな》　とうしろへ反《そ》り扇《あふぎ》ぱち〳〵　よい日和《ひより》　如何《いかゞ》で[二七]ゴスと　をなじ床机《しやうぎ》になれ〳〵しく腰《こし》うちか[二八]くるを　鉄《てつ》弥《や》はまいど遊興《ゆうきよう》の席《せき》に誘《いざな》ふ[二九]心知《こゝろし》りゆへ　はなしの[三〇]つてに総生《ふさう》のむすめ　おしづが事《こと》をい

知られた。 **一五** 年若い女中。 **一六** つきまとって離れない煩悩を、飼い犬にたとえていう語。「煩悩の犬は追えども去らず」に同じ。 **一七** 女性用の小型の扇。 **一八** 袴の後ろの腰にあたる台形の部分。その下辺に紐を縫い付けた。 **一九** 挟んだ。 **二〇** 筆と墨壺を組み合わせ、帯に差した携帯用筆記具。墨壺には墨汁を浸した綿などを入れ、筒に筆を入れた。「ヤタテ、墨斗」(『和英語林集成』再版)。→三四〇頁絵(中央下)。 **二一** 底本は「早」の振り仮名「はや」。改修後印本は「ばや」と濁点を入れ木。 **二二** 横長の腰掛け台。茶店などで用いられた。「シヤウギ 床机(略) bench」(『和英語林集成』三版)。 **二三** さじ加減。薬の調合の良し悪し。 **二四** 角彫(つのぼり)の名人で、魯文とも親交のあった幇間の谷斎をモデルとした人名(野崎左文『高橋阿伝夜刃譚』と魯文翁」)。→補四二。 **二五** 医者は表向きで、富家に出入りし、人の気に入るよう座を取り持って浮き立たせる太鼓持ちを本職とする藪医者。

絵 総生要人に向かって、松永鉄弥とお静の縁談を勧める角堀酷斎。後ろの衝立(ついたて)には「蠅頭微利／蝸角虚名」(利益はハエの頭のように僅かで、名声はカタツムリの角のように実体がない、の意)とある。酷斎を諷した文句。

(二一七頁に続く)

ひ出《いづ》るを　[一]酷斎坊《こくさいばう》は[二]得意《とくい》さき　愚老《ぐらう》が[三]ふるな[四]張儀《ちやうぎ》の弁《べん》にて彼父母《かのふたおや》を説《とき》すゝめ　[五]君《きみ》の奥《おく》さんに媒妁《なかだち》てまゐらすべし　[六]若周旋《もししうせん》のとゞく日《ひ》は　若干《そこばく》の[七]謝物《しやもつ》をこそ願《ねが》ふなれ　[八]五分《ふん》六分《ぶん》乃至《ないし》また　たとへ相場《さうば》[九]が沸騰《あがれ》[一〇]ばとて　[一一]一帖《てう》一銭《せん》の薬礼《やくれい》で　放逐《はうちく》されては[一二]まつぴで㉗ゲスと呑込顔《のみこみがほ》に便《たよ》りを得《え》て　鉄弥《てつや》は[一三]何《なに》ぶん厚《あつ》く依頼《いらい》を語《かた》らふ所《ところ》へ　僕《しもべ》はいそ〳〵立帰《たちかへ》りて頭髪《かしら》をかき〳〵「今《いま》の扇《あふぎ》をおしづどのに手わたしすると　頂《いたゞ》いて打《うち》ひらき　[一四]お書《かい》た歌《うた》だか発句《ほつく》だかを一目《め》見るより　謝《れい》をものべず再《ふたゝ》び扇《あふぎ》をうち捨《すて》　跡《あと》をも見ずに去《さ》られました」といふに　鉄弥《てつや》は茫然《ばうぜん》たり

一 医者は僧形なので「坊」と付けた。↓一一〇頁・一一一頁絵。 二 松永家は自分のいつも出入りする家だからと思い。 三 富楼那。釈迦十大弟子の一人で、弁舌第一と称された。「ふるなの弁」は巧みな弁舌の意。「阿松が富婁那の弁舌に　人の命も断(つた)といふ口先に惑溺(まど)(は)され」(久保田彦作『鳥追阿松海上新話』後編、明治十一年二月)。 四 中国、戦国時代の縦横家。蘇秦とともに鬼谷子に学ぶ。秦の恵文王の相として連衡策をたて、韓・魏など六国に遊説して個別に秦と同盟を結ばせ、蘇秦が説いた合従(がっしょう)策を破った。これも前注と同じ意。 五 「対称ノ代名詞、敬フニ用ヰル」(『言海』)。底本は振り仮名「くそ」と読める。改修後印本は「きみ」と入れ木しようとして失敗し、「く」が黒くなっている。 六 取り持ち。斡旋。 七 謝礼として贈る金品。 八 「分」は「文」(「銭」)の十分の一。 九 底本「か」、改修後印本は濁点を入れ木。 一〇 底本「は」に点一つ、改修後印本は点をもう一つ加え、濁点として「ば」と読ませる。 一一 一服一文。「帖(貼)」は調合して包んだ薬を数えるのに用いる単位。謝礼としては少額すぎるが、これは幇間ゆえの戯言。 一二 お断りでございます。「まつぴら」の略語。底本「まつひ」、改修後印本は半濁点を入れ木。「じつにおそれるまつぴ(真

(一一七頁に続く)

高橋《たかはし》阿《お》伝《でん》夜刄《やしゃ》譚《ものがたり》　三編

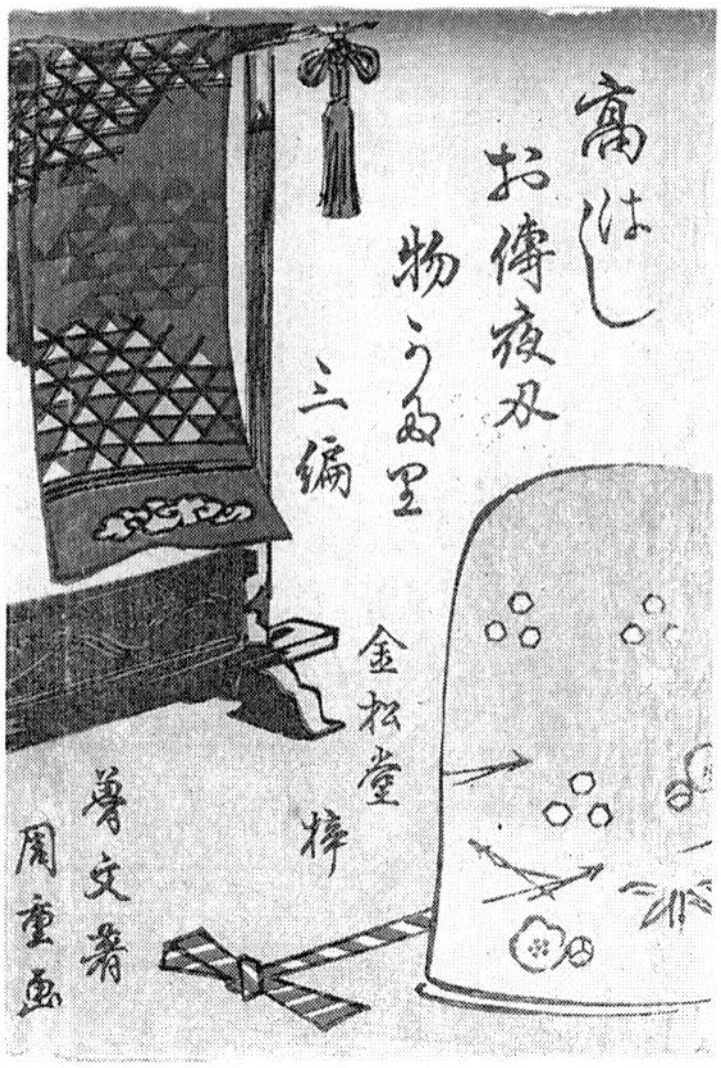

三編　袋

上巻表紙

中巻表紙

袋（前頁） 几帳（きちょう）と伏籠（ふせご＝上に衣を掛け、中に小型の香炉を入れて香をたきしめる籠）。多色刷。

表紙（上段と次頁右） 梅堂国政画による三枚続。自序に見える豊年踊り（→一一六頁注一六）の意匠。上巻は玉手箱を持つ乙姫と侍女。中巻は玉手箱から出た龍宮城、菓子を入れた盤台を掲げたのは豊年踊り売り（顔は歌舞伎役者の中村寿三郎を模すか。→補四三）。下巻に控えるのは奴（やっこ）。梅堂国政（一八四八－一九二〇）は浮世絵師。本名竹内栄久。号香蝶楼、豊斎など。江戸日本橋生まれ。初世歌川国貞（三世豊国）・二世国貞（四世豊国）に師事し、四世国政、三世国貞を襲名。俳優似顔絵に秀で、晩年はおもちゃ絵で活躍。歌川派の最後を飾った。多色刷。

下巻表紙

上巻見返し

夜刄物語　三編上

魯文著

周重画

辻文梓

上巻見返し　鬼瓦とアザミ。鬼清(清吉)とお伝(→初編上巻標題〈四二頁注二〉)を暗示。多色刷。

[一]持《も》ツたが病痾《やまひ》の拙書麁文《へたがきそぶん》。[二]久《ひさ》し振《ぶり》での稗史《はいし》の[三]操觚《ふでとり》。[四]止《よ》せば宵寐《よひね》を夜延《よなべ》の燈下《とうか》。[五]老《をひ》の眼《まなこ》の闇冥《くらやみ》から。引出《ひきだ》す牛《うし》の長物語《ながものがたり》。[六]根気《こんき》の毒婦《どくふ》が顚末《てんまつ》を。綴《つゞ》りかけては後《あと》へも引《ひ》かれず。前《さき》の[七]画組《ゑぐみ》は如何《どう》なるか。その[八]結局《つゞまり》も筋夢中《すぢむちう》。[九]金松堂《きんしようだう》が[一〇]蔵入《くらいり》の。[一一]大吉利市《きちりし》と聞《き》くにほだされ。[一二]隣《となり》の貨《たから》を算《かぞ》へる格《かく》にて。此方《こちら》も[一三]筆硯万福《ひつけんまんぷく》と。有益《まをか》るやうな心《こゝろ》の喜《よろこ》び[一四]細工貧乏人《さいくびんばうひと》だからと。世《よ》の[一五]里言《ことはざ》の筆《ふで》一本《ぽん》。ことしは書肆《ほんや》の[一六]豊年踊《はうねんおど》り。[一七]一帙多帙《いっちつたちつ》[一八]大部物《たいぶもの》。[一九]乙姫達《をとひめたち》や[二〇]和児《わこ》方《がた》の。[二一]珍雅《ちんが》な本《ほん》の学《まな》びのいとま。此小説《このせうせつ》がお[二二]目憩《めやす》め。ホウ〳〵。[二三]法螺《ほら》の音《ね》も高橋《たかはし》と。[二四]御《ご》評板《ひやうばん》〳〵

明治十二年第二月

仮名垣魯文

一 生まれつきでどうにもならない、下手で粗雑な文章。
二 ↓三六頁注一。
三 ↓三五頁上巻見返し注。
四 止せばいいのに、執筆を引き受けたために早寝もできず。「夜延」↓五二頁注一三。
五 老人で目も見えにくくなり、話もだらだらと長い物語となった。「暗闇から牛を引き出す」は動作が鈍い意の諺。
六 我慢強く、毒婦お伝の一生の伝記を書き出したからには。
七 ↓七八頁注一〇。
八 結末も筋書きもわからない。
九 ↓三六頁注一五。
一〇 収益。
一一 めでたいことに、よく売れましたと感謝され、それに引かされて。「書肆の大吉利市　記者の筆硯万福なるを」(魯文『西南鎮静録』下、明治十年一月附言)。
一二 自分には何の利益にもならないことをするたとえ。稿料はあらかじめ決まっており、いくら売れても著者の収入にはならなかった。
一三 自分の文章から多くの幸いが生まれると、まるで金が儲かるように喜んだものの。
一四 諺。諸事に器用な人は、重宝がられても自分の利益にはならず、結局貧乏に苦しむ、の意。器用貧乏。
一五 「俚諺」に同じ。
一六 作物の豊作を感謝して踊る踊り。

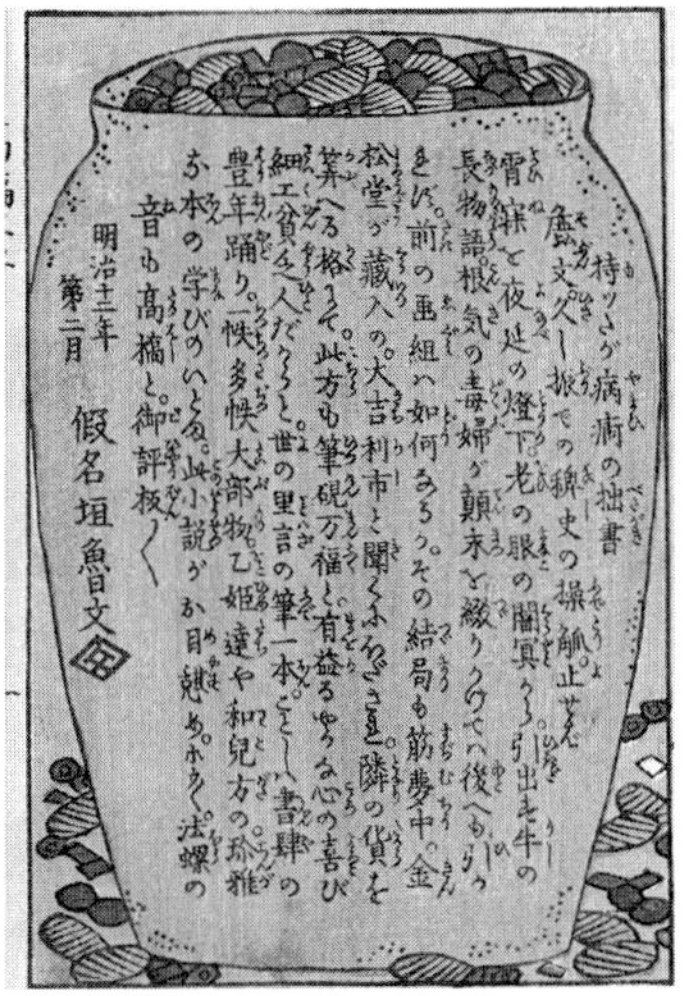

以下、当時流行した豊年踊り唄の歌詞を踏まえる。→補四三。
一七「帙」は書物を包み保護するもの。厚手の紙を芯にし、布を張って作った。ただし本作に帙は付いていない。
一八 冊数の多い書物。
一九 年若い姫。お嬢さま。
二〇 身分の高い人の男児。坊っちゃま。
二一 貴重で、みやびやかな本。
二二 見てくつろぐためのもの。
二三 大ボラを吹く意の「法螺の音も高」しと「高橋」を掛ける。本作が「乙姫達や和児方」の「お目憩め」になるというのは誇張だから。
二四 どうか世間に本作の名を広めてください。

絵 版元の大儲けを甕いっぱいのお金で示す意匠。多色刷。

（一一二頁より続く）
平)〱」(魯文『滑稽富士詣』十・下)。
一三 なにとぞ。相手の判断にまかせて頼む気持ちを表す。
一四 お書きになった。

国政補助

浪かしら
蹴立て
通ふ
千鳥かな
転阿弥 一

松永鉄弥《まつながてつや》

斎藤良之助《さいとうりやうのすけ》

総生《ふさふ》要人《かなめ》長女《むすめ》
阿静《おしづ》

口絵 浜辺で櫂を持つ二人の船頭を倒す斎藤良之助と、海女姿で貝を入れた籠を手に持つお静、身構える松永鉄弥。多色刷。右上の句の季語は千鳥(冬)。

一 未詳。

万徳院《まんとくゐん》の尼公《にこう》
本名後《ほんみやうのち》にあり

甲州無藉《かうしうむせき》
勝沼《かつぬま》の源次《げんじ》

口絵　「万徳院の尼公」は六編上巻に登場する花月尼(→二五一頁五行)。「勝沼の源次」は四編中巻に登場する甲府の博徒(→一八五頁二行)。後の編にずれ込んだが、当初は三編に登場させる予定だったことを示す。→八〇頁口絵注。源次を花月尼の情人とする構想だったか。多色刷。

①高橋阿伝夜叉譚《たかはしおでんやしやものがたり》　三編上之巻

仮名垣魯文補綴

○第《だい》七回《くわい》　恩愛《おんあい》の絆《きづな》を切《き》る武道《ぶだう》の潔白《けつぱく》

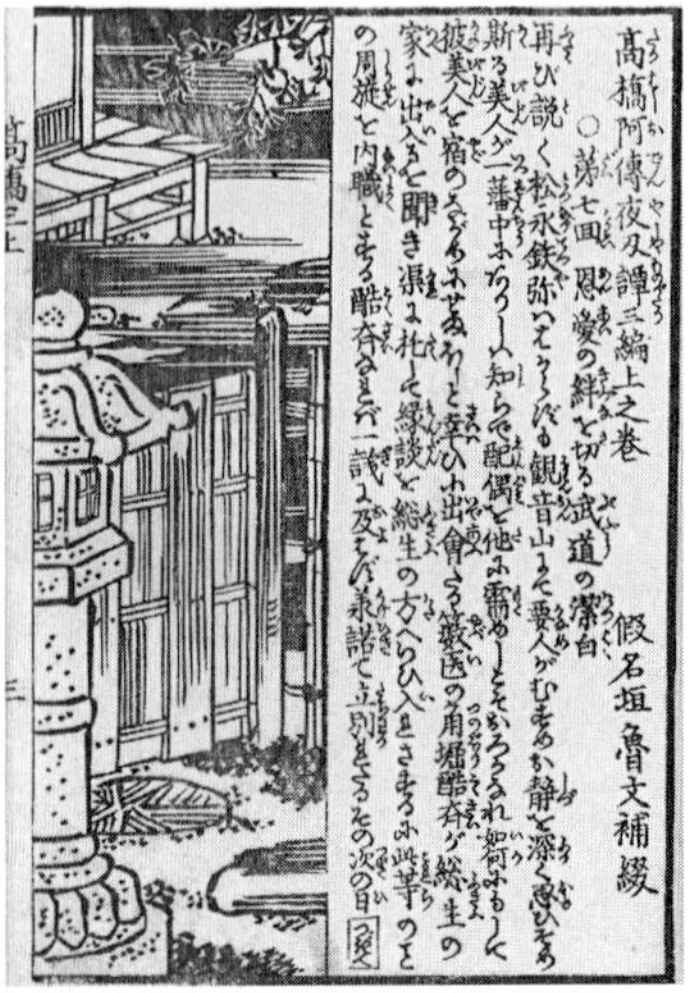
高橋阿傳夜叉譚三編上之巻
假名垣魯文補綴
○第七回　恩愛の絆を切る武道の潔白

再《ふた》び説《と》く　松永鉄弥《まつながてつや》ははからずも　観音《くわんおん》山にて要人《かなめ》がむすめお静《しづ》を深《ふか》く思《おも》ひそめ　斯《かゝ》る美人《びじん》が一藩中《いつぱんちう》にありしは知《し》らで　配偶《えんぐみ》を他《た》に需《もと》めしこそおろかなれ　如何《いか》にもして彼《かの》美人《びじん》を　[一]宿《やど》のながめにせまほしと　幸《さいは》ひに出会《いであふ》たる籔医《やぶい》[二]の角堀酷斎《つのぼりこくさい》が　総生《ふさふ》の家《いへ》に出入《でいり》るを聞《き》き　渠《かれ》に托《たく》して縁談《えんだん》を総生《ふさふ》の方《かた》へいひ入《い》れさするに此等《これら》のことの周旋《しうせん》[三]を　内職《ないしよく》とする酷斎《こくさい》なれば　一議《ぎ》[四]に及《およ》ばず承諾《うけひき》て　立別《たちわか》れたるその次《つぎ》の日《ひ》②日《ひ》ごろ親《した》しく往《ゆき》[五]かひする　総生《ふさふ》の家《いへ》に至《いた》りつゝ　四方山《よもやま》のはなしの序《ついで》に　鉄弥《てつや》がおしづを所望《しよもう》

絵　石灯籠・竹垣の見える、総生家庭の景。

一 我が家でつくづく美しいと眺めるようなもの(妻)にしたいと。

二 藪医者。漢語「籔」に「やぶ」の意はないが、当時は「藪」と通用。

三 世話すること。

四 少しの異論もなく。

五 底本「往かひ／かひ」。衍字として錦松堂版により改める。

②

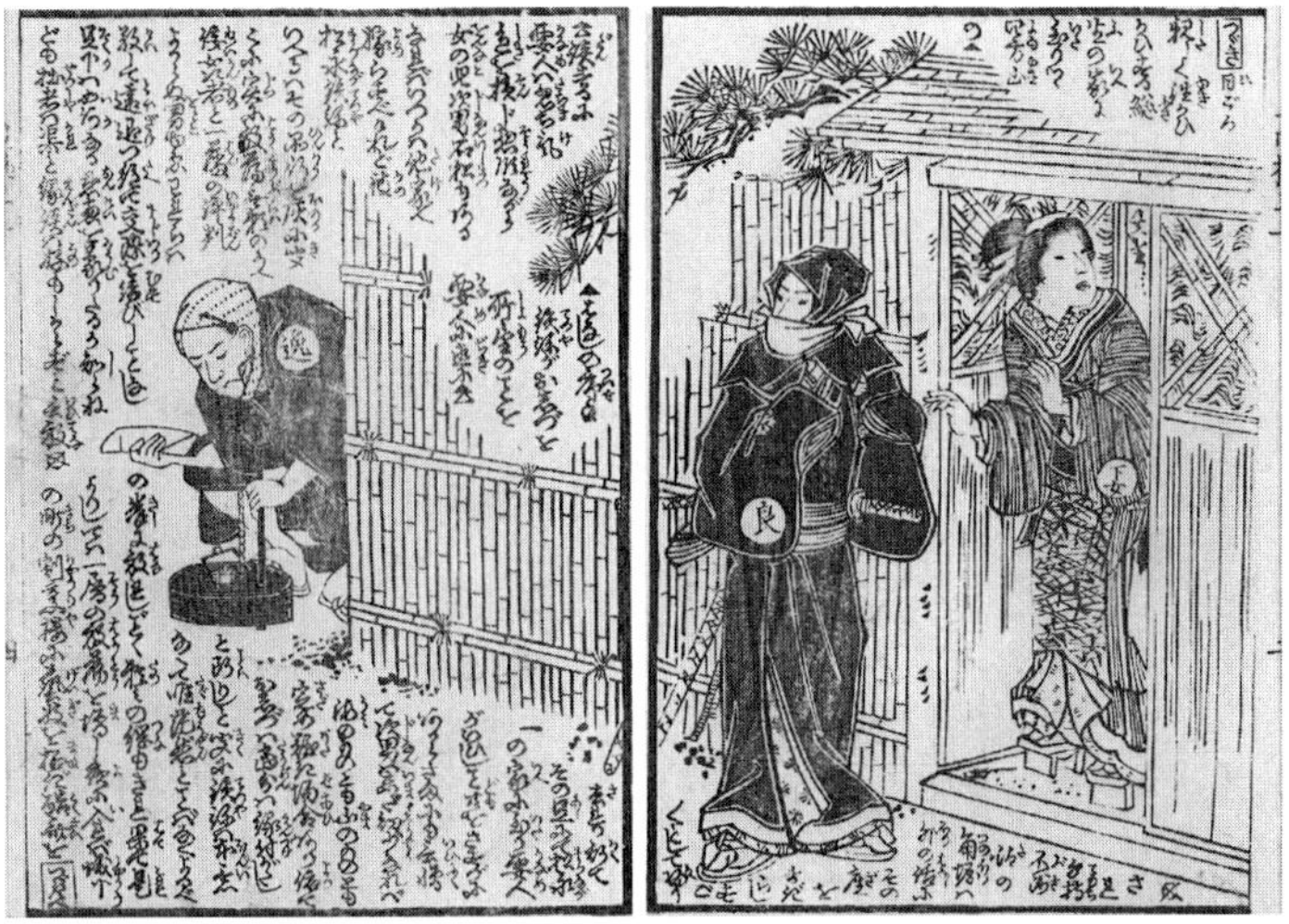

のことを　要人《かなめ》に直《ぢき》に談《だん》ずるに要人《かなめ》は忽《たちま》ち気色《け[六]しき》を損《そん》じ　惣領《[七]そうれう》ながら女《をんな》の児《こ》　次男《じなん》石松《いしまつ》もあるなれば　いつかは他家《たけ》へ嫁《よめ[八]》らすべけれど　彼松永鉄弥《かのまつながてつや》といへるはその品行《ひんかう》を仄《ほのか[九]》に聞《き》くに　実《じつ》に放蕩無頼《はうとうぶらい》のうへ　佞姦者《[一〇]ねいかんもの》と一藩《ばん》の評判《ひやうばん》よからぬ男《をとこ》ゆゑ　われら[一一]は敬《[一二]けい》して遠退《とほざけ》つ　絶《たへ》て交際《まじはり》を結《むす》びしことなし　足下《[一三]そくか》は如何《いか》なる恩《おん》恵《けい》を　蒙《かうむ》りたるか知《し》らねども拙者《せつしや》は渠《かれ》と縁談《えんだん》は　好《この》もしからずと言放《[一四]いひはな》され　手持不沙汰《てもちぶさた》の角《つの》堀《ぼり》は　外《ほか》の話《はなし》にその座《ざ》をまぎらし　すご〳〵として帰《かへ》り去《さ》れり斯《かく》てその足《あし》にて松永《まつなが》の家《いへ》に至《いた》り

六 不機嫌になり。
七 →六六頁注六。
八 嫁入りさせるはずだが。
九 底本「灰」。錦松堂版により改める。
一〇 口先巧みに権力者にへつらう、悪賢い人。
一一 わたし。複数でも単数でもいう。
一二 うわべは敬うふりをして、内実はうとんじて親しくしないこと。この「つ」は接続助詞的な用法。→六一頁注三六。
一三 →五二頁注二〇。
一四 遠慮なく言われ。

絵　総生家の裏口から下女が斎藤良之助を引き入れた後で、手紙を拾う松永鉄弥の下僕逸平。手に持つのは折りたたまれた提灯。下女は眉を剃っており、既婚とわかる。

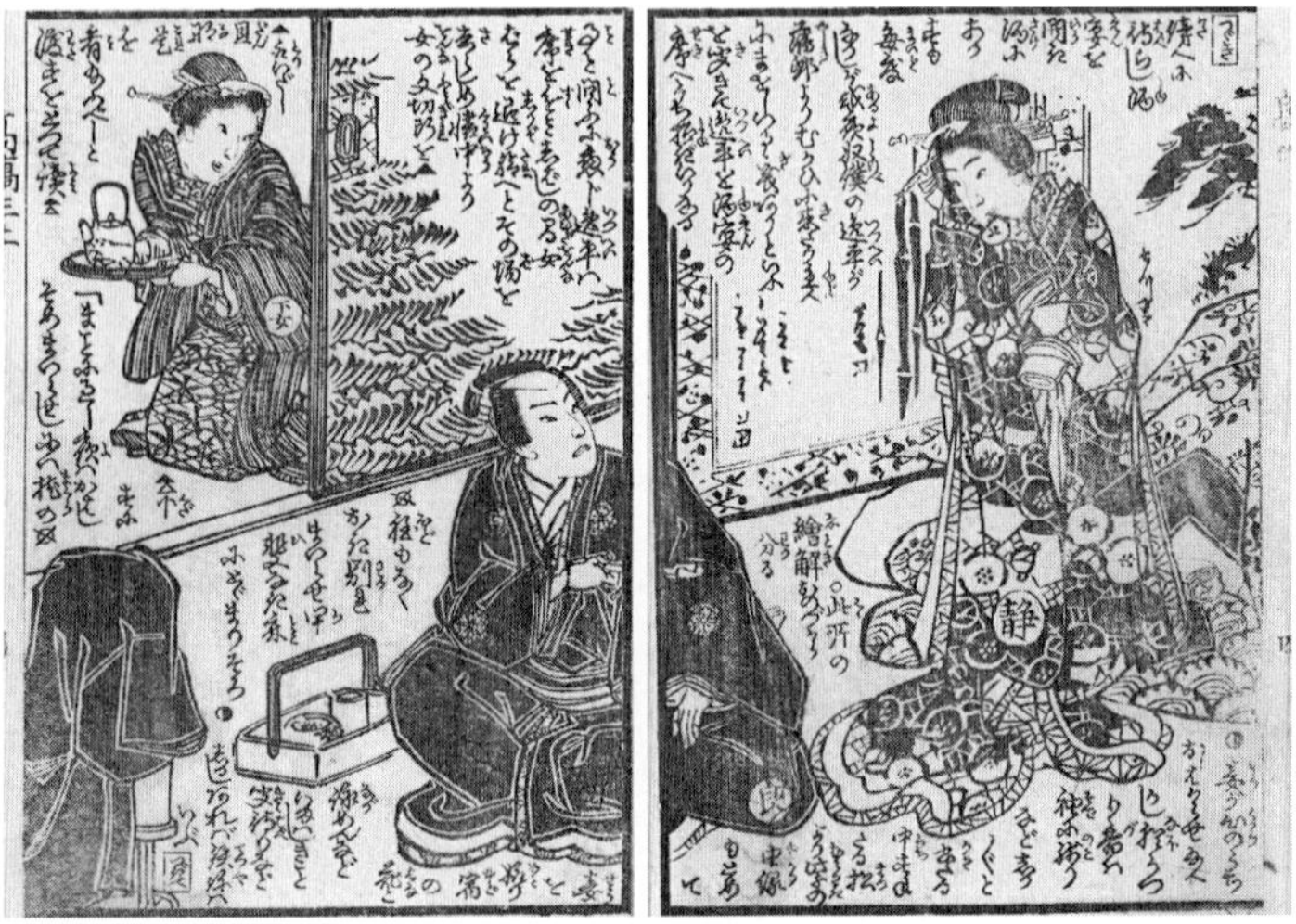

③

要人《かなめ》がいひしこと共《ども》を　さすがに[一]あからさまにも[二]言憎《いひにくゝ》て　次男《じなん》は未《いま》だ幼少《えうせう》なれば　[三]海《うみ》のものとも山《やま》のものとも定《さだ》め難《がた》き場合《ばあひ》あり　依《よつ》ておしづは　当分《たうぶん》は縁付《えんづけ》がたしと断《ことは》りしと　聞《きく》に鉄弥《てつや》は[四]本意《ほんい》なくて　唯茫然《たゞばうぜん》とことばなく　[五]よるべの岸《きし》に放《はな》れしごとく頼《たの》みの綱《つな》もきれ果《はて》て　是《これ》よりしては一層《そう》の放蕩《はうとう》を増《まし》　夜《よ》に入《い》れば[六]城下《しやうか》の町《まち》の[七]割烹楼《りやうりや》に芸妓《げいぎ》を[八]招《まね》ぎ　酷斎《こくさい》を③傍《かた》へに侍《はべ》らし　酒《しゆ》宴《えん》を開《ひら》き　[九]酒《さけ》にあかすも毎度《まいど》なりしが　或夜《あるよ》奴僕《しもべ》の逸平《いつぺい》が藩邸《やしき》よりむかひに来《き》たり　主人《しゆじん》にまをしいるゝ義《ぎ》ありといふを

絵　「○此所《こゝ》の絵解《ゑとき》おのづから分《わか》る」。斎藤良之助との以前の密会で、お静が艶書を渡そうとするさま。「女の文切断」(→次頁五行)として後に逸平に拾われるものか。お静の背後には布団。良之助の右側に煙草盆。丸行灯に黒い布をかぶせて光を遮っている。お茶を出す下女。二人の密会は一家公認であると推測できる。

一　ありのままに。
二　底本振り仮名「いひにく」。脱字として「ゝ」を補う。
三　将来どうなるかわからないことのたとえ。次男が成長して総生家を継ぐことになるか、長女のお静に婿を取って家を継がせることになるか定めがたい、の意。「海のものとも山の物ともしれぬ」(寛斎編『尾張俗諺』「京師通諺」寛延二年〈一七四九〉)。
四　残念で。
五　頼りとするところを失ったようで。「よるべ」は波などの行きつく岸。
六　古くは「しやうか」と読んだ。「この城下(せうか)を往来(ゆきゝ)するものも」(曲亭馬琴『椿説弓張月』拾遺五十三回、文化七年〈一八一〇〉)。「沼田の城下(しやうか)からは」(岡本勘造『其名も高橋毒婦の小伝　東京奇聞』二・中)。
七　「割烹」は料理の意。「割烹店(れうりてん)」(魯文『西南鎮静録』下)。
八　→『青楼半化通』一五頁注二六。
九　飽きるほど十分に酒を飲む。

④

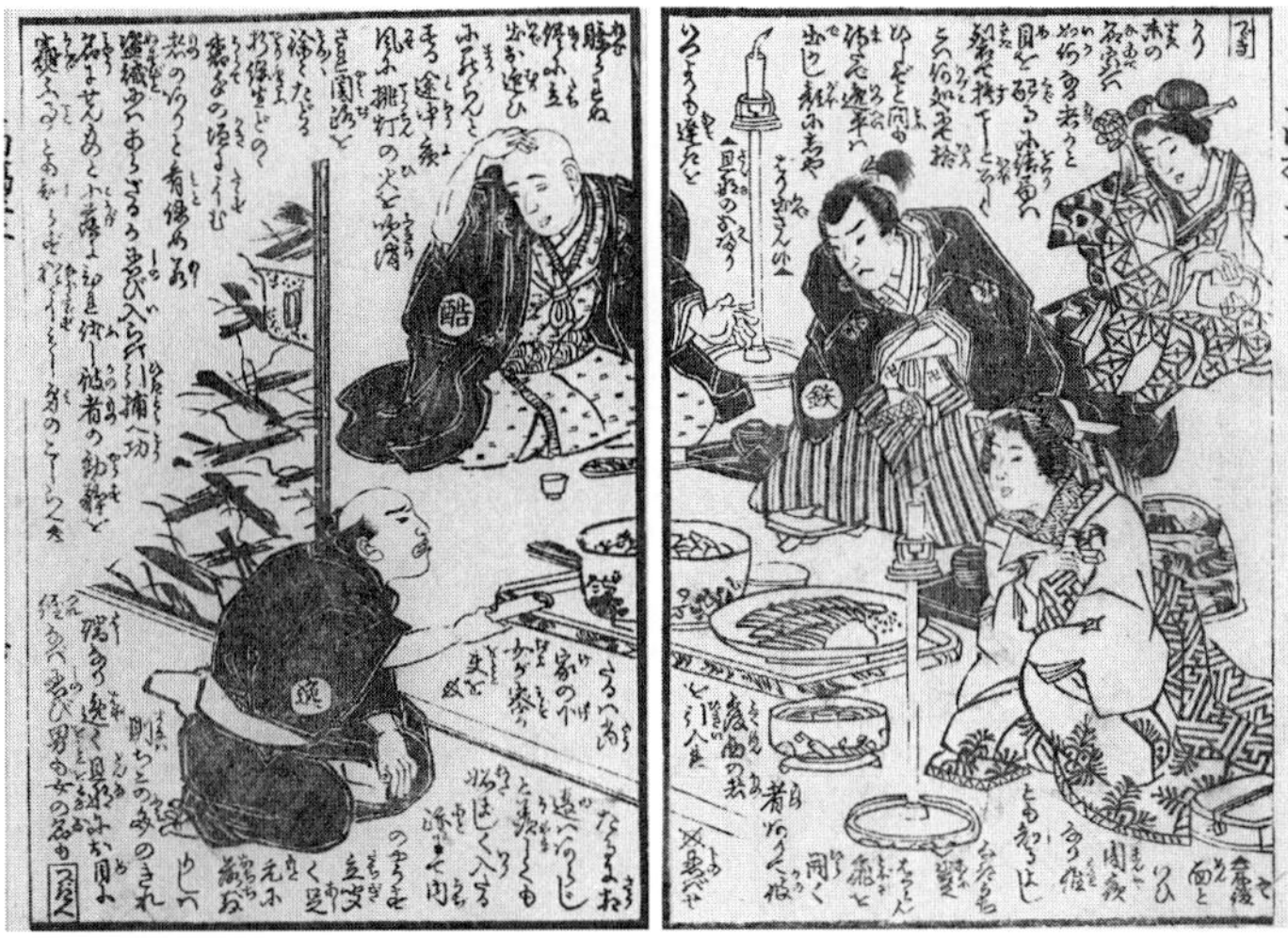

聞《き》きて　逸平《いつぺい》を酒宴《しゆえん》の席《せき》へうち招《まね》ぎ　いかなる事《こと》と問《と》ふに応《おう》じ　逸平《いつぺい》は席《せき》を進《すゝ》み　しばしの間《あひだ》女《をんな》ばらを退《しりぞ》け給《たま》へと　その場《ば》を去《さ》らしめ　懐中《くわいちう》より女《をんな》の文切断《ふみぎれ》を取《とり》いだし　旦那《だんな》是《これ》を看《み》給ふべしと　渡《わた》すをとつて読下《よみくだ》すに「まことに過し夜《よ》は　かはしそめまいらせしに一〇い枕《まくら》の程《ほど》もなくおき別《わか》れまいらせ　一一甲斐《かひ》なき床《とこ》にとゞまりそろ一二妾《せう》が心《こゝろ》のうちおしはからせ給へかし　猶《なほ》一三うつり香《が》は袖《そで》に残《のこ》りなど　一四しかぐと書《かき》たる中《うち》　一五すねたる松《まつ》より一六紫《むらさき》の由縁《ゆかり》もとめて妾《せう》を一七娵《めと》り一八宿《やど》の花《はな》と詠《なが》めんなど　いまはし

一〇 新枕。初めて枕を交わしましたのに、間もなく朝の別れとなりましたため、一人だけで床にとどまりました私の気持ちをご推量ください、の意。一一 候。
一二 女性の自称。自らをへりくだっていう。
一三 私(女)の袖に移り残った貴方(男)の香。
一四 うんぬん。末尾を略する時に置く語。
一五 ひねくれた松。「佞姦者」(→一二一頁七行)と評判の「松」永鉄弥を指す。なお、艶書の切れ端が拾われて男女関係が疑われる設定では、岡本勘造『夜嵐阿衣花廼仇夢』二編上巻に、「お八重の臥床(ふしど)を調べしにあたりに落たる文(ふみ)の切端　これと取あげよく見れば　男の手跡で始めはなけれど　此程(このほど)申しあげし通り」云々の例がある。本作とは逆に、手紙の初めが欠落。
一六 いとしいと思う人(ここはお静に何らかの縁のある人(角堀酷斎)をいう。→一二〇頁冒頭部。「紫のひともとゆゑにむさしの草はみながらあはれとぞ見る」(『古今和歌集』十七・雑歌上)による語。
一七 「よめ　娵」(『言海』)。
一八 →一二〇頁注一。

絵　逸平が、拾った手紙を鉄弥に届ける場面。芸妓や角堀酷斎(→一一一頁注二四)が同席している。

⑤
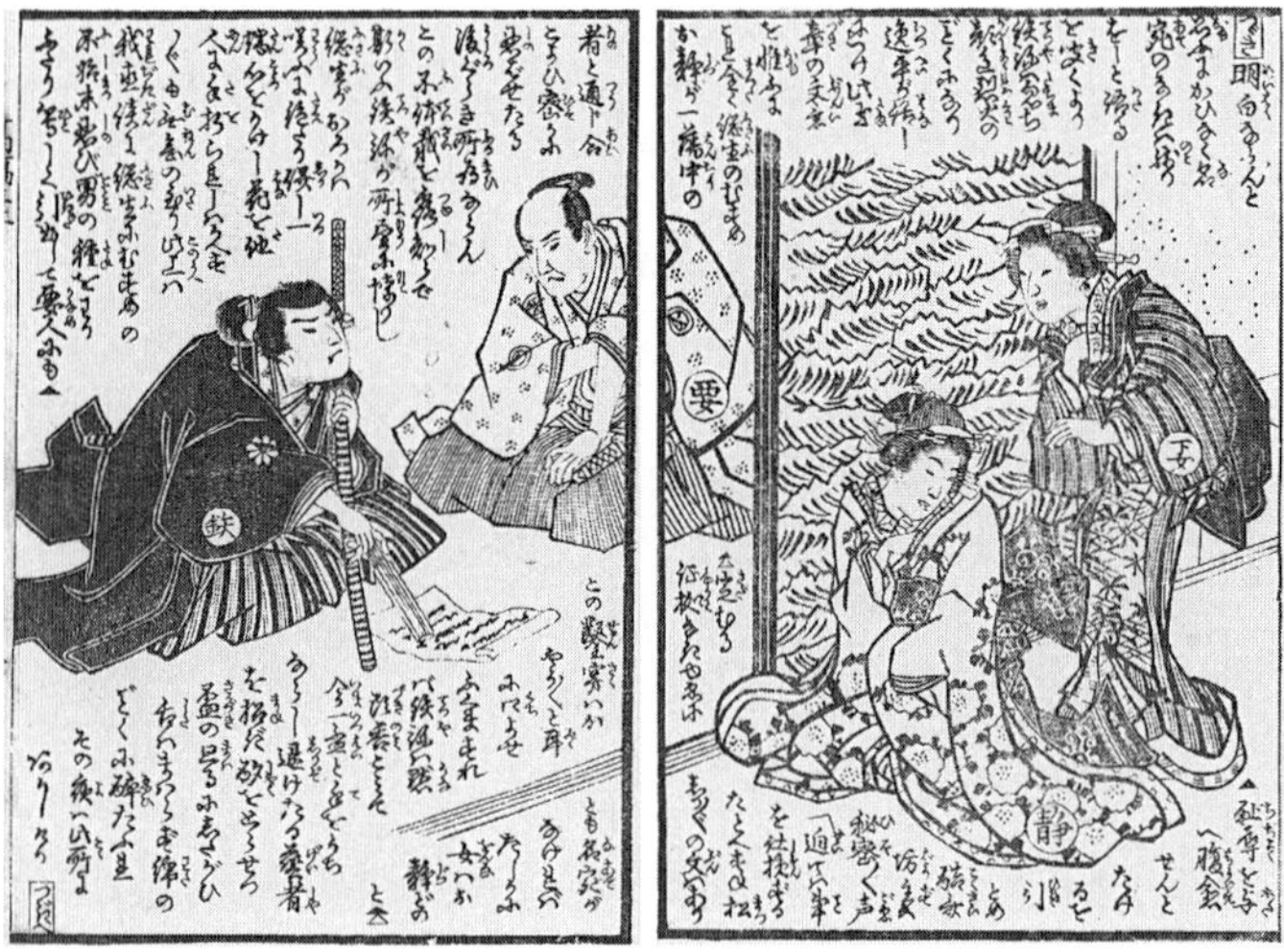

きこと聞侍《きゝはべ》り　などしるしあれば　鉄弥《てつや》はいぶかり④　末《すゑ》の名《な》宛《あて》[一]は如何《いか》なる者《もの》かと目《め》を配《くば》るに　結局《をはり》は裂《さき》て捨《す》てしと思《おぼ》しく　こは何処《いづこ》にて拾《ひろ》ひしぞと　問《とふ》も待《ま》たで逸平《いつぺい》は　出《で》[二]かし顔《がほ》にしやばり出《いで》[三]　さん候　旦那《だんな》のお帰《かへ》りいつよりも遅《おそ》[四]きを　睡《ねむ》られぬ儘《まゝ》に立出《たちいで》　お迎《むか》ひに罷《まか》[五]らんとする途《と》中《ちう》　夜風《よかぜ》に挑灯《てうちん》の火《ひ》を吹消《ふきけ》され闇路《やみぢ》を徐《そろ》〳〵たどる折《をり》　総生《ふさふ》どのゝ裏手《うらて》の垣《かき》に佇《たゝず》む者《もの》のありと看認《みと》め　若盗賊《もしぬすびと》にはあらざるか忍《しの》び入《い》らば引捕《ひきとら》へ　功名《こうみやう》にせんものと　小蔭《こかげ》にひれ伏《ふ》し　彼者《かのもの》の動静《やうす》を窺《うかゞ》ふ事《こと》とも知《し》らず　猶《なほ》

絵　入手した手紙を総生要人に見せ、内容・筆跡から書き手はお静に間違いないと言う鉄弥。ふすま越しに聞くお静と下女。

一　宛名。

二　得意げな顔つきでしゃしゃり出て。

三　そのことでございます。目下の者が、相手の問いかけに対して答えを切り出す前置きの語。「さにさうらふ」の転。

四　遅いので。

五　「行く」の謙譲語。参ろうと。

⑥

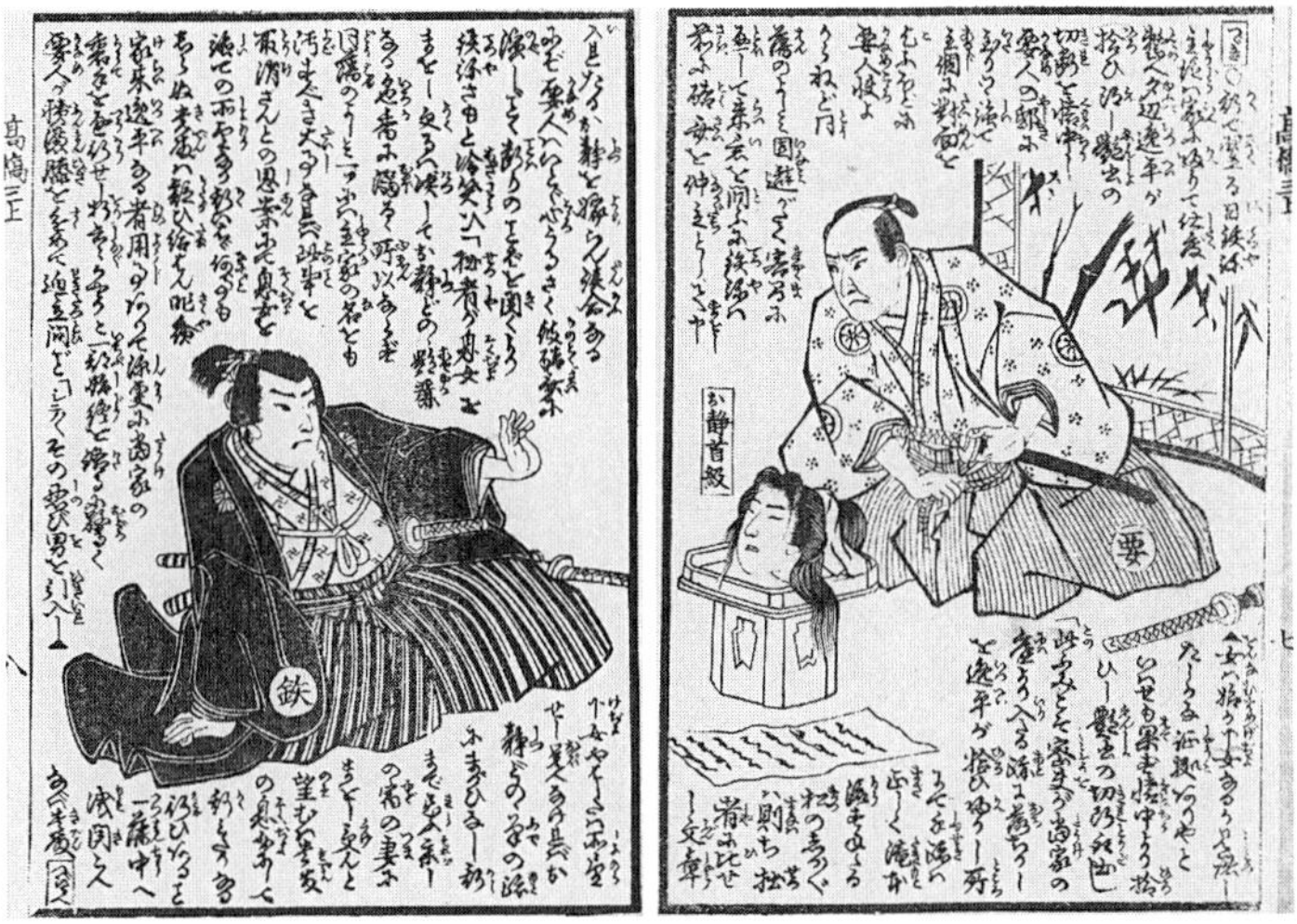

六イ《たゞず》みし七身《み》のこしらへ　覆面《ふくめん》とい
ひ闇夜《あんや》なり　誰《たれ》とも知《し》るよしな
きうち　八豈《あに》はからん　扉《とぼそ》を開《ひら》く
者《もの》ありて　彼覆面《かのふくめん》の者《もの》を引入《ひきい》れ
たるは　当家《たうけ》の下女《げぢょ》が九密《みそ》か夫《をとこ》を
忍《しの》ばせたるに相違《さうゐ》はあらじと
羨《うらやま》しくも妬《ねた》ましく　入《いり》たる跡《あと》
にて内《うち》のやうす立聞《たちぎ》く足元《あしもと》に落《おち》
散《ち》りしは　則《すなは》ちこの文《ふみ》のきれ端《はし》
なり　逸《はや》く旦那《だんな》にお目《め》に経《ふれ》なば
忍《しの》び男《をとこ》も女《をんな》の名《な》も⑤明白《めいはく》ならんと
思《おも》ふにかひなく　名宛《なあて》のなきは
一〇残《のこ》りをしと語《かた》るを聞《き》くより　鉄《てつ》
弥《や》は忽《たちま》ち顔色《がんしょく》烈火《れつくわ》のごとくに
なり　逸平《いつぺい》が話《はな》しにつけ　此
玉章《たまづさ》の文意《ぶんい》を惟《おも》ふに　これ全《まつた》く

六「TADADZUMI, —mu(略)タダズム、イ」(『和英語林集成』再版)。当時は清濁両用。↓一二四頁一二行。
七 身じたく。身なり。
八 思いがけないことには。
九 密夫。ひそかに他人の妻と情を通じる男。

一〇 残り惜しい。残念だ。

絵「お静首級」(首級は討ち取った首)。お静の首を三方(↓一二八頁注二六)に載せて鉄弥に示す要人。驚く鉄弥。一二九頁一行の絵解きになっている。

⑦

総生《ふさふ》のむすめお静《しづ》が　一藩中《ばんちう》の者《もの》と通《つう》一じ合《あひ》　こよひ密《ひそ》かに忍《しの》二ばせたる　後《うしろ》ぐらき所為《ふるまひ》ならん　この不体裁《ふていさい》三を露知《つゆし》らで　斯《かく》いふ鉄弥《てつや》が所望《しよもう》に悖《もと》四りし　総生《ふさふ》がおろかは咲《わら》五ふに絶《たえ》たり　併《しか》し一端《いつたん》心《こゝろ》六をかけし花《はな》を他人《たにん》に手折《たを》られしは　かへす〴〵も無念《むねん》の至《いた》り　此上《このうへ》は我直談《われぢきだん》七に　総生《ふさふ》にむすめの不始末《ふしまつ》　忍《しの》び男《をとこ》の種《たね》八をわり　ふたり等《ひと》しく引出《ひきだ》して　要人《かなめ》にも恥辱《ちぢよく》を与《あた》へ　腹愈《はらいえ》九せんとたけるを引《ひき》とめ　酷斎坊主《こくさいばうず》は秘密《ひそ》〳〵声《ごゑ》「迫《せい》ては事《こと》を仕損《しそん》ずる　たとへ一〇すね松《まつ》しか〴〵の文《ぶん》はありとも名宛《なあて》がなければ　たしか

絵　お静の死を知り、先祖の墓前で切腹しようとする良之助。↓中巻冒頭部(一三二頁六行)。

一　密通し。
二　人目を避けてこっそり家に引き入れた。
三　外聞の悪いこと。ふしだら。
四　背いた。
五　十分笑うに値する。
六　思いを寄せた美人を、他人に横取りされたのは。
七　直談判。
八　正体を暴露し。
九　鬱憤を晴らそうと興奮するのを。
一〇　↓一二三頁一四行。
一一　「穿鑿」に同じ。詮議。「油売を闇打色ゝ御鑿穿　今にしれずと」(井原西鶴『本朝二十不孝』巻三の四、貞享三年(一六八六))。
一二　これこれのとおりに、と。
一三　言い聞かせ理解させたので。
一四　もう一盃飲むぞ、と手をたたい

⑧

に女《をんな》はお静《しづ》どのと定《さだ》むる証拠《しやうこ》なきゆゑに　この鑿穿《せんさく》[一一]はかやう[一二]〳〵と　耳《みゝ》に口《くち》よせふくますれ[一三]ば　鉄弥《てつや》は点頭《うなづき》呑《のみ》こみて　今一《いまいつ》[一四]盃《ばい》と手《て》をうちならし　退《しりぞ》けたる芸者《げいしや》を招《まね》ぎ　酌《しやく》[一五]をとらせつ盃《さかづき》の廻《まは》るにしたがひ舌《した》はまはらず　綿《わた》のごとくに酔《ゑひ》たふれその夜《よ》は此所《こゝ》にあかしけり

○⑥斯《かく》て翌《あく》る日《ひ》　鉄弥《てつや》主従《しゆうじう》は家《いへ》に帰《かへ》りて仕度整《したくとゝの》へ　夕辺《ゆふべ》逸平《いつぺい》が拾《ひろ》ひ得《え》し　艶書《ゑんしよ》の切断《きれ》を懐《くわい》中《ちう》し　要人《かなめ》の邸《やしき》に至《いた》[一六]りつゝ　強《しい》て主個《あるじ》[一七]に対面《たいめん》を乞《こ》ふほどに　要人快《かなめこゝろ》よからねど　同藩《どうはん》[一八]のよしみ固辞《いなみ》がたく　客間《きやくま》に通《とほ》して来意《らいい》を問《と》ふに　鉄弥《てつや》は前《さき》に酷斎《こくさい》を仲立《なかだち》として申入《まをしい》れたる　お静《しづ》を嫁《よめ》[一九]らん談合《だんかふ》なるにぞ　要人《かなめ》はいと[二〇]ゞ心《こゝろ》うるさく　彼酷斎《かのこくさい》に演《のべ》しごとく断《ことは》りのことばを聞《き》くより　鉄弥《てつや》さもと[二一]冷笑《あざわら》ひ　「拙者《せつしや》が息女《そくぢよ》[二二]をまをし[二三]受《う》くるは　決《けつ》してお静《しづ》どのゝ艶麗《あてやか》[二四]なる色香《いろか》[二五]に溺《おぼ》るゝ所以《ゆゑん》ならず　同藩《どうはん》のよしみ　一ツには主家《しゆうか》の名《な》をも汚《よご》すべき大事《だいじ》[二六]なれば　此事《このこと》[二七]を取消《とりけ》さんとの思案《しあん》にて　息女《そくぢよ》を強《しい》ての所望《しよもう》なり　斯《かく》いはゞ　何事《なにごと》も

て相図し。
一五　酌をさせたが、酒が進むにつれ、酔って舌がもつれ。酒は「廻る」が舌は「まはらず」と対照させた修辞。
一六　この「つゝ」は単純な接続を表す。「て」とほぼ同じ。
一七　主人。「主個(あるじ)元助は」(明治十一年十月十一日『仮名読新聞』)。
一八　同じ藩の縁故から断りにくく。「固辞」は底本「固避」。意によって改める。→三六頁注二五。活字版(→凡例)は「固避(いなみ)」。
一九　娶る。「よめる」は「よめいる(嫁入)」の変化した語。「ヨメル、嫁To be given in marriage」(『和英語林集成』再版)。
二〇　ますます煩わしく。
二一　「さもあらん」などの略。思った通りだと。
二二　人の娘を敬っていう語。
二三　こちらから言い出してもらい受ける。
二四　→六八頁注一七。
二五　色香におぼれたせいではない。
二六　大事件。不義(男女が公的手続きを経ずに密かに関係すること)は、武家社会では厳禁であった。
二七　不義が暴露される前に自分がお静と結婚すれば、世間に知られないで済む、ということ。

絵　前頁絵の続き。良之助の前に現れた黒頭巾の武士。正体は→一三二頁絵。

しらぬ貴殿《きでん》[一]は疑《うたが》ひ給《たま》はん　昨夜《さくや》家来《けらい》逸平《いつぺい》なる者《もの》　用事《ようじ》ありて深更《しんかう》[二]に当家《たうけ》の裏手《うらて》を通行《つうかう》せし折《をり》　云〻《しかぐ》[三]かやうと一部始終《いちぶしじう》を語《かた》るに　驚《おどろ》く要人《かなめ》が憤懣《ふんまん》　膝《ひざ》を進《すゝ》めて迫立問《せきたつとひ》[四]ごと　「シテ〱[五]その忍《しの》[六]び男《を》を引入《ひきいれ》し女《をんな》は　娘《むすめ》か下女《げぢよ》なるか　見認《みとめ》したしかな証拠《しやうこ》ありやといはせも果《はて》ず　懐中《くわいちう》より拾《ひろ》ひし艶書《えんしよ》の切断《きれ》取出《とりだ》し　「此《この》ふみこそ　密夫《みそかを》が当家《たうけ》の庭《には》より入《いり》たる跡《あと》に落《おち》ちりしを　逸平《いつぺい》が拾《ひろ》ひ帰《かへ》りし所《ところ》にて　手跡《しゆせき》は正《まさ》しく滝本流《たきもとりう》[七]　すねたる松《まつ》のしかぐ〱は　則《すなは》ち拙者《せつしや》に比《ひ》[八]せし文章《ぶんしやう》　下女《げぢよ》やはした[九]は所望《しよもう》[一〇]せし覚《おぼ》へなければ　お静《しづ》どのゝ筆《ふで》の跡《あと》にまがひなし　斯《かく》まで忌《きら》ふ某《それが》しの　宿《やど》の妻《つま》にまをし受《うけ》んと望《のぞ》むは　貴殿《きでん》の息女《そくぢよ》にして斯《かく》[一一]みだりなる行《おこな》ひあること　一藩中《いつぱんちう》へ洩聞《もれき》こへなば　貴殿《きでん》のみ[一二]⑦かは　主君《しゆくん》のおん名《な》も出《で》ることとなれば　それらを考《かんが》へ　拙者《せつしや》が直《すぐ》にもまをし受《うけ》なば　彼密夫《かのみそかを》[一三]も　主《ぬし》[一四]ある女《をんな》と思《おも》ひ絶《た》ゆるは必定《ひつぢやう》なり　殊《こと》に世間《せけん》の口《くち》[一五]の端《は》に　罹《かゝ》る噂《うはさ》もあるべからず　この返答《へんたう》の次第《しだい》により　総生《ふさふ》の家《いへ》とむすめの身《み》[一六]のうへに　いかに〱と迫詰《せりつめ》る鉄弥《てつや》が佞弁《ねいべん》[一七]　自己《おのれ》が望《のぞ》みを此挙《このきよ》に乗《じよう》じて果《はた》さん悪意《あくい》と悟《さと》[一八]るものから　形《かた》ちを正《たゞ》し　貴所《きしよ》[一九]の厚意《かうい》はふかく謝《しや》すべし　併《しか》しながら罪極《つみきは》[二〇]まるむすめが醜行《しうかう》　その儘《まゝ》に糺《たゞ》[二一]しもやらず　俗《ぞく》にいふ疵物《きずもの》[二二]をもて　初《はじ》めての貴殿《きでん》が妻《つま》におくらんこと　いかにも武士《ぶし》の本意《ほんい》[二三]にあらず　先一応《まづいちおう》は密夫《みそかを》の何者《なにもの》なるか糺問《きうもん》せしうへ　否哉《いなや》[二四]の答《いら》へをなしまをさん[二五]　しばらく待《また》⑧せ給《たま》ふ可《べ》しと　会釈《あしやく》して奥《おく》に入《い》り　稍《やゝ》ありて三方《さんばう》[二六]に布《ぬの》うちかけて　松永《まつなが》の前《まへ》に持《もち》[二七]すへ　座《ざ》になほり　「松永氏《まつながうぢ》　御所《ごしよ》

一　男性間で、同等以上の相手に対し敬意を込めて用いる対称。貴兄。
二　夜更け。
三　これこれこの通りと。
四　せき込んで問いかけるには。
五　そうして、それで。せき込んで問いただすような場合に用いる接続詞。
六　密夫。
七　書道の一派。近世初め、石清水八幡宮の別当、滝本坊昭乗(一五八四―一六三九。近衛信尹(のぶただ)・本阿弥光悦とともに寛永の三筆と称される)が創始した書道の流派。重厚温和な書体で、左方に流れて曲がるのが特徴。松花堂流とも。
八　なぞらえた文章。
九　「ハシタメ。下女。婢」(『言海』)。「下女」と同意だが、より古い語。
一〇　自分が結婚を望んだのはお静だけだから、それを述べる手紙の文章(↓一二三頁一四行―一二四頁一行)はお静にしか書けないはず、ということ。
一一　淫らな。
一二　だけではなく。「かは」は反語。
一三　底本「密夫(みそか)をも」。「を」を振り仮名に繰り込む。
一四　お静は人妻だと思って、諦める。
一五　このような噂が人々の口に上る。「口の端に掛かる」と「斯る噂」を掛ける。
一六　身の上にいかなることが起こるか知らないぞ、どうするどうすると。
一七　心がねじけていて、口先のうま

望《もう》のむすめは斯《かく》と　布引退《ぬのひきのく》るを　鉄弥《てつや》は看《み》るより恟《びつく》り二八仰天《ぎようてん》　呆《あき》二九るゝこと十分《ぶん》あまり　唯《たゞ》黙然《もくねん》とことばなし

いこと。下心を隠し、あくまでもお家のためと恩着せがましく言うから。
一八 要人は悟ったので、威儀を正し。
一九 同輩以上に用いられる、丁寧で堅い感じの対称。
二〇 極めて重い罪である、娘の汚らわしい行いを。
二一 取調べもせず。
二二 未婚で、処女を失った女性。「娘は(略)職工(しよくにん)といつの間にやら出来合て(略)娘をば疵者の厄介者にされた跡では」(明治十一年十月二十七日『仮名読新聞』)。
二三 本懐。
二四 承知か不承知かの返答。
二五 申さん。
二六 四角な折敷(おしき)の下に台をつけ、台の前と左右との三方に刳形(くりかた)と呼ばれる穴をあけたもの。物を載せるための儀礼用の台。→一二五頁絵。
二七 持って来てきちんと置き、正座して。
二八 底本「怐」。一〇五頁五行の用例を参照し、改める。以下同じ。
二九 十分あまり茫然として。非常に呆れたことの形容。「Minute(略)分時(ブンジ)(彼邦ノ一時六十分ノ一)」(『英和対訳辞書』)、「BUNJI(略)分時 A minute」(『和英語林集成』三版)。「緈(こと)の趣を聞て、呆るゝ事半晌(はんとき)ばかり」(『椿説弓張月』続篇三十八回、文化五年〈一八〇八〉)など、中国白話小説・近世読本等の常套句を、近代風に転用。

⑨

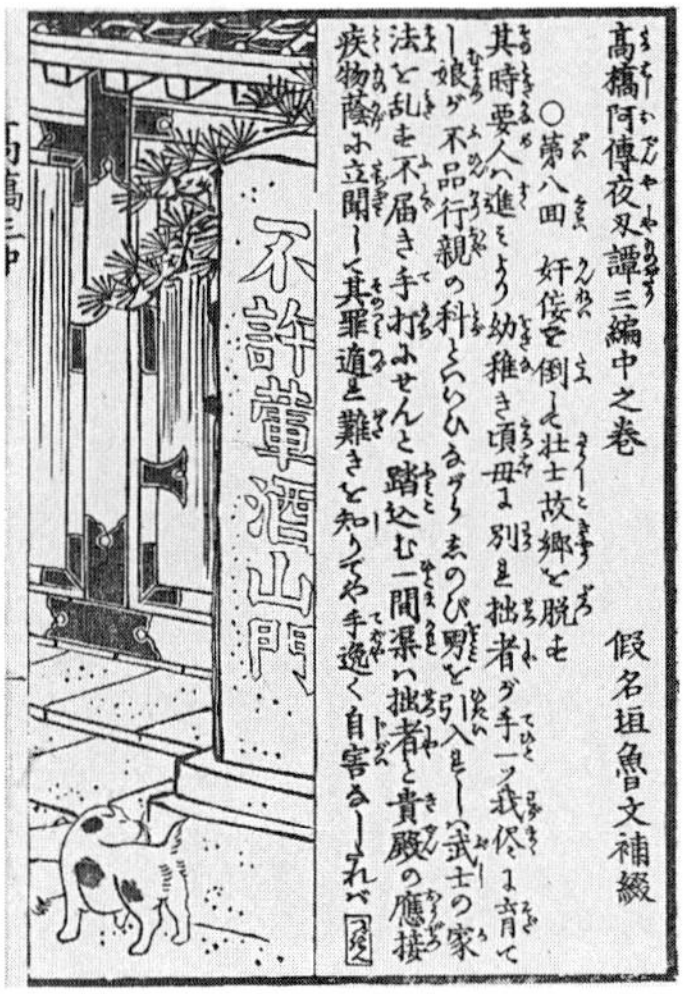

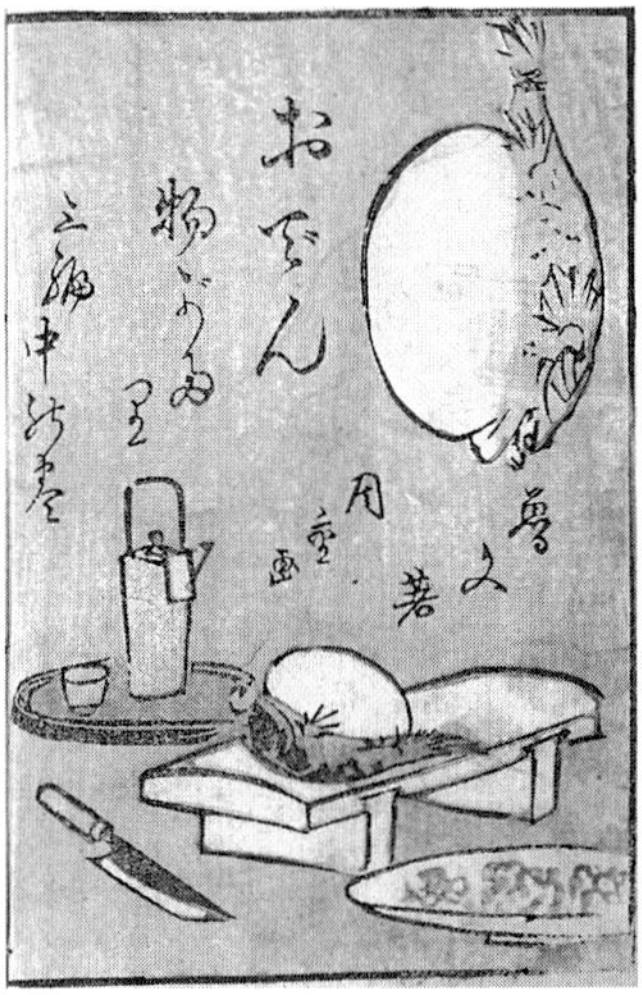

中巻見返し

おでん物がたり

三編　中の巻

魯文著

周重画

中巻見返し　吊るされ、まな板に載せられたフグと庖丁、大皿、銚子と盃。多色刷。

絵　石の榜示に書かれているのは、「葷酒山門に〔入るを〕許さず」と読む。多く禅宗の寺の門前に立つ結戒の一つで、修行の妨げになるニラ・ニンニクなど臭気の強い野菜や酒を寺内に入れることを禁じる意。斎藤良之助の菩提寺山門の景。

⑨高橋阿伝夜刄譚《たかはしおでんやしやものがたり》　三編中之巻

仮名垣魯文補綴

○第《だい》八回《くわい》　奸佞《かんねい》を倒《たふ》して[一]壮士《さうし》故郷《こきやう》を脱《だつ》す

其時要人《そのときかなめ》は進《すゝ》みより　幼稚《をさな》き頃母《ころはゝ》に別《わか》れ　拙者《せつしや》が手一《てひと》ツ我儘《わがまゝ》に育《そだ》てし娘《むすめ》が不品行《ふひんかう》　親《おや》の科《とが》とはいひながら　しのび男《をとこ》を引入《ひきい》れしは　[二]武士《ぶし》の家法《かはふ》を乱《みだ》す不届《ふとゞ》き　[三]手打《てうち》にせんと　手《て》踏込《ふみこ》む一間《ひとま》　[四]渠《かれ》は拙者《せつしや》と貴殿《きでん》の応接《おうぜつ》　疾物蔭《とくものかげ》に立聞《たちぎゝ》して　其罪遁《そのつみのが》れ難《がた》きを知《し》りてや　逸《ばや》く自害《じがい》なしたれば　⑩首打《くびう》ち落《おと》し　[五]拙者《せつしや》の潔白《けつぱく》　貴殿《きでん》の厚意《かうい》を謝《しや》す[六]寸志《すんし》と　聞《き》くより鉄《てつ》弥《や》が手持不沙汰《てもちぶさた》　「[七]おもひ設《まう》けぬ息女《そくぢよ》の自殺《じさつ》　定《さだ》めし貴殿《きでん》が[八]御愁傷察《ごしうしやうさつ》し[九]まをすが　相手《あいて》の密夫《みつぶ》　深《ふか》く詮議《せんぎ》を遂《とげ》たなら　知《し》れまいものでも有《ある》まいが　夫《それ》は拙者《せつしや》のぞんぜぬこと　死人《しにん》に口《くち》なく残念至極《ざんねんしごく》　混雑《とりこみ》の中長座《なかちやうざ》は[一〇]無心《むしん》　おいとまをすと立帰《たちかへ》る　跡《あと》は俄《にはか》に家内《かない》の奔走《ほんそう》　お静《しづ》が[一一]自害《じがい》は急病《きふびやう》といひ作《こしら》へんもうしろぐらしと　[一二]潔白《けつぱく》の総生要人《ふさふかなめ》　娘《むすめ》が不埒《ふらち》ありしより手討《てうち》になせしと　[一三]公然藩主《おもてむきはんしゆ》に訴《うつた》へ　検視《けんし》を乞《こ》ひ　後《のち》に[一四]菩提所《ぼだいしよ》に葬《はうむ》りぬ　○茲《こゝ》に斎藤良《さいとうりやう》の助《すけ》は　要人《かなめ》の娘《むすめ》おしづが慕《した》ふ折《をり》〳〵の玉章《たまづさ》に　素《もと》より[一五]木石《ぼくせき》の身《み》にあらねば　彼家《かのや》の下女《げぢよ》が媒妁《なかだち》にて　はじめて忍《しの》びしその事《こと》の　父《ちゝ》の耳《みゝ》にや入《いり》つらん　おしづは手打《てうち》

一「勇壮（マイサ）シキ士」（『言海』）。斎藤良之助を指す。
二 武家の掟。
三「手打（略）手ヅカラ人ヲ斬ルコト。（貴人ニイフ、手討ナド記ス）」（『言海』）。なお、錦文流『本朝諸士百家記』（宝永六年〈一七〇九〉）巻八「花房杢之丞短慮の事」「箕嶋（みのじま）富右衛門虚言（きよごん）にて人をころし身を果す事」は類話。証拠品を出されて疑われた女性が、詮議もされず父に手討にされ、その生首が証拠品を出した相手の男に示される点で一致。ただし『本朝諸士百家記』では、杢之丞の妻やつは実は潔白だった。春亭三暁の合巻『於花半七伝奇　十種香萩廼白露（こうつみはぎのしらつゆ）』（文政四年〈一八二一〉）の冒頭部はこれに依拠。
四 お静を指す。
五 父娘がぐるでないことを示し。
六 心ばかりの贈物。
七 予期もしない。
八 人に死なれた悲しみ。
九 申す。
一〇 心が至らないこと。無神経。
一一 自害したのを、急病で死んだのだと取り繕うのも後ろめたいと思い。
一二 高潔な。心に後ろ暗いところのない。**一三** 表立って。
一四 菩提寺。代々帰依し、墓を設けて追善供養を営む寺。武家・公卿にいう。庶民の場合は檀那寺。
一五 木や石のように人間らしい感情を解さないものではないので。

⑩

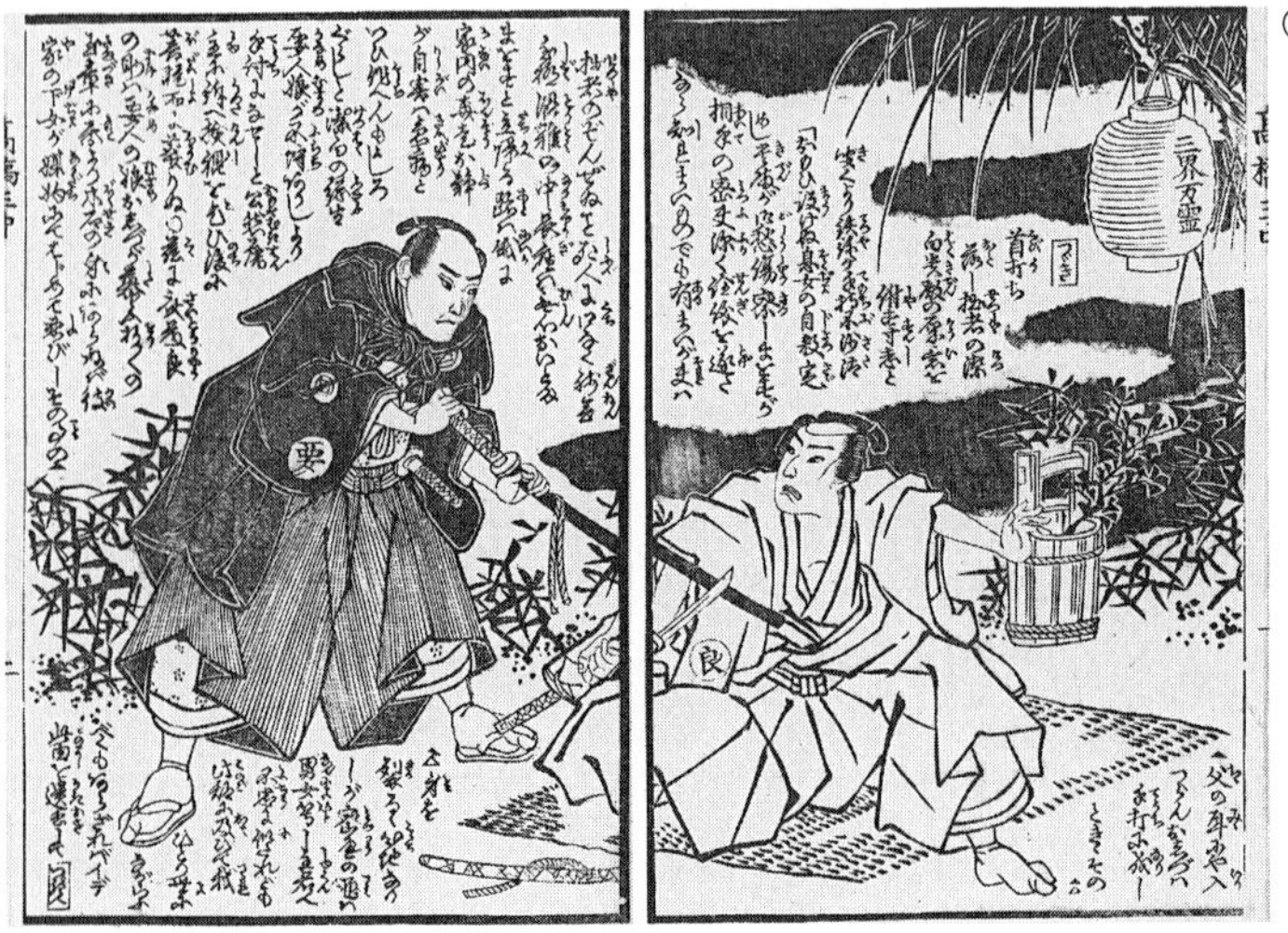

に成《なり》しとき〵 その身《み》を裂《さか》る〵心地《こゝち》なりしが 密通《みつつう》の罪《つみ》は男女《なんによ》等《ひと》し 主君《しゆくん》へ[一]不《ふ》忠《ちう》に似《に》たれども此期《このご》に及《およ》びて我《われ》ひとり [二]世《よ》にながらふべくもあらざれば [三]イデ此由《このよし》を遺書《かきおき》して ⑪切腹《せつぷく》の上総生《うへふさふ》へ言解《いひわけ》 [四]片時《へんし》も猶予《いうよ》成難《なりがた》しと[五]仕度《したく》と〵のへ 夜《よ》に入《いり》てその菩《ぼ》提所《だいしよ》に忍《しの》び行《ゆき》 祖先《そせん》の墓《はか》の前《まへ》に坐《ざ》し 認《したゝ》めたる書置《かきおき》を [六]革庫《かはご》に収《をさ》めてかたへにさし置《おき》 父祖《ふそ》の[七]位牌《ゐはい》を伏拝《ふしをが》み [八]鬼泉堂《ゆかんば》に棄《すて》はなせし[九]白挑灯《てうちん》を冥途《めいど》の灯火《ともしび》 [一〇]既《すで》に斯《かう》よと見《み》へたる背後《うしろ》に しばらくと声《こゑ》かけて 刃持手《やいばもつて》を刀《かたな》の[一一]鐺《こじり》にはらひ退《のく》るにうち驚《おどろ》き 誰《たれ》

絵 一二六頁・一二七頁絵の続きの場面。頭巾を取った要人が刀の鐺で良之助の切腹を止める。白張提灯の「三界万霊」は、三界(衆生の輪廻転生する三種の迷いの世界。欲界・色界・無色界)におけるすべての霊あるものの意。回向する時などにいう仏語。「トぼんでうちん〔盆提灯〕の白はり、三界万霊と書たるを出し」(四世鶴屋南北『隅田川花御所染(すみだがわはなのごしよぞめ)』第二番目中幕、文化十一年〈一八一四〉初演)。

一 主君に尽くして死ぬのではなく、密通の責任を取って死ぬから「不忠」。 **二** 長く生きるわけにはいかないので。 **三** さあ。ある行動を思い立ったときなどに発する語。 **四** →八四頁注一。 **五** 沐浴し、白装束を左前に着るなどの作法があった。 **六** なめし革でまわりを張り包んだ、蓋付きの大きな箱。行李や葛籠(つづら)の類で、衣類等を収納したり、運搬したりするのに用いる。ここはその小型のもの。 **七** 位牌は霊の依代(よりしろ)とされた。仏壇に安置されていたのを、ここまで持って来たもの。 **八** 湯灌場(ゆかんば)。棺に入れる前に死体を湯水で洗い清める(湯灌する)ための小屋で、寺に設けられた。「鬼泉堂」の用字は未詳。 **九** 白張提灯。紋所などを書かず、白い紙を張っただけの高張提灯で、葬礼の時などに用い、墓地に掲げた。

⑪

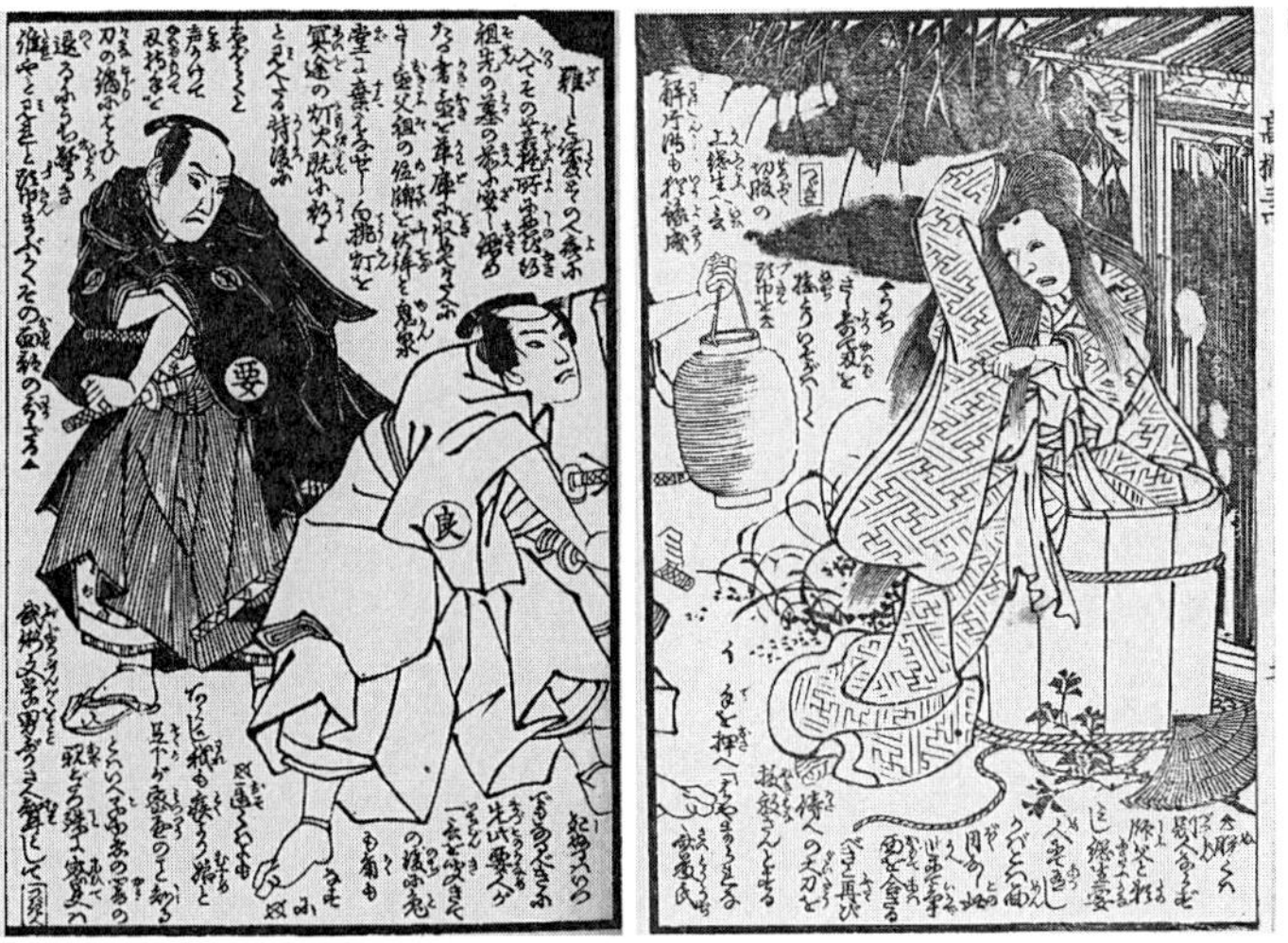

やと見《み》れど　[一二]頭巾《づきん》まぶかくその面部《おもて》の分《わか》ざるうち　さし寄《より》て刃《やいば》を捻《ねぢ》とり　いそがはしく頭巾《づきん》を脱《ぬ》ぐは別人《べつじん》ならず　[一三]師父《しふ》と頼《たの》みし総生《ふさふ》要人《かなめ》にて有《あり》しかば　こは面目《めんぼく》なし　[一四]此世《このよ》にて[一五]争面《いかでおもて》を合《あは》さるべきと　再《ふたゝ》び傍《かた》への[一六]大刀《だいたう》を抜放《ぬきはな》さんとする手《て》を押《おさ》へ　「[一七]はやまられな斎藤氏《さいとううぢ》　死《し》ぬるはいつでもなるべきに　先此要人《まづこのかなめ》が一言《いちごん》を聞《き》きての後《のち》に　[一八]兎《と》も角《かく》もなすに遅《おそ》くはよもあらじ　我《われ》も[一九]疾《とく》より娘《むすめ》と足下《そくか》が密通《みつつう》のこと知《し》るとはいへ　[二〇]子《こ》ゆゑの闇《やみ》の親《おや》ごゝろ　殊《こと》に密夫《あひて》は⑫[二一]武術文学《ぶじゆつぶんがく》[二二]男《をとこ》ぶりさへ　聟《むこ》として恥《はづか》しから

↓一二六頁絵右上。この白張提灯を、冥途を照らす案内として。一〇 今まさに刃を腹に突き立てようとした時。一一 ↓五二頁注一五。一二 頭や顔を包む布製のかぶりもの（↓一二七頁絵）。寒さやほこり、人目を避けるために使用。一三 父のように敬愛する師。一四 底本振り仮名「このうへ」。錦松堂版により改める。一五「いかで」は反語の意。「ドウシテ（略）争」（『言海』）。一六 脇差を奪われたので、やむなく大刀で切腹しようとしたため。一七 はやまりなさるな。禁止の終助詞「な」は、一般には終止形に付くが、室町時代以降は連用形にも付く例がある。「奥方、お腹立(たて)られな」（初世並木正三『幼稚子(おさなごのまで)敵討』六つ目、宝暦三年〈一七五三〉初演）。一八 なんとでも。一九 早くから。二〇 子を愛するあまり、親が理性的な判断を失って思い惑うことのたとえ。「子を思う心の闇」とも。「人のおやの心はやみにあらねども子を思ふ道にまどひぬるかな」（『後撰和歌集』十五・雑一、兼輔朝臣）による。ここは、娘可愛さに密通を黙認していた、ということ。二一「書ヲ読ミテ講究スル学芸、即チ、経史詩文等ノ学。（武術ナドニ対ス）」（『言海』）。二二 男性としての容貌、態度。

絵　葬棺から出る女の亡者。怪しんで白張提灯を差し出す良之助、要人。

⑫

ぬ者《もの》なりと思《おも》ふものから　一いつしかは次男石松《じなんいしまつ》を二家督《かとく》と定《さだ》め　おん身《み》に娘《むすめ》を三そはせんと知《し》らぬ体《てい》にて日《ひ》を過《すご》せしを　彼松永《かのまつなが》が横恋慕《よこれんぼ》　人《ひと》を以《もつ》て娘《むすめ》を所望《しよもう》　日頃《ひごろ》渠《かれ》が四心《こゝろ》よからぬ一藩中《ばんちう》の風聞《ふうぶん》あり　殊更《ことさら》おん身《み》にめあはせ五べき心あるより　すげなくも断《ことは》りたるを遺恨《ゐこん》として　おん身《み》が娘《むすめ》としのび合《あひ》し　その六蹤蹟《そうせき》を看認《みとめ》しや　証拠《しやうこ》のふみの切端《きれはし》さへ　携《たづさ》へ来《き》ての難題《なんだい》に　七胸《むね》に釘《くぎ》うつ拙者《せつしや》が苦心《くしん》　一寸遁《すんのが》れに奥《おく》の間《ま》へ身《み》を退《しり》ぞけしに　八委細《いさい》の様《やう》

絵　石地蔵の頭上に飛び乗り、面を取った亡者の正体は鉄弥。手拭いで面部を包んだ曲者は酷斎。見開きを上下に使ったダイナミックな構図は、山東京伝作・歌川国貞画『松ト梅竹取物語』(文化六年〈一八〇九〉)など、文化(一八〇四-一八)中期以降しばしば見られるもの(鈴木重三注、『修紫田舎源氏』下・二十一編、新日本古典文学大系 八十九巻、岩波書店、一九九五年)。本作でも以後時折用いられる。

一　そのうちいつかは。
二　家を継ぐべき子。
三　添わせようと。
四　性格のよくないことについては。
五　室町時代以降、「べし」は一段・二段活用動詞連用形に付く例が増加。「御ゆかりになりまいらせべき事候はず」(『古今著聞集』武勇第十二)、「二人して勤めべき所お一方(かた)が病気故」(三遊亭円朝『真景累ケ淵』八、明治二十一年)。
六　以前にあった事がら。事跡。
七　胸に釘を打たれるように、自分の弱点を突然突かれて心痛すること。次の「一寸」は「釘」の縁語。
八　こまごましたこと。事の詳細。

⑬

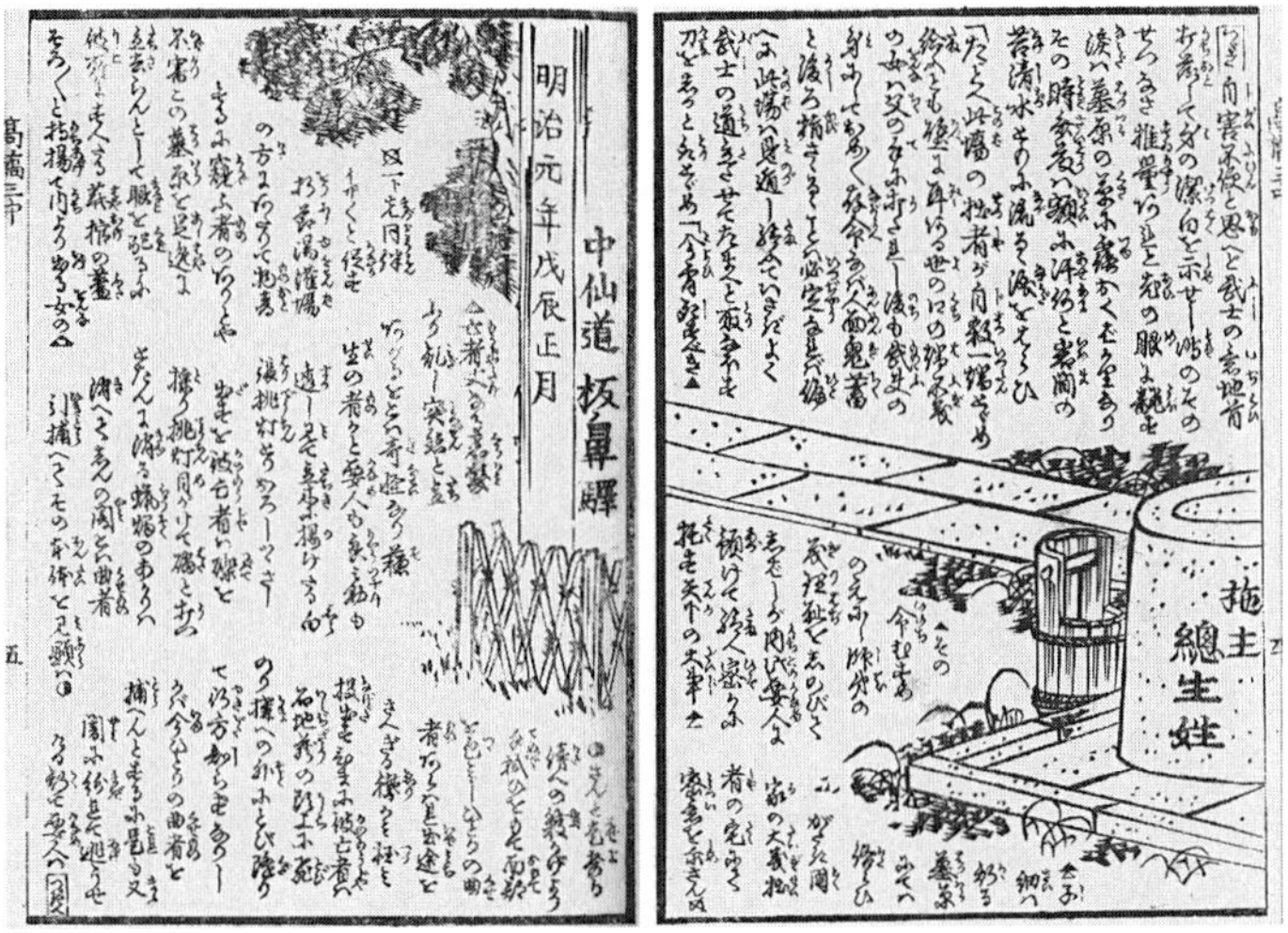

子《す》立聞《たちぎゝ》したるか　娘《むすめ》の自害《じがい》⑬　九不《ふ》便《びん》と思《おも》へど武士《ぶし》の意地《いぢ》　首打落《くびうちおと》して身《み》の潔白《けつぱく》を示《しめ》せし時《とき》のそのせつなさ　推量《すゐりやう》あれと　老《おひ》の眼《め》に一〇零《こぼ》す涙《なみだ》は　墓原《はかはら》の草《くさ》に露《つゆ》おくばかりなり　その時斎藤《ときさいとう》は額《ひたい》に一一汗《あせ》　一二何《なに》と岩間《いはま》の苔清水《こけしみづ》　ともに流《なが》るゝ涙《なみだ》をはらひ「たとへ此《この》場《ば》の拙者《せつしや》が自殺《じさつ》　一三一端《いつたん》とゞめ給《たま》ふとも　一四壁《かべ》に耳《みゝ》ある世《よ》の口《くち》の端《は》不義《ふぎ》の女《をんな》は父《ちゝ》の手《て》に打《う》たれし後《のち》も　武夫《ものゝふ》の身《み》にしておめ〳〵存命《ながらへ》なば　一五人面鬼畜《にんめんきちく》と後《うし》ろ指《ゆび》さゝるゝことは必定《ひつぢやう》なれば　偏《ひと》へに此場《このば》は見遁《みのが》し給《たま》ふて　いさぎよく一六武士《ぶし》の道立《みちた》たせてたまへ

九「ふびん　不便(略)憐ムベキコト。カハイサウナルコト。（当字ニ、不憫ナド書ス）」(『言海』)。「おやへ(人名)ばかりは不便(ふびん)なものと」(岡本勘造『夜嵐阿衣花廼仇夢』二・下)。

一〇 墓地。

一一 要人の苦衷を初めて知り、自分の不明を恥じたため。

一二 何と言ったらよいのかわからず、岩の割れ目から苔を伝わり流れる清らかな水のように流れる涙を、要人とともにぬぐって。「言は」と「岩間」は掛詞、「岩間」「苔清水」「流るゝ」は縁語。

一三 一旦。

一四 →五八頁注一。

一五 人面鬼畜。顔は人間であるが、心は鬼や畜生に等しい意で、義理人情をわきまえない人をののしっていう語。人でなし。

一六 ここでは、潔く切腹すること。

絵　右は「施主／総生姓」とあり、お静を葬った総生家の墓の一部。左は良之助が宿った板鼻駅(→一〇二頁注二)の道標。「明治元年戊辰正月」とあるが、改元は九月八日なので、「慶応四年戊辰正月」とあるべき。

⑭

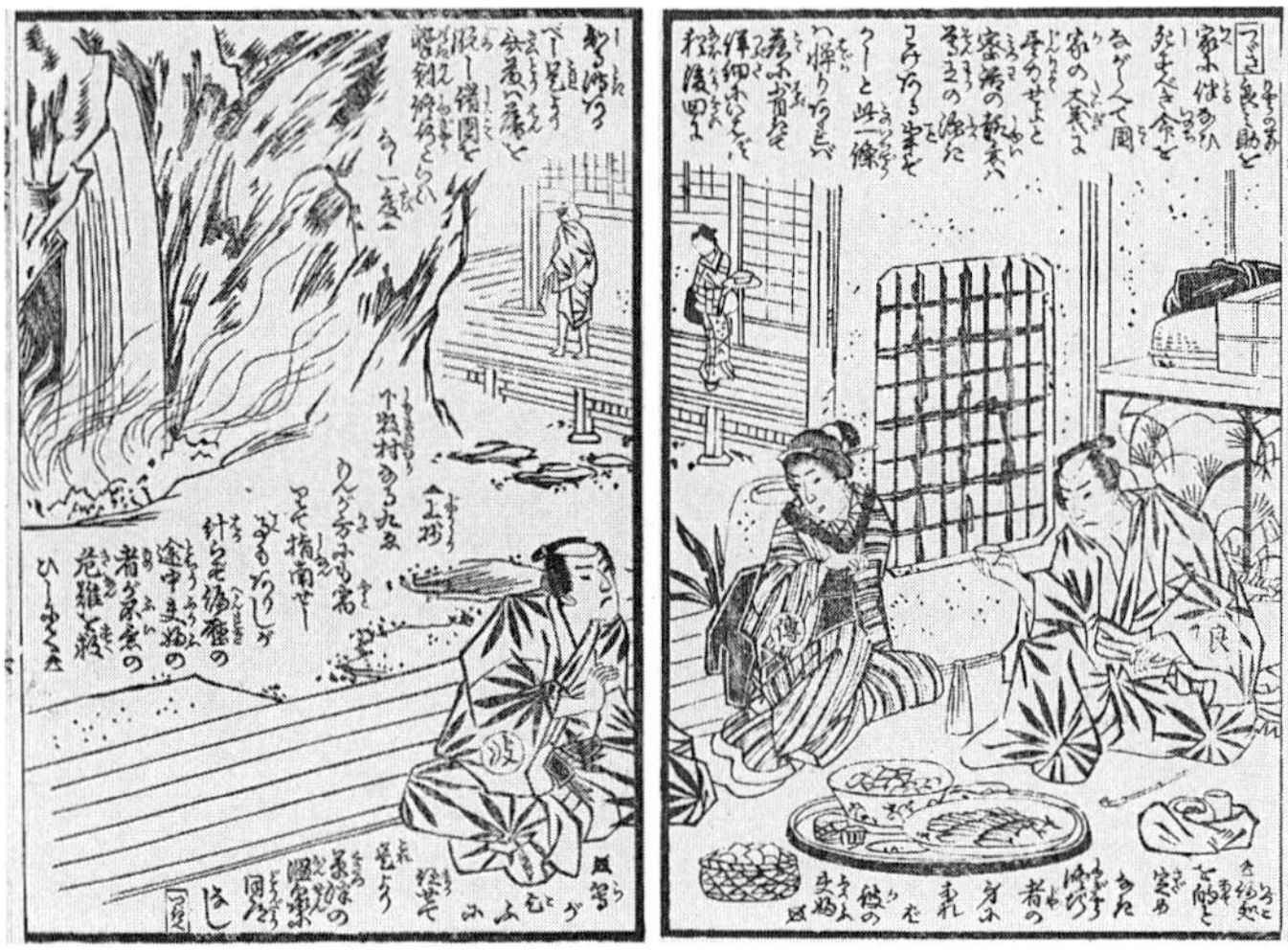

と　取《とり》なほす刀《かたな》をしかと取《とり》とゞめ　「今宵《こよひ》死《し》すべきその命《いのち》一むすめのえにし　師弟《してい》の義理《ぎり》　恥《はぢ》をしのびてしばしが内《うち》　此要人《このかなめ》に預《あづ》けて給《たま》へ　密《ひそ》かに托《たく》す天下《てんか》の大事《だいじ》　子細《しさい》は斯《かゝ》る墓原《はかはら》にては語《かた》らひがたき国家《こくか》の大義《たいぎ》　拙者《せつしや》の宅《たく》にて密意《みつい》二を示《しめ》さん　一ト先《まつ》同伴《どうはん》　イザ〳〵と促《うなが》す折節《をりふし》　湯《ゆ》三灌場《くわんば》の方《かた》にあたりて物音《ものおと》するに窺《うかゞ》ふ者《もの》のありとや不審《いぶかり》　この墓《はか》原《はら》を足逸《あしばや》に立去《たちさ》四らんとして眼《まなこ》を配《くば》るに　彼所《かしこ》にすへたる葬棺《はやおけ》五の蓋《ふた》そろ〳〵と持揚《もちあげ》て　内《うち》より出《いづ》る女《をんな》の亡者《もうじや》六　丈《たけ》なる黒髪《くろかみ》ふり乱《みだ》し　突然《とつぜん》と立《たち》あがるを　こは奇《き》

絵　草津の温泉宿でくつろぐ良之助と波之助夫婦。

一　娘お静との縁故や師弟の義理に免じて。
二　内々の意向。
三　→一三二頁注八。
四　主語は要人と良之助。
五　「はやおけ」は「早桶」で、出来合いの粗末で大型の桶。座棺（死者を座らせて入れる）として庶民に使用された。→一三三頁絵。
六　死人。
七　息を吹きかえした者か。
八　目をこらして闇の中を見て。
九　→一三二頁注九。
一〇　投げるための小石。
一一　→一〇七頁注一九。
一二　真っ暗闇。
一三　一三四頁絵の「鉄」によれば、正体は松永鉄弥。
一四　正体を暴いてやろうと。
一五　一三四頁絵の「酷」によれば、正体は角堀酷斎。
一六　行く手をさえぎる曲者のえりくびを摑んで。
一七　墓地の囲いの外。

⑮

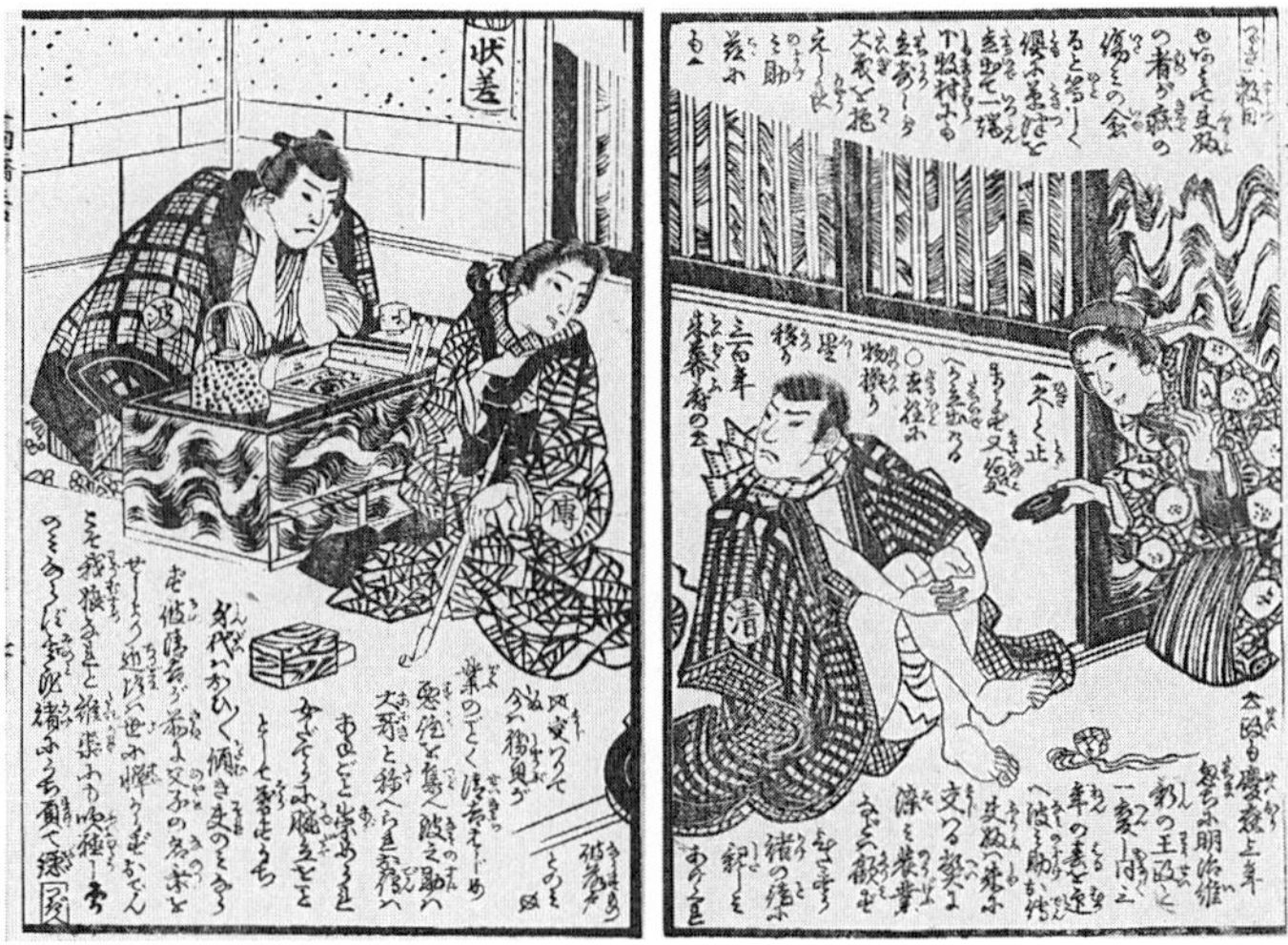

怪《くわい》なり　[七]蘇生《そせい》の者《もの》かと　要人《かなめ》も良之助《りやうのすけ》も[八]透《すか》し見《み》て　立木《たちき》に掲《か》けたる[九]白張挑灯《しらはりでうちん》とりおろしツ、さし出《だ》すを　彼亡者《かのもうじや》は[一〇]礫《つぶて》を採《と》り挑灯目《てうちんめ》がけて[一一]礑《はた》と打《う》つ　とたんに消《きゆ》る蠟燭《らうそく》の　あかりは消《き》へて[一二]しんの闇《やみ》　こは[一三]曲者《くせもの》　引捕《ひきとら》へてその[一四]本体《ほんたい》を見顕《みあら》はさんと　走寄《はせよ》る傍《かた》への籔《やぶ》かげより　手拭《てぬぐ》ひをもて面部《おもて》を包《つゝ》みしひとりの[一五]曲者《くせもの》あらはれ出《いで》　[一六]途《みち》をさへぎる襟《えり》がみ摑《つか》み投出《なげだ》すひまに　彼亡者《かのもうじや》は石地蔵《いしぢざう》の頭上《かしら》に飛《とび》のり　[一七]構《かま》への外《そと》にとび降《くだ》りて　行方知《ゆきがたし》らずなりしかば　今《いま》ひとりの曲者《くせもの》を捕《とら》へんとするに　是《これ》も又闇《またやみ》に紛《まぎ》れ

絵　波之助夫婦に金を借りに来た鬼清。出された茶碗を投げ、居直っている。長火鉢に頰杖をついて思案する波之助、長煙管に懐手のお伝。左上の「状差」は、壁にかけて、他から来た書状を差し込んでおくもの。

以下一三八頁——

一　総生要人と斎藤良之助の密談を聞いた松永鉄弥・角堀酷斎が、その後二人に何らかの邪魔をすることが予想されるが、以後彼らは登場しない。

二　先行の記述を受けながら、新たな場面の展開を起こす接続詞。かくして。さて。

三　天皇を尊ぶこと。嘉永六年(一八五三)のペリー来航以降、対外問題・幕藩体制の問題点が露呈したことで、「攘夷」と結びついて幕末の政治運動の大きな潮流となった。特に水戸藩では、第二代藩主徳川光圀以来の水戸学により盛り上がりをみせ、やがて元治元年(一八六四)の天狗党の乱となった。斎藤良之助の出身を常陸(→一〇九頁注八)としたのは、水戸藩を意識した設定か。

四　ことなのだそうだよ。記者(魯文)

て逃《にげ》[一]うせける　斯《かく》[二]て要人《かなめ》は　⑭良之助《りやうのすけ》を家《いへ》に伴《とも》なひ　死《し》すべき命《いのち》をながらへて　国家《こくか》の大《たい》義《ぎ》に尽力《じんりよく》せよと密話《みつわ》の趣意《しゆい》は　[三]尊王《そんわう》の深《ふか》きわけある事《こと》[四]ぞかしと　此一条《このいちでう》は憚《はゞか》りあれば　茲《こゝ》に省《はぶ》きて詳細《つぶさ》にいはず　猶後回《なほかうくわい》[五]に知《し》る時《とき》あるべし　是《これ》より斎藤《さいとう》は藩《はん》[六]を脱《だつ》し　諸国《しよこく》を撃《げき》[七]剣修行《けんしゆぎやう》といひなし　一度《たび》上州下牧村《じやうしうしもまきむら》なる九ゑもんが方《かた》にも宿《やど》りて　指南《しなん》せし事《こと》もありしが　計《はか》らず偏歴《へんれき》[八]の途中《とちう》夫婦《ふうふ》[九]の者《もの》が不意《ふい》の危難《きなん》を救《すく》ひしにて　何処《いづこ》を的《あて》と定《さだ》めなき修行《しゆぎやう》者《じや》の身にあれば　彼《か》の夫婦《ふうふ》等《ら》が乞《こ》ふに任《まか》せて　是《これ》より草津《くさつ》の温泉《おんせん》に同道《どうだう》なし　⑮数日《すじつ》[一〇]ゆあみて　夫婦《ふうふ》の者《もの》が疵《きず》の傷《いた》みの愈《いゆ》ると等《ひと》しく　倶《とも》に草津《くさつ》を立出《たちいで》て　一端下牧村《いつたんしもまきむら》にも立寄《たちより》しが　[一一]大義《たいぎ》を抱《かゝ》えし良之助《りやうのすけ》　茲《こゝ》にも久《ひさ》しく止《とゞ》まらず　又何処《またいづこ》へか立出《たちいで》ける

○去程《さるほど》[一二]に　物換《ものかは》り星移《ほしうつ》[一三]り　三百年来幕府《らいばくふ》の政《せい》も　慶応《けいおう》[一四]三年忽《たちま》ちに明治維新《いしん》の王政《わうせい》と一変《へん》し　同《おなじく》[一五]三年《ねん》の春《はる》を迎《むか》へ　波之助《なみのすけ》お伝夫婦《でんふうふ》は朱《しゆ》[一六]に交《まじ》はる弊《へい》に染《そ》み　農業《のうげふ》などは顧《かへりみ》ずひたすら賭《かけ》の徒《と》に親《した》しみ　あけくれ破落戸《ならずもの》とのみ交《まじ》はりて　今《いま》は勝負《しやうぶ》[一七]が業《げふ》のごとく　清吉《せいきち》はじめ悪徒《あくと》を集《つど》へ　波之助《なみのすけ》は大哥《あにき》[一八]と称《たゝ》へられ　お伝《でん》はあね[一九]ごと崇《あが》められ　女だてらに腕《うで》[二〇]立《だて》をことゝして暮《くら》すうち　身代《しんだい》はおひ〱傾《かたむ》き　夫《それ》のみならず　彼《かの》清吉が前《さき》に父子《おやこ》の名《な》乗《のり》をせしより　近頃《ちかごろ》は世《よ》に憚《はゞ》からず　おでんこそ我娘《わがむすめ》なれと　誰渠《たれかれ》にも吹聴《ふいちやう》[二一]し　[二二]しかのみならず　其身《そのみ》賭《かけ》にうち負《まけ》て鐚《びた》⑯一文《もん》もなき折《をり》は　波之助夫婦《なみのすけふうふ》に迫《せま》り　金《かね》の強借《おしがり》[二三]幾度《いくたび》といふ限《かぎ》りを知《し》らず　夫婦《ふうふ》も今《いま》はもてあまし　近頃傾《ちかごろかたむ》く身代《しんだい》に　地蔵《ぢざう》[二四]の顔《かほ》も三度笠《さんどがさ》　冠《かむ》りて

による朧化表現。五 後の回。実際には対応する場面なし。六 脱藩。武士が藩籍を捨てて浪人となること。無断で脱藩した場合、家名断絶に処せられるなど重罪であった。七 剣術修行のためと言いこしらえ。八 遍歴。「狼は食を得んとて彼地此地（あちこち）偏歴なす折から」（ゲーテ著・井上勤訳『狐の裁判』十、明治十七年）。九 波之助夫婦。一〇 湯治して。一一「尊王」という国家の大事。一二 ↓四三頁注四四。一三 歳月が経ち。一四 慶応三年十二月九日（一八六八年一月三日）、岩倉具視や大久保利通らによりクーデターが決行され、王政復古の大号令によって天皇親政による新体制が樹立、幕府や摂政関白制度の廃止が決定。「明治」改元は慶応四年九月八日（一八六八年十月二十三日）。「明治維新」は、元治・慶応（一八六四―六八）の討幕運動から明治四年（一八七一）の廃藩置県までを中心とした、江戸幕藩体制から近代天皇制へと移行する変革をいう。ここでの用例は時期的に早い。一五 明治三年。「同」は前行の「明治」を指す。一六 交際する仲間に感化されて悪に染まり。一七 賭け事が仕事のようになり。一八 博徒仲間などで、年長者や勢力ある者を呼ぶ敬称。「哥」は「兄」の意。一九 同じく、兄貴分の妻を呼ぶ敬称。二〇 力をたのみ、好んで人と争ってばかりいて。二一 言いふらし。

⑯

夫婦《ふうふ》故郷《こきやう》を立退《たちの》き　この邪魔者《じやまもの》を避《さけ》んと思《おも》ひ立折《たつをり》から　彼鬼清《かのおにせい》は何処《いづこ》にてか二五敗軍《はいぐん》の懐《ふとこ》ろ軽《かろ》く二六焼酒《やけざけ》のよろ〳〵足《あし》　高橋《たかはし》方へ入来《きた》り　夕辺《ゆふべ》よりの敗《まけ》つゞけ　二七身《み》の皮《かは》までも剝《は》ぎとられ　毎度《まいど》のことで気《き》の毒《どく》ながら　相替《あひかは》らず二八無心《むしん》に来《き》た　二九ちび〳〵借《がり》では実《み》にならぬ　けふは一度《ど》に三〇五十円《えん》タツタ今貸《かし》てくれと　三一大業《げふ》に巻《まき》出《だ》すことばを　お伝《でん》は聞《きい》て三二憤《むつ》と顔《がほ》「金《かね》のなる木は植《うゑ》ては置《お》かぬ　三三当時都合《たうじつがふ》の悪《わる》いのも知《し》ツて居《ゐ》ながら　又しても貸《かし》てくれろ　三四も久しいもの　譬《たと》へ血統《ちすぢ》であらうとも　それはむかしの内所《ないしよ》ご

二二 そればかりでなく。「しか」は入れ木。 二三 →四九頁注一一。 二四 諺「仏の顔も三度」に同じ。これに「三度笠」（顔が隠れるように深く作った道中用菅笠）を掛ける。「地蔵ノ面モ三度撫（デナ）レバ腹ヲ立ツ」（太田全斎『諺苑』寛政九年〈一七九七〉自序）。「はひかけし（夜這をしかけし意）地蔵の顔も三度笠またかぶりたる（失敗する意）首尾のわるさよ」（十返舎一九『東海道中膝栗毛』五・上、文化三年〈一八〇六〉）。 二五 賭け事に負けて懐さびしく。 二六 やけ（自棄）になってあおる酒。 二七 博打に負け、着ている物まで失い。 二八 →六〇頁注一五。 二九 少しずつ借金するのでは成果が出てこない。 三〇 一両＝一円と定められるのは明治四年五月制定の新貨条例だから、五十両（→五八頁注五）のはずだが、一四一頁絵で紙幣を与えており、明治十二年の執筆時の感覚で「五十円」としたか。または太政官札等（→補四四）で五十両の意か。 三一 大げさにぶちまける。「大業」は「大仰」。「巻出す」は言い出す意の俗語的表現。 三二 機嫌悪く、むっとした顔つき。 三三 ただいま。 三四 お決まりのセリフだ。「久しい」はいつも通りで変わりのないさま。

絵　金が借りられないと知り、波之助夫婦が今市らを殺したことを訴えると立ち上がる鬼清。引き留める波之助。お伝は静観。

⑰

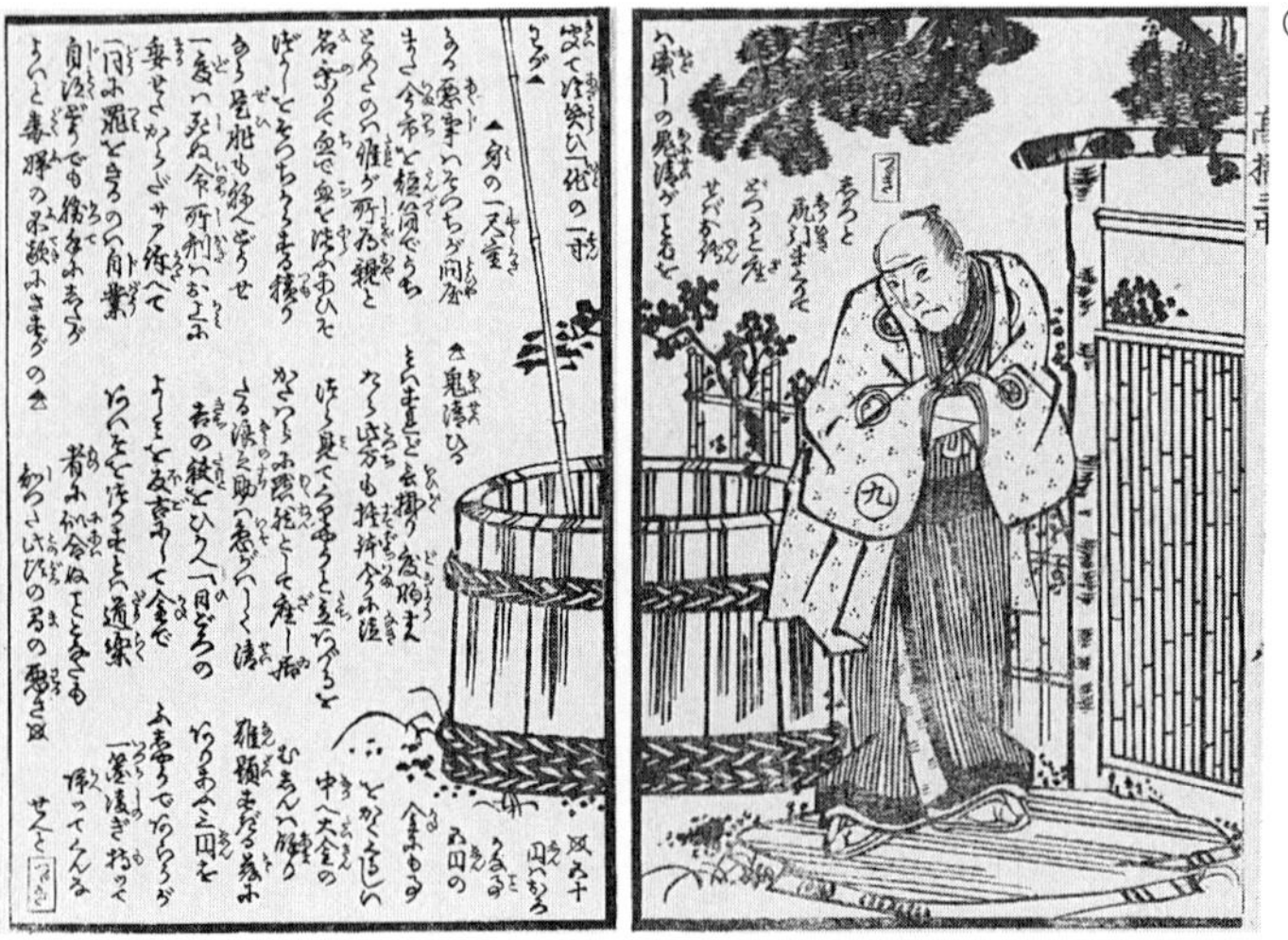

と　[一]養《やしな》ひ親《おや》のある中《うち》に　憚《はゞか》りもなく[二]親《おや》づらは　表《おもて》むきでいはれぬことを遠慮《ゑんりよ》もなくぶちまけて此方《こちら》の弱身《よわみ》を附込《つけこ》む難題《なんだい》　[三]ナンボ人外《ぐわい》渡《と》世でも　[四]うきよの義《ぎ》理《り》といふことを　少《すこ》しはおもふて看《み》なされと　男《をとこ》まさりの大胆《だいたん》者《もの》　[五]判然《はんぜん》いへば　清吉《せいきち》は忽《たちま》ちこゑもあらゝかに「オヽさうぬかせば此方《こつち》も[六]いひぶん　自《おれ》の[七]精《せい》気《き》を分《わけ》た[八]孩児《がき》　[九]証拠《しやうこ》のある実親《じつおや》を　むしんの金《かね》ゆゑ他《た》人あしらひ　此上は[一〇]うぬが悪事《あくじ》　[一一]今市はじめふたりの者《もの》を　殺《ころ》した始末《しまつ》を訴《うつた》へて　うぬら夫婦《ふうふ》の[一二]憂目《うきめ》が腹　[一三]愈《いよ〳〵》金《かね》が出来《でき》ずは覚悟《かくご》をし⑰

絵　庭の外で鬼清たちの話を聞く隠居高橋九右衛門。

一 高橋九右衛門を指す。　二 親面するのは、お伝が勘左衛門の子ではなく鬼清の子であるということを。　三 いくら人の道にはずれた稼業（博徒）でも。「人外」は「にんぐわい（略）人ノ道ニ外レタルコト」（『言海』）。　四 底本「うきよ義理」（ただし「うきよ」読みにくい）。錦松堂版により「の」を補う。　五 はっきり言ったところ。底本振り仮名「ばんぜん」。錦松堂版により改める。　六 言い分がある。　七 体の精力。精液。「魚ナドハ。女(メ)ガ玉子ヲ外へ生出シテ後ニ。男(ヲ)ノ精気ヲ。夫(ソレ)へ射カケテ子ト為スデム(こざる)(略)男女(ヲメ)ノ精気合躰セネバ。子トハ成ラヌ処ハ。人モ鳥ケダモノ魚虫モ同ジ理(コトワ)リデ」（平田篤胤『志都能石屋(しずのいわや)講本』下、文化八年〈一八一一〉）。　八「孩児」は幼子の意。　九 ↓九八頁注四。「拠」は、中世には連濁して「ご」と読まれることもあった。「後ノ証拠(シヨ)(ゴウ)ニ立(タタ)レ候へ」（『太平記』十七「十六騎ノ勢金崎入(カネガサキニイル)事」）。　一〇 対称。「人ヲ指シテ極メテフカクノノシル時ニ云フ。下等人ノ語」（『日本大辞書』）。　一一 今市・畑作・鎌五郎。↓九二頁以下。　一二 つらい目にあわせれば自分は満足だ。「目」「腹」は縁語。　一三 本当に金が出来ないというのなら。　一四 ↓五五頁注四一。

⑱

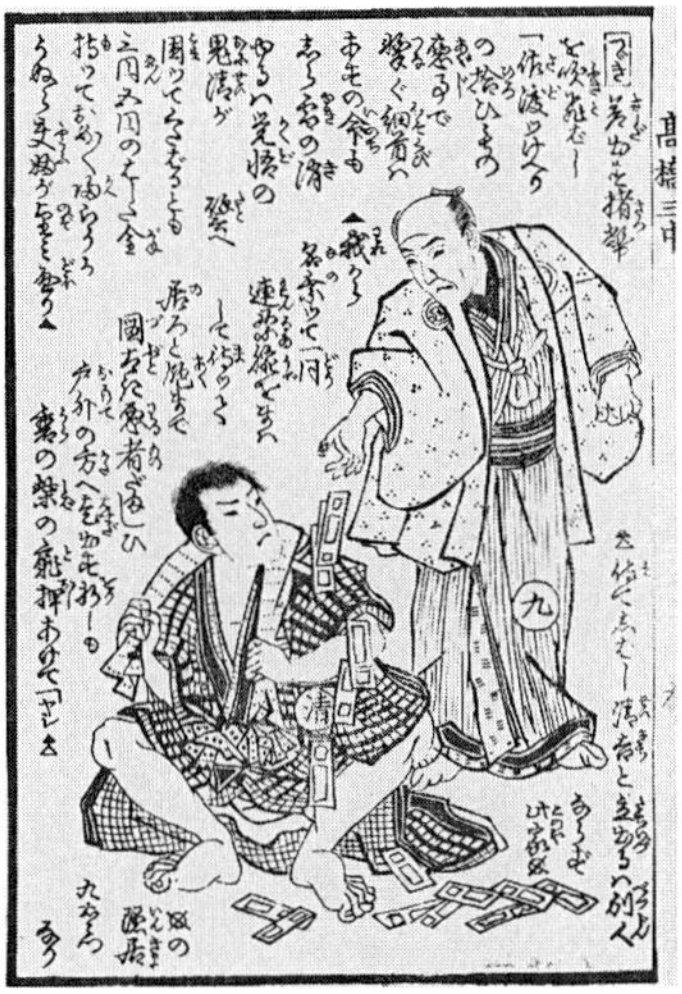

ろと　[一四]尻引《しりひき》まくりてどつかと座《ざ》せば　お伝《でん》は威《おど》しの鬼清《おにせい》がことばを聞《きい》て冷笑《あざわら》ひ　「[一五]他《ひと》の一寸《すん》わが身《み》の一尺《しやく》　重《かさ》なる悪事《あくじ》はそつちが[一六]問屋《とひや》　また今市《いまいち》を[一七]短筒《たんづゝ》でうちとめたのは誰《たれ》が所為《しわざ》　親《おや》と名《な》乗《の》りて　[一八]血《ち》で血《ち》を洗《あら》ふあひそづかしをそつちからする積《つも》りなら[一九]是非《ぜひ》もねへ　どうせ一度《ど》は死《し》ぬ命《いのち》　[二〇]所刑《しおき》はお上《かみ》に委《まか》せたからだ　サア訴《うつた》へて[二一]一同《どう》に　罪《つみ》ひるをきるのは自業自得《じがうじとく》　どうでも勝手《かつて》にしたがよいと　毒婦《どくふ》の不敵《ふてき》にさすがの鬼清《おにせい》　ひるみはすれど[二二]言掛《いひがゝ》り　度胸《どきよう》すへたら此方《こつち》も捨鉢《すてばち》　今《いま》に泣《なき》つら見《み》て[二三]くりやうと立《たち》あがるをかたはらに黙然《もくねん》として座《ざ》し居《ゐ》たる[二四]浪之助《なみのすけ》は　急《いそ》がはしく清吉《せいきち》の[二五]袂《たもと》をひかへ　「日《ひ》ごろの[二六]よしみを反古《ほご》にして　金《かね》であいそをつかすとは　道楽者《だうらくもの》に似合《にあは》ぬこと　[二七]こなたも知《し》つた此頃《このごろ》の[二八]間《ま》の悪《わる》さ　[二九]五十円《ゑん》はおろかな事《こと》　五円《ゑん》の金《かね》にも事をかく　くるしい中《なか》へ大金《たいきん》のむしんは余《あま》り難題《なんだい》すぎる　茲《こゝ》にありあふ三円《ゑん》を　[三〇]ふしやうであらうが[三一]一箇《いつか》凌《しの》ぎ　持《も》ツて帰《かへ》ツてくんなせへと　⑱差出《さしだ》す[三二]楮幣《さつ》を吹飛《ふきと》ばし　「[三三]佐渡《さど》ツけへりの[三四]拾《ひろ》ひもの　[三五]悪事《あくじ》で繋《つな》ぐ

一五 諺。他人の欠点は些細なものでも気がつくが、自分の欠点は大きなものでも気がつきにくい、の意。「人の一寸は見ゆれど吾一尺は見えず」(松葉軒東井編『譬喩尽(たとえづくし)』「ひ之部」寛政末年〈一八〇一〉頃成)とも。 一六 専門。お手のもの。 一七 →九二頁一〇行。「短筒」はピストル。→八九頁注七。 一八 血族同士がお互いに争うような、「あいそ」を尽かす言葉を。 一九 仕方がない。 二〇 「しおき」は処罰の意。「処刑」に同じ。 二一 一緒に。 二二 あとに引けなくなり。 二三 くれよう。 二四 「波之助」の誤記と考えられるが、底本のママとする。 二五 袂をとらえて引きとめ。 二六 親しい付き合いを無駄にして。 二七 対等以下の相手に用いられた対称。「コナタ、此方(略)you, (to inferiors.)」(『和英語林集成』再版)。 二八 まわり合わせ(運)の悪さ。 二九 五十円は言うまでもなく。 三〇 気に入らないでしょうが、それで我慢して。「ふしやう」は、「不請」「不承」「不肖」「不勝」などと表記。 三一 一時しのぎ。 三二 紙幣。→補四四。 三三 佐渡帰り。→補二四。 三四 思わぬもうけもののこの俺。苛酷な佐渡島の労役から生きて帰れたから。

一四二頁に続く

絵　お伝と親子の縁を切るという条件で、鬼清に五十円を投げ与える九右衛門。

細首《ほそくび》は　あすの命《いのち》もしら雪《ゆき》の　消《き》ゆるは覚悟《かくご》の鬼清《おにせい》が　譬《たと》へ困《こま》ツてくたばるとも　三円《ゑん》五円のはした金《がね》　持《も》ツておめ〳〵帰《かへ》らうか　うぬら夫婦《ふうふ》が望《のぞ》み通《どほ》り　我《われ》から名乗《なの》ツて一一同連累《どうれんるゐ》　腕《うで》をまはして待《ま》ツて居《ゐ》ろと　飽《あく》まで図太《づぶと》き悪者《わるもの》だましひ　戸外《おもて》の方《かた》へ走出《はせだ》す折《をり》しも　裏《うら》の二柴《しば》の扉《と》押《おし》あけて　「ヤレ待《ま》てしばし　清吉《せいきち》と　立出《たちいづ》るは別人《べつじん》ならず　此家《このや》の隠居《いんきょ》九右衛門なり

三五 これまで悪事を働いてなんとか繋いできた自分の首だが、明日はどうなるか知らず、白雪のように命が消えるのを覚悟している、この鬼清ともあろうものが。「命も知らず」と「しら雪」は掛詞、「しら雪」「消ゆる」は縁語。

——以上一四一頁

一 ここにいる三人とも罪に連座させるから、後ろ手に縛られる準備をして待っていろと。

二 柴を編んで作った粗末な扉。「柴」は、山野に生えている雑木を刈り取った細い枝。

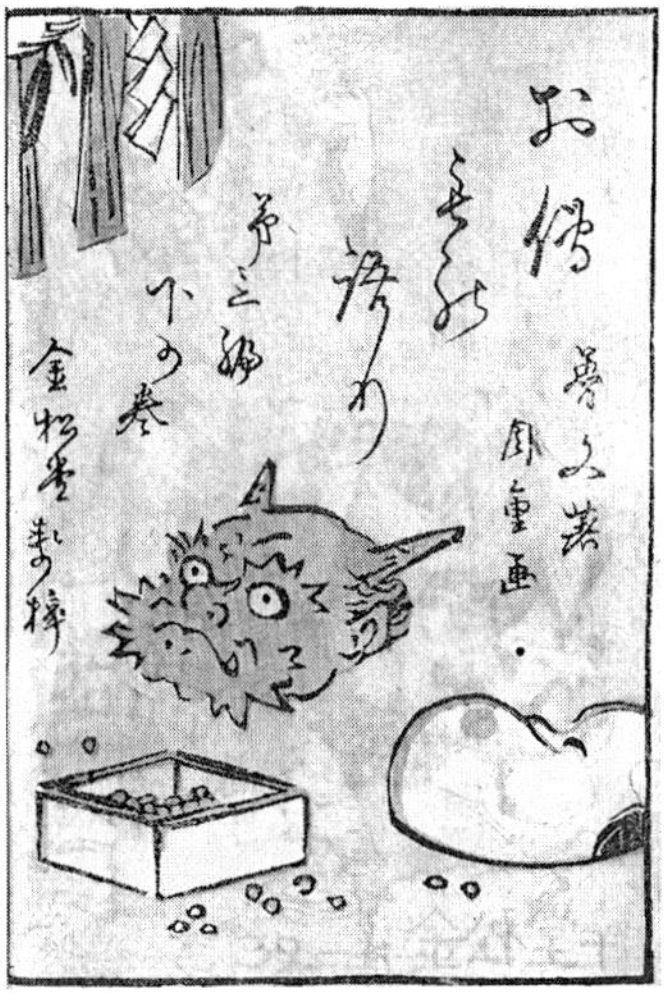

下巻見返し

魯文著
周重画
お伝もの語り
第三編　下の巻
金松堂寿梓

⑲

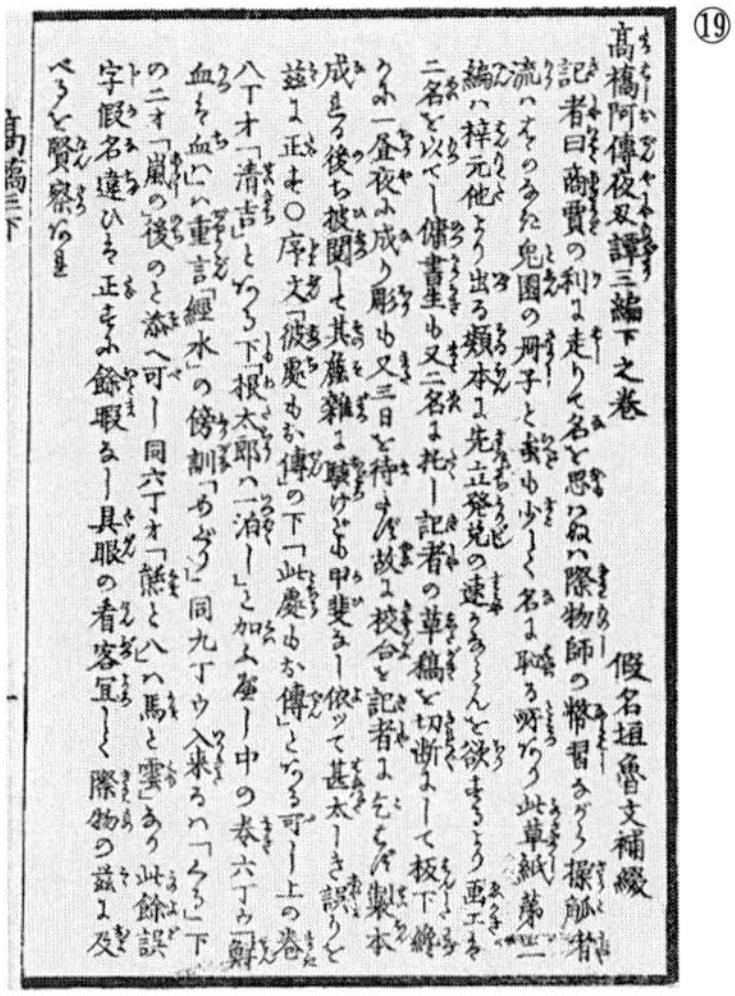

高橋阿傳夜叉譚三編下之巻　假名垣魯文補綴
記者曰商賈の利ニ走りて名を思ハざるハ際物師の常習なれバ操觚者流ハそのあた鬼園の冊子と斯も少しく名ニ恥る所なり此草紙第一編ハ梓元他より出る類本ニ先立発兌の速かならんを欲するより画工を二名を以て一傳書生も又二名ニ托し記者の草稿を切断して板下繪なお一昼夜ニ成り彫も又三日を待ずバ故ニ校合を記者ニ乞ずして製本成る後ち披閲して其蕪雑ニ驚けども甲斐なし依って甚太しき誤りを茲ニ正す○序文「彼慶もお傳」の下「此慶ぞお傳」とある可し上の巻八丁オ「清吉」とある下「根太郎ハ一消し」と加ふ可し中の巻六丁ウ「鮮血を血ハ」ハ重言「經水」の傍訓「めぐり」同九丁ウ入来るハ「くる」下の二オ「嵐の後のと添へ可し　同六丁オ「熊と八ハ馬と雲」あり此餘誤字假名違ひそ正すニ餘暇なし具眼の看客宜しく際物の弊ニ及べるを賢察なし玉へ

高橋三下

下巻見返し　鬼の面とおたふくの面、豆とます。神棚の注連縄。節分の夜の豆まきの意匠。多色刷。

⑲高橋《たかはし》阿《お》伝《でん》夜刄《やしや》譚《ものがたり》 三編下之巻

仮名垣魯文補綴

記者曰《きしやいはく》 商賈《あきうど》の利《り》に走《はし》りて名《な》を思《おも》はぬは 際物師《きわものし》の弊習《ならはし》ながら 操觚者流《さうこしやりう》は はかなき兎園《とゑん》の冊子《さうし》と雖《いへど》も少《すこ》しく名《な》に恥《はぢ》る所《ところ》あり 此草紙《このさうし》第二編《へん》は 梓元《はんもと》他《た》より出《いづ》る類本《るゐほん》に先立《さきだち》 発兌《うりだし》の速《すみや》かならんを欲《ほつ》するより 画工《ゑかき》は二名《めい》を以《もつ》てし 傭書生《ひつかうかき》も又《また》二名《めい》に托《たく》し 記者《きしや》の草稿《したがき》を切断《きれぐ》にして 板下《はんした》纔《わづ》かに一昼夜《ちうや》に成《な》り 彫《ほり》も又《また》三日を待《ま》たず 故《ゆゑ》に校合《きやうがふ》を記者《きしや》に乞《こ》はず 製本成《せいほんな》れる後《の》ち披閲《ひゑつ》して 其麁雑《そのそざつ》に駭《おどろ》けども甲斐《かひ》なし 依《よ》ツて甚太《はなはだ》しき誤《あやま》りを茲《こゝ》に正《たゞ》す ○序文《じよぶん》「彼処《あつち》もお伝《でん》」の下「此処《こちら》もお伝《でん》」とある可《べ》し 上の巻《まき》八丁オ「清吉《せいきち》」とある下《しも》「根太郎《ねたらう》は一泊《いつぱく》し」と加《くは》ふべし 中の巻《まき》六丁ウ「鮮血《せんけつ》は血《ち》は」は重言《ぢゆうごん》「経水」の傍訓《ふりがな》「めぐり」 同九丁ウ入来《いりきた》るは「くる」 下の二オ「嵐《あらし》の」後《のち》のと添《そ》へ可《べ》し 同六丁オ「熊《くま》と八」は「馬《うま》と雲《くも》」なり 此余《このよ》 誤字仮名違《ごじかなちが》ひは正《たゞ》すに余暇《いとま》なし 具眼《ぐがん》の看客《けんぶつ》 宜《よろ》しく際物《きわもの》の茲《こゝ》に及《およ》べるを賢《けん》察《さつ》あれ

一 商人のように利益ばかり追求して評判を顧みない。

二 一時的なはやり物(ここでは高橋でんの事件)を当て込んで仕事をする人。「此間も有(あり)ましたが又野菜泥棒(やをやのどろばう)が有ました(略)是は泥棒の際物師」(明治九年四月十七日『仮名読新聞』)。

三 悪い風習。底本「幣習」。意によって改める。

四 操觚者の類。文筆に従事する連中。

五 自分の著書などを謙遜していう語。

六 出版元。金松堂を指す。「梓」は版木の意。

七 島鮮堂発行による岡本勘造『其名も高橋毒婦の小伝 東京奇聞』(全七編二十一冊、二月十一日—四月十五日発行)を指す。↓七八頁注一二。

八 筆耕書き。写字や清書を職業とする人。「傭書」も筆耕の意。

九 例えば二編下巻一丁ウラ—二丁オモテ(↓一〇三頁)と、二丁ウラ—三丁オモテ(↓一〇四頁)では明らかに筆跡が異なる。前者の大きな字は、以後下巻で目立ってくるが、上・中巻では後者の小さな字で書かれている。

一〇 木版などを彫る時、板木に彫る文字や画を薄い紙に書いたもの。ここでは、魯文の原稿を筆耕が転記して作成したもの。これを裏返しにして板木に貼り、透けて見える字や絵をたどって彫る。

一一 ↓九一頁注五。板下の校正を魯

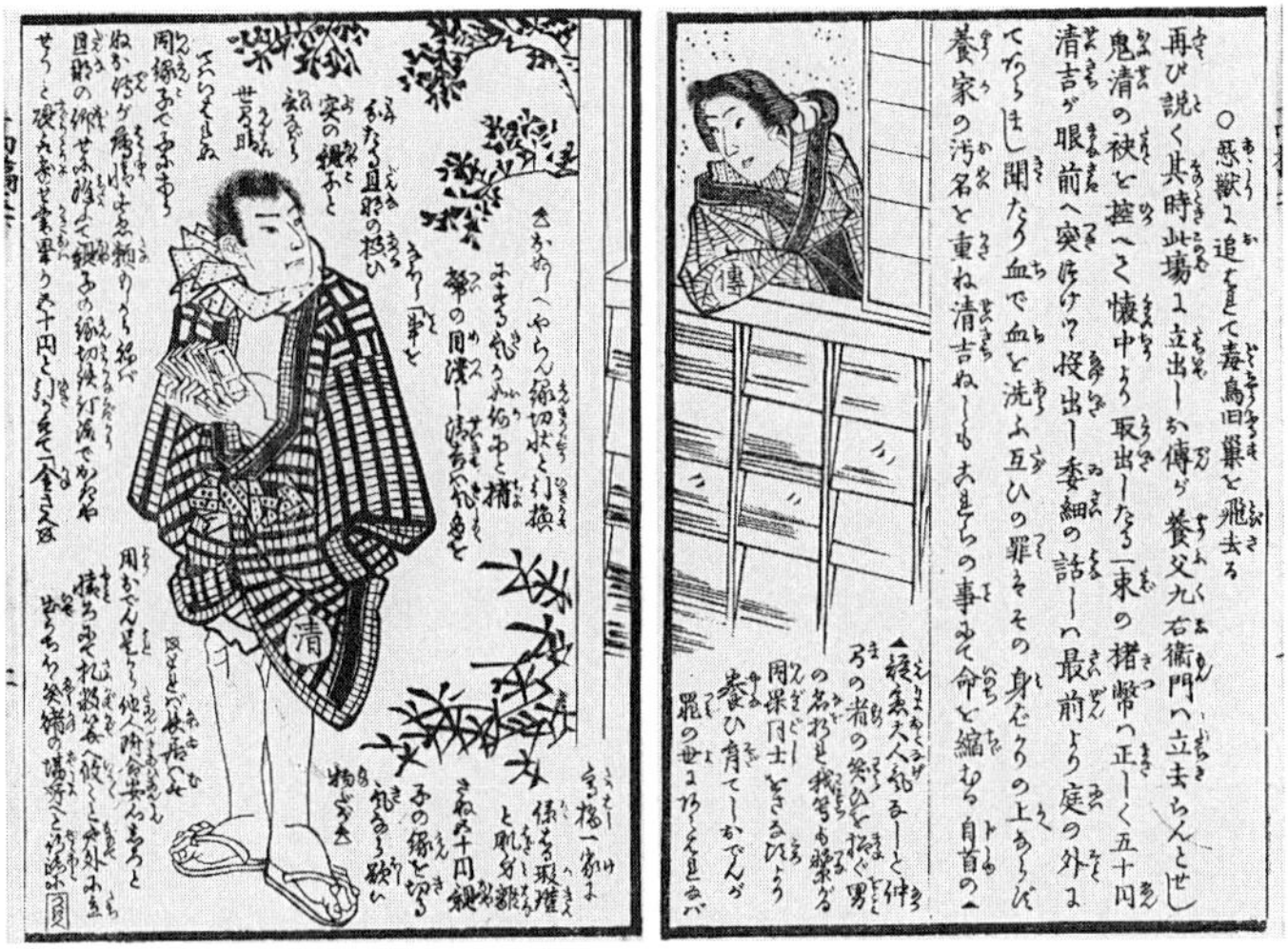

⑳

⑳[二六]〇悪獣《あくじう》[二七]に追《お》はれて毒鳥《どくちやう》[二八]
旧巣《ふるす》を飛去《とびさ》る

再《ふたゝ》び説《と》く　其時此場《そのときこのば》に立出《たちいで》しお伝《でん》が養父《やうふ》九右衛門《くゑもん》は　立去《たちさ》らんとせし鬼清《おにせい》の袂《たもと》を控《ひか》へて　懐《くわい》中《ちう》より取出《とりいだ》したる一束《たば》の楮幣《さつ》は正《まさ》しく五十円《ゑん》　清吉《せいきち》が眼前《まなさき》へ突《つき》つけツヽ投出《なげいだ》し　委細《ゐさい》の話《はな》しは最前《さいぜん》より　庭《には》の外《そと》にてあらまし聞《きゝ》たり　血《ち》で血《ち》を洗《あら》ふ互《たが》ひの罪《つみ》は　[二九]その身《み》ばかりの上《うへ》ならず養家《やうか》の汚名《おめい》を重《かさ》ね　清吉《せいきち》[三〇]ぬしもこれらの事《こと》にて命《いのち》を縮《ちゞ》むる自首《じしゆ》の短慮《たんりよ》　大人気《おとなげ》なしと仲間《なかま》の者《もの》の笑《わら》ひを招《まね》ぐ男《をとこ》の名《な》折《を》れ　我等《われら》

文にさせる時間的余裕がなかった、ということ。 一二 開いて見ること。
一三 粗雑。 一四 →七八頁注七。
一五 「オ」はオモテ(見開きの左頁)。「ウ」はウラ(見開きの右頁)。
一六 →八七頁注一九。 一七 →九八頁注一。 一八 同じ意味の語を重ねて用いた表現。「被害を被る」など。
一九 →九八頁注七。 二〇 →一〇〇頁注七。
二一 →一〇七頁注一四。 二二 →一〇二頁注一六。
二三 底本には開始のカギ括弧(「)なし。補う。 二四 本文の正誤を見抜く眼力のある読者。
二五 実際にあった高橋でんの事件を、ただちに取り入れて作品化した際物ゆえに、こんな風になってしまったのだと、ご賢察下さい。「至急の際物なるを以(も)て」(魯文『西南鎮静録』下、明治十年一月附言)。
二六 回数表示がないが、本来第九回とあるべきで、七編上巻冒頭で訂正(→二九〇頁)。
二七 人畜に有害なけもの。 鬼清を指す。 二八 お伝を指す。
二九 鬼清や波之助夫婦ばかりでなく、養家高橋家の汚名を重ねることになるし。
三〇 人を表す語に付け、軽い敬意を表す接尾語。

絵 懐で札の数を数える鬼清(→一四七頁一行)。それを窓から見送るお伝。

㉑

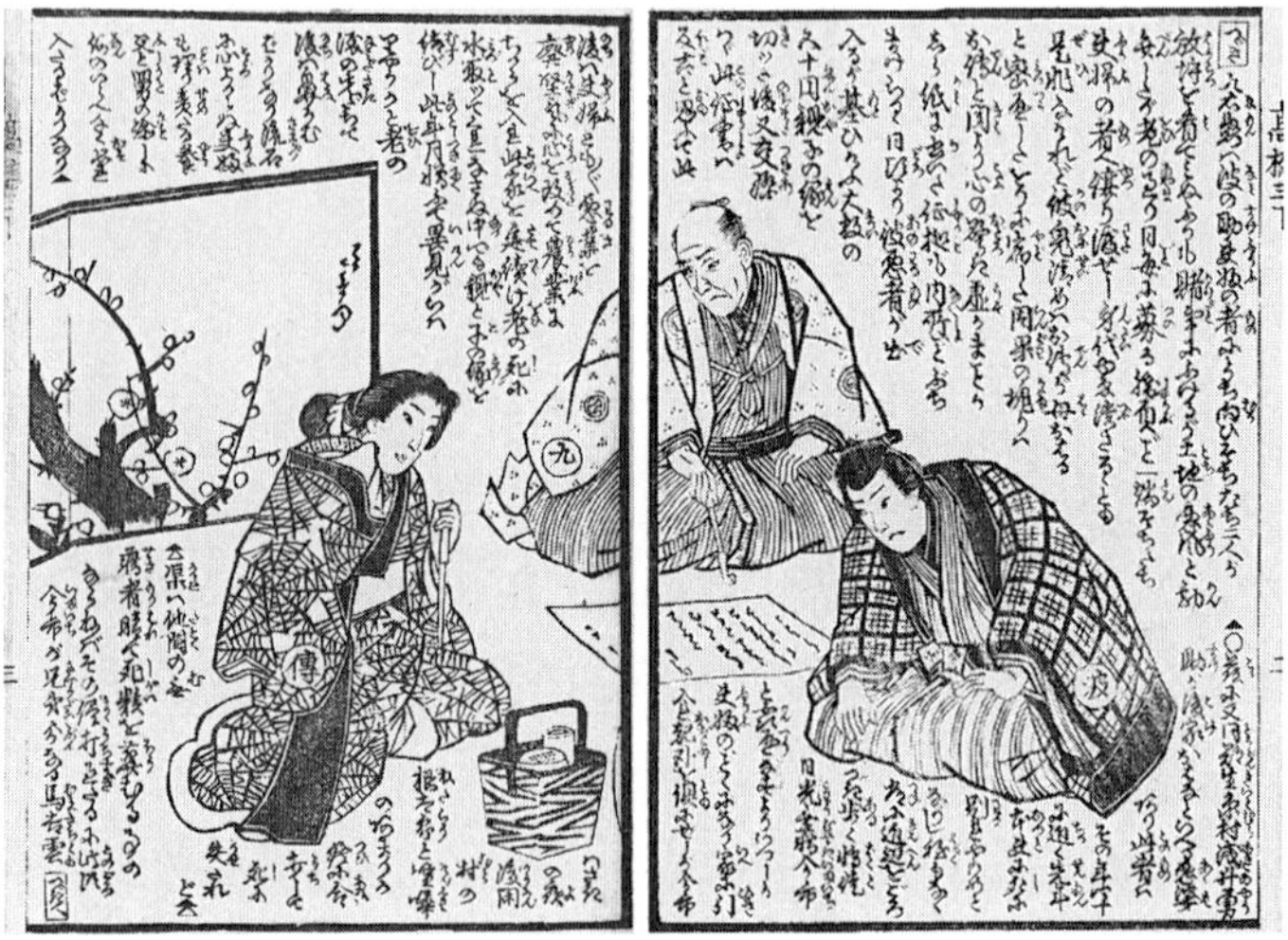

も[一]繫《つな》がる因果同士《いんぐわどし》　をさな頃《ころ》より養《やしな》ひ育《そだ》てし　おでんが罪《つみ》の世《よ》にあらはれなば　高橋《たかはし》一家《け》に係《かゝ》はる[二]瑕瑾《かきん》と　肌身離《はだみはな》さぬ五十円親《おや》子の縁《えん》を切《き》る気《き》なら　[三]欲《ほし》い物《もの》だがおぬしへやらん　縁切状《えんきりじやう》と引換《ひきかえ》にする気《き》か　如何《いか》にと　[四]楮《ちよ》幣《へい》の目潰《めつぶ》し　清吉《せいきち》は[五]気色《きしよく》をなほし　[六]「事《こと》を分《わけ》たる旦那《だんな》の扱《あつか》ひ実《じつ》の親子《おやこ》と言《いひ》ながら　世間晴《けんはれ》てはいはれぬ因縁《いんえん》　[七]子で子《こ》にあらぬお伝《でん》が薄情《はくじやう》　する頼《たの》もしからねば　旦那《だんな》の仰《おほ》せに随《したが》ふて　親《おや》子の縁切《えんきり》　[八]鉄釘流《かなくぎりう》でかきやせうと　硯取寄《すゞりとりよ》せ書畢《かきおは》り　[九]五十円と引《ひき》かえて「金《かね》さへとれば長居《ながゐ》

絵　証文を前に波之助夫婦をいさめる九右衛門。波之助は頭を垂れて反省の色が見える。

一 血や家で互いに繫がった、不幸なめぐり合わせの者同士。 二 恥だと思って。 三 惜しい金だが、お前にやろう。「欲しい」を「惜しい」意とする方言は山梨・静岡・愛知・京都・和歌山・島根・広島・山口などに見られる。 四 紙幣によって目をくらませること。口止め。 五 機嫌を直し。 六 筋道を立てて仰った旦那のとりなし。 七 実の子でありながら世間に知られていないわが子お伝の薄情が、これからさき頼りにならないので。 八 鉄の釘が折れ曲がったような拙い筆跡を自嘲していう語。 九 この設定は、初編中巻で、五十両と引きかえに、小左衛門が鬼清にお春との関係を口止めさせたのと類似。→五六頁三行以下。 一〇「下輩ニ用キル対称ノ代名詞」(『言海』)。主として武家階級が用い、「そなた」より敬意が低い。 一一→四六頁注七。 一二 過ちをこらえて許すこと。堪忍。 一三「鬼清めが」とあるべき。 一四 不義の結果できた子。 一五 嘘か本当か知らないが、鬼清が縁切状として白い紙に書いた親子の証拠(血合せの結果)も、隠しておくべきことであり、これをすっかり公表すると脅されるのは、日頃からあの悪者が家に出入りするのが原因なのだ、

は無用《むよう》　おでん　是《これ》から他人附合《たにんづきあひ》　安心《あんしん》しろと　懐《ふところ》にて札数算《さつかずかぞ》へ　悠〻《いういう》と戸外《おもて》に立出《たちいで》うちほゝ笑《ゑみ》　賭《かけ》の場所《ばしよ》へと行跡《ゆくあと》に　㉑九右衛門《くゑもん》は波《なみ》の助夫婦《すけふうふ》の者《もの》にうち向《むか》ひ　[一〇]そちたち二人が放埒《はうらつ》を看《み》てみぬふりも　賭事《かけごと》にふけるが[一一]土地《とち》の悪風《あくふう》と　[一二]勘弁《かんべん》したが老《をひ》の過《あやま》り　日毎《ごと》に募《つの》る勝負《しやうぶ》ごと　一端《たん》そちたち夫婦《ふうふ》の者《もの》へ　譲《ゆづ》り渡《わた》せし身代《しんだい》ゆゑ　潰《つぶ》さるゝとも是非《ぜひ》なけれど　彼鬼清《かのおにせい》[一三]めは　お伝《でん》が母《はゝ》おはると密通《みつつう》したをりに　宿《やど》した因果《いんぐわ》[一四]の塊《かたま》りは　お伝《でん》と聞《きく》より心《こゝろ》の驚《おどろ》き　[一五]虚《うそ》かまことかしら紙《かみ》に　書《か》いた証拠《しやうこ》も内所《ないしよ》ごと　ぶちまけらるゝ日頃《ごろ》より　彼悪者《あのわるもの》が出《で》入るが基《もと》ひ　けふ大枚《まい》の五十円《ゑん》　親《おや》子の縁《えん》を切《き》ツた後《のち》　又交際《またつきあ》はゞ此《この》証書《しやうしよ》は反古《ほご》[一六]と思《おも》ふて　此後《のち》は夫婦《ふうふ》とも〴〵悪業《わるさ》を廃《やめ》　堅気《かたぎ》に心《こゝろ》を改《あらた》めて　農業《のうげふ》にちからを入れ　此家《このいへ》[一七]を建続《たてつゞ》け　老《をひ》[一八]の死《し》に水取《みづと》ツてくれ　[一九]なさぬ中《なか》でも親《おや》と子《こ》の　縁《えん》を結《むす》びし此《この》年月《としつき》　憎《にく》ふて異見《いけん》[二〇]がいはりやうかと　老《をひ》[二一]の涙《なみだ》の先《さき》だちて　後《のち》は鼻《はな》かむばかりなり　流石《さすが》に[二二]心《こゝろ》よからぬ夫婦《ふうふ》も　理《ことは》[二三]り責《せめ》たる養父《やうふ》[二四]と舅《しうと》の諭《さと》しに　何《なに》のいらへなく恐《おそ》れ入たるばかりなり

○茲《こゝ》に又　同郡《どうぐん》[二五]生糸村《いとむら》[二六]浅井勇助《あさゐゆうすけ》が後家《ごけ》　おはなといへる悪婆《あくば》あり　此者《このもの》はその年四十に近《ちか》く　先年《せんねん》本夫《おつと》[二七]に死《し》に別《わか》れ　やもめとなりし程《ほど》もなく　常《つね》に近辺《きんぺん》をごろつき歩《ある》く博徒《ばくと》[二八]日光《くわう》無籍《むせき》[二九]今市《いまいち》と姦通《かんつう》[三〇]なすより　いつしか夫婦《ふうふ》のごとくになり　家《いへ》に引《ひき》入れ起臥《おきふし》を倶《とも》にせしが　今市はさきの夜《よ》　後閑村《かうかんむら》の根太郎《ねたらう》と喧嘩《けんくわ》のあまりか　終《つひ》に合打《あひうち》[三一]して死《し》に失《うせ》たれ

の意。「ぶちまけらるゝは」などとしないと意味がとりにくい。「しら紙」の「しら」は、「知ら」と「白」の掛詞。一六 無駄になる。一七 この高橋の家をずっと存続させて。一八 自分が年老いて死ぬまで世話をしてくれ。一九 血のつながりのない間柄とはいえ、この長い年月、義理の親子として縁を結んだのだから。二〇 訓戒。「意見(略)意見ヲ告ゲテ、諫メ警ムルコト。(多ク下輩(メシタ)ニ就キテイフ、常ニ、誤リテ、異見ノ字ヲ書ス)」(『言海』)。二一 老人ゆえに涙が先に立って物も言えず。二二 気立てのよくない。二三 道理を尽くした。二四 お伝にとっては養父、波之助には舅である九右衛門。二五 利根郡。↓四〇頁注一六。二六 この村名は利根郡にはない。「生越(おごせ)村」(現利根郡昭和村生越)、「生枝(なまえ)村」(現沼田市白沢町生枝)、「生品(なましな)村」(現利根郡川場村生品)などが類似。いずれも農業・桑業を主とした村。なお、でんを産んだ後、母はるは「生早村」(「下調(その四)」における渋谷小左衛門の供述。↓補一一文献)または「生泉村」(同じく「下調(東京その他の分一括)」)の「勇吉」と再婚。村名・人名が類似する。本作を含め、いずれも「生品村」の「品」の草書体を読み誤ったものか。二七 「本夫」は正式の夫の意(姦夫などに対していう)。二八 ↓七四頁注二四。

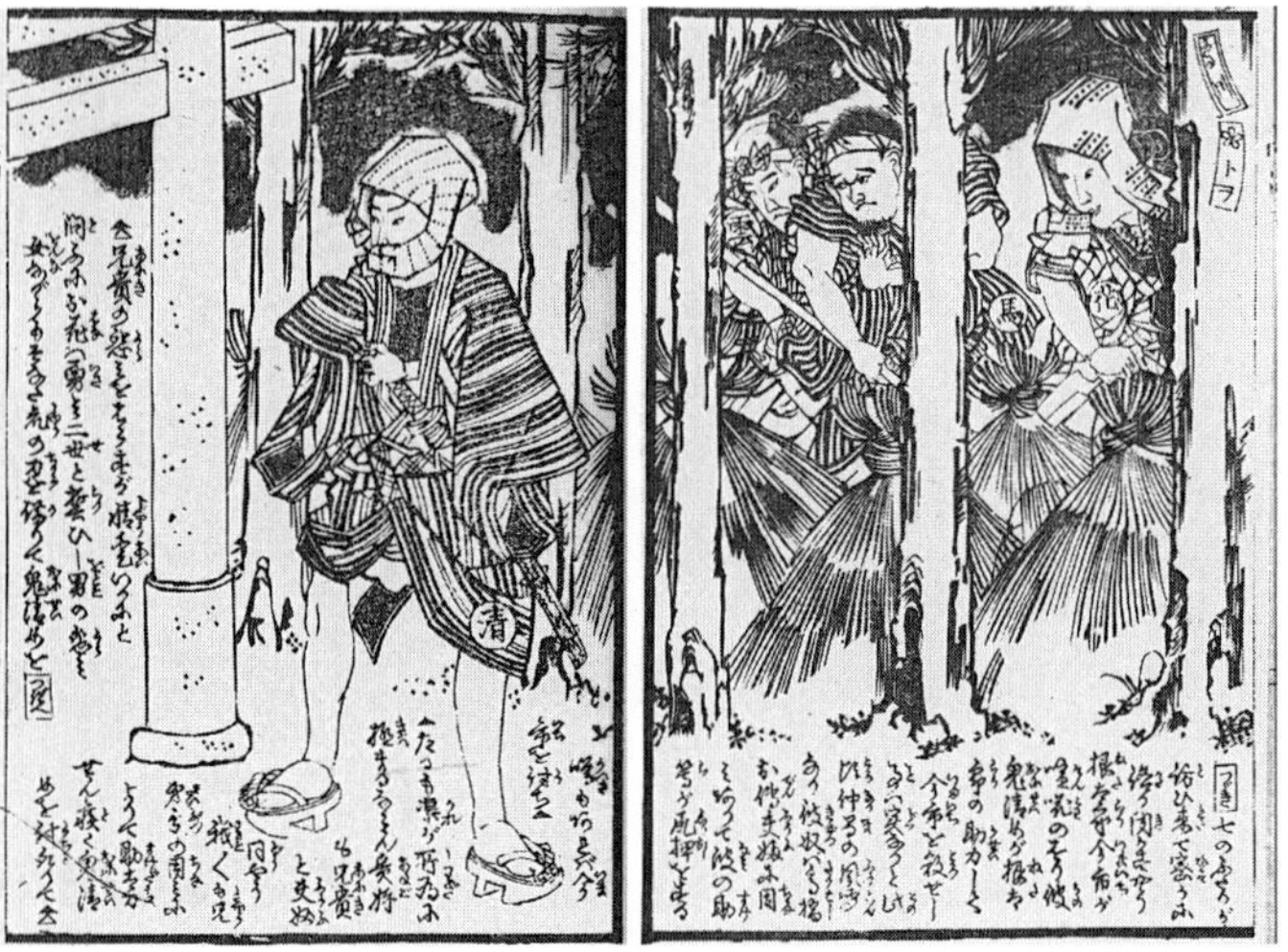

㉒

ど　渠《かれ》は他国《たこく》の無籍者《むせきもの》　晴《はれ》て死《し》骸《がい》を葬《ほう》むる事のならねば　その儘打過《まゝうちすぎ》たるに　此頃今市《このごろいまいち》が兄弟《きやうだい》分《ぶん》なる　馬吉雲七《むまきちくも》㉒のふたりが訪《と》ひ来《きたり》て　密《ひそ》かに語《かた》り聞《き》かすやう　根太郎今市《ねたらういまいち》が喧嘩《けんくわ》のをり　彼鬼《かのおに》清《せい》めが根太郎《ねたらう》の助力《かせい》して　今市《いまいち》を殺《ころ》せし事《こと》は実《じつ》なりと　此頃仲《このごろなか》間《ま》の風聞《ふうぶん》なり　彼奴《きやつ》は高橋《たかはし》お伝《でん》夫婦《ふうふ》に因《ちな》みありて　波《なみ》の助《すけら》等が尻押《しりおし》をする噂《うはさ》もあれば　今市《いまいち》を討《う》ちたるも　渠《かれ》が所為《しわざ》に極《きは》まるならん　貴姉《あねご》も兄貴《あにき》と夫婦同《ふうふどう》やう　我《われ》〳〵も兄弟分《きやうだいぶん》の因《ちな》みによりて助太刀《すけだち》せん　疾《と》く鬼清《おにせい》めを討取《うちと》りて　兄貴《あにき》の怨《うら》みをはらす

二九 ↓七四頁注二五。

三〇 夫と死別したおはなが、今市と密かに肉体関係を持ったことをいう。

三一 相打ち。剣術などで二人が同時に相手を打つこと。今市と根太郎は「行あひの喧嘩」(↓九四頁注四)と偽装され、検視も済んだが、実際は今市が根太郎を切り殺した後、鬼清に射殺された。↓九二頁。

以上一四七頁

絵　杉並木の間から鬼清を狙うおはな・馬吉・雲七。

一 日光は下野国。

二 ↓八五頁注一三。

三 ↓一〇三頁三行、一〇四頁一〇行。

四 底本振り仮名「きた」。錦松堂版により、脱字として「り」を補う。

五 おはなに語って言うには。

六 縁。

七 波之助たちに陰で加勢する。

八 決まる。

九 おはなを指す。「兄貴」は今市。

㉓

が情愛《じやうあい》　いかにと問《と》ふに　お花《はな》は勇《いさ》み　[一〇]二世《せ》と誓《ちか》ひし男《をとこ》の怨《うら》み女《をんな》ながらもそな[一一]た衆《しゆう》の力《ちから》を借《か》りて鬼清《おにせい》めを　「㉓オヽ討気《うつき》なら助《すけ》太刀《だち》は　素《もと》より此方《こつち》で望《のぞ》む所《ところ》併《しか》し鬼《おに》といふ綽号《あだな》のある奴《やつ》　手間《ま》ひま入《い》らず　跡《あと》より附添《つきそ》ひ闇《やみ》うちが第《だい》一の手《て》　幸《さいは》ひ今夜《こんや》は明《みやう》[一二]神《じん》の奥山《おくやま》[一三]の土場《どば》帰《がへ》りを　並木《なみき》のうしろに待伏《まちぶせ》して息《いき》の音《ね》止《と》めん場《ば》[一四]所《しよ》の引《ひ》けるはこよひの十二時《じ》日《ひ》[一五]暮《くれ》を待《まち》て身仕度《みじたく》せんと　牒《しめ》[一六]し合《あは》せつ　酒汲《さけくみ》かはし　その手《て》[一七]都《つ》合《がふ》をうち合《あは》せり　神《かみ》ならぬ身《み》の清吉《せいきち》は　斯《かく》とも知《し》らず　その夜《よ》[一八]さり　明神山《みやうじんやま》[一九]の勝負《しやうぶ》[二〇]いつより出《で》

一〇　来世までも夫婦として連れ添おうと誓った情夫今市を、殺された怨み。
一一　目下の複数の相手に対して用いる対称。お前たち。
一二　神格の高い神を祭る神社(固有名詞ではない)。
一三　底本では絵㉓右上の「奥山の◆」で、読み継ぐ箇所が左上と右下の二カ所あり、右下の「◆場所の引けるはこよひの十二時(略)知らず◆△」(一一一一五行)の方が、前の「幸ひ」(八行)とよく呼応する。ただ、そうすると左上の「◆土場帰りを(略)息の音止めん◆△」(九一一〇行)が宙に浮くので、左上の「◆」の方に続けた。錦松堂版以下の活字版も同じ。
一四　賭場が閉じるのは夜中の十二時(午前零時)。
一五　「ひくれ　(日暮)れ　夕方」(『日本大辞書』)。
一六　あらかじめ相談して。「つ」は接続助詞的な用法。
一七　手はず。
一八　夜。「さり」は来る、の意の動詞「さる(去)」の連用形の名詞化。
一九　明神の山。実在の山ではない。
二〇　いつもよりうまくいったので。

絵　雲七を踏みつけ、馬吉の竹槍をつかみ、いまやお花に切りつけようと刀を振りかぶる鬼清。それを杉の木立から覗き見る黒頭巾の男。足下には稲塚(↓一五一頁注一三)。

㉔

来《き》のよきものから　鼻唄《はなうた》うたふてさしかゝる　杉《すぎ》の並木《なみき》の間《あひだ》より　清吉目《せいきちめ》がけて突出《つきだ》す竹鎗《たけやり》少《すこ》しく膝《ひざ》をかすりしのみにて堪難《たえがた》きには非《あら》ねども　敵《てき》ありと看《み》て　おびき出《だ》さんと　わざと深疵《ふかで》㉔を負ひしと看《み》せかけ　あッと叫《さけ》びてその儘《まゝ》に　一大地《だいぢ》へ倒《だう》とひれ伏《ふ》すを　サアしめ二たりとお花《はな》をはじめ馬吉《むまきち》雲《くも》七三みたりの者《もの》は　並木《なみき》の間《ひま》より顕《あら》はれ出《いで》「男《をとこ》の敵《かたき》　「兄弟分《きやうだいぶん》の恨《うら》みをかへす三人は　「今市《いまいち》と二世《にせ》四かけし生《き》糸村《いとむら》のお花《はな》　「津久井《つくゐ》五の馬吉《むまきち》六「木曽《きそ》の雲《くも》七是《これ》にあり　清吉《せいきち》覚《かく》悟《ご》と　刃《やいば》をかざして走《はせ》よるお花《はな》

絵　黒頭巾を脱いだ男は巡羅の隊長（左端）。饅頭笠をかぶり、棒を携えた部下に指示して鬼清を捕縛。地にはお花・馬吉の死骸と雲七の腕が散乱。腰をかがめた村役人が挨拶に出ている。

一「だいぢ　大地」（『漢英対照　いろは辞典』『言海』『日本大辞書』）。
二　しめた、と。
三　三人。
四「二世と誓ひし」（↓一四九頁注一〇）に同じ。
五　相模国北西部の地名（現神奈川県津久井郡）。明治四年足柄県に属し、同九年神奈川県に編入。丹沢山地の北部を占め、東京から甲州街道・津久井街道が通る。↓付図2。
六　信濃国南西部の地名（現長野県木曽郡）。御嶽山の東、木曽山脈の西側、木曽川上流の山林地域。中山道が通る。↓付図2。

㉕

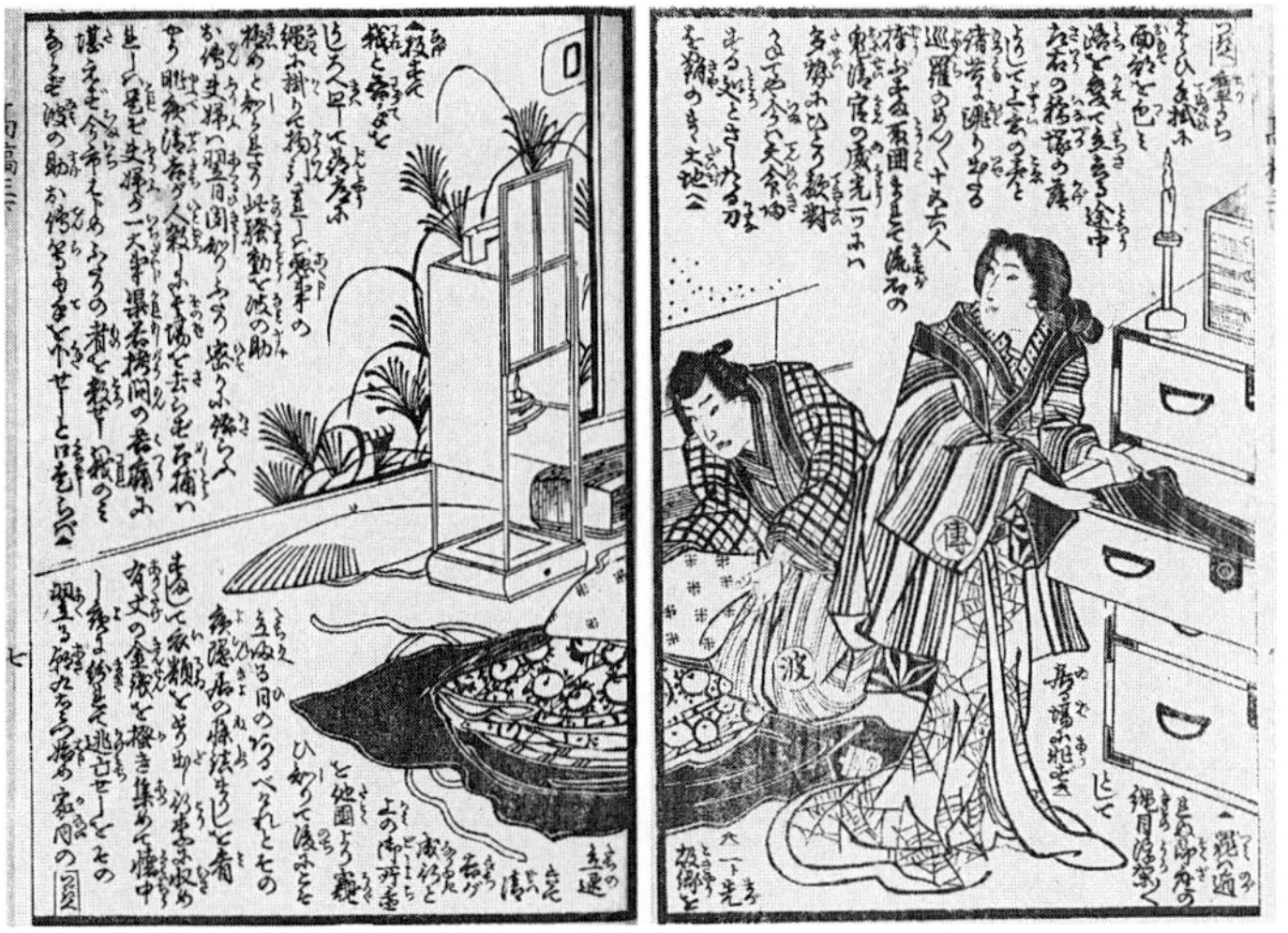

を　清吉《せいきち》は起上《おきあが》りさま抜《ぬき》[七]うちに破《ば》[八]乱《ら》離《り》寸《ずん》と肩先《かたさき》かけ　乳《ち》ゝの下《した》まで切下《きりさぐ》れば　此勢《このいきほ》ひに馬雲《むまくも》[九]は案《あん》の外《ほか》なる臆病風《おくびやうかぜ》　ふるへる足《あし》元踏占《もとふみしめ》て　打《うつ》てかゝるを事《こと》[一〇]ともせず　右《みぎ》に支《さゝ》へ左《ひだ》りに受《う》け　飛《ひ》鳥の如《ごと》く身《み》を踊《おど》らし　附入《つけい》[一一]る馬《むま》の真向微塵《まつかうみぢん》　かへす刃《やいば》に雲《くも》七の右《みぎ》の腕首切《うでくびきり》[一二]おとせば　みたりは等《ひと》しくのた打廻《うちまは》るを　清吉《せいきち》はひとり〳〵止命《とゞめ》をさして血《ち》がたな拭《ぬぐ》ひ　鞘《さや》に収《おさ》めて塵《ちり》㉕うちはらひ　手拭《てぬぐひ》に面部《おもて》を包《つゝ》み　路《みち》を変《かへ》て立《たち》去《さ》る途中《とちう》　左右《さいう》の稲塚《いなづか》[一三]の蔭《かげ》よりして　上意《じやうい》[一四]の声《こゑ》と諸共《もろとも》に　跳《おど》り出《いで》たる巡羅《じゆんら》[一五]のめん〳〵　十五六

七 刀を抜くと同時に斬りつけること。
八 「ばらり寸」(→六一頁注四七)に同じ。
九 馬吉と雲七は、予想外のことで怖じ気づき。
一〇 鬼清は問題にせず、刃を右に防ぎ、左に受け止めて。
一一 隙に乗じて攻める馬吉の頭を、正面から微塵に打ち砕き。
一二 手首。
一三 刈り取った稲を積み上げたもの。稲むら(→七二頁注一〇)。
一四 御用だ。
一五 巡邏。巡回・警備すること。→補四五。

絵　鬼清の捕縛を知り、身の危険を覚えて衣類・金銭をまとめ、旅支度をする波之助夫婦。

㉖

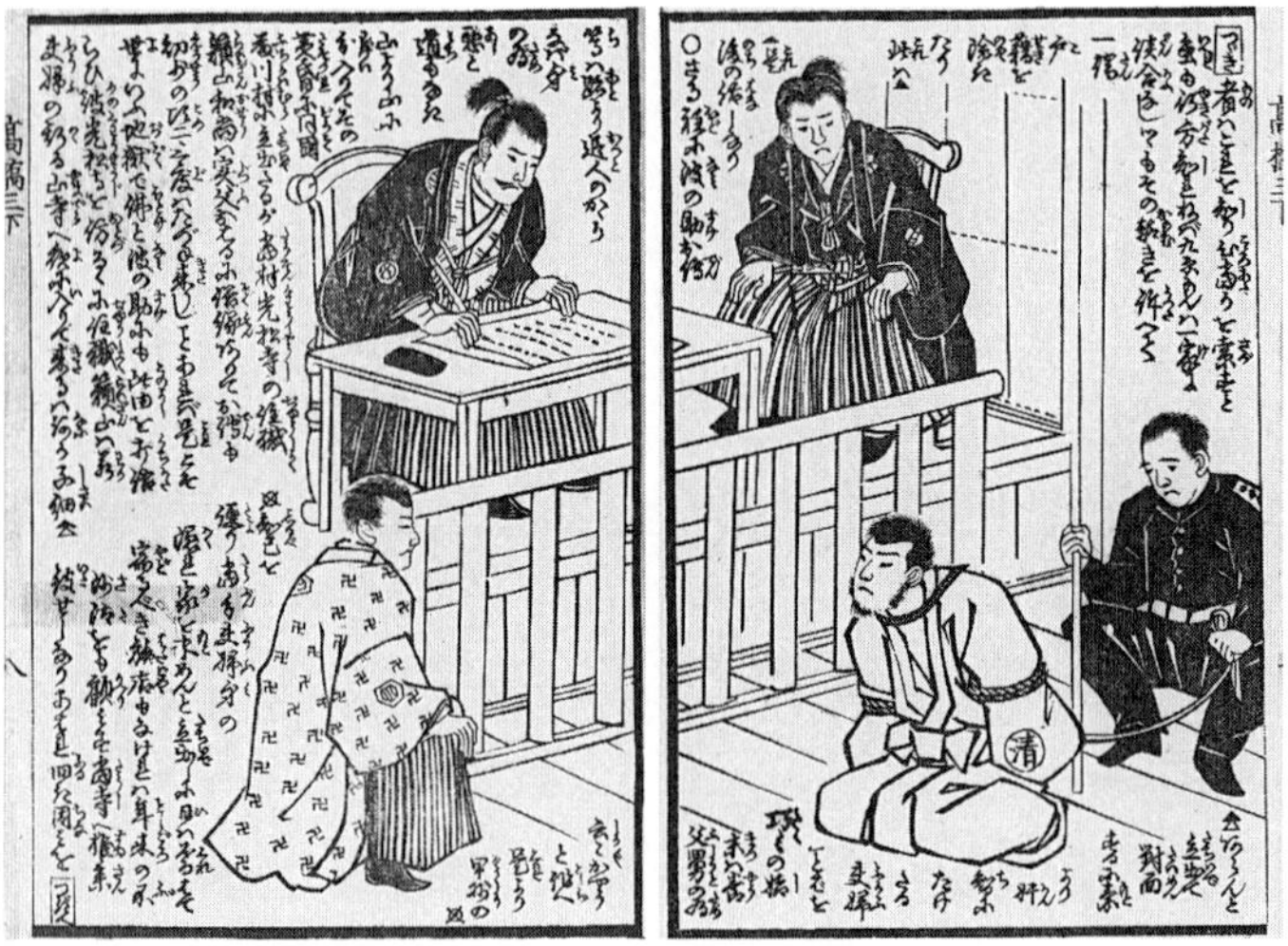

人棒《ばう》[一]ぶすま　取囲《とりかこ》まれて流石《さすが》の鬼清《おにせい》　官《くわん》の威光《ゐくわう》　一ツには多勢《たせい》[二]にひとり敵対《てきたい》かねてや　今《いま》は天《てん》[三]命帰《めいき》する処《ところ》と　さしたる刀《かたな》を鞘《さや》のまゝ大地《だいち》へ投《なげ》すて　我《われ》[四]と吾手《わがて》をうしろへ廻《まは》して　尋常《じんじやう》に縄《なわ》に掛《かゝ》りて拘引《かういん》されしは　悪事《あくじ》[五]の極《きは》めと知《し》られたり　此騒動《このさうどう》を波《なみ》の助《すけ》お伝夫婦《でんふうふ》は翌日聞知《あくるひきゝし》り　ふたり密《ひそ》かに語《かた》[六]らふやう　昨夜清吉《ゆふべせいきち》が人殺《ひとごろ》しに其場《そのば》[七]を去《さ》らず召捕《めしとら》れしは　是《これ》ぞ夫婦《ふうふ》が一大事《いちだいじ》　渠《かれ》若拷問《もしがうもん》の苦痛《くつう》に堪《た》えず　今市《いまいち》はじめふたりの者《もの》を殺《ころ》せしは　我《われ》のみならず　波《なみ》の助《すけ》お伝《でん》等《ら》も手《て》を下《くだ》せしと口走《くちばし》らば　罪《つみ》は遁《のが》れ

絵　取調べを受け、口書を取られる鬼清。群馬県では、明治四年十一月の県治条例で置かれた聴訟課が裁判・罪人の捕縛・処置を担当。五年八月に前橋に群馬裁判所が設置(群馬県教育会編・刊『群馬県史』四〈一九二七年〉、群馬県史編さん委員会編『群馬県史　通史編』7〈一九九一年〉)。

一 棒を衾(ふすま＝寝るとき上から覆い掛ける寝具)のように隙間なく立て並べること。大勢で鬼清を取り囲んだ、の意。**二**「TASEI　タセイ　多勢(ōzei)」(『和英語林集成』三版)。**三** これが天の定めの行きつくところだと観念し。**四** 自分から進んで自分の手を後ろに回し、おとなしく捕縛されて。**五** 悪事の果て。**六** 相談する。**七** その場で直ちに。**八** 直ちに捕縛されるだろう。**九**「うかうか　浮浮(略)考へモナク心付カズニ居ル状ニイフ語。「―日ヲ送ル」」(『言海』俗語)。**一〇** 九右衛門。**一一**「こり(略)旅ニ、衣服ナド入レテ荷トスル籠、白楊(ハコヤナギ)ノ枝、又ハ、ふぢかづら、竹、ナドヲ撓メテ編ミ造ル、柳―、竹―ナドアリ。行李」(『言海』)。**一二** あるだけ全部の。**一三** 纐山和尚(↓注一七)のモデルとなった三島大洲の供述「下調(その一)」・高橋勘左衛門の供述「下調(その二)」・高橋代助の供述「下調(その三)」(↓補一一文献)等によれば、夫婦が家出したのは明治四年十二月二十五日

ぬ[八]即座《そくざ》の縄目《なわめ》　[九]浮架《うか》〳〵として居《ゐ》る場《ば》に非《あら》ず　一ト先故郷《まづこきやう》を立退《たちの》きて　清吉《せいきち》が成行《なりゆき》と上《かみ》の御所置《ごしよち》を　他国《たこく》より窺《うかゞ》ひ知《し》りて後《のち》にこそ　立帰《たちかへ》る日《ひ》のあるべけれと　その夜《よ》[一〇]隠居《いんきよ》の寐《ね》鎮《しづ》まりしを看《み》すまして　衣類《いるゐ》をとり出《だ》し[一一]行李《こり》に収《おさ》め　[一二]有丈《ありたけ》の金銭《きんせん》を掻《か》き集《あつ》めて懐中《くわいちう》し夜《よ》に紛《まぎ》れて[一三]逃亡《かけをち》せしを　その翌《あく》る朝《あさ》九右衛門始《はじ》め家内《かない》の者《もの》㉖はこれを知《し》り　心当《こゝろあた》りを索《さが》すと雖《いへど》も行方知《ゆきがたし》れねば　九ゑもんは一家《け》に談合《だんかふ》なしツヽも　その趣《おもむ》きを訴《うつた》へて　一端戸《たんこ》[一四]籍《せき》を除《のぞ》きたり　此《これ》は是後《これのち》の話《はな》しなり

○さる程《ほど》に　波《なみ》の助《すけ》お伝等《でんら》は　跡《あと》より追人《おつて》のかゝりなば身《み》の為悪《ためあし》と　道《みち》もなき山より山に分入《わけい》りて　その黄昏《たそがれ》に同国藤川村《どうこくふぢかはむら》[一五]に立出《たちいで》たるが　当村[一六]光松寺《たうそんくわうしやうじ》の住職《ちゆうしよく》[一七]籟山和尚《らいざんおせう》は　実《じつ》[一八]母《ぼ》おはるに[一九]俗縁《ぞくえん》ありて　お伝《でん》も幼少《えうせう》の頃《ころ》二三度《ど》はたづね来《きた》りしことあれば　是《これ》こそ世《よ》にいふ地獄《ぢごく》で仏《ほとけ》と　波《なみ》の助《すけ》にも此由《このよし》を打語《うちかた》らひ　彼[二〇]光松寺《かのくわうせうじ》を訪《おとづ》るゝに　住職籟山《ちゆうしよくらいざん》は　若《わか》夫婦《ふうふ》の斯《かゝ》る山寺《やまでら》へ夜《よ》に入《い》りて来《きた》るは何《なに》か子細《しさい》あらんと　立出《たちいで》て対面《たいめん》するに　素《もと》より奸智《かんち》にたけたる夫婦《ふうふ》　[二一]ことばを巧《たく》みの始末《しまつ》は　養父舅《やうふしうと》の為云〻《ためしか〴》かやうと作《こしら》へ　是《これ》より[二二]甲州《かうしう》の知己《しるべ》を便《たよ》り　[二三]当分夫婦《たうぶんふうふ》身《み》の隠《かく》れ家《が》を求《もと》めんと立出《たちいで》しに　日《ひ》は暮《くれ》はて　宿《やど》るべき㉗旅店《はたごや》もなければ　年来《としごろ》の不沙汰《ぶさた》をも顧《かへり》みず　当寺《たうじ》へ[二四]推参致《すゐさんいた》せしなり　[二五]あはれ旧《ふる》き因《ちな》みを以《もつ》て　物《もの》置部屋《おきべや》にても一泊《いつぱく》をゆるさせ給《たま》へと　まことしやかに頼《たの》むに　俗縁《ぞくえん》あるものなれば　その夜《よ》は別間《べつま》に止宿《ししゆく》をゆるしぬ　斯《かく》て翌朝住職《よくてうちゆうしよく》は起出《おきいで》　[二六]看経《かんきん》もはやすみたるに　夫婦《ふうふ》の

頃のこと。明治二年三月頃から波之助が病気となり、諸入費を賄うため田畑の一部を質入れ(または売却)し、生活不能となったためという。一四 ↓補四六。一五 ↓補四七。一六 モデルは「高正寺」で、曹洞宗(「下調(その一)」)。一七 モデルは「三島大洲／三十九年八ヶ月」(「下調(その一)」)。↓補四八。一八 底本「実父(ふじつ)」。錦松堂版により改める。一九 俗世間での関わり合い。↓補四八。二〇 三島大洲の供述によれば、波之助夫婦が高正寺を訪れたのは明治四年十二月二十八日頃(「下調(その一)」)。二一 言葉巧みに、ここに来た次第は、養父であり舅である九右衛門のため、かくかくしかじかで、と言いつくろい。「巧み」は入れ木。なお、「下調(その一)」によれば、これから他所に行って相応の仕事をするまで、当分逗留させてくれるよう、前からの知り合いである夫婦に頼まれたので、逗留を許したという。二二 甲斐国(現山梨県)。武田・織田・豊臣氏などの支配を経て、江戸時代には江戸に近いため重視され、徳川義直・忠長ら親藩大名や、柳沢氏が配置。享保九年(一七二四)以来幕府直轄領(天領)となり、甲府勤番(甲府城の守護等)が置かれた。二三 夫婦だけで隠れる場所。二四 「オシテマヰルコト。我ヨリ訪フコト」(『言海』)。二五 なにとぞ。二六 お経を読むこと(黙読の時にも、声を出して読む時にもいう)。

㉗

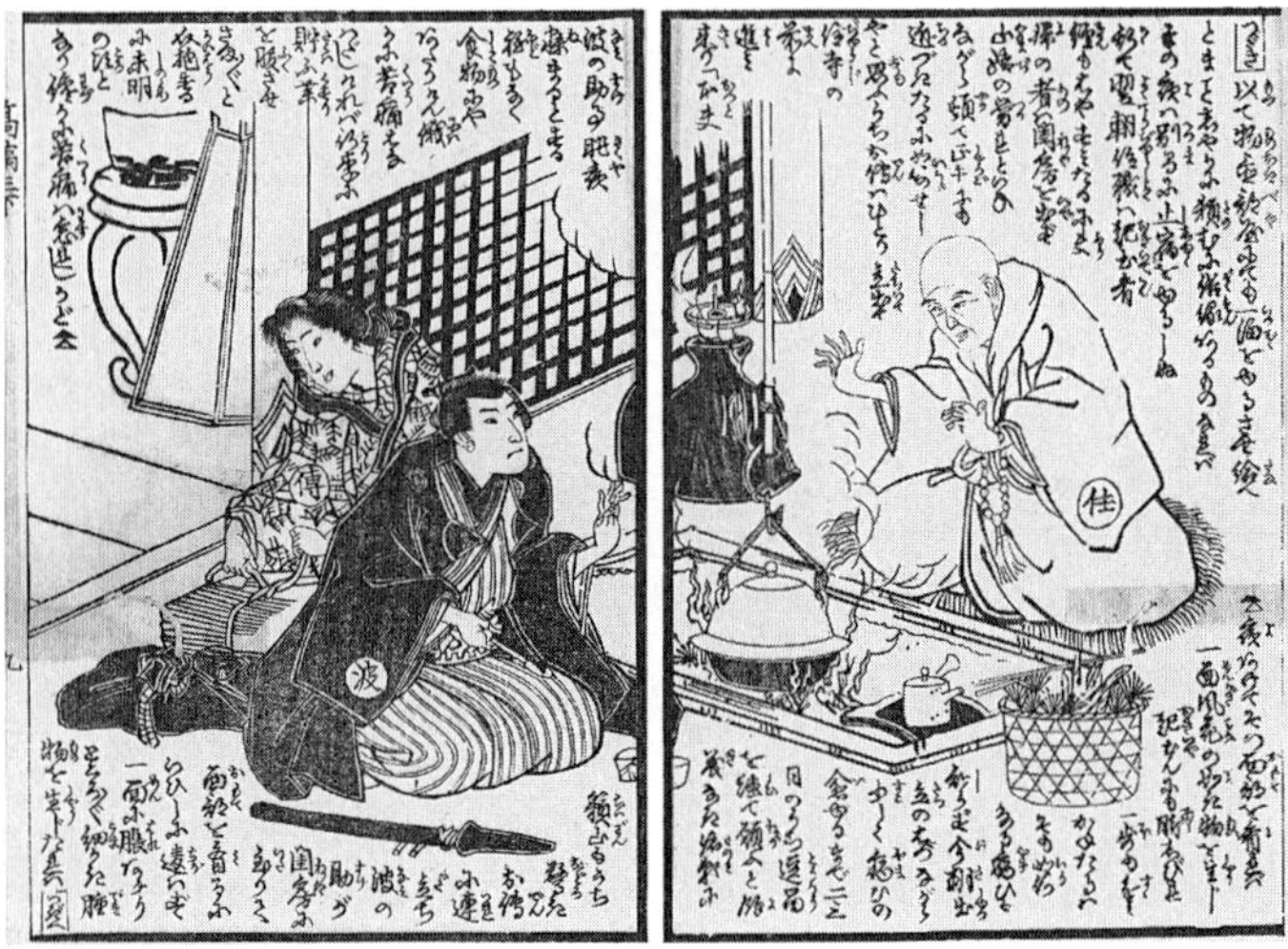

者《もの》は閨房《ねや》を出《いで》ず　山路《やまぢ》の労《つか》れといひながら　頓《やが》て正午《しやうご》にも近《ちか》づきたるに　如何《いかゞ》せしやと思《おも》ふうち　お伝《でん》はひとり立出《たちいで》て　一住寺《ぢゆうじ》の前《まへ》に進《すゝ》み来《きた》り　「本夫《おっと》波《なみ》の助《すけ》事　昨夜《さくや》二寐《ね》まるとする程《ほど》もなく　三食物《しよくもつ》にやあたりけん　俄《には》かに苦《く》痛《つう》はなはだしければ　行李《こり》に貯《たくは》ふ四薬《くすり》を服《ふく》させ　さま〳〵と介抱《かいはう》するに　未明《しのゝめ》の頃《ころ》となり　五纔《わづ》かに苦痛《くつう》は忘《わす》れしかど　夜《よ》あけてその面部《おもて》を看《み》れば　一面《めん》六風花《かざはな》の如《ごと》き物《もの》を生《しやう》じ　起出《おきいで》んにも脚《あし》しびれ　一歩《ぼ》も進《すゝ》みかねたるはそも如何《いか》なる病《やま》ひと知《し》らず　今朝《けさ》出立《しゆつたつ》のはづながら　少《すこ》しく

絵　光松寺の住職籟山和尚に一泊を乞う波之助夫婦。荷物の紐を解くお伝。

一　「住持」に同じ。住職。「此寺のお住寺様を」（初世並木五瓶『韓人漢文手管始（かんじんかんもん てくだのはじまり）』第四大切、寛政元年〈一七八九〉初演）。

二　寝ようとすると、間もなく。

三　高橋代助の供述「下調（その三）」・高橋九右衛門の供述「下調（その五）」（→補一一文献）によれば、波之助は明治二年三月頃から発病したが、利根郡月夜野町の医師秋山健良は食い違え（よくないものを食べたための病）と診断したという。

四　食あたりの薬としては、万金丹などがあった。

五　かろうじて。

六　熱のためにできる発疹。

㉘

病《やま》ひの癒《い》ゆるまで　二三日のうち逗留《とうりう》を強《しひ》て願《ねが》ふと　余義《よぎ》[七]なき依頼《たのみ》に籟山《らいざん》もうち驚《おどろ》き　お伝《でん》に連立《つれだ》ち波《なみ》の助《すけ》が閨房《ねや》に至《いた》りて面部《おもて》を看《み》るに　いひしに違《ちが》はず一面《めん》に脹《はれ》あがり　ところ〴〵細《こま》かき腫物《できもの》を生《しやう》じたれば　㉘素《もと》より慈悲《じひ》を心《こゝろ》とする出家《しゆつけ》の身《み》の上《うへ》棄《すて》も置《お》かれず　近村《きんそん》の医師《いしや》を招《まね》ぎ胗察《しんさつ》[八]さするに　彼医師《かのいしや》は波《なみ》の助《すけ》の容体《えうだい》をとくと[九]窺《うかゞ》ひ住職《ぢゆうしよく》とお伝《でん》にいふやう　こはなみ〳〵[一〇]の腫物《しゆもつ》にあらず　性来《せいらい》[一一]の悪血余毒《あくけつよどく》に混《こん》じ　俄《には》かに発《はつ》せし　世《よ》にいふ癩病《らいびやう》[一二]の種類《しゆるゐ》にて　後《のち》には面部支体《めんぶからだ》まで腐敗《ふはい》すべき難病《なんびやう》なり　逸《はや》く治《ぢ》[一三]療《れう》に手《て》を尽《つく》さずば　生涯廃《しやうがいすた》れ者《もの》[一四]になるべきなりと　眉《まゆ》をひそめて告《しめ》されたり

七「ヨギナイ、無余義(略)Syn.(略)YAMUKOTO WO YEDZU」(『和英語林集成』再版)。

八「診察」に同じ。「診」「胗」通用する(錦松堂版・自由閣版も同じ)。「胗」は元来「腫れもの、瘡」などの意。

九 よく注意して。

一〇 ありきたりの腫れ物ではない。

一一 生まれながらに病毒を含んだ血が、他の毒と混じり合い。

一二 ハンセン病。→補四九。

一三 明治初期までは濁って読む場合が多かった。「JI-RIYŌ, ヂレウ、治療」(『和英語林集成』再版)。

一四 廃人。通常の生活を営めない人。

絵 病気のため、一晩のうちに顔に発疹のできた波之助。介抱するお伝。見舞う住職籟山。

（四一頁より続く）

なお、明治十一年十月二十四日『朝野新聞』に、東京裁判所に拘留されたでんはこれまで三度拇印したが、昨日も拇印したと報じるように、供述をしばしば変更した。

二五 「罪人ヲ糺問シ、刑名ヲ断定ス」（『言海』）。

二六 殺害後、でんが凶器の剃刀を研ぎに出した研屋の名。↓三五二頁二行。

二七 申し立て。供述。

二八 事件前後、小川市太郎・でんと同居していた人物。↓三三五頁五行。

二九 多くの証拠。

三〇 沼田藩家老広瀬半右衛門。でんは、広瀬が実母はるに手をつけ、生まれた子が自分であると供述（↓三〇六頁注一）。↓三四〇頁九行。

三一 身分の高い男が、正妻以外の身分の低い女に産ませた子。隠し子。

三二 でんは、後藤吉蔵が異母姉を殺害したと供述。↓三四八頁注八。

三三 横浜で異母姉と同居していた時の隣人。↓三六一頁一四行。

三四 思った通り。

三五 「等一も」の誤りと考えられるが底本のママ（↓補七）。

三六 事実だと判断できるような証拠。

三七 結局は、仇討を名目とすることで。

三八 犯罪者という名義。

三九 このような理由から考えると。

四〇 色仕掛けで吉蔵を欺き、財産を得ようと企てたが、結局失敗したため。

四一 ↓補八。

四二 斬首の刑罰。

四三 口供書と擬律（該当条文・科刑意見を記したもの）とを併せたもの。裁判記録。

四四 悪賢い偽りの言葉に依拠しており、ありのままの事実を知らないのである。

四五 『東京絵入新聞』では「毒婦が申立たる筋なりとて伝へ聞しものなれば虚飾《とりかざり》たる詐《いつは》りも多かれどそは其所〻に記すべければ」（明治十二年二月一日）、『東京曙新聞』では「抑《そも》此悪婦が犯せる罪を覆はん為に虚実を交へし疑状を聞《きく》に」（同月一日）、『読売新聞』では「姉の復讐《かたき》だの夫の仇《あだ》だのといふのは皆お伝の拵らへ事で 全たく色に事よせて吉蔵の金を取《とら》うとしたのを」（同月六日）などとある。

四六 保証する。

四七 一つ一つの話。

四八 少年、女子供のため、勧善懲悪の一部として用立てるばかりだ。

四九 初編売出しは翌十三日。

五〇 京橋区新橋出雲町。銀座に続く市街として栄えた。↓付図3②。

五一 明治十年三月五日横浜毎日新聞社から独立。本作発行時の社長は魯文。↓補九。

（四七頁より続く）

ら不審に思っていた勘左衛門も。「浴室に入」「入相」、「入相のかね」「かねて」が掛詞。

三二 風呂。浴槽。

三三 「受胎証拠八条アリ（略）第四 乳房漸《ヤヽ》大ニシテ乳頭長凸 周囲《メグリ》殊ニ黒クナル」（「北越医師世推亭主人著述育児雑譚並贈書」明治五年十一月『新聞雑誌』六十九附録）。「妊身となればだん〳〵と乳房が脹《ふく》れ乳頭《ちくび》は（略）赤黒き栗殻《くりかは》色と変り」（『通俗 造化機論』。↓補一〇）。

三四 （体が）丸く膨れる。

三五 窺っているとは夢にも知らず。「しも」は強意。

三六 本祭の前夜に行われる祭事。宵祭り。

三七 曲芸師、手品師。

三八 露天に小屋掛けで興行した説経祭文。↓補一三。

三九 居酒屋。店先の床几で安酒を飲ませる店。「莚店」は藁莚《わらむしろ》を敷いただけの粗末な露店。

四〇 あたりいっぱいに。

四一 人一倍おめかしした娘。「ヱヽ、おしやらく御乳母《おんば》め」（式亭三馬『浮世風呂』二・下、文化七年〈一八一〇〉）。

四二 分家の若旦那。「となりののら〔野良〕に しんやのせなごどんがおりやい申シて」（魯文『滑稽富士詣』三・上）。

四三 屋敷裏のあにき。

四四 新たに開墾した農地の弟。以上、村での通称であろう。

四五 底本「舎弟もまでも」。第二次改版本以下により改める。

四六 みな。

四七 良い家柄の。

四八 神社の仕事。礼装である羽織を着たのはそのため。

四九 心が浮わついて落ち着かないさま。ふわふわ。

五〇 少しも休まず。大急ぎで。

五一 言いつくろって。

五二 葎（つる性の雑草）の生い茂った家。貧しい家をいう。

五三 正月用についた餅を並べておくための莚。

五四 かや（蚊帳）の代用として、蚊を追い払うために煙をくゆらせること。

五五 目に煙がしみるほど、団扇であおぎ立て。「渋団扇」は、柿渋を塗った赤黒色の大きい質素な団扇で、防水性がある。

五六 高橋勘左衛門との結婚を指す。

五七 自分にとって関心のない夫（勘左衛門を指す）。

高橋《たかはし》阿《お》伝《でん》夜叉《やしゃ》譚《ものがたり》　四編

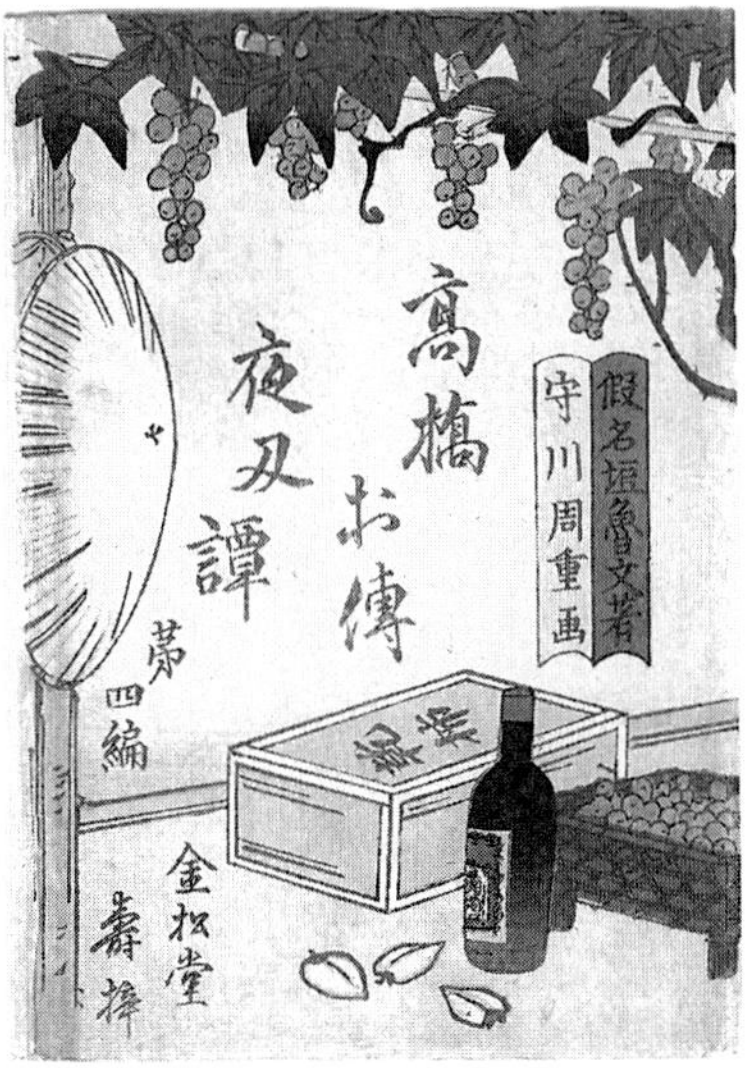

四編　袋

上巻表紙

中巻表紙

袋(前頁)　葡萄と葡萄酒、乾(干)柿の絵。中巻で波之助夫婦が向かった甲州の特産品。↓一八四頁一五行以下。甲州葡萄は、江戸時代中期には江戸でも知られるようになり、将軍家に献上されていた。当時、山葡萄などを酒・焼酎に漬けた葡萄酒も製造販売されていたが、これは薬酒の類であった。ワイン醸造は、明治三、四年頃甲府の山田宥教・詫間憲久により開始され、七年の統計では山梨県全体で白葡萄酒四石八斗(約八六四《リットル》)で三六〇円(勝沼〈現甲州市勝沼町勝沼〉産甲州葡萄を使用)、赤葡萄酒十石(約一八〇〇《リットル》)で三九四円余(山葡萄を使用)の売り上げだった。明治八年には小売り一瓶あたり白葡萄酒四十三銭七厘五毛、赤葡萄酒二十五銭だったが、東京・横浜への輸送費用が高く、味も外国産に劣ったため、十年の内国勧業博覧会(東京上野)出品を最後に経営破綻した。しかし同年、旧甲府城内に葡萄酒醸造所が設けられ、また同年八月には祝村(現甲州市勝沼町上岩崎・下岩崎)に大日本山梨葡萄酒会社が設立され、十二年から醸造を開始。しかしいずれも経費削減や経営難などで、十六年前後には解散した(上野晴朗『山梨のワイン発達史』山梨県東山梨郡勝沼町役場、一九七七年)。また干柿は、宇治(京都)・信州と並ぶ名産で、七日市場村・下井尻村・上井尻村・三日市場村(現山梨市七日市場・下井尻、甲州市塩山上井尻・塩山三日市場)産が優れていた(山梨県編・刊『山梨県史　通史編』3、二〇〇六年)。多色刷。

表紙(上段と次頁右)　三枚続。旅姿の波之助(上巻)お伝(下巻)、中巻の荷物持ちは博徒勝沼源次か。↓一八五頁二行。標題を葡萄で飾り、榜示杭に著者名・画者名を、下巻の石碑に書肆名を記す意匠。多色刷。

上巻見返し

下巻表紙

おでん　第四編　上の巻

魯文著
周重画
辻文板

伊藤晴雨『江戸と東京 風俗野史』6
（有光書房，1967 年）

上巻見返し　「猫盛」といぅ酒樽（蔵元は「朝野」）の前で、手拭いを姉さんかぶりにした猫背の猫が、団扇でおでんを煽ぐ画。童謡「人まねこまね　酒屋のねこが　でんがくやくとて　手をやア、いた」（伊藤晴雨『江戸と東京 風俗野史』六、有光書房、一九六七年）による。「宴会の人真似小真似酒楼（さかや）の猫も五六名」（明治十二年三月四日『仮名読新聞』）。「人真似こまね　酒屋の猫が　と童（こども）の謡（うた）ふも斯（か）いふ類か　大坂の猫達は近来（ちかごろ）やたらに東京風（こちらふぅ）をまねて」（明治十二年四月十三日『東京絵入新聞』）。魯文は、『朝野新聞』の成島柳北とともに、「猫」（芸者を指す隠語）と「鯰」（官吏を指す隠語）との醜聞を『仮名読新聞』などで暴き、好評を博した。多色刷。

高橋阿伝夜刄譚《たかはしおでんやしやものがたり》　第四編序

[一]毒蛇《どくじや》の丈《たけ》の長刀《ながわきざし》
[二]悪狐《あくこ》の命《いのち》も短筒《みぢかづゝ》

第九回　[三]奸医《かんい》[四]奇薬《きやく》を探《さぐ》りて　却《かへ》ツて自己《おのれ》に罪《つみ》を負《を》ふ　甲斐国《かひのくに》の[五]里談《りだん》

第拾回　毒婦《どくふ》癩薬《らいやく》を求《もと》めて　他人《たにん》に[六]毒《どく》を蒙《かふむ》らしむ　[七]下山村《しもやまむら》の[八]肝奪《きもとり》

第十一回　[九]姦淫悪意《かんいんあくい》を合《がつ》して　密《ひそ》かに病夫《びやうふ》を絞殺《かうさつ》す　[一〇]野毛町《よこはま》の寄宿《きしゆく》

明治十二年三月初旬　仮名垣魯文[一二]操觚
書肆金松堂辻文寿[一一]梓　守川周重画図

一 毒蛇(勝沼源次を指すか)のように長い長脇差(→四九頁注六)。「丈」の振り仮名「たつ」。誤記として改める。
二 悪狐(お伝を指すか)の命のように短い短筒(ピストル。→八九頁注七)。
三 悪賢い医者。
四 不思議によく効く薬。
五 ある土地に言い伝えられてきた話。
六 毒を飲ませる。
七 山梨県巨摩郡下山村(現南巨摩郡身延町下山)。富士川の西岸、身延山の北東約四キロメートルに位置。甲府と駿河国興津(現静岡市清水区)を結ぶ駿州往還の伝馬宿(公用の馬を置き、次の宿に送る義務の課せられた宿駅)で、身延山久遠寺に最も近く、身延山詣の人々で賑わった。享保九年(一七二四)以降幕府領。文化初年(一八〇四-)の家数は三八四、人数一六六二(松平定能編『甲斐国志』十六、文化十一年成)。明治八年粟倉村と合併し福居村となる。→付図2⑨。
八 肝(内臓・肝臓・胆嚢など)を奪い取ること。
九 →五編中巻(二二五頁以下)。
一〇 野毛町は、野毛山(現横浜市西区)の東、横浜町(現中区)の西に位置(現中区野毛町・宮川町)。もとは戸部町の野毛浦に当たる土地で、安政六年(一八五九)横浜の開港に伴い幕府用地となり、戸部町から分離して万延元年(一八六〇)に成立。横浜と東海道を結ぶ道路沿いの繁華な街区であった。→付図4。ただし五編中巻の設

定では「野毛の花咲町」(→二一八頁冒頭部)。

二　めでたく出版する、の意。

三　→三五頁上巻見返し注。

絵　標題の書体・意匠は、勘亭流で書かれた芝居看板を模したもの。多色刷。

河部《かはべ》安《やす》右衛《ゑ》門《もん》

毒婦《どくふ》阿《お》伝《でん》

安《やす》右衛《ゑ》門《もん》妹《いもと》
お留《とめ》

梅堂国政画

口絵 梅堂国政は→一一四頁表紙注。藤川村光松寺の檀家河部安右衛門家に雇われたお伝。切花をお伝に見せる安右衛門。お伝は縁側に座って長煙管を持ち、お留(六編下巻に登場。→二七八頁一三行)は立って手桶を持つ。多色刷。

守川周重画

本名未詳

下山村《しもやまむら》の
農夫《のうふ》
五平《ごへい》

口絵　河部安右衛門の語る天保年間（一八三〇-四四）の話（→一六七頁以下）による。「立場　神代酒」は、立場茶屋（宿と宿の中間にある人足や旅人の小休憩所〈＝立場〉の掛茶屋）で「神代酒」（精製していない地酒。どぶろく）を売っているさま。五平の居酒店を指す。五平が背負っているのは宇太郎で、「やっこ」という幼児の髪型。手にでんでん太鼓。顔を隠した「本名未詳」の男は「癩病医者佐藤昌庵」（→八一頁口絵）で、二人を窺っている。多色刷。

①高橋阿《たかはしお》伝夜刄譚《でんやしやものがたり》　四編上之巻

仮名垣魯文補綴

○第九回《くわい》　題目序誌《だいもくじよし》[一]に出《いで》たり

抑《そも〳〵》癩病《らいびやう》を天刑病《てんけいびやう》[二]と号《なつ》くることは　往昔《いにしへ》より此病《このやま》ひの治《ち》し難《がた》きに支那《しな》[三]の名医《めいい》も匕《さぢ》を投《なげ》是全《これまつた》く天《てん》の刑罰《けいばつ》する所《とこ》ろにして　百薬功《ひやくやくこう》[四]なく医療験《いれうしる》しなし　断然治療《だんぜんちれう》[五]に手《て》を下《くだ》すの医家《いか》ひとり支那《しな》のみならず　格物究理《かくぶつきうり》[六]の欧羅巴諸国《えうろつぱしよこく》[七]といへども　その方《はう》[八]を究《きはめ》し者《もの》なかりしに

①

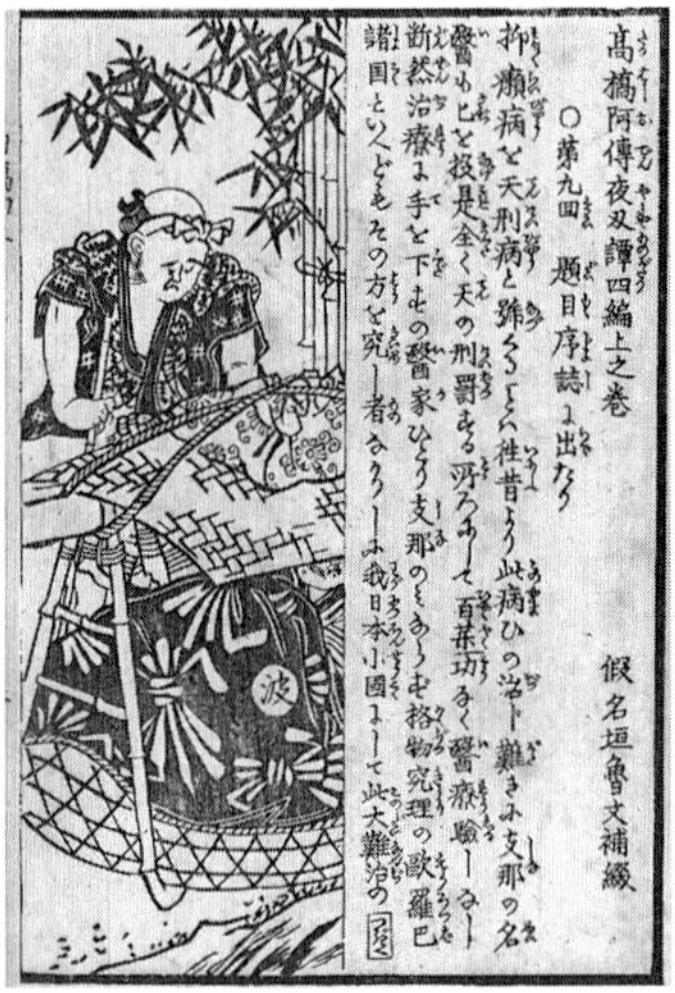

我日本小国《わがにつぽんせうこく》にして　此大難治《このだいなんち》の②病《やま》ひを癒《いや》すの実功《じつこう》[九]を全《まつた》くする者《もの》は　現今《げんこん》　府下《ふか》小川町《をがはまち》[一〇]猿楽町《さるがくちやう》[一一]起廃病院長《きはいびやうゐんちやう》[一二]兼癩病院幹事《らいびやうゐんかんじ》[一三]後藤昌文先生《ごとうしやうぶんせんせい》[一四]にして　先生此《せんせいこの》病《やま》ひを治《ち》するの方《はう》を発明《はつめい》せられその功《こう》を奏《そう》せし事は　記者《きしや》[一五]が前《さき》に著《あらは》したる　起廃病院医事雑《きはいびやうゐんいじざつ》[一六]

絵　旅駕籠に乗った波之助(↓一八四頁一四行)。

一 題目は初めに記してある、の意。↓一六〇頁。 **二**「天刑病(略)Syn. RAI-BIYŌ, KATAI」(『和英語林集成』再版)。「抑(そも)癩は支那(から)にて天刑病と名(づな)け　千古(むかしより)不治(ほな)とし」(明治六年六月二十三日『郵便報知新聞』)。明治七年二月十四日『郵便報知新聞』に掲載の後藤昌文の文に、「既に漢家者流にては　不治に属するや　天刑病の名あるに至る」とある。「天刑(らいびやう)」(明治十一年十一月十二日『仮名読新聞』)。↓補四九。 **三** ↓補五〇。 **四** どんな薬も効果がなく。 **五** 断乎として。「治療」は↓一五五頁注一三。 **六** 格物窮理。個々の事物の道理を究明し、そこに一貫した原理を見いだすこと。 **七**「欧羅巴(えうろつぱ)」(福沢諭吉『頭書大全 世界国尽』一、明治二年官許)、「開化全き欧羅巴(えうろつぱ)」(魯文『首書絵入 世界都路』三、明治五年)。「欧羅巴(ようろつぱ)は東大陸の中にて最小の部なり」(コロネル氏撰・西村恒方訳『万国地理訓蒙』明治五年)などの読みもあった。 **八** 治療法。 **九** 実際に完全な成果を現したのは。 **一〇** 明治五年成立。当時は神田区(現千代田区神田小川町一丁目)。ただしここは広地域名で、現神田地区の西半分にあった武家地の汎称。「小川町(ちま)猿楽町(うて)後藤さんの起廃病院は八

②

誌《し》を読《よみ》て知《し》らん　閑話休題《それはさておき》　波《なみ》の助《すけ》おでんのふたりは　藤川村《ふぢかはむら》の光松寺《くわうせうじ》に一夜《いちや》の宿《やど》りを求《もと》めし折《をり》　波《なみ》の助《すけ》の面部《めんぶ》より支体《からだ》へかけ　[一七]怪《あや》しき腫物《しゆもつ》を生《しやう》じたるにぞ　住持籟山《ちゆうじらいざん》が厚情《なさけ》に依《より》て　近村《きんそん》より医師《いし》を迎《むか》え　その容体《えうだい》を[一八]胗察《しんさつ》さするに　是《これ》は彼癩病《かのらいびやう》の[一九]下地《したぢ》にして　疾《はや》く名医《めいい》の治療《ぢれう》を受《うけ》ずば　生涯人《しやうがいひと》に忌《きら》はれて　[二〇]廃《すた》れ者《もの》になるべしと　聞《きく》よりおでんもうち驚《おどろ》き　先服薬《まづふくやく》を乞《こ》ふといへども　未《ま》だその頃《ころ》は此難病《このなんびやう》を愈《いや》すの方法《はうはふ》なきものから　医師《いし》もは[二一]かぐ〱しく力《ちから》を尽《つく》さず　夫婦《ふうふ》の者《もの》も　家《いへ》③を出《いづ》るに多《おほ》くの[二二]路金《ろきん》を

イどうぞやと云様(いふやう)な癩的でも稀代に平癒(なほる)と云事です　そして病症(やまい)が快復(なをつ)ても病客(びやうにん)の名を他の人へ知らせ無(ない)のが規則だと申事」(明治九年十月四日『仮名読新聞』)。「小川町猿楽町に住む士族大西某」(明治十二年三月二十五日『有喜世新聞』)。→付図3④。

一一 明治五年成立。当時は神田区で一—三丁目があり(現千代田区猿楽町一—二丁目)、その二丁目に起廃病院があった。→付図3⑤。**一二** 後藤昌文(→注一四)により明治八年四月神田猿楽町二丁目十九番地に設立されたハンセン病専門の私立病院。「起廃」は、廃れたものを起こす意で、「癩」を避けて命名。**一三** 明治十一年、大内青巒・成島柳北・岸田吟香・前田香雪・魯文らが発起人となって設立された貧癩院(住所は起廃病院と同じ)のこと。下巻見返し(→一八六頁)には「貧癩院設立院建築場」の榜示杭があり、この方が近い。→補五一。**一四** 文政九年—明治二十八年(一八二六—九五)六月二十七日(大植四郎『明治過去帳』東京美術、一九七一年)。魯文と交流のあったハンセン病専門漢方医。→補五二。**一五** 筆者。

一六六頁に続く

絵　河部安右衛門から日雇賃を貰いながら、寺の粗末な別間で波之助の看病をするお伝。波之助は、発疹のほか脱毛症状も現れている。部屋の外に卒塔婆や墓石が見える。

③

持《もち》しにあらねば　大胆《だいたん》のおでんさへ心細《こゝろぼそ》く日《ひ》を送《おく》るに　此光《このくわう》松寺《せうじ》の一　檀家《だんか》[一]に　当村《たうそん》の大《おほ》農家《びやくしやう》河部《かはべ》安《やす》右衛門《ゑもん》が方《かた》に雇《やと》はれ　昼《ひる》は裁縫《たちぬひ》の業《わざ》を手伝《てつだ》ひ　畑《はた》け仕事《しごと》を助《すけ》[二]ツヽも聊《いさゝ》かの日雇賃《ひようちん》を取《と》りて帰《かへ》る　その容顔《かほ》さへ田舎《ゐなか》には稀《まれ》なるらへ　裁縫《たちぬひ》[三]の業《わざ》[四]物《もの》かくすべさへなみ〳〵[五]に勝《すぐ》れたれば　その本夫《おつと》の為身《ためみ》[六]をやつし　斯《かゝ》る艱苦《かんく》を嘗《なむ》るを哀《あは》れみ　日雇賃《ひようちん》の外《ほか》　物《もの》[七]などとらせ　格《かく》別《べつ》[八]もてはやすを　素《もと》より悪意《あくい》のおでんなれば　此安《このやす》ゑもんが家《いへ》ゆたかなるを看込《みこ》[九]み　如何《いか》にもして深《ふか》く立入《たちい》り　色《いろ》[一〇]をもてその

魯文を指す。
一六 明治十年創刊。仮名読新聞社から印刷発行。編輯人仮名垣魯文。→補五三。
一七 普通と違うできもの。
一八 →一五五頁注八。
一九 初期の状態。
二〇 廃人。
二一 しっかりと骨折ることもせず。
二二 「路銀(ろぎん)」に同じ。旅費。

——以上一六五頁

絵 茶店で旅の医師佐藤昌庵(→一七六頁六行)と語り合う五平(→一六九頁)。榜示杭に「身延山ゑ　一里／甲州下山村」とある。
一 檀家で。「檀家」は、寺に墓地を持ち、布施(法事などに対する謝礼、寺の造営修理等)などによって寺に経済的支援を行う家。
二 助けて。「ツヽ」は単純な接続を表す。
三 底本の振り仮名「たち」は入れ木。
四 物書く術。文章を書く力量や筆跡。
五 普通以上に。→六八頁一四行。
六 みすぼらしい姿となり。
七 物品等を与え。
八 褒めそやす。
九 目をつけ。
一〇 自分の美しい容色。

④

心《こゝろ》を蕩《とろ》かさんと思《おも》ふうち　或日《あるひ》安《やす》ゑもんは　波《なみ》の助《すけ》が病気《びやうき》を訪《と》[一一]ふとて　寺《てら》の別間《べつま》に入来《いりきた》るをおでんはまめ〳〵しく[一二]出迎《いでむか》え波《なみ》の助《すけ》も病床《びやうしやう》[一三]ながら　此頃《このごろ》おでんが出入《でいり》して　厚《あつ》く恩義《おんぎ》を蒙《かう》むるを謝《しや》しなどするに　安《やす》ゑもんがいへるやう　波《なみ》の助《すけ》どのゝ病《やま》ひにつき　④思《おも》ひ出《いだ》せし長物語《ながものがたり》り[一四]みぢかく摘《つま》みてはなせし上《うへ》　その癩病《らいびやう》の奇薬《きやく》一貼《てう》[一五]　こゝろみに[一六]参《まい》らせんと　其緒《そのいとぐ》ち[一七]を説《と》き出《い》だせり

是《これ》より下　安《やす》右《ゑ》エ門《もん》が
物語《ものがた》りの趣《おもむ》き[一八]なり

○頃《ころ》は天保《てんぽ》[一九]年間《ねんかん》の事《こと》とかや　甲《か》

一一　病気の見舞いをする。
一二　心をこめて丁重に。
一三　病床に寝たまま。
一四　簡潔に要点をまとめて。
一五　一服。→一一二頁注一一。
一六　差し上げましょう。ただし、実際にはそうしたことはしなかった。
一七　始まり。
一八　およその内容。
一九　天保元年―十五年(一八三〇―四四)。

絵　下山村の片隅に住む「癩病」の兄弟を訪ね、仲間に引き込む五平。糸繰りしているのは母親か。夏なので蚊遣火を焚いている。

⑤

斐国《ひのくに》[一]巨《こ》摩郡《まごほり》[二]身延山《のぶさん》の麓《ふもと》　[三]下山村《しもやまむら》といへるは　戸《こ》口千軒《こうせんげん》の大村《たいそん》なるが　此村内《このむらうち》の一部分《ぶぶん》に[四]すまふ者《もの》は　以前《いぜん》より[五]癩病《らいびやう》を発《はつ》せざる者《もの》とてなく　妻《つま》を迎《むか》え聟《むこ》を取《と》るも　他家《たけ》より縁組《えんぐみ》をする者《もの》なければ　已《やむ》を得《え》ず　癩病《らいびやう》の[六]血筋《ちすぢ》を引《ひ》き　同病相《どうびやうあひ》あはれむ家《いへ》よりして縁談《えんだん》を整《とゝ》のふを　此《この》一類《るゐ》の慣《なら》ひとせり　兹《こゝ》に　同村《どうそん》の入口《いりくち》に[七]農間居酒店《のうかんゐざけみせ》を出《いだ》し　老妻《らうさい》にうち任《まか》せ　その身《み》は賭《かけ》と酒《さけ》とに耽《ふけ》る五《ご》平《へい》といへるは　其年《そのとし》⑤六十に余《あま》れども　多《た》欲《よく》[八]奸愚残忍《かんぐざんにん》の[九]野夫《やぶ》なるが　時《とき》しも[一〇]水無月《みなつき》はじめつ方《かた》[一一]鰍沢《かじかさは》まで用事《ようじ》ありて[一二]帰《かへ》るさに

絵　釣竿を持ち、隣家の荒物屋から宇太郎を誘い出す五平。↓一七二頁一三行。

一 甲斐国西部に、南北に長く連なった大きな郡。明治十一年、北・中・南の三郡に分割。
二 現南巨摩郡身延町北部、身延町と早川町の境界に位置する山。標高一一五三《メートル》。山頂近くに日蓮宗総本山久遠寺奥之院思親閣が、また山中南側に久遠寺の諸堂がある。↓付図2。
三 ↓一六〇頁注七。
四 住む。
五 当時、一般に「今世にカッタイ村と唱（となふ）る所諸国に在り」（明治六年六月二十三日『郵便報知新聞』）や「世上に天刑病村（カッタイムラ）と化名（アダナ）し一村挙て此病患に罹（カカ）る地所ありと聞けば」（同年七月六日『東京日日新聞』）のような認識があった。ここで下山村の一部にそうした設定をするのは、後述の材源（↓一七一頁注一四、補五四）からの推測に加え、身延山久遠寺など日蓮宗の大寺院にハンセン病患者が集まってきたことによるか（↓補四九）。なお、明治三十九年には日蓮宗の僧侶綱脇龍妙により身延深敬（じんきょう）病院が設立。
六 先祖代々続いた血のつながり。当時は「癩病」が遺伝すると誤解されていた（↓補四九）。岡本勘造『其名も高橋毒婦の小伝　東京奇聞』三編上巻でも、波の助の祖父が「癩病」を発し、

⑥

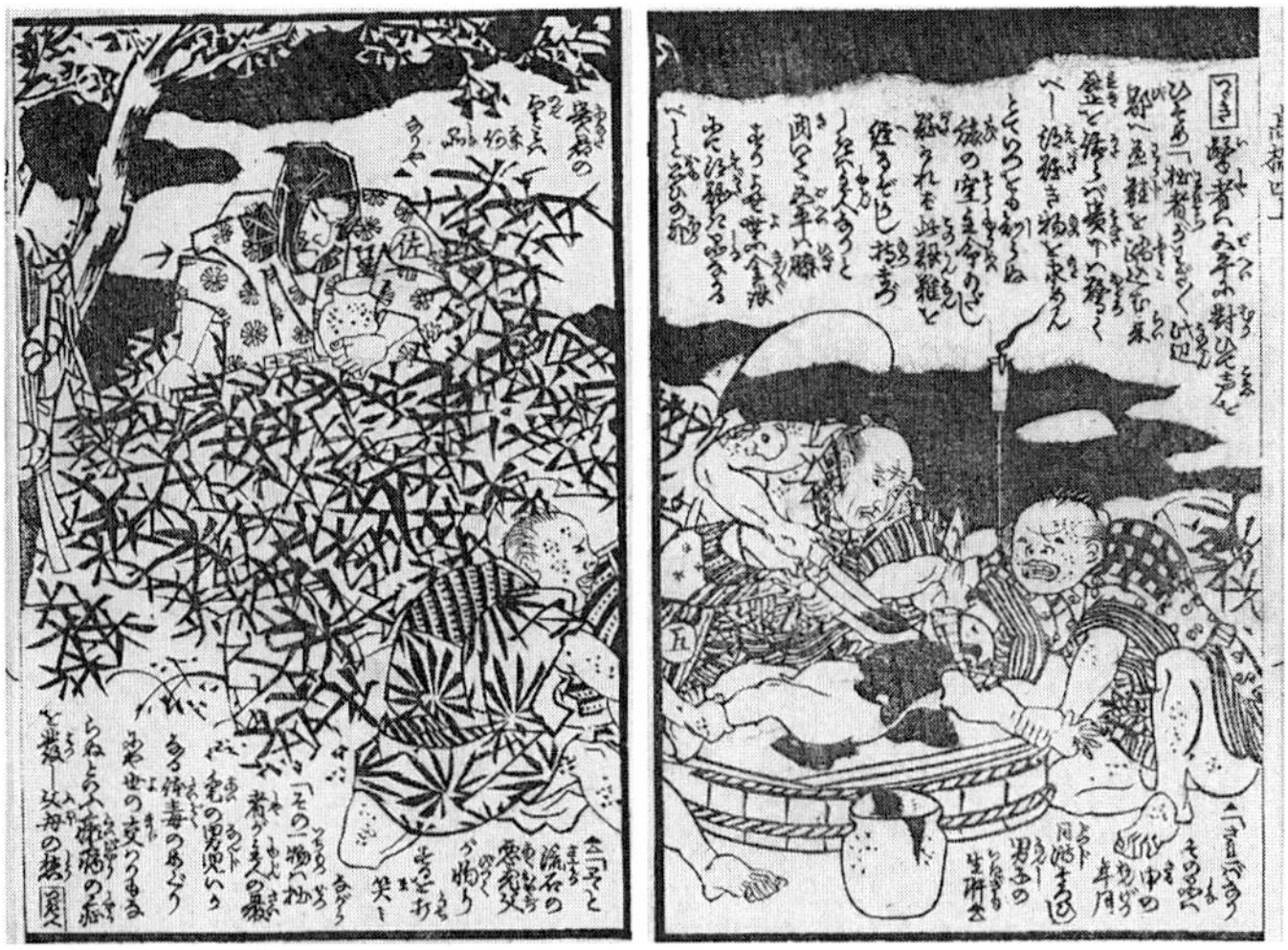

夏《なつ》のなかばの炎暑《あつさ》に堪《た》えかね路傍《みちばた》の茶店《さてん》に立《たち》より　しばし暑《あつ》さを避《さけ》んとするとき　我《われ》より先《さき》だち此茶店《このさてん》に憩《いこ》ひたる人物《じんぶつ》は年歯《としごろ》三十二三の惣髪《さうはつ》　衣類《いふく》も旅《たび》の埃《ほこ》りに汚《よご》れず　是《これ》なん医道修《いだうしゆ》行《ぎやう》の人《ひと》と　いはねど夫《それ》と知《し》られたれば　床机《しやうぎ》を隔《へだ》て〻物《もの》いひかくるに　彼方《かなた》も旅路《たびぢ》の徒然《つれ〴〵》ゆゑか　親《した》しく答《こた》へをなす間《あひだ》　四方《よも》山《やま》のはなしより　五平《ごへい》は近《ちか》くさし寄《より》て　「旦那《だんな》はお医師《いしや》と看受《みうけ》しが　定《さだ》めし江戸《えど》のおん方《かた》ならん　何《なに》か御用《ごよう》の筋《すぢ》は知《し》らねど山又山《やままたやま》のこの国《くに》へ　草鞋《わらじ》を踏《ふ》ませ給《たま》ひしは　サゾかし労《つか》れ給《たま》ふ

廻国巡礼に出たが四国あたりで死去した、との設定。
七 農業のかたわら。
八 心がよこしまで、愚かなこと。
九 田舎者。　一〇 旧暦六月の異称。
一一 巨摩郡鰍沢村（現南巨摩郡鰍沢町）。甲府盆地最南端、下山村の北方およそ一五キロメートルに位置。富士川西岸にある河川交通の要衝で、身延山詣の旅客なども多く、駿州往還の宿場として繁栄。享保九年（一七二四）以降幕府領。文化初年（一八〇四―）の家数六三九、人数二八九七（『甲斐国志』十四）。
一二 →付図2⑩。　一三 帰る途中。
一四 年齢。「歯」は、よわい、年齢の意。
一五 男性の結髪の一つ。月代（さかやき＝額際から頭頂の毛）を剃らず髪全体を伸ばした髪型。頭頂で束ねて結った場合や、後ろへ撫でつけたまま垂らした場合もいう。江戸時代中期以後は、医者・儒者・浪人・神官・山伏などの髪型。
一六 医学の修行。
一七 →一一一頁注二二。
一八 さまざまな話。世間話。
一九 足を踏み入れる。
絵 藪の中で、「癩病」の兄弟に宇太郎を押さえつけさせ、出刃庖丁で腹を割いて生肝を取る五平。↓一七四頁。壺を持ってそれを見守る佐藤昌庵。

⑦

らん　今宵《こよひ》は何処《いづこ》へ宿《やど》らせ給ふか　一駅路《しゆくば》と違《ちが》ふてよき宿《やど》は一軒《けん》も侍《はべ》らねど　我《わ》がすむ下山《しもやま》は身《み》二延街道《のぶかいだう》の宿場《しゆくば》にて　旅籠屋《はたごや》も多《おほ》くあり　是《これ》より同道《どうだう》したまはずやといふに　三ほく〳〵打《うち》うなづき　「そは幸《さいは》ひなる道連《みちづれ》なり　しからば四案内《あない》を頼《たの》まんと　打連《うちつれ》て此所《こゝ》を立出《たちいで》　その日《ひ》の黄昏《たそがれ》に下山村《しもやまむら》なる或《ある》はたごやに案内《しるべ》して　五平《ごへい》は一端《たんわ》我が家《や》へ帰《かへ》り又出直《またでなほ》して五入《い》り来《きた》れば　彼旅医《かのたびい》師《し》は酒肴《しゆかう》を整《とゝの》へ　五平《へい》も好《この》める六上戸《じやうご》ゆゑ　七さしつさゝれつ汲《くみ》かはす　話《はな》しの内《うち》に彼医者《かのいしや》は⑥五《ご》平《へい》に対《むか》ひて声《こゑ》をひそめ　「八拙者《われら》

絵　五平に酒を勧め、熟睡した隙に生肝を壺に入れて持ち去る佐藤昌庵。→一七九頁。

一 ここは、駿州往還の伝馬宿である下山村や鰍沢村などから離れた場所だから、の意。**二** 身延山へ向かう街道の意。駿州往還の別名（→一六〇頁注七）。**三** 頭を上下して、うなずくさま。「独《ひと》りほく〳〵打点頭《うなづ》き」（岡本勘造『夜嵐阿衣花廼仇夢』初・下）。**四** 道案内。一〇行の「案内」も同じ。**五** 底本、「て」と「入」の間にある字のようなものは判読不能。錦松堂版以下の活字版はこれを読んでいない。**六** 酒飲み。**七** 相手の杯に酒をさしたり、相手にさしてもらったりして。盛んに杯をやりとりするさま。**八** →一二一頁注一一。**九** →一四一頁注二七。「貴下」は、「きか(略)文書ノ上ニテ、同輩ニ、敬語トシテ、用キル」（『言海』）対称。**一〇** 買い求めようとして、いつ終わるかもわからない旅の身の上ですが、主君の命令を放ってはおけないので。**一一** 底本「持まづしき」。錦松堂版によって改める。**一二** いや、そのことです。相手のことばを受けて説明する時の慣用句。**一三** 申の年の申の月の申の日の申の時に生まれた男の子、の意。申は十二支の九番目。これを年月日時刻などに配する。月では七月、時刻では午後四時前後。「男子」の「なん」は呉音で、当時はこ

がわざ〳〵此辺鄙《このへんび》へ　草鞋《わらじ》を踏込《ふみこ》む来歴《らいれき》を　語《かた》らば[九]貴下《こなた》は驚《おどろ》くべし　得難《えがた》き物《もの》を[一〇]求《もと》めんとて　いつをも知《し》らぬ旅《たび》の空《そら》　主命《しゆめい》もだし難《がた》ければ　此艱難《このかんなん》を経《へ》るぞかし　[一一]持《もつ》まじきは主人《しゆじん》なりと　聞《き》いて五平《ごへい》は膝《ひざ》すりよせ　世《よ》に金銀《きんぐ》にて得難《えがた》き品《しな》なかるべしと思《おも》ひの外《ほか》貴君《あなた》の望《のぞ》みは何品《なにしな》なりや　[一二]「さればなり　その品《しな》は　[一三]申《さる》の年月日時《ねんげつじつじ》そろひし男子《なんし》の[一四]生肝《いきぎも》「ヱヽ　と流石《さすが》の悪老父《あくおやぢ》が悒《びつく》りするを　打笑《うちゑ》みながら　「その一物《いちもつ》は　拙者《せつしや》が主人《しゆじん》の最愛《さいあい》の男児《なんじ》　いかなる[一五]体毒《たいどく》のめぐりにや　世《よ》の交《まじ》はりもならぬといふ癩病《らいびやう》の症《しやう》を発《はつ》し　父母《ふぼ》の[一六]⑦愁傷《しうしやう》大方《おほかた》ならず　或老医《あるらうい》のいへるには　申《さる》の年月日時《ねんげつじつじ》揃《そろ》ひし男児《なんじ》の生肝《いきぎも》を服《ふく》する時《とき》は　忽《たちま》ち難病《なんびやう》全快《ぜんくわい》せりと　聞《きく》より[一七]大殿夫婦《おほとのふうふ》の歓《よろこ》び　たとへ千万金《せんまんきん》を出《いだ》すとも　その一薬《やく》を[一八]求《もと》めなん　然《しか》れども人命《じんめい》に換《かゆ》るたからはなき物《もの》をと　打歎《うちなげ》かるゝがいたはしく　[一九]譜《ふ》代恩顧《だいおんこ》の拙者《せつしや》が職務《しよくむ》は医師《いし》なれば　[二〇]黙止《もくし》に忍《しの》びず　路金若干《ろぎんそこばく》の手当《てあて》を得《え》て　何処定《いづこさだ》めず生肝《いきぎも》を求《もと》めん為《ため》に出立《しゆつたつ》せり　足下若哉大金《そくかもしやたいきん》にて命《いのち》を売《う》らんとする者《もの》の　万《まん》に一人《にん》ありもせば　此談合《このだんかふ》に乗《の》りては如何《いかゞ》　されども申《さる》の年月日時《ねんげつじつじ》　揃《そろ》ふは[二一]万《まん》が稀《まれ》なる望《のぞ》み　[二二]何《いづ》れ出《で》来《き》ない相談《さうだん》ならんと　打《うち》ほゝゑむを五平《へい》は聞《き》いて　「それにこそ[二三]屈竟《くつきやう》の注文《ちゆうもん》あれ　我等《われら》が隣家《りんか》の[二四]荒物屋《あらものや》　宇兵衛《うへゑ》が[二五]小悴宇太郎《こせがれうたらう》とて　[二六]文政《ぶんせい》七年甲申《ねんかうしん》の出生《しゆつしやう》にて　ことし[二七]天保《てんぽ》二年《ねん》則《すなは》ち八才《さい》となれり　不思議《ふしぎ》にも申《さる》の年月日時《ねんげつじつじ》そろひしその証拠《しやうこ》は　彼者《かのもの》が[二八]臍《へそ》の緒書《をがき》に記《しる》⑧したるを　今《いま》も[二九]守護《まもり》ぶくろの内《うち》にありと母親《はゝおや》の物語《ものがたり》　[三〇]これは如何《いか》にと　思《おも》はずも[三一]声《こゑ》を

の読みが主流。一四 生きている動物の肝臓(特に胆嚢)。脳・心臓ともども、薬用にすれば特効があるとされた。ここでの設定は、天保十年(一八三九)二月十日、巨摩郡下山村の百姓友八の三男米蔵(十歳)が生胆を取られた話による。→補五四。一五 体の中の毒素の循環。一六 嘆き・悲しみは並大抵ではなかった。一七 当主の尊称。世継ぎとなる若殿に対していう。一八 きっと買い求めよう。一九 先祖代々主君に仕えて、目をかけてもらうこと。二〇 黙って放っておけず。二一 極めてまれな望み。二二 どうせ。二三 →八六頁注三。二四 日用雑貨類を売る店。雑貨屋。二五 他人の息子を卑しめていう語。二六 一八二四年。この年七月の申の日は十一日と二十三日(内務省地理局編『三正綜覧』帝都出版社、一九三二年)。二七 一八三一年。数えで八歳。二八 切り取った臍の緒を紙に包み、生年月日を記したもの。生家に保存した。「辰の年月日時の生れ。そのせふこは、コレ。／トくだんの守を出して渡ス。江戸兵衛ひらき、へその緒の書附をよむ事あつて」(四世鶴屋南北『独道中(ひとりたび)五十三駅(つぎ)』三幕目、文政十年〈一八二七〉初演)。「お八重も同じ守袋の紐とく〳〵中から臍(ほぞ)の緒の包みを取出し表封(うはふう)ひらけば　小久(ひさ)のと年月日時(じつ)も同筆同様」(『夜嵐阿衣花廼仇夢』三・下)。二九 守り札を入

⑧

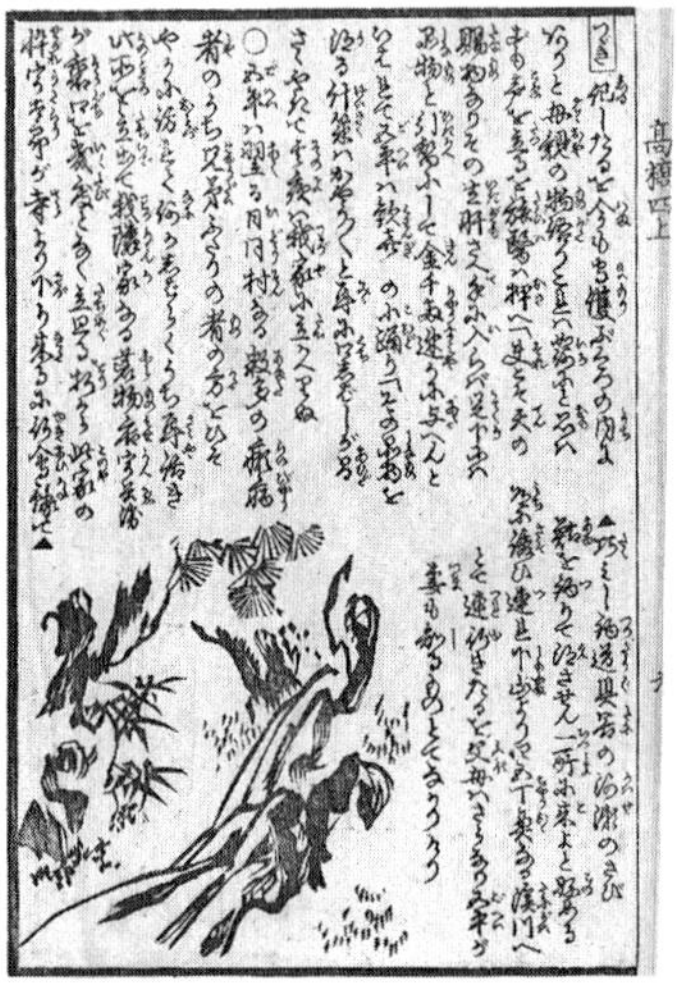

立《たつ》るを　旅医《たびい》は押《おさ》へ　「夫《それ》こそ天《てん》の賜物《たまもの》なり　その生肝《いきぎも》さへ手《て》に入《い》らば　足下《そくか》には品物《しなもの》と引替《ひきかへ》にして金《きん》千両《りやう》　速《すみや》かに与《あた》へんといはれて　五平《ごへい》は歓喜《くわんぎ》[一]の小踊《こおど》り「その品物《しなもの》を得《う》る計策《けいさく》は　かやう／＼と耳《みゝ》[二]に口《くち》　しばしが間《あひだ》さゝやきて　其夜《そのよ》は我家《わがや》に立《たち》かへりぬ

○五平《ごへい》は翌《あく》る日《ひ》　同村《どうそん》なる数多《あまた》の癩病者《らいびやうしや》のうち　兄弟《きやうだい》ふたりの者《もの》の方《かた》をひそやかに訪《おとづ》れて　何《なに》かしばらくうち耳話《さゝや》き[三]　此所《このところ》を立出《たちいで》て　我隣家《わがりんか》なる荒物店《あらものみせ》宇兵衛《うへゑ》が裏口《うらぐち》を　幾度《いくたび》となく立廻《たちめぐ》る折《をり》から　此家《このや》の悴《せがれ》宇太郎《うたらう》が寺《てら》[四]より下《さが》り来《きた》るに行会《ゆきあひ》　予《かね》て巧《たく》みし釣道具《つりだうぐ》[五]　谷《たに》の河瀬《かはせ》のさび鮎《あゆ》[六]を釣《つ》りて得《え》させん　一所《いつしよ》に来《こ》よと　好《この》める道《みち》に誘《さそ》ひ連《つ》れ　下山《しもやま》より四五[七]丁奥《ちやうおく》なる渓川《たにがは》へとて連行《つれゆ》きたるを　父母《ふぼ》[八]はさらなり　五平《ごへい》が妻《つま》も　知《し》るものとてなかりけり

れて、いつも身に着けておく小袋。首や腰などに掛けた。

三〇 これはどうですか(おあつらえ向きの話でしょう)。

三一 声を上げたのを、旅の医者は押しとどめ。

以上一七一頁

一「くわんき 歓喜」「くわんぎ (前ノ転)。前ト同ジ語(主ニ此語ヲ用ヰル)」(『日本大辞書』)。「歓喜雀踊(くわんぎじやくやう)」(魯文『西南鎮静録 続編』下)。

二 五平は旅の医者の耳に口をあて。

三 →四五頁注一六。

四 寺子屋の略。江戸時代中期以降普及した庶民の教育機関で、読み書きそろばんを教えた。「或文盲なる親仁、子共てらより帰りける時、手本をみて、さあ此手本よめといへば」(露の五郎兵衛『露休置土産』三の五、宝永四年(一七〇七))。

五 魚釣りに必要な道具類。竿(さお)・糸・浮(うき)・錘(おもり)・針・えさなど。これに、宇太郎を「釣る」(気を引いて誘い出す)意を掛ける。

六 落ち鮎。秋の初め、産卵を終えて流れを下る鮎。鉄さびのような色になることからいう。

七 四、五町。一町は約一〇九メートル。

八 宇太郎の父母は言うまでもなく。

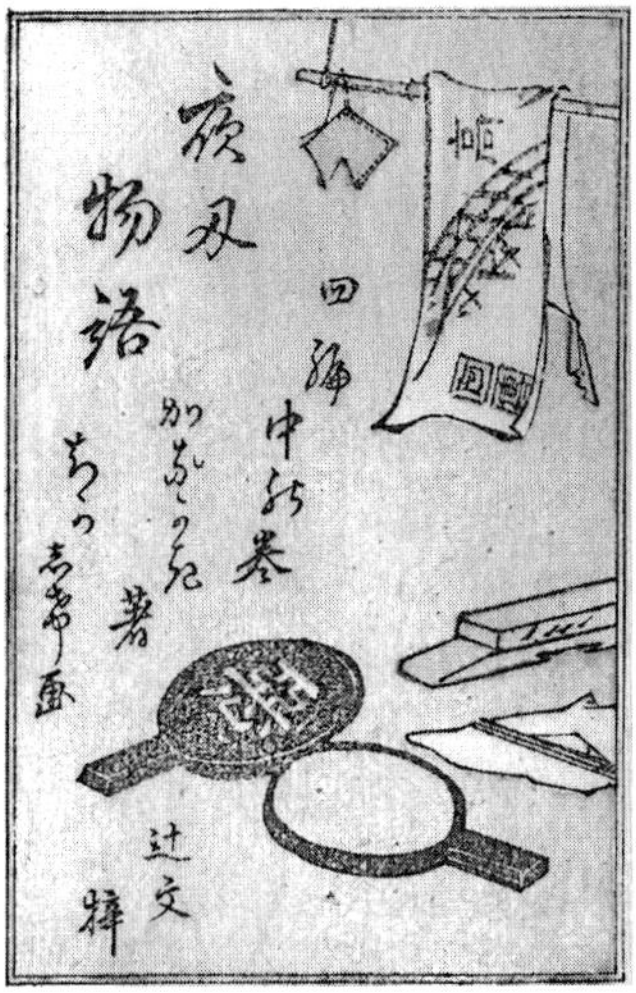

中巻見返し

夜叉物語
四編　中の巻
かなかき著
ちかしけ画
辻文梓

⑨
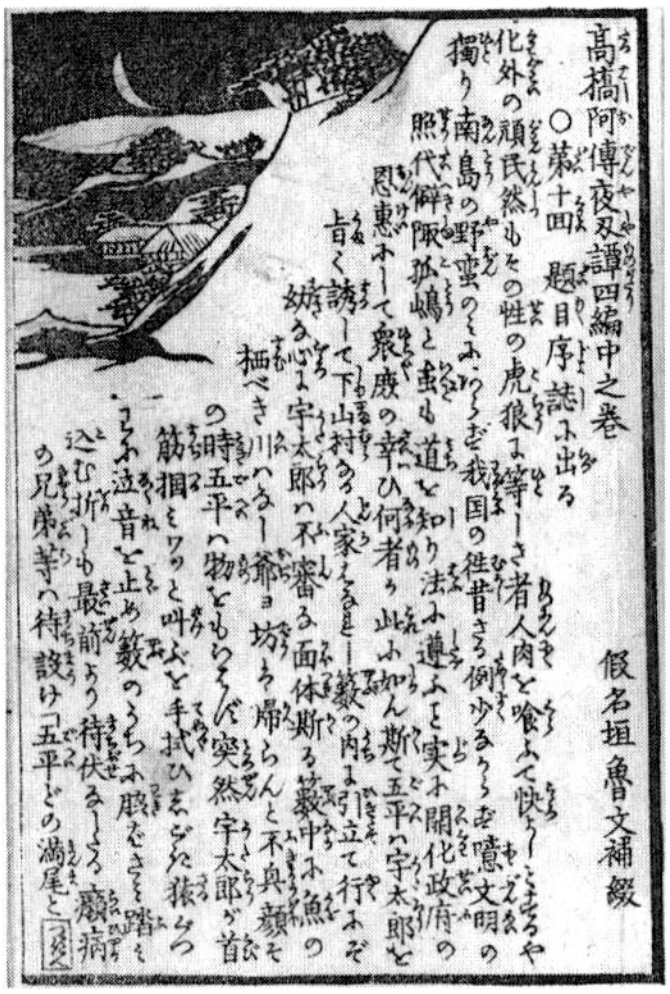
高橋阿傳夜叉譚四編中之巻　假名垣魯文補綴
○第十四回　題目序詞に出る
化外の頑民然もその性の虎狼に等しき者人肉を喰ふて快よしとするや
獨り南島の野蛮のみかハ我国の往昔さへ例少なからず噫文明の
照代僻阪孤嶋と虽も道を知り法に遵ふを実に開化政府の
恩恵にして衆庶の幸ひ何者か此に如ん斯て五平ハ宇太郎を
旨く誘して下山村なる人家ある處の藪の内に引立て行にぞ
嫉む心に宇太郎ハ不審る面体斯る藪中に魚の
栖べき川もなし爺ヨ坊ハ帰らんと不与額を
の時五平ハ物をも言ず突然宇太郎が首の
筋摑をワツと叫ぶと手拭ひまでも張ひつ
一声に泣音を止め藪のうちに殿をさき踏を
込む折しも最前より待伏なしたる癩病
の兄弟等ハ待設け「五平どの満足と」

中巻見返し　手拭いに「高」の字、「橋」の絵、「阿伝」の落款の意匠。下の手鏡の一つは「悪」。もう一つの裏側には「善」とあるか。「余（魯文）は戯号の下（もと）に善悪の印（略）を捺し来つたが之は善玉悪玉を合して我が性質を表したものである。（略）要するに余は愛憎とも極端に走り易く、忽ち善となり忽ち悪となること掌（てのひら）を反すが如し、是れが則ち此の印章を用ふる所以（ゆゑん）である」（野崎左文「明治初期の新聞小説（四）小説記者の生活状態」『私の見た明治文壇』春陽堂、一九二七年）。多色刷。

絵　下山村の夜の景。

⑨高橋阿伝夜刄譚《たかはしおでんやしやものがたり》 四編中之巻

仮名垣魯文補綴

○第《だい》十回《くわい》 題目序誌《だいもくじよし》[一]に出《いづ》る

化外《くわぐわい》[二]の頑民《ぐわんみん》 然《しか》もその性《せい》の虎狼《こらう》[三]に等《ひと》しき者《もの》 人肉《にんにく》[四]を喰《くら》ふて快《こゝろ》よしとするや 独《ひと》り南島《なんとう》[五]の野蛮《やばん》のみにあらず 我国《わがくに》の往昔《むかし》 さる[六]例少《ためしすく》なからず 噫文明《あゝぶんめい》[七]の照代《せうたい》 僻陬孤嶋《へきしゆことう》[八]と雖《いへど》も 道《みち》を知《し》り法《はふ》に遵《したが》ふこと 実《じつ》に開化政府《かいくわせいふ》[九]の恩恵《おんけい》にして 衆庶《ひとぐ》[一〇]の幸《さいは》ひ何者《なにもの》か此《これ》に如《しか》ん 斯《かく》[一一]て五平《ごへい》は宇太郎《うたらう》を旨《うま》く誘《すか》[一二]して 下山村《しもやまむら》なる人家《じんか》はなれし籔《やぶ》の内《うち》に引立《ひきたて》て行《ゆく》にぞ 幼《をさ》な心《ごゝろ》に宇太郎《うたらう》は不審《ふしん》な面体《かほつき》 斯《かゝ》る籔中《やぶなか》に魚《うを》の栖《すむ》べき川《かは》はなし 爺《おぢ》[一三]ヨ坊《ばう》[一四]は帰《かへ》らんと不興顔《ふきようがほ》[一五] その時五平《ときごへい》は物《もの》をもいはず 突然宇太郎《とつぜんうたらう》が首筋《くびすぢ》摑《つか》み ワツと叫《さけ》ぶを 手拭《てぬぐ》ひしごき 猿《さる》ぐつわに泣音《なくね》を止《とゞ》め 籔《やぶ》のうちに脇《わき》ばさみ 踏《ふ》み込《こ》む折《をり》しも 最前《さいぜん》より待伏《まちぶせ》なしたる 癩病《らいびやう》の兄弟等《きやうだいら》は待設《まちまう》け 「五平《ごへい》どの 満尾《まんま》[一六]と首尾《しゆび》⑩よく 「オヽ孩児《がき》めはもはや羽《は》がひじめ 少《すこ》しも疾《はや》く生肝《いきぎも》をゑぐり取《と》つて 其方兄弟《そなたきやうだい》一家《け》の者《もの》に飲《の》ませする時《とき》は 小《せう》[一七]の虫《むし》を殺《ころ》して大《だい》の虫《むし》を助《たす》けるといふ世《よ》の譬《たと》へ 無慈悲《むじひ》[一八]なやうだが諸人《しよにん》の為《ため》 サア手伝《つだ》へと 宇太郎《うたらう》が手《て》[一九]どり足《あし》どり赤裸《あかはだ》か 研《と》ぎすましたる出刃庖丁《でばばうてう》を胸《むな》さきに押当《おしあて》 無残《むざん》にも幼児《をさなご》が腹部《はら》を断《たち》

一 序誌に記す「他人に毒を蒙らしむ」(→一六〇頁)とは、お伝が世話になった勝沼源次(→一八五頁注二四)を裏切って煮え湯を飲ませる意だが、この場面は下巻にずれ込んでいる。
二 徳ある君主の政治に感化されない、頑迷な民衆。
三 残忍で貪欲なもののたとえ。
四 振り仮名「にん」は呉音。
五 食人の風習は未開社会に広く見られ、対象への憎悪や愛着による宗教的儀式である場合が多い。→補五五。
六 例えば、明治十年来日した動物学者・考古学者モースは大森貝塚から発掘した人骨を「食人ノ跡」としている。→補五六。
七 人知が開け、物質的にも発達した太平の御代。「照代」は「昭代」とも。「たい」は漢音。
八 辺鄙な土地。「陬」(スウ・シウ・ソウ)は「隅(すみ)」の意。
九 新しい知識・文化の摂取を推し進める政府。明治政府を指す。
一〇 庶民の幸せとして、これに及ぶものは何もない。日本の隅々まで道義や法が行き渡っていることが、庶民の最大の幸せだ、の意。
一一 さて。
一二 言いくるめてだまし。
一三 「をぢ(略)老人ヲ敬ヒ呼ブ称。翁」(『言海』)。
一四 男の子の自称。
一五 機嫌の悪い顔。
一六 「うまうまと」の変化した語。悪

⑩

割《わり》　手《て》をさし入れ五臓《ござう》二〇を摑《つか》ンで引出《ひきだ》すを　癩病《らいびやう》の兄弟等《きやうだいら》が携《たづさ》へたる壺《つぼ》に受《う》け　目《め》も当《あて》られぬ宇《う》太郎《たらう》が死骸《しがい》は　古《ふる》き破《やぶ》れ葛籠《つゞら》二一に押込《おしこ》みて　山《やま》を下《くだ》り谷底《たにそこ》の平地《ひらち》を穿《ほ》り　深《ふか》く埋《うづ》みて土《つち》をならし偖《さて》壺《つぼ》に収《おさ》めし宇《う》太《た》郎《らう》が腸綿《はらわた》二二を二ツに分《わけ》て　その一分《ぶん》二三を五《ご》平《へい》は小《ち》さき壺《つぼ》に移《うつ》し　ふたりに別《わか》れて旅医師《たびいし》の旅宿《りよしゆく》をさして走至《はせいた》りぬ此折《このをりご》五平《へい》は　彼医師《かのいし》より予《かね》て聞《き》きおく胆《きも》二四の在所《ありしよ》　その形《かた》ちさへかやう〳〵と示《しめ》すを心得《こゝろえ》　宇《う》太《た》郎《らう》が腹《はら》を裂《さ》きて取出《とりだ》す生胆《いきぎも》の正《しやう》二五真《しん》なるは別《べつ》に除《の》け　癩病《らいびやう》の兄《きやう》弟《だい》らには　腸《はら》わたのみを分《わか》ちや

事などを巧妙にやりおおせるさま。これを、物語などが完結する意の「満尾」に当てた用字。

一七 大切な物事を生かすために、小さな物事を犠牲にすることのたとえ。「小ノ虫ヲ殺シテ大ノ虫ヲタスケル」(『諺苑』)。「小の虫を殺して我大の身をたすかるためなれば　死しても亡魂の恨うすかるべし」(青木鷺水『御伽百物語』五「人食二人肉一(ひとひとのにくをくらふ)」宝永三年〈一七〇六〉)。

一八 底本「無悲慈」。錦松堂版によって改める。

一九 何人かで人の手足をかかえ持つさま。「ぐる〳〵まきにまきつけて手どりあしどりかつぎあげ」(魯文『西洋道中膝栗毛』四・上、明治四年)。

二〇 漢方にいう体内の五つの内臓。心臓・肝臓・肺臓・腎臓・脾臓の称。転じて内臓一般。　二一 →九四頁注六。

二二 狭義には大腸。ここでは内臓一般を指す。

二三 十分の一。ごく僅かの分量。

二四 内臓の中で胆嚢のある場所。

二五 本物。「マコトナルコト」(『言海』)。「しやうじん」と濁っても読んだ(『日本大辞書』)。

絵　佐藤昌庵に欺かれたことを知り、後を追いかける五平。↓一七九頁一行。一方、夜中に宇太郎を捜す近所の人々。鉦や太鼓を鳴らし、「迷子の迷子の…やあい」などと呼んで捜し回った。

⑪

りしを　渠《かれら》等は胆《きも》とおぼへしより　喜《よろこ》びて服《ふく》[一]せしとぞ

○偖《さて》も翌《あく》る朝《あさ》　五平《ごへい》は小壺《こつぼ》に収《おさ》めたる宇太郎《うたらう》が生肝《いきぎも》を　足《あし》ばやに持帰《もちかへ》り　旅店《りよてん》の奥《おく》に待儲《まちまを》けし彼医師《かのいし》　佐藤昌庵《さ[二]とうしやうあん》と名《な》のれる者《もの》の前《まへ》に至《いた》り　「お頼《たの》みの生肝《いきぎも》も斯《かく》の通《とほ》り⑪とり得《え》たれば　品物《しなもの》をとくと検《あらた》め　千両《せんりやう》の金《かね》と引換《ひきか》え給《たま》へかし　癩病人《らいびやうにん》等を口車《ぐるま》[三]に甘《うま》く欺《あざむ》き　腸《はらわた》を与《あた》へて　肝《きも》の本尊《ほんぞん》[四]を此方《こなた》の壺《つぼ》へ入《い》れたる手品《じな》[五]　命《いのち》がけの暴仕事《あらしごと》[六]も　金《かね》が欲《ほし》さの殺《せつ》生《しやう》ぞと　手《て》をさし出《だ》せば　昌庵《しやうあん》は壺《つぼ》をひらきて　匕先《さぢさき》に鮮血《ちしほ》まぶれの生肝《いきぎも》を救《すく》[七]ひ揚《あげ》て　火影《ほかげ》に

絵　水汲み男の知らせで発見された宇太郎の死骸を見て、嘆く両親（父宇兵衛と母）。右の老人は村役人。→一八二頁。

一　薬として服用したということだ。

二　「後藤昌文」（→一六四頁注一四）に基づく名か。

三　巧みに言いくるめてだまし。

四　薬となる本体。

五　巧妙な手際。底本「品」の振り仮名「しな」。濁点を加える。

六　「荒仕事　力業ニテ骨ノ折ルル仕事」（『言海』）。ここでは人殺し。

七　すくいあげて。「救」は当て字。

⑫
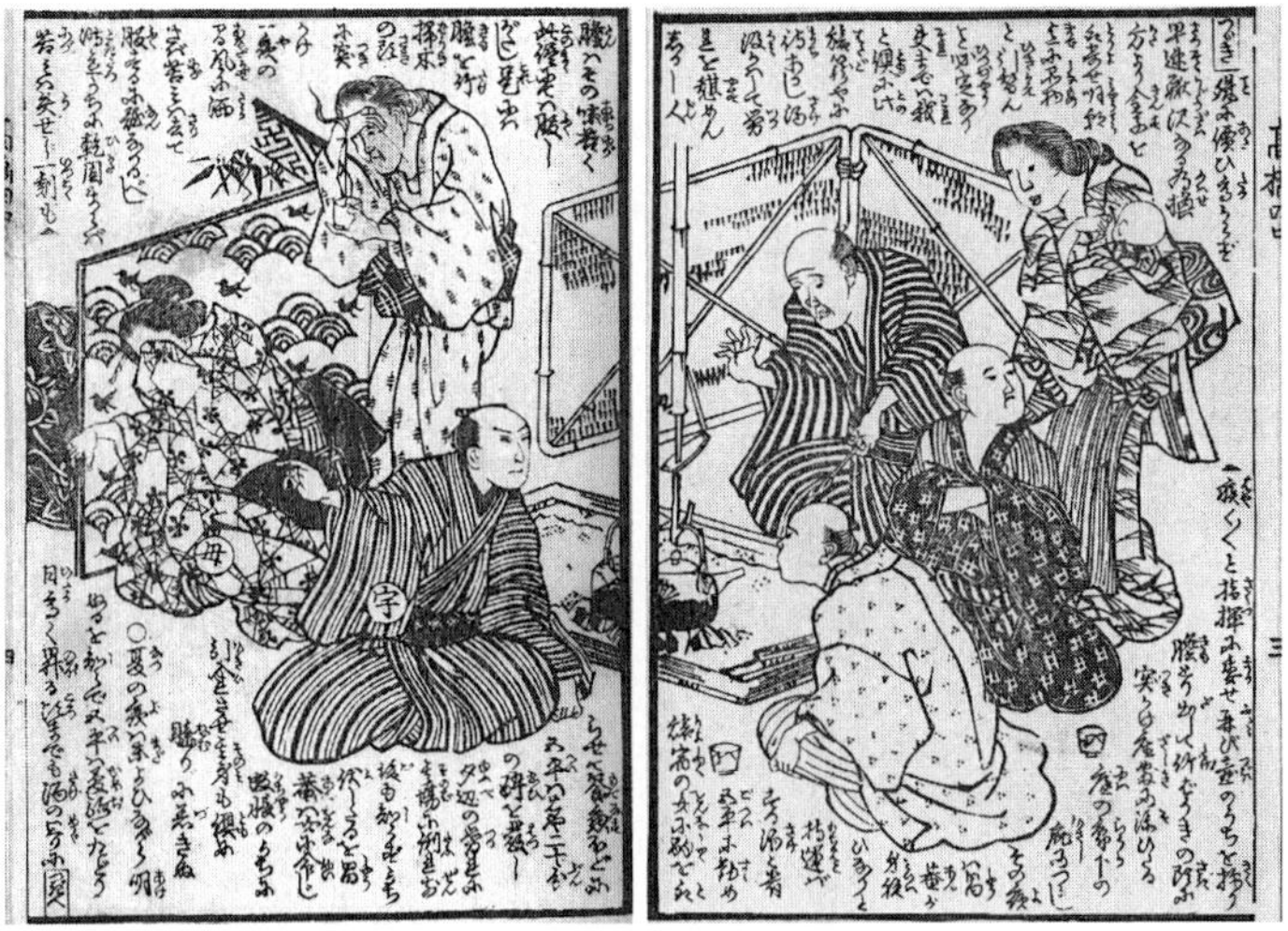

すかし　しばらく験《ため》し試《こゝろ》みて「これ[八]正真《しやうじん》の生肝《いきぎも》に相違《さうゐ》はなけれど　申《さる》の年月日時《ねんげつじつじ》そろひし証《しやう》拠《こ》なければ　我等《われら》主家《しゆうか》へ持帰《もちかへ》りて[九]披露《ひろう》の伝《つて》に当惑《たうわく》せりと　いはせも果《はて》ず五平《ごへい》はほく〳〵[一〇]　「それにぬかりの有《ある》べきか　彼孩児《かのがき》を裸体《はだか》にするをり　腰《こし》に着《つけ》たる守護《まもり》ぶくろを捻取《ねぢと》りてこゝにありと　懐《ふところ》より取出《とりいだ》し　渡《わた》すを取て[一一]紐《ひも》くちひらき　臍《へそ》の緒《を》と書《か》きたるかたへに　文政《ぶんせい》[一二]二年《ねん》甲申《かうしん》の年月日時《げつじつじ》は　まがひなき申《さる》といふ字《じ》をつゞけたれば　昌庵《しやうあん》は小膝《こひざ》をうち　[一三]盲亀《もうき》の浮木《ふぼく》　[一四]うどんげの花《はな》とも実《み》とも　[一五]譬《たと》へがた

八 →一七五頁注二五。
九 主君に申し上げる際、どうすればいいか当惑しています。
一〇 →一七〇頁注三。
一一 紐で締めるようになっている袋の口。
一二 「七年」(→一七一頁一四行)の誤りだが、諸本異同なく、底本のママとする。
一三 滅多にない幸運にめぐり合うことのたとえ。百年に一度海中から浮かび上がって来た盲目の亀の首が、海面に浮かび漂う木の一つしかない穴にちょうど入るという、『涅槃経』などに見える話による。
一四 極めて得難い時期に逢うことのたとえ。「優曇華(うどんげ)」はインドに産するクワ科の無花果(いちじく)の一種。実は結ぶのに花は目に触れないため、三千年に一度開花し、その時仏が出世するなどと信じられた。「盲亀の浮木うどんげの花待えたる今宵のたいめん」(魯文『滑稽富士詣』二・下)。
一五 たとえることも難しい。

絵 嘆き悲しむ宇兵衛と、宇太郎の母。枕屏風の向こうに遺骸が安置され、老婆が線香を持って行こうとしている。おくやみに来た近所の人々。

⑬
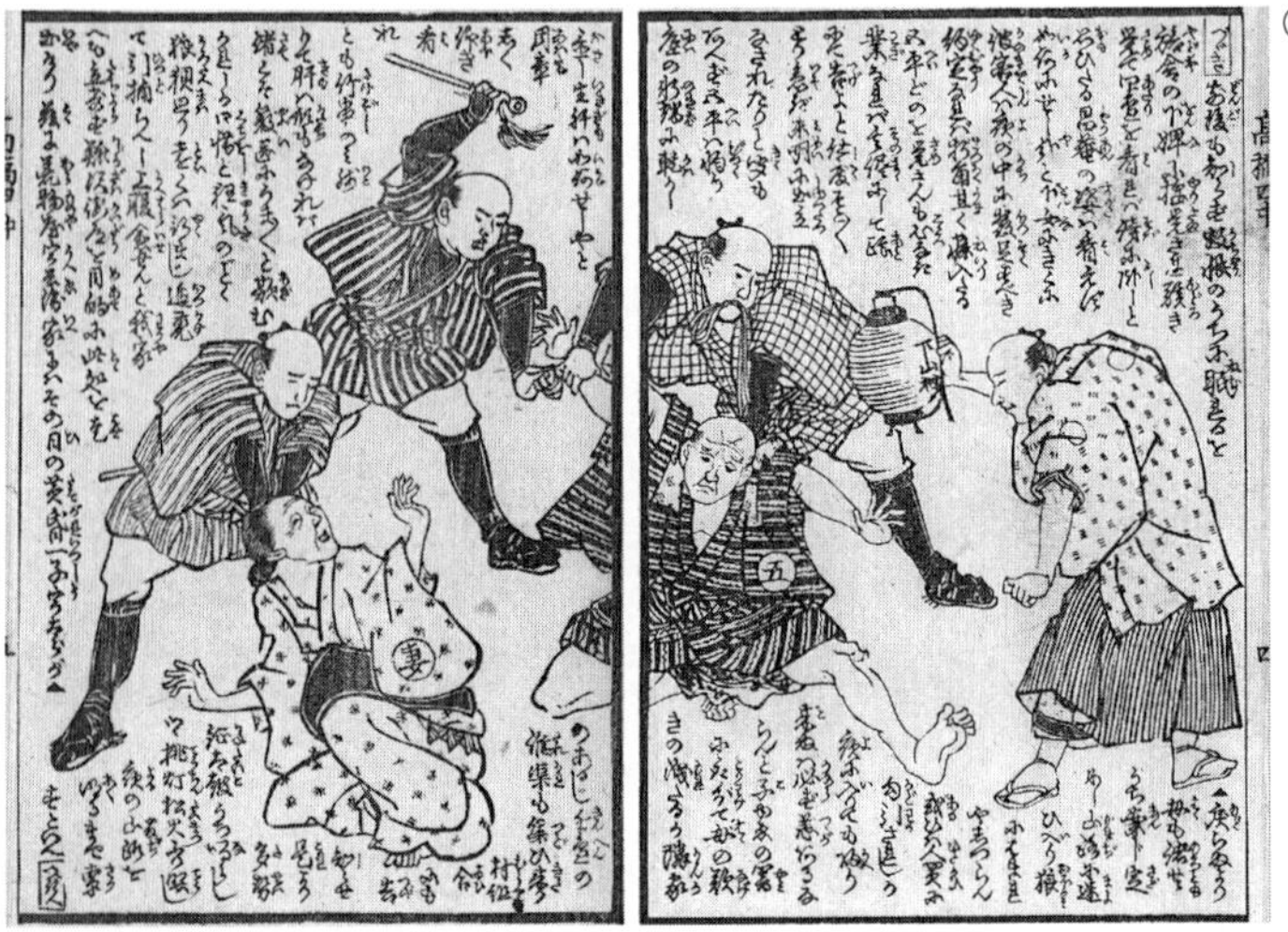

なき此珍物《このちんぶつ》は　千両《せんりやう》にては⑫一殊《こと》に価《あた》ひ高《たか》からず　早速《さつそく》鰍沢《かじかざは》なる二為換方《かはせかた》より金子《きんす》を取寄《とりよ》せ　明朝《みやうてう》迄《まで》に品物《しなもの》と引替《ひきかえ》んこと必定《ひつぢやう》なり　夫《それ》までは我《われ》と倶《とも》に　此旅籠《このはたご》やに待《まち》あかし　酒汲《さけくみ》かはして労《つか》れを憩《やす》めん　しかし三人胆《じんたん》はその味苦《あぢにが》く　此儘《このまゝ》にては服《ふく》しがたし　是《これ》には胆《きも》を四竹掃木《たけばうき》の頭《さき》に突《つき》かけ　一夜《や》の間風《あひだかぜ》に洒《さら》さば　苦《にが》みは去《さり》て服《ふく》するに難《なん》なかるべし　時立《ときたつ》うちに五乾固《ひかた》まらば苦《にが》みは失《う》せじ　一刻《いつこく》も疾《はや》く〳〵と指揮《さしづ》に委《まか》せ　再《ふたゝ》び壺《つぼ》のうちを探《さぐ》り　胆《きも》とり出《だ》して竹《たけ》ばうきの頭《さき》に突《つき》かけ　座《ざ》敷《しき》に添《そ》ひたる庭《には》の廊下《らうか》の庇《ひさし》につ

絵　捕縛される五平と妻。十手を振り上げ、捕り縄を持った捕方。弓張提灯に「下山村」とある。

一 格別値段が高いわけではない。

二 為換を扱う役目の人。「為換」（為替）は、遠隔地に現金を送る危険と不便を避けるため、手形などの信用手段によって決済する方法。また、その手形類。

三 人の胆嚢。「コノ肝ノ臓ノ中（チユウ）ニ懸ツテ。胆（タン）ト云ガ有ル。（略）大抵ハ。鶏ノ玉子グラヰノ袋デ。コレガ彼ノ謂ユル人胆（ニンタン）デ。牢屋ノ浅右衛門薬トカ云テ。労証ニナド用ヒルハ此レデム（ござる）」（平田篤胤『志都能石屋講本』下、文化八年〈一八一一〉）。代々首切り役であった山田浅右衛門は、死体から肝（胆嚢）を取り、肝用の蔵の軒先に吊るして乾燥させ、「人胆丸」などと称して販売した（花咲一男「首切り浅右衛門の丸薬」『咲くやこの花』〈太平書屋、一九九九年〉、氏家幹人「胆を取る話」『大江戸死体考』〈平凡社新書、同年〉）。

四 竹の小枝の葉を落としてたばね、竹の幹を柄としたほうき。庭用。

五 乾燥して硬くなったら。

るし　その夜《よ》は昌庵《しやうあん》が身《み》[六]祝《いは》ひなりと持運《もちはこ》ばする酒《さけ》と肴　五平《ごへい》に勧《すゝ》め　旅宿《りよしゆく》の女《をんな》に酌《しやく》を取《と》らせて饗応《もてなす》ほどに　五平《へい》ははや二十[七]分《ぶん》の酔《ゑひ》を発《はつ》し　夕辺《ゆふべ》[八]の労《つか》れに其場《そのば》に倒《たふ》れ　前後《ぜんご》も知《し》らずうち伏《ふ》したるを　昌庵《しやうあん》は女《をんな》に命《めい》じ　蚊帳《かちやう》のうちに引入《ひきい》れさせ　其身《そのみ》も倶《とも》に睡《ねむ》りに着《つ》きぬ

○夏《なつ》[九]の夜《よ》は未《まだ》よひながら明《あけ》ぬるを　知《し》らで五平《へい》は夢路《ゆめぢ》[一〇]をたどり　日《ひ》高《たか》く昇《のぼ》る頃《ころ》までも酒《さけ》の廻《めぐ》りに前後《ぜんご》⑬も知《し》らず　蚊帳《かちやう》のうちに眠《ねむ》れるを　旅舎《やどや》の下婢《をんな》[一一]に揺覚《ゆりさま》され　駭《おどろ》き覚《さめ》て四辺《あたり》を看《み》れば　傍《そば》に臥《ふし》しと思《おも》ひたる昌庵《しやうあん》の姿《すがた》は看《み》えず　如何《いか》にせし哉《や》と下女《をんな》にきくに彼客人《かのきやくじん》は　夜《よ》の中《うち》に発足《ほつそく》[一二]すべき約定《やくぢやう》なれば　折角甘《せつかくうま》く寐入《ねいり》たる五平《へい》どのを覚《さま》さんも心《こゝろ》[一三]なき業《わざ》なれば　其儘《そのまゝ》にして跡《あと》にて告《つげ》よと　仕度《したく》そこ〳〵とり急《いそ》ぎ　未明《みめい》に出立《しゆつたつ》なされたりと　聞《きゝ》もあへず五平《へい》は悄《びつく》り　庭《には》の軒端《のきば》に乾《かは》かし置《おき》し生肝《いきぎも》は如何《いかゞ》せしやと　周章《あはたゞ》しく仰《あほ》ぎ看《み》れども　竹串《たけぐし》のみ残《のこ》りて肝《きも》は形《かたち》[一四]もなければ　偖《さて》[一五]こそ籔医《やぶい》にうま〳〵と欺《あざ》むかれしか口惜《くちをし》と　狂気《きやうき》のごとく狼狽《うろたへ》廻《まは》り　遠《とほ》くは行《ゆく》まじ　追蒐《おつかけ》て引捕《ひつと》らへし上《うへ》　腹愈《はらいせ》[一六]せんと　我《わが》家《や》へも立寄《たちよら》ず　鰍沢《かじかざは》[一七]街道《かいだう》を目的《めあて》に此処《こゝ》を走出《はせいで》けり　茲《こゝ》[一八]に　荒物屋《あらものや》宇《う》兵《へ》衛《ゑ》家《いへ》には　その日《ひ》の黄昏《たそがれ》一子《いつし》宇《う》太郎が戻《もど》らぬより　母《はゝ》も諸共《もろとも》うち案《あん》じ　定《さだ》めし山路《やまぢ》に迷《まよ》ひ入《い》り　狼《おほかみ》には[一九]まれやしつらん　或《ある》ひは人買《ひとかひ》[二〇]に勾引《かどわか》されしか　夜《よ》に入《い》りても帰《かへ》り来《こ》ねば　必《かなら》ず恙《つゝが》[二一]あるならんと　子《こ》[二二]ゆゑの闇《やみ》に取分《とりわけ》て　母《はゝ》の歎《なげ》きの洩《もれ》たるか　隣家《りんか》のあるじ　近辺《きんぺん》の誰渠《たれかれ》も集《つど》ひ来《きた》

六　その人の一身上の祝い。
七　「十二分」の誤りとも思われるが、強調表現とみて、底本のママとする。
八　昨夜からの疲れ。
九　夏の短い夜は、まだ宵だと思っているうちにそのまま明けてしまったのに、それも知らず。「夏の夜はまだよひながらあけぬるを雲のいづこに月やどるらむ」(『古今和歌集』三・夏歌、「月のおもしろかりける夜、あかつきがたによめる　深養父」。下の句は、西の山に沈む暇もないだろうに、雲のどこに月は宿っているのだろう、の意)。
一〇　ぐっすり眠りこけて。
一一　女中。
一二　出発しなければならない約束があるので。
一三　思いやりのないしわざ。
一四　影も形もないので。
一五　やっぱり。
一六　怒り・恨みを晴らしてやろう。
一七　駿州往還の別名(→一六〇頁注七)。
一八　さて。
一九　食われてしまったのだろうか。「はむ」は動物がえさを食べる場合に多く用いられる。
二〇　貧家から買い取ったり、誘拐したりした女・子どもを売る商売。近世では厳禁されていたが、実際には諸方に横行していた。
二一　身の異常。
二二　→一三三頁注二〇。

⑭

絵　土地礫に処される五平。右奥に検視の役人。→一八四頁注三。

り　[一]村組合《むらくみあひ》にも告知《つげし》らせ　是《これ》より[二]多勢《たせい》鉦太鼓《かねたいこ》うち鳴《な》らしツヽ　挑灯松火《てうちんたいまつ》[三]ふり照《てら》し　夜《よる》の山路《やまち》を明《あく》るまで索《さが》すといへども⑭　絶《たえ》て行方知《ゆきがたし》らざれば　翌日《よくじつ》は村内《むらうち》の組合《くみあひ》一同評議《どうひやうぎ》なし朝《あさ》より鰍沢《かじかさは》の方《かた》に至《いた》り　[四]索《たづ》ねあぐみて引帰《ひきかへ》す　[五]その夜明方《よあけがた》はからずも　途中《とちう》にて居酒屋《ゐざかや》の五平《へい》に出会《いであひ》　宇太郎《うたらう》が行方知《ゆきがたし》らずに成《なり》たる事《こと》ども物語《ものがた》り　昨日《きのふ》より　隣家《りんか》の事《こと》なりおん身《み》にも談合《だんかふ》せんと迎《むか》ひをやりしに　[六]内方《うちかた》の言《い》はるゝやうは　此《この》二三日如何《いか》なる用事《ようじ》

一　共通の利害に基づき、村内で作られた団体。
二　→一五二頁注二。
三　松の老木の脂(やに)の多い部分などを細く切り取って束ね、燃やして照明具としたもの。続松(ついまつ)。
四　いくら捜しても見つからず、持て余して。
五　五平は「日高く昇る頃までも」(→一七九頁五行)眠っており、矛盾。
六　「人ノ妻ヲ敬ヒ呼ブ語。(略)内儀」(『言海』)。

⑮

七出来《しゆつたい》せしか　子細《しさい》も告《つげ》ず家《いへ》には戻《もど》らず　八是《これ》も案《あん》じて居《ゐ》らるゝ趣《おもむ》き　何方《いづかた》へ九趣《おもむ》きしやと　問《と》はれて五平《へい》は一〇ぬからぬ顔《かほ》　親族中《しんぞくちう》に一一異変《いへん》ありて行《ゆき》たる由《よし》にいひ作《こし》らへ　この一群《ひとむれ》とうち連《つれ》て　帰村《きそん》の頃《ころ》に夜《よ》は明《あけ》たり　此時《このときご》五平《へい》は追蒐行《おつかけゆき》たる医師昌庵《いししやうあん》にも出会《いであは》ず一二剰《あまつ》さへ宇太郎《うたらう》を索《さが》しに出《で》たる村《むら》人《びと》と一所《ひとつ》になり　一三疵持脚《きずもつあし》に笹原《さゝはら》走《はし》り　一四底気味《そこきみ》悪《わる》く　一ツには彼《かの》悪医師《あくいし》に欺《あざ》むかれ　欲《よく》に迷《まよ》ひて⑮宇太郎《うたらう》の生肝《いきぎも》を奪《と》りしこと　殺《せつ》生甲斐《しやうがひ》もなかりしと　歯《は》がみをなして憤《いきどほ》り　胸《むね》も張裂《はりさ》く思《おも》ひながら　妻《つま》にも他《ひと》にも一五洩《も》らすに

七 起こったのか。
八 行方不明の五平のことも。
九 「赴く」に同じ。
一〇 何食わぬ顔つき。
一一 変事。
一二 その上。
一三 諺「すねに疵持って(持てば)笹原走る」(身に後ろ暗いことがあると、笹のそよぐ葉音にもびくびくして小走りに逃げ足で行く、または、笹の葉がすねの傷に当たって痛いのでびくびくしながら走る)。身に後ろ暗いことのあるものは、ちょっとした事でもびくびくする意。「糸「(略)うツかりしてゐた処を呼なましたから、びつくりしイした　杉「すねに疵もつて笹原を走るとやらサ」(為永春水『春色梅児誉美』四編二十三齣上、天保四年〈一八三三〉)。「臑(すね)に疵持ちや笹原走るで　新聞屋を原告しやうとして」(明治十一年十二月十九日『仮名読新聞』)。
一四 何となく不気味に感じ。
一五 打ち明けることもできず。

絵　五平の名・年齢・罪状・処刑の種類などを記した立札(捨札)を持って、処刑場に向かう男(一般には「非人」の仕事)。捨札は横六尺(約一八二センチメートル)、縦一尺三寸(約三九センチメートル)の樅(もみ)の板で、三十日間立てておいた。

⑯

よしなく　売物《うりもの》の酒飲過《さけのみすご》し　なす業《わざ》もなく打臥《うちふす》のみ　此方《こなた》の宇《う》兵衛《へゑ》が家《いへ》にては　ひとり子《ご》の行《ゆく》衛《ゑ》知《し》れねば　一家《いつけ》組合《くみあひ》うち寄《より》て生死《しやうし》の程《ほど》を議《ぎ》す折《をり》から　当村《たうむら》の水汲男《みづくみをとこ》[一]が谷水《たにみづ》を汲《く》まんとするとき　上路《うはみち》より引続《ひきつゞ》き　谷間《たにあひ》まで鮮血《ちしほ》の跡《あと》あり　唯事《たゞごと》にあらずとて村役人《むらやくにん》に告《つげ》しかば　血汐《ちしほ》の止《とゞ》まるところと看認《みと》め　小前《こまへ》[二]の者《もの》にその所《ところ》を掘立《ほりおこ》さするに　推《おも》ふに違《たが》はず小児《こども》の死骸《しがい》を穿出《ほりいだ》せしその惨酷《むごらし》[三]さは目《め》も当《あて》られず腹部《はら》を断割《たちわり》　臓腑《ざうふ》[四]をも引出《ひきいだ》したる体《てい》なれば　血《ち》に泥《まぶ》[五]れたる面部《おもて》を洗《あら》ひ　よく〳〵看《み》るに　行方《ゆきがた》

絵　甲斐国には「癩病」の良薬があると安右衛門から聞き、路金も貸してもらって感謝するお伝。

一　河川や井戸などから飲料水を汲み、運ぶのを仕事とする下男。

二　細々と暮らす人。ここでは水呑百姓などを指す。「村内の席がしらで小前の衆に送り迎ひのウさせる」(魯文『西洋道中膝栗毛』六・下、明治四年)。「諸物価ヲ生ジ　金銭ノ融通少ナク　従テ小前ノ者モ越年ノ手段ニ苦シミ」(明治六年十二月『新聞雑誌』一八一)。

三　「むごらし　惨然　惨(ゴム)キ状ナリ」(『言海』)。

四　五臓(心臓・肝臓・肺臓・腎臓・脾臓)六腑(大腸・小腸・胃・胆・膀胱・三焦)。内臓全体を指す。

五　まみれた。「まぶる　塗　まみるノ訛。「血マブレ」」(『言海』)。

⑰
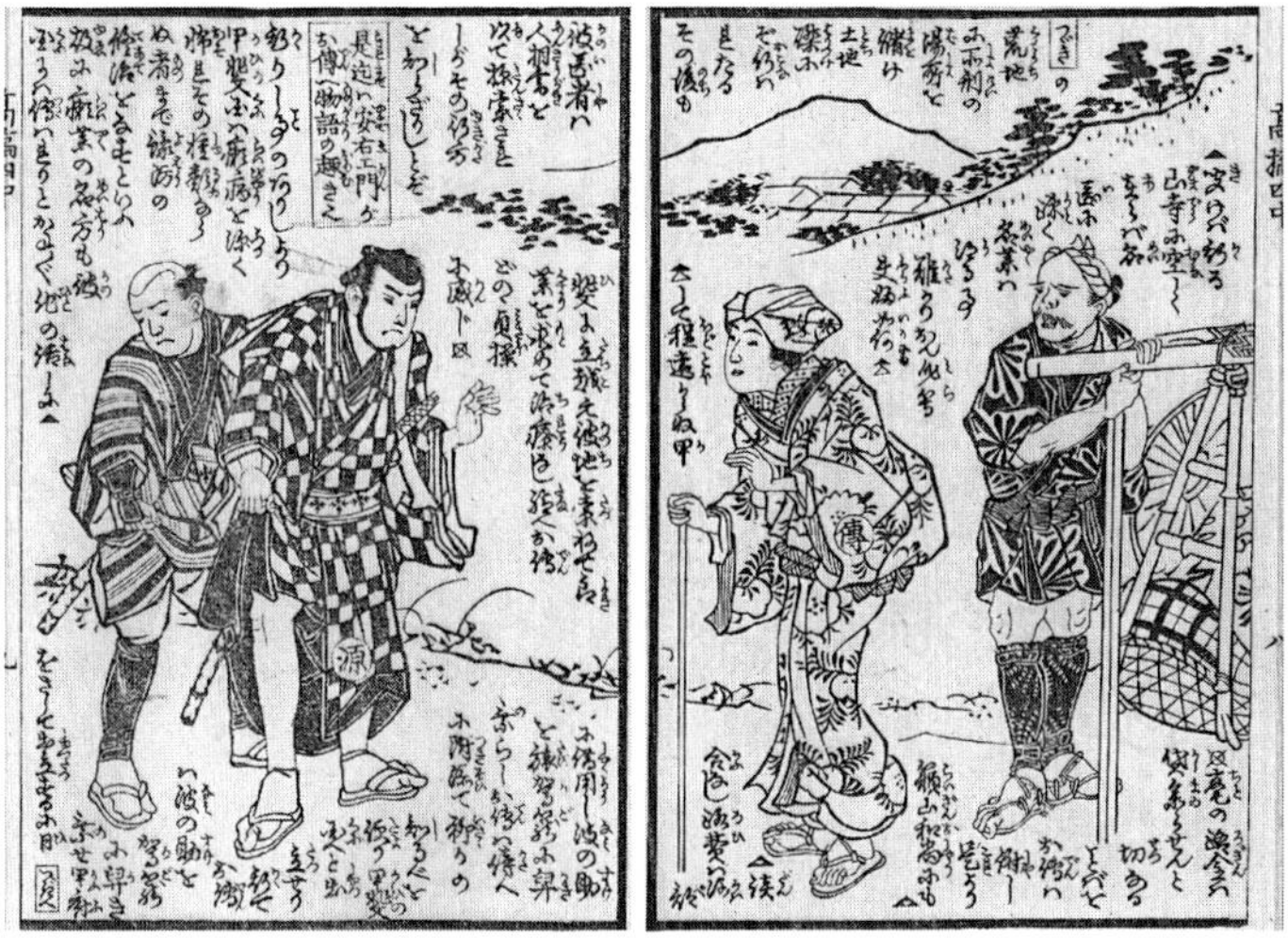

知《し》れざる宇兵衛《うへゑ》が一子《いつし》宇太郎《うたらう》な⑯れば　此由《このよし》父母《ふぼ》に告知《つげじ》らすに　宇兵衛《うへゑ》夫婦《ふうふ》は飛来《とびきた》り　無残《むざん》の死《し》骸《がい》を見《み》るよりも　呆《あき》れて暫《しば》止《し》茫《ばう》然《ぜん》と　魂《たまし》ひ脱《ぬけ》し如《ごと》くにて　六紅涙《こうるい》悲歎《ひたん》　腸綿《はらわた》も断切《ちぎる》るばかり　傍《かたは》らに看《み》るさへいとゞ哀《あは》れなり　斯《かく》てこの七由村役《よしむらやく》より八代官所《だいくわんしよ》に訴《うつた》へ出《い》づるに　全《まつた》く小児《せうに》の生肝《いきぎも》を引出《ひきいだ》したるに相違《さうゐ》あらずと　探索《たんさく》その日《ひ》より厳重《げんちゆう》にて　九天鏡《てんきやう》隈《くま》なく照《てら》すより　衆目《しゆうもく》五平《へい》に止《とゞ》まりて　遂《つひ》に五平《へい》は召捕《めしと》られ　厳《きび》しき一〇拷問《がうもん》の苦痛《くつう》に堪《たえ》かね　一一一伍一什《いちぶしじやう》を白状《はくじやう》せしかば　五平《へい》に加担《かたん》の癩病人兄弟《らいびやうにんきやうだい》は死刑《しけい》に所《しよ》

六 血の涙。悲嘆の涙をたとえる。
七 →四五頁注一一。
八 代官が事務を執る役所。「陣屋」ともいう。「代官」は、幕府・諸藩の直轄地を支配する職名。幕府の場合は勘定奉行に属し、直轄地数万石を支配、年貢収納・司法検察・民政一般を管轄。多くは百－二百俵くらいの下級旗本が任命された。実際の事件が起こった天保十年(一八三九)の総数は三十九名で、この地の代官は小林藤之助。→補五七。なお、広い幕府領を管轄する代官を郡代といい、天保年間には飛騨・美濃・西国の三郡代があった。
九 正邪を明らかに判別する天の道理を、鏡にたとえていう。
一〇 →補一二三。
一一 事件の始めから終わりまで。中国白話体小説風の表記で、秋水園主人『小説字彙』(寛政三年〈一七九一〉)に「一五一十的ノ話　イチブ始終ノハナシ」とある。「一伍一什(いちぶしじふ)の長談(ながばなし)」(松亭金水『閑情末摘花』天保十二年、四編二十一回)。「一伍一什(いちぶしぢう)をもの語り」(岡本勘造『夜嵐阿衣花廼仇夢』二・上)。

絵　甲府の愛宕町で勝沼源次に出会うお伝。旅駕籠には波之助が乗っている。

⑱

せられ　五平《へい》が毒悪《どくあく》　将来《しやうらい》の戒《いまし》めにとて　下山村《しもやまむら》[一]⑰の荒地《くわうち》に[二]所《しよ》刑《けい》の場所《ばしよ》を儲《まを》け　[三]土《と》地《ち》磔《はりつけ》にぞ行《おこな》はれたる　その後《のち》も彼医者《かのいしや》は人相書《にんさうがき》を以《も》て探索《たんさく》されしが　その行方《ゆきがた》を知《し》らざりしとぞ

是迄《これまで》は安右ヱ門《やすゑもん》が
お伝《でん》へ物語《ものがたり》の趣《おもむ》き也

[四]斯《かゝ》りし事《こと》のありしより　甲斐国《かひのくに》は癩病《らいびやう》を深《ふか》く怖《おそ》れ　その種類《しゆるゐ》[五]ならぬ者《もの》まで予防《よばう》の[六]修治《てあて》をなすといふ　故《ゆゑ》に癩薬《らいやく》の[七]名方《めいはう》も　彼国《かのくに》には伝《つた》はれりと　かね〴〵他《ひと》の話《はな》しに聞《き》けば　[八]斯《かゝ》る山寺《やまでら》に空《むな》しく在《あ》らば[九]名医《めいい》に疎《うと》く　名薬《めいやく》は得《う》る事難《かた》かり　おん身等《みら》夫婦《ふうふ》[一〇]如何《いかにか》して程遠《ほどとほ》からぬ甲斐《かひ》に立越《たちこ》え　彼地《かのち》を索《たづ》ねて　良薬《よきくすり》を求《もと》めて治療《ちれう》なし給《たま》へ　お伝《でん》どのゝ[一一]貞操《みさほ》に感《かん》じ　毫《ちと》の路金《ろぎん》は貸参《かしまゐ》らせんと　[一二]切《せつ》なることばをお伝《でん》は謝《しや》し　是《これ》より[一三]籟山和尚《らいざんおしやう》にも談合《だんかふ》なし　[一四]路費《ろひ》は河部《かはべ》に借用《しやくよう》し　波《なみ》の助《すけ》を[一五]旅駕籠《たびかご》に[一六]舁乗《かきの》らし　お伝《でん》は傍《かた》へに附添《つきそひ》て　聊《いさゝ》かの知《し》るべを便《たよ》り　甲斐国《かひのくに》へと出立《しゆつたつ》せり　斯《かく》てお伝《でん》は波《なみ》の助《すけ》を駕籠《かご》に舁《か》き乗《の》せ　[一七]甲府《かふふ》をさして出立《しゆつたつ》するに　[一八]⑱日《ひ》ならず彼地《かのち》に着《つき》しかば　[一九]足《あし》なき旅費《りよひ》ゆゑ[二〇]上旅舍《じやうはたご》には宿《やど》りがたく　[二一]木賃宿《きちんやど》

絵　波之助夫婦の事情を聞いて、自宅に連れ帰った勝沼源次。

一「の」は入れ木。
二 処刑。
三 その土地で執行される磔刑。↓補五八。
四 以下も河部安右衛門の言葉が続く。
五「癩病」にかかっていない人まで。
六 用意。「修治」は壊れたところを治す意。
七 優れた効果のある処方。
八 波之助夫婦が逗留している光松寺を指す。
九 名医と知り合う機会もなく。
一〇 どうにかして。底本、振り仮名「いかにか」の「にか」は入れ木。
一一 夫に尽くす態度。↓一六六頁五行以下。
一二 心のこもった言葉。
一三 ↓一五三頁注一七。
一四 旅費。
一五 旅の途中に雇って乗る駕籠。竹製で、底に布団を敷き、簡単な屋根を付けた粗末なもの。↓一六四頁・一八三頁絵。自家用駕籠のない一般旅行者が利用。
一六「舁」はかつぐ意。
一七 古代、甲斐国の国府が置かれたことからいう。甲府盆地に位置し、甲府城の城下町として発達。甲州街道(五街道の一、江戸日本橋から中山道の下諏訪宿まで)最大の宿場町で、駿州往還・青梅往還・秩父往還・

のあるかたを索《たづ》ねツヽ　愛宕町《あたごまち》[二二]にさし懸《かゝ》るに　石水寺《せきすゐじ》[二三]の方《かた》よりして来《き》かゝる者《もの》と顔看合《かほみあは》すに　この者《もの》は勝沼源次《かつぬまげんじ》[二四]とて　当国《たうこく》の博徒《ばくと》に名高《なだか》き山本祐典《やまもというてん》[二五]の子分《こぶん》にして　先頃犯《さきごろをか》せる罪《つみ》を避《さ》けんと上州に遁《のが》れしをり　賭《かけ》の場《ば》にてお伝夫婦《でんふうふ》に知己《ちかづき》となり　懇意《こんい》を結《むす》びし因《ちな》みあれば　お伝《でん》は地獄《ぢごく》で仏《ほとけ》に出会《であひ》し心地《こゝち》なれば　その所《とこ》ろに波《なみ》の助《すけ》を舁《かき》おろさせ　故郷《こきやう》を去《さ》りて此地《このち》へ来《きた》るは　本夫《おっと》が難病《なんびやう》の良薬《りやうやく》を求《もと》め　治療《ちれう》を遂《とげ》て全快《ぜんくわい》をさせん為《ため》と　ことば[二六]品《しな》よく言作《いひこしら》へ　爰《こゝ》ぞと定《さだ》むる宿《やど》もなきよし語《かた》るに　源次《げんじ》は下牧村《しもまきむら》へ至《いた》りし頃厄介《ころやくかい》[二七]にも預《あづ》かりしことさへあれば　看棄《みすて》かね　お伝夫婦《でんふうふ》を辺《ほと》り近《ちか》き我家《わがや》にその儘伴《まゝとも》なひ行《ゆ》き　彼一《かの》[二八]薬《やく》を捜《さが》させける

中道(なかみち)往還などの出発点として栄えた。文化初年(一八〇四―)の家数二〇五九、人数九五六六(『甲斐国志』一)。元治元年(一八六四)の人数一万一〇七一、明治七年の人数一万七六一六(『甲府略志』甲府市役所、一九一八年)。↓一五三頁注二二。↓付図2。

一八 間もなく。

一九 乏しい旅費。「足」は「(世ニ通用スルコト、足アリテ行クガ如キ意)銭(ぜに)ノ異名」(『言海』)。

二〇 上等の旅籠屋。

二一 持参した食料を炊いてもらうため、薪代を支払って泊る、宿賃の安い粗末な宿屋。「旅籠」の対語。

二二 現甲府市愛宕町付近。甲府城の北東に位置し、愛宕山(標高四二三メートル)南西の裾に位置する町人町。文化初年の家数六十、人数二九〇(『甲斐国志』一)。

二三 万松山積翠寺(臨済宗妙心寺派)。ここは村名か。↓補五九。

二四「勝沼」は山梨郡の村名(現甲州市勝沼町勝沼)。甲州街道の宿駅。祐天仙之助(↓次注)が一家をなした土地であり、その縁で用いた名か。↓付図2。

二五 祐天仙之助(?―一八六三)。↓補六〇。

二六 うまい具合に取り繕って言い。

二七 生活の面倒をみてもらうこと。居候。

二八「癩薬の名方」(↓一八四頁一〇行)。

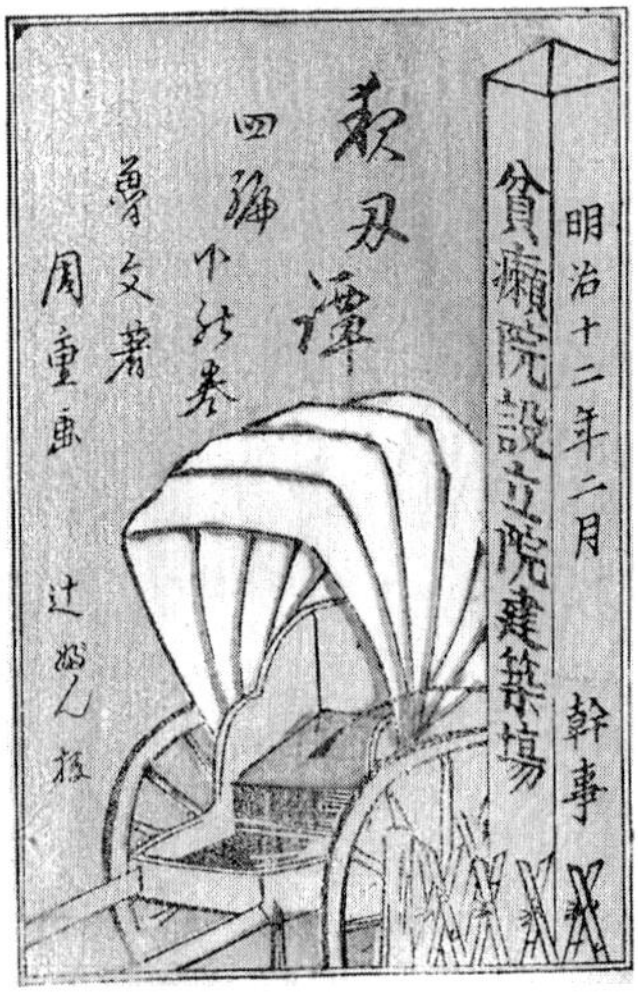

下巻見返し

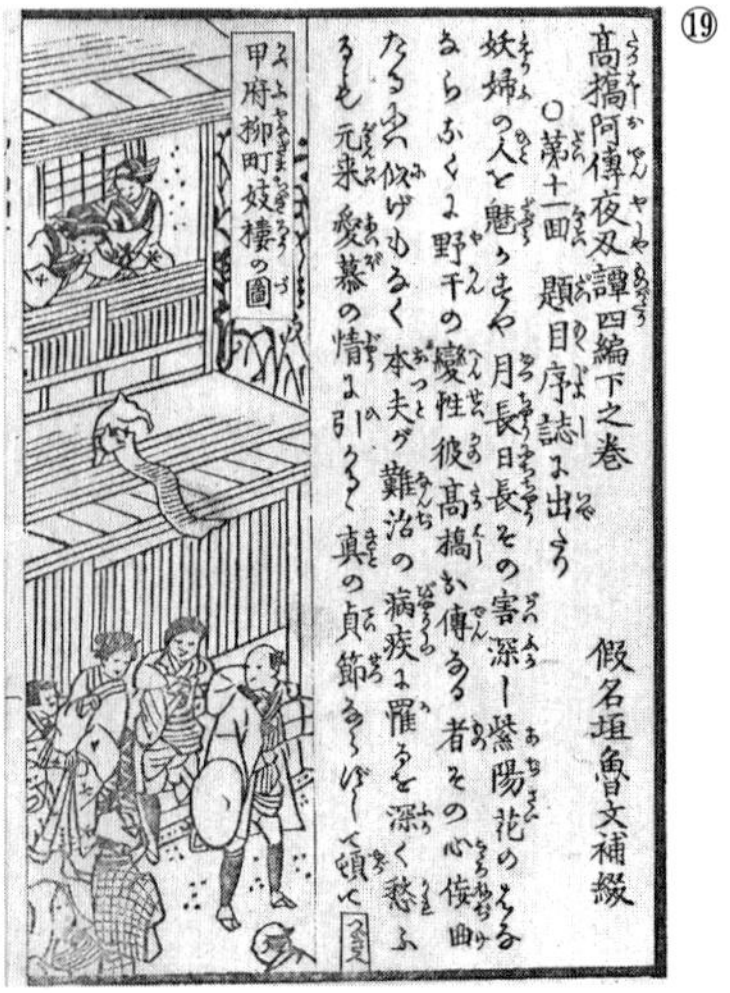

夜刄譚

四編　下の巻

魯文著
周重画
辻ぶん板

下巻見返し　「明治十二年二月　幹事／貧癩院設立院建築場」の榜示杭。↓一六四頁注一三。幌の掛かった人力車。人力車は↓補六一。多色刷。早印本は薄い朱色だが、後版には黄色に着色されたものがある。

絵　「甲府柳町妓楼の図」。「柳町」は↓一八九頁注一八。艶書をくわえた猫にあわてる二階の妓。

一　↓一六〇頁。この場面は五編中巻にずれ込んでいる。**二**　その害は、日ごと月ごとに増し、深くなってい く。**三**　紫陽花の花ではないが。土中のアルカリ性・酸性の強さにより色が決まり、開花後は日数の経過とともに色が変わるので、「七変化」の異称がある。浮気者の意にも転用。「彼紫陽花の七変化と」（鶴亭秀賀『金花七変化《きんかしちへんげ》』八編自序、文久二年〈一八六二〉）。**四**　狐の異名。美女に化けて男を誑かすとされた。中国では、狐に似た伝説上の悪獣をいう。「狐は五十歳にして能《よ》く変化し婦人と為《な》る　百歳にして美女と為り神巫と為る」（『玄中記』、『説郛』六十所収）。「さてこの后（褒姒《ほうじ》）は野干となツてはしりうせけるぞおそろしき」（『平家物語』二「烽火之沙汰」）。褒姒は周の幽王の寵后で、鳥羽院に寵愛された玉藻前とともに、妖狐の化身とされる。

五　変化したもの。変成。

六　似つかわしくなく。

⑲高橋阿《たかはしお》伝《でん》夜叉譚《やしやものがたり》 四編下之巻

仮名垣魯文補綴

○第《だい》十一回《くわい》 [一]題目序誌《だいもくじよし》に出《いで》たり

妖婦《えうふ》の人《ひと》を魅《たぶら》かすや　[二]月長日長《げつちやうにちちやう》その害深《がいふか》し　[三]紫陽花《あぢさい》のはならなくに　[四]野干《やかん》の[五]変性《へんせい》彼高橋《かのたかはし》お伝《でん》なる者《もの》　その心佞曲《こゝろねぢけ》たるには[六]似《に》げもなく　本夫《おつと》が難治《なんぢ》の病疾《びやうしつ》に罹《かゝ》るを深《ふか》く愁《うれ》ふるも　元来愛慕《ぐわんらいあいぼ》の情《じやう》に引《ひ》かるゝ真《まこと》の貞節《ていせつ》ならずして　[七]頓《やが》てぞ⑳秋《あき》の空《そら》だのめ　類《るい》は友《とも》なる源次《げんじ》が住家《すみか》へ　彼医薬《かのいやく》を得《う》るまでと　先当分厄介《まづたうぶんやつかい》になる事《こと》に決《けつ》し　[八]半月余《はんげつあま》り日《ひ》を経《ふ》る中《うち》　或人《あるひと》の言《い》へるには　[九]仄《ほのか》に聞《き》く　近頃《ちかごろ》[一〇]尾張国《をはりのくに》[一一]愛知郡《あいちごほり》に　[一二]後藤昌文先生《ごとうしやうぶんせんせい》と云《い》へる[一三]医家《いか》あり　此人癩病一疾《このひとらいびやういつしつ》の治療《ちれう》に従事《じうじ》し　二十余年《よねん》の辛苦《しんく》を積《つみ》て　遂《つひ》に癩病《らいびやう》を治《ち》す[一四]良方《りやうはう》を発明《はつめい》し　之《これ》を癩病者《らいびやうしや》に施《ほどこ》すに　治《ち》せずといふ者《もの》なきにより　[一五]今年夏《ことしなつ》の初《はじ》めツ[一六]旬《かた》　[一七]東京大学大病院《とうけいだいがくたいびやうゐん》に召《め》されし由《よし》　此先生《このせんせい》の治療《ちれう》を受《うけ》なば　治《ち》するに疑《うたが》ひなかるべしと聞《きく》よりお伝《でん》も波之助《なみのすけ》も[一八]世《よ》に頼《たの》みある心地《こゝち》して　俄《には》かに東京《とうけい》へ発足《ほつそく》せんにも　[一九]旅費《りよひ》は素《もと》より乏《とぼ》しきうへ　[二〇]河辺《かはべ》が恵《めぐ》みし金《かね》さへも　博奕《とばく》の家《いへ》に同居《どうきよ》の身《み》のうへ　[二一]好《すき》の道《みち》ゆゑ夫婦《ふうふ》ともぐ〳〵残《のこ》りの金《かね》もうち負《まけ》て　今《いま》は[二二]塩噌《ゑんそ》の銭《ぜに》さへなく　衣服《きもの》も着《き》たる儘《まゝ》なれば　如何《いかに》とも詮術《せんすべ》な

七 すぐに飽きて、秋の空のように心変わりしてしまい、あてにならないことを期待させることになるだろうが、今は「類は友を呼ぶ」との諺どおり、似た者同士の源次の家に。「秋」「飽き」、「秋の空」「空だのめ」が掛詞。八 「はんげつ 半月 半箇月」(『言海』)。九 底本「灰」。錦松堂版により改める。一〇 現愛知県の西半分。明治四年名古屋県、同五年愛知県となる。一一 尾張国東端に位置する郡で、名古屋城下・熱田神宮などを含む尾張国の中心郡。一二 →一六四頁注一四。一三 医者。一四 良い方法。一五 明治三年。→一三八頁注一五、一九〇頁九行。一六 「旬」は十日間の意。一七 明治元年(一八六八)、横浜にあった軍陣病院を神田和泉橋の旧藤堂邸に移転、「大病院」と称した。二年二月、医学所と合併し医学校兼病院と改称。さらに大学東校・東校・第一大学区医学校・東京医学校と改称され、九年十一月本郷本富士町の旧加賀藩邸内の新校舎に移転。十年四月、東京大学が創立され、医学部附属病院となる(『東京大学百年史 部局史二』東京大学、一九八七年)。→一六四頁注一四。一八 たいそう。一九 底本の振り仮名「しよひ」。錦松堂版により改める。二〇 「河部」(→一六六頁四行、一八四頁一四行)と齟齬するが、底本のママ。二一 賭博はもともと好きな方面だったから。二二 塩・味噌代。最低限の生活費。

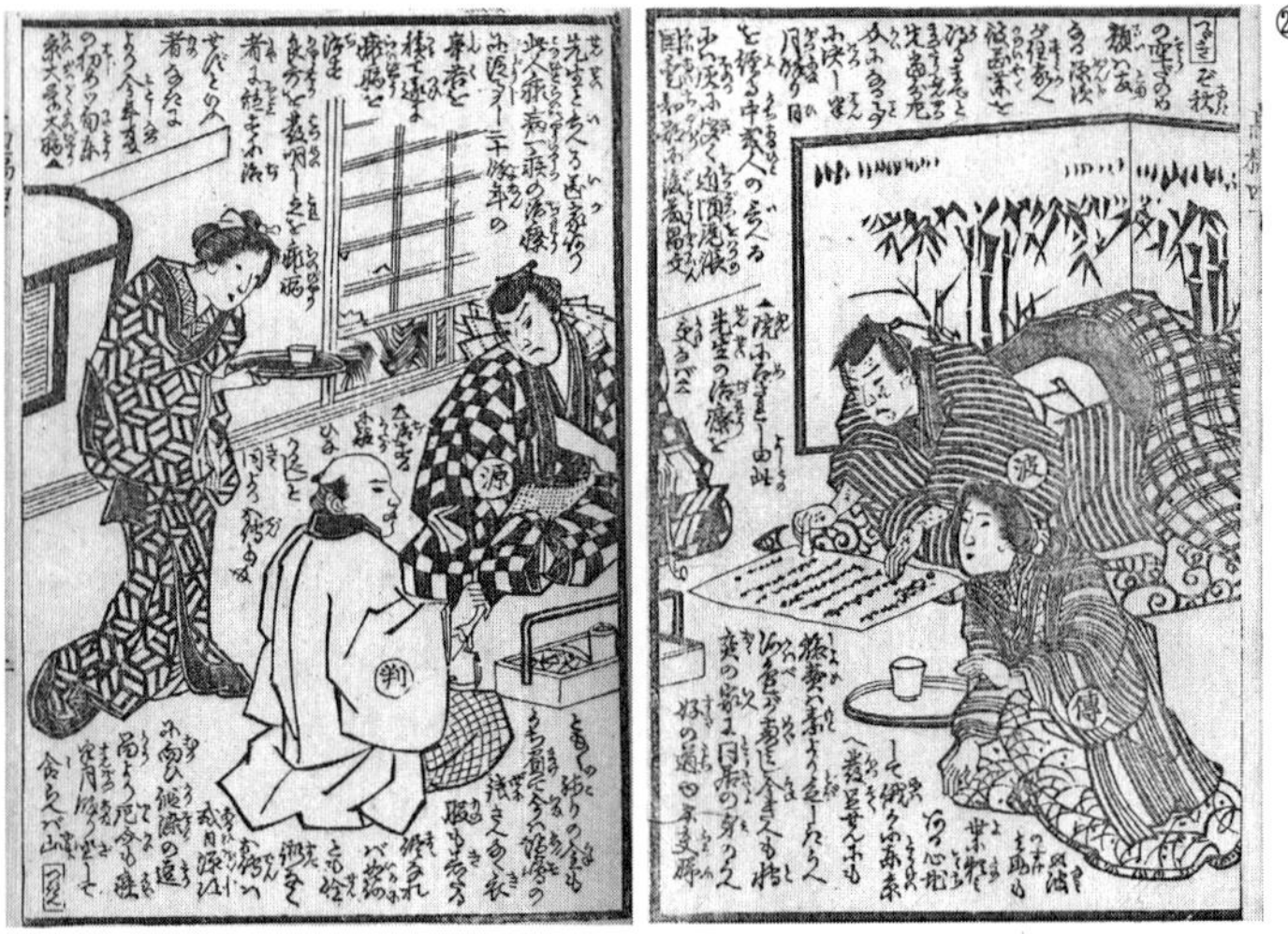

⑳

く　お伝《でん》は或日《あるひ》源次《げんじ》に向《むか》ひ　仮《かり》一
染《そめ》の逗留《とうりう》より　厄介《やくかい》も疾《はや》半月余《はんげつあま》
り　坐《ざ》二して食《く》らへば山程《やまほど》㉑に
負債《かり》の出来《でき》るは知《し》れた事　その
内波《うちなみ》の助《すけ》の難病《なんびやう》がますく重《おも》三ら
ば　面部《かほ》支体《からだ》は腐敗《くされ》て立居《たちゐ》四もな
らぬ大難《だいなん》　人《ひと》の話《はな》しに聞《き》たりし
在東京《ざいとうけい》の名医《めいい》に罹《かゝ》らせ　本服《ほんぷく》五に
趣《おもむ》かんにも　足下《おまへ》に雑用《ざうよう》六の借《かり》も
あり　出府《しゆつぷ》七の路用《ろよう》の金《かね》もなけれ
ば　本夫《おつと》の為《ため》にこの身《み》を売《う》り
苦界《くがい》八に沈《しづ》みて金整《かねとゝの》へ　波《なみ》の助《すけ》を
通《とほ》九し駕籠《かご》に乗《の》せてなりとも　大《たい》
病院《びやうゐん》へ入院《にふゐん》させんと決《けつ》したり
足下《おまへ》の面《かほ》一〇にて　当所《たうしよ》の娼楼《くるわ》一一へ
周旋《いひこみ》一二て給《たま》はる可《べ》し　波之助《なみのすけ》には

絵　源次の家で、お伝を遊女奉公に出す証印を捺す波之助。左は判人（→一九〇頁注二）。

一 ほんの一時逗留するつもりだったのに。 二 諺「坐して食らえば山も空し」(仕事もしないでただ食べていれば、山のような財産もやがて尽きてしまう)をもじって、山のように負債ができるとした。 三 重態になれば。 四 ごく簡単な日常動作もできなくなる。 五 病気が全快すること。「HOM-BUKU（略）本復」(『和英語林集成』再版)。「弟平次病気で有(つ)たが本服(ぷ)をしめされたか」(文耕堂ら『ひらかな盛衰記』第二、元文五年〈一七四〇〉初演)。 六 こまごましたものの費用。雑費。 七 地方から東京に出ること。 八 つらい遊女の境遇に身を沈めて、お金を調達し。 九 道中、ずっと乗り通す貸し切りの駕籠。豪勢なものとされる。 一〇 信望。勢力。 一一 塀や溝などで外部と隔離された遊廓。 一二 頼み込む。 一三 言い聞かす。「いひきく」(カ行下二段)の連用形。 一四 納得。 一五 ひたすら頼み込む言葉。 一六 奉公人の斡旋などの仲立ちをすること。「くにふ 口入 クチイレ」(『言海』)。 一七 上前をはねる。 一八 甲府城下、下府中の一町(現甲府市中央二丁目・四丁目)。甲府城の南東に位置し、三ノ堀に囲まれた郭内にあった。南北四町に及ぶ町人町で、城下の中心

㉑

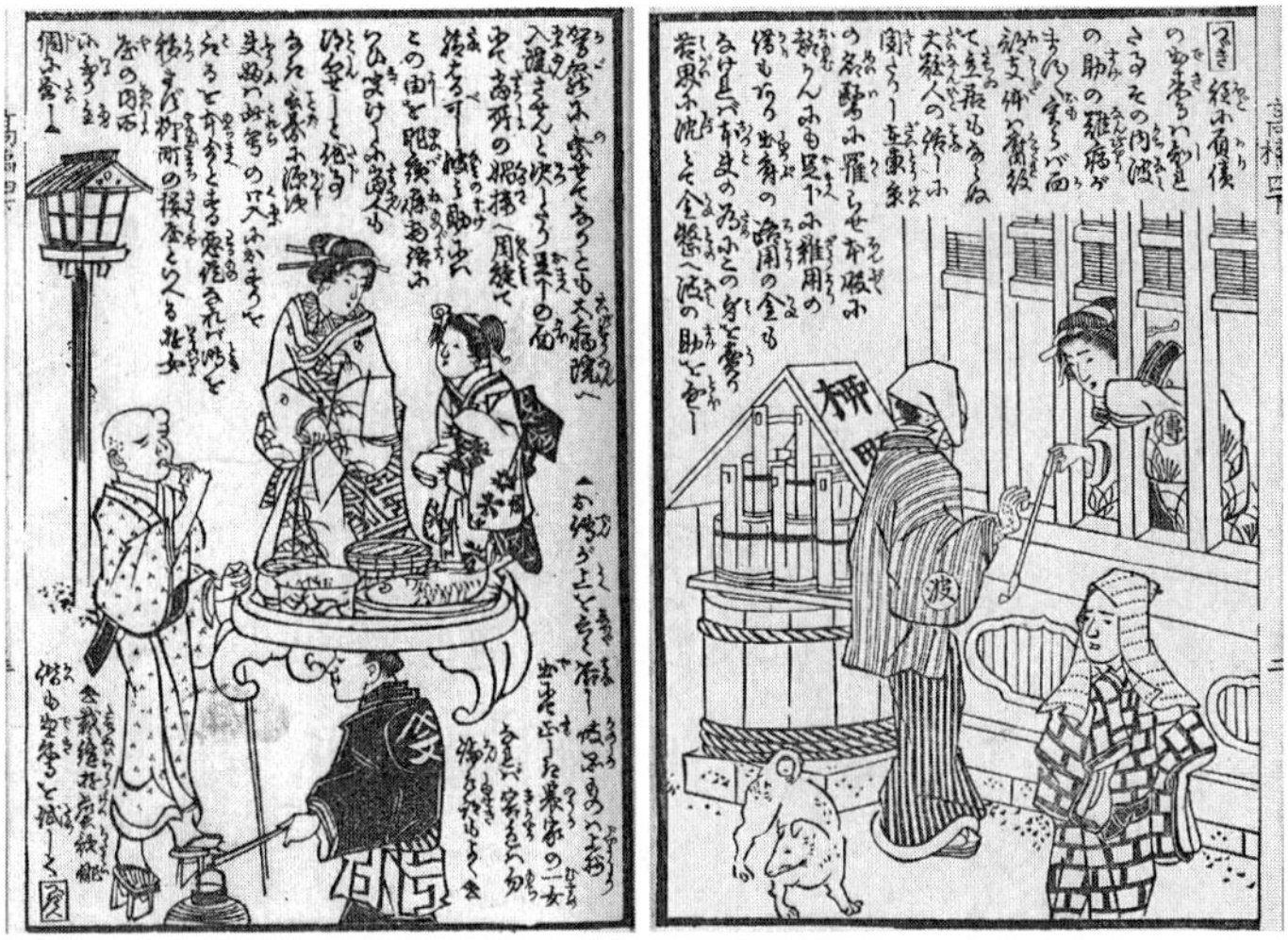

この由《よし》を昨夜寐物語《ゆふべねものがたり》に一三いひ聞《き》けしに　当人《たうにん》も一四得心《とくしん》せしと　一五他事《たじ》なき言葉《ことば》に　源次《げんじ》夫婦《ふうふ》は此等《これら》の一六口入《くにふ》に一七かすりを取《と》るを本分《もちまへ》とする悪徒《わるもの》なれば　時《とき》を移《うつ》さず　一八柳《やなぎ》町《まち》の桜屋《さくらや》といへる遊女屋《いうぢよや》の一九内所《ないしよ》に至《いた》り　二〇主個《あるじ》に対《たい》しお二一伝《でん》が上《うへ》を云ゝ《しかぐ》話《はな》し　二二彼品《かのしろ》ものは上州出《じやうしうで》にて　二三正《たゞ》しき農家《のうか》の一女《むすめ》なれば　容色《きりやう》は勿論《もちろん》　手跡《しゆせき》もよく　裁縫《たちぬひ》遊芸《いうげい》　歌《うた》　俳諧《はいかい》も出来《でき》るを試《ため》して　㉒一箇年《かねん》二四五十円《ゑん》にて抱《かゝ》へ給《たま》へ　二五証印《うけはん》は本夫《おつと》と我等《われら》　又《また》あるまじき別嬪《べつぴん》なるは　当人《たうにん》を看《み》て　吾《わが》ことばの詐《いつは》りならぬを知《し》り給へと　確乎《たしか》なことばに　桜屋《さくらや》も

街。城下最大の人口があった。文化初年（一八〇四―）の家数九十二、人数六七四（『甲斐国志』一）。甲州街道の宿駅があり、その旅籠屋には飯盛女（→補三六）が置かれた風俗街でもあった。明治三年増山町に遊廓が設置され（新柳町）、旅籠屋も移転を命じられた。「あしたはやなぎまちのはたごやへとうりうして」（魯文『甲州道中膝栗毛』「甲府」安政四年〈一八五七〉自序）。一九 遊女屋の主人の居間。帳場。二〇 →一二七頁注一七。二一 お伝に関する事情。二二 遊女や若い女など、金になる物の意。お伝を指していう。「その容色のたぐひなきこと（略）お釈迦さまでも孔子でも往生即死寂滅といふ（略）飛切といふ上品（ろし）物サ」（魯文『滑稽富士詣』二・下）。二三 代々続いた農家。二四 →一三九頁注三〇。二五 請人（うけにん）＝保証人〉として証文（請状。奉公人の身元保証書）に捺す印判。請状は、契約当事者（お伝）の債務や身元を保証し、もし事故があれば証印を捺した保証人が責任を負い、損害を賠償すると誓約したもの。通常、近親者や知人が

一九〇頁に続く

絵 柳町の桜屋で張見世に出たお伝と、初会（→一九一頁注一二）の客のふりをした波之助が密談するさま。波之助は手にも発疹が現れている。ほかに、遊女と禿（かむろ）、按摩、台の物（大きな台に乗せた料理品）を運ぶ台屋（遊廓の仕出し屋）の男。

㉒

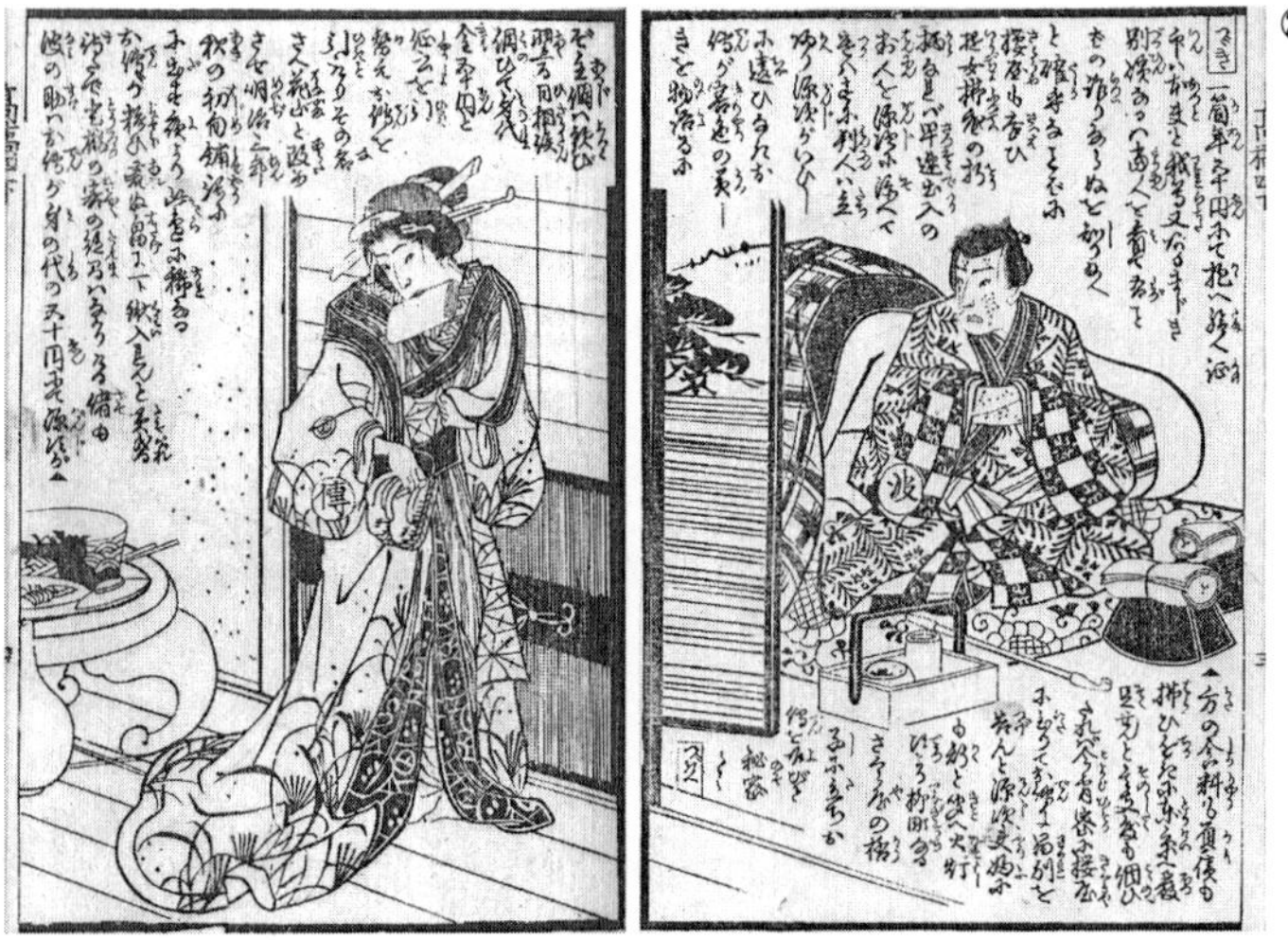

幸《さいは》ひ遊女払底《いうじよふつてい》[一]の折柄《をりから》なれば　早《さつ》速出入《そくでいり》の判人《はんにん》[二]を　源次《げんじ》に添《そ》へて遣《つか》はすに　判人《はんにん》は立帰《たちかへ》り　源次《げんじ》がいひしに違《ちが》ひなき　お伝《でん》が容色《きりやう》の美《うつく》しきを物語《ものかた》るにぞ主個《あるじ》は歓《よろこ》び　翌《あく》る日《ひ》相談調《さうだんとゝの》ひて身代金《みのしろきん》五十円《ゑん》と証書《しやうしよ》を引替《ひきか》えお伝《でん》を引取《ひきと》り　その名《な》さへ花山《はなやま》と改《あらた》めさせ　明治《めいぢ》三年秋《ねんあき》の初旬《はじめ》[三]舗張《みせばり》に出《だ》す夜《よ》より　此辺《こゝら》に稀《まれ》なるお伝《でん》が粧《よそほ》ひ　荒《あれ》[四]ぬ畠《はたけ》に一ト鍬《くわ》入《い》れんと　黄昏《たそがれま》待たで登楼《とうろう》[五]の客《きやく》の絶間《たえま》はなかりける　偖《さて》[六]も波《なみ》の助《すけ》は　お伝《でん》が身《み》の代《しろ》の五十円《ゑん》にて　源次《げんじ》が方《かた》の食料《しよくりやう》も負債《かり》も払《はら》ひ　近《ちか》[七]きに東京《とうけい》へ発足《はつそく》せんと

請人となる。

——以上一八九頁

絵　遊女屋桜屋の内部。登楼した波之助が腕組して蒲団の上で待つ。前に箱枕二つと煙草盆(→二〇八頁注一六)。そこに現れる打掛け姿の花山(お伝)。後ろに台の物。

一 遊女がほとんどいない時だったので。

二 遊女の身売りの保証人となって、遊女屋に売り込む業者。女衒(ぜげん)。遊女屋と女の近親者との仲介をし、口入人として押印した。「判人同道で吉原へ参って」(岡丈紀『江湖機関(うきよからくり)西洋鑑(めがね)』初・下「時間(とき)を移す停車場(すてしよん)の贅話(とはずがたり)」明治六年十月自叙)。

三 「舗」(見世)は、遊女が遊客を誘う、道路に面した格子構えの座敷。そこに遊女が居並んで遊客を待つことを「張見世(はりみせ)」という。底本「舗張ににに」。錦松堂版により、衍字として「に」を削る。

四 他の遊客たちに買われる前に自分が買おうと。「畠」はお伝の、「鍬」は遊客の、それぞれ肉体を含意。

五 妓楼に登る。遊廓で遊ぶこと。

六 ところで。

七 近いうちに。

其支度《そのしたく》も調《とゝの》ひたれば　今宵密《こよひひそか》に桜屋《さくらや》に至《いた》りて　お伝《でん》に留別《わかれ》八を告《つげ》んと　源次夫婦《げんじふうふ》にも斯《かく》と九聞《きこ》へ　火灯頃《ひともしごろ》より柳町《やなぎまち》なるさくら屋《や》の格子《かうし》一〇に立《た》ち　お伝《でん》を呼《よ》びて秘密《ひそ》ゝゝ語《かた》らひ㉓　頓《やが》て此場《このば》を退《しりぞ》きて　深更《よふけ》を待《まち》て面部《おもて》一一を包《つゝ》み　初会《しよくわい》一二の客《きやく》の体《てい》に看《み》せかけ　酒宴《しゆえん》そこ〳〵に閨房《ねどこ》に入《い》り　声《こゑ》をひそめて耳話《さゝやく》やう　其方《そなた》が一時《じ》の才覚《さいかく》にて　身《み》の代金《しろきん》の五十円《ゑん》　源次《げんじ》に負債《をひめ》を返償《かへし》ても　残《のこ》一三りの金《かね》が四十足《た》らず　此《これ》を路用《ろよう》に高飛《たかとび》一四して　蹟《あと》をくらます予《かね》ての相《さう》

㉓

八「留別」は、旅立つ人が残る人に別れを告げること。
九 申し上げ。
一〇 遊廓の張見世の格子窓。→注三。
一一 桜屋に自分の正体を知られないためと、病を隠すため。
一二 遊客が初めての遊女に会うこと。格式の高い遊里では遊女は客に肌を許さない習慣だったが、後には崩れていった。
一三 負債を返した後、波之助の手元に残ったのは四十円足らずだ、ということ。
一四 遠くへ逃げること。「私しは大坂へ高飛をして」(岡本勘造『夜嵐阿衣花廼仇夢』四・下)。

絵　波之助の手引きで、紐につかまり、忍び返しの付いた高塀を乗り越えて桜屋から逃げ出すお伝。「垣を破りて」(↓次頁一〇行)と齟齬。

㉔
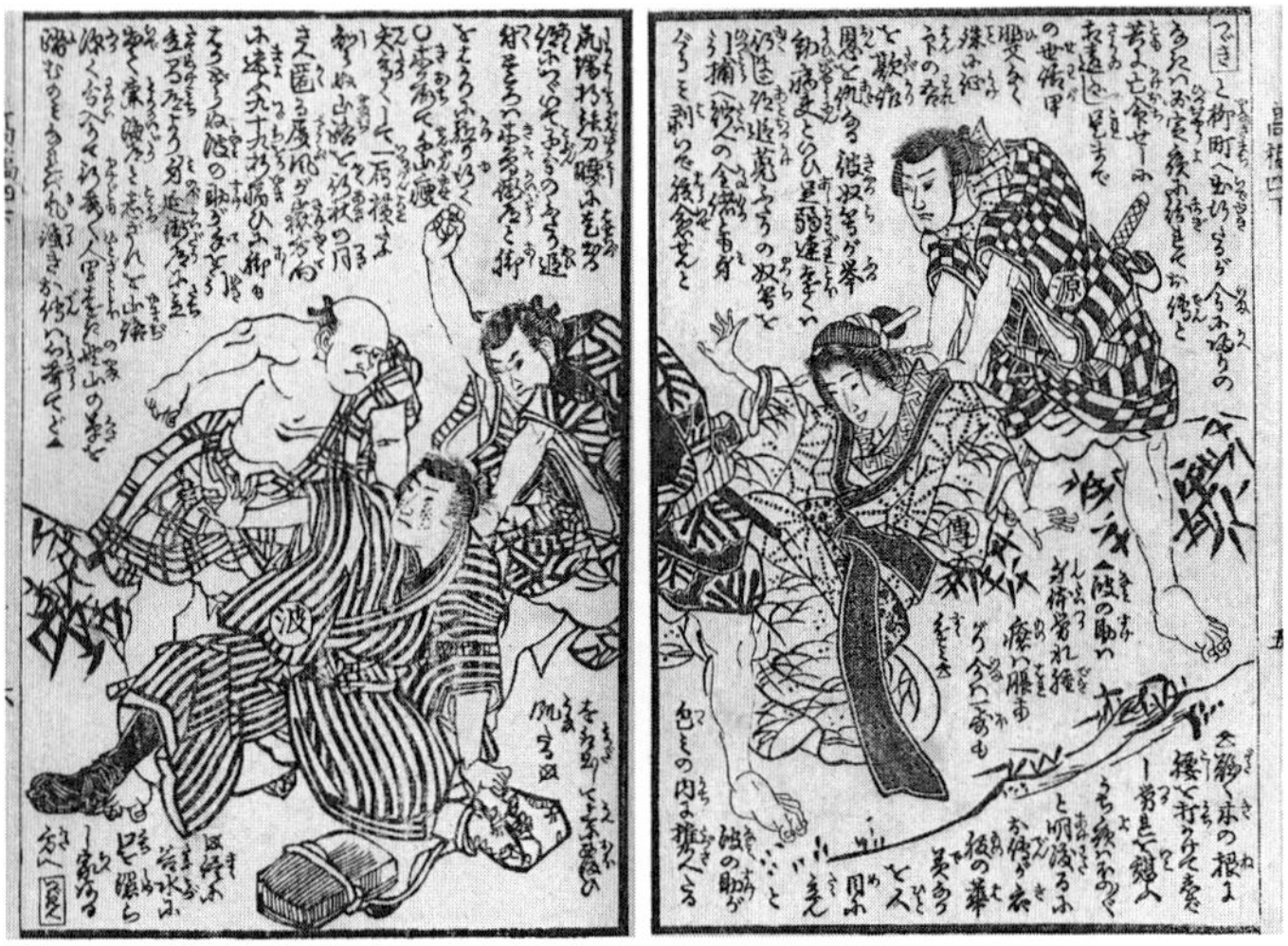

談《だん》　翌《あす》ともいはず今宵《こよひ》のうちに当家《このや》の裏手《うらて》　山道伝《やまみちづた》ひに苦界《くがい》[一]を遁《のが》るゝふたり連《づ》れ　源次夫婦《げんじふうふ》の目《め》を忍《しの》び　荷物《にもつ》の行李《こり》も持出《もちだ》したりと促《うなが》すほどに　お伝《でん》は微笑《にっこり》妾《わたし》は此儘着《このまゝき》[二]たきり雀《すゞめ》　目立《めだ》つ仕《し》[三]懸《かけ》は途中《とちう》に隠《かく》れて　如何《どう》でも始《し》末《まつ》の仕方《しかた》はあらう　今《いま》が宜《よ》い間《ま》と打連《うちつれ》て　勝手覚《かつておぼ》[四]へし庭前《にはさき》より垣《かき》を破《やぶ》りて逃去《にげさり》しを　知《し》るもの絶《たへ》てなかりしとぞ　夜明《よあけ》て後《のち》さくら屋《や》にては　花山《はなやま》が初会《しよくわい》の客《きやく》と逃去《にげさ》りたるを初《はじ》めて知《し》り渠《かれ》は本夫《おつと》のある身《み》といひ　殊《こと》に源次《げんじ》が証印《うけはん》なれば　取敢《とりあへ》ず愛宕《あたご》町《まち》なる源次《げんじ》が方《かた》に知《し》らせよと

絵　台が原宿で源次一味に見つかり、乱暴される波之助夫婦。

一　→一八八頁注八。

二　今着ているだけで、他に着替えがないこと。「舌切り雀」との語呂合せによる洒落。

三　打掛け。帯を締めた衣服の上から打ち掛けて着る長小袖のような着物で、遊女の盛装。→一九〇頁絵。

四　様子をよく心得ていること。

㉕

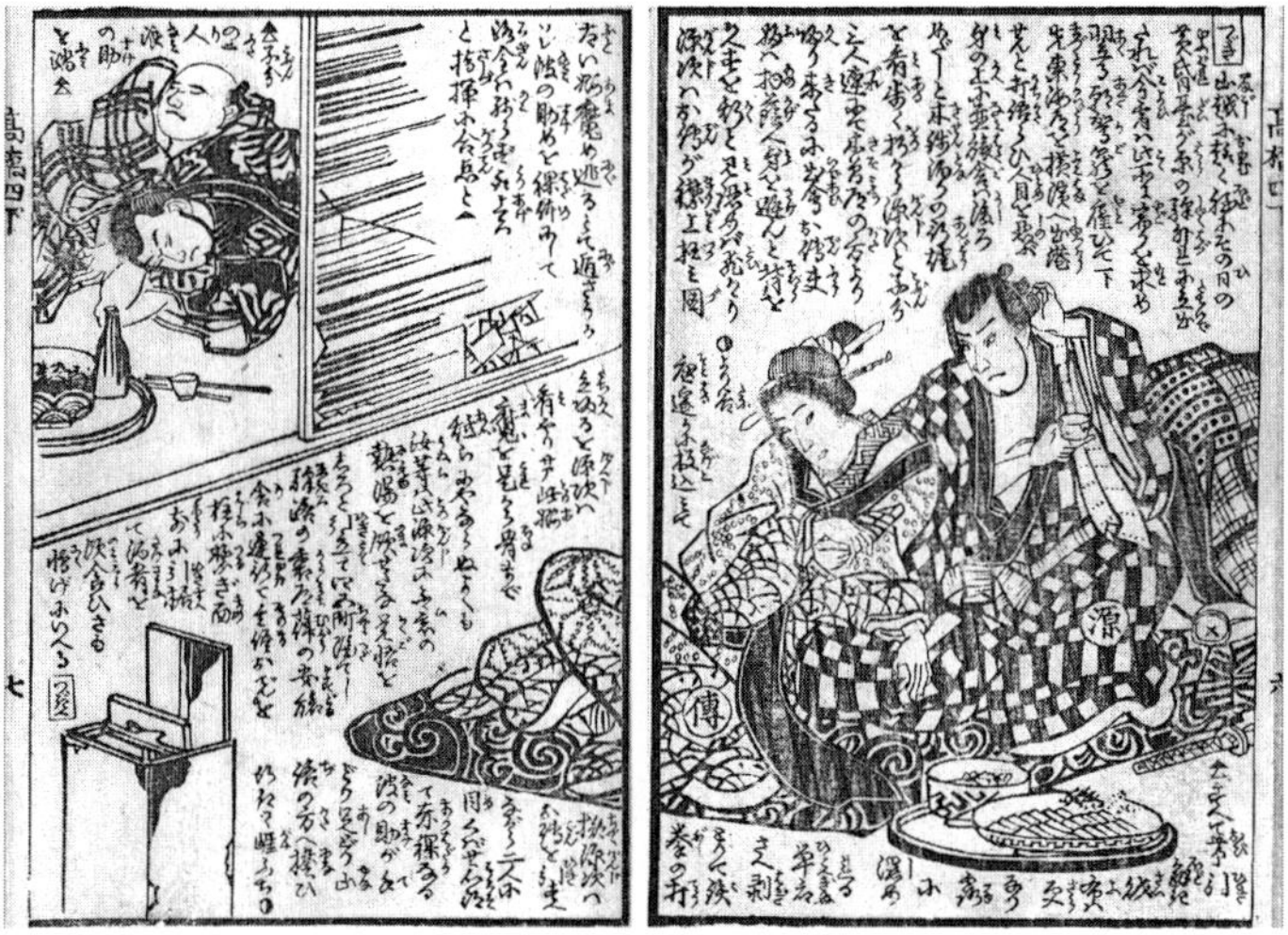

主個《あるじ》が指揮《さしづ》に五雇夫等《わかいものら》は源次《げんじ》が方《かた》に走《はし》り行《ゆき》　昨夜《ゆふべ》の始末《しまつ》を斯《かく》と告《つぐ》るに　源次《げんじ》夫婦《ふうふ》は打驚《うちおどろ》き　夫《それ》にて六思《おも》ひ合《あは》することは　きのふ波《なみ》の助《すけ》がお伝《でん》に逢《あ》はんと㉔　柳町《やなぎまち》へ出行《いでゆき》たるが　今《いま》に帰《かへ》りのなきは　必定《ひつぢやう》夜《よ》に紛《まぎ》れてお伝《でん》と共《とも》に七亡命《かけおち》せしに相違《さうゐ》なし　是《これ》までの世話《せわ》甲斐《がひ》なく　殊《こと》に証印《うけはん》の吾《われ》を欺詐《たばかり》　八恩《おん》を仇《あだ》なる彼奴等《きやつら》が挙動《ふるまひ》病夫《びやうにん》といひ九足弱連《あしよわづれ》　遠《とほ》くは行《ゆく》まじ　跡追蒐《あとおつかけ》ふたりの奴等《やつら》を引捕《ひつとら》へ　貯《たくは》への金諸《かねもろ》とも身《み》ぐるみ剝《は》いで　腹愈《はらいせ》せんと一〇尻端折《しりはしをり》　一一強刀《だんびら》腰《こし》に走出《はせいづ》る　跡《あと》につゞいて子分《こぶん》のふたり　追付《おひつく》ところは一二木曾街《きそかい》

五　遊廓で雑用を勤める男の雇い人。年齢にはよらない。

六　思い当たったことは。

七　逃げて行方をくらますこと。

八　恩をあだで返す。

九　足の遅い女と連れだっている。

一〇　走る邪魔にならないよう、着物の裾をまくりあげ、帯の後ろにはさんでとめること。急用の際のいでたち。

一一　→六一頁注五四。

一二　中山道（→一〇二頁注一）の別称。中山道のうち、贄川（にえかわ）から馬籠（まごめ）までの木曾谷を通る十一宿を指すこともある。甲府から甲州街道で合流するのは信濃国下諏訪宿（諏訪湖の北。現長野県諏訪郡下諏訪町）。

絵　源次を欺いて逃げ出そうと、流し目でしなだれかかるお伝。→二〇六頁。隣の部屋には酔い倒れた子分たち。

㉖

道《だう》と　一脚《あし》をはかりに駈《かけ》り行《ゆ》く
○二木《き》落《おち》て千山瘦《せんざんやせ》　天高《てんたか》くして一《いち》
雁横《がんよこ》たふ　知《し》らぬ山路《やまぢ》を三行秋《ゆくあき》の
月《つき》さへ匿《かく》る四屏風《べうぶ》が嶽《だけ》　方向《ゆくて》に迷《まよ》
ふ五九十九折《つゞらをり》　病《やま》ひに脚《あし》もはかど
らぬ　波《なみ》の助《すけ》が手《て》を引立《ひきたて》　間道《ぬけみち》
より六身延街道《みのぶかいだう》に立出《たちいで》て　七東海道《とうかいだう》
と志《こゝろ》ざすを　山路《やまぢ》深《ふか》く分入《わけい》りて
行共《ゆけども》〳〵人里遠《ひとざととほ》き　野山《のやま》の草《くさ》を
踏《ふ》むのみなれば　気強《きつよ》きお伝《でん》は
心苛《こゝろいら》てど　波《なみ》の助《すけ》は身体労《しんたいつか》れ
腫瘡《できもの》は脹《はれ》あがり　今《いま》は一歩《ぽ》も進《すゝ》
み難《がた》く　木《き》の根《ね》に腰《こし》を打《うち》かけて
しばし労《つか》れを憩《いこ》ふうち　夜《よ》はほ
のぐ〳〵と明渡《あけわた》るに　お伝《でん》が衣服《きもの》
の華美《はで》なるを　人目《ひとめ》に立《たゝ》んと

絵　源次・お伝らが寝ている安宿に近づき、中の様子をうかがう源次の妻お鳥。手に出刃庖丁。→二〇七頁五行以下。

一→六二頁注一〇。**二**木の葉が落ちたため多くの山々が痩せたように見え、秋の空高く横切って一羽の雁が飛ぶ。『円機活法詩学全書』(延宝元年〈一六七三〉和刻)三「秋」の「聯句」所収の句。宋の呉正仲の詩の一節。「冒頭などに形容がゝつた文句を連ねる場合は『円機活法』から対句をさがし出して之を引用するのが例であつた」(野崎左文「明治初期に於ける戯作者」『私の見た明治文壇』春陽堂、一九二七年)。**三**「山路を行く」と、「秋が行く(過ぎ去る)」を掛ける。**四**信濃国諏訪郡富士見(現長野県諏訪郡富士見町)から、東南の甲斐国巨摩郡韮崎(現山梨県韮崎市)に及ぶ、八ヶ岳泥流が形成した台地を「七里岩台地」といい、特に釜無川による韮崎北西の浸食崖を「七里岩」と呼ぶ(長さ三〇キロメートル、比高四〇―一五〇メートル、幅一―一・五キロメートル)。このうち、祖母石(うばいし)村にある岩を「屏風巌」というが(『甲斐国志』二十九)、ここは七里岩全体を指すのであろう。甲府から韮崎までは約一五キロメートル。→付図2⑪。**五**幾重にも曲がりくねった坂道。**六**→一七〇頁注二。**七**五街道の一。江戸日本橋から京都三条大橋まで、五十三の宿駅から成る江戸時代で最

㉗

波《なみ》の助《すけ》が包《つゝ》みの内《うち》に携《たづさ》へたるを取出《とりだ》して上《うへ》に覆《おほ》ひ　飢《うゑ》たる儘《まゝ》に谷水《たにみづ》に口《くち》を湿《しめ》らし　家《いへ》ある方《かた》へ㉕山越《やまごし》に趣《おもむ》く程《ほど》に　その日《ひ》の黄昏《ゆふぐれ》八台《だい》が原《はら》の駅外《しゆくはづ》れに立出《たちいで》たれば　今宵《こよひ》は此所《こゝ》に宿《やど》りを求《もと》め　翌《あく》る朝駕籠《あさかご》を雇《やと》ひて　一ト先《まづ》東海道《とうかいだう》を九横浜《よこはま》へ一〇出港《しゆつかう》せんと打語《うちかた》らひ　人目《ひとめ》を忍《しの》ぶ身《み》の上《うへ》に　一一並旅舎《なみはたご》は後《うし》ろめたしと　一二木銭泊《きせんとま》りの行燈《あんどう》を看歩《みある》く折《をり》から　源次《げんじ》と子分《こぶん》三人連《づれ》にて　一三木曾道《きそみち》の方《かた》より帰《かへ》り来《き》たるに出会《いであひ》　お伝夫婦《でんふうふ》は物蔭《ものかげ》へ身《み》を避《さけ》んと一四背《そびら》をかへすを　一五斯《かく》と見認《みと》めば飛《とび》かゝり　源次《げんじ》はお伝《でん》が一六襟上摑《えりがみつか》み　図太《づぶと》い婀魔《あま》め

も重要な交通路。ここは、駿河国興津（現静岡市清水区。↓付図2）を目指したということだが、実際には台が原（↓次注）に向かっており、方角が違う。　八 巨摩郡台ケ原村の台ヶ原宿（現北杜市白州町台ヶ原）。甲府の北西約三〇《キロメートル》、釜無川南岸に位置する甲州街道の宿駅。教来石（きようらい）宿を経て信濃国諏訪郡蔦木宿（現諏訪郡富士見町）に入る。文化初年（一八〇四―）の家数七十九、人数三二二（『甲斐国志』十三）。↓付図2⑫。　九 東海道の神奈川・保土ケ谷の間にある漁村だったが、安政六年（一八五九）開港場となり、神戸と並ぶ貿易港として急速に発展。　一〇 港（横浜）へ出ること。「おとなは浜〔横浜〕へ出港せしが」（明治十一年十月十七日『仮名読新聞』）。　一一 一般庶民の泊まる食事付きの宿。給仕などの際、人目に触れやすい。　一二「木賃泊」に同じ。木賃宿。「木銭泊（略）Syn. KICHIN YADO」（『和英語林集成』三版）。↓一八四頁注二一。　一三「木曾街道」（↓一九三頁注一二）に同じ。　一四 背を向ける。　一五 波之助夫婦だと見定めたので。　一六 えりくび。首の後ろ。

絵　嫉妬に狂うお鳥の手から出刃庖丁を捻じとり、箱枕を振り上げる源次。一人の子分は投げ飛ばされ、もう一人は仲裁しようとしている。襖の向こうには籠提灯を持ったこの宿の妻。↓二〇八頁八行以下。

㉘

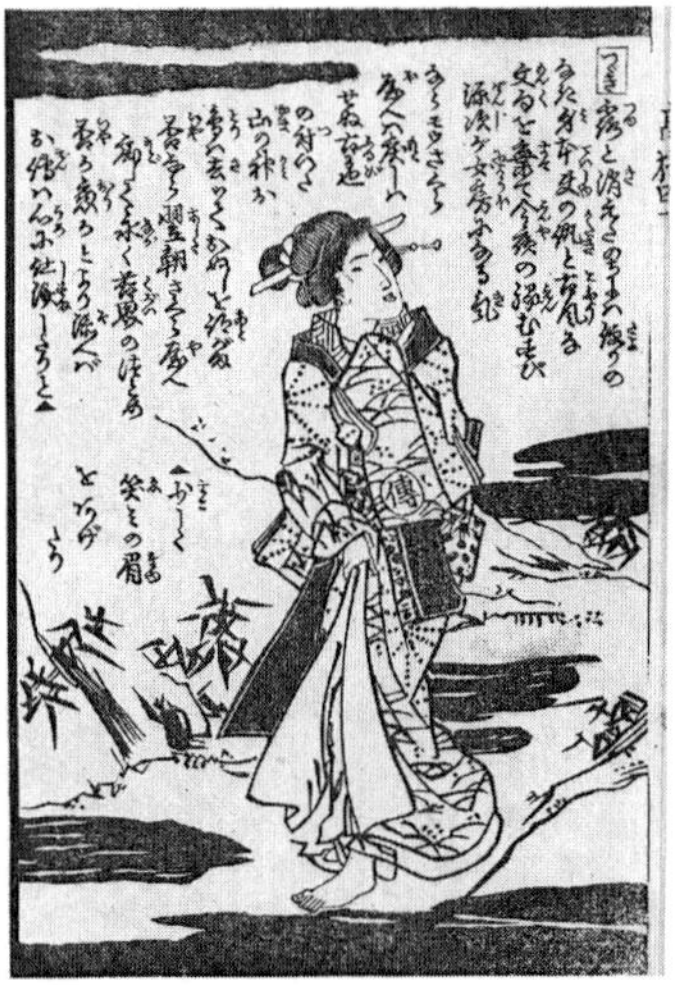

逃《にぐ》[一]るとて遁《にが》さうか　ソレ波《なみ》の助《すけ》めを裸体《はだか》にして　路金《ろぎん》は残《のこ》らず取上《とりあげ》ろと　指揮《さしづ》に合点《がってん》と子分《こぶん》の二人《ふたり》　浪《なみ》[二]の助《すけ》を踏《ふみ》すへて帯引解《おびひきほど》き　財布《さいふ》は更《さら》なり　露《つゆ》に湿《し》めれる単衣《ひとへぎぬ》[三]さへ剝《はぎ》とりて　鉄拳《こぶし》の打《てう》擲《ちやく》　源次《げんじ》はお伝《でん》を引《ひき》すへながら二人に目《め》くばせ　心得《こゝろえ》て赤裸《あかはだか》なる波《なみ》の助《すけ》が手《て》[四]どり足《あし》どり　山路《やまぢ》の方《かた》へ担《にな》ひ行きツヽ　崖《がけ》ふちより谷底《たにそこ》遥《はる》かに投込《なげこ》みて立《たち》帰《かへ》るを　源次《げんじ》は看《み》やり　サア此婀魔《このあま》を　是《これ》から骨《ほね》[五]まで舐《ねぶ》らにやならぬ　よくも汝等《うぬら》は此《この》源次《げんじ》に　ふ意《い》[六]の熱湯《にえゆ》を飲《のま》せたな　覚悟《かくご》をしろと引立《ひきたて》て　四五町《ちやう》隔《へだ》てし駅路《あきろ》[七]の裏道《うらみち》　葎《むぐら》[八]の安旅舎《やすどまり》に連行《つれゆき》て　其儘《そのまゝ》おでんを柱《はしら》に繫《つな》ぎ　面前《まのあたり》に引据《ひきすへ》て酒肴《さけさかな》を飲食《のみくら》ひ　さも憎《にく》げにいへるやう㉖　今朝《けさ》桜屋《さくらや》より　汝等《なんぢら》が亡命《かけおち》して抜出《ぬけだ》した子細《しさい》を聞《き》いて　子分《こぶん》の者《もの》と三人一同《いちどう》木曾路《きそぢ》をさして追蒐《おひかけ》たが　影《かげ》さへ看《み》へねば　口惜《くちをし》ながら路《みち》を換《かへ》て引捕《ひつとら》へんと　取《とつ》てかへした台《だい》が原《はら》　出《で》あふた所《ところ》が百年目《ひやくねんめ》[九]　波《なみ》の助《すけ》めの癩病《らいびやう》は　所詮《しよせん》[一〇]手《て》に手を尽《つく》しても　死《し》なねば愈《なほ》らぬ前世《ぜんせ》[一一]の因果《いんぐわ》　子分《こぶん》の奴等《やつら》に指揮《さしづ》して　崖《がけ》[一二]から谷《たに》へ往生阿陀仏《わうじやうおだぶつ》　残《のこ》りの金《かね》は此方《こつち》

絵　源次とお鳥の夫婦喧嘩に紛れて逃げ出すお伝。↓二〇八頁一三行以下。

一　逃げようたって逃がすものか。
二　「波の助」の誤記と考えられるが、底本のママ。
三　裏布の付いていない衣で、夏着用する。袷(あわせ)の対語。
四　↓一七四頁注一九。
五　「ねぶる」はしゃぶる意。徹底的に利益を引き出し、苦しめること。
六　信用して気を許している自分を不意に裏切って、ひどい目にあわせたな。
七　宿駅から宿駅へ通じる街道。
八　粗末な安宿。　九　運のつき。
一〇　出来る限りのことをする。
一一　神仏の罰による不治の病だ、ということ。↓補四九。
一二　崖から谷に投げ落とさせ、殺してやった。「往生」「阿陀仏」はいずれも死ぬ意。
一三　↓補六二。　一四　仕返しをする。
一五　筒形の茶碗で酒を飲んだが、子分たちは酒に弱くて。「つゝ」は「共」は入れ木か。「つゝ」は絵の一部のようにも見え、活字版はこれを欠くが、それだと「茶碗酒」が前後いずれに掛かるか不安定。「有合ふ筒茶碗を取つて」(河竹新七〈黙阿弥〉『小袖曾我薊色縫』一の三、安政六年〈一八五九〉初演)。　一六　酒に酔って体はグニャグニャになり。

へ収《おさ》め　汝《うぬ》の身体《からだ》は桜屋《さくらや》へ　[一三]年《ねん》一ぱいに売《うり》こかし　人《ひと》にしられた勝沼《かつぬま》の　源次《げんじ》を欺《だま》した[一四]返報《へんぽう》する　ヱヽ宜《い》い形容《ざま》だとつゝ[一五]茶碗《ちやわん》　酒《さけ》にはもろき子《こ》ぶん共《ども》　忽《たちま》ち[一六]支体《からだ》は海鼠《なまこ》のごとく　[一七]舌《した》も廻《まは》らぬ十二ぶん　親分御免《おやぶんごめん》と　隔《へだ》ての障子《しやうじ》あけて次《つぎ》なる一間に倒《たふ》れ　前後《ぜんご》も知《し》㉗らぬ高齁《たかいびき》　源次《げんじ》は猶《なほ》も飲飽《のみあ》かず　手酌《てじやく》であほる[一八]後引上戸《あとひきじやうご》　此時《このとき》までも柱《はしら》に繫《つな》がれ　両手《りやうで》も共《とも》に縛《いまし》められ　身動《みうご》きならぬお伝《でん》が心中《しんちう》　尋常《じんじやう》の婦女《をんな》であらば　本夫《おつと》は谷間《たにま》へ投《な》げ陥《おと》され　[一九]消《き》えも入《い》るべき思《おも》ひなるを　[二〇]性来《せいらい》の太胆者《だいたんもの》　[二一]争《いか》でか源次《げんじ》を[二二]透《すか》し欺《あざ》むき　再《ふたゝ》び此場《このば》を逃去《にげさ》らんと　[二三]工風《くふう》を凝《こ》らして様子《やうす》を看《み》やるに　源次《げんじ》も今《いま》は[二四]熟酔《じゆくすい》の眼《まなこ》をすへて　流《なが》し目《め》に看《み》やるお伝《でん》の乱《みだ》れ髪《がみ》　白《しろ》き顔《かん》ばせ[二五]嬋娟《せんけん》と　[二六]桃李《とうり》物言《ものい》はずして[二七]媚《まゆ》を繕《つく》ろひ　田舎《ゐなか》には又《また》あるまじき美女《びぢよ》なれば　[二八]慢《そゞ》ろに春《はる》の心動《こゝろうご》きて　「コレおでん　波《なみ》の助《すけ》めは谷間《たにま》の露《つゆ》㉘と消《き》えたのちには[二九]便《たよ》りのなき身《み》　[三〇]本夫《ていしゆ》の仇《かたき》と古風《こふう》な文句《もんく》を　棄《すて》て今夜《こんや》の[三一]縁《えん》むすび　源次《げんじ》が女房《にようぼ》になる気《き》なら　モウさくら屋《や》へは戻《もど》しはせぬ　[三二]古色《ふるび》の付《つ》いた山《やま》の神《かみ》　お鳥《とり》は[三三]去《さ》ツておぬしを跡《あと》がま　否《いや》なら翌朝《あした》さくら屋《や》へ　戻《もど》して永《なが》く[三四]苦界《くがい》のつとめ　[三五]否《いや》か応《おう》かとより添《そ》へば　お伝《でん》は心《こゝろ》に[三六]仕済《しすま》したりと　少《すこ》しく笑《ゑ》みの眉《まゆ》をあげたり

一七 ろれつが回らないくらい、十分すぎるほどに酔い。
一八 いつまでもだらだらと飲み続ける酒飲み。
一九 ショックの余り死んでしまいそうな気持ちになるだろうに。
二〇 生来。生まれつき。
二一 何とかして。
二二 うまく言いくるめて欺き。
二三 工夫。 二四 すっかり酔っ払うこと。 二五 あでやかで美しいさま。
二六 ↓補六三。
二七 なまめかしさを顔に表し。「媚」は、なまめかしさ、色っぽさ。「媚(びこ)」または「眉(まゆ)」の誤りとも考えられるが、活字版も含めて諸本異同なく、底本のママとする。
二八 知らず知らず好色な気持ちが動きだし。
二九 頼りにすべき者のいない、心細い身。
三〇 自分を夫波之助の仇と言って憎むような、昔風の考え方を捨てて。
三一 縁を結んで夫婦となること。
三二 古臭くなった、口やかましい女房。「山の神」は「鄙語ニ、妻ヲ嘲罵シテ呼ブ語」(『言海』)。「拙者(わたくし)づれの山の神を奥様などゝは不当(さめつう)〳〵」(高畠藍泉『巷説児手柏』二、明治十二年九月)。 三三 離縁して。↓補六四。 三四 ↓一八八頁注八。
三五 承知か、不承知か。
三六 うまくやったと喜び、少しうれしそうな顔になった。

（四三頁より続く）

一四　普通ではない、変わった出来事。
一五　刀で斬られて死ぬこと。「鬼」は亡魂。一月三十一日、高橋でんは市ヶ谷監獄で斬首。
一六　世間に広く知られた。
一七　生い立ち。
一八　まつりごと。政治。
一九　弘化五年（一八四八）二月二十八日―嘉永七年（一八五四）十一月二十六日。
二〇　現みなかみ町後閑（ごかん）。下牧村（→四〇頁注一七）の南に位置。明治十年頃の戸数一七一、人口六七四（『日本歴史地名大系10　群馬県の地名』）。→付図2②。
二一　傭われて田畑を耕作する男。
二二　生活が他に勝って楽なこと。「登り」は「煙り」「暮らし」双方に掛かる。
二三　家運や金回りが悪くなること。
二四　後閑村は当時、下牧村ともども沼田藩領。→三四〇頁注四。
二五　取り立て。
二六　世の移り変わりの激しいことのたとえ。「世中はなにかつねなるあすかがはきのふのふちぞけふはせになる」（『古今和歌集』十八・雑歌下、読人しらず）。「淵」は「櫛淵」を掛ける。「きのふの淵は飛鳥川今日はやりて明日廃（すた）るは人情の然（しか）らしむる所ろ」（明治十一年十一月二十日『仮名読新聞』）。
二七　水呑百姓。自分の田畑を所有しない貧しい農民。
二八　やっと食べていく。「淵」「瀬」「水飲」「渇ける」「口を濡らす」は縁語。
二九　さらにその上。
三〇　→補一一。
三一　全財産。
三二　離縁。
三三　実家。
三四　諺「女の子は女に付く」（女の子は女の立場が分かるので、母親に付くものだ）を踏まえる。なお、離婚の場合、女の子は女親が引きとる慣習があった。
三五　山から雪交じりに吹き下ろす風。「雪颪」の誤りとも考えられるが、諸本異同なし。
三六　薄くて堅い、粗末な蒲団。
三七　一枚の蒲団を二つ折りにし、その間に入って寝ること。柏餅の形に似ていることからいう。「煎餅」の縁語。「損料蒲団の柏餅に。辛く霜夜を凌ぐも有べし」（萩原乙彦『東京開化繁昌誌』初・下「娼妓解放」明治七年三月官許）。
三八　血のつながった間柄ゆえ、兄夫婦の負担を気の毒に思ったおきのの配慮で。
三九　重い負担（おきの）の上にさらに加わる負担（お春）。「小荷駄」は、荷物の上に載せたさらに小さな荷物。「おのれがぶま（不間）をはたらくゆへ、おも荷にこづけのこのこんざつ」（三世瀬川如皐『与話情浮名横櫛（よはなさけうきなのよこぐし）』五幕目、嘉永六年初演）。
四〇　一人でも食い扶持を減らそうと。
四一　百姓。「そが間（まひ）に荘客們（ひやくせうばら）は」（曲亭馬琴『南総里見八犬伝』四回、文化十一年〈一八一四〉）。
四二　仲立ちする人。令狐策が夢で氷上に立ち、氷下の人と語り合った故事から（『晋書』九十五、策紞伝）。月下氷人。
四三　申し込む。
四四　さて。文の始めに置いて、新しく話を起こす場合に用いる。
四五　壁の隙間（すきま）に見る馬はたちまち通り過ぎる意から、月日が早く過ぎ去ることのたとえ（『荘子』知北遊）。「足掻」は歩み。「駒」「早く」と縁語。
四六　（二×八で）十六歳。婚期を迎えた女性の年齢。
四七　人目につかぬ奥山の一重桜（お春）の花盛りは、都に咲く八重桜（都の女性）にも勝る姿である。お春の清純な美しさの形容。
四八　「Sō-nen（略）壮年（略）about the 20th year」（J・C・ヘボン『和英語林集成』再版、明治五年）。
四九　（比喩的に）女性を自分のものにする。「桜」の縁語。
五〇　浮ついて軽はずみな性格。
五一　お春に交際を申し込んだ男の手紙。「さそふ水」は、『古今和歌集』十八・雑歌下所収、小野小町が三河へ落ちて行く時の歌「わびぬれば身をうき草のねをたえてさそふ水あらばいなむとぞ思ふ」による。これと「水茎」（→三六頁注二七）が掛詞、また「浮たる」と「さそふ水」「水茎」は縁語。
五二　恋文。
五三　ちょっとした日常動作の際に。
五四　初めて見ましてから。
五五　貴女のお姿が、波が押し寄せるように目の前に浮かんできて、夜も昼も忘れられず。「面影に立」と「立波」は掛詞、「よる」は「寄る」と「夜」を掛ける。
五六　小さな車。次の「廻り」を導く。貴女とめぐり逢う機会があり。
五七　一緒に寝て愛し合えたなら。「岩まくら」は川中の石群。「瀬」の縁語。
五八　しいて。
五九　隙間風に託して届けられるような、はかない手紙。
六〇　険しい山のように手の届かない貴女ですが、その山に春芽吹く蕨のように、人知れず貴女を恋い焦がれている私の気持ちが、こらえきれず表に出てしまいましたら。「下もえ」は「下萌え」と「下燃え」の掛詞。「初蕨」と「下も（萌）え」、「下も（燃）え」「こがれ」「煙り」「のぼり」は縁語。

高橋《たかはし》阿伝《おでん》夜刄譚《やしゃものがたり》　五編

五編　袋

上巻表紙

中巻表紙

袋（前頁）　活けた紅梅の前に木瓜（もっこう）の紋・魯文の似顔絵（→九〇頁絵注）・魯文の印（→三六頁注二八）などを散らした幕。中央に木瓜の紋と標題。左下に「横山町　辻文板」。多色刷。

表紙（上段と次頁右）　三枚続。上巻は閻魔庁を描いた打掛け姿のお伝。足もとに「板元　辻文」と記した芝居茶屋用の煙草盆。芝居番附を挿し込んである。中巻で、「新富町」と記した弓張提灯を持つのは坂東家橘を当て込んだ顔の小川市太郎（野崎左文『高橋阿伝夜叉譚』と魯文翁」『明治文学名著全集　第五篇　高橋阿伝夜叉譚』東京堂、一九二六年）。結局家橘は別の役で、市太郎は市川左団次が扮した。下巻で反物を取り合うのは口絵（→二〇四頁）に見える「寒サ橋のお曳」と「後藤吉兵衛」か。背後の建物は新富座。京橋区新富町六丁目（現中央区新富二丁目）にあり、明治八年守田座から改称、同十一年六月新築開場した二階建ての大劇場。明治二十二年歌舞伎座が創立されるまで東京一を誇った。→付図3⑥。明治十二年五月二十九日－七月六日上演された河竹新七（黙阿弥）作の『綴合於伝仮名書（とじあわせおでんのかなぶみ）』を意識したもの。標題は、勘亭流で書かれた芝居看板を模す。多色刷。

新富座
（明治25年頃．野沢寛『写真・東京の今昔』再建社，1955年）

下巻表紙

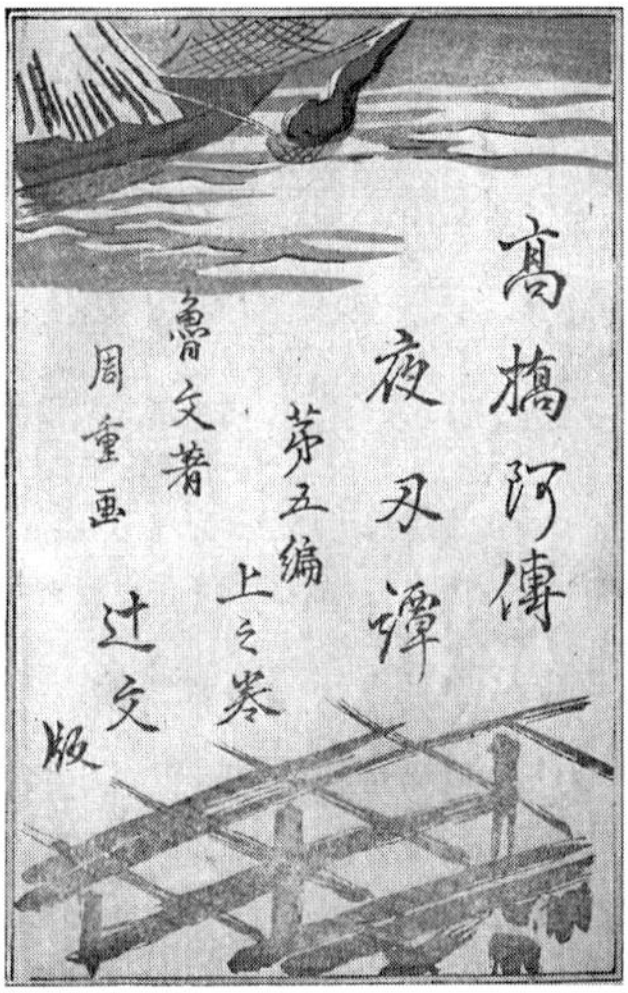

上巻見返し

高橋阿伝夜叉譚

第五編　上之巻

魯文著

周重画

辻文版

上巻見返し　舟にかがり火を焚いた夜漁の景。手前に橋板・欄干。多色刷。

序《じよ》詞《し》

一稗官者流《はいくわんしやりう》の引合《ひきあひ》に。相替《あひかは》らずの紋切形《もんきりがた》。二紫姫《しき》が堕獄《だごく》の罪作《つみつく》り。三実事《じつじ》に虚《うそ》を築地橋《つきぢばし》。四合《あひ》引《びき》ばしの合混《あひまぜ》て　五新富町《しんとみちやう》の新奇《しんき》を競《きそ》ひ。六逸《はや》く疾《はや》くの書肆《ほんや》の責《せめ》は。去年《きよねん》の暮《くれ》の七鬼《おに》に等《ひと》しく八一百《びやく》三十六度程《どほど》。九丁稚《でつち》が足《あし》を摺子木《すりこぎ》に。一〇硯《すゞり》の血《ち》の池《いけ》一一摺鉢無間《すりばちむけん》。一二梓主《だんな》は一三毎日閻魔面《まいにちゑんまがほ》。如何《どう》して呉《くれ》ると一四居催促《ゐざいそく》。一五我利《がり》〱蒙者《もうじや》の雑報《ざつぱう》や。一六畜生道《ちくしやうだう》の一七猫《めう》〱奇聞《きぶん》。一八喏《にやん》だの蚊《か》だのブン〱と。一九修羅《しゆら》の蚊遣《かやり》の煙《けむ》い目《め》を。二〇捺《こす》りながら二一黒闇地獄《こくあんぢごく》。阿毘叫喚《あびけうくわん》の喧《さわが》しき。二二新聞局《しんぶんきよく》の中《うち》に草《さう》すは　二三五ぞんじの

二四猫々道人

一 作り物語(小説)の作者の類が引き合いに出すのは。→補六五。 二 →補六六。 三 実際の出来事に虚構を混ぜる意を、「築地橋」(→補六七)に掛ける。嘘を「吐く」と「築」は掛詞。 四 合引橋(→補六七)のように、虚実を合い交えて。 五 新富町のように、目新しさを岡本勘造『其名も高橋毒婦の小伝 東京奇聞』と競い合い。「新富町」は明治四年成立、一―七丁目があった(現中央区新富一―二丁目)。→補六七、二〇〇頁表紙注。 六 「逸」は時間的に短い意、「疾」は速力がはやい意。 七 年末、情け容赦なく借金を取り立てに来る人。以下、厳しい督促に苦しむさまを、地獄にたとえていう。 八 一百三十六地獄を踏まえた数。「八大地獄の中(ちう)一地獄に各(おの〱)十六の。小地獄を副(そ)へられたり。因て一百三十六」(松亭金水訳『善悪因果経和談図会』四)。 九 版元金松堂の丁稚(使い走りの小僧)が、足を棒にして原稿を催促する意。「摺子木」は味噌・ごまなどをすり鉢ですりつぶす棒。 一〇 血池地獄にあるという、血をたたえた池。執筆中の硯の海(水をためる部分)をたとえる。 一一 摺鉢を無間の鐘(これを撞くと来世に無間地獄へ〈→補六九〉に落ちるが、現世では金持ちになるとされる)に見立てる。新内節『二重形(ふたえがた)扇屋染』(通称『摺鉢無間』)を踏まえた表現(『新内節正本集』〈高野辰之編『日本歌謡集成』十一、

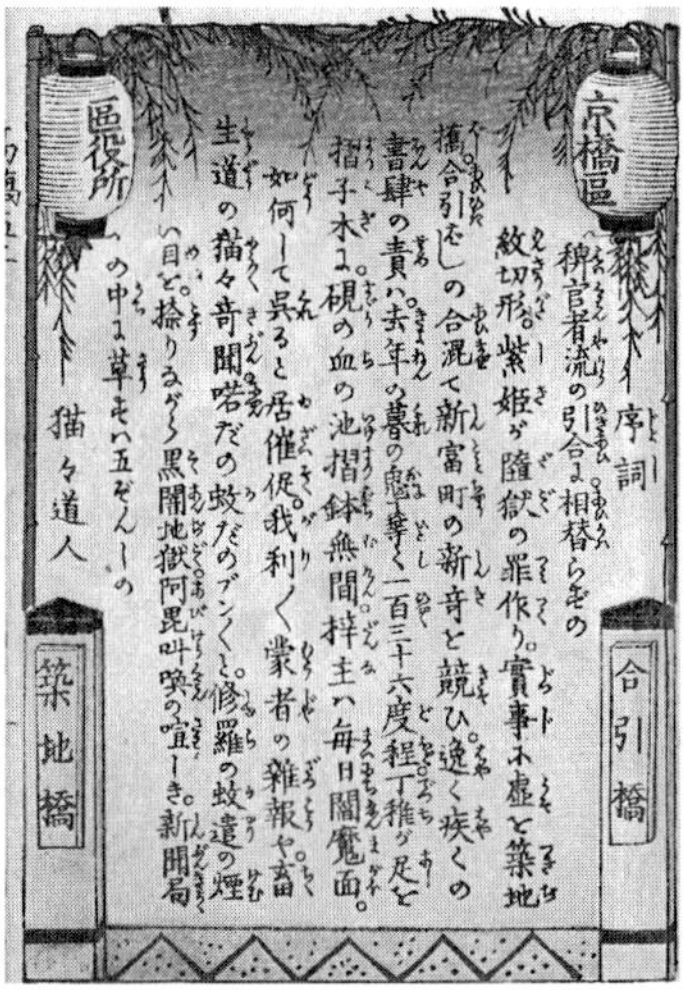

東京堂出版、一九六一年所収〉)。「新内(しんねへ)ぶしは明がらすか蘭蝶か摺鉢むけんか」(魯文『西洋道中膝栗毛』三・下、明治四年)。「摺子木」の縁語。　三 金松堂の主人辻岡文助。　三 地獄の閻魔大王のような恐ろしい顔。　四 そばを離れずしつこく催促すること。　五 自分の利益ばかり追い求める者。六道のうち餓鬼道に落ちた亡者を含意。→補六八。「雑報」は市井の出来事を述べた記事。　六 六道の一。→補六八。次の「猫」を引き出す縁語。　七 魯文が猫(芸者の隠語)のあら捜しをする『仮名読新聞』の人気連載記事。明治十年十月二十二日(五〇一号)―十三年十月二十七日(一三九八号)まで確認。不掲載日あり。　八 なんだかんだと。「喏」は音「ニャ」「ニャク」、意は「はい」(応答の辞)。「猫」の鳴き声。「喏(にゃん)でも猫だ官でも猫だ」(明治十二年二月六日『仮名読新聞』)。「ブン〱」は「蚊」の羽音。　九 修羅道。六道の一。→補六八。煙でいぶして蚊を追い払うことを、蚊との闘争に

二〇四頁に続く

絵　「合引橋」「築地橋」(→補六七)にそれぞれ「京橋区」「区役所」(→付図3⑦)の高張提灯を掲げ、間の川面に文を記す意匠。京橋区は明治十一年成立。現中央区の南半分を占め、築地一丁目に区役所が置かれた。昭和二十二年日本橋区と合併し、中央区となる。多色刷。

寒《さむ》サ橋《ばし》のお曳《ひき》

児雷也《じらいや》の定《さだ》

高橋阿伝《たかはしおでん》

後藤吉兵衛《ごとうきちべゑ》

なぞらえたもの。
二〇「捺」は手で押さえつける意。
二一 以下、『仮名読新聞』の編集終了が夜になることと、その間際の喧噪をいう。→補六九。
二二 出雲町四番地の仮名読新聞社本局を指す。
二三 御存じ。『仮名読新聞』でも「御」に「五」を通用。「五存じの通り」(明治十二年三月九日『仮名読新聞』)。
二四 →七八頁注二二。

――以上二〇三頁

口絵 反物を吟味する後藤吉兵衛(でんが殺した後藤吉蔵がモデル。→四〇頁注五、三三六頁一六行)と、彼にしなだれかかるお伝。枕が二つ並ぶ蚊帳の中の景。背後に見える地獄の閻魔庁(閻魔大王・浄玻璃の鏡・冥官・亡者を呵責する馬頭)は、殺して金を奪おうとするお伝の害意を示す。屏風に隠れて反物を盗もうとするお曳と定。「児雷也の定」は八編上巻に「児雷也と綽号(あだな)する遊び人」(→三三七頁五行)として登場(「児雷也」は蝦蟇(まが)の妖術を使う怪盗で、美図垣笑顔(みずがきえがお)ら作『児雷也豪傑譚』〈天保十年―明治元年〈一八三九-六八〉〉などの主人公。幕末以後歌舞伎にも脚色)。定は刺青を入れている。「寒サ橋のお曳」は結局登場しない(あるいは三三六頁七行「入船町のお角といへる 密売女(ぢごく)の引手老婆(ばば)」か。「寒サ橋」は、築地堀が隅田川に

小川市太郎《をがはいちたらう》

古今集　伊勢

しるといへば枕だに
せでねし物を散ならぬ
名の空に立らむ

合流する地点に架かる明石橋の別称。↓付図3）。「寒風（さむさ）橋の水虎（かっぱ）棲息（すまゐ）を転じ　合引橋の総嫁（ひっぱり）場所（とこ ろ）を変（かへ）」（明治十一年十二月一日『仮名読新聞』「極月に至るの感」）。反対側の屏風の陰には小川市太郎が様子をうかがう。足もとに蚊遣火と団扇。「古今集」の歌は、巻十三・恋歌三所収歌。枕は秘め事を知るというので、その枕さえせずに寝ましたのに、どうして、塵にも値しない私の根拠もない噂が、まるで空に塵が立つように高く立っているのでしょうか、の意。絵の外枠に小判を散らす。多色刷。

①高橋阿伝夜刄譚《たかはしおでんやしやものがたり》 五編上の巻

仮名垣魯文補綴

○第《だい》十二回《くわい》 離合悪因《りがふあくいん》を引嵠間《ひくたにま》[一]の出会《おちあひ》

其時《そのとき》お伝《でん》は膝《ひざ》すり寄《よ》せ「源《げん》さん お前《まへ》も知《し》ッての通《とほ》り 堅気《かたぎ》の家《いへ》に生《うま》れながら女《をんな》だてらの悪党交際《あくたうづきあひ》 従来連添《これまでつれそ》ふ浮世《うきよ》の義理《ぎり》に 看病《かんびやう》したり身《み》を売《う》ッたり 大方義理《おほかたぎり》は尽《つく》してある 本夫波《おつとなみ》の助《すけ》が癩毒《らいどく》[二]は 所詮愈《しよせんなほ》らぬ天刑病《てんけいびやう》[三] 一層死《そし》[四]ンだが勝《まし》と断念《あきらめ》 おん身《み》を恨《うら》むのなんのといふ 狭《せま》い心《こゝろ》は微《み》塵《ちん》もないが 実家《じつか》は逋亡《とうばう》[五] 無藉《むせき》[六]の妾《わたし》 お鳥《とり》さんに看換《みか》[七]えても 女房《にようぼ》に持《もつ》といふ気《き》なら 幸《さいは》ひの誘《さそ》[八]ふ水《みづ》 何処《いづこ》の果《はて》でも添《そ》ひ遂《とげ》やう 山《やま》の奥《おく》まで看棄《みすて》ずに 連《つれ》て退《の》いてと流《なが》[九]し目《め》に 看《み》やれば源《げん》次《じ》は夢現《ゆめうつゝ》[一〇]「そんなら今夜《こんや》が夫《ふう》

①

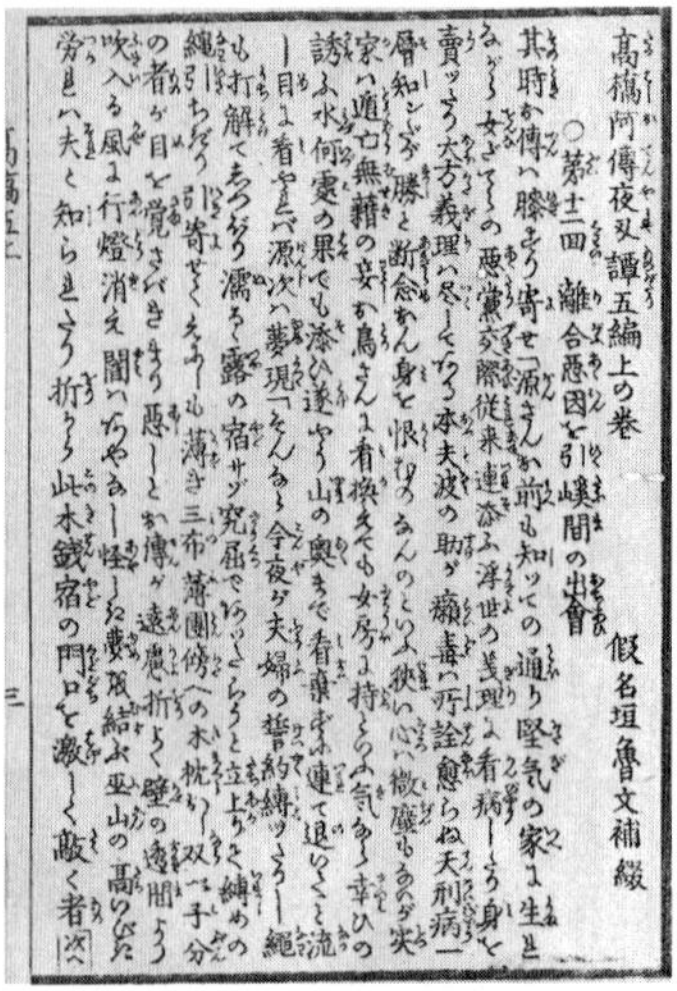

一 「谿」に同じ。たにがわ。

二 「癩病」の原因となる毒。転じて、その病自身。

三 ↓一六四頁注二。

四 底本「知ンだが勝」。錦松堂版により改める。

五 逃亡。

六 ↓四五頁注一八。

七 思う人(お鳥)を捨てて別人(お伝)に心を移すこと。

八 交際を求めること。↓四三頁注五一。

九 横目で相手の気を引く、色っぽい目つき。色目。

一〇 お伝の色仕掛けにぼーっとなり、夢か現実かわからなくなって。

婦《ふ》の誓約《けいやく》　[一一]縛《しば》ツたりし縄《なわ》も打解《うちとけ》て　[一二]しつぽり濡《ぬ》るゝ露《つゆ》の宿《やど》　サゾ[一三]究屈《きうくつ》であツたらうと立上《たちあが》りて縛《いまし》めの　縄引《なわひき》ちぎり引寄《ひきよ》せて　[一四]えにしも薄《うす》き三布《みの》蒲団《ぶとん》　傍《かた》への[一五]木枕《きまくら》おし双《なら》べ子分《こぶん》の者《もの》が目《め》を覚《さま》さばきまり[一六]悪《あし》しと　お伝《でん》が[一七]遠慮《えんりよ》　折《をり》よく壁《かべ》の透間《すきま》より　吹入《ふきい》る風《かぜ》に行《あん》燈《どうき》消え　[一八]闇《やみ》はあやなし怪《あや》しき夢《ゆめ》を　結《むす》ぶ[一九]巫山《ふざん》の高《たか》いびき　[二〇]労《つか》れは夫《それ》と知《し》られたり　折《をり》から[二一]此木銭宿《このきせんやど》の門口《かどぐち》を激《はげ》しく敲《たゝ》く者《もの》②あるに　この家《や》の妻《つま》が寐惚声《ねぼけごゑ》にて　応《おう》と答《いら》へて起出《おきい》で

②

一一　縛っていた縄を解き、二人で打ち解けあって。
一二　しっとりと露に濡れる野末の宿。男女間の濃やかな情事を暗示。
一三　窮屈。
一四　その場限りの情事で縁も薄く、薄っぺらな三布蒲団に寝て。「三布蒲団」は、三幅(のみ=寸法は織りにより異なる)の布で作った敷蒲団。
一五　箱枕。そばがらなどを布で包んだ円筒状のくくり枕を、木製の台の上にのせて用いたもの。↓一九五頁絵。
一六　「悪(あ)し」に同じ。中世以降の用法。
一七　気がね。
一八　暗闇で物もはっきり見えず。次の「怪しき」の「あや」と頭韻。
一九　「巫山の夢」は男女の情事の意。中国の楚の懐王が夢で巫山の神女と契ったが、神女が去る時、自分は巫山の高い丘に住み、朝には雲となり、夕べには雨となると告げた故事(宋玉「高唐賦」)による。
二〇　二人の情事の激しさを暗示。「むすめを嘉次は引よせて。猶もつかれを増なるべし」(魯文『滑稽富士詣』九・上)。
二一　木賃宿。

絵　片袖を残して落ちたお伝を崖の上からうかがう源次の子分たち。↓二一〇頁六行。

ながら　誰《た》[一]そやと問《と》ふに　源次《げんじ》の妻《つま》のお鳥《とり》なり　火急《にはか》に[二]おつとに用事《ようじ》ありて　来《きた》れりとのことなれば　当家《たうけ》の妻《つま》は　奥《おく》の間《ま》に源次《げんじ》お伝《でん》が　[三]ひとつ夜着《よぎ》にて打臥《うちふ》したりとは夢知《ゆめし》らねば　日頃《ひごろ》の懇意《こんい》　[四]深更《しんかう》ながら子細《しさい》なしと扉《と》を引《ひ》きあくれば　お鳥《とり》は飛《とび》入り　案内《あんない》もなく奥《おく》の間《ま》に走入《はせい》りて　[五]宿碌《やどろく》めは何処《どこ》に寐《ね》て　定《さだ》めし阿魔《あま》めと一ツ夜着《よぎ》　推量通《すゐりやうどほ》りに相違《さうゐ》はあるまじ　何処《どこ》に〳〵と気《き》は[六]半乱《はんらん》　真ツくら闇《やみ》を一間《ひとま》の内《うち》へ踏込《ふみこ》む跡《あと》より　驚《おどろ》きながら此家《このや》の妻《つま》は　[七]籠挑灯《かごでうちん》のあかりを照《て》らし入《い》り来《く》る[八]影《かげ》に　お伝《でん》と源次《げんじ》が臥《ふし》たる姿《すがた》を一ト目見《めみ》るより　お鳥《とり》はさながら鬼女《きぢよ》の面相《めんさう》　蒲団《ふとん》はね除《の》け　お伝《でん》がたぶさ[九]引摑《ひつつか》みての[一〇]破鐘《われがね》ごゑ　是《これ》におどろき覚《さめ》たるふたり　源次《げんじ》ははやくも飛起《とびおき》て　お鳥《とり》が右手《めで》に持《もち》たる刃《やいば》を捻《ねぢ》とりて蹴退《けの》くれば　ます〳〵怒《いか》りの声高《こゑたか》く　[一一]「悪性野郎《あくしやうやらう》め　現在《げんざい》の女房《にようぼ》をすてて　[一二]畜生《ちくしやう》阿魔《あま》と[一三]巫山戯《ふざけ》た醜体《ざま》の腹立《はらだち》やと　摑《つか》みかゝる[一四]腕《うで》くび捻《ねぢ》あげ　狭《せま》き坐敷《ざしき》へ投付《なげつく》る　この物《もの》音《おと》に　酔臥《ゑひふ》したる子分《こぶん》のふたりもおどろき覚《さ》め　此場《このば》に立出《たちいで》　様子《やうす》は知《し》らねど親分夫婦《おやぶんふうふ》の[一五]諍《いさか》ひと見認《みとめ》て　中《なか》に立《たち》いりてとり鎮《しづ》めんにもまツくら闇《やみ》　[一六]行燈《あんどう》たばこ盆踏砕《ぼんふみくだ》き　③[一七]杯盤《はいばん》を蹴飛《けとば》したる騒《さは》ぎのひまに　お伝《でん》はそつと此家《このや》の裏《うら》口より脱出《ぬけいだ》し　闇《やみ》に紛《まぎ》れて秋草茂《あきくさしげ》る山路《やまぢ》に分入《わけい》り　足《あし》にまかせ一里《り》ほども来《きた》りしと思《おも》へば　すこし心落《こゝろおち》つき　一ト息《いき》ホツと継間《つぐま》もなく　遥《はる》かに[一八]跡辺《あとべ》の方《かた》よりして　挑灯《てうちん》の光《ひか》り路《みち》を照《て》らし　此方《こなた》をさして来《きた》る者《もの》あり　若哉源次《もしやげんじ》の追人《おつて》かと[一九]思《おも》ふが儘《まゝ》に　草《くさ》むらに身《み》を潜《ひそ》めて　[二〇]虫《むし》の息《いき》だに出《いだ》さず屈《かゞ》み伏《ふし》た

一　誰ですか。
二　夫。
三　同じ夜着(→一〇三頁注三三)で休んでいるとは、まったく知らないので。
四　夜更けではあるが、差し支えないと。
五　一家の主人を卑しめていう擬人名。
六　半狂乱。「看るに目も暮(れ)心は半乱」(魯文『西南鎮静録　続編』下)。
七　→九二頁注九。
八　籠提灯の光。
九　「髪ヲ頂ニ束ネタル処。モトドリ」(『言海』)。髪の根元。
一〇　割れてひびの入った鐘を打ち鳴らしたような、太く濁った大声。
一一　浮気をする、身持ちの悪い男。
一二　義理人情をわきまえない女め。
一三　人をばかにした行い(情事)をされて、腹が立つことだ。「ふざける　巫山戯」(『言海』)。
一四　お鳥の手首を源次はねじり上げ。「くび」は底本入れ木。
一五　言い争い。
一六　喫煙具一式を載せておく盆。火入れ(炭火を入れる器)・灰吹き(灰をはたき落とすための竹筒)・煙管などを載せた(→八七頁・一二二頁・一九〇頁絵)。
一七　杯と皿。酒盛りのお膳。
一八　後方。
一九　思ったので。
二〇　少しの息遣いさえせず。息を殺すさま。

る処《とこ》ろへ　[二一]足掻《あがき》を逸《はや》めて源次《げんじ》が子《こ》ぶん　甲乙《かふおつ》ふたりが話《はな》し声《こゑ》「今宵《こよひ》[二二]山の神《かみ》の荒《あれ》だした騒《さは》ぎに紛《まぎ》れ　遁失《にげうせ》たお伝《でん》の行衛《ゆくゑ》はたしかにこの路《みち》　女の足《あし》のはかどらぬに　近《ちか》みち越《こし》て我《われ》〳〵が[二三]韋駄天走《ゐだてんばし》りに追付《おつつく》はづを　姿《すがた》も影《かげ》も見《み》えぬのは　[二四]必定《てつきり》茂《しげ》る草《くさ》むらの内《うち》に隠《かく》れて居るのであらう　捜《さが》して疾《とく》〳〵引立《ひきたて》ゆかんと　[二五]挑灯《てうちん》あたりに振《ふり》てらせば　潜《ひそ》み伏《ふし》たるお伝《でん》は堪《たま》らず　忽《たちま》ち草《くさ》むらより飛出《とびだ》せば　[二六]偖《さて》こそ爰《こゝ》にと立寄《たちよ》るを　払《はら》ひ退《の》けて逃出《にげいだ》すに　遁《のが》

二一 足を早めて。馬などが足で地面を掻いて進む意を、人に転用。
二二 お鳥のこと。→一九七頁注三一。
二三 →一〇七頁注一七。
二四 「てつきり 定メテ」(『言海』)。
二五 提灯を振り回してあたりを照らしたので。
二六 やっぱりここに居た、と。

③
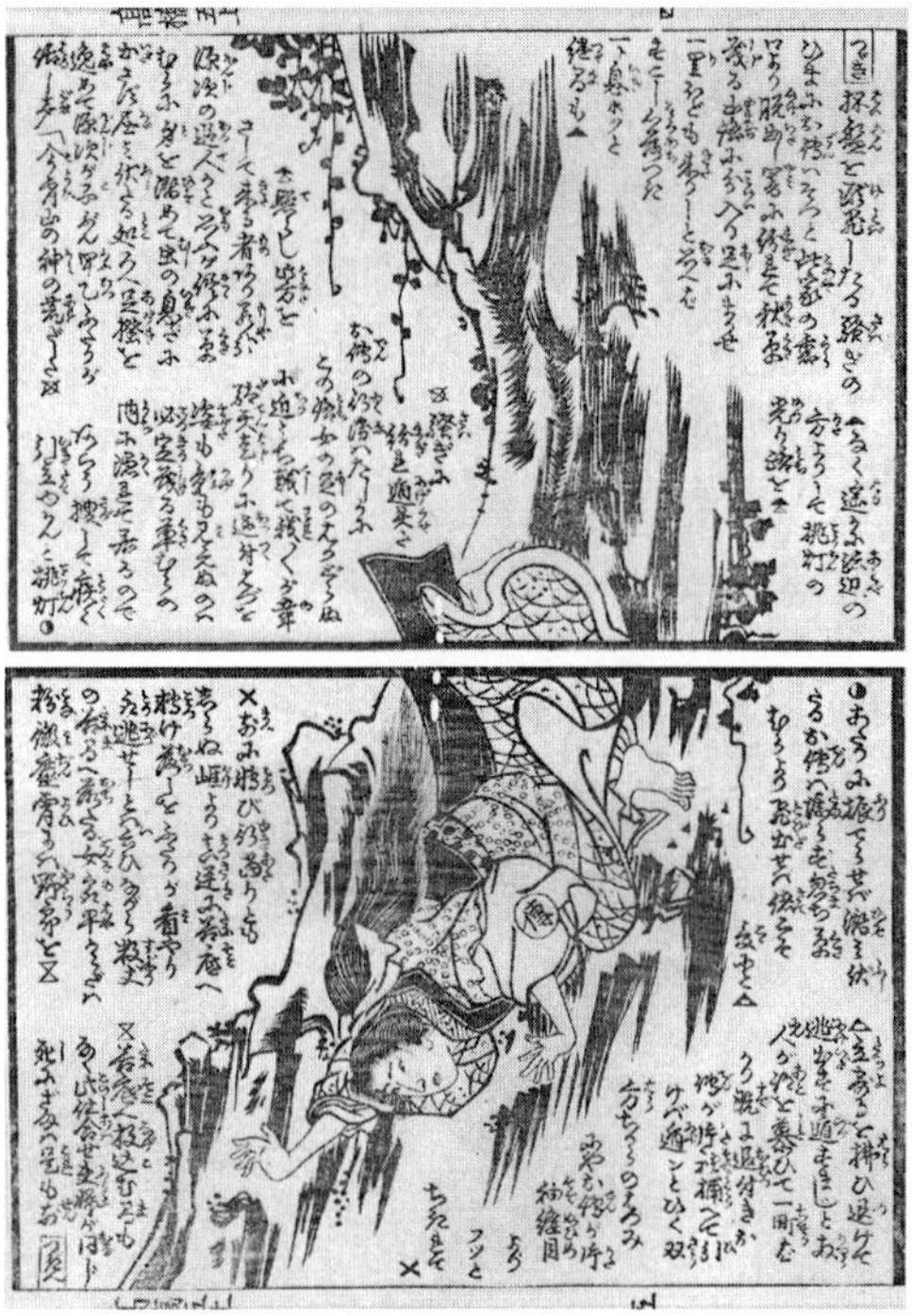

絵　崖から落ちるお伝。二〇七頁絵の続き。

④

すまじと両人《りやうにん》が　跡《あと》[一]を慕《した》ひて一町《ちやう》ばかり　既《すで》に追付《おひつ》き　お伝《でん》が片袖捕《かたそでとら》へて引《ひ》けば　遁《にげ》ンとひく双方《さうはう》ちからのはづみにや　お伝《でん》が[二]片袖縫目《かたそでぬひめ》よりフツとちぎれて前《まへ》に転《ころ》び　[三]行当《ゆきあた》りともしらぬ崖《がけ》より[四]真逆《まつさかさ》に谷底《たにそこ》へ転《ころ》げ落《おち》しをふたりが看《み》やり　取逃《とりにが》せしとは言《い》ひながら　[五]数丈《すじやう》の谷間《たにま》へ落《おち》たる女《をんな》　最早《もはや》からだは粉微塵《こなみぢん》　[六]霄《よひ》には野郎《やらう》を谷底《たにそこ》へ　投込《なげこ》む間《ま》もなく此仕合《このしあは》せ　夫婦《ふうふ》が同《おな》じ死《し》に④ざまは　是《これ》も前世《ぜんせ》の因縁《いんえん》か　此《この》片袖《かたそで》を持帰《もちかへ》り　親分《おやぶん》に[七]身《み》のいひわけ　イザ帰《かへ》らんとふたり連《づ》れ元来《もとき》し路《みち》へと引《ひき》かへせり

絵　谷川の水でうがいなどをするお伝。一方、同じ谷底に突き落とされた波之助も息を吹き返していた。

一 逃げるお伝のあとを追って。
二 片袖が、縫い付けた縫い目から裂けちぎれて。　三 行き止まり。
四 「まっさかさま」に同じ。
五 「一丈」は約三・〇三メートル。
六 宵には波之助めを谷底へ投げ込んで、すぐにまたこんなめぐり合わせとなった。　七 自分たちの申し開きの証拠にしよう。
八 生死を重ねて永遠に迷いの世界をめぐり続けること。輪廻。
九 悟ったそもそもの始まりは、私が迷い込んだ山の奥でも、雄の鹿と雌の鹿とがお互いを求め合って鳴いているのを聞いて、身につまされて哀れに感じたことからでした、の意。
一〇 「世中（よのなか）よみちこそなけれおもひいる山のおくにもしかぞなくなる」（「述懐百首歌よみ侍（はべ）りける時、鹿の歌とてよめる　皇太后宮大夫俊成」『千載和歌集』十七・雑歌中。『小倉百人一首』にも採録）を踏まえる。世の中よ、ここには憂さから逃れる道はないのだなあ。深く思いつめて入ったこの山奥でも、鹿の悲しげな鳴き声が聞こえるのだから、の意。
一一 雄の鹿は雌を求めて鳴いているのだろうか。「さ」は語調を整える接頭語。
一二 「鹿ノ鳴ク声ニイフ語。「世ヲ歴

⑤

○[八]生死流転《しやうしるてん》の浮世《うきよ》ぞと　[九]悟《さと》るはじめは　[一〇]迷《まよ》ひ入《い》る山《やま》の奥《おく》にも　[一一]小男鹿《さをしか》の妻《つま》や乞《こ》ふらん　夫《つま》や乞《こ》ふ　[一二]甲斐《かひ》よと鳴《な》くも　哀《あは》れ身《み》につまさるゝとは　[一三]言《こと》の葉《は》に詠《よ》む才《さい》あれど　心《こゝろ》の茨《いばら》　おでんは嵠間《たにま》に転《まろ》び落《お》ち　[一四]身《み》も砕《くだ》けぬ可《べ》く思《おも》ふに似《に》ず　幸《さいは》ひにして草《くさ》ふかき山間《やまあひ》の平地《ひらち》なれば　身《み》のうち少《すこ》し[一五]摺毀《すりこは》せど　薄疵《うすきず》のみにて格別《かくべつ》の傷《いた》みもなければ歓《よろこ》ばしく深更《よふけ》てこれより路《みち》を求《もと》め　何処《いづこ》へ出《い》でんにも[一六]如泡暗夜《によはうあんや》　殊《こと》に不《ふ》知案内《ちあんない》の山路《やまぢ》なれば　[一七]進退《しんたい》こゝに極《きは》まれども　素《もと》より大胆不敵《だいたんふてき》の毒婦《どくふ》　もし狼《おほかみ》の餌食《ゑじき》とならば

ツツ、イナミ野ニタツ、小男鹿ハ、何ヲカヒヨト、鳴キアカスラム」(『言海』)。この和歌の出典は、藤原清輔『袋草紙』下(平治元年〈一一五九〉以前成)・藤原長清撰『夫木和歌抄』十二・秋部三(延慶三年〈一三一〇〉頃成)。紀淑人(きのよしひと)「秋のゝにつまなきしかのとしをへてなぞわがこひのかひよとぞなく」(秋の野で、妻のいない鹿が、長い年月どうして我が恋に効果がないのか、と思って「かひよ」と鳴くように、私も泣いていることだ。『古今和歌集』十九・雑体　誹諧歌)。「効(かい)」の意の「甲斐」と掛ける場合が多く、本作でもこれを当てた。

一三 言葉に出して優美に詠む才能はあるが、心の内は反対で、イバラのようにとげとげしい。お伝の佞才と心情のギャップをいう。↓六八頁一三行以下。 **一四** きっと体が粉々になってしまうだろうと思いきや、落ちた所は。 **一五** 擦りむいたけれど。底本「摺毀せどの」。衍字として「の」を削る。なお底本、「せ」は入れ木か。

一六 ↓六二頁注六。

一七 進むことも退くこともできないで途方にくれたが。『詩経』大雅・桑柔の「人亦(ま)た言有り　進退維(こ)れ谷(きはま)る、と」による。

絵　大楠の洞から現れ、切り株に腰かける波之助。菰をまとい杖をついた乞食姿。お伝は財布を取り出して見せている。

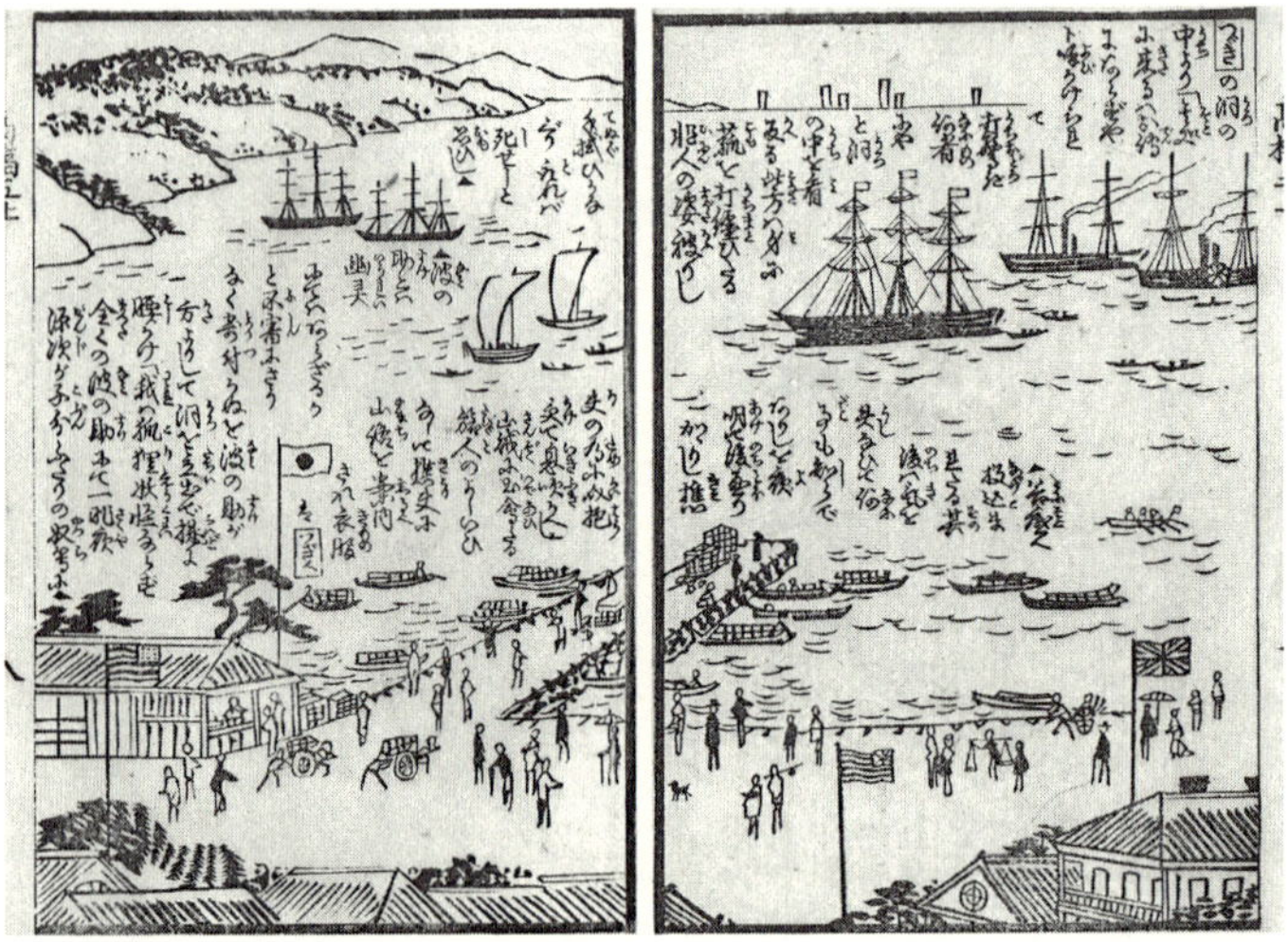

⑥

夫《それ》までの天命《てんめい》なり　最早明《もはやあく》るに程《ほど》近き頃《ころ》と思《おぼ》しき空《そら》[一]もよひ　秋《あき》[二]の夜《よ》⑤ながら長《なが》くはあらじ　虫《むし》の音《ね》聞《き》きて草《くさ》まくら　しばしは夢《ゆめ》を結《むす》ばんと　肝太《きもふと》くも株《くひぜ》[三]に臂《ひぢ》を打《うち》かけて眠《ねむ》るほどに　颯《さつ》[四]ゝたる風《かぜ》の音耳《おとみゝ》に入《い》りては喧《かしま》しく　遂《つひ》にと[五]ろ〳〵とまどろむと思《おも》ふ間《ま》もなく　塒《ねぐら》を出《いづ》る山《やま》がらすに呼《よび》覚《さま》され　眼《め》を開《ひら》きて四辺《あたり》を看《み》るに　山又山《やまゝたやま》の嵠間《たにま》にて　その水源《みなかみ》は知《し》らざれど　前《まへ》を流《なが》るゝ一ト筋《すぢ》の谷川《たにがは》あるを幸《さいは》ひと嗽《くちそゝ》[六]ぎ面《おもて》を洗《あら》ひ　「忘《わす》れたり　ゆふべの騒《さは》ぎ　怒作苦作《どさくさ》[七]紛《まぎ》れに源次《げんじ》めに捲上《まきあげ》られたる財布《さいふ》の金《かね》

絵　横浜港の景。外国の蒸気船・帆船(右上)、日本の帆掛け舟(中央上)、はしけ舟(右下)など。手前の家々には日米英などの国旗。

一　空の様子。「もよひ」は「催」で、今にもそのことが起こりそうなさま。
二　秋の夜長というが、夜明けまでは長くもないだろう。
三　切り株。
四　さっと吹く風の音。
五　浅くまどろむさま。
六　水を口に含んでうがいをし。
七　混乱に乗じて巧みに悪事を働くこと。「怒作苦作」は当て字。「家内中の怒作苦作(どさくさ)騒ぎ」(明治十一年十月十九日『仮名読新聞』)。
八　底本振り仮名「にげいだ」。錦松堂版により改める。
九　「帯ノ、幅、狭ク短キキモノ、下着ナドニ用キル」(『言海』)。
一〇　「くわんじとして 莞爾(略)ニッコリ。「―笑フ」」(『言海』)。「完」は底本のママ。錦松堂版は「莞爾」。
一一　「タウゲ、嶺」(『和英語林集成』再版)。
一二　楠は、幹の高さ約二〇メートル、径一メートル以上にもなるクスノキ科の常緑広

⑦

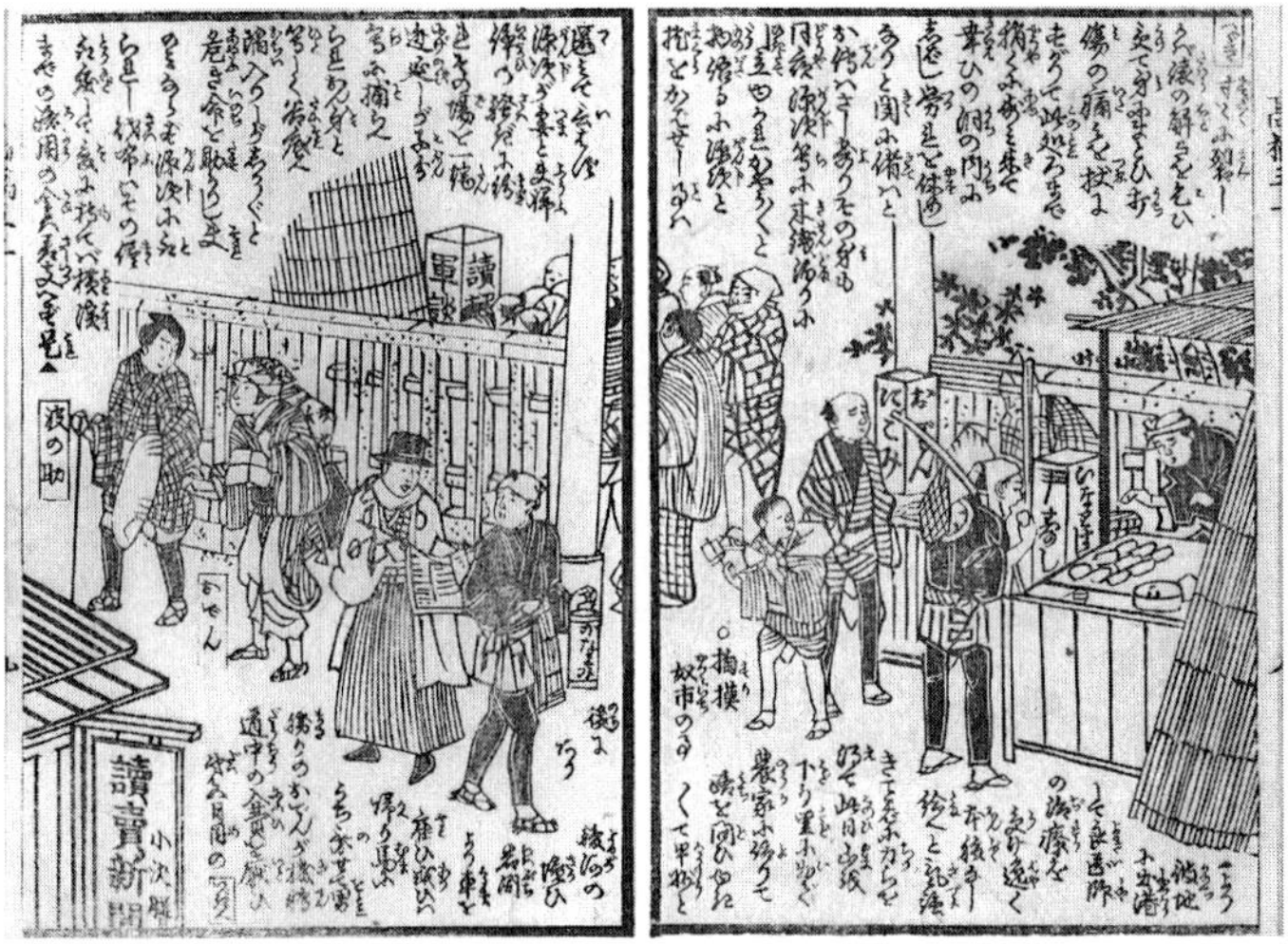

を引潑《ひっさら》ひて逃出《にげいで》[八]しが　落《おと》しはせぬかと　細《ほそ》[九]おびに括《くゝ》り付《つけ》たる財《さい》布《ふ》を取出《とりだ》し　押頂《おしいたゞ》きて完爾《にっこ》[一〇]と打《うち》ゑみ　夜明《よあけ》し上《うへ》は路《みち》を求《もと》めて里《さと》ある方《かた》へ立出《たちいで》んと　衣服《きもの》の泥《どろ》を拭《ぬぐ》ひ取《と》り　乱《みだ》れし髪《かみ》を結《むす》び上《あ》げ　目立《めだ》つ上着《うはぎ》を下《した》に着《き》こみ西《にし》へ〳〵と方角《はうがく》を看定《みさだ》めツ、たどる程《ほど》に　稍《やうや》く嶺《とうげ》[一一]に登《のぼ》り着《つ》き　しばし木《き》の根《ね》に憩《やす》らふ背後《うしろ》の　古《ふり》たる大楠《おほくす》[一二]⑥の洞《うろ》の中《うち》より「其処《そこ》に来《きた》るはお伝《でん》にあらずやト　呼《よび》かけられて打驚《うちおどろ》き　何者《なにもの》にやと洞《うろ》の中《うち》を看反《みかへ》る　此方《こなた》[一三]は身《み》に菰《こも》[一四]を打纏《うちまと》ひたる非人《ひにん》[一五]の姿《すがた》被《かぶ》りし手拭《てぬぐ》ひかなぐり取《と》れば

葉樹。関東以西の山地に自生。以下は、二世柳亭種彦(笠亭仙果)『白縫譚』五十九・上(明治二年)で、三笠の森に逃げ込んだ、さかき主馬と下男が、「そのおほきさみかゝへもあるべきくすのたいぼくありて　ねにいとひろきうつぼあり(略)かくるゝにいとたよりよければ　こゝにいりていきをつき」という場面や、実際に野毛坂の下にある大きな楠の古木の「根本に大きな空洞(ろう)」があり、六十あまりの老僧が「其の中で経を読んで居ました」(南太田町、塩谷幸三郎翁談「楠の空洞(ろう)で看経」横浜貿易新報社編・刊『横浜　開港側面史』明治四十二年)という話に類似。

一三　洞の中の人。

一四　まこも(イネ科の大型多年草。草丈一―二(メートル))などを粗く織って作った莚(むしろ)。風雨を避けたり、乞食などが寒さをしのぐためにかぶったりする。

一五「後ニ、専ラ、乞食ノ称。(貧人ノ転カトモ云)」(『言海』)。

絵　野毛町子の神社の鳥居前に着いた波之助とお伝(左方)。「いなりすし／すし」「おでん／にこみ」「読切／軍談」「読売新聞／小沢膳」など、賑わう社前のさま。中央の男は『かなよみ』(『仮名読新聞』)を読み歩く売り子。「かなよみ」の提灯を提げている。「○掏摸(すり)奴市(やっこいち)の事　後(のち)にあり」と注する。

死《し》せしと思《おも》ひし波《なみ》の助《すけ》　こは幽霊《いうれい》にてはあらざるかと　不審《ふしん》に[一]さうなく寄付《よりつ》かぬを　波《なみ》の助《すけ》が方《かた》よりして洞《うろ》を立出《たちい》で　株《くいぜ》に腰《こし》かけ　「我《われ》は狐狸《こり》妖怪《えうくわい》ならず　全《まつた》くの波《なみ》の助《すけ》にて　[二]一昨夜《さくや》源次《げんじ》が子分《こぶん》ふたりの奴等《やつら》に　谷底《たにそこ》へ投込《なげこ》まれたる其後《そののち》は　気《き》を失《うし》なひて何事《なにごと》も知《し》らでありしを　夜明《よあけ》て後通《のちとほ》りかゝりし樵夫《きこり》の為《ため》に介抱受《かいはうう》けて息吹《いきふき》かへし　山賊《さんぞく》に出会《いであひ》[三]たる旅人《たびゝと》のよしいひなして　樵夫《きこり》に山路《やまぢ》を案内《しるべ》され　衣服《きもの》は⑦寸ゝ《ずだ〱》[四]に裂《さけ》しかば　俵《たはら》[五]の解《ほど》きを乞《こ》ひ受《うけ》て身《み》にまとひ　打傷《うちみ》[六]の痛《いた》みを杖《つゑ》にすがりて　此処《このとこ》ろまで稍《やうや》くに歩《あゆ》み来《き》て　幸《さいは》[七]ひの洞《うろ》の内《うち》にしばし労《つか》れを休《やす》めしなりと聞《きく》に　偖《さて》[八]はとお伝《でん》はさし寄《よ》り　その身《み》も同夜《どうや》源次等《げんじら》に木銭泊《きせんどま》[九]りに引立《ひきたて》ゆかれ　かやう〱と物語《ものがた》るに　源次《げんじ》と枕《まくら》[一〇]をかはせし事《こと》は匿《つゝ》みて言《い》はず　源次《げんじ》が妻《つま》と夫婦《ふうふ》諍《いさかひ》の騒《さは》ぎに紛《まぎ》れ　その場《ば》を一端逃延《たんにげのび》しが　子《こ》分等《ぶんら》に捕《と》らへられ　おん身《み》と等《ひと》しく谷底《たにそこ》へ陥入《おちい》りしが　しか[一一]〲と　危《あやふ》き命《いのち》を助《たす》かりし夫《それ》のみならず　源次《げんじ》に取《と》られし財布《さいふ》は　その儘取戻《まゝとりもど》して爰《こゝ》に持《も》てば　横浜《よこはま》までの路用《ろよう》の金《かね》は差支《さしつか》へず

⑧

絵　小沢伊兵衛宅を訪ね、手下の土方に紹介状を渡すお伝と波之助。腰高障子に「土方／人足／宿」とある。足もとには犬。

一　容易に近寄らないので。
二　「昨夜」が正しい。↓一九六頁、二一〇頁注六。
三　出くわし、立ち向かった旅人だと言い繕って。
四　「DZUDA-DZUDA, ズダズダ、寸寸（略）Pieces」（『和英語林集成』再版）。「寸断々々（ずだ〲）に殺倒（きりたふ）して」（魯文『西南鎮静録』上、明治九年）。
五　古俵を解体したもの。　六　打撲傷。
七　幸い、ここに木の洞があったので、その中に入って。
八　そういうことなら。幽霊ではなかったのだ、と安心して近寄ったということ。
九　↓一九五頁注一二。
一〇　情を交わしたことは隠して。↓二〇七頁二行以下。
一一　これこれで。
一二　↓一九五頁注一〇。
一三　↓一八八頁注五。
一四　心強い言葉。　一五　立ち寄って。
一六　現静岡県中部。明治四年の廃藩置県で静岡県に編入。九年足柄県の一部（伊豆）と浜松県を合併、十一年伊豆七島を東京府へ移管して現在の静岡県域となる。
一七　駿河国庵原（いはら）郡岩淵村（現富士

是《これ》より彼地《かのち》に出港《しゆつかう》[一二]して　良医師《よきいしや》の治療《ちれう》を受《う》け　逸《はや》く本腹《ほんぷく》[一三]なし給《たま》へと　気強《きづよ》[一四]きことばに力《ちか》らを得《え》て　此日《このひ》山《やま》を下《くだ》り里《さと》に出《い》で　農家《のうか》に依《よ》[一五]りて路《みち》を問《と》ひ　ゆき〳〵て甲州《かうしう》と駿河《するが》[一六]の境《さか》ひ　岩淵《いはぶち》[一七]より車《くるま》[一八]を雇《やと》ひ　或《ある》ひは帰《かへ》[一九]り馬《むま》にうち乗《の》せて　男勝《をとこまさ》りのおでんが機転《きてん》　道中《だうちう》の入《にふ》[二〇]費《ひ》を厭《いと》ひ　第《だい》五日目《め》の黄昏《たそがれ》⑧ごろ　横浜《よこはま》野《の》[二一]毛《げ》町《まち》子《ね》[二二]の神《かみ》の社前《しやぜん》に着《つ》き　光松寺《くわうせうじ》[二三]に在《あ》りし頃《ころ》河部《かはべ》安《やす》右衛《ゑ》門《もん》より紹介《ひきつけ》[二四]の書翰《てがみ》を貰《もら》ひし　当所《たうしよ》花咲町《はなざきまち》[二五]なる土《ど》[二六]方受負《かたうけおひ》小沢《をざわ》[二七]伊兵衛《いへゑ》を尋《たづ》ぬるに　家《いへ》は彼処《かしこ》と導《みちび》かれ　まづ門辺《かどべ》より音《おと》[二八]なひけり

市岩渕)。富士川西岸に位置する交通の要衝。甲州三河岸(鰍沢・黒沢・青柳)と水運によって結ばれ、また東海道の吉原・蒲原の間宿(あいのしゆく)としても発展。台が原からは、甲州街道で韮崎、駿信往還で鰍沢、以後駿州往還・同脇往還などを利用して到達する。直線距離約八〇キロメートル。甲州との境ではない。↓付図2。

一八「明治三年秋の初旬」(↓一九〇頁九行)ならば荷車や大八車か。人力車は四年十二月段階でも「東海道箱根以西ハ静岡ニテ一輛　草津ニテ一輛見受タルノミ」(『新聞雑誌』二十五)という状況。↓補六一。

一九 客や荷物を運んだ後、自分の宿場へ戻る途中の馬。安い値で乗せた。

二〇 費用がかかるのを避け。

二一 ↓一六〇頁注一〇。

二二 野毛坂に沿った南側にある子神社(ねのじんじや)を指す。↓補七〇。↓付図4。

二三 ↓一五三頁注二〇。

二四 手引きをして引き合わせること。

二五 野毛浦を埋め立てて明治五年に出来た町名。野毛町の北に位置する。現横浜市中区花咲町・西区花咲町。↓付図4。

二六 土木工事を引き受ける職。

二七 ↓補七一。

二八「〔音(トオ)ナス、ノ意〕(略)人家ノ門ニテ案内ヲ乞フ」(『言海』)。「表に人の音なひして　僅に一二銭の胡椒を求る者あり」(横井也有『鶉衣』後編下・与号説、天明八年〈一七八八〉)。

⑨

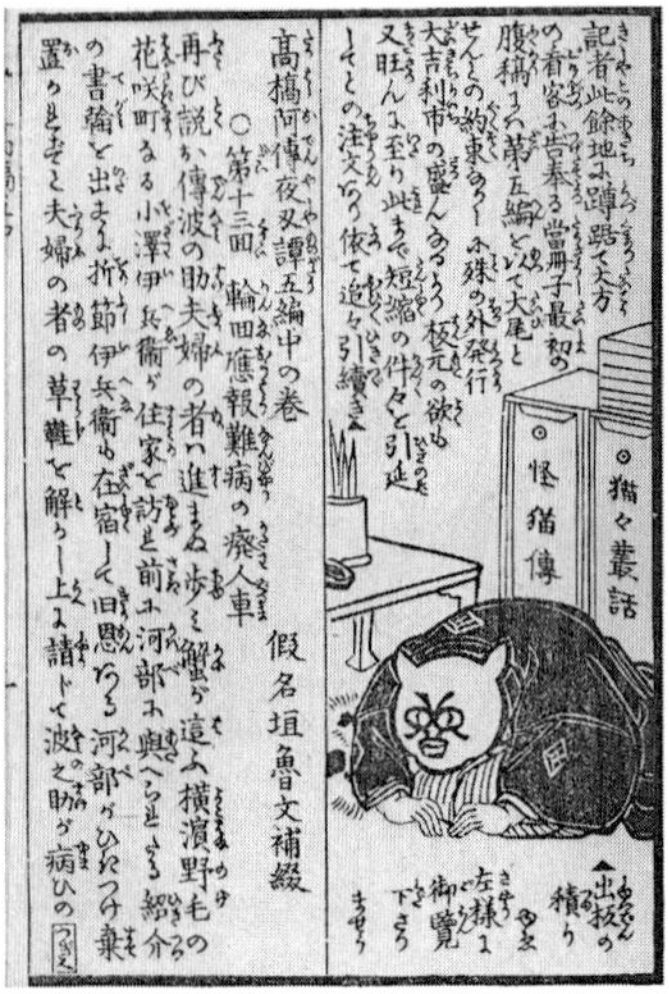

中巻見返し

夜叉物語

五編　中の巻

板元金松堂
魯文著
周重画

中巻見返し　船着き場めいた場所に「歌舞妓新報売捌所」の看板を立てた意匠。多色刷。『歌舞伎新報』は明治十二年二月三日—三十年三月二十三日発行(一六六九号)。魯文の活動期には歌舞伎新報社(銀座四丁目十六番地)発行。→七八頁注二四。なお、第十四—十七号(明治十二年五月十五日—三十日)に『綴合於伝仮名書』の梗概等を掲載。

絵　魯文が平伏して引き続き愛読を乞うさま。→九〇頁絵注。背後の本箱の「猫々叢話」「怪猫伝」は「猫々奇聞」(→二〇二頁注一七)に類する魯文の著作との見立て。

一　余白に平伏して。

二　→九一頁注四。

三　読者。

四　作品を書くに当たって、あらかじめ考えておいたこと。腹案。

五　結末。終局。

六　→一一六頁注一一。

七　これまで短くつづめて書いてきた、あの件この件を。

八　ご覧下さいませ。敬意をもった依頼を表す。助動詞「ます」の未然形「ませ」に推量の助動詞「う」(「む」の転)が付いたもの。

⑨記《き》者《しや》一此《この》余地《あきち》に蹲踞《うづくまり》て　二大方《たいはう》の三看客《ごけんぶつ》に告奉《つげたてまつ》る　当冊子《たうさつし》最初《さいしよ》の四腹稿《ふくかう》には　第《だい》五編《へん》を以《もつ》て五大尾《たいび》とせんとの約束《やくそく》なりしに　殊《こと》の外発行大吉利《ほかはつかうだいきちり》六市《いち》の盛《さか》んなるより　板元《はんもと》の欲《よく》も又旺《またさか》んに至《いた》り　七此《これ》まで短縮《たんしゆく》の件々《けんけん》を引延《ひきのば》してとの注文《ちゆうもん》あり　依《よつ》て追々《おひおひ》引続《ひきつゞ》き出板《しゆつぱん》の積《つも》りゆゑ左様《さやう》に八御覧下《ごらんくだ》さりませう

（二一一頁より続く）――太鼓持ちには医者が多かった。「以前は出入の幇間(たいこ)医者頤(あご)で使ふた事もありしが」（岡本勘造『夜嵐阿衣花廼仇夢』四・下）。「幇間医者の媒介(とりもち)（略）医師とは真(ほん)の表向き　和漢蘭(わかんらん)で盛る匙加減（略）何時(つい)も病家へ回診と云触しては自宅を出で　幇間八分の珍庵が」（「雪月花今様優染(つきゆきはないまようゆうぜん)」第二、明治十七年十一月二十六日『今日新聞』）。

二六 小走りに歩くさま。「猪路〳〵歩行(あるき)の子供を」（明治十二年一月十九日『仮名読新聞』）。

二七 「ある」の意の丁寧語。ございます。底本「コス」。改修後印本は濁点を入れ木。

二八 底本「かへる」と誤刻。錦松堂版により改める。改修後印本は「へ」の左側を削り、上から続けて「く」と読めるよう処置。

二九 懇意なものだから。

三〇 ついで。

高橋阿伝夜叉譚《たかはしおでんやしやものがたり》 五編中の巻

仮名垣魯文補綴

○第《だい》十三回《くわい》　輪回応報難病《りんゑおうはうなんびやう》の[一]廃人車《かたわぐるま》

再《ふた》び説《とく》　お伝波《でんなみ》の助夫婦《すけふうふ》の者《もの》は[二]進《すゝ》まぬ歩《あゆ》み　蟹《かに》が這《は》ふ横浜野毛《よこはまのげ》の花咲町《はなさきちやう》なる　[三]小沢《をざわ》伊《い》兵衛《へゑ》が住家《すみか》を訪《おとづ》れ　前《さき》に河部《かはべ》に与《あた》へられたる[四]紹介《ひきつけ》の書翰《てがみ》を出《いだ》すに　折節伊兵衛《をりふしいへゑ》も在宿《ざいしゆく》して　[五]旧恩《きうおん》ある河部《かはべ》がひきつけ棄置《すておか》れずと　夫婦《ふうふ》の者《もの》の[六]草鞋《わらじ》を解《と》かし上《うへ》に請《しやう》じて　波之《なみの》助《すけ》が病《やま》ひの⑩様子《やうす》を詳《つぶ》さに問《と》ひ　此難症《このなんしやう》を治《ち》せんとならば　当港《たうこう》[七]居留地《きよりうち》の米国人《べいこくじん》　[八]平凡氏《へぼんし》などの治療《ちれう》を受《うけ》なば　平愈《へいゆ》することある可《べ》しと　是《これ》より夫婦《ふうふ》を家《いへ》に止《とゞ》め　彼平凡《かのへぼん》にも胗《しん》察《さつ》を受《うけ》させたれど　此症《このしやう》曾《かつ》て西洋《せいやう》には[九]治方《ちはう》なきゆゑ　手《て》を下《くだ》す能《あた》はずとて断《こと》はられ夫婦《ふうふ》は望《のぞ》みを失《うし》なひたれど　此上《このうへ》は東京《とうけい》に[一〇]出府《しゆつぷ》して　[一一]後藤昌文先生《ごとうしやうぶんせんせい》に依頼《いらい》するより他《ほか》はなしと　便《たよ》りを求《もと》めて行《ゆか》んにも　未《ま》だその頃《ころ》は[一二]汽車《きしや》もなく　貯《たくは》への金《かね》さへも残《のこ》り少《すく》なくなりたれば　此家《このや》に[一三]座《ざ》して喰《くら》ふも物憂《ものう》く　[一四]その年《とし》の冬《ふゆ》の始《はじ》め　此町内《このちやうない》の[一五]裏屋《うらや》を借受《かりうけ》伊兵衛《いへゑ》が周旋《せわ》にて　夫婦《ふうふ》ふたり[一六]膝《ひざ》を入《い》るゝばかりなる小家《こいへ》に移《うつ》り　お伝《でん》は日《ひ》ゝ《ゞ》に伊兵衛《いへゑ》が家《いへ》の[一七]厨房《かつて》を手伝《てつだ》ひ　子分《こぶん》の土方《どかた》が[一八]襤褸《つゞれ》など[一九]洗沢《せんたく》して　聊《いさゝ》かの賃銭《ちんせん》を得《え》て[二〇]糊口《くちすぎ》の足《たし》とは

一 足腰の立たない人の乗る車。↓二一五頁注一八。波之助の境遇をたとえる。
二 病気の波之助を伴っているので足がはかどらず、蟹が這うようにゆっくりと。「蟹が這ふ」は次の「横」の縁語。 三 ↓補七一。
四 ↓二一五頁注二四。
五 以前恩を受けた。
六 家に招き上げ。
七 ↓補七二。
八 ヘボン先生。↓補七三。
九 治療法。
一〇 ↓一八八頁注七。
一一 ↓一六四頁注一四、補七四。
一二 当初は「蒸気車」が一般的な呼称。↓補七五。
一三 何もしないでただ世話になっているのも気が進まないので。↓一八八頁注二。
一四 明治三年初冬。↓一九〇頁九行。
一五 表通りから入り込んだところに建てられた粗末な借家。間口九尺(約二・七メートル)、奥行二間(約三・六メートル)の棟割長屋が標準的。裏店(うらだな)。↓補七六。
一六 狭い家に身をおくたとえ。陶潜『帰去来辞』の「南牕に倚りて以て傲を寄せ、膝を容るるの安んじ易きを審らかにす」による。
一七 「かつて 勝手(略)厨。台所」(『言海』)。 一八 ぼろの着物。
一九 「洗濯」に同じ。
二〇 暮らしの補い。

⑩
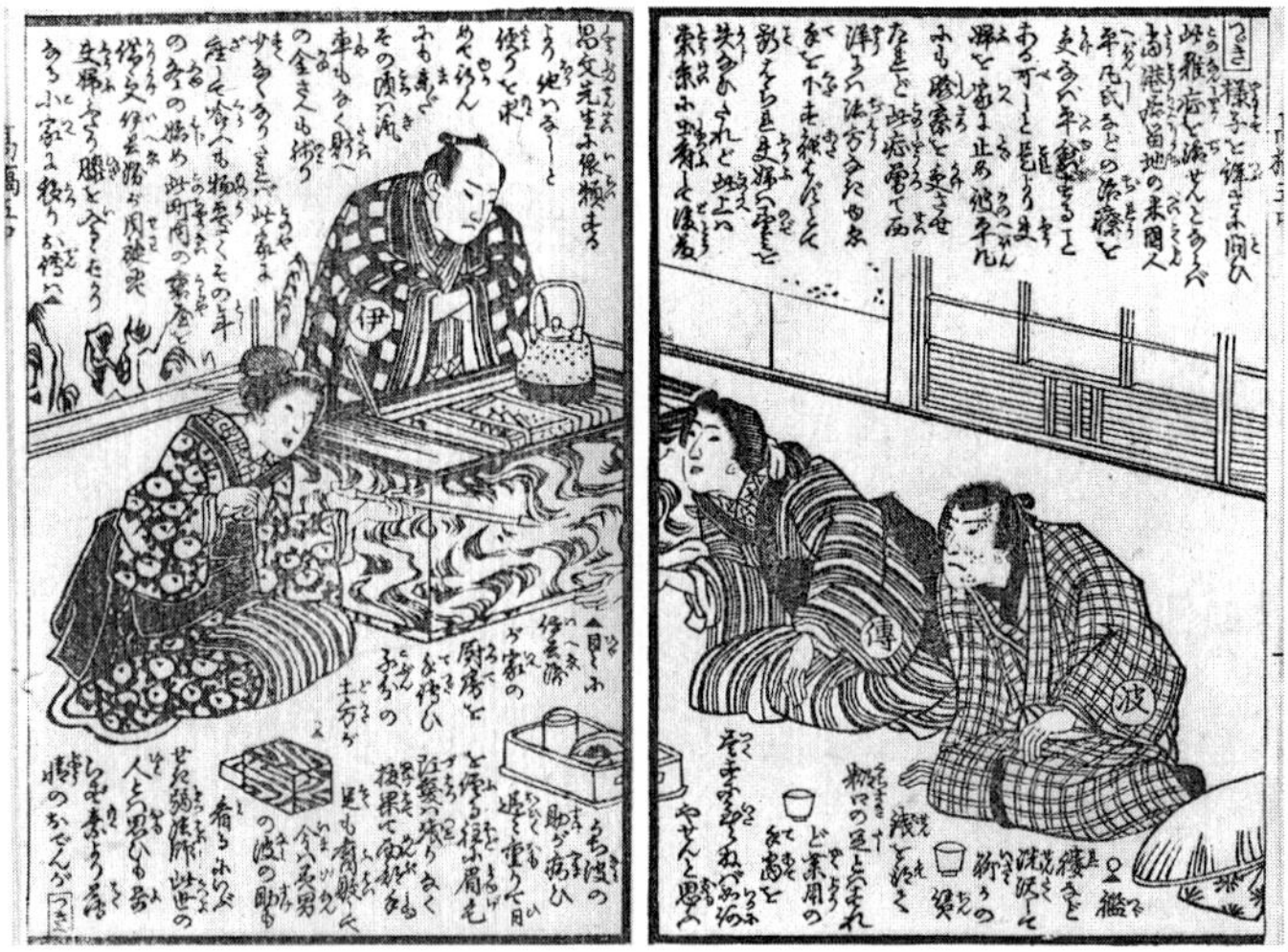

すれど　[二一]薬用《やくよう》の手当《てあて》を尽《つく》すに至《いた》らねば　如何《いかに》やせんと思《おも》ふうち波《なみ》の助《すけ》が病《やま》ひ追〻《おひ〳〵》重《おも》りて　日《ひ》を経《ふ》る程《ほど》に[二二]眉毛《まゆげ》頭髪《づはつ》は残《のこ》りなく抜《ぬけ》果《はて》　面部《めんぶ》手足《しゆそく》も腐敗《ふはい》して　今《いま》は美男《びなん》の波《なみ》の助《すけ》も看《み》[二三]るにいぶせき弱法師《よろはふし》　此世《このよ》の人《ひと》とは思《おも》ひも寄《よ》らず　素《もと》より[二四]薄情《はくじやう》のおでんが性《さが》⑪　[二五]二世《にせ》と誓《ちか》ひし本夫《おつと》ながら身《み》の内崩《うちくづ》れ　膿汁《うみしる》の流《なが》るゝ匂《にほ》ひ[二六]鼻《はな》を穿《うが》ち堪難《たへがた》けれど　已《やむ》を得《え》ず看護《みとり》はすれど　[二七]間《ま》がな透《すき》がな伊《い》兵衛《へゑ》が家《いへ》に身《み》を避《さけ》て　留守《るす》には波《なみ》の助《すけ》ひとりと成《な》り　起臥《おきふし》も自《じ》由《ゆう》ならねど　兎角苦情《とかくくじやう》の嘆《かこ》ちごとをお伝《でん》は聞《きく》も蒼蠅《うるさし》とて　[二八]長屋《ながや》

二一 波之助の薬代を十分には用意できないので。
二二 ハンセン病は末梢神経・皮膚を冒すため、眉毛・頭髪の脱落はその特徴とされた。→補七七。
二三 見るも厭わしい、よろよろした乞食。「弱法師(よろぼし)」は観世元雅作の謡曲で、高安の通俊の一子俊徳丸が讒言により家を追われ、盲目となって四天王寺で乞食をしていたところ、通俊の施行を受け身元がわかる、という内容。後の『摂州合邦辻』(安永二年〈一七七三〉初演)に影響を与えた。→補五四。
二四 実際は逆で、石崎広吉の供述(→補七一)によれば、明治五年八月十三日頃から波之助(「条八」と変名)の病状が悪化したため、でん(「まつ」と変名)も同月下旬から付添い、看病していたという。九月十七日に波之助は病死したが、横浜鑑札取締会所へ届け、検死の上、翌日太田村東福寺に埋葬。
二五 →一四九頁注一〇。
二六 つんと鼻を衝いて。
二七 暇さえあればいつも。
二八 長屋の隣近所をあちこち冷やかして歩き。

絵 小沢伊兵衛宅で挨拶する波之助夫婦。長火鉢の向こう側で腕組みする伊兵衛、もてなそうと長煙管を差し出す伊兵衛の女房。波之助夫婦の前には煙草盆と茶碗。

⑪

歩《ある》きに隣家《となり》をそゝり　[一]俗《ぞく》に所謂《いはゆる》鉄棒曳《かなばうひき》の饒舌《おしやべり》かゝア　[二]山《やま》の神《かみ》阿転婆娘《おてんばむすめ》に打交《うちまじ》り　病人《びやうにん》の側《そば》にとては[三]をちく〳〵居《ゐ》る日《ひ》もなきのみか　夜《よ》も枕辺《まくらべ》に落着《おちつ》かず　この野毛町《のげまち》の裏借家《うらしやくや》は　貧《まづ》しき者《もの》の栖《すむ》のみか　善《よ》からぬ群《むれ》の集《つど》ふ場所《ばしよ》にて　人《ひと》の娘《むすめ》と看《み》へたるは大概他国《たいがいたこく》より此地《このち》に来《き》たり　外《ぐわい》国人《こくじん》の水夫《するふ》など　下等《かとう》のものに淫《いん》を売《う》り　[四]身《み》過《すぎ》とする女原《をんなばら》にて中《なか》には人《ひと》の妻《つま》となる身《み》ながら本夫《おつと》と談合《だんかふ》づくにて　世《よ》に[五]地《ち》獄《ごく》と綽号《あだな》する密淫売《みついんばい》の者《もの》もありお伝《でん》はこれらの悪女《あくぢよ》に交《まじ》はり日夜《にちや》その巣《す》に立入《たちい》るほどに　こ

絵　花咲町の裏屋に暮らす波之助とお伝。病状が悪化して眉毛・頭髪の抜けた波之助。悪臭に鼻を覆うお伝。

一　俗に言う「鉄棒曳」。「鉄棒曳」は、「オシヤベリシテ町内ヲフレ廻ツテ歩クコト、又、ソノ人」(『日本大辞書』)。「裏店(うらだな)の鉄棒引も唇を尖らせず」(明治十一年十月十二日『仮名読新聞』)。

二　→一九七頁注三二。

三　落ち着いて。

四　なりわいとする女たちで。

五　「密ニ婬ヲ売ル婦人。=私娼」(『日本大辞書』)、「[俗]密売女(略)a secret prostitute」(『漢英対照　いろは辞典』)。近世中期から用いられた称。

六　昨晩。

七　ドル貨幣。特に、安政六年(一八五九)の開港以降外国人が持ち込んだ貨幣のうち、最も多く使用されたメキシコ銀。当時銀の産出が多かったメキシコが世界に輸出、銀本位制の東洋諸国に貿易通貨として流入。洋銀。「横浜長崎箱館辺に専ら通用する洋銀はメキシコドルラルとて　亜米利加合衆国の隣国なるメキシコの通用金なり」(福沢諭吉『西洋旅案内』上「為替金の事」慶応三年〈一八六七〉)。明治初年の洋銀一ドルの市場価格はおよそ六十匁=一分銀四個(横浜市編・刊『横浜市史』三下、一九六三年)。

八　「(一)髭ノ色赤キモノ。(二)転ジテ、西洋人ヲ嘲リ呼ブ語」(『言海』俗

⑫

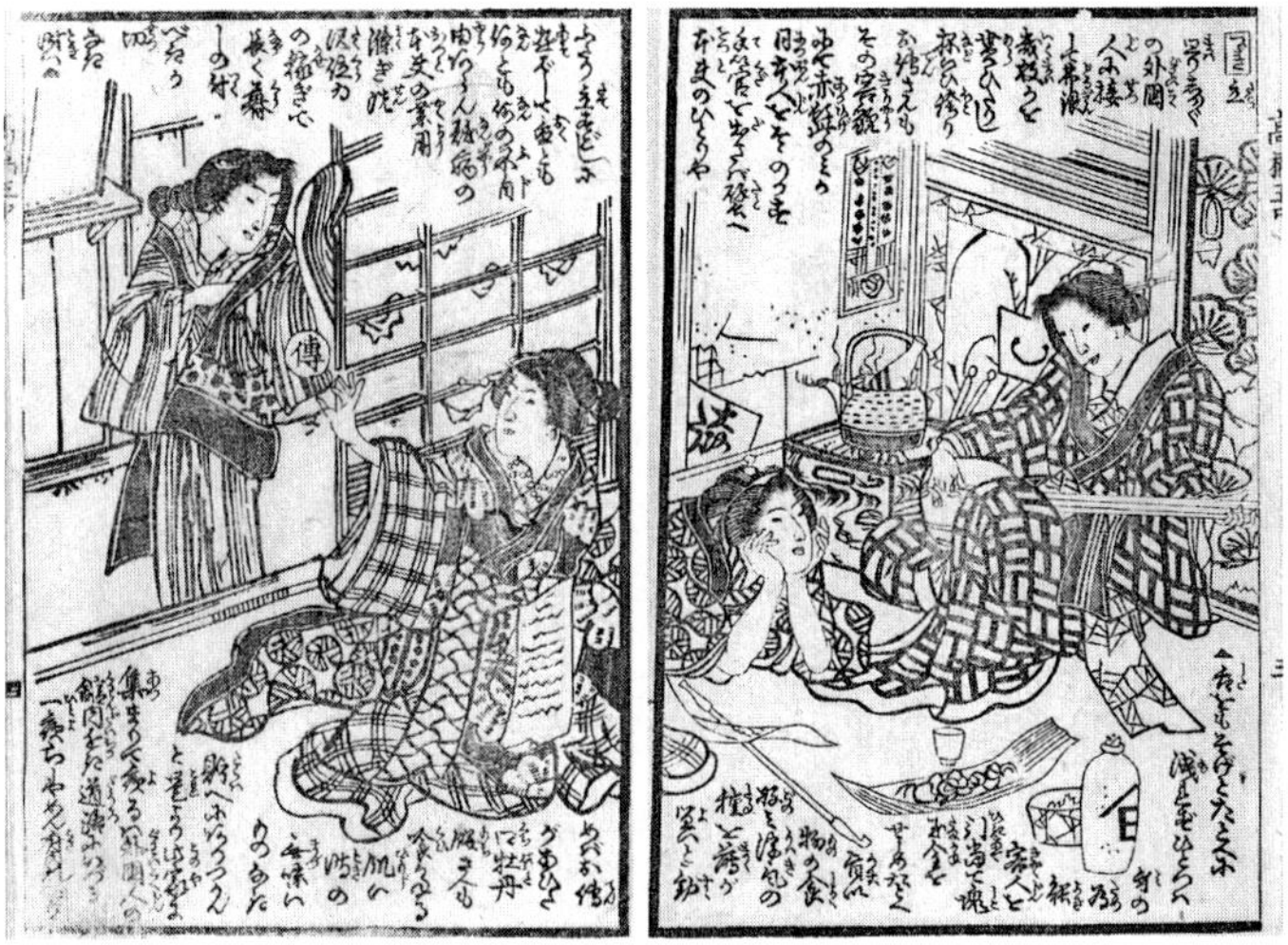

の阿転婆等《おてんばら》が話《はな》すを聞《き》けば　[六]夕《ゆふ》辺《べ》は居立地《きよりうち》を⑫立廻《たちまは》り　しか〴〵の外国人《ぐわいこくじん》に接《せつ》して　[七]弗銀《どるぎん》幾枚《いくまい》かを貰《もら》ひたりし抔《など》いひ誇《ほこ》り　お伝《でん》さんもその容貌《きりやう》にて　[八]赤髭《あかひげ》のみか日本人《にっぽんじん》をそゝのかす手管《てくだ》を出《だ》さば　譬《たと》へ本夫《をっと》のひとりやふたり　[九]立《たて》すごしに遊《あそ》ばして置《おく》とも何《なん》とも何《なん》の不自由《ふじゆう》あらん　難病《なんびやう》の本夫《おっと》の薬用《やくよう》　[一〇]滌《すゝ》ぎ洗沢位《せんたくくら》ゐの稼《かせ》ぎで長《なが》く暮《くら》しの付《つく》べきか　[一一]切《せつ》なき時《とき》は舌《した》をもそげと　たとへに洩《も》れず　ひとつは身《み》の為《ため》　[一二]能《よき》客人《きやくじん》を引当《ひきあて》て　[一三]塊玉金《しこたまかね》をせ[一四]しめたとへ　[一五]旨《うま》い物《もの》の食好《しよくこの》み　[一六]浮気《うはき》の種《たね》を蒔《まく》が宜《よ》いと[一七]勧《すゝ》めば　お伝《でん》

語)。「アノ狐は元綿羊姉(らしゃめん)の手取もので　赤髭を思さまたらし」(明治十一年十二月二十一日『仮名読新聞』)。 **九** お伝の働きだけで、波之助が何もしなくても十分養っていける、の意。「立て過ごす」は、女が働いて稼ぎ、男を食べさせてやる意。 **一〇** 洗濯に同じ。↓二一八頁一四行。 **一一** 苦しい時には、自分の舌でさえ切り取る。どんなことでもすることのたとえ。「苦しい時は鼻をも削(そ)ぐ」。 **一二** 金ばなれのいい客をうまく見つけて。 **一三** 「しこたま　しごくだまノ転。今主ニ此語ヲ用ヰル。‖タクサン。‖ドッサリ」(『日本大辞書』)。用字未詳。「塊」は音「カイ」、「かたまり」の意。「パンの菓子でもしこたま〔傍点付き〕喰つて力を付け」(河竹新七〈黙阿弥〉『人間万事金世中』序幕、明治十二年二月初演)。 **一四** 意、不通。銀花堂版(→凡例)では「せしめたうへ」で通りやすい。 **一五** おいしいものの中から、さらに選り好みして食べること。贅沢なさま。 **一六** 浮気の原因を作る。贅沢をして目立つことからいうか。 **一七** 勧めたところ。未然形ではなく、「勧むれば」と已然形とすべきところ。

絵　外国人などを相手に売春する女たちの集まる裏借家を訪ねるお伝。三味線を弾く女は眉を剃った人妻。燗酒や肴が見える。

⑬

一があひた口《くち》　牡《ぼ》丹《た》餅《もち》さへも喰《くひ》かねる　二飢《ひもじ》い時《とき》の無味《まづ》いものなき貯《たくは》へにありつかんと　是《これ》より此《この》家《や》に集《あつ》まりて　夜《よ》るは外国人《ぐわいこくじん》の三館内近《くわんだいちか》き道路《だうろ》にいづる四一夜《ひとよ》らしやめん　五腐《くさ》れ⑬阿《あ》魔《ま》等《ら》に誘《いざ》なはれ　波《なみ》の助《すけ》が眠《ねむ》りにつきし暇《ひま》を看合《みあは》せ　居留地《きよりうち》近《ちか》き薄《うす》くらがりに彳《たゝず》みて　外国《ぐわいこく》の水夫《すゐふ》兵士《へいし》が帰《かへ》りを待《ま》ち受《うけ》　六筒袖《つゝそで》をひく夜《よ》に慣《な》れて　その七顔《かほ》ばせのなみ〳〵ならねば　お伝《でん》が色香《いろか》に引《ひか》るゝ者《もの》の多《おほ》きより　小遣《こづか》ひ銭《ぜに》には乏《とぼ》しからず　或夜《あるよ》は八吉田橋《よしだばし》の辺《ほと》りに立《たち》て　日本人《にほんじん》を引夜《ひくよ》もあり

○茲《こゝ》に亦《また》　当港《たうかう》九繁花《はんくわ》の場所《ばしよ》をう

絵　裏借家の女たちにそそのかされ、外国人の袖を引いて誘うお伝。山高帽子にフロックコートらしき身なりで、縞のズボンにステッキ姿の男は、「水夫兵士」より上の「能(よき)客人」(↓二二一頁一三行)に見える。後ろでは、他の女たちが日本人や中国人の袖をひいている。

一「あいた口へ牡丹餅」(思いがけない幸運がやってくることのたとえ。棚からぼたもち)を踏まえる。売春婦たちから思いがけずうまい話を聞いたお伝は、お金欲しさになりふり構わず、以後この家に集まって。「干魃(ひでり)に雨を得し如く　開いたる口に牡丹餅の入(るい)が如く　異議なく一味に加はりたり」(魯文『西南鎮静録 続編』下)。二 諺。空腹の時にはどのようなものを食べてもうまいと思う。「飢い」「無味い」は「牡丹餅」の縁語。三 関内居留地のこと。↓補七二。四 一晩だけの洋妾(らしやめん)。「らしゃめん」は「隠語。西洋人ノ妾トナル日本婦人」(『日本大辞書』)。ここは西洋人相手の売春婦の意。明治元年五月・二年一月・三年十月に取締りの禁令が出されたがあまり効果がなかった(横浜市役所編・刊『横浜市史稿』「風俗編」一九三二年)。「綿羊婦(らしやめん)業の如きは淫売醜業に属する者と雖も　然(しか)も免許を得(う)る者にて(横浜に在る一夜(いちや)ラシヤメンは下等地獄に属す可(べ)し)決

⑭
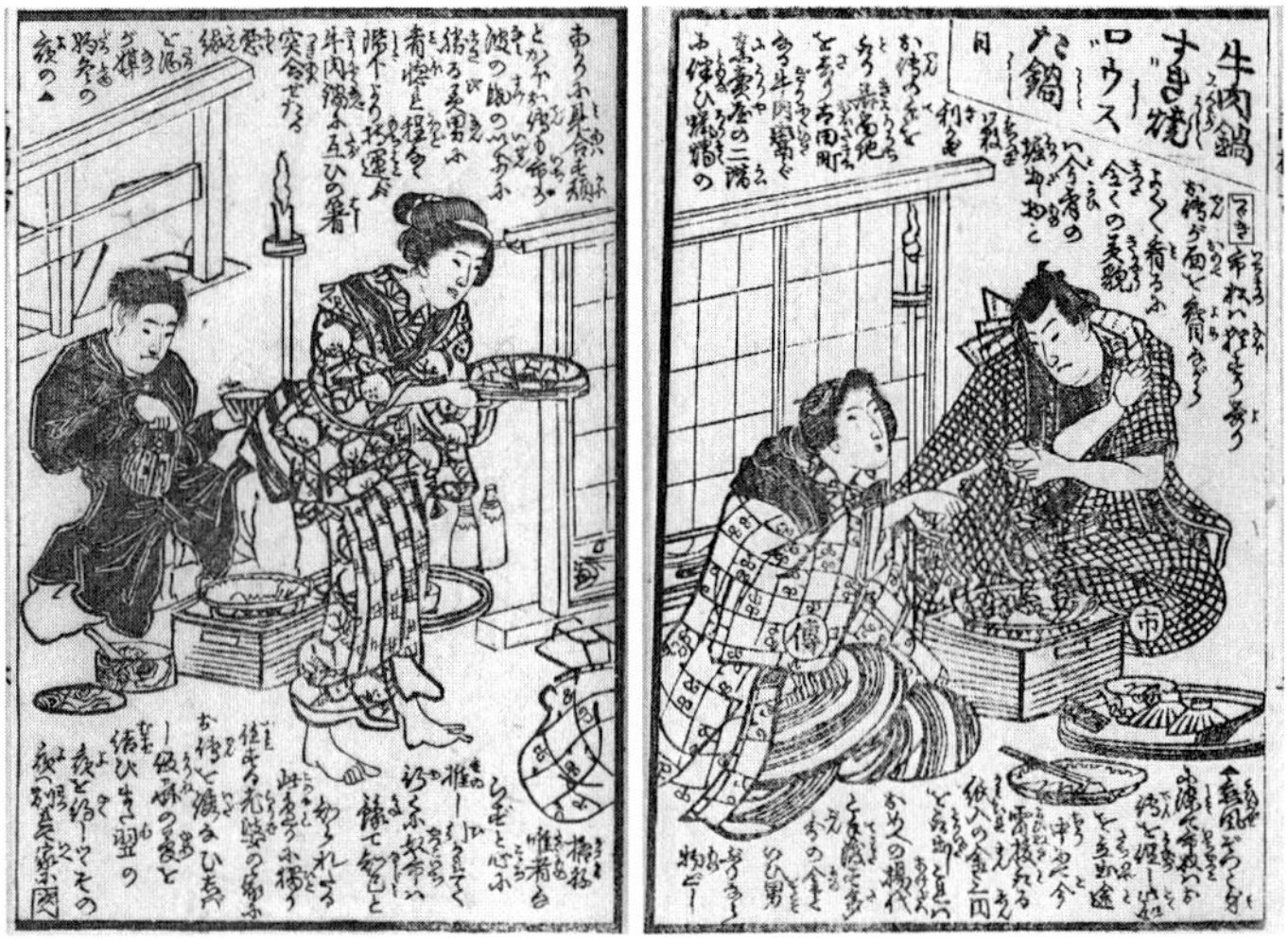

ろつき廻《まは》り　人の懐《ふところ》を当《あて》として
物《もの》に見惚《みほ》れて茫然《ばうぜん》たる他国者《たこくもの》の
腰《こし》の辺《あた》りを附狙《つけねら》ひ　昼夜《ちうや》を分《わか》ず
一〇烟草入《たばこいれ》　一一鼻紙袋《はながみぶくろ》　一二楮幣《さつ》入などを
掏摸《すりとり》て業《げふ》とする　綽号《あだな》を一三鎌鼬《かまいたち》の
市奴《いちやつこ》といへる賊《ぞく》あり　一四同気《どうき》求《もと》む
る部下《てした》もありて　其身《そのみ》はそれら
の一五かすりを取《と》り　一六花街《くるわ》に立入《たちい》り
賭《かけ》の場所《ばしよ》を塒《ねぐら》となして世《よ》を渡《わた》る
破落戸《ならずもの》　或夜《あるよ》お伝《でん》の彳《たゝず》む姿《すがた》を通《とほ》
りすがりにうち看《み》やり　此方《こなた》よ
り寄添《よりそ》ふそぶりは一七道楽肌《だうらくはだ》の者《もの》と
看認《みとめ》　お伝《でん》はすかさず声《こゑ》をかけ
「モシおあそびでは有《あり》ませんか
と　一八誘《さそ》ふ水性《みづしやう》　浮立《うきた》つけはひに
⑭一九市松《いちまつ》は猶《なほ》すり寄《よ》り　お伝《でん》が面《おもて》

して法外の者にあらず」(明治十一年十月四日『仮名読新聞』)。五 女をのしっていう語。六 袂(たもと)がなく、筒のような形をした袖の着物。ここは外国人の洋服をいう。→絵⑬。「袖をひく」は、袖をとって男を誘うこと。七 顔立ちが普通以上に美しいので。八 派大岡(はおおか)川に架かり、関内と関外を結んだ橋。横浜開港(安政六年(一八五九))により東海道と横浜町を結んだ横浜道の、横浜町への入口に位置する交通の要衝。攘夷を防ぐため、明治四年まで厳重な関門が設置。→補七八。→付図4。九「繁華」に同じ。一〇 たばこを入れて携帯する、革・布・紙・金属などでできた容器。巾着形・印籠形などがあり、根付で腰に下げたり、懐中に入れたりした。根付とともに装身具として高価なものもあった。一一 鼻紙・小銭・薬などを入れた懐中用の小物入れ。羅紗や革などで作り、二つ折りまたは三つ折りにする。一二 紙幣を入れる財布。一三 突然顔や手足の皮膚が裂けて、鋭利な鎌で切ったような浅い傷ができる現象。目に見えないイタチのしわざと考えられたところから。越後の七不思議

(二四七頁に続く)

絵　太田町の煮売屋の二階で牛肉鍋を囲み、酒を酌み交わすお伝と市松。女中が追加の肉を運ぶ。その後ろに食事を終えたざんぎり頭の男。市松の背後にメニューが貼ってある。

を[一]夜目《よめ》ながらよく〳〵看《み》るに　全《まつた》くの[二]美貌《きりやう》は今宵《こよひ》の掘出《ほりだ》し物《もの》と　口数利《くちかずき》かずお伝《でん》の手《て》を取《と》り　居留地《きよりうち》を去《さ》り　[三]太田町《おほたまち》なる牛肉鬻《ぎうにくひさ》ぐ[四]烹売屋《にうりや》の二階《かい》に伴《ともな》ひ　[五]蠟燭《ろうそく》のあかりに見合《みあは》す顔《かほ》とかほ　お伝《でん》も[六]市《いち》が波《なみ》の助《すけ》の以前《いぜん》に勝《まさ》る美男《びなん》に看惚《みほ》れ　程《ほど》なく階下《した》より持運《もちはこ》ぶ[七]牛肉鍋《ぎうにくなべ》に　互《たが》ひの[八]箸突合《はしつきあは》せたる悪縁《あくえん》を　酒《さけ》が媒妁《なかだつ》冬《ふゆ》の夜《よ》の　[九]恋風《こひかぜ》ぞつと身《み》に染《しみ》て　市奴《いちやつこ》はお伝《でん》を促《うなが》し　此処《こゝ》を立出《たちいで》　途中《とちう》にて今宵抜取《こよひぬきと》る紙入《かみいれ》の[一〇]金三円《きんゑん》を取出《とりいだ》し　これはおめへの[一一]揚代《あげだい》と　手渡《てわた》す多分《たぶん》の金《かね》といひ　[一二]男《をとこ》ぶりなら物《もの》ごし格好《かつかう》　唯者《たゞもの》ならずと心《こゝろ》に推《すゐ》し　引《ひ》かれて行《ゆ》くに　[一三]奴市《やつこいち》は　予《かね》て知己《なじみ》と知られたる　此辺《このほと》りに独《ひと》り住《ずみ》する老婆《らうば》の家《いへ》にお伝《でん》を誘《いざ》なひ　しばし[一四]仮寐《かりね》の夢《ゆめ》を結《むす》び　また[一五]翌《あす》の夜《よ》を約《やく》しツ丶　その夜《よ》は別《わか》れて家《いへ》に帰《かへ》⑮るに　波《なみ》の助《すけ》は癩病《らいびやう》の煩《なや》みにひとつの[一六]気病《きびやう》を発《はつ》し　物狂《ものくる》はしくお伝《でん》の帰《かへ》りを待《まち》かねて叫《わめ》き立《たつ》るに　忌《いま》はしき事限《ことかぎ》りなけれど　深更《よふけ》に四辺《あたり》を憚《はゞ》かりて　[一七]透《すか》しなだめて稍《やう》やくに　[一八]夜着《よぎ》うち覆《かけ》て睡《ねむ》らせけり　斯《かく》てお伝《でん》はその翌《あく》る夜《よ》　[一九]湯浴《ゆあみ》に行《ゆく》とて波《なみ》の助《すけ》をすかし[二〇]欺《あざ》むき　昨夜《さくや》の老婆《らうば》が家《いへ》に至《いた》るに　疾《とく》よりも市《いち》は二階《にかい》に待《まち》わびたる様子《やうす》なり　忙《いそが》はしく傍《そば》に至《いた》りて語《かた》らふに　市《いち》はお伝《でん》が独《ひと》り身《み》なら直《すぐ》に引取女房《ひきとりにようぼ》にせうと　[二一]いふは実《まこと》か　虚《うそ》ならぬそぶりにお伝《でん》も打《うち》あけて　実《じつ》は本夫《おつと》がなが〳〵の　難病《なんびやう》ゆゑに[二二]此始末《このしまつ》　しかし翌《あす》をも知《し》れぬ大病《たいびやう》　[二三]九死《きうし》の場《ば》合《あひ》を看送《みおく》りて　後《のち》に憚《はゞ》かる関《せき》もなく　晴《はれ》て女房《にようぼ》にならんと誓《ちか》ひ　その住家《すみか》さへ打《うち》あかし　此夜《このよ》もしばし[二四]ひそめきて　[二五]そこ〳〵に立帰《たちかへ》りしが　是《これ》より兎角《とかく》[二六]市《いち》が事忘《わす》れかねては　波《なみ》

一　夜の暗い中で見ること。
二　「きりやう」は、ここではすぐれた容色の意。
三　↓補七九。
四　煮物と酒飯を食べさせる下級飲食店。ここは牛屋(うしや・ぎゅうや)のことで、牛肉を五分切りのネギと一緒に醬油(または味噌)・みりんの汁で煮ながら食べる牛鍋(↓注七)を出した。↓二二三頁絵。
五　ランプの使用が増大していくのは明治五―十年頃。↓『青楼半化通』補三四。
六　市の容貌が、病気になる前の波之助よりも美しかったので、見惚れて。
七　牛鍋。↓補八〇。
八　同じ鍋をつつき、酒に酔って打ち解けた二人は、男女の離れ難い縁を互いに感じ合い。「突合せたる」は「箸」「悪縁」双方に掛かる。
九　切ない恋心の自覚を、風が身にしみわたるのにたとえていう語。「容子(ようす)のいゝ目鏡つきと戦慄(ぞっと)染(みし)る恋風に　障(はさ)らば落ん帰り花」(明治十一年十月十九日『仮名読新聞』)。
一〇　↓一三九頁注三〇、補四四。
一一　↓補八一。
一二　男としての容姿といい、ふるまいや見た目といい。「なら」は二つ以上の事柄を並列する副助詞。
一三　市奴(いちやつこ)のこと(↓二二三頁六行、二二四頁四行)。二一三頁絵注に用例があるため、底本のママ。

⑮

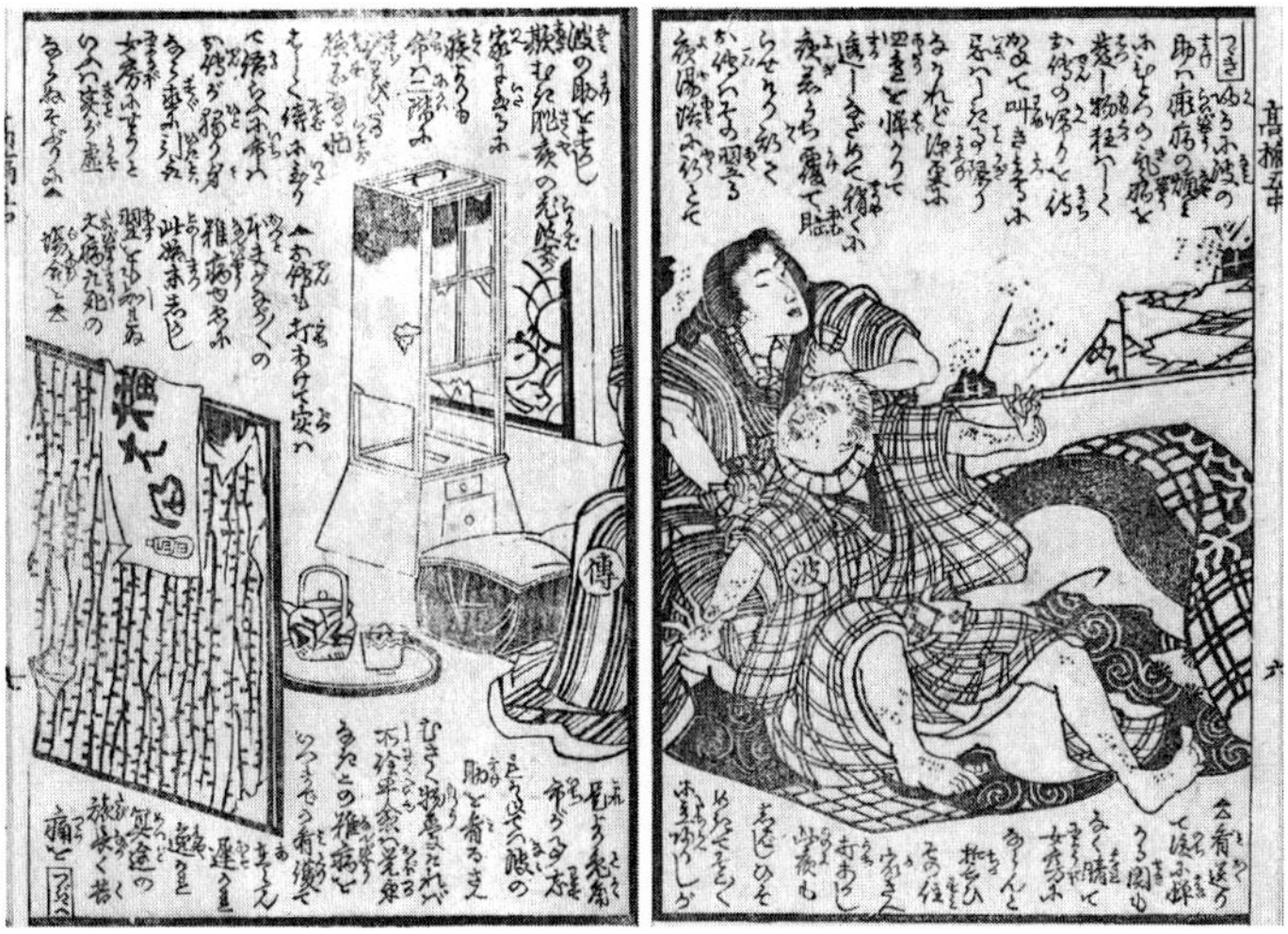

の助《すけ》を看《み》るさへむさく　物憂《ものう》ければ　所詮平愈《しよせんへいゆ》は覚束《おぼつか》なきこの難病《なんびやう》を　いつまでか看護《みとり》て在《あ》らん　遅《おそ》かれ逸《はや》かれ[二七]冥途《めいど》の旅《たび》　長《なが》く苦痛《くつう》をさせ⑯ぬが[二八]情合《じやうあひ》　一層《そ》の事《こと》にひと思《おも》ひと　浮《うか》む悪意《あくい》は毒《どく》婦《ふ》の本性《ほんしやう》　その夜《よ》枕辺《まくらべ》に附添《つきそ》ひて　波《なみ》の助《すけ》が睡《ねむ》りを待《ま》ちて隣家《となり》を窺《うかゞ》ひ　いびきの音《おと》は[二九]仕《し》すましたりと　徐々《そろ〳〵》夜着《よぎ》を押除《おしの》けながら　予《かね》て用意《ようい》の手拭《てぬぐ》ひを　波《なみ》の助《すけ》が首《くび》に[三〇]纏《まと》ふを　[三一]寐惚《ねぼれ》気《ぎ》にもうるさしとや思《おも》ひけん　手《て》をさし延《のべ》て退《の》けんとするを　爰《こゝ》ぞとちからを左右《さいう》の手《て》に込《こ》め　グッと締《しめ》つけ[三二]藻掻《もがき》もやらせず　[三三]膝《ひざ》にひ

一四 その場限りの契りを交わし。
一五 底本振り仮名「あ」。錦松堂版により「す」を補う。
一六 心配ごとや気がふさぎこむことでなる病気。気やみ。気鬱（きうつ）の病。
一七 機嫌を取ってなだめ。
一八 →一〇三頁注三三。 一九 入浴。
二〇 うまく言いくるめてだまし。
二一 言うのは本心だろうか、嘘でもなさそうなそぶりに。底本「実が」。自由閣版により改める。
二二 売春してお金を稼がなければならない、ということ。
二三 →補八二。 二四 小さな物音や声がして。情事を暗示。
二五 十分に楽しまず、急いで。
二六 本作でお伝は市松への恋から波之助殺害を決意するが、実際とは異なる。→二一九頁注二四。
二七 死んで冥土に向かうこと。
二八 思いやり。
二九 →一九七頁注三六。熟睡しているので、少々物音がしても気づかれまい、ということ。
三〇 巻きつけたところ。
三一 寝ぼけ心にもうっとうしいと。底本「うるさじ」。銀花堂版により改める。 三二 藻掻く余裕も与えず。
三三 膝の下に押さえつけて。

絵 手拭いで波之助を絞め殺すお伝。行灯の紙も破れ、世話をしていないことがわかる。枕屏風に掛かった手拭いには「横はま」とある。

⑯
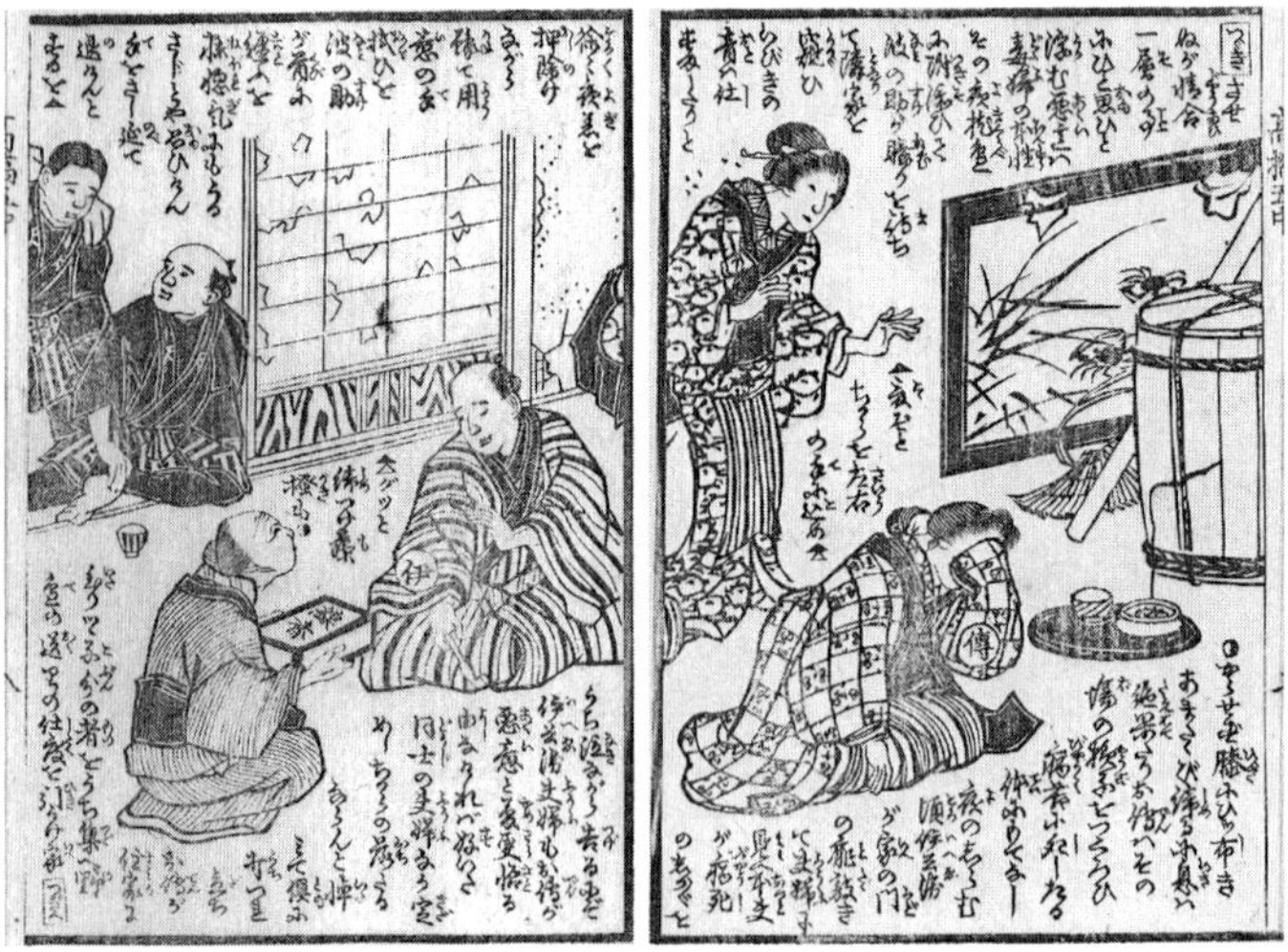

ツ布《し》きあまたゝび　締《しめ》るに息《いき》は絶果《たえはて》たり　お伝《でん》はその場《ば》の様子《やうす》をつくろひ[一]　病苦《びやうく》に死《し》したる体《てい》にもてなし[二]　夜《よ》のしらむ頃《ころ》　伊《い》兵衛《へゑ》が家《いへ》の門《かど》の扉《と》敲《たゝ》きて夫婦《ふうふ》に見《まみ》へ　本夫《おつと》が病死《びやうし》[三]のしかぐ〳〵をうち泣《なき》ながら告《つげ》るにぞ　伊兵衛《いへゑ》夫婦《ふうふ》もお伝《でん》が悪意《あくい》と夢更悟《ゆめさらさと》[四]る由《よし》なければ　好《す》いた同士《どうし》の夫婦《ふうふ》なか　定《さだ》めしちからの落《おち》たるならんと　悼《いた》みて倶《とも》に打《うち》つれ立《だ》ちお伝《でん》が住家《すみか》に至《いた》りツヽ　子分《こぶん》の者《もの》をうち集《つど》へ⑰　野辺《のべ》[五]の送《おく》りの仕《し》度《たく》を引《ひき》うけ　家主《いへぬし》[六]はじめ長屋《ながや》の者《もの》にも　此由《このよし》を触《ふ》れ知《し》らし　斯《かく》[七]てあるべき事《こと》ならずと　お伝《でん》が

絵　線香を供えた粗末な棺桶を前に、そら泣きするお伝。後ろにさし荷い(棺桶に棒を通し、前後二人で担ぐ)用の棒が見える。慰めようと近寄る伊兵衛の女房。香典として線香を差し出す長屋の老婆。出入り口で待機する伊兵衛の子分たち。障子・枕屏風も破れた裏長屋のさま。

一　うまく取り繕い。
二　見せかけ。
三　病死したことをこれこれと。
四　少しも。下に打消の語を伴って用いる。「ゆめにも」「さらに」の「ゆめ」「さら」を重用した語。

五　→六四頁注二一。
六　地主や貸家の持ち主に委託されて、貸家の管理をする者。差配(さはい)。店賃(たなちん)を店子から集めて地主に納め、公用・町用を務めた。
七　このままにしては置けないと。
八　慰め。「イサメル、慰(略)Syn. NAGUSAMERU」(『和英語林集成』

⑰

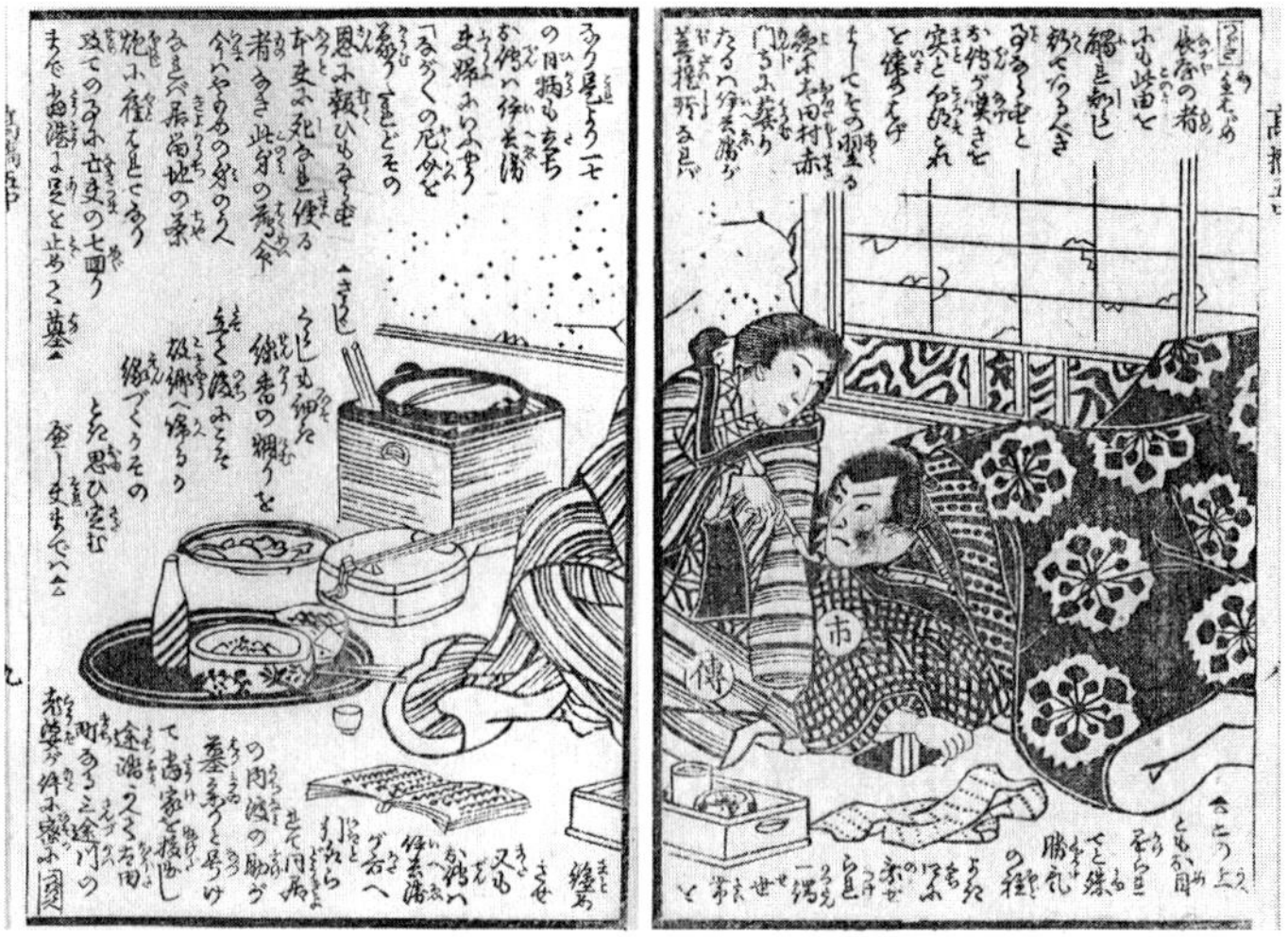

嘆《なげ》きを実《まこと》と心得《こゝろえ》　これを諫《いさ》[八]めはげまして　その翌《あく》る夜《よ》に太田村《おほたむら》[九]赤門寺《せきもんじ》に葬《はうむ》りたるは　伊兵衛《いへゑ》が[一〇]菩提所《ぼだいしよ》なればなり　是《これ》より[一一]一七の日柄《ひがら》も立《た》ち　お伝《でん》は伊兵衛《いへゑ》夫《ふう》婦《ふ》にいふやう　「ながく〳〵の厄《やく》介《かい》を蒙《かうむ》りたれど　その恩《おん》に報《むく》ひもならず　本夫《おつと》に死《し》なれ便《たよ》る者《もの》なき此身《このみ》の薄命《はくめい》　今《いま》は[一二]やもめの身《み》のうへなれば　居留地《きよりうち》の[一三]茶炮《ちやほうじ》に雇《やと》はれてなり　[一四]攻《せめ》ての事に亡《なき》夫《つま》の[一五]七回《めぐ》りまで　当港《たうこう》に足《あし》を止《とゞ》めて墓《はか》さうじ　[一六]くらしも細《ほそ》き線《せん》香《かう》の　烟《けむ》りを立《たて》て後《のち》にこそ　故《こ》郷《きやう》へ帰《かへ》るか[一七]縁《えん》づくか　そのとき思《おも》ひ定《さだ》むべし　夫《それ》までは[一八]この上《うへ》

再版)。
九 東福寺の別名。→補八三。
一〇 →一三一頁注一四。
一一 七日の日数が経過し。一七日(ひとなぬか)は初七日で、死んだ日から数えて七日目に当たる日。四十九日まで、七日目ごとに追善供養を行うその最初の日で、重い忌の期間が明ける。
一二 夫を失った女。後家。
一三 葉茶を火にかけ焙(あぶ)ること。外国商館が日本茶を買い入れて本国へ輸出するとき、海上で湿らせないためで、近辺に住む最下層の男女(うち七割が女性)を大量に雇い入れた。→補八四。
一四 不十分ではあるが、最小限の事として。
一五 七七日。死んだ日から四十九日目の、最も重要な法事。死後、次の世界で生を受けるまでの期間で、その間の追善供養は亡者に加護を及ぼすとされた。
一六 細い線香の煙さながら、細々と生計を立てたその後で。「細き」は「くらし」と「烟り」に掛かる。「細き」「線香」「烟り」「立て」は縁語。
一七 再婚するか。
一八 今後ともどうか面倒を見てください。

絵　波之助の墓参りと偽り、三途川の老婆の家で市松と密会するお伝。煙草盆、草紙、酒肴、三味線、箱火鉢などが見える。

⑱

ともお目懸《めかけ》られてと　一殊勝気《しゆしやうげ》の程《ほど》よき口《くち》に乗《の》せかけられ　一端《いつたん》二世帯《せたい》を纏《まと》めさせ　又《また》もお伝《でん》は伊《い》兵衛《へゑ》が方《かた》へ引取《ひきと》られて同居《どうきよ》の内《うち》波《なみ》の助《すけ》が墓参《はかまゐ》りと号《なづ》三けて当家《たうけ》を抜出《ぬけだ》し　四途踏《みちふみ》かへて　太田町《おほたまち》な る五三途川《さんづがは》の老婆《らうば》が許《もと》に　密《ひそか》にし⑱のび至《いた》りては　市奴《いちやつこ》と忍《しの》び合《あひ》

寺参《てらまゐ》りは六七日の朝行《あさゆき》たるのみにて　波之助《なみのすけ》が置《お》七き土《つち》の香華《かうげ》も絶《た》えしを伊兵衛夫婦《いへゑふうふ》も知《し》らでありしを　八阿漕《あこぎ》が浦《うら》の夫《それ》ならで　遂《つひ》にあらはるゝ端《はし》をひらけり

絵　酒を買って来た三途川の老婆。番傘に「太田町」とある。

一　いかにも神妙な、調子のよい言葉に引っかかり。底本「乗せられ」の間に、後から小字で「かけ」を補ったように見える。

二　独立して一家を構えていたのをやめる。世帯を畳む。

三　表向きは称して。

四　途中で道を変えて。

五　「此辺りに独り住する老婆」(→二二四頁七行)のあだ名。「三途川の老婆」とは奪衣婆のこと。亡者が冥途に行く途中の三途の川の衣領樹の下にいて、その衣類をはぎ取る老女の鬼。情け容赦ないことから付けられたあだ名か。

六　初七日の朝。なお、岡本勘造『夜嵐阿衣花廼仇夢』五編中巻でも、毒殺した小林金平を葬った後、妾のお衣は情人嵐璃鶴(りかく)に会いたくてならず、三七日(二十一日)後すぐに会いに行く。

七　墓に覆いかぶせた土の上に供えた香と花。

八　伊勢大神宮に供える魚のための禁漁地である阿漕ヶ浦(現三重県津市の東方一帯の海岸)で、たびたび密漁を行なった漁師が、遂に露見して捕えられたとの伝説から、隠し事も度重なれば現れる、の意。「伊勢の海あこぎが浦に引網も度重なれば人もこそしれ」(『源平盛衰記』八「讃岐

下巻見返し

高橋おでん
五編　下の巻
魯文著
周しげ画
辻文梓

院事」)や、その第五句を「あらはれにけり」とした形で知られ、謡曲「阿漕」、御伽草子『阿漕の草子』などに作品化された。「最初(はじめ)の中(ちう)は元助(もとすけ)も露程も知らでをりしが阿漕が浦にひく網のたび重なりて薄々は悟りながら」(明治十一年十月十五日『仮名読新聞』)。

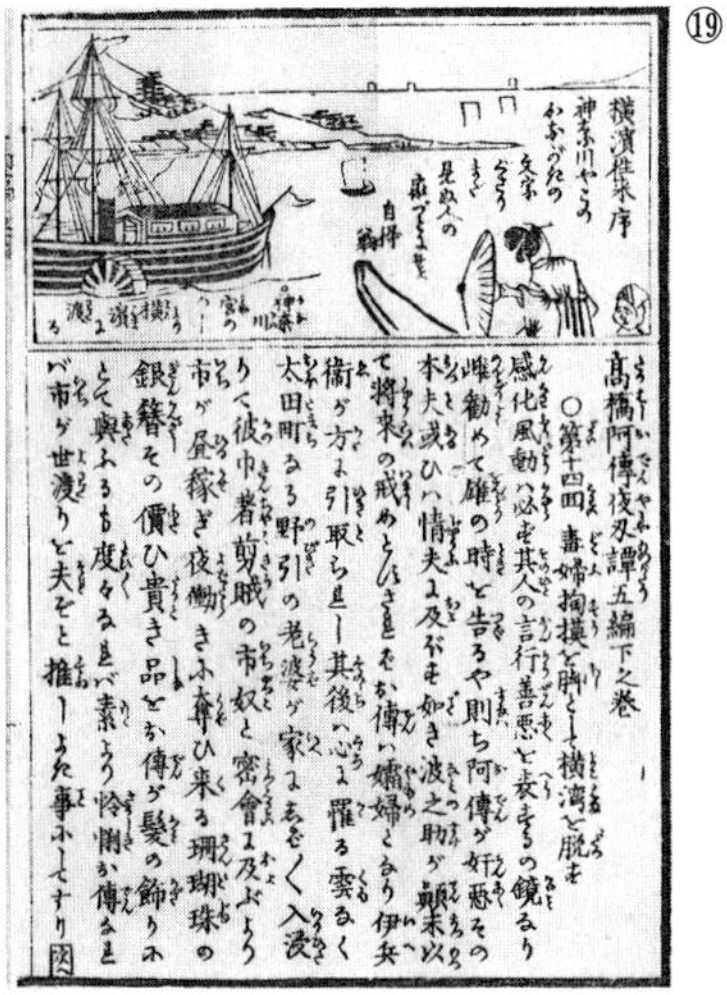

横浜往来序

神奈川や
このかながきの文字ぐさり
まだ見ぬ人の家づとにせよ
自得翁

○神奈川宮《かながはみや》のかしより横浜《よこはま》に渡《わた》る

下巻見返し　吊るされた着物の下に「後藤吉兵衛」(「後藤吉蔵」に同じ。↓二〇四頁口絵注)とある。多色刷。

絵　艀(はしけ)で横浜に向かう男女。正面に蒸気船。↓補八五。

⑲高橋阿伝《たかはしおでん》夜叉《やしや》譚《ものがたり》 五編下之巻

○第《だい》十四回《くわい》 毒婦《どくふ》掏摸《すり》を脚《あし》[一]として横濱《よこはま》を脱《だつ》す

感化風動《かんくわふうどう》[二]は 必《かなら》ず其人《そのひと》の言行善悪《げんかうぜんあく》を表《へう》するの鏡《かゞみ》なり 雌《めんどり》[三]勧《すゝ》めて雄《をんどり》の時《とき》を告《つぐ》るや 則《すなは》ち阿伝《おでん》が奸悪《かんあく》 その本夫《おつと》或《ある》ひは情夫《じやうふ》に及《およ》ぼす如《ごと》き波之助《なみのすけ》が顚末《てんまつ》 以《もつ》て将来《しやうらい》の戒《いまし》めとす されば お伝《でん》は孀婦《やもめ》となり 伊兵衛《いへゑ》が方《かた》に引取《ひきと》られし其後《そのゝち》は心《こゝろ》に罹《かゝ》る[四]雲《くも》なく 太田町《おほたまち》なる野引《のびき》[五]の老婆《らうば》が家《いへ》にしば〳〵入浸《いりびた》りて 彼巾著剪賊《かのきんちやくきり》[六]の市奴《いちやつこ》と密会《みつくわい》に及《およ》ぶより 市《いち》が昼稼《ひるかせ》[七]ぎ夜働《よばたら》きに奪《うば》ひ来《く》る珊瑚珠《さんごじゆ》[八]の銀簪《ぎんかんざし》 その価《あた》ひ貴《たうと》き品《しな》を お伝《でん》が髪《かみ》の飾《かざ》りにとて与《あた》ふるも 度々《たび〳〵》なれば 素《もと》より怜悧《さかしき》お伝《でん》なれば市《いち》が世渡《よわた》[九]りを夫《それ》ぞと推《すゐ》し よき事《こと》にして すりたる⑳品《しな》を貰《もら》ひ受《うけ》ては密売女《みつばいをんな》[一〇]に売代《うりしろ》なして 小遣《こづか》ひ銭《ぜに》に事闕《ことかく》[一一]すべを知《し》らずなりしを 伊兵衛夫婦《いへゑふうふ》は如何《いか》にしてお伝《でん》が銭《ぜに》を貯《たくは》へしかと 不審《ふしん》に思《おも》へど 渠《かれ》は元大尽子《もとだいじんこ》[一二]にてありしと聞《き》けば 女《をんな》の性《さが》の吝嗇《りんしよく》[一三]なるより 亡夫《なきつま》にも隠《かく》したる臍操金《へそくりがね》のあるならんと 其儘《そのまゝ》にうち捨置《すておく》に 或日《あるひ》の黄昏《たそがれ》 お伝《でん》は野毛坂《のげざか》[一四]なる楠湯《くすゆ》に入《い》りたる時《とき》 おなじ風呂《ふろ》のうちに湯浴《ゆあみ》たるは この辺《ほと》りの官舎《くわんしや》[一五]に住《す》み 当地出張《たうちしゆつちやう》の官員何某《くわんゐんなにがし》[一六]の細君《さいくん》なるが お伝《でん》が髪《かみ》に挿《さ》し込《こ》み居《ゐ》たる簪《かんざし》にふ図目《とめ》を付《つ》け よく〳〵看《み》るに 二三日前夜《ぜんや》吉田橋《よしだばし》[一七]にて掏摸《すりと》られし その身《み》が秘《ひ》[一八]

一 情夫。「たしかに情人(あし)が出来たやうすだから」(為永春水『松間花情吾妻の春雨』二・中、天保三年〈一八三三〉)、「密夫(あし)の方の縁(て)をきつて」(岡丈紀『江湖機関西洋鑑』初・下)「東縛を好む老娼妓(おいらん)の再勤(たちがへり)」明治六年十月自叙)、「少しは金がありそうだから困ツた時の足にしようと思つて」(岡本勘造『其名も高橋毒婦の小伝 東京奇聞』四・下)。

二 (風に吹かれて物が動くことから)感化すること。以下は、他者をいかに感化したかによって、その言動の善悪がわかる、の意。

三 雌鶏が雄鶏に勧めて朝の時を告げさせる。「牝鶏晨(あした)す」(→六七頁注四二)の類。そのように、お伝の悪賢い言動に影響されて、夫波之助がたどった経歴や、さらにそれが情夫らに及ぼした影響は、将来の戒めになる、の意。

四 何のわだかまりもなく。

五 屋外で客を引く商売の者(街娼・旅籠屋の客引きなど)。「三途川の老婆」(→二二八頁七行)のこと。

六 スリ。

七 昼夜のスリ稼業。

八 「珊瑚ノ枝幹ヲ磨キテ珠トセルモノ、(略)緒締、簪等ノ飾リトシテ貴ブ、舶来品ノ、色、浅紅黄ニシテ光リ、縦ニ木賊(トクサ)ノ如キ細紋アルヲ上品

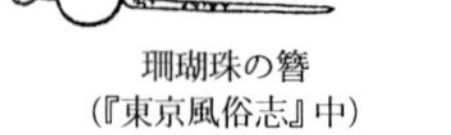

珊瑚珠の簪
(『東京風俗志』中)

⑳

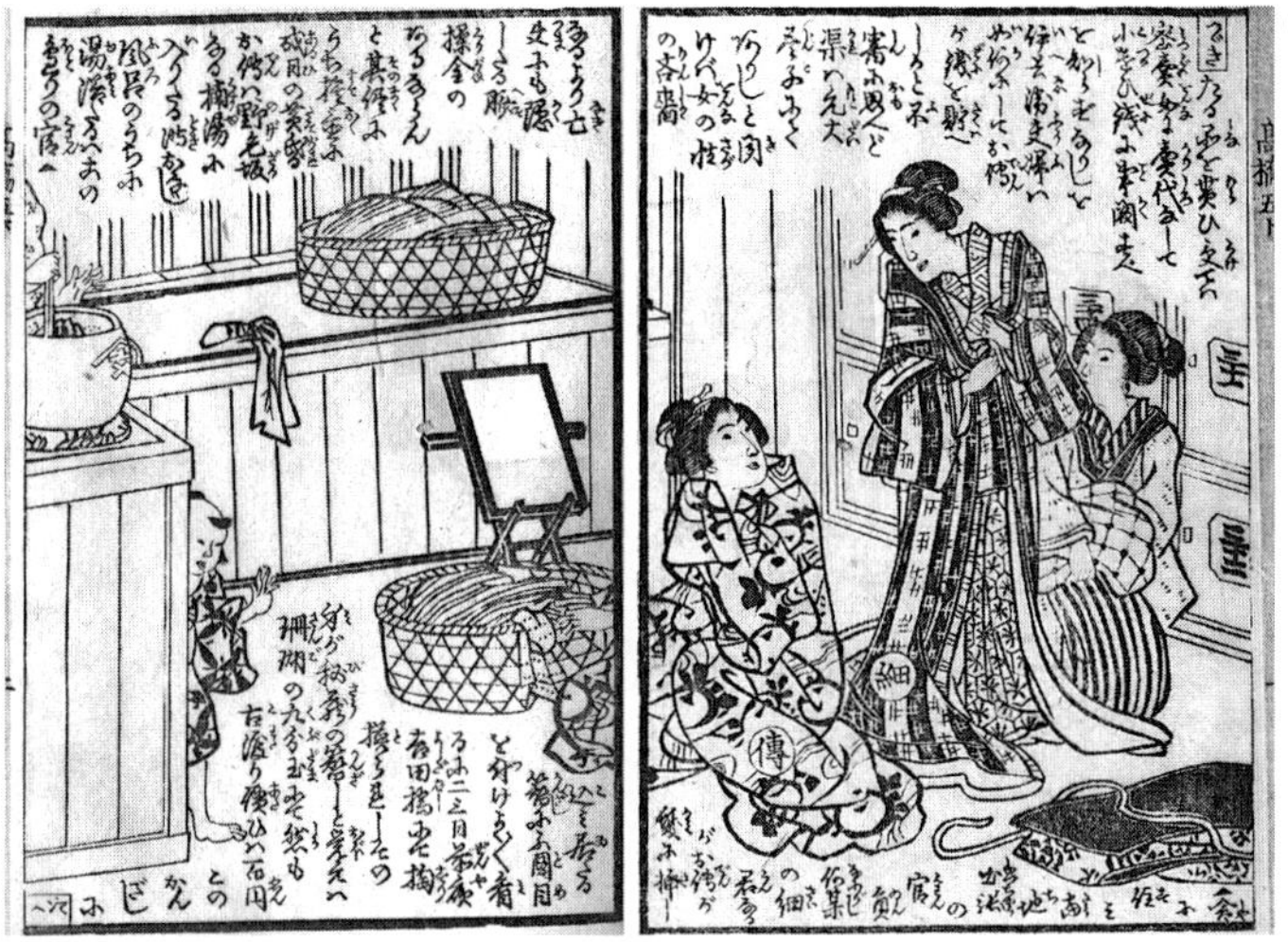

蔵《さう》の簪《かんざ》しと[一九]覚《おぼ》えば　珊瑚《さんご》の[二〇]九分《くぶ》玉《だま》にて然《しか》も[二一]古渡《こわた》り　価《あた》ひは[二二]百円《ゑん》このかんざしに㉑[二三]擬《まが》ひなしと思《おも》ふものから　召連《めしつれ》たる下女《げぢよ》に密《ひそか》に耳話《みゝうち》して　お伝《でん》が跡《あと》を付《つけ》さするに　お伝《でん》は斯《かゝ》る事とも知《し》らず　今霄《こよひ》は一端伊兵衛《たんいへゑ》が家《いへ》に戻《もど》り　予《かね》て市奴《いちやつこ》と[二四]約促《やくそく》なれば　[二五]子《ね》の神《かみ》へ参詣《さんけい》に托《かこつ》けて家《いへ》を出《いで》　彼太田《かのおほた》町《まち》なる老婆《らうば》が家《いへ》に忍《しの》び往《ゆき》て　市《いち》の来《きた》るを[二六]待身物《まつみもの》憂《う》き置巨燵《おきごたつ》に歌沢節《うたざはぶし》の[二七]爪弾《つめびき》して　しばらく時《じ》間《かん》を移《うつ》したり　此方《こなた》は以前《いぜん》の細《さい》君《くん》が　ひとり官舎《くわんしや》に立帰《たちかへ》り本夫何某《おつとなにがし》にしかぐ〳〵と　簪《かんざし》の在所《ありか》の知《し》れしを告《つぐ》る間《ま》もなく

トス、深赤ニシテ、紋理ナキヲ、血玉(チダマ)トイヒテ下品トス」(『言海』)。「簪の珠は珊瑚を最とし、孔雀石・瑪脳(めのう)・彫珠等多し。(略)脚は金脚を最とし、鼈甲・銀(略)等の次第あり」(平出鏗二郎『東京風俗志』中、明治三十四年)。九 稼業をスリだと推測し、それをいいことに。一〇 売春婦たち(→二二〇頁八行以下)に売って金に換え。一一 不自由することもなかったが。一二 大金持ちの子ども。お伝の母お春が結婚した勘左衛門の父は、村役人を務めた。→四五頁七行。一三 けち。一四 東海道と横浜町を結ぶ横浜道の難所で、標高五〇《メートル》ほどの野毛山と伊勢山の間を下る二〇〇《メートル》余りの坂。幕末には神奈川奉行所や役宅が建てられた。明治二年頃は人一人がやっと通れるくらいの細い道だった(高安智円「江戸見物の話」河野桐谷編『江戸は過ぎる』万里閣書房、一九二九年)。現横浜市中区野毛町三—四丁目。→付図4。一五 野毛坂の役宅を指す。→付図4。一六「官吏。=ヤクニン」(『日本大辞書』)。現在の公務員にあたるが、当時は官尊民卑の風が強かった。一七 →二二二頁注八。一八「ひさう秘蔵 秘メ蔵(ヲサ)ムルコト。(略)」—

(二九九頁に続く)

絵 楠湯でお伝の簪に目を止める官員の妻。横に控えるのは下女。お伝の前には脱衣籠と鏡、左に番台。火鉢に「〈文」(辻文)とある。

㉑

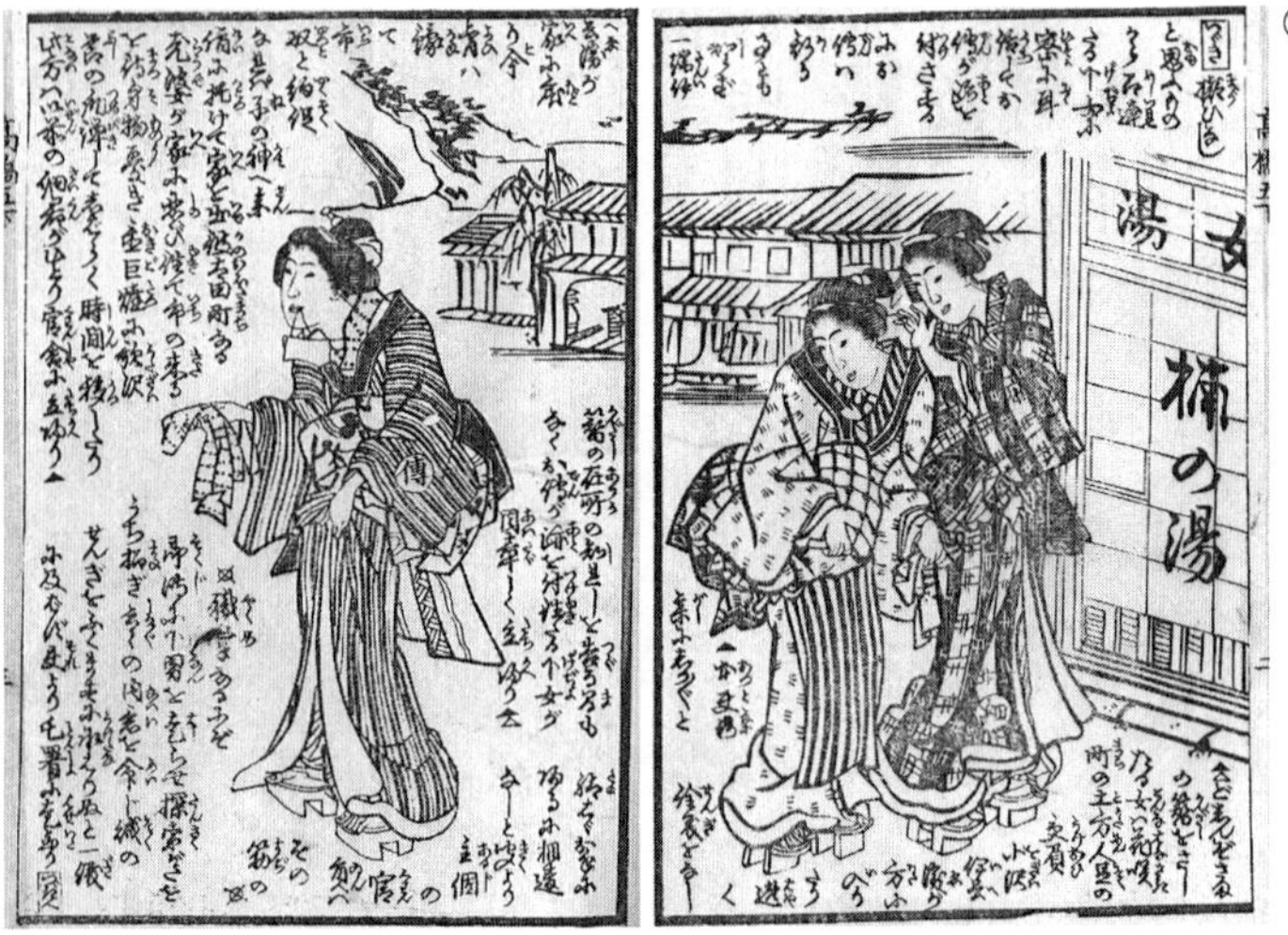

お伝《でん》が跡《あと》を付往《つけゆき》たる下女《げぢよ》が周章《あはたゞ》しく立帰《たちかへ》り　ごしんぞさま[一]の簪《かんざし》をさしたる女《をんな》は　花咲町《はなさきまち》[二]の土方人足《どかたにんそく》の受負《うけおひ》　小沢伊兵衛《をざはいへゑ》が方《かた》に入《い》りたり　逸《はや》く詮義《せんぎ》[三]をなし給《たま》はゞ　お手に帰るに相違なしと聞《きく》より　主個《あるじ》の官員《くわんゐん》[四]はその筋《すぢ》の職掌《やくめ》なるにぞ　即時《そくじ》に下男《げなん》を走《はし》らせ　探索《たんさく》がたをうち招《まね》ぎ云〻《しかぐ》の内意《ないい》[五]を命《めい》じ　賊《ぞく》のせんぎをふくますに　承《うけたま》はりぬと一議《ぎ》[六]に及ばず　夫《それ》より屯署《とんしよ》[七]に走至《はせいた》り

㉒斯《かく》[八]と聞《きこ》えて　邏卒《らそつ》[九]と倶《とも》に伊兵《いへ》衛《ゑ》が方《かた》に至《いた》りけり

○その夜《よ》お伝《でん》は老婆《らうば》が家《いへ》に待間《まつま》程《ほど》なく　市奴《いちやつこ》は掏摸《しこと》を疾《はや》く切《きり》あ

絵　官員の妻に、お伝の跡をつけるよう耳打ちされる下女。お伝は手拭いを持ち、口に糠袋(顔や体を洗うのに用いた糠入りの袋)をくわえている。

一　御新造。江戸時代後期には御家人・上流町人の妻の呼称だったのが、明治に入って中流階級の人妻の呼称となった。上流＝奥様、中流＝御新造さん、庶民＝おかみさんの順。「此語ヲ用キルノハ主ニ商人デ無ク、夫レヨリ以上ノ身分(ト仮定シテ)、即チ然ルベキ技芸ナドニ由ツテ生活スル人ノ妻ナドニイフ。医者、画工、学者ナドノ類」(『日本大辞書』)。鏑木清方「明治の東京語」(一九三五年十月。『褪春記』双雅房、一九三七年所収)に「徳川時代なら苗字帯刀御免といふ格ぐらゐのを「御新造」、ものを学ぶ先生の夫人を呼ぶにもさう呼んでゐた」とある。

二　→二一五頁注二五。

三　「罪人ノ糺問。吟味」(『言海』)。

四　警察関係の仕事。

五　内々の意向。

六　あれこれ議論するまでもなく、直ちに。

七　明治初期の警察署の称。たむろ。「たむろ(略)巡査ノ詰メル処。＝屯所。＝警察署」(『日本大辞書』)。

八　これこれだと申し上げて。

九　横浜では、「巡査」と改称される前の明治五年一月－八年十月の呼称。

㉒

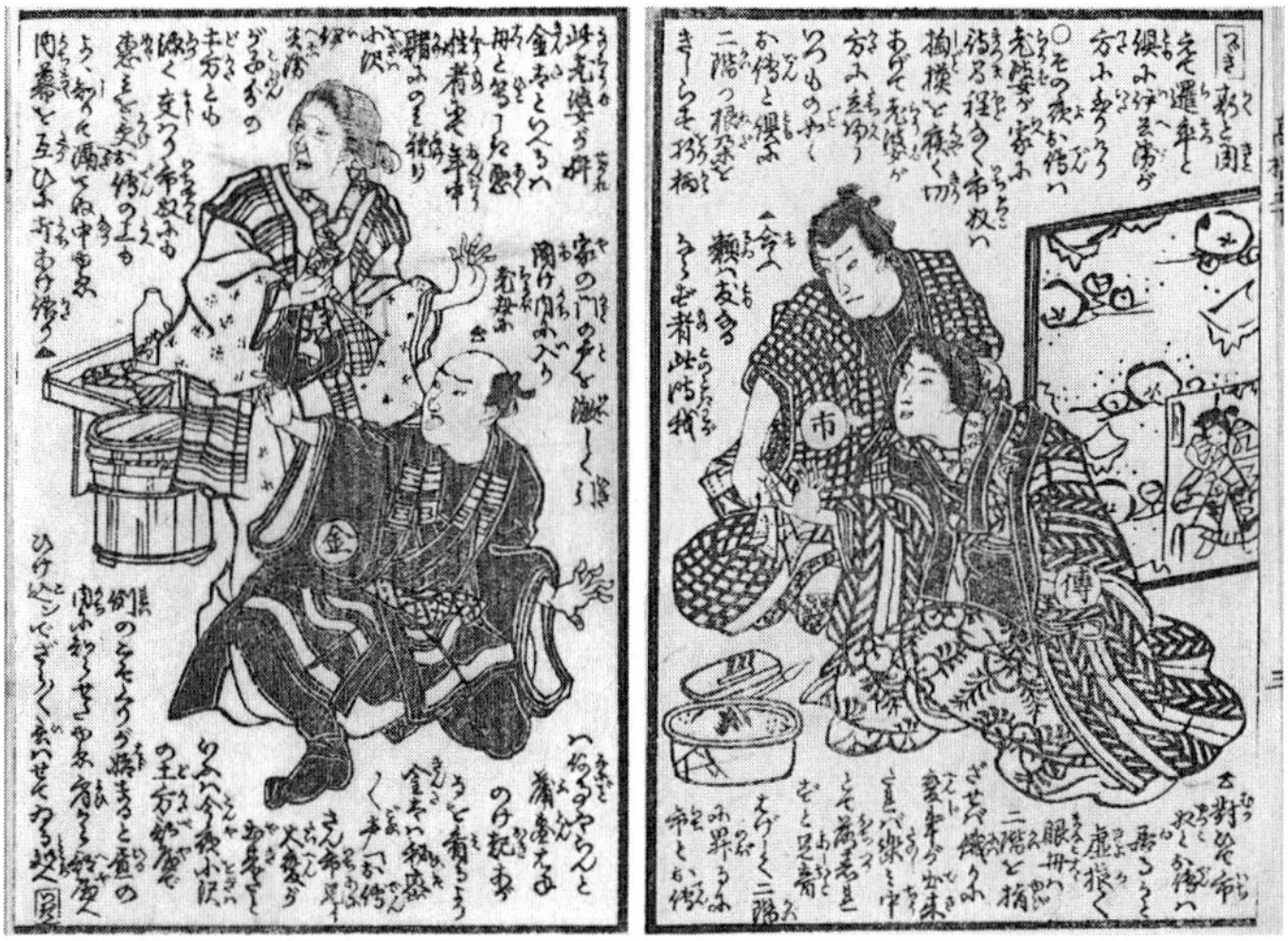

げて老婆《らうば》が方《かた》に立帰《たちかへ》り　いつもの如《ごと》くお伝《でん》と倶《とも》に二階《かい》の根朶《ねだ》[一〇]をきしらす折柄《をりから》　此老婆《このらうば》が悴金太《せがれきんた》といへるは母《はゝ》と等《ひと》しき悪性者《あくしやうもの》[一一]にて　年中賭《ねんぢうかけ》にのみ耽《ふけ》り　小沢伊兵衛《をざはいへゑ》が子分《こぶん》の土方《どかた》とも深《ふか》く交《まじ》はり　市奴《いちやっこ》にも恵《めぐ》[一二]みを受《うけ》　お伝《でん》の上《うへ》[一三]もよく知《し》りて隔《へだ》てぬ中《なか》ゆゑ内幕《うちまく》を互《たが》ひに打《うち》あけ語《かた》り合《あ》ふ類《るゐ》は友《とも》なるならず者《もの》　此時我家《このときわがや》の門《かど》の戸《と》を激《けは》[一四]しく引開《ひきあ》け内《うち》に入《い》り　老母《らうぼ》に対《むか》ひて　市奴《いちやっこ》とお伝《でん》は居《ゐ》るかと虚狼《きよろ》[一五]〳〵眼《まなこ》　母《はゝ》は二階《かい》を指《ゆび》[一六]ざせば　俄《には》かに変事《へんじ》[一七]が出《で》来《き》たれば　楽《たのし》み中《ちう》とて落着《おちつか》れずと　足音《あしおと》はげしく二階《かい》に昇《のぼ》るに

↓補八七。

一〇 床板（ゆか）を下から支える横木。情交を暗示。「さわぎにきしむ板だゝみ　あなたにひゞきて嘉次郎が。又ぼんのうをふたゝびおこせし。この物音に」（魯文『滑稽富士詣』九・上）。

一一 酒色や遊興などにふけって身持ちの悪い者。

一二 小遣い銭などを貰い。

一三 事情。身の上。

一四 「けはし」はあわただしいさま。けたたましく。「既に五更の八声の鳥　門の戸けはしくとんとんとん」（近松門左衛門『大経師昔暦』上、正徳五年〈一七一五〉初演）。

一五 きょろきょろと落ち着きなくあたりを見まわしている目つき。

一六 「YUBI-ZASHI（略）Pointing the finger」（『和英語林集成』再版）。

一七 非常の事件。

絵　「お巡吏（りょ）」が追及していることを市松とお伝に知らせ、目を配る金太。その後ろは金太の母（太田町の老婆）。

㉓

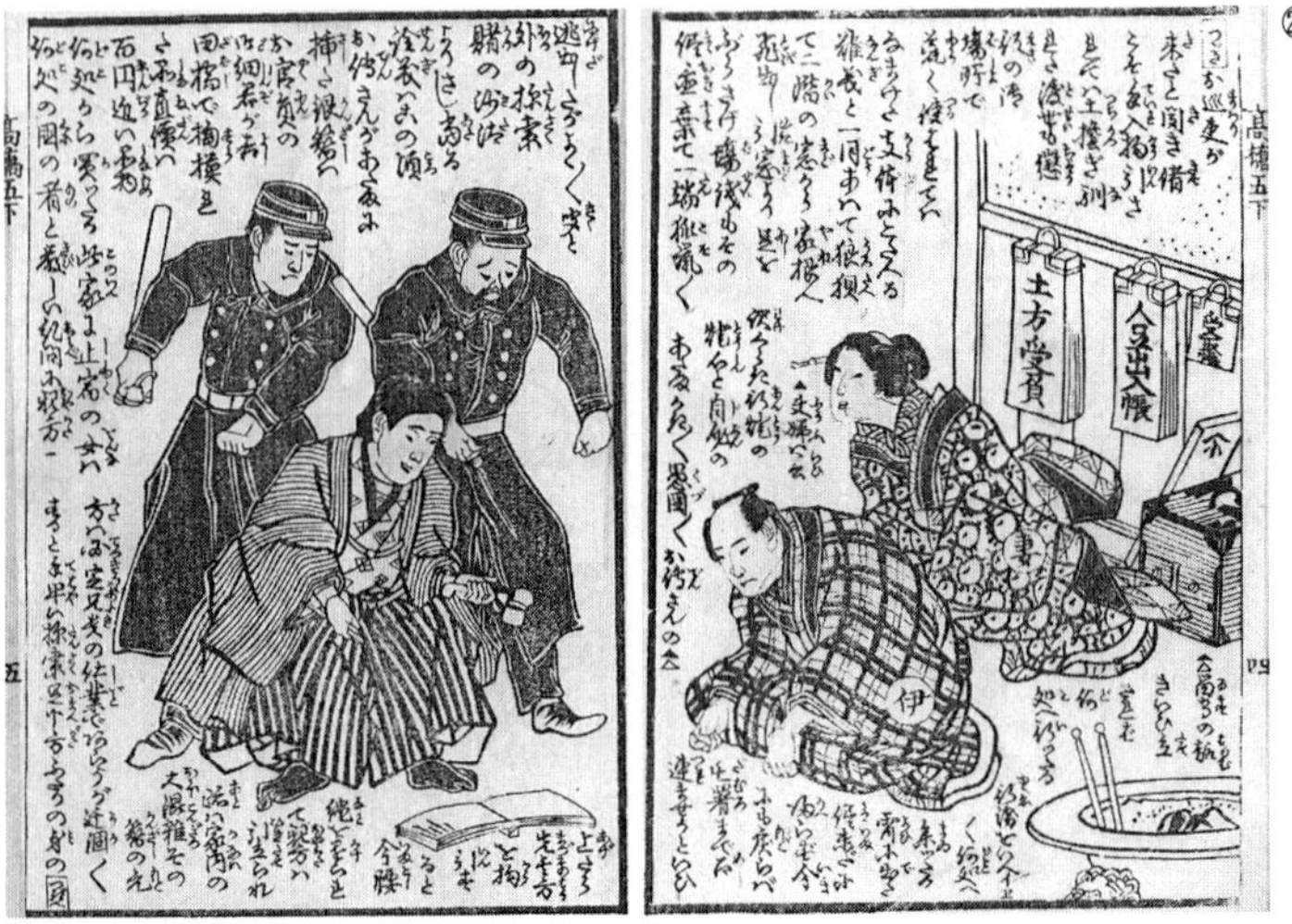

市《いち》とお伝《でん》は何事《なにごと》やらんと　蒲団《ふとん》はねのけ起《おき》あがるを　看《み》るより金太《きんた》は秘密《ひそ》〳〵声《ごゑ》　「お伝《でん》さん市兄《いちあに》イ　一大変《たいへん》が出来《でき》たといふは今夜《こんや》小沢《をざは》の土方部屋《どかたべや》で例《れい》の二こそくりが始《はじ》まると　昼《ひる》の内《うち》に知《し》らせたゆゑ　霄《よひ》から部屋《へや》へひけ三込《こ》んで　四ざら〳〵言《い》はせてゐる処《ところ》へ　五㉓お巡吏《まはり》が来《き》たと聞《き》き　偖《さて》こそ六手入《ていれ》　拘引《かういん》されては七土担《つちかつ》ぎ馴《な》れた渡世《とせい》も　懲役《ちようえき》の御場所《ばしよ》で荒《あら》く使《つか》はれては　なまけた文体《からだ》にこたへる難義《なんぎ》と　一同《どう》あはて狼狽《うろたへ》て　二階《かい》の窓《まど》から家根《やね》へ飛《とび》出し　八引窓《ひきまど》より足《あし》をぶらさげ　九場銭《ばせん》もその儘置棄《まゝおきすて》て　一端狐鼠《たんこそ》一〇

絵　役人・邏卒らの糾問を受ける小沢伊兵衛夫婦。後ろの帳場には「受取帳」「人足出入帳」「土方受負」帳を吊るす。

一 大事件が起こったというのは。
二 博打の隠語。
三 江戸語では「し」「ひ」通用するので、「しけこむ」に同じ。廓や茶屋、友達の家など、遊興の場にこっそり入り込むこと。「借た金を持ツておとゝいから廓(なか)へ引ケこんで隠れあそびをしてゐる」(魯文『西洋道中膝栗毛』初・下、明治三年自序)。「例の筆頭(しつとう)に成る一時の戯作と雖(いへども)」(魯文『大洋新話 蛸之入道魚説教』「凡例」明治五年)。
四 小銭を取り出す擬声語。じゃらじゃら。
五 →補八八。
六 検挙のため、犯人の居所に踏みこむこと。
七 懲役で土木工事に使われることだろう。もともと土方だからこういう仕事は慣れてはいるが。→補八九。
八 天窓。明かり取りのため、屋根の傾斜面に作った窓。引き扉を付け、そこから下ろした綱で扉を開閉する。
九 →六〇頁注三〇。
一〇 「こそこそ」の当て字。「狐鼠〳〵と脱走〳〵」(明治十一年十月十二日『仮名読新聞』)。

㉔

〳〵逃出《にげだ》したが　よく〳〵聞《きく》と外《ほか》の探索《たんさく》　賭《かけ》の一一沙汰《さた》よりさし当《あた》る詮義《せんぎ》は　この頃《ころ》お伝《でん》さんがあたまに挿《さし》た銀簪《かんざし》は　お官員《やくにん》の一二御細君《ごしんぞ》が吉田橋《よしだばし》で掏摸《すら》れた品《しな》直価《ねだん》は百円近《ゐんぢか》い品物《しなもの》　何処《どこ》から買《か》ツたか　此家《このいへ》に止宿《ししゆく》の女《をんな》は何処《どこ》の国《くに》の者《もの》と　厳《きび》しい糺問《しらべ》に親方夫婦《おやかたふうふ》は　一三言訳《いひわけ》くらき行燈《あんどう》の燈心《とうしん》と　自身《じぶん》のあたまかき〳〵愚図《ぐづ》〳〵　お伝《でん》さんの留守《るす》の趣《おもむ》きいひ立《たて》たれば　何処《どこ》へ行《い》ツたか行衛《ゆくゑ》をいへ　イヱ〳〵何処《どこ》へ参《まゐ》ツたか　霄《よひ》に出《で》た儘末《まゝいま》だに帰《かへ》らず　今《いま》にも戻《もど》らば一四屯署《たむろ》まで召連《めしつれ》ませうといひ上《あげ》たら　一五先其《まづその》

一一 詮議。

一二 →二三二頁注一。

一三 言い訳の筋道が通らないので、暗くなった行灯の心(しん)を掻きあげて明るくしたり、自分の頭を掻いたりして、ぐずぐずし。「心」は、油皿にひたして火をともす細い紐状のもの。皿の縁から少し出して点火し、燃え尽きると掻きあげて明るくする。「くらき」は「言訳」と「行燈」に、「かき〳〵」は「燈心」と「あたま」に、またそれぞれ掛かる。「云訳暗き此の場の始末」(明治十一年十月二十日『仮名読新聞』)。

一四 →二三二頁注七。

一五 「対称ノ代名詞。下輩ニ用キル。稍尊大ノ義」(『日本大辞書』)。

絵　艀(けはし)に身を潜め、横須賀行きの船に向かうお伝と市奴。

㉕

方《はう》を拘引《かういん》すると　今腰縄《いまこしなわ》[一]を懸《かけ》られて　親方《おやかた》は引立《ひきたて》られ　跡《あと》は家《か》内《ない》の大混雑《おほこんざつ》　その簪《かんざし》の元方《もとかた》[二]は[三]必定《てつきり》兄貴《あにき》の仕業《しごと》であらうが[四]迂涸《うか》〳〵すると手早《てばや》い探索《たんさく》足下方《おまへがた》ふたりの身《み》の上《うへ》㉔　今夜《こんや》の内《うち》に高《たか》[五]ふけせずは　からだに縄《なわ》が罹《かゝ》るであらうと　飛《と》ンで帰《かへ》ツて知《し》らせに来《き》た　少《すこ》しも疾《はや》くと促《うなが》され　「そんならヅキ[六]が廻《まは》ツたか　お伝《でん》からしては居《ゐ》られめへと　立《たち》あがりて三尺帯《おび》[七]　堅《かた》く結《むす》びて身支度《みじたく》すれば　お伝《でん》も倶《とも》に身《み》[八]を繕《つく》ろひ　母子《おやこ》の者《もの》にいとま乞《ご》ひそこ[九]〳〵にして此家《このや》を立《たち》出《いで》　陸《をか》を歩《あゆ》まば人目《ひとめ》にかゝらん

絵　山中村の古祠で、二人の胡麻の蠅に乱暴されかかる比丘尼(花月尼)。後ろに賽銭箱。

一　軽罪の囚人を護送する際、腰に掛ける縄。
二　(金品の)出どころ。
三　定めて。
四　うっかりしていると。「迂濶」と同じ意なので畳語として転用したか。「涸」は音「コ・カク」、かれる意。「迂涸」は底本「迂涸」。錦松堂版「迂個」により改める。
五　遠くへ逃げなければ。「ふける」は逃げる意。↓四九頁注八。
六　↓一〇三頁注二五。
七　長さが鯨尺三尺(約一一四センチメートル)の、主に木綿の男帯。しごいて左または右前で結ぶ。職人・遊び人などの風俗。
八　身なりや髪などを整え。
九　心急ぐまま簡略にして。
一〇　横須賀行きの船。↓補九〇。横須賀は、幕末に幕府の洋式造船所や製鉄所が建設され、港町として発展。↓付図2。
一一　大岡川に架かり、横浜道を野毛町から吉田町へと結ぶ橋。↓補九一。↓付図4。
一二　停泊中の本船と陸との間を往復し、貨物や旅客を運ぶ小舟。伝馬船。
一三　↓四五頁注三一。
一四　船の底に敷くあげ板。
一五　↓補九二。

㉖

幸《さいは》ひの[一〇]横須賀船《よこすかぶね》　翌《あす》の六時《じ》に出《しゆつ》帆《ばん》と霄《よひ》に聞《きい》たは天《てん》の与《あた》へと　鼻《はな》の先《さき》なる[一一]都橋《みやこばし》より[一二]艀《はし》けに乗《の》り組《くみ》身《み》を潜《ひそ》め[一三]一時千秋《ときせんしう》　夜明《よあ》けを待《ま》つうちにも意急《こゝろいそ》がれて　寄《よ》する波《なみ》さへ追人《おつて》かと　腰《こし》も[一四]板子《いたご》に落《おち》付《つか》ず　稍《やうや》くにして夜明《よあけ》の頃本船《ころほんせん》に乗移《のりうつ》り　ふたりは始《はじ》めて活《いき》たる心地《こゝち》　その日《ひ》の正午過《しやうごすぐ》るころ[一五]横須賀《よこすか》に上陸《じやうりく》したれど　此処《こゝ》も神奈川県庁《かながはけんちやう》の管轄《くわんかつ》なれば長居《ながゐ》は無用《むよう》と　[一六]昼餉《ひるげ》そこ〳〵[一七]浦賀《うらが》に渡《わた》り　その翌《あく》る日《ひ》[一八]便船《びんせん》を求《もと》めて[一九]伊《い》豆《づ》の[二〇]下田《しもだ》に[二一]居《ゐ》たり　是《これ》よりお伝《でん》が言《い》ふに委《まか》せて　その故里《ふるさと》なる[二二]上州路《じやうしうぢ》に足《あし》を入《い》れんと　[二三]三嶋《みしま》よ

一六　昼食。

一七　三浦半島東端、横須賀の南東に位置。戦国時代からの港町で、享保五年(一七三〇)浦賀奉行の設置後繁栄。嘉永六年(一八五三)ペリーが四隻の艦隊を率いて入港し、幕府に開港を要求。東海道から横須賀を経て浦賀に通じる道(浦賀道)があった。現横須賀市浦賀。→付図2。

一八　ちょうど都合よく出る船。

一九　伊豆国(現静岡県東部)。廃藩置県後、足柄県を経て明治九年伊豆半島部は静岡県に合併。

二〇　伊豆半島南東部の港町。下田奉行が置かれ、嘉永七年日米和親条約の締結により開港場となった。→付図2。

二一　留まっていた。

二二　上州方面。

二三　伊豆国田方郡の地名。東海道の箱根と沼津の間の宿駅。古くは伊豆国の国府で、江戸時代には天領となり代官が置かれた。下田まで下田街道が通じる。→付図2。三島からは、御殿場(現静岡県御殿場市。→付図2)まで御殿場道、そこから石和(いさわ)(=現山梨県笛吹市石和町。→付図2)まで鎌倉街道、そこから下諏訪(現長野県下諏訪町)まで甲州街道、そこで中山道に合流し、碓氷峠を越えて上州に入る、ということ。

絵　祠の中から現れて二人の胡麻の蠅を懲らす市松とお伝。

㉗

り東海道《とうかいだう》を横断《よこぎり》て　甲斐《かひ》[一]の山道《やまみち》つゞらをり　信濃路《しなのぢ》[二]にこそ趣《おもむ》きけれ

○㉕木枯風《こがらし》[三]の果《はて》なき木曽《きそ》の山《やま》[四]おろし　落《おつ》る木《こ》の葉《は》の軽井沢《かるゐざは》[五]　妹《いも》[六]が懐《ふとこ》ろさむしろに　法衣《ころも》うつなり肌《はだ》さむき山中村《やまなかむら》[七]の古祠《ふるほこら》[八]　夜《よる》は取《とり》分物《わけもの》[九]すごき風《かぜ》の便《たよ》りに　山寺《やまでら》の鐘《かね》も氷《こほ》るやつらゝ谷《だに》　茲《こゝ》にひとりの尼法師《あまはふし》[一〇]　世捨人《よすてびと》[一一]には最惜《いとを》しき花《はな》の容色《すがた》の綻《ほころ》びし衣《ころも》の袖《そで》を　左《さ》右《いう》より捕《とら》へていどむ[一二]ふたりの悪《わる》者《もの》「サアお比丘《びく》[一三]さん　モウ泊《とま》[一四]りまで着《つい》たから　寛《ゆる》りと脚《あし》を延《のべ》たがよい　「所詮《しよせん》旅籠《はたご》[一五]は木曽路《きそぢ》の道中《だうちう》　山又山《やまたやま》に足曳《あしびき》の　足《あし》を

絵　鉄砲のそれ玉が脚をかすり、市松に背負われる比丘尼。火縄銃を持った猟師がお伝の帯を取る。↓二四八頁注九、二六八頁六行以下。

一 甲斐国を通る、幾重にもまがりくねった山道をたどり。↓二三七頁注二三。 二 信州方面。ここは中山道を指す。 三 池西言水(ごんすい)＝一六五〇‐一七二二)の代表句「凩(こがらし)の果はありけり海の音」(『新撰都曲(みやこぶり)』元禄三年〈一六九〇〉など)を踏まえる。ここは海でなく木曽路(中山道)なので、「果なき」とした。 四 山から吹きおろす風。 五 長野県佐久郡軽井沢村(現北佐久郡軽井沢町軽井沢)。↓付図2。碓氷峠を前にした中山道軽井沢宿がある。木の葉が「軽」く落ちる、と掛ける。 六 男性から恋人や妻を指していう語。ここは「尼法師」(↓一〇行)を指す。ただ一人、粗末なむしろに寝るあなたは、冷たい山おろしも法衣に吹きつけて、懐も肌も寒いことでしょう、の意。↓補九三。 七 中山道軽井沢宿と次の坂本宿の間の小村。↓補九四。↓付図2⑬。 八 古びた小さな社(やしろ)。 九 さびしく恐ろしい風とともに聞こえてくる山寺の鐘の音は、ここ、つらら谷(地名未詳)ではその名の通り凍ってしまいそうだ。 一〇「あまトイフニ同ジ。比丘尼」(『言海』)。 一一 尼にするにはまことにもったいない、開き始めた花のように美しい容姿の女

延《のば》して此祠《このほこら》で　一夜《ひとよ》をあかす外《ほか》はない　木曽《きそ》山《やま》おろしで寒《さむ》からうが　自己《おれ》達《たち》ふたりが[一六]右《みぎ》左《ひだ》り　ふすま屏風《べうぶ》の肉蒲団《にくぶとん》　サア[一七]此椽《このえん》へ腰《こし》をかけ　草鞋《わらじ》の紐《ひも》を解《とい》たがよいと　言《いは》れて[一八]比《び》丘尼《くに》は不審《ふしん》がほ「コレ[一九]こなさん達《たち》は　[二〇]坂本《さかもと》で出逢《であふ》た時《とき》に　軽井沢《かるゐざは》の[二一]宿引《やどひき》じやといはれたゆゑ　一夜《や》泊《どま》りを頼《たの》ンだら　受合《うけあ》ふたではないかいな㉖　[二二]夫《それ》に人里《ひとざと》はなれし祠《ほこら》で　一夜《よ》をあかせと言《いは》るゝは　正気《しやうき》の沙汰《さた》では有《ある》まいがナと　[二三]いはせも果《はて》ず冷笑《あざわら》ひ　「イヤふたりとも気《き》は違《ちが》はぬ　然《しか》もこゝらで[二四]活馬《いきむま》の　目をぬく辛《から》い世渡《よわた》りは　旅《たび》でうるさい[二五]胡麻《ごま》の蠅《はい》　[二六]前橋《まへばし》の辰《たつ》に[二七]四方《も》谷《や》の浜松《はままつ》　[二八]まぶな仕事《しごと》を待合《まちあひ》の　[二九]腰掛茶屋《こしかけぢやや》で[三〇]網《あみ》を張《は》り　往来《ゆきゝ》に眼《まなこ》を配《くば》れども　冬《ふゆ》の旅路《たびぢ》の[三一]往来稀《わうらいまれ》に　来《き》かゝるあじろ笠《がさ》　内《うち》ぞゆかしとさし覗《のぞ》けば　「芝居《しばゐ》で看《み》たる[三二]女清玄《をんなせいげん》　[三三]半《はん》四郎《らう》より美《うつく》しい　白粉《おしろい》なしの清浄無垢《せいじやうむく》「[三四]路用《ろよう》の有無《うむ》は措《さしお》いて　[三五]男《をとこ》と生《うま》れた甲斐《かひ》信濃《しなの》　[三六]中山道《なかせんだう》は六十九次《つぎ》　「[三七]金《かね》の草鞋《わらじ》で尋《たづ》ねても　又《また》とふたりは在《あ》るめへと　思《おも》ふたりが心《こゝろ》の迷《まよ》ひ　こよひ一夜《や》の[三八]大施《せ》餓鬼《がき》　人を救《すく》ふは出家《しゆつけ》の役《やく》

㉘

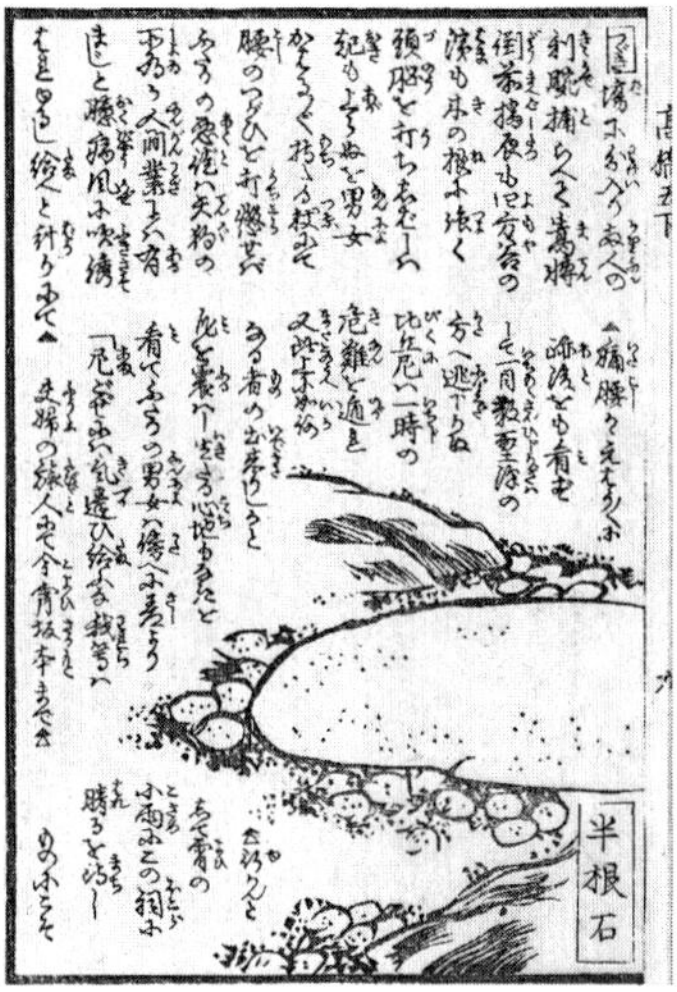

性の、縫い目がほどけた法衣の両袖を。「綻びし」は「世捨人」は「僧ノ異称」(『言海』)。「綻びし」は「花」「衣の袖」両方に掛かる。　一二 言い寄る。「恋慕ヲシカクル」(『言海』)。　一三「比丘尼」に同じ。「此お比丘さんに事(かつ)へて生涯出家を遂げる心に成たから」(三遊亭円朝『真景累ケ淵』八十九)。　一四 宿屋。「古祠」を指す。　一五 道中、山が続く中山道では、結局ろくな宿屋がないのだから、足を引きずるようにしてやっとたどり着いたこの社で、くつろいで一晩明かすしかない、の意。「足曳の」は「山」の縁語で、文字通りの意。「足曳」「足を延して」は対語。　一六 左右から挟んで寝て、襖や屏風のように隙間風を遮り、肉でできた布団のように暖かくしてやろう。　一七「縁＝椽(略)えんがはノ略」(『日本大辞書』)。　一八 →注一〇。　一九「昔シノ対称ノ語。稍(やや)親ンデノ場合ヒニ用ヰタモノ」(『日本大辞書』)。主として女性が用いる。　二〇 軽井沢から碓氷峠を越えた、群馬県側にある中山道の宿駅。軽井沢まで約一一・六キロメートル。現安中市松井田町坂本。↓付図2⑭。　二一 旅籠屋の客引き。　二二 それなのに。　二三 言い終わるのも待たないで。　二四 →五五頁注三四。　二五 旅人と道づれになり、道中で金品を盗み取る者。護摩の灰。

絵「半根石」。根石は石垣の一番下に置く石。柱などを支える土台石。

(二三六頁に続く)

四の五のなしにおら達《たち》ふたりを　替《かは》る〴〵に[一]引導《いんだう》してと　聞《きく》にぶる〳〵　比丘尼《びくに》が驚《おどろ》き「ヱヽ汚《けが》らはしい　出家《しゆつけ》を捕《とら》へて仏《ほとけ》の御罰《ごばつ》も思《おも》はぬか　纔《わづか》ばかりの貯《たくは》へでも　欲《ほし》くは残《のこ》らずやる程《ほど》に　宿《やど》やの在《あ》㉗る処迄《ところまで》案内《あない》をしてと言《い》ふ手《て》を捕《とら》へ　[二]軽井沢《かるゐざは》の宿《しゆく》までは　未《ま》だ[三]二里《り》足《たら》ずの此山中《このやまなか》　[四]如何《どう》もがいても　自己達二人《おらたちふたり》の心憩《こゝろやす》めをせぬうちは　腕《うで》づくでも[五]自由《じゆう》にさせる「所詮《しよせん》やさしく云《い》ふてゐれば[六]夜明《よあけ》まで　邪魔《じやま》の入るは必定《ひつじやう》「[七]尼法師《あまはふし》だけ念仏《ねんぶつ》講《かう》　[八]百万遍《ひやくまんべん》には人数《ひとかず》の　[九]足《たら》ぬ処《ところ》は互《たが》ひの持切《もちき》り　「辰《たつ》ヨ　「[一〇]はま吉《きち》　サア手《て》をかせと　叫《さけ》ぶ比丘尼《びくに》をちからづく　祠《ほこら》の前《まへ》に[一一]おしこかし　[一二]既《すで》に斯《かう》よと見えたる折《をり》しも　祠《ほこら》の内《うち》より立出《たちいづ》る　姿怪《すがたあや》しき男女《なんによ》のふたり　此場《このば》㉘に分入《わけい》り　両人《りやうにん》の利腕《きゝうで》捕《と》らへて[一三]嵩転倒《すてんだう》　前橋辰《まへばしたつ》も四方谷《よもや》の浜《はま》も　木《き》の根《ね》に強《つよ》く頭脳《づのう》を打《う》ち　しばしは起《おき》も上《あが》らぬを　男女《なんによ》かはる〴〵　持《もち》たる杖《つゑ》にて腰《こし》の[一四]つがひを打懲《うちこら》せば　ふたりの悪徒《あくと》は[一五]天狗《てんぐ》の所為《しよゐ》か　人間業《にんげんわざ》には有《ある》まじと臆病風《おくびやうかぜ》に吹誘《ふきさそ》はれ　ゆるし給《たま》へと計《ばか》りにて　[一六]痛腰《いたごし》かゝえ[一七]はう〳〵に　跡後《あと》をも看《み》ずして一目散《いちもくさん》　[一八]聖沢《ひじりざは》の方《かた》へ逃下《にげくだ》りぬ　比丘尼《びくに》は一時《いちじ》の危難《きなん》を遁《のが》れ　又此上《またこのうへ》に如何《いか》なる者《もの》の出来《いできた》りしかと身《み》を震《ふる》はし　生《いき》たる心地《こゝち》もなきを看《み》て　ふたりの男女《なんによ》は傍《かた》へに差《さし》より　「[一九]尼《あま》ごぜには気遣《きづか》ひ給《たま》ふな　我等《われら》は夫婦《ふうふ》の旅人《たびゞと》にて　今霄坂本《こよひさかもと》まで行《ゆ》かんとして　霄《よひ》の小雨《こさめ》にこの祠《ほこら》に　晴《はれ》るを[二〇]待《まち》しものにこそ

一迷っている衆生を極楽に導くこと。ここは、極楽のようないい気持ちにさせてくれ、の意。「迷ひ」「大施餓鬼」「出家」「引導」は縁語。 **二**カギカッコ(「)の脱落とも思われるが、活字版も含め諸本異同なし。底本のママ。 **三**一里は約三・九キロメートル。山中村から軽井沢宿まで約四・六キロメートル(↓補九四)。 **四**底本振り仮名「どう」は入れ木。 **五**思うままに扱う。 **六**説得するのに夜明けまでかかる。それまでには。底本「まで」は入れ木。 **七**尼さんだけに「念仏講」といこう。「念仏講」は、念仏を信ずる人達が当番の家に集まり、鉦をたたく人の周りに円形に座り、大数珠を回して百万遍の念仏を唱える仏事(↓次注)。ここは、その形態の類似から輪姦をいう。「四の五のなしに　おさだまりのねんぶつかう　てまひまいらずらちあけろ」(魯文『薄緑娘白波』初編、慶応四年〈一八六八〉)。「「思ひの儘に輪姦(なぐさむ)だらうへ　身ぐるみ脱(がぬ)せて裸体(はだか)にしやうか　「サア諦々(ぐづ〳〵)としてゐるうち　棒でも来ると面倒だ　念仏講とやらかせト」(高畠藍泉『巷説児手柏』六、明治十二年)。 **八**阿弥陀仏の名を百万回唱える仏教行事。特に京都知恩寺で、十人を一座とし、千八十の珠から成る大数珠を持って、念仏を一度唱えるごとに珠を一つずつ隣に送り、百回回転したところで百万遍(実際は百八万遍)

(三二六頁に続く)

高橋阿《たかはしお》伝夜叉譚《でんやしやものがたり》　六編

六編　袋

上巻表紙

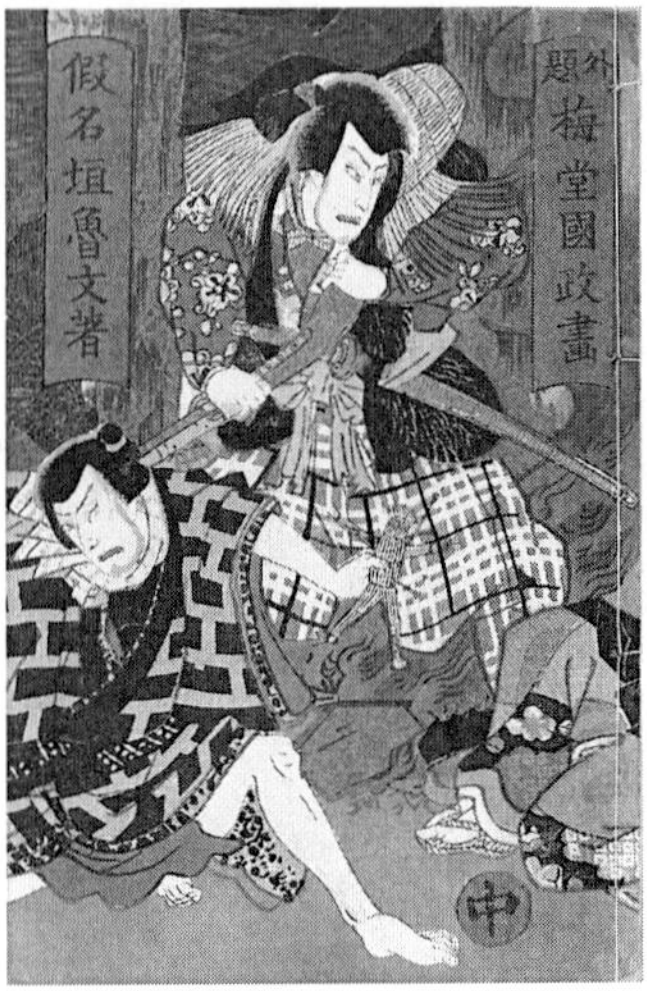

中巻表紙

袋（前頁）　雲に乗った赤鬼（左下）・緑鬼（右上）が書物と升（ます）を掲げる（風神・雷神を意識するか）。本書の売れ行きのよさを示す（→二四四頁自序）。題箋に「周重／国政／合画」とあるのは、上中下巻各冊表紙を梅堂国政が描いたため（→一一四頁表紙注）。「千里飛行」「地球魁本」（「魁本」は首魁の意）の落款。多色刷。

表紙（上段と次頁右）　三枚続。山中村の古祠で比丘尼（花月尼）を捕らえ、提灯をかざす男（上巻）。番傘（「∧」に「文」は辻岡文助の屋号）とわら人形を持った男（市松か。中巻下）を、猟師（→二四八頁六行、二六八頁五行以下）が鉄砲で押さえる（中巻）。後ろ手に出刃庖丁を持ったお伝（下巻）。「外題　梅堂国政画」とあるように、この表紙絵は梅堂国政による。多色刷。

下巻表紙

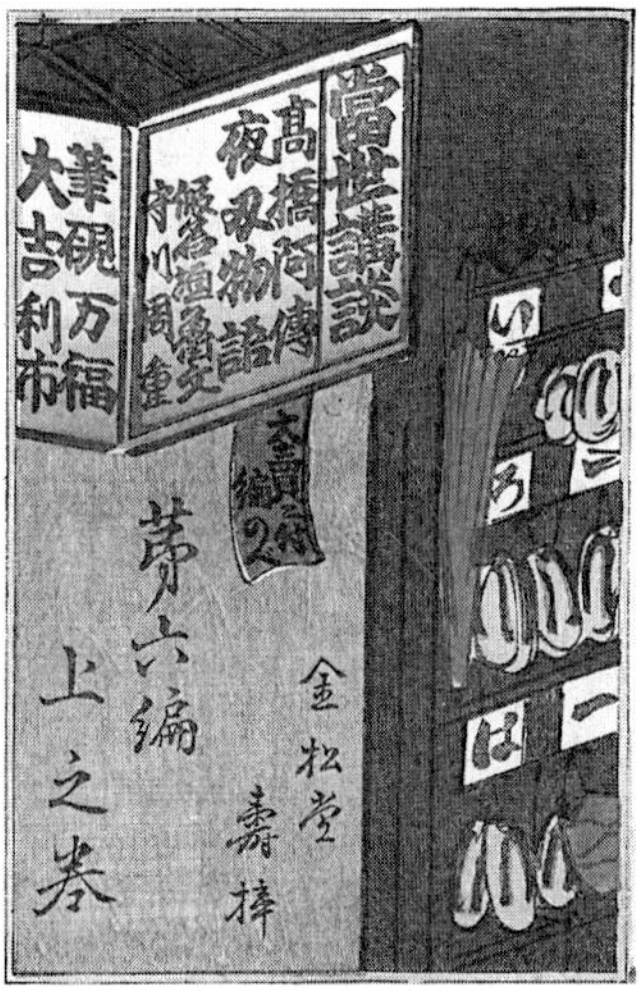

上巻見返し

金松堂寿梓

第六編　上之巻

上巻見返し　「い」「ろ」「は」の下足棚に草履などの掛かった絵。招き行灯（掛行灯）に、「当世講談／高橋阿伝／夜叉物語／仮名垣魯文／守川周重／筆硯万福／大吉利市」「大売に付／編のべ」とある。「編のべ」は編数を伸ばす意。→二一七頁（五編中巻自序）。本作を講談に、読者をその客に、それぞれ見立てる意匠。多色刷。

[一]偖《さて》前稿《ぜんかう》より追々《おひ〳〵》と。記次《かきつぎ》ましたる毒婦《どくふ》の伝記《でんき》。[二]全部《ぜんぶ》五編《へん》で[三]読切《よみきり》と。思《おも》ひの外《ほか》に[四]枝《えだ》がさき。[五]何処《どこ》まで走《はし》る駛筆《かふで》の鞭《むち》。軽尻馬《からしりむま》の[六]腹嚢《はらふくろ》。[七]仕合《しあは》せ吉《よし》や版元《はんもと》の。[八]耳《みゝ》ツたぶとは[九]益路《えきろ》の鈴《すゞ》の。音《おと》も高橋《たかはし》世渡《よわた》りの。杖《つゑ》に初編《しよへん》の麓《ふもと》より。段々《だん〳〵》登《のぼ》る[一〇]貨《たから》の山《やま》。手《て》を空《むな》しくは帰《かへ》らぬ欲張《よくばり》。金《かね》のなる樹《き》を家土産《いへづと》に。頓《やが》て目出《めで》たし〳〵の。結局《けつきよく》までは[一一]モウ四五編《へん》。[一二]詰迫催促金轡《つめかけさいそくきんぐつわ》。[一三]ハイ〳〵如何《どう》でも綴《つゞ》り升《ます》と。止《やむ》を得《え》ず筆《ふで》を採《と》る。噫《あゝ》[一四]人間万事《にんげんばんじ》金《かね》の世《よ》の中《なか》

明治十二第三月　猫々道人 ㊞

一　これまでの初編—五編を指す。
二　↓二一七頁一行以下。
三　完結。
四　筋が次々に展開していくこと。枝葉が咲く。
五　鞭を入れた軽尻馬のように、どこまで文章が進んでいくかわからないが。「軽尻馬」は、江戸時代、約四十貫目(約一五〇キログラム)の荷をつける本馬(ほんま)に対し、その半分の荷、もしくは旅人一人と荷物五貫目までを乗せた道中馬をいう。
六　馬の腹をおおう布。腹当て。
七　↓補九六。
八　利益。耳たぶの厚いのを福耳といい、裕福の相としたことから。
九　宿駅に置かれた駄馬が付けた鈴の音のように、版元の利益は高く大きいが、本作執筆を生計の手段とした私は。「駅路」を「益路」としたのは「利益」と掛けるため。
一〇　宝の山に登りながら手を空しくして帰る(利益を得る好機をみすみす逃す)ようなことはしない欲張りだから、次々と利益を生み出すこの作品を家の者への土産にするべく。「杖」「麓」「登る」「山」「樹」「家土産」は縁語。
一一　八編で完結したので実際にはあと三編。五編売出し広告(三月十九日『仮名読新聞』)に、すでに本作「第八編にて読きり」とある。
一二　主語は版元。「金轡」は金で人を自由に操ること。「牛馬業の習慣(らな

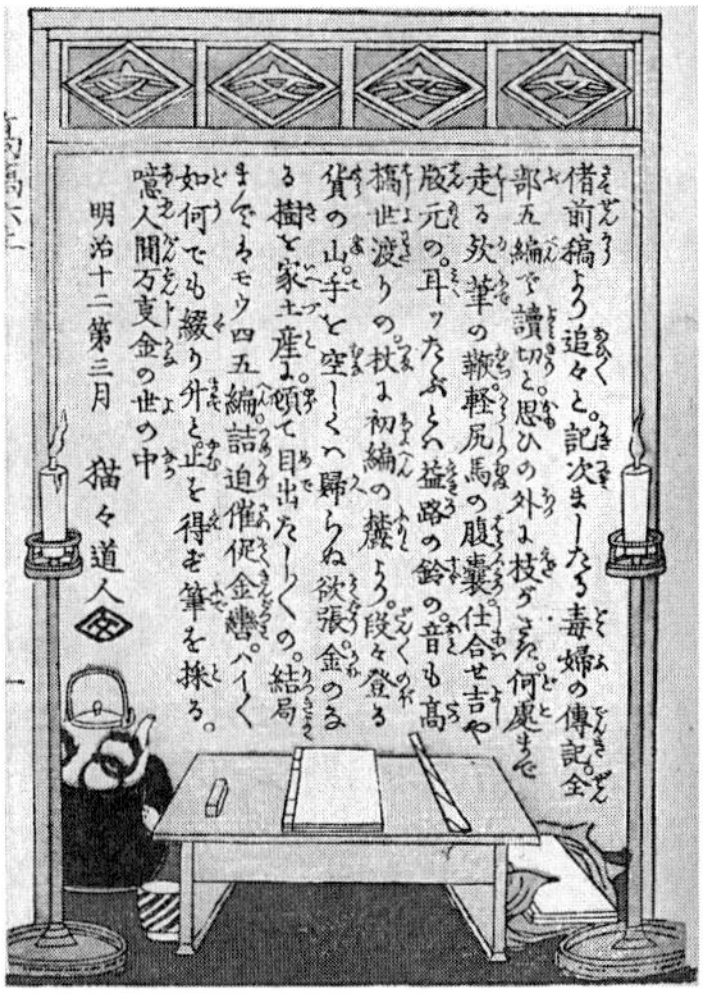

し)で　人間に金轡をはめ　縛(はな)で束ねて年限通り荒く役(つか)ふ悪弊も」(明治十一年十一月九日『仮名読新聞』)。

三 はいはい、どのようにでも書きます。馬を前に進める時の掛け声「はいどうどう」と掛ける。「生れは丹波栗毛馬。夫を抱きかき乗せて妻は口取りはいどう〱」(近松門左衛門『丹波与作待夜の小室節』中之巻、宝永四年〈一七〇七〉頃初演)。「金轡」と縁語。

四 当時上演中だった河竹新七(黙阿弥)作の歌舞伎『人間万事金世中』(明治十二年二月二十八日―四月二十八日、新富座。本大系八巻所収)に掛けて、人間は結局、金のためにあくせく苦労させられる、の意。魯文は文久四年(一八六四)以降黙阿弥と交友。

絵　ロウソクをともした机辺のさま。火鉢にやかん、湯呑など。鴨居の上に㊜(魯文の印。→三六頁注二八)。多色刷。

高橋阿伝《たかはしおでん》

瓦斯燈の影や柳のうら表

岳亭定岡

小川市太郎《をがはいちたらう》

旧名《もとのな》 小川義和《をがはよしかつ》

口絵 掲出の句は、ガス灯の強い光で、柳葉の裏までよく見える、の意。岳亭定岡は、文政・天保年間（一八一八-四四）に活躍した絵師・狂歌作者（本姓菅原）の初世ではなく、明治二十年頃没の二世（本姓岡部。野崎左文「明治初期に於ける戯作者」『私の見た明治文壇』）。「浜の仮名垣先生の内に寄食（あすん）でゐる岳亭定岡さんの作だぜ」（総生寛『西洋道中膝栗毛』十二・下、明治七年）。客引きの女が小川市太郎（七編に登場）に声を掛ける。その下に宿には「天泰丸」「牛肉丸」（↓一〇一頁絵注）「御泊宿」の看板。その下に「武」とあるのは、でんが宿泊した武蔵屋（明治十一年十月二十六日付「高橋でんの口供（東京裁判所調）」〈↓補一一文献〉によれば、五年一月波之助とともに滞在した馬喰町二丁目旅人宿武蔵屋治兵衛）か。二階から見下ろすお伝。背景にガス灯と柳、人力車（↓補六一）、電信柱（↓七八頁注三）。街灯としてのガス灯は、横浜の高島嘉右衛門らがフランス人技師プレグランに設置監督させ、明治五年九月横浜本町通りに初めて点灯。東京では、七年十二月の京橋―金杉橋間が最初とされる。屋内灯としては十一年の新富座が初め。二十四年頃から電灯と競合して次第に減少。多色刷。

人力車夫《じんりきしやふ》
八蔵《はちざう》

口絵　「八蔵」は二編下巻の登場人物(↓一〇二頁一二行)。七編上巻に再登場(↓二九四頁一三行)。「猫盛」(↓一五九頁上巻見返し注)を片口の銚子で茶碗に注いで飲みながら、犬を踏みつけている。多色刷。

(二二三頁より続く)

の一つ。ここはスリの手際の素早さによるあだ名。「奴」は自分を卑下したり、他人を軽く見たりしていう語。**一四** 同じ性質の者が自然と集まること。『易経』乾卦の「同声相応じ、同気相求む(略)則ち各其の類に従ふ也」による。**一五** 上前をはね。**一六** 慶応三年(一八六七)五月開業、明治四年十一月焼失の吉原町廓(現横浜市中区羽衣町)を指す。広さ八千坪で大門を構え、明治二年三月には遊女屋十九軒遊女数四二四人、局見世(つぼねみせ)八十四軒遊女数九六三人(横浜市役所編・刊『横浜市史稿』「風俗編」一九三二年)。↓付図4。それ以前は安政六年(一八五九)開業、慶応二年十月焼失の港崎(みよざき)廓(現中区横浜公園)。**一七** 遊び好きの性格。**一八** 男を誘い込んで気もそぞろにさせる、浮気なそぶりに。↓四三頁注五一。「水性」は女性の浮気な性質。「浮薄女の水性に騙され安いは男の常」(明治十一年十一月二十七日『仮名読新聞』)。**一九** 「市奴」の本名。

高橋阿伝夜叉譚《たかはしおでんやしやものがたり》① 六編上之巻

仮名垣魯文補綴

○第十六回[一] 遠近《をちこち》[二]の里《さと》に阿伝《おでん》旧事《きうじ》を語《かた》る

軽井沢《かるゐざわ》の妹《いも》[三]が懐《ふとこ》ろ　山中坂《やまなかざか》[四]の辻堂《つぢだう》[五]にて　旅賊《ごまのはい》[六]の毒手《どくしゆ》に罹《かゝ》りし比丘尼《びくに》の危難《きなん》を救《すく》ひしは彼《かの》お伝《でん》と市奴《いちやつこ》の男女《ふたり》にて　子細《しさい》は宿《やど》を求《もと》めて後《のち》に寛々《ゆるく〳〵》聞《き》かん　生憎《あやにく》[七]に降出《ふりだ》す雨《あめ》の雪混《ゆきまじ》り疾々《とく〳〵》と促《うなが》し立《たて》　お伝《でん》も倶《とも》に引添《ひきそひ》て　駅路《えきろ》[八]の方《かた》へ下《くだ》る折柄《をりから》　何処《いづこ》よりか猟夫《かりうど》の飛丸《それだま》[九]ひとつ比丘尼《びくに》の脚《あし》をかすれば　叫《あつ》と俯《うつぶ》しに倒《たふ》るゝ手《て》を取《と》り引起《ひきおこ》し　市《いち》奴《やつこ》が背《そびら》にかけ　立去《たちさ》らんとする傍《かたは》らの立木《たちき》の間《ひま》より　怪《あや》しの男《をのこ》鉄炮《てつぱう》小脇《こわき》に顕《あらは》れ出《いで》　お伝《でん》が細腰《ほそごし》[一〇]帯際《おびぎは》とって引戻《ひきもど》すを振払《ふりはら》ひ　闇夜《やみ》に紛《まぎ》れて走去《はせさ》るを　彼曲者《かのくせもの》[一一]は跡《あと》をも追《お》はず　元《もと》の林《はやし》に隠《かく》れ

①

一 五編下巻は「第十四回」。三編下巻の回数「第九回」が欠落し、以下一回分ずつずれていたのをここで修正。↓一四五頁注二六。

二 浅間山の南麓、軽井沢宿から借宿（かりやど＝現長野県北佐久郡軽井沢町長倉借宿）付近一帯を指す地名。↓補九七。

三 ↓二三八頁注六。

四 碓氷峠から群馬県側に下ると「うばがふところ」↓山中坂↓山中村の順に経由。↓補九四。

五 道端などに建てられた仏堂。住持はおらず荒れ放題の場合が多い。ここは「古祠」（↓二三八頁七行）のこと。

六 ↓二三九頁注二五。

七 あいにく。

八 街道。ここは中山道。

九 流れ玉。

一〇 女性のすらりとした美しい腰。

一一 後の伏線。↓二六七頁一三行以下。

②

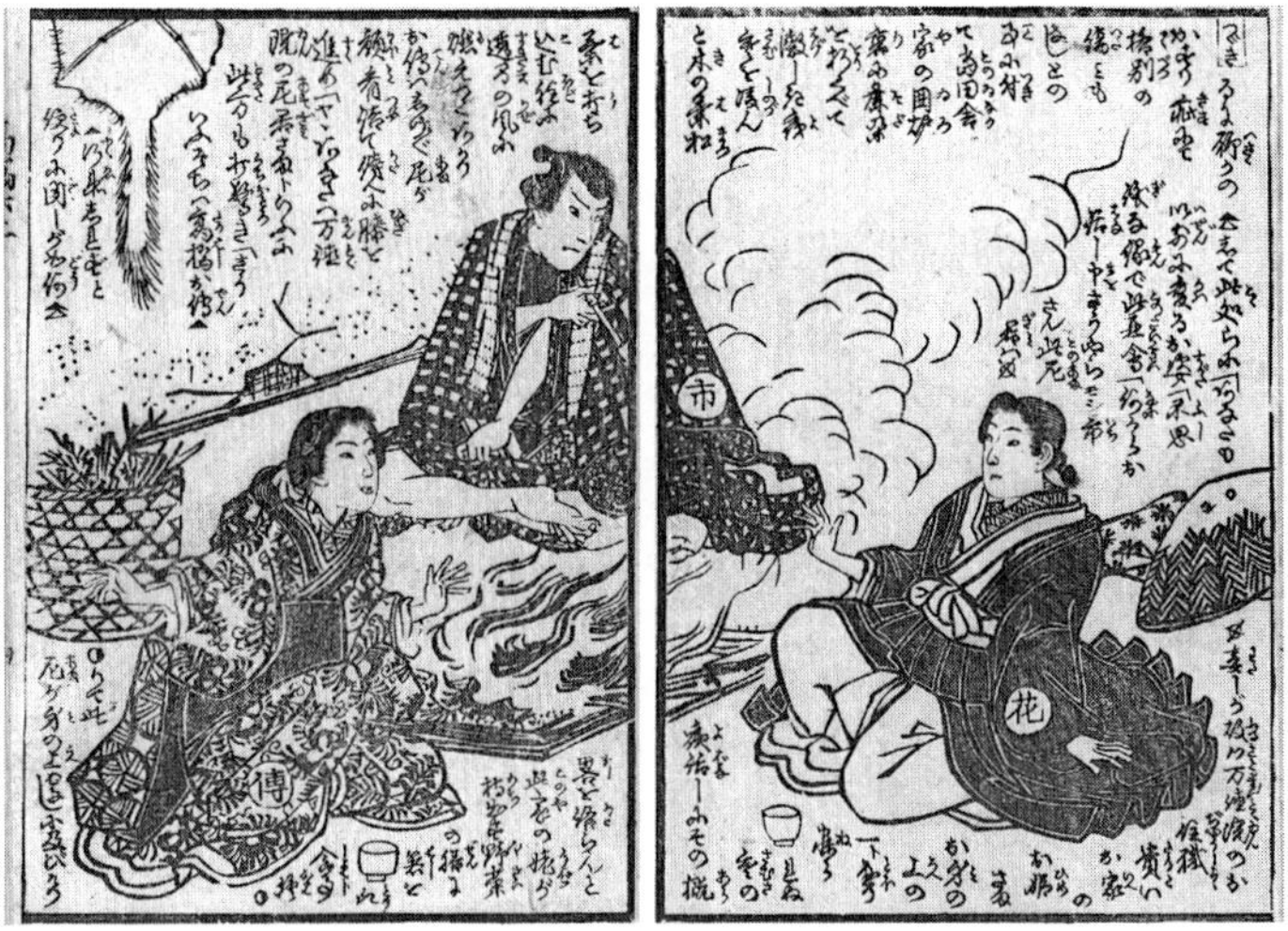

けり　○[一二]遠近《をちこち》の里《さと》とはいへど山《やま》近《ちか》く　冬《ふゆ》の夜風《よかぜ》の訪《と》ふ外《ほか》は往還途絶《ゆきゝとだえ》し安旅舎《やすはたご》　お伝《でん》と市《いち》は彼尼《かのあま》を誘《いざな》ひ連《つれ》て当家《このや》に宿《やど》り　尼《あま》が飛丸《それだま》の疵傷《てきず》を[一三]いたはり介抱《かいはう》す②るに　聊《いさゝ》かのかすり疵《きず》にて　格《かく》別《べつ》の傷《いた》みもなしとの事《こと》に付《つき》て当田舎家《このゐなかや》の囲炉裏《ゐろり》に[一四]麁朶《そだ》を折《をり》くべて　激《はげ》しき夜寒《よさむ》を凌《しのが》んと　木《き》の葉松葉《はまつば》を打《う》ち込《こ》む程《ほど》に　透間《すきま》の風《かぜ》に燃《も》えつくあかり　お伝《でん》は[一五]しけ〲尼《あま》が顔《かほ》　看詰《みつめ》て傍《かた》へに膝《ひざ》を進《すゝ》め　「[一六]ヤヽ　[一七]あなたは万《まん》徳院《とくゐん》の尼君《あまぎみ》さまトいふに　此方《こなた》も打驚《うちおどろ》き　「[一八]さういふそちは高《たか》橋《はし》お伝《でん》　行衛《ゆくゑ》しれずと便《たよ》りに聞《きゝ》

一二 遠近の「里」とは名ばかりで、ここは山に近く。

一三 手当てし。

一四 木から切り取った小枝。薪にする。

一五 「しけじけ(略)ヨクヨク。‖ジット。―「しけじけ視ル」」(『日本大辞書』)。「側でしけ〲と見られるから見ざめがして穢らしいネヱ」(式亭三馬『浮世風呂』三・下、文化九年〈一八一二〉)。

一六 驚いた時に思わず口をついて出る語。おや。

一七 対等または上位者に用いた対称。現代より敬意が高い。「◎今日ノ普通言、あなたハ敬語ト定マツテ居ルモノノ、最上ノ敬語トハマダ言ヘヌ。オモニ親シミノ中ニ猶礼義ノ有ル方ノ意味ヲ、ドチラカト言ヘバ持ツ」(『日本大辞書』)。

一八 →一四七頁注一〇。

絵 遠近の里の安旅舎で、意外な再会に驚く比丘尼(花月尼)とお伝。囲炉裏には盛んな火。お伝の背後には麁朶入りの籠、壁にはなめした皮。

③

しが　如何《どう》して此処《こゝ》らに　「あなたも以前《いぜん》に変《かは》るお姿《すがた》　「不思《ふし》議《ぎ》な縁《えん》で此再会《このさいくわい》「何《なに》からお話《はな》し申《まを》さうやら　モシ市《いち》さん　此《この》尼君《あまぎみ》は妾《わた》しが故郷万徳院《ふるさとまんとくゐん》のお住《ぢゆう》職《しよく》　貴《たうと》いお家《いへ》のお姫《ひめ》さま　お身《み》の上《うへ》の一ト通《とほ》り　寐《ね》られぬ寒《さむさ》の夜話《よばな》しに　その概略《あらまし》を語《かた》らんと此家《このや》の姥《うば》が持出《もち》す　野菜《やさい》の膳《ぜん》に箸《はし》を取《とり》　食事終《しよくじおは》りて此尼《このあま》が　身《み》の上《うへ》ばなしに及びけり

③是《これ》よりお伝《でん》が市奴《いちやつこ》へ物語《ものがた》りの趣《おも》むきなり

一○そも此尼《このあま》は　上野《かうづけ》の国徳川《くにとくがは》の二里《さと》に聞《きこ》え三し大尼寺《おほあまでら》の住職《ぢゆうしよく》にて旧幕府《きうばくふ》の頃《ころ》　その年七才《としなゝつ》にて仏《ぶつ》

絵　「○猟夫(れふ)帰宅(きたく)して奥(おく)の様子(やうす)を窺(うかゞ)ふこと　後(のち)に看見(みえ)たり」。↓二六七頁一三行以下。比丘尼に疵を負わせた猟夫が帰宅したさま。洗足の湯水を出す老婆。外の垣根に雪が積もっている。

一 そもそも。改めて説き起こす場合に用いる。二 新田郡徳川郷(現太田市徳川町)。群馬県南東部の利根川北岸に位置。徳川将軍家父祖発祥の地として天領となり、手厚い庇護を受けた。↓付図2⑮。三 広く知られた大尼寺。徳川の郷にあった尼寺、満徳寺を暗示。「万徳院」(↓二四九頁一三行)はこれによる名。満徳寺は時宗。本尊は阿弥陀如来。建治以前(一二七八)に創建され、開基は新田(徳川)義季、開山はその娘浄念尼と伝えられる。天正十九年(一五九一)、家康により徳川郷から百石を朱印地として与えられ、以後も代々幕府の庇護を受けて、寺域三千坪の格式高い尼寺だったが、廃仏毀釈により明治五年廃寺となった。縁切寺(駆込寺)としても有名。当時の住職は十三世智本(七十三歳)。静岡藩士長六五郎の次女。安政元年(一八五四)得度(五十嵐富夫『縁切寺』柏書房、一九七二年)。四 江戸時代における平安京の右京ではなく、東京に対する京都の意。「蓋し東京芸妓を尚(たう)んで舞妓を卑しむ。(略)西京は然らず　舞妓傲

④

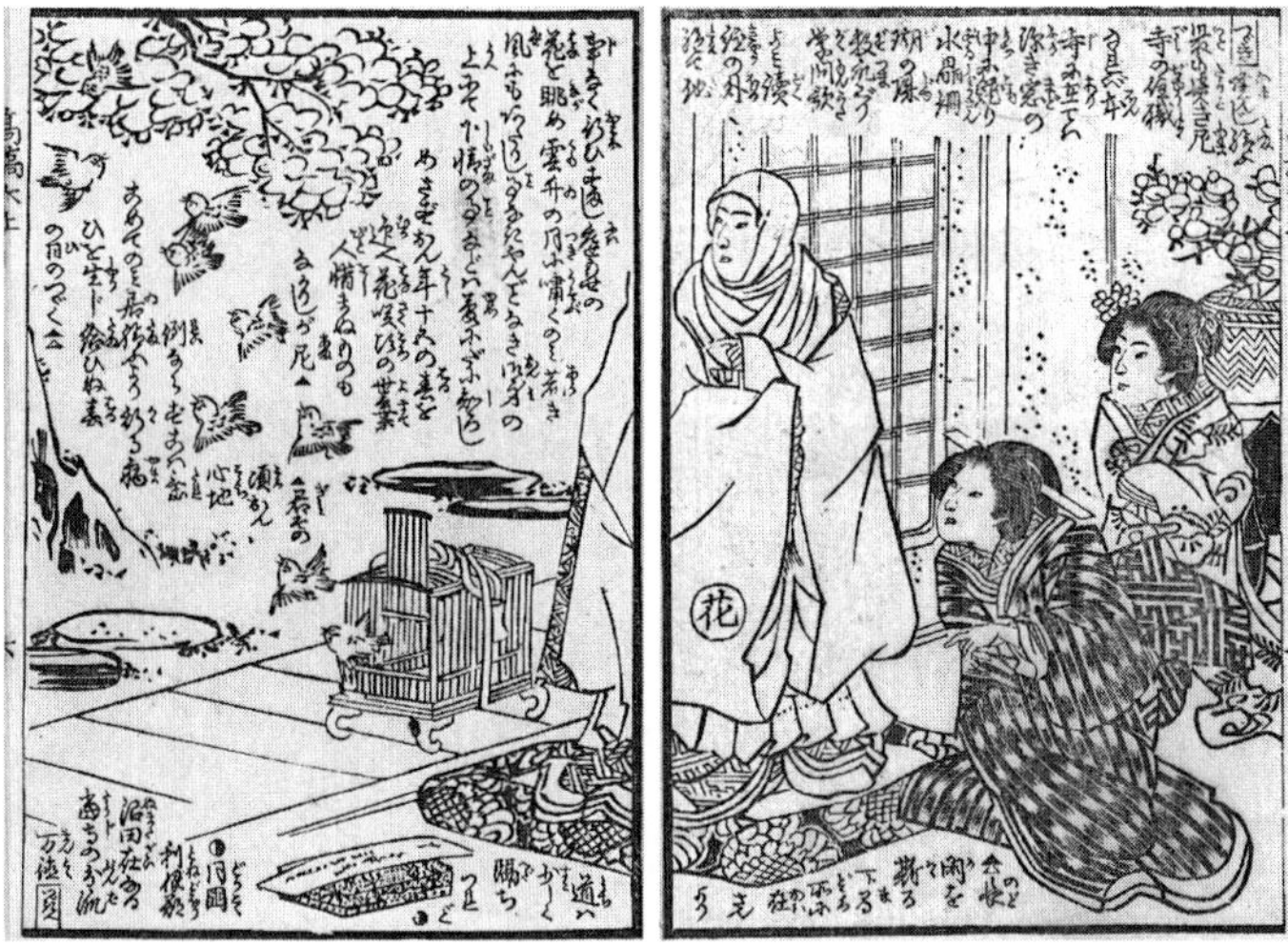

門《もん》に入《い》り給《たま》ひ　その両親《ふたおや》は[四]西《にし》の京《きやう》なる或《ある》[五]縉紳《しんく》の御方《おんかた》なるが　師《し》の老尼公《らうにこう》の姪《めい》に当《あた》り　[六]先住薨《せんぢゆうかく》れ給《たま》ひしより　纔《わづ》か十二才《さい》にて[七]法《はふ》統《とう》を継《つ》ぎ　花月尼《くわげつに》とぞ呼《よ》ばれ給《たま》ふ　[八]翠《みどり》の髪《かみ》を剃《そり》こぼち　頭上《かしら》は[九]春《はる》の遠山《とほやま》に　草《くさ》の芽出《めだ》しの青《あを》くと　容顔《ようがん》[一〇]さながら玉《たま》を欺《あざむ》き　[一一]紫《むらさ》き法衣色《ころもいろ》はへて　世《よ》にあるまじき美人《びじん》なるが　幕府《ばくふ》も殊《こと》に④重《おも》んじ給《たま》ふ　最《いと》も貴《たふと》き尼寺《あまでら》の住職《ぢゆうしよく》なれば　[一二]本寺《ほんじ》に在《あり》ては深《ふか》き窓《まど》の中《うち》に籠《こも》り　水晶珊瑚《すゐしやうさんご》の[一三]珠数《じゆず》爪《つま》ぐり　[一四]学問《がくもん》　歌《うた》よみ　[一五]読経《どくきやう》の外《ほか》　絶《たえ》て[一六]他事《たじ》なく行《おこな》ひすまし　[一七]庭《には》もせの花《はな》を眺《なが》め　[一八]雲井《くもゐ》の月《つき》に嘯《うそぶ》くのみ

然芸妓の上に坐す」(成島柳北『鴨東新誌』明治七年自序)。
五 貴族。「縉」はさしはさむ、「紳」は大帯の意で、礼装のとき笏《しやく》を大帯にさしはさむところからいう。
六 先代のご住職がお亡くなりになったので。 七 仏法の流派。
八 黒くつやのある美しい髪を剃り落とし。 九 春、遠くの山に芽ぶいた草を眺めるように青々として。
一〇 まるで玉と区別できないくらい美しく。 一一 紫色の袈裟《けさ》や法衣。勅許による服色で、大寺の住職などが着用を許された。
一二 自分の所属している寺。「大尼寺」(→二五〇頁一五行)のこと。
一三 数珠を指先で一つずつ繰り送る。念仏の数を数える動作。
一四 師に就いて仏典などを習得すること。
一五 声を出してお経を読むこと。
一六 余念なく仏道修行に励み。
一七 庭一杯の花。「庭も狭《せ》に」(庭が狭くなるほどに)を誤解して生じた語。「小窓を明《あ》けて庭もせを何心なく眺むれば」(岡本勘造『夜嵐阿衣花廼仇夢』二・中)。
一八 大空の清らかな月を眺め愛でるばかりで。

絵 かつて大尼寺の住職だった頃の花月尼が、放鳥(供養のため鳥を買って放すこと)をして功徳を積むさま。

⑤

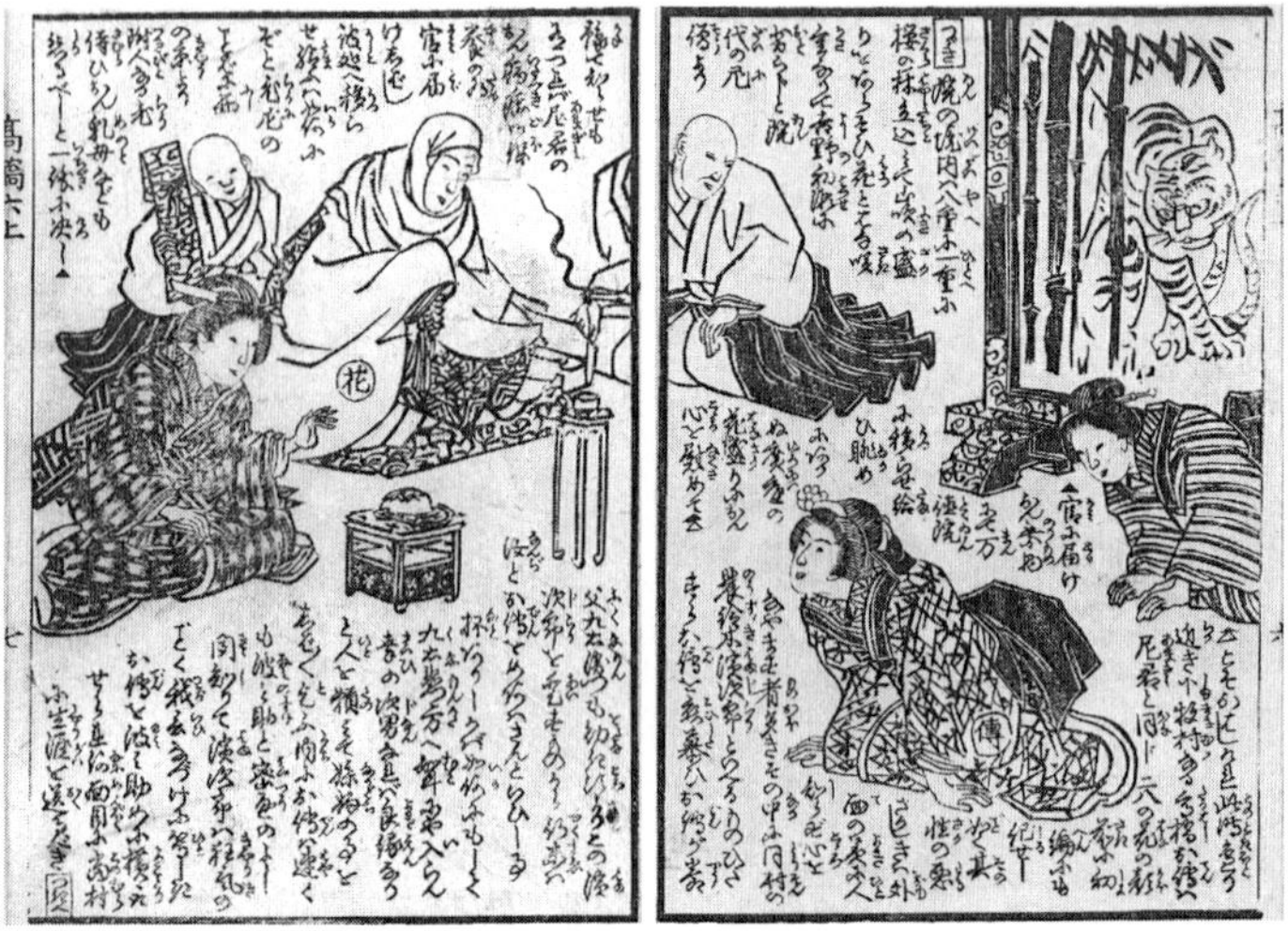

荒《あら》き風《かぜ》にもあたりし事《こと》なき　や[一]んごとなき御身《おんみ》の上《うへ》にて　下情《しもざま》[二]の事《こと》などは　夢《ゆめ》にだに知《し》ろしめさず　おん年《とし》十五の春《はる》を迎《むか》へ　[三]花咲頃《はなさくころ》の世棄人《よすてびと》　惜《をし》まぬものもなかりしが　尼君《あまぎみ》その頃《ころ》[四]おん心《こゝ》地《ち》例《れい》ならず　こは垂《たれ》[五]こめてのみ居《ゐ》給《たま》ふより　斯《かゝ》る病《やま》ひを生《しやう》じ給《たま》ひぬ　春《はる》の日《ひ》のつゞく長閑《のどか》を　斯《かゝ》る一[六]ト間所《まどころ》に在《おは》さんより　道《みち》は少《すこ》しく隔《へだ》ちつれど　同国利根《どうこくとね》[七]郡沼田在《ごほりぬまたざい》[八]なる当寺《たうじ》の分派《ぶんぱ》　万《まん》徳院《とくゐん》⑤の境内《けいだい》は　八重《やへ》[九]に一重《ひとへ》に桜《さくら》の林立込《はやしたちこ》みて　山吹《ぶき》[一〇]の盛《さか》りをあらそひ　花《はな》とはな咲重《さきかさ》なりて　吉野初瀬《よしのはつせ》[一一]に劣《おと》らじと　院代《ゐんだい》[一二]の尼《に》

絵　万徳院に預けられたお伝は、花月尼の話し相手に選ばれ、花月尼はじめ人々を楽しませる。

一 高貴で畏れ多い御身の上。 二 身分の低い人々の状態。 三 女性として最も美しい時期なのに、出家隠遁した人。 四 ご気分がいつもと違う。病気を暗示。 五 簾(すだれ)や帳(とばり)を下ろして、一間に閉じこもってばかりいらっしゃるために。 六 一部屋。 七 ↓四〇頁注一六。 八 利根郡南部の地名(現沼田市)。沼田藩三万五千石の城下町で、会津・越後・前橋を結ぶ交通の要衝。「在」は町から離れた土地の意。↓付図2。 九 八重桜・山桜の林が立て込んで。現在一般的なソメイヨシノに比べ咲くのが遅い。 一〇 山吹と盛りの色を争い。山吹は、晩春に鮮黄色の五弁または八重の花を開く、バラ科の落葉低木。 一一 「吉野」は大和国吉野郡吉野山(現奈良県吉野郡吉野町)、「初瀬」は同国式上郡初瀬(現桜井市東部)で、いずれも桜の名所。歌枕。「ふつゝかにあたま丸めて　吉野初瀬の春をゆかしみ」(横井也有『鶉衣』前編下・旅賦、天明七年〈一七八七〉)。 一二 万徳院の住職代理。 一三 病気。「痾」は長引く病の意。 一四 貴族の子女などに付き添い、身の回りの世話や教育、後見などをする人。もり役。 一五 身分ある人の子女に乳を授けたり、保育・教育したりする役目の侍女。子

⑥

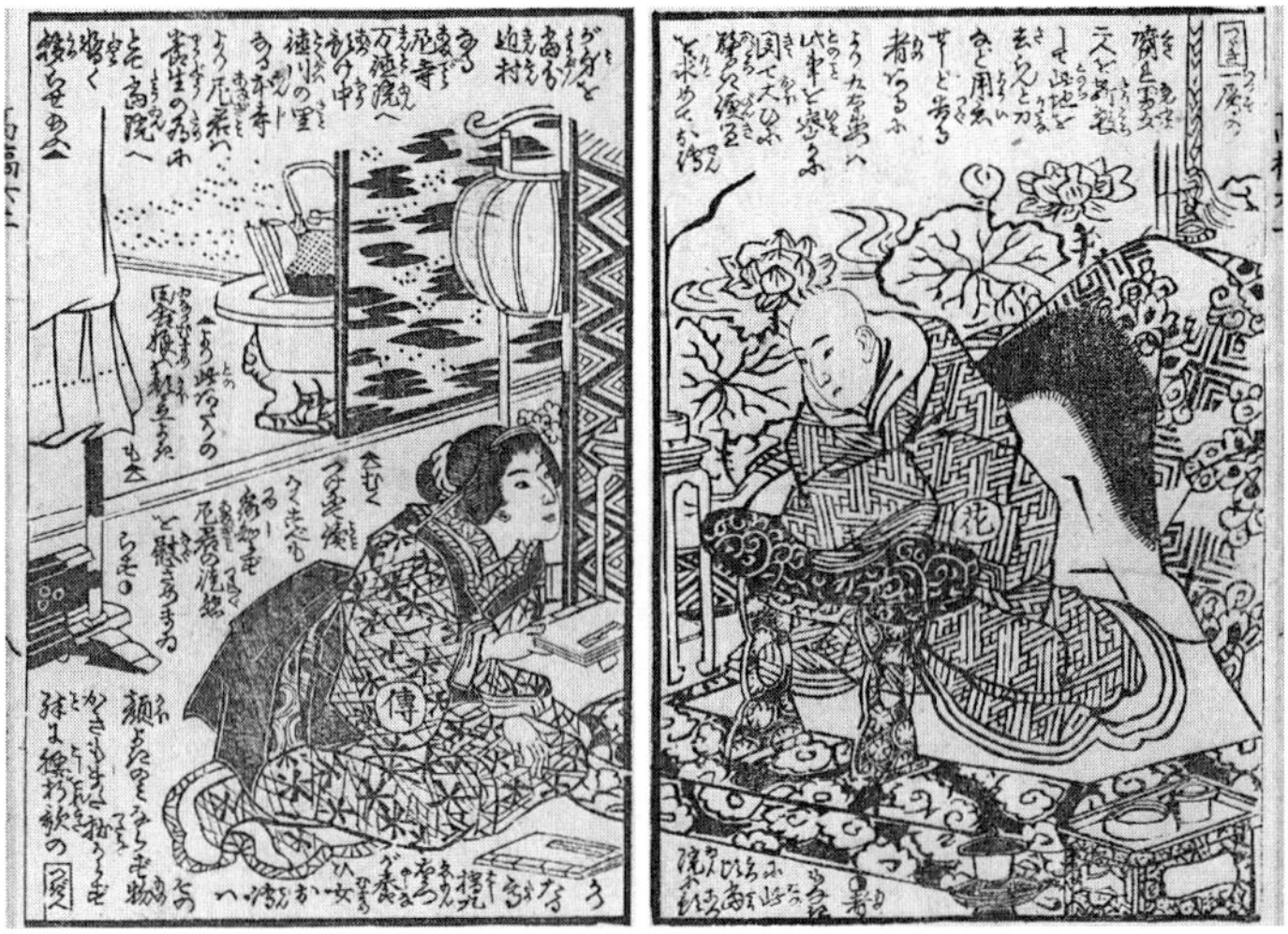

僧《そう》より予《かね》て知らせも有つれば　尼君《あまぎみ》のおん[一三]病痾《いたつき》御保養《ごほやう》の為《ため》　官《かみ》に届《とゞ》け　しばし彼処《かしこ》へ移《うつ》らせ給《たま》ふは如何《いか》にぞと　老尼《らうに》のことばに　西《にし》の京《きやう》より[一四]附人《つきびと》なる老侍《らうさむら》ひおん[一五]乳母《めのと》なども　[一六]然《しか》るべしと一《いち》議《ぎ》に決《けつ》し　官《かみ》に届《とゞ》け　おん[一七]乗物《のりもの》にて万徳院《まんとくゐん》に移《うつ》らせ給《たま》ひ　[一八]眺《なが》めにあかぬ広庭《ひろには》の花盛《はなざか》りに　おん心《こゝろ》を慰《なぐさ》めてこそおはしけれ　此《この》時《とき》　[一九]辺《ほと》り近《ちか》き下牧村《しもまきむら》なる高橋《たかはし》お伝《でん》は　尼君《あまぎみ》と同《おな》じ[二〇]二八の花《はな》の顔《かほ》　前《さき》に[二一]初編《しよへん》にも記《しる》せし如《ごと》く　其性《そのさが》の[二二]悪《わる》さかしきは　外面《おもて》の美《よき》に人《ひと》知《し》らず　心《こゝろ》をなやます者多《ものおほ》きその中《なか》に同村《どうそん》の[二三]農鈴木《のうすゞき》浜次郎《はまじらう》と

が成長しても親密な関係や地位が継続した。一六 そうするのがよいだろうと、即座に同意し。一七 引き戸や敷居・鴨居などのついた上製の駕籠(かご)。または輿(こし)。輿は、人を載せる屋形の下に轅(ながえ＝二本の長い棒)をつけ、肩に担いだり腰の辺に提げて行く最高級の乗り物。一八 眺めても飽きない。一九 下牧村(→四〇頁注一七)は沼田の北西、越後往還(清水峠を越えて六日町に至る)沿いにあった。直線距離約八キロメートル。→付図2①。二〇 十六歳で花のように美しい容貌だったが。お伝出生を嘉永元年(一八四八)とすると(→六四頁注九)、文久三年(一八六三)の話。十六歳頃のお伝は賭場通いをしており(→七〇頁五行以下)、以下の話は出てこない。二一 六八頁一三行以下。二二 悪賢いことを、その容貌の美しさに騙されて知る者もおらず、恋心を抱く男も多かったが。二三 でんの供述「下調(東京の分その六)」(明治十一年五月二日。→補一一文献)によれば、勢の二見で桑苗を売るため、「熊谷県下大麻生村鈴木浜次郎方に於て右苗都合三万本　代金三百円にて買

―二五四頁に続く

絵 花月尼に江戸の繁華を説き聞かせ、一緒に寺から逃げようと勧めるお伝。手に草紙を持って差し出している。立派な夜具から起き直った花月尼は、脇息によりかかってその話に聞き入る。

⑦
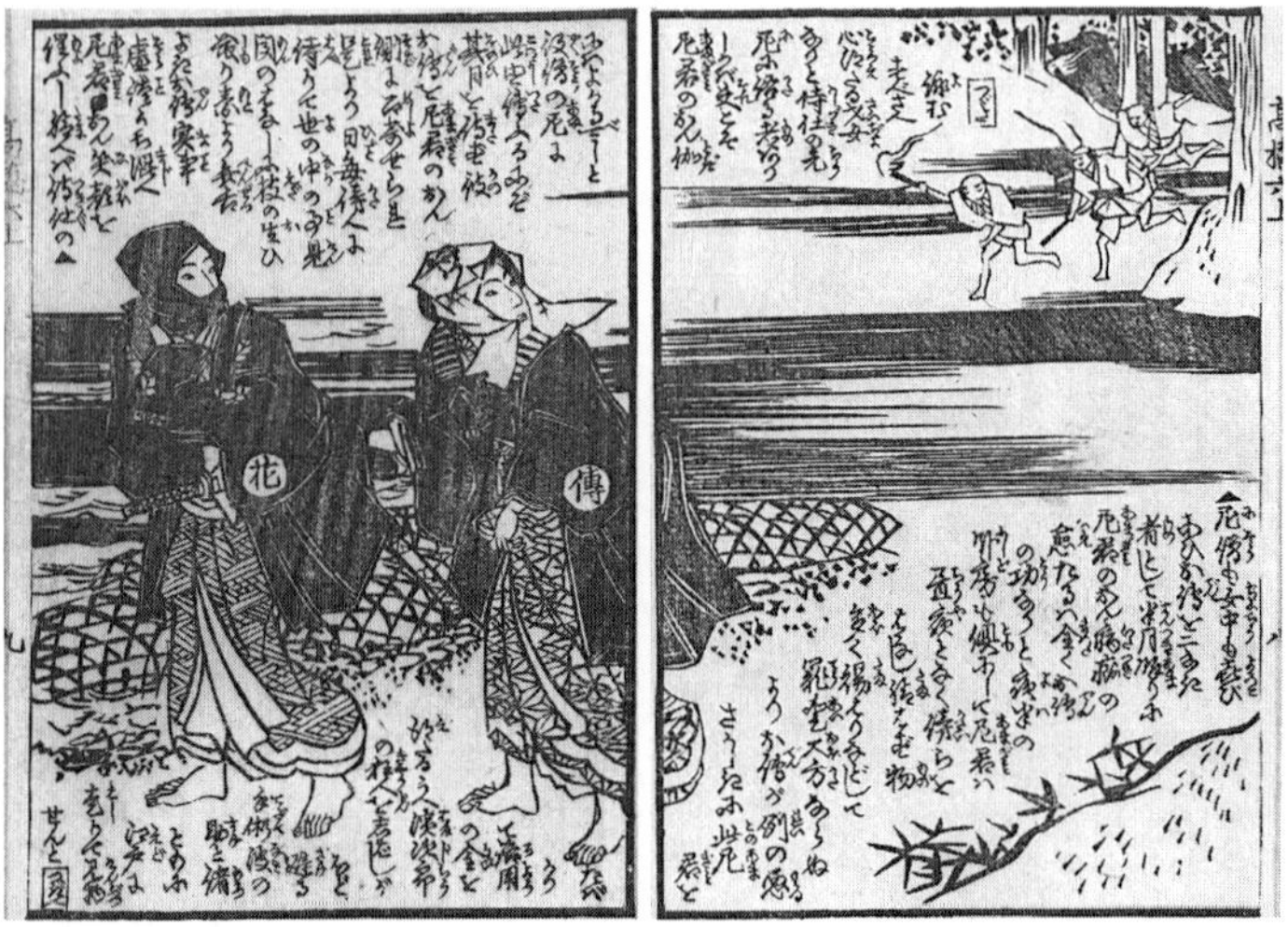

いへるもの　ひたすらお伝《でん》を恋《こひ》慕《した》ひ　お伝《でん》が養父《やうふ》九《く》右衛《ゑ》門《もん》も幼《をさな》き頃《ころ》よりこの浜次郎《はまじらう》を愛《あい》すものから　行末《ゆくすゑ》は汝《なんぢ》とお伝《でん》を[一]めあはさんと　いひし事抔《など》ありしかば　[二]如何《いか》にもして九《く》右衛《ゑ》門《もん》方《かた》へ聟《むこ》にや入《い》らん　[三]幸《さいはひ》の次男《じなん》なれば良縁《よきえん》なりと　人《ひと》を頼《たの》みて媒妁《なかだち》の事をしば〳〵乞《こ》ふ内《うち》に　お伝《でん》は速《はや》くも波之助《なみのすけ》と[四]密通《みつつう》のよし聞知《きゝし》りて　浜《はま》次郎は狂気《きやうき》のごとく[五]我言《わがいひ》なづけに等《ひと》しきお伝《でん》を　波《なみ》之助めに横取《よこどり》せられ　[六]何面目《なにめんぼく》に当村《このむら》に生涯《しやうがい》を送《おく》るべき　⑥[七]一層《いつそ》の腐《くさ》れ　男女《なんによ》二人を斬殺《きりころ》して此地《このち》を去《さ》らんと　刀《かたな》など用意《ようい》せしと

求」めたことがあった。宍倉佐太郎(本作では「佐七郎」)の供述「下調(東京の分その四)」(明治十一年六月十日)でも、明治九年七―八月頃、でんが鈴木浜次郎(武蔵国熊ケ谷在大麻生村)生産の茶九百貫目(約三三七五《キログラム》)を購入する計画のあったことが述べられている。人物名はこれを利用したもの。

――以上二五三頁

絵　羽織を着て逃げるお伝と花月尼。花月尼は頭巾で顔を隠し、両刀を差す男装。川岸近くの二人の足元に蛇籠(中に砕石などを入れた円筒形の籠で、水流制御や護岸などに使用)が見える。背後に、松明を持った追手が迫る。↓二五八頁一二行以下。

一　結婚させよう。　二　何とかして。
三　幸い自分は、家を継ぐことのない次男だから。　四　↓七二頁九行以下。
五　親同士の取り決めによって、幼いうちから将来の結婚が定められている関係。一時の口約束とはいえ、九右衛門が浜次郎に、将来お伝と結婚させようと言ったため。
六　何の面目があって、この村で一生過ごせようか、いや過ごせない。
七　↓四六頁注一七。
八　つてを頼って。
九　預けている間に。
一〇　不作法で、野暮ったく。
一一　筆跡。↓六八頁一四行。

告《つぐ》る者《もの》あるにより　九右衛門は此事《このこと》を密《ひそ》かに聞《きゝ》て大《おほ》ひに驚《おどろ》き　便宜《びんぎ》[八]を求《もと》めてお伝《でん》が身《み》を当《たう》分近村《ぶんきんそん》なる尼寺万徳院《あまでらまんとくゐん》へ預《あづ》[九]け中《ちう》　徳川《とくがは》の里《さと》なる本寺《ほんじ》より　尼君《あまぎみ》は養生《やうじやう》の為《ため》にとて　当院《ゐん》へ暫《しばら》く移《うつ》らせ給ふより　此《この》あたりの田舎娘《ゐなかむすめ》は顔《かほ》立よきもむく[一〇]つけにて　読《よみ》かくすべも露知《つゆし》らず　尼君《あまぎみ》の徒然《つれぐ》を慰《なぐ》さめまゐらす者《もの》もなきに　此頃当院《このころたうゐん》に預《あづ》かつたる　高橋《たかはし》九右衛《ゑ》門《もん》が養《やしな》ひ女《むすめ》お伝《でん》は　その顔《かほ》よきのみならず　物《もの》[一一]かきもまた拙《つたな》からず　殊《こと》に腰折歌《こしをれうた》[一二]の⑦詠《よ》むすべさへ心得《こゝろえ》たる才女《さいぢよ》なりと　侍仕《かしづき》[一三]の老尼《らうに》に語《かた》る者《もの》ありしかば　夫《それ》こそ尼君《あまぎみ》のおん[一四]伽《とぎ》にはよかる可《べ》しと　役僧《やくそう》[一五]の尼《あま》に此由伝《このよしつた》ふるにぞ　其日《そのひ》[一六]を待《また》ず彼《かの》お伝《でん》を尼君《あまぎみ》のおん側《そば》に召寄《めしよ》せられ　是《これ》より日毎傍《ひごとかた》へに侍《はべ》りて　世《よ》の中《なか》の事《こと》　見聞《けんもん》のはなし[一七]に枝《えだ》の生《お》ひ茂《しげ》り　素《もと》より弁舌《べんぜつ》よきお伝《でん》　実事虚談《まことそらごと》うち混《まじ》へ　尼君《あまぎみ》[一八]のおん笑顔《ゑがほ》を催《もよ》ふし給《たま》へば　侍仕《つきぐ》[一九]の尼僧《にそう》も女中《ぢよちう》も喜《よろこ》びあひ　お伝《でん》を二[二〇]なき者《もの》として　半月余《はんつきあま》りに尼君《あまぎみ》のおん病痾《いたつき》の愈《いえ》たるは　全《まつた》くお伝《でん》の功《こう》なりと　夜半《よは》の臥房《ふしど》[二一]も倶《とも》にして　尼君《あまぎみ》は昼夜《ちうや》となく傍《かたは》らをはなし給《たま》はず　物多《ものおほ》く賜《たま》はりなどして　寵愛大方《てうあいおほかた》ならぬより　お伝《でん》が例《れい》[二二]の悪《わる》さかしきに　此尼君《このあまぎみ》[二三]をたばかりて路用《ろよう》の金《かね》を得《え》たるうへ　浜次郎《はまじらう》の狂人《きやうじん》をしばしがほど避《さけ》る手術《てだて》[二四]　波《なみ》の助《すけ》と諸《もろ》ともに江《え》戸《ど》に走《はし》りて見物《けんぶつ》せんと　⑧茲《こゝ》に不良心《よからぬこゝろ》を生《しやう》じ　或夜《あるよ》尼君《あまぎみ》と同臥《どうぐわ》[二五]の話《はな》しに浮《うき》たる事《こと》ども説出《ときいだ》し　凡人《およそひと》と生《うま》れては　貴《たうと》[二六]きとなく賤《いや》しきとなく纔《わつ》かの齢《よは》ひを保《たも》つ身《み》にて　全国《ぜんこく》一の大江《おほえ》[二七]戸《ど》を見《み》ずに死《し》ぬ身《み》の幸《さち》なさヨ　妾《わたく》[二八]しどもゝ生涯《しやうがい》は江戸《えど》の繁花《はんくわ》に終《おは》らんと　思《おも》ひつゞけて

一二　下手ではあるが、歌を詠む心得もある。↓六八頁一四行以下。
一三　付き添って世話をする役目。側仕え。
一四　話し相手となって退屈を慰めること。お伽。
一五　寺務を取り扱う僧。　一六　直ちに。
一七　話が次々と多方面に展開し。↓二四四頁注四。
一八　花月尼がお笑いになったので。
一九　↓注一三。
二〇　二人といない、最適任者。
二一　寝る所。
二二　例によって悪賢いので。
二三　だまして。
二四　「手術」は方法、策略の意。「離縁の手術《てだて》に困《こう》じ」(岡本勘造『夜嵐阿衣花廼仇夢』三・中)、「手術《てくだ》にのせて」(同、五・中)。
二五　一緒に寝ているときの話に、気持ちが浮き立つようなことなどを。
二六　貴賤を問わず。人はみな。
二七　文化・文政期(一八〇四-三〇)以降、繁華な江戸を称えて盛んに使われるようになった語。当時の江戸は諸国から流入する多くの人々を受け入れて地域を拡大し、総人口百万を超える巨大消費都市だった。「地主唯は通さぬ大江戸の繁昌、他国の目よりは、大道に金銀も蒔《まき》ちらしあるやうにおもはれ」(十返舎一九『東海道中膝栗毛』発端、文化十一年〈一八一四〉)。
二八　私なんぞも、繁華な江戸で一生を終えたいと。

⑧

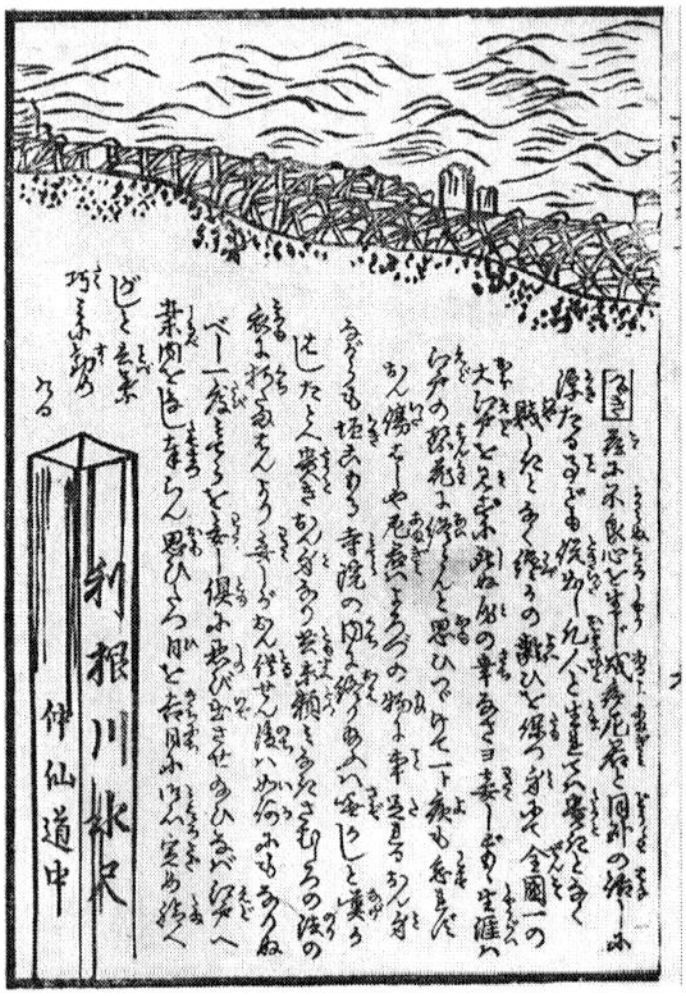

一ト夜《よ》も忘《わす》れず　[一]おん傷《いた》はしや尼君《あまぎみ》は[二]よろづの物《もの》に事足《ことた》れるおん身《み》ながらも　[三]垣《かき》こもる寺院《みてら》の内《うち》に終《おは》り給ふは　嘸《さぞ》かしと嘆《なげ》かはし　たとへ貴《たうと》きおん身《み》なり共《とも》[四]末頼《すへたの》みなきさむしろの　法《のり》の衣《ころも》に朽《くち》たまはんより　妾《わたく》しがおん供《とも》せん　[五]後《のち》は如何《いか》にもなりぬべし　一度《たび》[六]みてらを妾《わたく》し倶《とも》に　忍《しの》び出《いで》させ給ひなば　江戸《えど》へ案内《しるべ》をなし奉《たてまつ》らん　[七]思《おも》ひたつ日《ひ》を吉日《きちにち》に　御心《みこゝろ》[八]定《さだ》め給《たま》へがしと　言葉《ことば》巧《たく》みに勧《すゝ》めける

絵　利根川べりの景。「利根川水尺／仲仙道中」の杭。「水尺」は、出水の高さを測るため、目盛りをつけて水中に立てておく標柱。「ミヅジャク、水尺」(『和英語林集成』再版)。「仲仙道」は中山道。下牧村からは、沼田街道で前橋に出て、五料宿(現佐波郡玉村町)を経て中山道に合流。

一 お気の毒なことに。

二 不足とするものの何もない境遇でいらっしゃいますのに。

三 尼寺に閉じこもって、そこで一生を終えられるのは、さだめしつまらないことだろうと、私も悲しく情けなく思います。

四 莚(むしろ)でできたような粗末な法衣をまとい、行く末に何の期待も持てず、空しく年老いるよりも。「さむしろ」は→補九三。

五 その後のことはきっとどうにでもなるでしょう。

六 御寺を、私とともに。

七 諺。何かしようと思ったら、その日を吉日として、迷わずただちに始めるのがよい。

八 お決めなさってください。「がし」は「かし」の転で、動詞の命令形に付き、願望の意を表す終助詞。

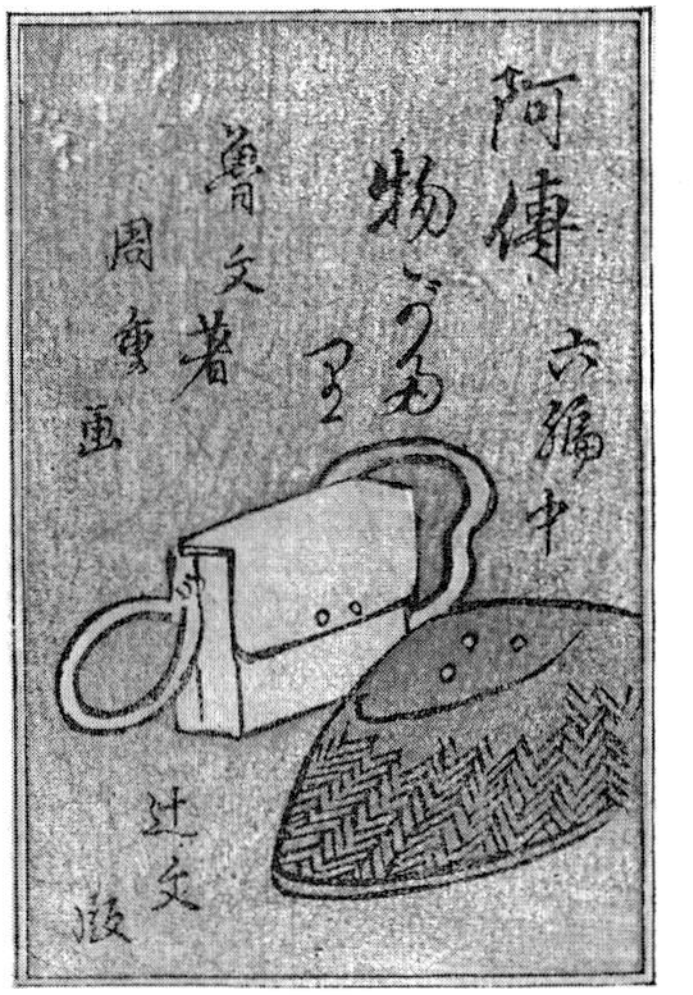
中巻見返し

阿伝物がたり
六編　中
魯文著
周重画
辻文版

⑨
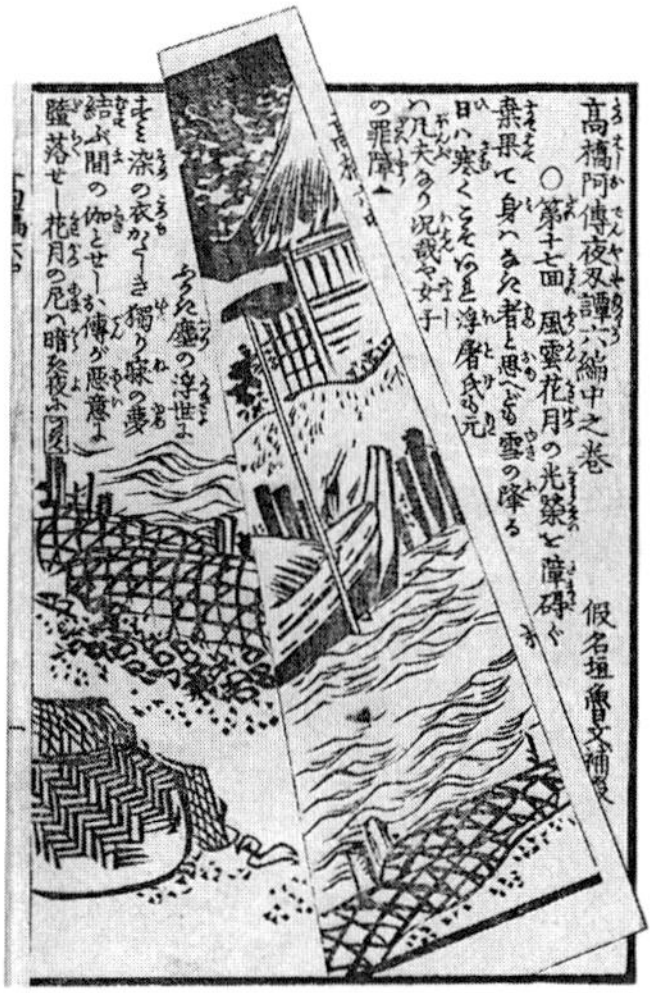

中巻見返し　網代笠（→二三九頁注三一）と胴乱（革または布製で、煙草・薬・銭などを入れた）。二色刷。

絵　利根川渡船場の景。一葉の半ばを折り返し、次の丁の見開き絵（実際にはないもの）を一部見せる手法で、合巻では柳亭種彦作・歌川国貞画『修紫田舎源氏』九編（天保四年〈一八三三〉）が早い例（鈴木重三注、新日本古典文学大系 八十八巻所収〈岩波書店、一九九五年〉）。柳下亭種員《たねかず》『白縫譚』二十三・下（安政四年〈一八五七〉）など、嘉永・安政以降（一八四八―）に時折使用。

⑨高橋阿伝夜叉譚《たかはしおでんやしやものがたり》 六編中之巻

仮名垣魯文補綴

○第《だい》十七回《くわい》 風雲花月《ふううんくわげつ》[一]の光栄《くわうえい》を障碍《さまた》ぐ

[二]棄果《すてはて》て身《み》はなき者《もの》と思《おも》へども 雪《ゆき》の降《ふ》る日《ひ》は寒《さむ》くこそあれ 浮屠《ほとけ》[三]氏も元《もと》は凡夫《ぼんぷ》[四]なり 況哉《いはん》や女子《によし》[五]の罪障《ざいしやう》ふかき 塵《ちり》[六]の浮世《うきよ》にすみ染《ぞめ》の衣《ころも》かたしき 独《ひと》り寐《ね》の夢結《ゆめむす》ぶ間《ま》の伽《とぎ》とせし お伝《でん》が悪意《あくい》に堕落《だらく》せし花月《くわげつ》の尼《あま》は 暗《くら》き夜《よ》に⑩守護《まもり》[七]の睡《ねむ》る間《ひま》を盗《ぬす》み 尼君《あまぎみ》[八]には窃《ひそか》にさむらひ部屋《べや》より羽織袴《はおりはかま》を奪《うば》ひ来《きた》り 着《き》せまゐらせて 其身《そのみ》は姿《すがた》を仲間《ちうげん》に出立《いでたち》て 窃《ひそか》に三[九]百円《ゑん》に余《あま》れる金《かね》を路用《ろよう》の為《ため》に貯《たくは》へて 後《のち》には己《おの》れが彼金《かのかね》を横取《よこどり》なさん目論《もくろ》見にて 奥庭《おくには》の垣《かき》を破《やぶ》り 手《て》を引連《ひきつれ》て足疾《あしばや》に江戸《えど》[一〇]の方《かた》へ走《はし》り去《さ》らんと 其夜《そのよ》利根川《とねがは》の水上《みなかみ》[一一]なる渡舟場《わたしば》まで一里余《りあま》りたどり着《つ》き 渡《わた》し守《もり》を呼立《よびたて》ども 夜更《よふけ》たれば睡《ねむ》りにつきしか 声《こゑ》を枯《か》[一二]らせど孤家《こや》[一三]を出《で》ず 追人《おつて》の来《きた》らぬその前《さき》に 川《かは》を越《こ》さんと気《き》[一四]を苛《いら》てど おとなふものは川風《かはかぜ》のみ 斯《かゝ》る折《をり》から 跡辺《あとべ》の方《かた》より松明《たいまつ》四五本《ほん》ふり照《て》らし 飛《とぶ》が如《ごと》くに走来《はせく》る者《もの》はたしかに追人《おつて》と 尼君《あまぎみ》は身《み》を震《ふる》はして足《あし》[一五]も空《そら》 お伝《でん》は周章《あはて》 尼君《あまぎみ》の手《て》を引立《ひきたて》て物陰《ものかげ》に忍《しの》ばんものと 狼狽《うろたへ》て其辺《ほと》りを立廻《たちめぐ》れど 隠《かく》るゝ場所《ばしよ》もなき間《ひま》に 追人《おつて》は逸《はや》くも此処《こゝ》に駈《かけ》より

一 風が花を散らし雲が月を隠すように、急な変事が花月尼の栄誉を損なう、の意。 二 世を捨ててしまったわが身は、この世にないに等しく、心に何の思いもないはずなのに、雪の降る日はやはり寒く感じることだ。西行の歌として、安楽庵策伝『醒睡笑』四(元和九年〈一六二三〉自序)、風来山人(平賀源内)『風来六部集』「痿隠逸伝(なえまらいいんいつでん)」(明和五年〈一七六八〉跋)、二宮尊徳述・福住正兄筆記『二宮翁夜話』五(弘化二年―嘉永元年〈一八四五―四八〉成)などに見える。「世を捨(すて)て身はなきものと思へども雪の降日は寒くこそあれト昔の歌にあるとふり何(なんど)な山家(やまが)へ遁れても喰ずに居ては腹が空(へり)」(明治九年九月十五日『仮名読新聞』)。 三 「浮屠」は「仏陀」などとともに梵語 Buddha の音訳。「ほとけ」はその和名。悟りを得て煩悩から解放され、自在の境地に達した人。『平家物語』一「祇王」で、白拍子祇王のうたう今様「仏もむかしはぼんぷなり 我等も終には仏なり いづれも仏性具せる身をへだつるのみこそかなしけれ」を踏まえる。 四 「ほとけ」の対語。煩悩の中にある、この世の普通の人間。「BOM-BU (略)凡夫、(tada no hito)」(『和英語林集成』再版)。 五 女の身には、梵天王・帝釈・魔王・転輪聖王(てんりんじょうおう)・仏の五つになれない五種の障害(五障)があり(『法華経』五「提婆達多品第十二」)、成仏しがたいというこ

⑩

尼君《あまぎみ》お伝《でん》のふたりを見認《みとめ》　捕《とら》へて寺《てら》に引戻《ひきもど》し　尼君《あまぎみ》は一間《ひとま》に[一六]押《おし》込《こ》め　お伝《でん》は実家《じっか》へ帰《かへ》⑪せしかど　[一七]此事公聞《このことこうぶん》に洩《も》るゝを憚《はゞ》かり　高《たか》橋方《はしかた》へは何事《なにごと》も包《つゝ》み隠《かく》して　院《ゐん》代《だい》よりいひ渡《わた》せし事《こと》なければ　九右衛門は[一八]夢《ゆめ》さら知《し》らず　お伝《でん》が家《いへ》に帰りし折《をり》は　浜次郎《はまじらう》は何処《いづこ》へか[一九]亡命《かけおち》して家《いへ》に在《あ》らず　是《これ》を幸《さいは》ひとして　[二〇]波《なみ》の助《すけ》をお伝《でん》が聟《むこ》となせしなり　[二一]是《これ》より前《さき》に万徳院《まんとくゐん》なる花月尼《くわげつに》は　一ト間《ま》の内《うち》に幽閉《おしこめ》られて数日《すじつ》を経《ふ》るうち　[二二]徳川《とくがは》の本山《ほんざん》より　院中《ゐんちう》の役僧《やくそう》及び[二三]遠侍《とほざむらひ》の附家老《つけがらう》等差添《さしそ》ふて迎《むか》ひに来《きた》り　尼君《あまぎみ》を[二四]乗物《のりもの》に移《うつ》しま

と。ここは、五障の備わる女の方が、凡夫よりも仏になるのが難しいので、の意。「ふかき」は「罪障」「塵」双方に掛かる。**六** 汚れたこの俗世間に、墨染の衣（出家の姿）で雑念もなく暮らしていたのに、独り寝する時の話し相手にしたお伝の悪だくみによって堕落した花月尼は。「すみ」は「澄み・住み」と「墨」を掛ける。また「澄み」は「塵」の縁語。「衣かたしき」は、袖の片方を敷いて自分一人寝る意。**七** 見張りの者。**八** お伝は、花月尼のためにひそかに侍部屋から盗ってきた羽織・袴をお着せ申し上げて、自分自身は仲間姿となり。「仲間」は武士などに仕え、主人のお供などに従事した雑役の者。中間。「CHIU-GEN（略）仲間」（『和英語林集成』再版）。一般には法被姿だが、二五四頁・二五九頁絵ではお伝は羽織姿（二五九頁絵でお伝を取り押さえている二人が仲間）。**九** 三百両。→一三九頁注三〇。**一〇** 下牧村から江戸へは、中山道経由で行く方法があった。→二五六頁絵注。**一一** 上流。下牧村は

二六〇頁に続く

絵　利根川の渡船場で追手の老侍と仲間（→注八）に取り押さえられる花月尼とお伝。ここでの花月尼は、「羽織袴を（略）着せまゐらせ」（→前頁七行）とある通り袴をはいている（二五四頁絵でははいていない）。提灯は葵御紋付提灯（御用提灯）で、幕府の用いたもの。

⑪

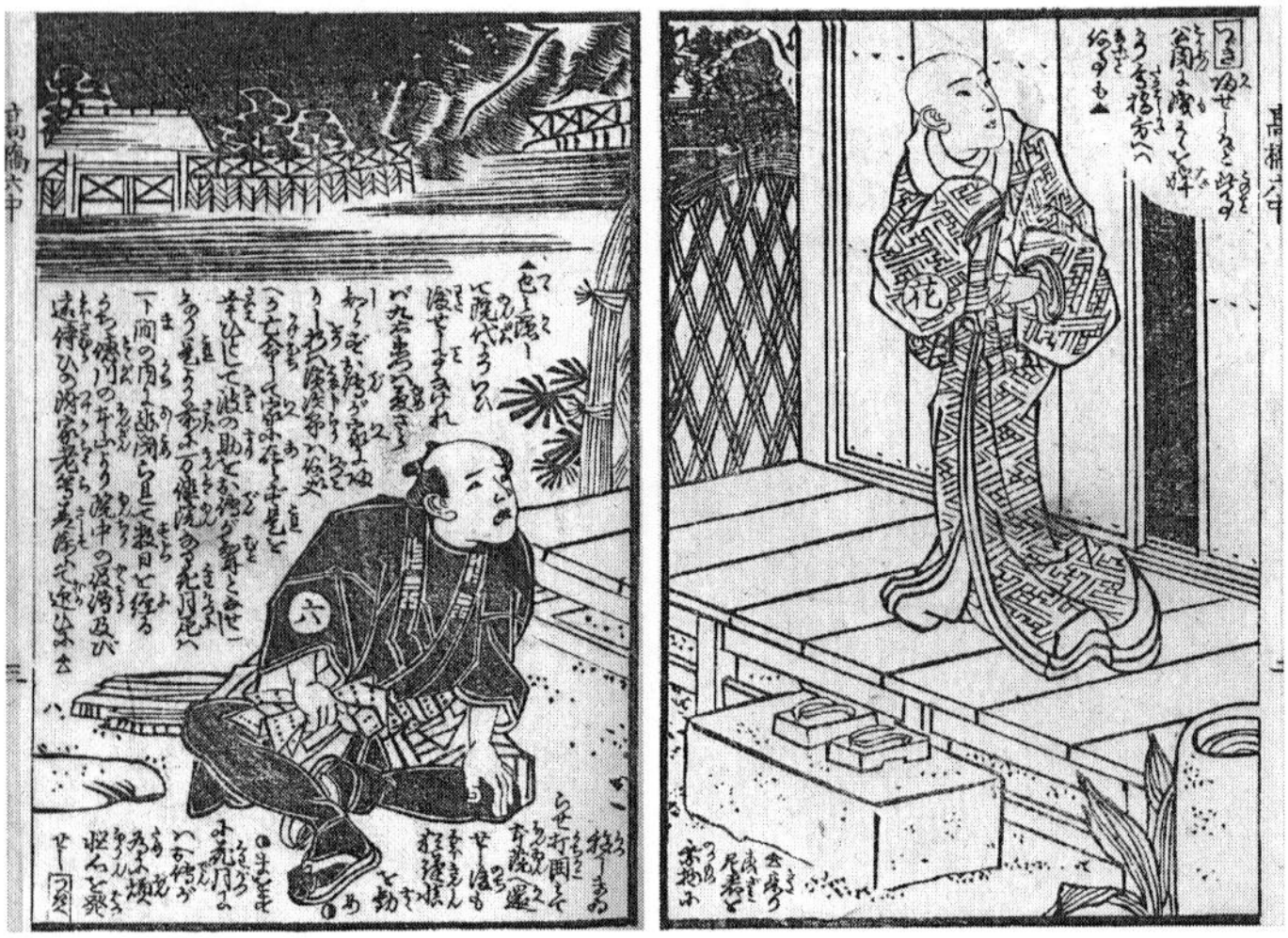

ゐらせ　打囲《うちかこ》みて本院《ほんゐん》へ還《かへ》せし後《のち》も　猶一謹慎《なほきんしん》を勧《すゝ》めまをすに二花月《くわげつ》にはお伝《でん》が為《ため》に煩悩心《ぼんなうしん》を発《はっ》せしかば⑫　仏《ほとけ》に向《むか》ひて三看経《かんきん》するも兎角《とかく》に物憂《ものう》く　何事《なにごと》も手《て》に付《つ》かず　如何《いか》にもして今《いま》一ト度《たび》寺《てら》をぬけ出《いで》　四現在《げんざい》の極楽浄土《ごくらくじやうど》と聞《きこ》えたる江戸《えど》に立出《たちいで》　生涯《しやうがい》の楽《たのし》みを尽《つく》さんものと　五心火旺《しんくわさか》んに燃《もえ》立《たつ》ものから　所詮女連《しよせんをんなづれ》にては六人目《ひとめ》の関《せき》をしばく〱越《こ》ゆる　忍《しの》びの旅路《たびぢ》は覚束《おぼつか》なし　誰《たれ》にもあれ　男恋《をとこゝひ》しと慕《した》ふ時《とき》も　その年《とし》の夏《なつ》の中旬《なかば》　当院内《たうゐんない》なる庭中《ていちう》の繁茂木立《しげるこだち》の枝《えだ》を苅《か》る為《ため》　日《にち》ゝ《く》に通《かよ》ひ来《く》る七庭作《にはつく》りの六蔵《ろくざう》は　予《かね》

利根川上流の利根郡にあった。

一二 底本「枯られど」。錦松堂版により改める。

一三 一軒だけ離れて立っている小屋。

一四 気をもんだが、音を立てて訪れる者は。

一五 地に足がつかない程慌てふためく。

一六 無理に閉じ込め。

一七 幕府の耳に入るのを恐れ。

一八 ↓二二六頁注四。

一九 ↓六四頁注八。

二〇 ↓七二頁一一行。

二一 以下二六七頁七行までの話はお伝の知り得ない内容であり、お伝の市松への物語(↓二五〇頁一二行)という枠組と齟齬。

二二 ↓二五〇頁注三。

二三 主殿から遠く離れたところに詰める附家老等がつき従って。「附家老」は、監督・補佐のため幕府から遣わされた、事務をとりしきる老臣。

二四 ↓二五三頁注一七。

以上二五九頁

絵　深夜、庭師の六蔵の合図に雨戸を開き、周りを気にする花月尼。向かって左に袖垣、右下に手水鉢と万年青(おもと)。左上は尼寺の遠景。

一 一定期間、外出しないようお勧め申し上げたところ。

二 花月尼は。なお、若く美しい尼の堕落譚の例として、『隅田川花御所

⑫

て江戸《えど》より来《きた》れる者《もの》と　侍仕《そばづかへ》の尼達《あまたち》が[八]余処事《よそごと》に語《かた》るを洩《も》れ聞《き》き此者《このもの》こそよき江戸《えど》案内《あない》の道連《みちづれ》なれ　ひまあらば[九]直接《ちかづき》て院内《ゐんない》を連《つれ》退《のか》せんと　さまぐ\に渠《かれ》に便《たよ》る工風《くふう》をこらすに　或日《あるひ》[一〇]法会《はふゑ》の事《こと》ありて　尼僧《にそう》等《ら》は皆《みな》一同本堂《どうほんだう》の方《かた》に出去《いでさ》り　傍《かたは》らに人《ひと》なきを幸《さいは》ひとして　予《かね》てより認《したゝ》め置《おき》し　なまめくことば⑬の[一一]玉章《たまづさ》を懐中《くわいちう》なし　躬《みづか》ら庭《には》に下《お》り立《たち》て　木梢《こずへ》に登《のぼ》りし庭作《にはつく》りが　莚《むしろ》の上《うへ》に脱《ぬぎ》おきし[一二]半纏《はんてん》の袖口《そでくち》に　彼[一三]艶書《かのつやぶみ》を押《おし》込《こ》みて　忙《いそが》はしく元《もと》の一《ト》間《ま》に立帰《たちかへ》りて　何気《なにげ》なく日の暮《くる》るを待《まち》わび給《たま》ふに　[一四]案《あん》の如《ごと》くその夜《よ》

染』（→二三九頁注三二、補九五）がある。

三 →一五三頁注二六。

四 目の前の。具体的で明白なさま。

五 激しい欲望を火にたとえていう語。

六 はばかるべき他人の目を、関所にたとえていう語。

七 庭師。

八 直接自分には関係しない話として。

九 「直接」という表記は、間に人を入れずじかに接する意から。

一〇 仏事。法要。

一一 手紙。

一二 仕事着や防寒着として、上からひっかけるようにして着た広袖の丈の短い衣。→絵⑪。

一三 恋文。

一四 思った通り。

絵 六蔵の案内で山道をたどり、小川を渡る花月尼。網代笠をかぶっている。六蔵は荷物を持った従者の体。

⑬

更《ふけ》に　庭《には》の雨扉《あまど》を窃《ひそや》かに　トン〳〵と唯《たゞ》二ツ敲《たゝ》くを合図《あひづ》に　宵《よひ》より身仕度整《みじたくとゝの》へて　路用《ろよう》の金《かね》さへ肌《はだ》に着《つ》け　睡《ねむ》りもやらぬ尼君《あまぎみ》は　斯《かく》と聞《きゝ》つけ閨《ねや》を立出《たちいで》　内《うち》より雨扉《あまど》を少《すこ》しく開《ひら》き　庭《には》に出《いづ》るに　六蔵《ろくざう》は真昼《まひる》の艶書《ふみ》に歓《よろこ》びを何《なに》に譬《たと》へんものもなく　天《てん》へも登《のぼ》る心地《こゝち》にて　尼君《あまぎみ》を背《そびら》[一]に負《を》ひ垣《かき》を越《こ》へて山路《やまぢ》に分入り　はや二里《り》余《あま》りも来《きた》りしと思《おも》ふ頃《ころ》　傍《かた》はらの辻堂《つぢだう》[二]に打下《うちおろ》し　是《これ》より直《すぐ》に江戸《えど》[三]街道《かいだう》へ出《いづ》る時《とき》は　追人《おつて》の者《もの》に引戻《ひきもど》さるゝ災《わざは》ひあり　一ト先行途《まづゆくて》の道《みち》を換《か》え　下野《しもつけ》[四]の方《かた》に立越《たちこへ》て　知音《しるべ》[五]にしばし身《み》を忍《しの》び

絵　磯生の照五郎に横取りされたとも知らず、花月尼に迫った六蔵は、かえって照五郎に煙管で打擲され、額から血を流す。花月尼の髪はすでに伸びている。左は腕に刺青をした子分。→二六六頁二行。

一　背中。なお、若く美しい、身分の高い女性を、相愛の下賤の男が背負うなどして深夜連れ出す話に、『伊勢物語』六段（芥川の段）、『更級日記』（竹芝寺）などがある。特に『西鶴諸国ばなし』（貞享二年〈一六八五〉）四の二「忍び扇の長歌」とは、女の方から艶書を渡しそそのかす点でも共通。ただし本作では、江戸へ出るための手立てとして偽りの艶書を男に渡しており、これら先行話の卑俗化がみられる。

二　→二四八頁注五。

三　江戸に至る街道。徳川の郷の本院からは、利根川を渡って武蔵国に入り、中山道に合流して江戸に出る経路があった。

四　下野国（現栃木県）。徳川の郷からだと北東に当たり、南の武蔵国とは方角が異なる。

五　知り合いを頼ってしばらくそこに身を潜め。「SHIRUBE（略）知音、Acquaintance〔知り合い〕」（『和英語林集成』再版）。

六　途中で一休みし、追手を心配せずにすむようにして。

七　主従のように身ごしらえをし。

⑭

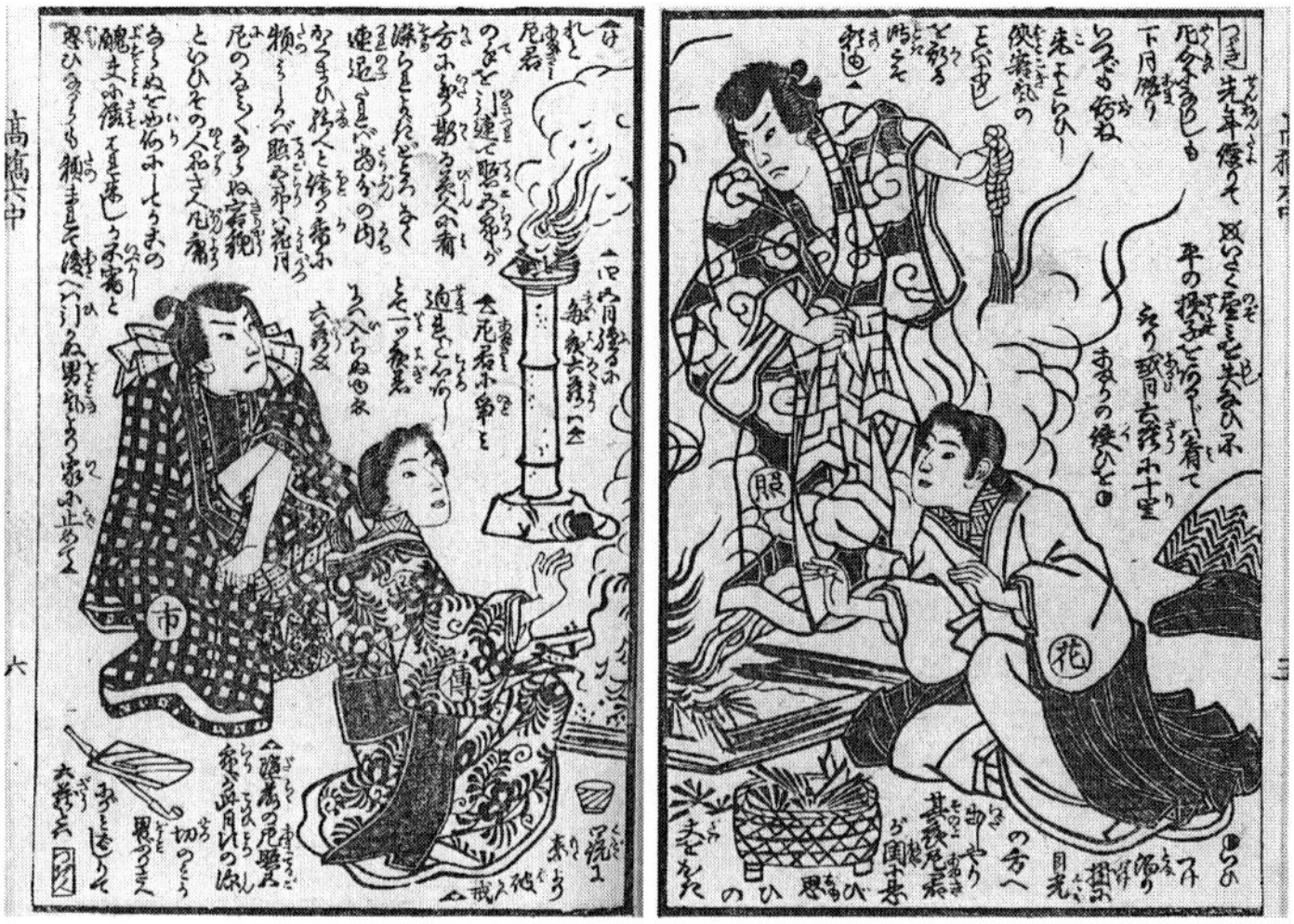

寺《てら》の追人《おつて》を遣《や》り過《すご》し　[六]息《いき》をぬきて後《うし》ろ易《やす》く江戸《えど》に立出《たちいで》　身《み》を落《おち》着《つ》けんと　六蔵《ろくざう》がいふに委《まか》せて是《これ》より[七]主従《しゆうぐ》の如《ごと》くに出立《いでたち》　小《こ》みちを求《もと》め　[八]辛《から》くして農家《のうか》に宿《やど》り[九]菴室《あんしつ》などに便《たよ》りて　修行《しゆぎやう》の尼《あま》主従《しゆうぐ》と庵主《あんしゆ》を欺《あざむ》き　[一〇]数日《すじつ》を経《へ》て[一一]野州《やしう》[一二]足利在《あしかゞざい》なる磯生《いそふ》村《むら》に着《つき》たる日　六蔵《ざう》は此村内《このむらうち》の博徒《ばくと》[一三]磯生《いそふ》の照《てる》五郎《らう》といへる者《もの》に　⑭先年便《せんねんたよ》りて厄介《やくかい》になりしも一《ト》月余《あま》り　いつでも訪《たづ》ね来《こ》よといひし[一四]俠客《をとこ》気《ぎ》のことばありしを　斯《かゝ》る時《とき》こそ頼《たの》もしけれと　尼君《あまぎみ》の手《て》を引《ひき》連《つれ》て照五郎《てるごらう》が方《かた》に至《いた》り　斯《かゝ》る美《び》人《じん》に[一五]看染《みそめ》られ　[一六]よぎどころなく

「しゆうじゆう（略）主君ト従者ト」（『言海』）。

八「からくして（略）カラウジテ」（『言海』）。やっとのことで。

九 僧尼や世捨て人の住む小さな仮の家。いおり。

一〇 振り仮名「すじつ」は「すうじつ」の古い言い方で、当時はこの読みが一般的。

一一 下野国の異称。

一二 足利（↓八五頁注一五）周辺にある磯生村。上野国勢多郡磯村（現群馬県伊勢崎市磯町）によるか。↓次注。

一三 明治二十五年の『近世 俠客有名鏡』（今川徳三『考証 幕末俠客伝』秋田書店、一九七三年、所引）に「前頭」として載せる「磯村の照吉」によるる名か。

一四 義俠心に富んだ気性。

一五「みそむ（略）始メテ見テ恋フ」（『言海』）。

一六 やむを得ず。「余儀なし」と「よんどころなし」を複合させた語。「余儀所（よんどころ）ないから私が面倒な思ひをして拵らへて附けましたアネ」（二葉亭四迷『浮雲』一・五、明治二十年）。

絵　花月尼の身の上話が終わり、襖を開いて現れた磯生の照五郎。↓二六七頁一三行以下。「猟夫」（↓二五〇頁絵注）の正体は照五郎だったとわかる。暖を取るため囲炉裏で盛んに火をたく。竹灯台の灯も燃える。

⑮

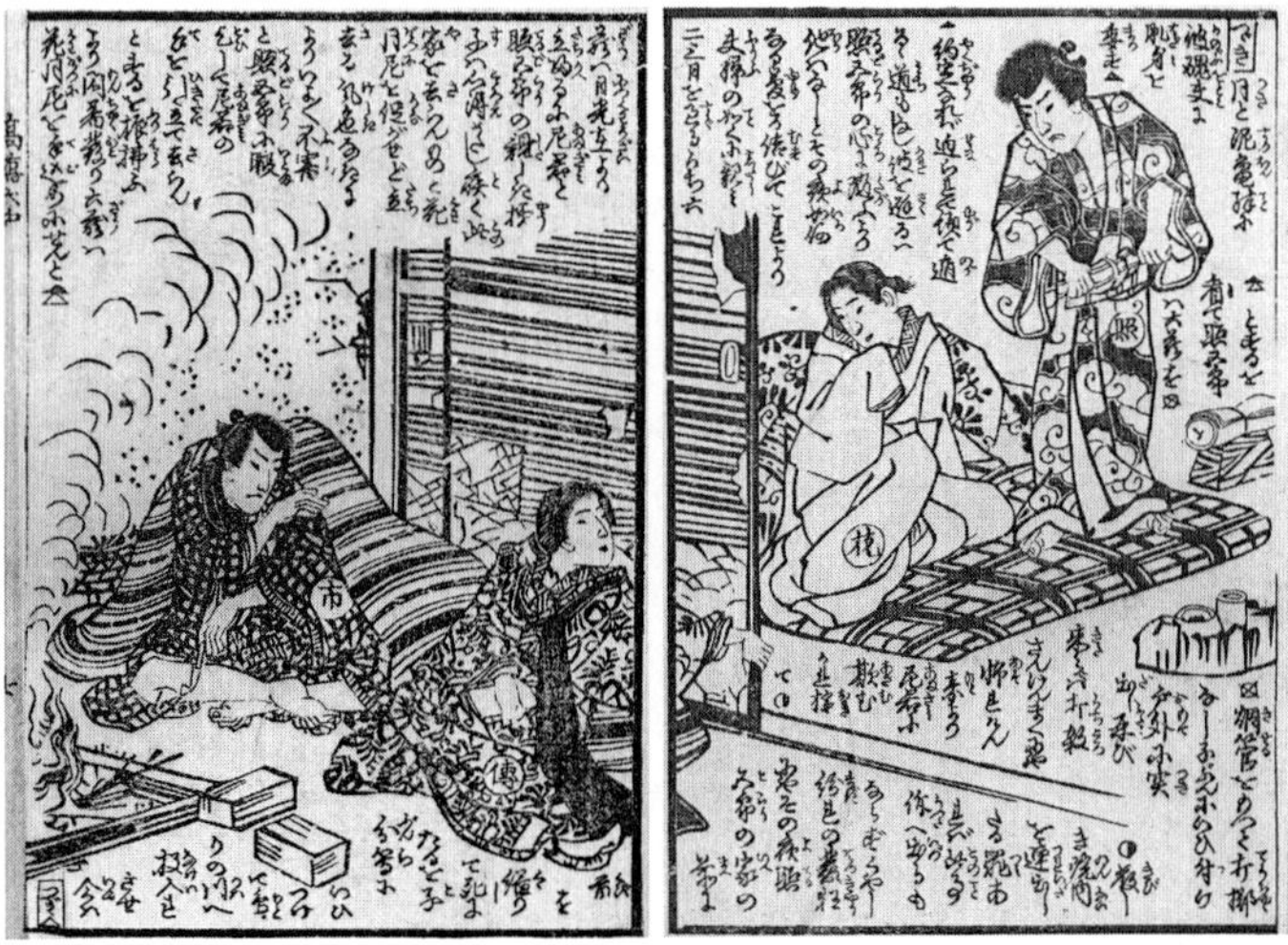

連退《つれのき》たれば　当分《たうぶん》の内《うち》かくまひ給《たま》へと　誇《ほこ》[一]り香《か》に頼《たの》みしかば　照五郎《てるごらう》は花月尼《くわげつに》のなみ〳〵ならぬ容貌《きりやう》といひ　その人品《ひとがら》さへ凡《ぼん》庸《よう》ならぬを　如何《いか》にしてかこの醜夫《ぶをとこ》に誘《さそ》はれ来しか　不審《いぶかし》と思《おも》ひながらも　頼《たの》まれて後《あと》へは引《ひ》かぬ男気《をとこぎ》より　家《いへ》に止《とゞ》めて四五日経《ふ》るに　毎夜《まいよ》六蔵《ろくざう》は尼君《あまぎみ》に争《いど》[二]み迫《せま》れど　心《こゝろ》[三]あしとて一《ひと》[四]ツ夜着《よぎ》には入《い》らぬゆゑ　六蔵《ざう》いたく望《のぞ》みを失《うし》なひ　不平の様子《やうす》をあるじは看《み》て取り　或日《あるひ》六蔵《ざう》に十里《り》あまりの使《つか》ひをいひつけ　泊《とま》り掛《がけ》に日光《くはう》[五]の方へ出《いだ》しやり　其夜《そのよ》尼君《あまぎみ》が閨《ねや》に忍び　思《おも》[六]ひの丈《たけ》をか

絵　久しぶりの再会に共寝する照五郎とお花。間の襖を閉めようとするお伝。→二六八頁八行以下。

一　得意気に。「か」は接尾語。

二　→二三八頁注一二。

三　気分が悪い。

四　→二〇八頁注三。

五　→七四頁注二四。足利近辺からは、日光例幣使街道を利用できた。

六　心中に抱く恋情すべてを切々と訴えたところ。

⑯

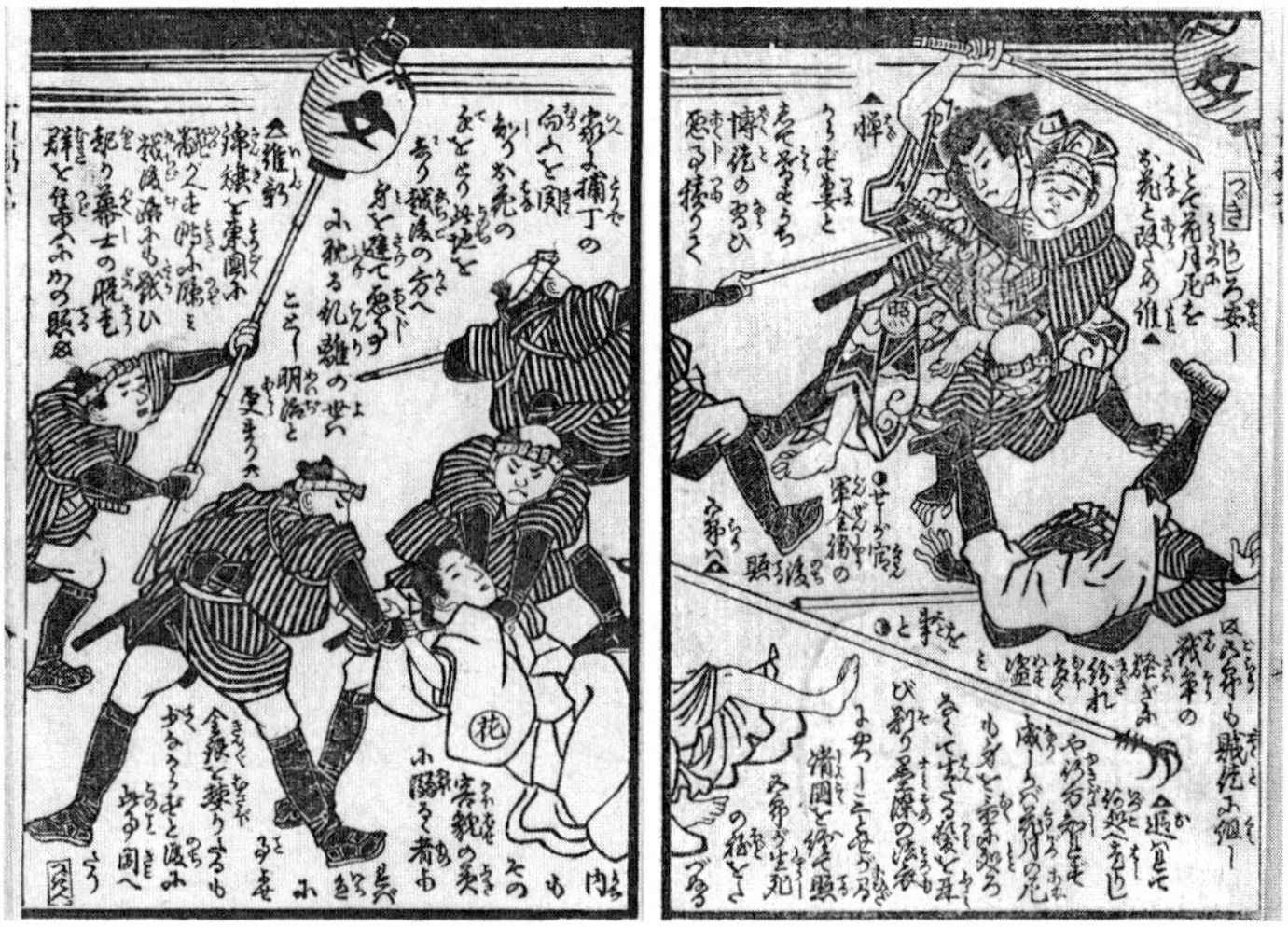

き口説《くどき》に　素《もと》より破戒堕落《はかいだらく》の尼《あま》照五郎《てるごらう》が此日頃《このひごろ》の深切《しんせつ》のみか男《をとこ》ぶりさへにがみばしりて　六蔵《ざう》とは⑮月《つき》と泥亀《すつぽん》　殊《こと》に彼醜夫《かのぶをとこ》に肌身《はだみ》を委《まか》す約定《やくぢやう》なれば　迫《せま》られて頓《やが》て遁《のが》るゝ道《みち》もなし　彼《かれ》を避《さく》るは照五郎《てるごらう》の心《こゝろ》に随《したが》ふより他《ほか》はなしと　その夜《よ》如何《いか》なる夢《ゆめ》をか結《むす》びて　これより夫婦《ふうふ》の如《ごと》くに親《したし》み　二三日を過《すぐ》るうち　六蔵《ざう》は日光在《につくわうざい》より立帰《たちかへ》るに　尼君《あまぎみ》と照五郎《てるごらう》の親《した》しき様子《やうす》は心得《こゝろえ》がたし　疾《と》く此家《このや》を去《さ》らんものと花《くわ》月尼《げつに》を促《うな》がせど　立去《たちさ》る気色《けしき》なきにより　いよ〳〵不審《ふしん》と　照《てる》五郎《ごらう》に暇乞《いとまごひ》して　尼君《あまぎみ》の手《て》を引《ひき》

七 仏道修行において守るべき戒法を破り、清浄な心を失って、俗世間的な心に染まること。

八 「親切」に同じ。「深切(略)ネンゴロ。＝マメヤカ」(『日本大辞書』)。

九 渋みのある、きびしく引き締まった顔つきで。

一〇 からだを自由にさせる約束。花月尼を連れ出して逃げる時の交換条件。

一一 迫られればそのまま、逃れる方法もない。

一二 照五郎との情交を暗示。

一三 わけがわからない。

絵　向こう鉢巻・たすき掛けの大勢の捕丁(→二六七頁注六)相手に長脇差で奮戦する照五郎。丁字形の突棒《つくぼう》を突き付けられている。下に落ちているのは袖がらみ。お花はすでに捕縛されている。捕丁は「御用」の代わりに辻文の図案の高張提灯を掲げる。

⑰

立《た》て去《さ》らんとするを　振払《ふりはら》ふ[一]より悶着発《もんちやくおこ》り　六蔵《ざう》は花月尼《くわげつに》を手《て》[二]込《ご》めにせんとする[三]を看《み》て　照五郎は六蔵を烟管《きせる》をもつて打擲《てうちやく》なし　子ぶんにいひ付《つ》け戸外《おもて》に突《つき》出《だ》し　再《ふた》ゝび来《きた》らば打殺《うちころ》さんけん[四]まくにや怖《おそ》れけん　素《もと》より尼君《あまぎみ》に欺《あざむ》かれ　掟《おき》て厳《きび》しき院内《ゐんない》を連《つれ》出《いだ》したる罪《つみ》あれば　此事訴《このことうつた》へ出《いつ》るもならず　くやし紛《まぎ》れの発狂《はつきやう》にや　その夜《よ》照五郎《てるごらう》の家《いへ》の前《まへ》に首《くび》を縊《くゝ》りて死《し》にたるを　子分等《こぶんら》にいひつけて辺《ほと》りの川《かは》へ投入《なげい》れさせ　今《いま》はうしろ安《やす》しとて[五]⑯　花《くわ》月尼《げつに》をお花《はな》と改《あら》ため　誰憚《たれはゞ》からず妻《つま》として暮《くら》すうち　博徒《ばくと》の習《なら》

絵　照五郎の持っていた鉄砲で台所の壁を突き崩し、破れ穴からお伝とともに逃げ出す市松。→二七〇頁一〇行以下。

一 花月尼が振り払ったことからもめ事が起こり。二 力ずくで犯そうと。三 底本「せんととする」。錦松堂版により、衍字として「と」を削る。四 剣幕。怒った恐ろしい顔つきや態度。五 安心だ。後の心配がない。六 罪人などを召しとる役の者。捕方(とりかた)。着込みに鉢巻姿(→絵⑱)。「捕手(とりで)待　伏勢おこり」(風来山人『根無草』後・三、明和六年〈一七六九〉)。各府県では明治六年から独自に民設警察官吏(番人。従来の「番太郎」などに当たる)を設置したが(→補四五)、筑摩県(現長野県南部。軽井沢はこれに入らない)でも「捕丁(ほてい)」と称する見廻番人を雇い、捕亡吏などの命を受けて犯人捕縛などに当たった(長野県編『長野県史 通史編』七、長野県史刊行会、一九八八年)。七 現新潟県。江戸時代には高田・新発田・長岡などの小藩に分かれていた。明治四年の廃藩置県で新潟県・柏崎県が成立、六年新潟県に統一。八 国が乱れて人々が離れ離れになること。九 慶応四年九月八日(一八六八年十月二十三日)明治と改元。一〇 →一三八頁注一四。一一 錦の御旗。天子の旗。赤地・緑地の錦の上部に金銀で日月や菊を縫い付けたり、

ひ　悪事《あくじ》積《つも》りて家《いへ》に捕丁《とりで》[六]の向《むか》ふを聞知《きゝし》り　お花《はな》の手《て》をとり此地《このち》を去《さ》り　越後《ゑちご》[七]の方《かた》へ身《み》を避《さけ》て　悪事《あくじ》に耽《ふけ》る乱離《らんり》[八]の世《よ》は　[九]ことし明治《めいぢ》と更《あらた》まり　維新《いしん》[一〇]錦旗《きんき》[一一]を東国《とうごく》[一二]に飜《ひる》がへす時《とき》に臨《のぞ》み　越後路《ゑちごぢ》[一三]にも戦《たゝか》ひ起《おこ》り　幕士《ばくし》[一四]の脱走群《だつそうむれ》を集《つど》ふに　かの照五《てるご》郎《らう》も賊徒《ぞくと》に組《くみ》[一五]し　戦争《せんそう》の騒《さは》ぎに紛《まぎ》れ　多《おほ》く盗《ぬす》みを事《こと》とせしが　官軍全勝《くわんぐんぜんしやう》[一六]の後《のち》　照《てる》五郎《らう》は追《お》はれて何処《いづこ》へ走《はし》りしや　行方知《ゆきがたし》れず成《なり》しかば　花月《くわげつ》の尼《あま》も身《み》を置《おく》に処《とこ》ろなくて　生《はへ》[一七]たる髪《かみ》を再《ふたゝ》び剃《そ》り　墨染《すみぞめ》の法衣《ころも》にやつし　三とせが間《あひだ》諸国《しよこく》を経《へ》て　照《てる》五郎が生死《しやうし》の程《ほど》をたづぬる内《うち》も　その容貌《かほばせ》の美《よき》に溺《おぼ》るゝ者《もの》あれば　色《いろ》[一八]に事《こと》よせ金銀《きんぐ》を婪《むさぼ》りたるも少《すく》なからずと　後《のち》に此事聞《このことききこ》へたり

⑰

○話説元《はなしもと》[一九]へ戻《もど》りて　遠近村《をちこちむら》[二〇]なる葎《むぐら》[二一]の宿《やど》りに　お伝市松《でんいちまつ》[二二]のふたりの者《もの》は　花月《くわげつ》の尼《あま》の懐《ふとこ》ろに物《もの》[二三]ありげなるを附狙《つけねら》ひ　奪《うば》[二四]はん底意《そこい》の深切《しんせつ》ごかしも　麁朶《そだ》のあかりに名乗《なの》あひては　遁《のが》[二五]れぬ中《なか》の身《み》の上《うへ》ばなしに　猶《なほ》もゐろりに麁朶《そだ》増《ま》す折節《をりふし》　脊後《うしろ》[二六]の破《やぶ》れ襖《ぶすま》を開《ひら》き　「奇《めづ》[二七]らしや鎌鼬《かまいたち》[二八]　女房《にようばう》お花《はな》も健康《たつしや》でゐたかと　いはれて振《ふり》むくみたりのゐろり[二九]の上《しやう》[三〇]

⑱

日・神号(天照皇太神など)を書いたりした細長い旗。朝敵を討伐する官軍の標章とした。承久の乱(承久三年〈一二二一〉)等で用いられた。近代では、慶応四年(一八六八)一月の鳥羽・伏見の戦で掲げられ、二月東征大総督熾仁(たるひと)親王進発の際に賜り、新政府軍の士気を高めた。↓『沢村田之助曙草紙』五二五頁絵。[一二] 関東地方。↓補九八。[一三] 越後国方面の戦い。北越戦争のこと。↓補九八。[一四] 脱走した旧幕府の武士が、仲間に加わる者を集めていたので。徳川慶喜の恭順にあきたらない旧幕府脱走兵や佐幕諸藩兵等は、関東・越後・信州で蜂起。特に旧幕府歩兵頭古屋作左衛門は、旧幕府脱走兵五百七十余人で衝鋒隊を組織、越後国に入って新発田・長岡・柏崎・高田などで活動、その後信濃国に入って松代藩兵らと戦闘したが敗れた。ここでは、そうした賊軍の一員となって金品を強奪するなどした、ということ。[一五] 加勢し。[一六] 一時苦戦したことはあったが、明治元年九月の東北戦争、翌二年五月の箱館戦争を経て、戊辰戦争は新政府軍の勝利に終わった。[一七] 還俗して照五郎の妻お花となり、髪を生やしたのを、再び剃って尼の姿となり。「こきすみ染に。

二六八頁に続く

絵　四人の休む「安旅舎」(↓二四九頁三行)の周囲で、中の様子をうかがう捕手。捕り縄・十手を持つ。

座《ざ》へおし直《なほ》るを　花月《くわげつ》の尼《あま》も市奴《いちやつこ》も火《ほ》かげにすかして打驚《うちおどろ》き　「おまへは[一]こちの照五郎《てるごらう》どの　「さういふ[二]こなたは越後《ゑちご》のいくさ　[三]長岡辺《ながをかへん》で[四]分捕組《ぶんどりぐみ》の頭《かしら》と仰《あふ》いだ[五]隊長株《たいちやうかぶ》　五十嵐《いがらし》照武《てるたけ》どのではないか　「オヽ　その時《とき》は[六]いかめしく五十嵐照武《いがらしてるたけ》と名乗《なの》ツたが　実《じつ》は磯生《いそふ》の照五郎《てるごらう》　[七]四《よ》とせ別《わか》れた女房《にようばう》と　[八]組下《くみした》にした鎌鼬《かまいたち》の市松《いちまつ》に逢《あ》ふとは　夢《ゆめ》にも知《し》らぬ[九]我隠《わがかく》れ家《が》　[一〇]世《よ》の中狭《なかせま》き身《み》の上《うへ》より　今《いま》は此家《このや》の[一一]かゝり人　猟師《れうし》は[一二]附《つけ》たり　鉄炮《てつぱう》の[一三]一ト口商《くちあきな》ひ⑱荒稼《あらかせ》ぎ　別《わか》れた女房《にようぼ》と[一四]しら波《なみ》の　宵《よひ》に[一五]薄手《うすで》を負《おは》せたも　自己《おれ》が仕業《しわざ》だ　堪《こら》へて呉《くれ》と　語《かた》りあかすも[一六]夜寒《よさむ》の山家《やまが》　こよひは此儘《このまゝ》一ト寝入《ねいり》　委《くは》しい話《はな》しは夜《よ》あけて後《のち》　サアお花《はな》久《ひさ》しぶりだ　此方《こつち》へ[一七]来《き》やれと　尼《あま》が手《て》をとり[一八]隔《へだ》ての一ト間《ま》　お伝《でん》が機転《きてん》に立切《たてき》る襖《ふすま》　此《この》時《とき》はやし彼時《かのとき》をそし　斯《かゝ》る小家《こいへ》の前後《ぜんご》より　[一九]吶《どつ》と込《こ》み入《い》る捕丁《とり》の大勢《たいぜい》　「照五郎御用《てるごらうごよう》だ　ふすま蹴退《けのけ》て踏込《ふみこ》ンだり

みをやつし」(説経、豊孝正本『しだの小太郎』五、享保三年(一七一八)序)。
一八 情事の代償として多くのお金を自分のものとする。売春行為をいう。
一九 ↓二五〇頁一一行。
二〇 「遠近の里」に同じ。↓二四八頁注二。　二一 ↓四七頁注五二。
二二 ↓二二三頁注一九。
二三 何か金目の物がありそうなのを。
二四 奪おうという下心で、表向きは親切そうに振舞ったものの。
二五 切っても切れない深い間柄。花月尼とお伝のかつての主従関係をいう。　二六 「脊」は背中の意。
二七 長期間会えなかった相手に再会した時の気持ちを表す語。懐かしさ・思いがけなさが混じった感情。やあ、久しぶりだ。
二八 市松のあだ名。↓二二三頁注一三。　二九 囲炉裏。
三〇 かみざに居住まいを正して座ったのを。「シャウザ、上座、(kamiza.)」(『和英語林集成』再版)。「上座(しやうざ)になほつて声を怒らし」(岡本勘造『夜嵐阿衣花廼仇夢』三・中)。

以上二六七頁

一 妻が夫を指していう語。うちの。花月尼のセリフ。
二 あなた。市松のセリフ。↓一四一頁注二七。
三 信濃川中流域にある、越後国中央部の地名。北越戦争(↓補九八)の激戦地。↓付図2。

下巻見返し

⑲

夜叉もの語

六編下の巻

魯文著
周重画
辻文板

四 戦場で、敵の武器や軍用品などを強奪する隊。**五** 隊長格。**六**「磯生の照五郎」から、威厳のある「五十嵐照武」という名に変えたが。**七** 四年別れていた女房。慶応四年(一八六八)七月の北越戦争終結から足掛け四年とすれば、今は明治四年となる。**八** 配下。**九**「安旅舎」(→二四九頁三行)のこと。**一〇** 世間をはばかる身の上ゆえに。**一一** 他家に世話になっている人。居候。**一二** 添え物。**一三** 鉄砲の弾一発で決まる追剝稼業を、一言で成立する商取引にたとえる。「此街道は無用心と知って合点の一人リ旅。見れば飛道具の一トロ商《あきなひ》」(竹田出雲ら『仮名手本忠臣蔵』五、寛延元年(一七四八)初演)。**一四** 知らずに。「しら波」は盗賊の意で、「一トロ商ひ」の縁語。↓一〇二頁注六。**一五** 軽い傷。→二四八頁六行。**一六** 夜半に寒さを覚える晩秋の山里の家。**一七** 来いよ。「やれ」は呼びかけ、軽い命令。**一八** お伝がとっさに気を利かせ、向こうの一間との間の襖を閉めきったのとほとんど同時に。**一九** 多人数が一度に押し入るさま。

下巻見返し　着物を掛けた几帳と檜扇。多色刷。

絵　古い辻堂の中で、山路に入る身支度をするお伝と市松。市松は脚半(→八七頁注一三)を着けている。

[⑲]高橋阿伝夜刄譚《たかはしおでんやしやものがたり》　六編下の巻

○第《だい》十八回《くわい》　毒婦《どくふ》虎口《ここう》を遁《のが》れ独歩《ひとり》藤川村《ふぢかはむら》[一]に至《いた》る

仮名垣魯文補綴

此時《このとき》[二]よたりの男女《なんによ》の者《もの》は　をの〳〵脚《すね》に疵持人物《きずもつじんぶつ》　[三]スハ身《み》の上《うへ》と立上《たちあが》り　裏手《うらて》の方《かた》へ逃《にげ》んとすれば　爰《こゝ》よりも又込入《またこみい》[四]る人数《にんず》に　流石《さすが》は悪《あく》[五]に根強《ねづよ》き博徒《ばくと》　照五郎《てるごらう》は引《ひき》[六]つけ置《おき》たる長脇差《ながわきざし》を抜手《ぬくて》も看《み》せず　[⑳]突《つき》かけたるさす股《また》[七]を磕《はた》とその場《ば》に切折《きりをり》て　かへす刃《やいば》に捕丁《とりで》[八]の利腕《きゝうで》　ひとりの脚《すね》を切先《きつさき》に払《はら》ふうしろに　今《いま》一人が突出《つきいだ》したる袖《そで》[九]がらみを又切捨《またきりすて》んと振《ふり》返《かへ》るを　前後左右《ぜんごさいう》に組付《くみつか》れ　多勢《たせい》にひとり獅子奮身《しゝふんしん》[一〇]の怒《いか》りをなせど　その甲斐《かひ》なく　折《をり》重《かさ》なりたる捕丁《とりで》の為《ため》に　遂《つひ》にぐる〳〵縛《いまし》められ　狼狽花月尼《うろたふくわげつに》諸倶《もろとも》に　ひゝ[一一]とその座《ざ》に引《ひき》すへられたり　此《この》くら闇《やみ》の騒《さは》ぎに紛《まぎ》れ　市松《いちまつ》はお伝《でん》が手《て》をとり　最前照五郎《さいぜんてるごらう》が傍《かた》への壁《かべ》に建《たて》かけ置《おき》たる鉄炮《てつぱう》おツとり[一二]　勝手《かつて》[一三]の壁《かべ》を突崩《つきくづ》し　破《やぶ》れ穴《あな》よりお伝《でん》と倶《とも》に戸外《おもて》に立出《たちいで》山間《やまあひ》の畑《はたけ》に生《お》ふる野菜《やさい》の中《なか》にむ[一四]ぐり入《い》りて　犬《いぬ》[一五]つくばひに二三町余《ちやうあま》り山手《やまて》に登《のぼ》り　ふ[一六]りたる辻堂《つぢだう》あるを見《み》て　偖《さて》は霄《よひ》に小雨《こさめ》を凌《しの》ぎし辻堂《つぢだう》を　再《ふたゝ》び過《すぐ》るも因縁《いんえん》ならむ　しばし入《い》りて身仕度整《みじたくとゝの》へ　再《ふたゝ》び山路《やまぢ》に分入《わけい》らんと　内《うち》に入《い》りて帯〆直《おびしめなほ》し　市松《いちまつ》も貯《たくは》[一七]への脚半《きやはん》を

一 ↓補四七。　二 四人。
三 さあ、一身上の大事件だ。「スハ」は、急な出来事に驚いて、何事かと推測する時に発する感動詞。「驚破」とも表記。「身の上」は「身の上の大事」の略。
四 どっと入ってくる大勢に対し。「にんず 人数（略）多勢ノ人」（『言海』）。　五 悪事に染まりきった博徒のこととて。　六 手元に引き寄せておいた長脇差を素早く抜いて。
七 長い木の柄の先に鉄製のU字型を付け、犯罪人ののど首を押さえて捕える武器。↓二七二頁絵右上。
八 ↓二六七頁注六。
九 長い木の柄の先にとげの出た鉄叉（さてつ）を多数付け、犯罪人の袖にからませて引き倒す武器。さす股・突棒とともに三つ道具とされた。↓二六五頁絵。
一〇 獅子が奮い立つように力強く勇猛に行動すること。獅子奮迅。
一一 比々と。並び連なるさま。「其子店孫肆（してんそんし）に至つて　則ち比々戸を連ねて」（服部誠一『東京新繁昌記』三「新橋芸者」明治七年）。
一二 「おつとり　押取　直（グス）ニ取テ」（『言海』）。
一三 台所の壁。　一四 潜り込んで。
一五 犬のように四つんばいになって。
一六 古い辻堂。花月尼を救った「古祠」（↓二三八頁注八）を指す。
一七 持ってきた脚半。
一八 相手の弱みに乗じて、その手元

⑳

着《つ》け　素足《すあし》の儘《まゝ》又《また》此処《このところ》を立出《たちいづ》る表《おもて》に　いつしか四五人《にん》の捕手《とりで》が御用《ごよう》㉑の声《こゑ》に愽《びつ》くり　後《あと》に退《す》さるを付《つ》け[18]入《い》りて　苦《く》もなくふたりは縛《いまし》められ　引立《ひきたて》られて行先《ゆくさき》に照《てる》五郎も花月尼《くわげつに》も　同《おな》[19]じ縄目《なわめ》に顔《かほ》見合《あは》せ　ことばを換《かは》す由《よし》もなし　斯《かく》て捕《とり》手のめんくは　四人の者《もの》を引立《ひきたて》て　高張提灯前《たかはりてうちんさき》[20]に照《て》らさせ　その暁《あかつき》に軽井沢《かるゐざは》なる出張所《しゆつちやうじよ》[21]に引立行《ひきたてゆく》に　掛《かゝ》りの役《やく》員白洲《ゐんしらす》[22]をまをけ[23]　四人を引出《ひきいだ》し糺問《きうもん》するに　予《かね》て磯生《いそふ》村《むら》の照《てる》五郎は　人相書《にんさうがき》を以《もつ》て四年越捜索《ねんごしさうさく》の罪《つみ》人なれば　陳《ちん》[24]ずるともその詮《せん》なしと　悪事《あくじ》残《のこ》らず白状《はくじやう》なす

に入り込む。付け込む。

一九　罪人として同じように捕縛されて。

二〇　長い竿の先端に取り付けた二本の腕木の間に、上下を固定して張った大形の提灯。定紋・屋号などを書き、行列の先頭などに掲げて目印とした。→二七二頁絵。

二一　長野県では、明治五年に裁判所が県庁内に置かれ、判事は参事・権令(ごん)が兼ねた。死罪と判決された場合は主務省の許可で施行され、徒刑以下は参事・権令が決定を下した。明治九―十一年までに松本・上田・長野各支庁に八つの区裁判所が設置されたが、軽井沢にはない。軽井沢を管轄するのは、十一年設置の岩村田区裁判所(長野県編『長野県史 通史編』七)。

二二　庶民や浪人の取調べを行う場所。板縁の下の砂利を敷いた所。身分によって、その上段の「板縁」(由緒ある浪人、御用達町人)、その上の畳敷きの「縁頬(えんがわ)」(武士、僧侶等)などがあったが(石井良助『江戸時代漫筆』「出入筋のこと」井上書房、一九五九年)、明治五年十月十日司法省第二十五号達により、平等に扱われるようになった。→二七三頁絵。

二三　設け。　二四　申し開きをしても無益だと思って。

絵　辻堂の表で待ち構えていた捕手たちに捕縛されるお伝と市松。

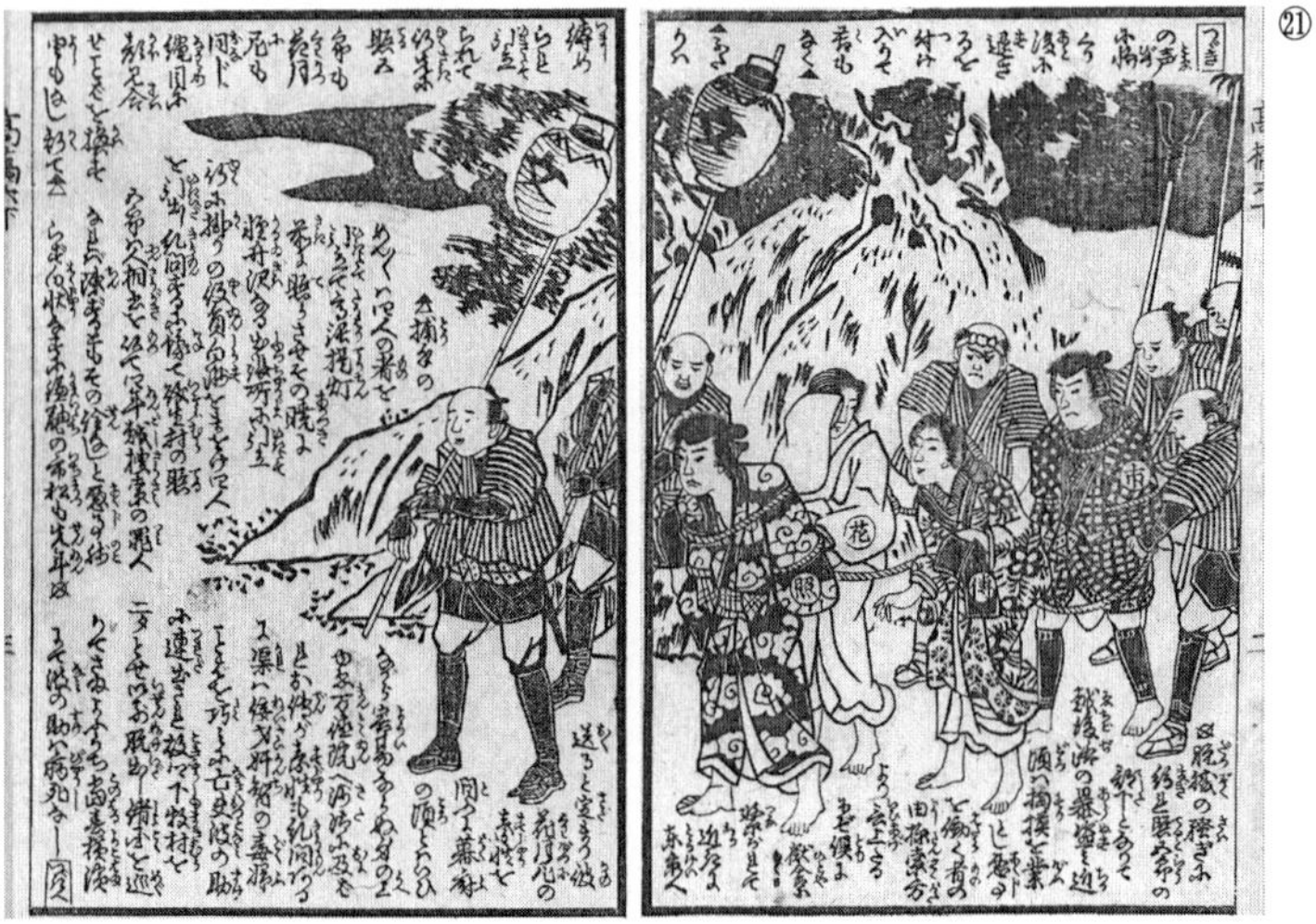

に　鎌鼬《かまいたち》の市松《いちまつ》も　先年脱賊《せんねんだつぞく》[一]の騒《さは》ぎに紛《まぎ》れ　照五郎《てるごらう》の部下《てした》となりて越後路《ゑちごぢ》の暴盗《あらぬす》[二]み　近頃《ちかごろ》は掏摸《すり》を業《げふ》とし　悪事《あくじ》を働《はたら》く者《もの》の由《よし》　探索方《たんさくがた》より言上《いひあげ》たるにぞ　倶《とも》に獄舎《ひとや》[三]に繋《つな》がれて　近《ちか》きに東京《とうけい》へ送《おく》ると定《さだ》まり　彼花月尼《かのくわげつに》の素性《すじやう》を問《と》ふに　幕府《ばくふ》[四]の頃《ころ》とはいひながら　容易《ようい》ならぬ身の上《うへ》ゆゑ　万徳院《まんとくゐん》へ沙汰《さた》[五]に及《およ》ばれ　お伝《でん》が素性《すじやう》も糺問《きうもん》あるに　渠《かれ》は佞《ねい》[六]才奸智《さいかんち》の毒婦《どくふ》　ことばを巧《たく》みに亡夫《なきおつと》波《なみ》の助《すけ》に連出《つれだ》され　故郷《こきやう》下牧村《しもまきむら》[七]を二ヶとせ以前脱出《いぜんぬけいだ》し　諸国《しよこく》を巡《めぐ》りてさまよふうち　当《この》[八]春横浜《はるよこはま》にて波《なみ》の助《すけ》は病死《びやうし》[九]なし

絵　高張提灯を先に、引き立てられる照五郎・お花・お伝・市松。お花は恥じて顔を隠している。後ろの捕手は刺股・突棒・袖がらみを担ぐ。

一 旧幕府脱走兵による蜂起。↓二六七頁注一四。
二 強盗。
三 底本「獄舎に」と「繋がれて」の間の行に、小字で「□く日」(□は判読不能)とある。
四 旧幕府の頃のこととはいえ、軽々しく処分できないような境遇。↓二五〇頁一四行以下。
五 通報し。
六 口先がうまく、悪賢いこと。
七 ↓一五三頁三行以下。明治三年の話(↓一三八頁注一五)。
八 「下牧村を二ヶとせ以前脱出し」(↓前注)、「翌(あく)れば明治六年」(↓二七六頁六行)から、「当春」は明治五年春と考えられる。しかし、波之助を殺害したのは、「その年(明治三年」の冬の始め」(↓二一八頁一二行)・「酒が媒妁(なかだつ)冬の夜の」(↓二二四頁四行)の次であることから、明治三年冬か四年春となろう。続く場面で、「木枯風の果なき木曾の山おろし」(↓二三八頁四行)や「激しき夜寒」(↓二四九頁九行)とあるが、これを字義通りに解すれば晩秋初冬ということになり、波之助殺害からここまで明治三年冬の出来事となる。一方、花月尼は慶応四年(一八六八)の北

㉒

㉒便《たよ》る方《かた》なく　市松《いちまつ》が[一〇]悪事《あくじ》ある者《もの》とも知《し》らず　旅《たび》にて夫婦《ふうふ》の誓約《せいやく》なし　渠《かれ》と共《とも》に故里《ふるさと》に立帰《たちかへ》り　[一一]養父《やうふ》に詫《わび》んとせしなどを　[一二]実事《まこと》空事《そらごと》打混《うちまぜ》て聞《きこ》へ上《あぐ》るに　[一三]さあらんには別《べつ》に罪《つみ》する処《ところ》もあらずと　[一四]頓《とみ》に上州《じやうしう》沼田《ぬまた》在《ざい》なる下牧村《しもまきむら》へ沙汰《さた》あるより　九《く》右衛《ゑ》門《もん》は何事《なにごと》やらんと　取敢《とりあへ》ず村役人《むらやくにん》と波《なみ》の助《すけ》が[一五]兄代助《あにだいすけ》を同道《どうだう》し　軽井沢《かるゐざは》の出《しゆつ》張所《ちやうじよ》に立越《たちこへ》て　お伝《でん》が捕縛《ほばく》の概略《あらまし》を聞《きく》より　偖《さて》はと打驚《うちおどろ》き　白洲《しらす》に出《いで》てお伝《でん》が上《うへ》を一応糺問《いちおうきうもん》せられしかど　家出《いへで》の後《のち》の事《こと》は知《し》らず　本夫《おつと》波《なみ》の助《すけ》と諸共《もろとも》に出《いで》たる事《こと》に相違《さうゐ》なければ　[一六]実際《じつさい》

越戦争後「三とせが間諸国を経て」(→二六七頁六行)照五郎に再会し、照五郎は「四とせ別れた女房」(→二六八頁四行)と再会したとあり、「四とせ」を足掛け四年とすれば、作品の現在時は明治四年冬となる。いずれにせよ明治五年とはならず、作品内の時間的整合性に問題が生ずる。なお、後にお伝が、波之助の死を「今年の秋」(→二七五頁八行)としているのは、彼の死の時期を偽っているとも考えられる。

九 実際は、お伝により絞殺された。→二二五頁一一行。

一〇 犯罪者。実際は、お伝は市松が掏摸(すり)だと推測していた。→二三〇頁注九。

一一 お伝を養女とした高橋九右衛門。→六六頁一〇行以下。

一二 真実と嘘を混ぜ合わせて申し上げたところ。

一三 そういうことならば、別に処罰することもないと。

一四 ただちに。「TOMI-NI(略)Quickly」(『和英語林集成』再版)。

一五 →七二頁二行。

一六 実際はこれこれでした、と申し上げたところ。

絵　軽井沢の出張所で、お伝の身の上を尋問される九右衛門・代助ら。幕には十六菊の皇室の紋章。

㉓

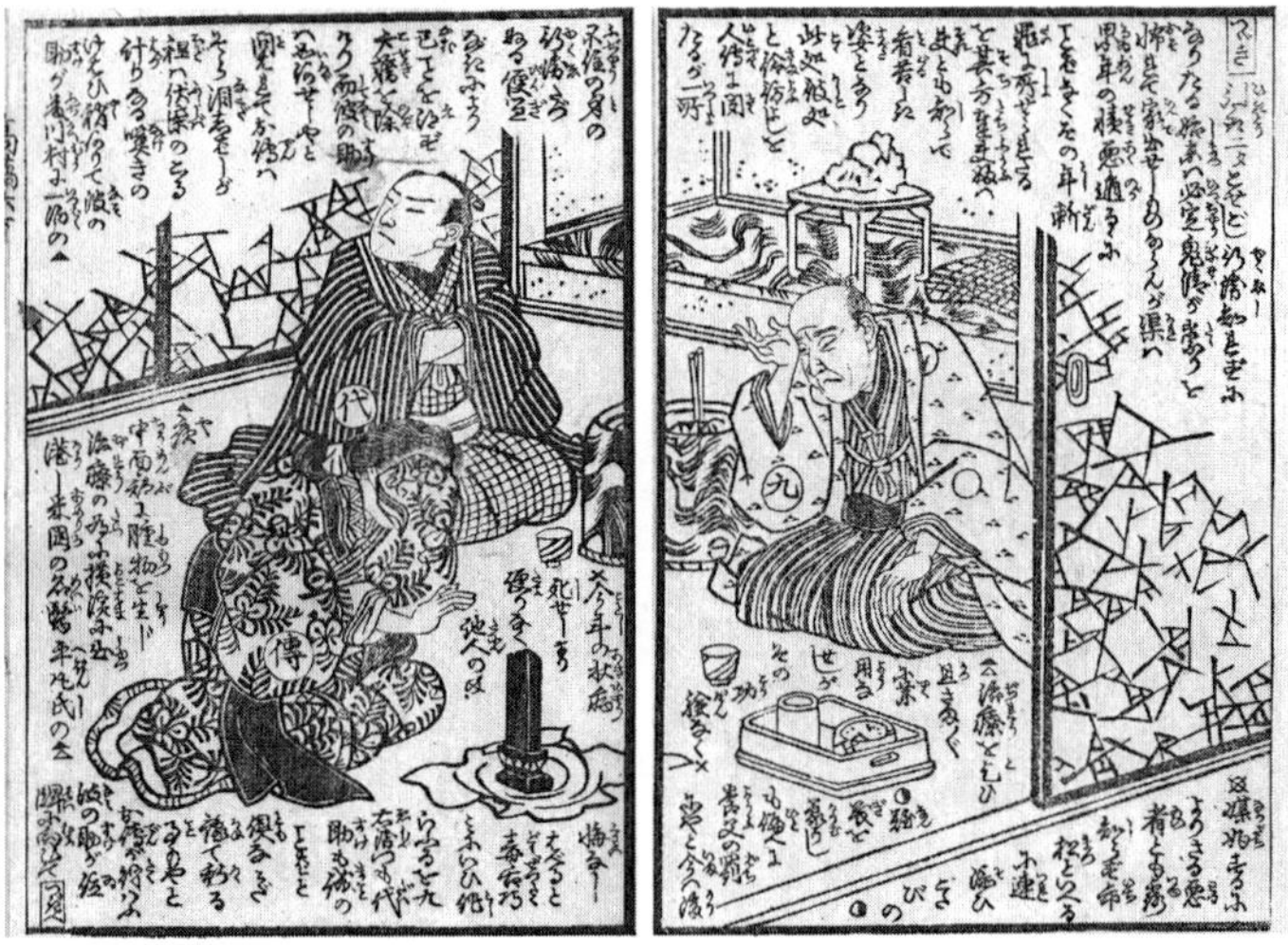

云ゝ《しかぐ》と聞《きこ》へあぐるに　お伝《でん》がことばと符合《ふがふ》せしより　お伝《でん》は九右衛門に引渡《ひきわた》されたり　斯《かく》て九右衛門代助等《だいすけら》は　一ト先《まつ》お伝《でん》を[一]沓掛《くつかけ》の旅宿《りよしゆく》に引取《ひきとり》㉓　二タとせごし行衛《ゆくゑ》知《し》れずになりたる始末《しまつ》は必定《ひつぢやう》[二]鬼清《おにせい》が祟《たゝ》りを怖《おそ》れて家出《いへで》せしものならんが　渠《かれ》は[三]累年《るゐねん》の積悪遁《せきあくのが》るゝにことばなく[四]　その年斬罪《としざんざい》に所《しよ》せられたるを　其方《そち》達夫婦《たちふうふ》は夫《それ》とも知《し》らで　[五]看苦《みぐる》しき姿《すがた》となり　此処彼処《こゝかしこ》と[六]徐彷《さまよふ》よしを人伝《ひとづて》に聞《きゝ》たるが　[七]一所不住《いつしよふぢゆう》の身《み》の行衛《ゆくゑ》　たづぬる便宜《びんぎ》なきにより　已《やむ》ことを得《え》ず[八]戸籍《こせき》を除《のぞ》けり　[九]而《して》波《なみ》の助《すけ》は如何《いかゞ》せしやと

絵　波之助の位牌を出した上で、これまでの経歴を虚実取り交ぜ説明し、親不孝を詫びてうそ泣きをするお伝。九右衛門はもらい泣き、代助も涙を見せまいと横を向く。

一　軽井沢と追分の間にある中山道の宿駅。信濃国佐久郡沓掛村(現長野県北佐久郡軽井沢町中軽井沢)。↓付図2⑯。

二　鬼清捕縛による後難。↓一五二頁六行以下。

三　長い年月にわたって積み重ねた悪事。

四　捕縛された年(明治三年)。「斬罪」は斬首刑。

五　みっともない姿。

六　「徐」(レ)は行くさま、「彷」(ホウ)はさまよう意。夫婦は、藤川村(↓補四七)、甲府(↓一八四頁注一七)、台が原(↓一九五頁注八)、横浜(↓二一五頁四行)などを旅していた。

七　一つ所に定住しないこと。

八　九右衛門の戸籍から除いたということ。↓一五三頁注一三、補四六。

九　そして。

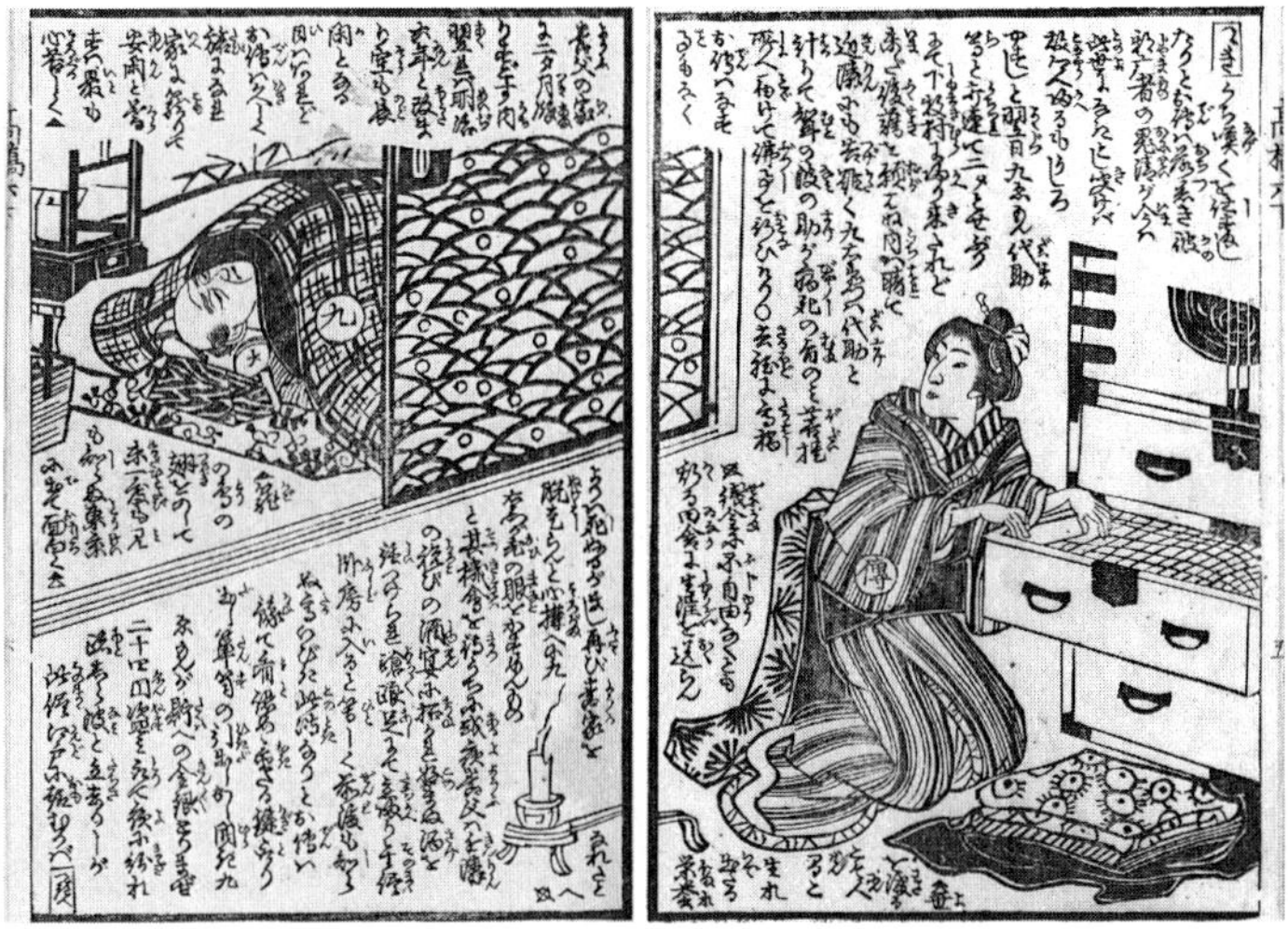

問《と》はれてお伝《でん》は[一〇]そら泪《なみだ》　しばしが程《ほど》は[一一]伏柴《ふししば》の　こる計《ばか》りなる嘆《なげ》きのけはひ　稍《やゝ》ありて　[一二]波《なみ》の助《すけ》が藤川村《ふぢかはむら》に一泊《いつぱく》の夜中《やちう》　面部《めんぶ》に腫物《しゆもつ》を生《しやう》じ　治療《ちれう》の為《ため》に横浜《よこはま》に出港《しゆつかう》し　米国《あめりか》の名医《めいい》[一三]平凡《へぼん》氏の治《ぢ》療《れう》を乞《こ》ひ　且《かつ》さまぐ＼に薬用《やくよう》なせしが　その功験《こうげん》なく[一四]今年《ことし》の秋《あき》病死《びやうし》せしより　便《たよ》りなく　他人《たにん》の媒妁《なかだち》するにより　[一五]さる悪者《わるもの》とも露知《つゆし》らず　市松《いちまつ》といへるに連《つれ》添《そ》ひ　こたびの難義《なんぎ》を蒙《かうむ》りしも偏《ひと》へに[一六]養父《やうふ》の罰《ばち》にやと　今《いま》は後《かう》悔《くわい》なしはべると　[一七]毒舌巧《どくぜつたく》みにいひ作《こし》らふるを　九右衛門《あゑもん》も代助《だいすけ》も　誠《まこと》のことばと[一八]倶《とも》なみだ　予《かね》

一〇　うそ泣きをして。

一一　もう懲りて、二度と繰り返したくないような嘆きの様子。「伏柴」は柴(雑木)。「伏柴の」は刈る意の「樵(こ)る」の枕詞で、「懲る」と掛ける。ここは、「かねてよりおもひし事ぞふしゝばのこるばかりなるなげきせむとは」(「花園左大臣につかはしける　待賢門院加賀」『千載和歌集』十三・恋歌三)を踏まえる。以前から予想していたことでした、柴を樵るように、もう懲りて二度と繰り返したくないような嘆きをすることを、の意。

一二　→一五三頁一〇行以下。

一三　→二一八頁注八。

一四　「当春」(→二七二頁注八)と齟齬。

一五　そういう悪者。市松が「掏摸を業と」する者(→二七二頁四行)であったことを意識していう。

一六　九右衛門への親不孝の罰ではないかと。

一七　自分に都合よく、相手を欺く言葉で。

一八　もらい泣き。

絵　東京に出ようと、九右衛門が熟睡した隙にたんすからお金や着物を盗み出すお伝。

て斯《かゝ》[一]る事《こと》もやと　お伝《でん》が貯《たく》はふ波《なみ》の助《すけ》が位《ゐ》牌《はい》に向《むか》ひてうち㉔嘆《なげ》くを　仕《し》すましたりとお伝《でん》は落着《おちつ》き　彼邪魔《かのじやま》者《もの》の鬼清《おにせい》が　今《いま》は此世《このよ》になき[二]とし聞《き》けば　故郷《こきやう》へ帰《かへ》るもうしろやすし[三]と　翌日《よくじつ》九ゑもん代助等《だいすけら》と打連《うちつれ》て　二ヶとせぶりにて下牧村《しもまきむら》[四]に帰《かへ》り来《き》たれど　未《いま》だ復籍《ふくせき》[五]を願《ねが》はぬ内《うち》は　晴《はれ》て近隣《きんりん》にも告難《つげがた》く　九右衛門は代助《だいすけ》と計《はか》りて　聟《むこ》の波《なみ》の助《すけ》が病死《びやうし》の旨《むね》のみ菩提所《ぼだいしよ》[六]へ届《とゞ》けて　仏事《ぶつじ》[七]を行《おこな》ひけり　○去程《さるほど》に高橋《たかはし》お伝《でん》は　なす事《こと》もなく養父《やうふ》の家《いへ》に二ヶ月余《つきあま》りすごす内《うち》　翌《あく》れば明治《めいぢ》[八]六年《ねん》と改《あらた》まり　空《そら》も長閑《のどか》となる日《ひ》はあれど　お伝《でん》は久《ひさ》しく旅《たび》になれ　家《いへ》に籠《こも》りて安閑《あんかん》と暮《くら》すは最《いと》も心苦《こゝろぐる》しく　籠《かご》[九]の鳥《とり》の翅《つばさ》をのして　未一度《まだひとたび》も見《み》も知《し》らぬ東京《とうけい》に出《で》て　面白《おもしろ》く世《よ》を渡《わた》るこそ人間《にんげん》と生れ出《いで》たる栄誉《ほまれ》なれ　たとへ銭金《ぜにかね》に不自由《ふじゆう》なくとも　斯《かゝ》る田舎《ゐなか》に生涯《しやうがい》を送《おく》らんよりは死《し》ぬるがまし　再《ふたゝ》び養家《やうか》を脱走《ぬけはし》らんと心構《こゝろがま》へに　九右衛門が老《おひ》[一〇]の眼《まなこ》をかすめんものと　其機会《そのきくわい》を待《まつ》うちに　或夜《あるよ》養父《やうふ》は近隣《きんりん》の祝《よろこ》びの酒宴《しゆえん》に招《まね》かれ　好《この》まぬ酒《さけ》を強《しい》つけられ　蹌踉足《よろ〳〵あし》にて立帰《たちかへ》り　其儘臥房《そのまゝふしど》に入《い》ると等《ひと》しく　前後《ぜんご》も知《し》らぬ高《たか》いびき　此時《このとき》なりと　お伝《でん》は予《かね》て看認《みと》め置《おき》たる鍵取《かぎと》り出《だ》し　箪笥《たんす》の引出《ひきだ》しおし開《ひら》き　九ゑもんが貯《たくは》への　金銀《きん〴〵》とりまぜ二十四円《ゑん》　盗《ぬす》み取《とり》て夜《よ》に紛《まぎ》れ　跡《あと》[一一]しら波《なみ》と立去《たちさ》りしが　此儘江戸《このまゝえど》に趣《おも》むかば㉕足《あし》[一二]を付《つく》るは必定《ひつぢやう》と　先年恵《せんねんめぐ》みに預《あづか》りたる藤川《ふぢかは》村の大百姓《おほびやくしやう》　河部《かはべ》[一三]安《やす》右衛門に便《たよ》らんと　路《みち》[一四]を変《かへ》てその翌《あく》る日《ひ》　藤川村《ふぢかはむら》におもむく途中《とちう》思《おも》はず安《やす》ゑもんに行合《ゆきあひ》しかば　幸《さいは》[一五]ひの便《たよ》りとして　先年《せんねん》の恵《めぐ》みを謝《しや》し　本夫波之助《おつとなみのすけ》は横《よこ》

一　こんなこともあろうかと、お伝が携帯してきた波之助の位牌に向かって、九右衛門・代助が嘆くのを見て、うまくやったと。
二　亡いと。「し」は強意の副助詞。
三　安心だと。
四　九右衛門の供述によれば、「明治七年八月八日頃突然養女でんのみ独身にて帰村」(「下調(その五)」↓補一一文献)。その際のでんの言い分は↓補九九。
五　お伝の籍を再度九右衛門方に戻すこと。
六　↓一三一頁注一四。
七　法事。法要。
八　太陽暦の採用により、明治五年十二月三日が明治六年一月一日となった。
九　籠に囚われた鳥が翼を伸ばして飛び立つように。三島大洲の供述「下調(その二)」によれば、でんと波之助は明治五年四月一日に東京へ行くと言い置いて高正寺を出発。高橋代助の供述「下調(その三)」によれば、七年三月二十日頃、高橋代助に届いた横浜の上沢屋与三郎の手紙で、波之助夫婦が東京麴町辺に寄寓していたことを知ったという。
一〇　老人の眼をごまかそうと。
一一　行方も知れずに。「しら波」を「知らず」に掛ける。高橋九右衛門の供述「下調(その五)」によれば、明治七年八月八日頃帰村したでんが、東京麴町辺に出稼ぎに行きたいと申し出

浜《はま》にて遂《つひ》に病死《びやうし》したるより　彼《かの》地《ち》にて一六人《ひと》に雇《やと》はれ　一七賃仕事《ちんしごと》など営業《たつき》として足《あし》をとゞめしが　斯《かく》ていつまで独《ひと》り身《み》にてあるべきにあらざれば　一度故郷《ひとたびこきやう》へ立帰《たちかへ》りしかど　一端癩病人《いつたんらいびやうにん》の妻《つま》となりし此身《このみ》を深《ふか》く忌《きら》ふも多《おほ》く　兎《と》角村内《かくむらうち》にも落着《おちつき》かねて　先年《せんねん》のおん礼《れい》かた〴〵　貴君《あなた》を便《たよ》りて参《まゐ》りしなり　たとへ如何《いか》なる業《わざ》なりとも立働《たちはたら》きて　一八万部《まんぶ》の一ごおん報《はう》じを致《いた》したく　就《つい》ては旧《きう》縁《えん》ある一九光松寺《くわうしやうじ》の籟山和尚《らいざんおしやう》にも面《めん》会《くわい》なしたく　昨日養家《さくじつようか》を出立《しゆつたつ》せしと　例《れい》の偽《いつ》はりことばにて歩《あゆ》みながらの物語《ものがた》りを　安右衛《やす》

たため、同年九月中、麹町八丁目十六番地滝口専之助方寄留として送籍。

一二 逃げた足どりがわかる。

一三 ↓一六六頁四行。

一四 下牧村から江戸へは↓二五八頁注一〇。藤川村へは、沼田街道で沼田まで出た後、会津街道・大間々街道・銅山街道を経由する行き方があった。

一五 よいついで。幸便。

一六 実際は、掏摸(すり)の市松に頼って生活。↓二二八頁八行以下。以下の言も偽り。

一七 出来高払いで安い賃金を受け取る手内職。

一八 一万分の一でも。

一九 ↓一五三頁注一六、一七。

絵　河部安右衛門に出会い、虚実取り交ぜて身の上を述べるお伝。安右衛門の手には梅の枝。遠景は安右衛門の屋敷。

㉖

門はお伝《でん》が綿《わた》に針《はり》を包《つゝ》む毒意《どくい》を知《し》らねば　以前《いぜん》より病夫《びやうふ》の介抱《かいはう》なみ〳〵ならぬ貞女《ていぢよ》なりと欺《あざ》むかれ　今《いま》もお伝《でん》が悪行《あくぎやう》を　ゆめ更知《さらし》らねば実事《じつじ》と思《おも》ひ　直《すぐ》に我《わが》家《や》に伴《ともな》ひて　その日《ひ》より家《いへ》に止《とゞ》め　㉖裁縫《たちぬひ》の業《わざ》を委《まか》せけり　されば此安右衛門《このやすゑもん》　物堅《ものがた》き性質《せいしつ》にて農家《のうか》には最稀《いとまれ》なる見識《けんしき》あり　漢《かん》学《がく》も亦博《またひろ》く学《まな》び　戸長《こちやう》の撰挙《せんきよ》にも預《あづ》かりし者《もの》なるが　昨年《さくねん》の冬《ふゆ》妻《つま》を失《うし》なひ　家《いへ》には末《すゑ》の妹《いもと》　本《ほん》年《ねん》十五に成《な》れるお留《とめ》と同胞《はらから》ふたりにて　男女《なんによ》の雇人《やとひにん》を役《つか》ひ化《こな》し専《もつぱ》ら家事《かじ》を納《おさ》むるゆゑ　戸長《こちやう》の職《しよく》は辞退《じたい》せり　お伝《でん》は当家《このや》に足《あし》

絵　寝所に忍び入り、かき口説くお伝を強く叱り懲らしめる安右衛門。俯いて控えるお伝。襖に魯文を示す(文)の文様。

一　表面は穏やかに見えて、心に悪意を含むたとえ。真綿に針を包む。

二　→二二六頁注四。

三　実直な性質。

四　中国の漢字・漢文による伝統的な学芸。儒学・漢方医学・漢文学など。

五　明治四年四月の戸籍法(→補四六)と五年四月九日太政官第一一七号布告により設けられた区(数町村)の長。名主などの村役人が就任する例が多い。副戸長とともに、区内の戸数、人員、生死、出入等を把握。布告の徹底、戸籍の整備、租税の徴収、徴兵の督励など、中央政府の指令を浸透させる行政の末端にあったため、住民の反発を受けることもあり苦労が多かった。「一町、又ハ、一村ノ長《ヲサ》」(『言海』)。明治二十二年廃止。なお、明治六年(→二七六頁六行)当時、藤川村を含む邑楽郡は栃木県に所属(『群馬県史 通史編』7)。→補四七。

六　選挙で選出された者。前注の戸長は官選で、県令により任命された。

七　兄妹。

八　「こなす」はうまく…する意。「化」は導く意。

㉗

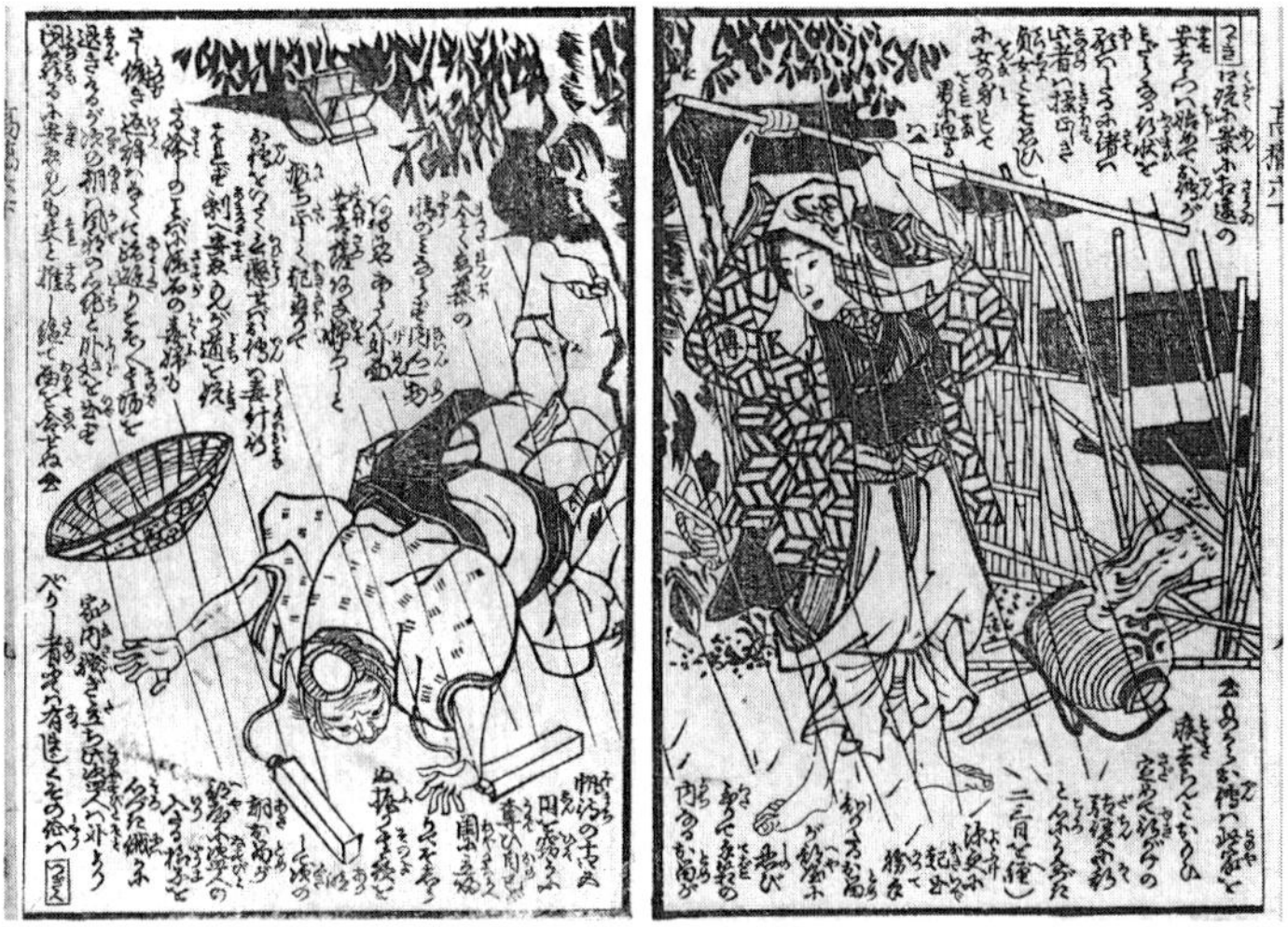

を止《とゞ》め　彼《かの》九肉縁《にくえん》ある光松寺《くわうしようじ》にも尋《たづ》ね行《ゆき》しに　籟山和尚《らいざんおしやう》は一〇是《これ》も又《また》旧冬《きうとう》より病《やま》ひに臥《ふ》し　終《つひ》に本年《ことし》二月の末《すゑ》に一一帰寂《かくれ》て　一二後住《ごぢゆう》が入院《じゆゐん》せしかば　他《ほか》に談合《だんかふ》すべき者《もの》なく　此上《このうへ》は一三主人《あるじ》に取入《とりいり》　その心《こゝろ》を奪《うば》ひもせば　鰥夫《やもめ》を看込《みこみ》て妻《つま》ともなり　一四妾《せう》とも呼《よ》ばれて一五掻廻《かきまは》さんと　さも一六温淳《おとなし》く立振《たちふる》まひ妹《いもと》のお留《とめ》にまめ〳〵しく仕《つか》へて歌抔《うたなど》よみ習《なら》はせ　裁縫《たちぬひ》の指南《しなん》もするに　安《やす》ゐもん同胞《はらから》は　お伝《でん》を二なき者《もの》に思《おも》ひ　他《た》の雇人《やとひにん》と一七同視《どうじ》せず　お伝《でん》は今《いま》こそ仕《し》すましたりと　予《かね》てたくみし色仕掛《いろじかけ》に　或夜《あるよ》安《やす》ゐもんが独《ひと》り臥《ふし》たる

九 血縁。光松寺の籟山和尚は、お伝の母お春と「俗縁」(↓一五三頁注一九)があったとの設定だったが、血の繋がりがあったとは書かれていない。

一〇 河部安右衛門の妻と同じく。

一一 「帰寂」は僧侶の死を敬っていう語。入寂。籟山和尚のモデル三島大洲は明治十年一月段階で生存(「下調(その一)」↓補一一文献)。

一二 後任の住持が寺院に入っていたので。

一三 河部安右衛門を指す。

一四 めかけ。本妻以外で夫婦関係にある女。当時は身分の保障があった。↓補一〇五。

一五 勝手なことをして、家の秩序を乱してやろうと。

一六 「温淳」は、穏やかで真面目なさま。

一七 振り仮名は底本のママ。↓四〇頁注二二。

絵　雨風激しい夜、河部安右衛門の家を逃げ出したお伝。「火の用心」と拍子木を叩いて見廻る老人に見咎められたお伝が、棒で叩き伏せているが、これに対応する叙述は本文にない。

㉘
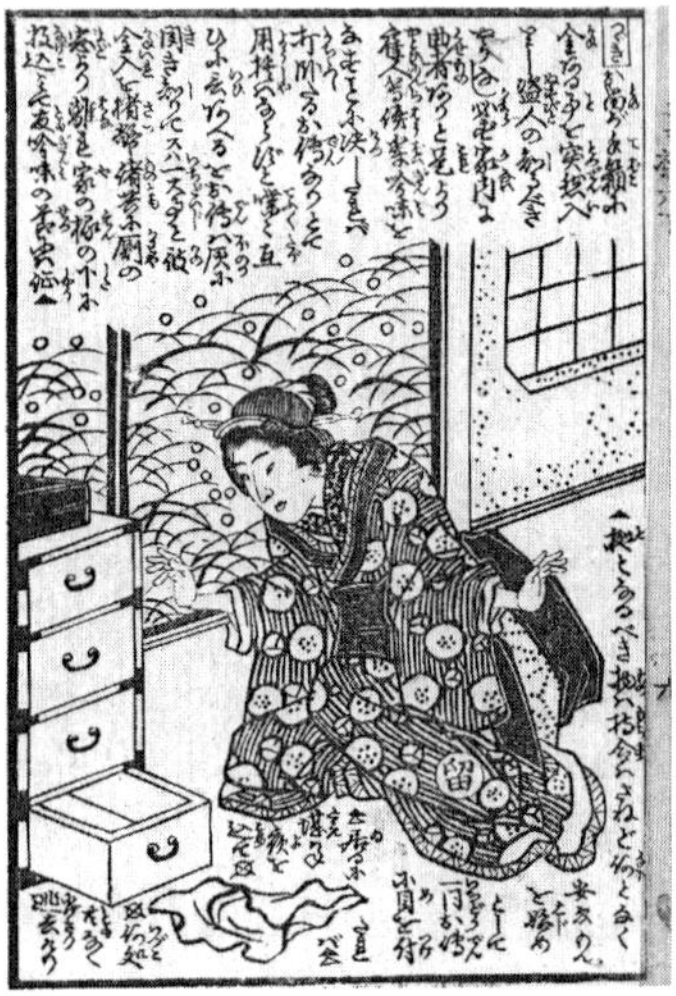

閨《ねや》に忍《しの》び　揺《ゆり》さまし　[一]心《こゝろ》の丈《たけ》をかき口説《くどく》に㉗　[二]案《あん》に相違《さうゐ》の安《やす》右衛門は　始《はじ》めてお伝《でん》がみだらなる行状《ふるまひ》を顕《あら》はしたるに　偖《さて》は此者《このもの》は操正《みさほたゞ》しき貞女《ていぢよ》とこそ思ひしに女《をんな》の身《み》として男《をとこ》に迫《せま》るは　全《まつた》く恋慕《れんぼ》の情《じやう》のみならず　内心《ないしん》[三]一物《もつ》あるにやあらん　[四]外《げ》面《めん》如《によ》菩《ぼ》薩《さつ》[五]あな怖《おそ》ろしと　[六]形《かた》ち正《たゞ》しく起直《おきなほ》りて　お伝《でん》を[七]いたく言懲《いひこら》せば　お伝《でん》は[八]毒計行《どくけいおこな》はれず　剰《あまつさ》へ安《やす》ゑもんが道《みち》を説《とき》たる諭《さと》しのことばに　流石《さすが》の毒婦《どくふ》もさし俯《うつむ》き　返辞《いらへ》はなくて[九]跡避《あとしさ》りこそ〳〵其場《そのば》を退《しりぞ》きけるが　次《つぎ》の朝《あさ》は風邪《かぜ》の心地《こゝち》と[一〇]臥処《ふしど》を出《いで》ず閉籠《とぢこも》るに　安《やす》ゑもんも[一一]夫《それ》と推《すゐ》し　絶《たへ》て面《おもて》を合《あは》せぬものから　お伝《でん》は此家《このや》を疾去《とくさ》らんとおもひ定《さだ》めて　[一二]行《ゆき》がけの駄《だ》賃《ちん》に[一三]斯《かく》と心《こゝろ》にうなづき　二三日を経《へ》し深更《よふけ》に起出《おきいで》　勝手《かつて》知《し》りたるお留《とめ》が部屋《へや》に忍《しの》び至《いた》りて[一四]手箱《てばこ》の内《うち》なるお留《とめ》が[一五]帆待《ほまち》の十四五円《ゑん》を窃《ひそ》かに奪《うば》ひ　自己《おの》が閨《ねや》に立帰《たちかへ》りてそしらぬ振《ふ》り　其夜《そのよ》を明《あか》して次《つぎ》の朝《あさ》　お留《とめ》が部屋《へや》に盗人《ぬすびと》の入《いり》たる様子《やうす》を心《こゝろ》づき　俄《には》かに家《か》内騒《ないさは》ぎ立《た》ち　此盗人《このぬすびと》は外《そと》より入《い》りし者《もの》にては有《ある》まじく　その証《しやう》は　㉘お留《とめ》が手箱《てばこ》に金《かね》ある事《こと》を　突《とつ》

絵　隠しておいた帆待(へそくり)がないので、びっくりするお留。本文には「手箱」とあるが、絵ではたんすの引き出しを開けている。

一　思いのたけ。
二　貞女(→二七八頁三行)だと思っていたのとは違うと。
三　「ヒトツノ心計(ミタク)」。「腹ニーアリ」(『言海』)。
四　→四二頁注一〇。
五　「あな」は「泛(ヒ)ク事ニ感ズルニ発スル声。アア。アラ。(常ニ他語ノ首ニアリ)「ー恐ロシ」」(『言海』)。
六　姿勢を正し、改まった態度で起き直って。
七　強く叱って、二度としないように懲らしめる。なお、世話になった主人に色仕掛けで迫って逆に叱られ、金を盗んで逃げるという設定は、久保田彦作『鳥追阿松海上新話』三編(明治十一年三月)末尾で、旅僧日海に救われた阿松がいったんは出家するものの、再び悪心起こって日海の小だんすから金を盗み、それを見咎められて、「和尚に口説かれ寝所に忍んだ」と嘘をつき追い出される設定と類似。
八　悪計。
九　あとずさりし。
一〇　寝所。
一一　きまりが悪いのだなと推量し。
一二　→四九頁注一二。
一三　こうしようと、心の中で思い定

然入《ぜんい》りし盗人《ぬすびと》の知《し》るべきやうなし　必《かなら》ず家内《かない》に曲者《くせもの》ありと　是《これ》より雇人等《やとひにんら》傍輩《はうばい》[一六]吟味《ぎんみ》をなすことに決《けつ》したれば　打臥《うちふし》たるお伝《でん》なりとて[一七]用捨《ようしや》はならずと　[一八]喋々《てふ〳〵》互《たが》ひに言《いひ》あへるをお伝《でん》は[一九]仄《ほのか》に聞《き》き知《し》りて　スハ一大事《いちだいじ》と　彼[二〇]金入《かのかねいれ》を楮幣《さつ》諸共《もろとも》に　厠《かわや》の窓《まど》より[二一]離《はな》れ家《や》の椽《えん》の下《した》に投込《なげこ》みて　[二二]友吟味《ともぎんみ》の節《せつ》には証拠《しやうこ》となるべき物《もの》は持合《もちあ》はさねど　何《なに》となく安ゑもんを始《はじ》めとして　一同《いちどう》お伝《でん》に目《め》を付《つけ》たれば　居《ゐ》るに堪《たえ》かね　[二三]夜《よ》を込《こめ》て何処共《いづこども》なく逃去《にげさり》けり

め。
一四 手まわりの小道具などを入れて、身近に置く小型の箱。
一五 ひそかに貯めた金。へそくり。＝臍「別ニ密ニ持ツ物(多ク金銭)。へそくり。＝私徳」(『日本大辞書』)。「殊にお関が近頃は帆待の金を貯ふ様子」(明治十一年十月十五日『仮名読新聞』)。役得などで得る臨時収入にも用いる。
一六 取調べ。
一七 容赦。手加減。
一八 「てふてふと 喋喋 クチヤカマシク。ベチヤベチヤ」(『言海』)。
一九 底本「灰」。誤記として改める。
二〇 金銭を入れて持ち歩くもの。財布、きんちゃくなど。
二一 「母屋ニ離レテアル家」(『言海』)。はなれ。
二二 仲間同士が互いに調べ合うこと。
二三 「夜(略)〇―ヲ籠メテ。夜ノ明ケヌ間ニ」(『言海』)。

（六七頁より続く）

二七 少しも隙間がなく。「毫毛」は先のとがった細い毛。

二八 一行三十七字で半面十二行、袋綴じの和装本で一丁はその二倍だから八八八字。

二九 市中。世間。

三〇 絵の余白に文章を書き込み、上中下三冊で一編とする草双紙。三編九冊の久保田彦作『鳥追阿松海上新話（とりおいおまつかいじょうしんわ）』（明治十一年二―三月）や、五編十五冊の岡本勘造『夜嵐阿衣花廼仇夢』（明治十一年六―十二月）など。本作も、二編以下はこの一般的な形態となる。

三一 比較すると、二編上巻は一丁当たり平均二三〇字。初編本文は二十二丁（うち挿絵八丁）だから、一丁平均五六五字で、約二・五倍。

三二 絵入り小説本の総称。「冊子」は紙をとじ合わせて本の体裁にしたもので、巻物に対しての称。

三三 挿絵の方が、本文より先の場面を描いている、ということ。ただ実際には、五七頁・五九頁のように挿絵の方が本文より遅れている。

三四 絵と文章がうまくかみ合っていない。

三五 活字を組んでつくった印刷版。

三六 必ず対応するようにします。

三七 配合。取り合わせ。

三八 天地間にあって万物の根源となる、相反する二種の気。両者の相互作用によって、万物が形成されるとした。陰は月・冬・夜・北・水・女など、陽は日・夏・昼・南・火・男など。

三九 妻。

四〇 夫。

四一 家を治めるための秩序が成り立つ。

四二 諺「牝鶏晨（あした）す」（めんどりがおんどりに代わって朝の時を告げる）。女が男に代わって権勢をふるうのは、災いの基となることのたとえ（『書経』牧誓）。「牝鶏の晨（あした）を告げかゝア天下じや納まらぬと世に唄はるゝも間々ある習ひ」（明治十一年十月五日『仮名読新聞』）。

四三 極めて嫉妬深い妻のたとえ。蘇東坡の友人陳季常の妻は、河東（黄河東岸地方の通称、主に山西省西南部）の出身であったが、極めて嫉妬深く、これを東坡が詩の中で戯れに「獅子吼」（仏の説法の意。季常の仏教好きを踏まえる）と言ったことから。ここでは、妻が家の主導権を握っている意。

四四 中流以下の家。

四五 疑念がこの点に集まり。「疑団」は疑いのかたまり。

四六 端緒。

四七 非常なもので。

四八 手の内にある珠玉と、髪や冠にさす花。いずれも最愛の子どものたとえ。「女児（むすめ）一人を持けるが。容貌極めて端正なれば。夫婦は掌（たなそこ）の珠　挿頭（かざし）の花と。慈（いつくし）みて育けるに」（松亭金水訳『善悪因果経和談図会』六）。

四九 絶え間なく月日が経過することのたとえ。

（七四頁より続く）

第二次改修後印本との中間的な本文。

二〇 第三次改版本「換さず」。

二一 第二次改版本「後閑村なは」と誤植。第三次改版本「後閑村には」。

二二 日蓮宗で、宗祖日蓮の忌日の十月十三日とその前日に営まれる法会。御会式（おえしき）。

二三 寺院などで開かれる賭場での大博打。

二四 下野国都賀郡の地名（現栃木県日光市）。江戸時代は東照宮の門前町として栄えた。↓付図2。

二五 日光東部の地名（現今市市）。江戸時代は日光街道の宿駅として栄えた交通の要地。↓付図2。これを人名に転用したか。

二六 無頼漢。ならず者。

二七 酒に酔って荒れ狂うこと。酒乱。

二八 乱暴。

二九 容赦なくこらしめ。

三〇 初版早印本・第一次改版本以下「荒縄以ぐる〳〵巻に縛り揚」。第一次・第二次改修後印本「荒縄以縛り揚」。

三一 初版早印本・第一次改版本は「疵傷（てきず）む折（をり）」。第一次・第二次改修後印本「疵傷（てきず）を介抱（いたわ）り」。第二次改版本以下により改める。

三二 あれこれ面倒を見て。第二次改修後印本まで「投（あつかひ）て」。第一次改版本以下により改める。

三三 第一次・第二次改修後印本「乱妨せし」。初版早印本・第一次改版本以下「乱妨の」。

三四 差し障りなく。

三五 以下、第一次・第二次改修後印本「端（はし）とし是（これ）より深（ふか）く交（まじは）りて彼家（かのいへ）にこそ立入（たちいり）けれ」。第一次改版本以下「端（はし）として是（これ）より深（ふか）く交（まじは）りて彼家（かのいへ）に立入（たちいり）けれ」（ただし〈東〉は「より」を合字とするため一字少ない）。

高橋《たかはし》阿《お》伝《でん》夜叉《やしゃ》譚《ものがたり》　七編

七編　袋

上巻表紙

中巻表紙

袋(前頁)　壺や茶碗、掛軸を入れた箱、象の置物、花活け用の台を並べた骨董屋の景。黒川仲蔵(→三二一頁一行)の店を暗示。扁額に本作の標題を記す意匠。末尾の落款に「三」「冊」とある。両脇の札に作者名、画者・発行所名。多色刷。

表紙(上段と次頁右)　三枚続。人力車から降りた下髪(さげがみ)の上流婦人(お伝)が、業平塚や桜を見て歌を詠む(上巻)。手には短冊と筆。中巻は、硯箱を差し出す召使の女と「業平塚」の石碑。業平塚は、中之郷八軒町(現墨田区吾妻橋三丁目)の南蔵院(天台宗)境内の業平天神社にあった塚。都への帰途、乗った舟が近辺の浦で転覆し、溺死したのを祭った塚という(浅井了意『江戸名所記』三、寛文二年〈一六六二〉)。なお、業平天神社は昭和初年に南蔵院が葛飾区に移転した際に廃社。下巻は、茶店の床几から立ち上がったざんぎり頭の男を、捕手風の男がさえぎる絵。捕手風の男は「此桜折取可(をりとるべ)からず」との立札をつかむ。左に「御茶店／千客万来」、上に「こととひ団子」の看板。言問(こととい)団子は、隅田川東岸、向島須崎村(現墨田区向島五丁目五―二十二)で売る名物の団子。創製は江戸末期。在原業平の「名にしおはばいざ事とはむ宮こ(都)鳥わがおもふ人はありやなしやと」(『伊勢物語』九段等)による命名。背景は隅田川。向島堤は桜の名所だが、業平塚から隅田川は見えない。なお、向島須崎村と中之郷八軒町は直線距離で約一キロメートル。お伝と夫婦同様に暮らすことになる美男の小川義和(市太郎)を、在原業平に見立てた趣向か。明治十二年一月二十二日『郵便報知新聞』、同年三月二日、十二日『仮名読新聞』によれば、言問団子の植佐老人(外山佐吉)が、自分の所有地に業平の霊を祭った祠を新たに造営し、昨年夏再興した流灯会(え)の碑を建て、小遊園とする計画があった。これを当て込んだか。なお下巻左に「守川周重画／外題国政画」とあるように、表紙画のみ梅堂国政による。多色刷。

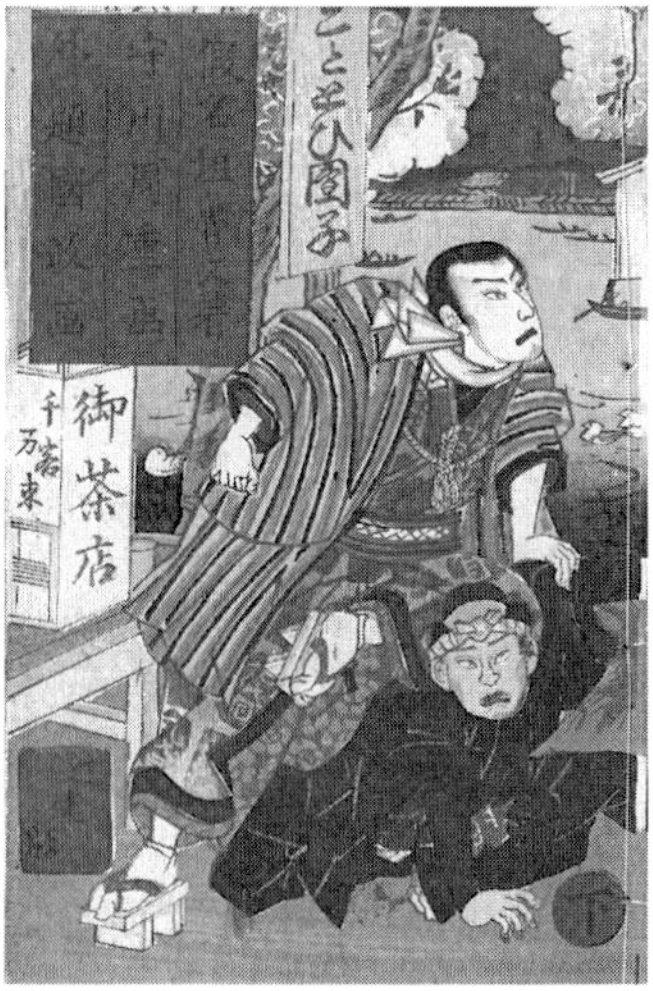

下巻表紙

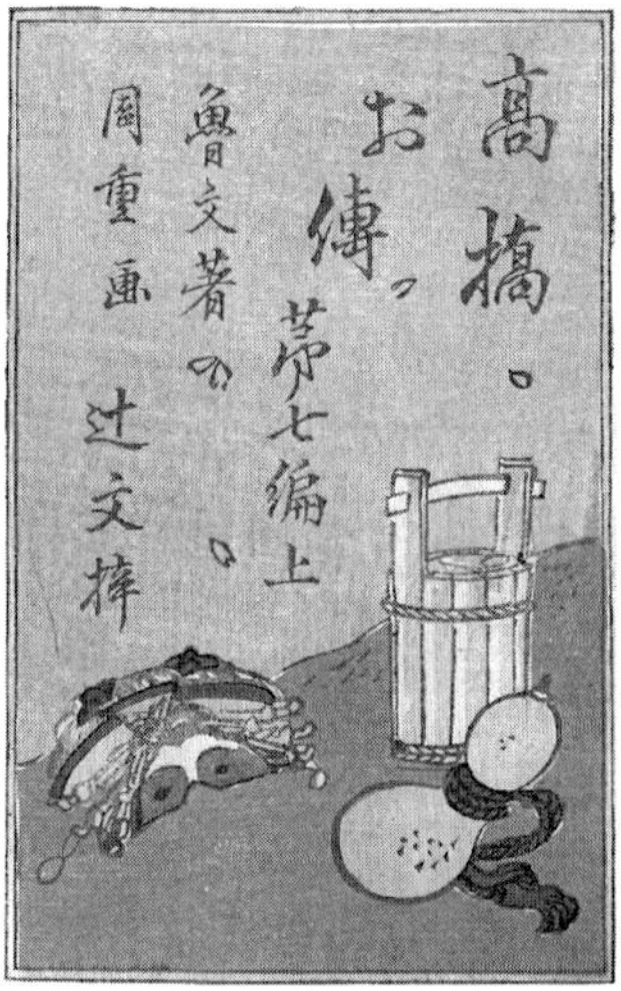

上巻見返し

高橋お伝

第七編上

魯文著

周重画

辻文梓

上巻見返し　手桶、ひょうたん、遊女の目鬘（めかずら＝紐で耳にかけるようにした仮面で、目の部分に穴をあけ、眉・髪などを描く）に花びらの散りかかる絵。多色刷。

世《よ》の中《なか》の進歩《すゝむ》に随《したが》ひ。[一]一日の旅行《たび》を一時《じ》に往復《ゆきかひ》。[二]支那《から》へ行《ゆく》なら離《ひ》縁状《まじやうか》書いてと。[三]帰《かへ》らぬ苦情《くじやう》の留別《りうべつ》も。[四]飛脚船《ひきやくせん》の迅速《すみやか》なるは。[五]万里《ばんり》の波《は》濤十日《とうとほか》を経《へ》ず。されば維新《いしん》の前年迄《まへどしまで》。[八]栄枯《えいこ》[六]草冊子《くさざうし》てふ合巻《がふくわん》は。[七]春秋《はるあき》二度《ど》の発兌《うりだし》と。大概《おほかた》は定《さだ》まりしも。世《よ》に連《つ》れ時《とき》に随《したが》ひて。流行《りうかう》の足掻《あがき》逸《はや》く。[九]春《はる》の野《の》に生《を》ふ草冊子《くさざうし》は。冬《ふゆ》をも待《ま》たで枯凋《かれしぼ》み。跡《あと》より新芽《しんめ》を萌《きざ》すに至《いた》れば。[一〇]昨日《きのふ》の眺《なが》めは今日《こんにち》の目枯《めかれ》となるを厭《いと》ふ物《もの》から　[一一]二月《ぐわつ》の初《はじ》めつ方《かた》。初編《しよへん》の発兌《うりだし》に引《ひき》続《つゞ》き。[一二]息《いき》をも継《つが》せず矢《や》の催促《さいそく》。[一三]的当外《あたりはづ》さぬ梓主《はんもと》が。[一四]弓《ゆみ》もひき方《かた》　[一五]潤筆《じゆんぴつ》の。いるに委《まか》せて此《これ》まで通《とほ》し矢《や》

明治十二年三月下旬

[一六]劇場河岸《げきぢやうが(し)》の寓居《ぐうきよ》に於《おい》て　仮名垣魯文誌 ◈

一 昔なら一日かかった旅も、少しの時間で往復でき。「一時」は「At one time」(『和英語林集成』再版)。 二 遠い中国に行くというのなら、いっそ離縁状を書いてください(あなたと長く会えないのが辛抱できないので)。甚句の一節。↓補一〇〇。 三 待っていても帰ってこない不満を込めた、別れを告げる文句も。 四 「時日ヲ定メテ急航スル蒸気船」(『言海』)。一定の区間で郵便物・貨物・旅客等を運んだ。郵便船。郵船。「東洋航海ノ「亜米利加」飛脚船世ニ行レシヨリ　我邦人便利ヲ得ルコト少カラズ　殊ニ横浜神戸ノ際(アヒダ)乗船ノ者最モ夥(オビタヾ)シ」(明治五年二月『新聞雑誌』三十三)。 五 遠く隔たった海のかなたまで、十日以内で到着する。 六 草双紙という合巻。↓補一〇一。 七 江戸時代の合巻は一年に二度出版。↓補一〇二。 八 栄枯盛衰の変化が早く。「足掻」は馬の歩み。ここでは時の流れをいう。 九 以下、草双紙の「草」にちなんで「春の野」「生ふ」「冬」「枯凋み」「新芽を萌す」「眺め」「目枯」などの縁語を多用。江戸時代以来の合巻が流行遅れとなって衰退し、その後には新たな様式の作品が登場してきたので、の意。 一〇 昨日まで眺めていた景色が、今日はもう見るに足りないものとなる。作品の内容や発売形態が従前のままでは、今の読者の興味を惹かなくなる、ということ。 一一 二月

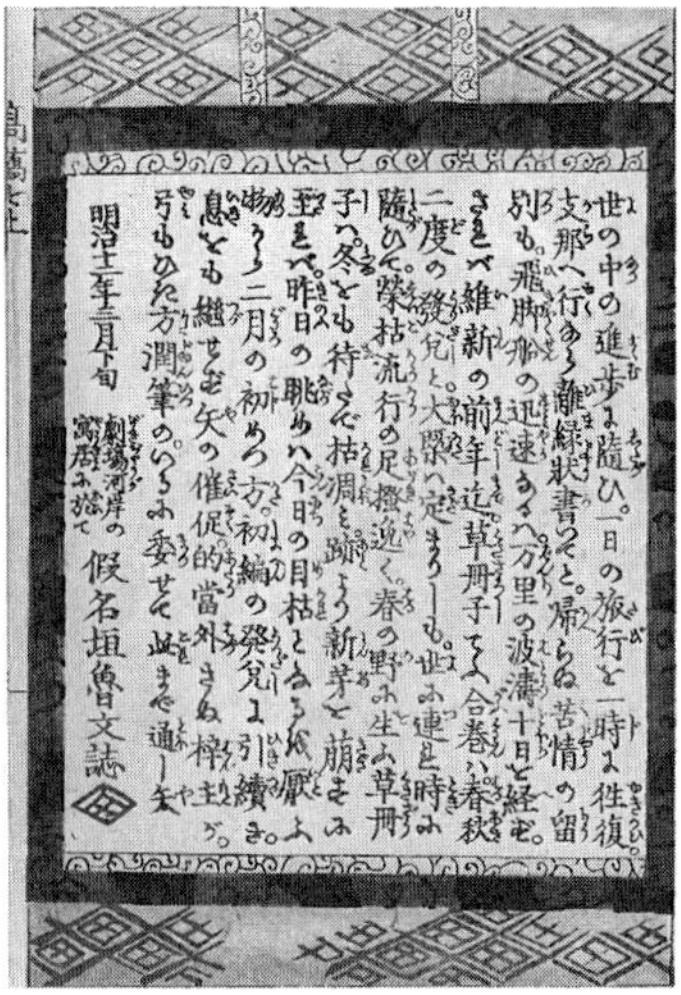

世の中の進歩に随ひ。一日の旅行を一時に往復。支那へ行かう離縁状書つてと。帰らぬ苦情の留別も。飛脚船の迅速なるへ万里の波濤十日と経ぜ。さきべ維新の前年迄。草冊子でへ合巻ハ春秋二度の発兌と。大際へ定まり一も。世に連れ時に随ひて栄枯流行の足撥逸く。春の野に生ふ草冊子へ冬とも待たで枯凋を踰ぢ新芽を萌さに至るべ。昨日の眺めハ今日の目枯となる紙価ふ物うき二月の初めつ方。初編の発兌よ引続き息とも継せぬ矢の催促的当外さぬ梓主が。弓もひき方潤筆のいるに委せて此まで通し矢

明治十二年二月下旬

劇場河岸の寓居に於て　仮名垣魯文誌

初めの頃。本作初編の発売は二月十三日(→補三〇)。 三 少しの休息もなく、二編以降の執筆をしきりに急き立てる。なお、この七編発売は四月九日。 三 次々に出版することで、大いに売れるチャンスを逃さない版元金松堂が。この前後、「矢」「的当外さぬ」「梓」「弓」「ひき方」「いる」「通し矢」が縁語。「梓」は版木の意だが、梓弓(梓の木で作った弓)を含意。 「梓主《はんもと》のもとめに応ぜり」(為永春水『貞操婦女八賢誌』初・一、天保五年〈一八三四〉)。 四 弓も引きようで矢が的に当たったり外れたりするように、物事の成功・失敗はやり方次第だ、の意。 五 稿料が多く入ったので、通し矢を射るように一気にここまで書き通したのだ。「いる」は「入る」「射る」の掛詞。「通し矢」は遠距離にある的を射通すこと。

六 「劇場」は新富座(→二〇〇頁表紙注)のこと。「寓居」は、魯文が明治十一年七月二十一日開催の書画会「珍猫百覧会」で得た収入(二千四、五百円)の余剰金で、新富町七丁目(新富座南手の横丁。→付図3⑧)に新築した私宅(仏骨庵)のこと。収集した古仏像・仏具類を愛玩したことから命名(野崎左文『かな反古』明治二十八年、同「明治初期の新聞小説(四)」・「仮名垣魯文翁の自伝」『私の

――二八八頁に続く

絵　自序を掛軸に表装した意匠。多色刷。

俎《まないた》の音に春めく小家かな
竹芝　花山堂

○大麻生村《おほあさふむら》の農《のう》
鈴木浜次郎《すゞきはまじらう》

○広瀬勝見《ひろせかつみ》
実《じつ》は高橋阿伝《たかはしおでん》

○骨董家《だうぐや》
黒川仲蔵《くろかはなかざう》

見た明治文壇』)。町の東に入船川が流れ、築地堀と合流。明治十一年八月二十三日『読売新聞』に「新富町へ普請の魯文翁の新宅は　善を尽し美を尽し(略)新宅開きには定めし猫な趣向も有りますだらう」と新築中であることを報じるが、翌日の『仮名読新聞』では「去年人の古家を購(あがな)ひ　之に少しく修営を加へ　纔(わづか)に維磨方丈程の文庫(ふみぐら)を建(たて)し而已(のみ)」と弁明し、落成の途中だと述べる。のち、魯鈍翁「極月に至るの感」(同年十二月一日『仮名読新聞』)に「折節新富町の別室に起臥(きおしふ)をする日あり」から、この時までに引越していたことがわかる。

――以上二八七頁

口絵　句意は、庖丁で河豚をさばく音と、本編売出しの時期(↓二八六頁注一二)を絡める。花山堂は中根銀次郎。「芝区日影町一丁目貸本渡世花山堂中根銀次郎は　壮年(わかき)頃伊東潮花の門人(でし)となり(略)真打(しんうち)までもなる所ろを　本分(もちまへ)の軽口頓作　をどけた所作に身を入れて　富豪(ものもち)の酒宴の輿に招がれるも度々ゆゑ　遂に幇間者流に入り松の屋花山と名高い男　近頃堅固舗(しまりみせ)の貸本屋で細い儲(もう)けの塵積り　花の山ほど溜(めた)たので　徐々(そろ〳〵)惻隠の心を生じ(略)昨日上野養育院よりの知らせには　金一円該院窮民へ同人から施入との事　実以て

宍《しゝ》倉《くら》佐《さ》七《しち》郎《らう》

感服〱」（明治十二年三月六日『仮名読新聞』）。同年七月十二日『仮名読新聞』「猫々奇聞」欄にも、「男芸者」（幇間）として「花山堂」の名が見える。「竹芝」は芝浦（現港区芝浦）の別名で、日影町の近辺。「鈴木浜次郎」は↓二五三頁注二三。「広瀬勝見」は↓三〇六頁注一、三二三頁二、一〇行。「黒川仲蔵」は↓三二一頁一行。河豚を料理する鈴木浜次郎に対して、「消毒丸」と記す紙を掲げる黒川仲蔵。この絵解きは↓三二一頁以下。被布（ふひ）を着たお伝が二人の間に立つ。手には扇と筆。外の梅を詠んだ句を仲蔵に示す構図か。髪型は上巻表紙の女と同じ。掛軸には「ふしの山〱」云々とあり、富士山の絵。多色刷。

口絵　「宍倉佐七郎」は↓四〇頁注二八、三三五頁注一九。「会席御料理すみ（隅）屋」の前で文書を読む宍倉。後ろに人力車。多色刷。

①高橋阿伝夜叉譚《たかはしおでんやしやものがたり》 七編巻之上

仮名垣魯文補綴

記者曰《きしやいはく》　[一]此冊子《このさうし》[二]第《だい》三編《へん》下の巻《まき》は九回《くわい》なるを　[三]繁机《はんき》の麁漏《そろう》　過《あやま》ツて[四]其回目《そのくわいもく》を脱《だつ》し第《だい》四編《へん》上の巻《まき》を九回《くわい》とせり　故《ゆゑ》に順序齟齬《じゆんじよそご》せしを以《もつ》て　当編《たうへん》上の巻《まき》は正に[五]十九回《くわい》と改《あらた》む　依《よつ》て之《これ》を告《つぐ》

○第《だい》十九回《くわい》　[六]奸婦痴漢《かんぷちかん》を誘《さそ》ふて東京《とうけい》に至《いた》る

[七]人性《じんせい》の善悪《ぜんあく》は何《いづ》れの方《かた》に帰《き》するを知《し》らず　性《せい》は善《ぜん》といひ悪《あく》と云《い》ふも[八]天口《てんこう》に非《あら》ず　[九]聖賢《せいけん》の語《ご》と雖《いへど》も人口《じんこう》に出《いづ》るなり　[一〇]豈凡傭之《あにぼんようこれ》を判決《はんけつ》すべけん哉《や》　[一一]さる程《ほど》に　高橋阿伝《たかはしおでん》はその[一二]性《せい》の悪《あく》なる　自《みづか》ら教育《けういく》する能《あた》はず　奸毒《かんどく》ますく〳〵脳《のう》に染《し》み　藤川村《ふぢかはむら》なる河部《かはべ》が[一三]恩《おん》を仇《あだ》に報《むく》ひて　その妹《いもと》お留《とめ》が[一四]帆待《ほまち》の金《かね》を盗《ぬす》み　その事露顕《ことろけん》の[一五]小口《こぐち》と知《し》りて　[一六]雨風激《あめかぜはげ》しき夜《よ》に紛《まぎ》れ当家《このや》を密《ひそか》に逃去《にげさ》りて　[一七]這回《こたび》こそ願《ねが》ひの如《ごと》く東京《とうけい》に立出《たちいで》んと　肝太《きもふと》くも唯《たゞ》ひとり此家《このや》②の内を忍《しの》び出《いで》　[一八]貯《たくは》への四十余円《よ》を着服《ちやくふく》なせば　行途《ゆくて》の費用《ひよう》は心易《こゝろやす》しと走《はし》りツヽ　その夜《よ》もすがら七八里《り》の[一九]野《の》もせ山道忌《みちきら》ひなく　翌《あく》る日《ひ》[二〇]中山道《なかせんだう》の往来《わうらい》に立出《たちいで》ツヽ　東京《とうけい》をさして趣《おもむ》く

一 ↓六七頁注三二。 二 ↓一四五頁注二六。 三 執筆が忙しいため、おろそかになって。 四 回とその標題。ただし脱落は回数表示だけで、「悪獣に追はれて毒鳥旧巣を飛去る」との標題は存在。 五 実際は六編上巻で「第十六回」と訂正。↓二四八頁注一。 六 「奸婦」はお伝、「痴漢」は愚かで女性に甘い男の意で、小川義和（↓二九六頁注一二）を指す。 七 人の本性が先天的に善か悪か、という問いは、最終的にどちらに帰着するかわからない。以下、孟子の「性善説」（人の本性は先天的に善で、悪行はそれを物欲が覆うことで後天的に生ずるとする説、正統的儒学の人間観）と、荀子の「性悪説」（性善説に対し、人の本性は先天的に悪であり、善行は教育や修養などにより後天的に習得されるとする説）を踏まえる。 八 天がそう決めて言うわけではない。 九 聖人・賢者（孟子・荀子）の言葉とて、結局は人の口から出たものだ。「亜聖」（聖人に次ぐ人）は孟子の美称。 一〇 どうして凡人が、人の本性が先天的に善か悪かを判断し、決定することができようか、いやできない。 一一 はてさて。先行の内容を受け、感慨を込めて次の内容を語り出す時に用いる。 一二 その悪の本性を、自ら教育によって改めることができず。人間一般はさておき、お伝については性悪説に立って評する。 一四 へそくり。 一三 恩をあだで返して。↓二

途中《とちう》　うるさく慕《した》はれたる同村《どうそん》の鈴木《すゞき》[二一]浜次郎《はまじらう》に出会《いであ》ひたり　此浜次郎《このはまじらう》は　お伝《でん》がいまだ波《なみ》の助《すけ》が妻《つま》ならぬ頃《ころ》　深《ふか》く懸想《けさう》[二二]なせしことは　既《すで》に前編《ぜんへん》[二三]に記《しる》せしごとく　其後波《そのゝちなみ》の助《すけ》に[二四]奪《うば》はれしその事《こと》を深《ふか》く遺恨《ゐこん》とし　[二五]より〳〵仇《あだ》を報《むく》はんと巧《たく》みしかど事成《ことな》らずして　渠等《かれら》は公然夫婦《おもてむきふうふ》となれば　今《いま》はすべきやうもなく　去《さ》りとて当村《たうそん》に住《すま》ふこと不快《こゝろよ》からず思《おも》ふものから　幸《さいは》ひ次男《じなん》に生《うま》れしより　人の媒妁《なかだち》するをもて　其年《そのとし》[二六]武州《ぶしう》[二七]大里郡《おさとこほり》　[二八]熊谷在《くまがへざい》なる[二九]大麻生村《あさふむら》の　或《ある》[三〇]がうのう家《か》に入聟《むこ》となりたるが　妻《つま》は程《ほど》なく病死《びやうし》して　両親《ふたおや》[三一]小舅姑《じうと》とてもあらぬゆゑ　他家《たけ》よりおみつといへる後妻《かうさい》を娵《めと》り　[三二]生糸《きいと》　蚕卵紙《たねがみ》などを[三三]農間《のうかん》の業《げふ》として　近頃益〻家富栄《ちかごろますますいへとみさか》え　何不足《なにふそく》なく暮《くら》しけるが　今計《いまはか》らずもお伝《でん》に出会《であひ》　過《すぎ》し恨《うら》みも打《うち》忘《わす》れ　素《もと》より慕《した》ひし③恋人《こひびと》の独《ひと》り歩《ある》きは[三四]子細《しさい》ぞあらんと　ことばをかくれば　お伝《でん》は[三五]今更孀婦《いまさらやもめ》の身《み》　これ幸《さいは》ひとなれ〳〵しく立《たち》停《とゞま》りて　浜次郎《はまじらう》が問《と》ふに応《おう》じ　波《なみ》の助《すけ》が病死《びやうし》せしかば　独《ひと》り身《み》にて故里《ふるさと》へ帰《かへ》るも物憂《ものう》く　しばらく[三六]大土村《おほどむら》の知己《しるべ》を便《たよ》り　雇《やと》ひ

①

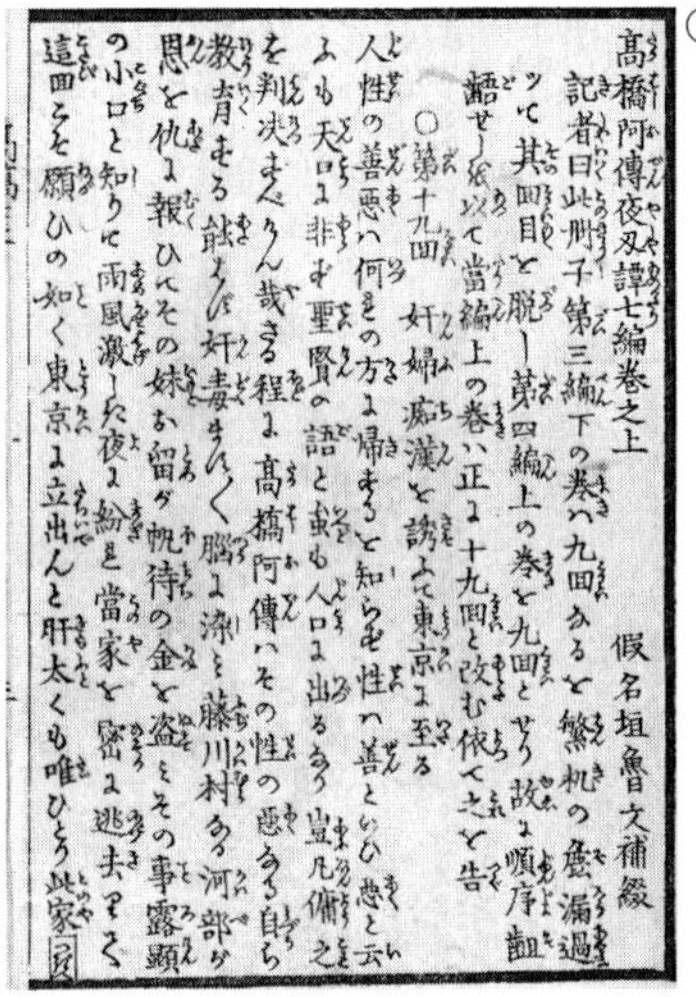
高橋阿傳夜叉譚七編巻之上　假名垣魯文補綴
記者曰此冊子第三編下の巻ハ九回なると繁机の盤漏過ツて其回目を脱し第四編上の巻を九回とせり故に順序齟齬せし依て当編上の巻ハ正ニ十九回と改む依て之を告
○第十九回　奸婦淫漢を誘ふて東京に至る
人性の善悪ハ何れの方に帰するを知らず性ハ善といひ悪と云ふも天口に非ず聖賢の語と雖も人口に出るなり豈凡備之を判決すべけんや哉さる程に高橋阿傳ハその性の悪なる自ら教育せる餘りに奸毒すくなく脳に染を藤川村なる河部が恩を仇に報ひてその妹お留が帆待の金を盗みその事露顕の小口と知りて雨風激しき夜に紛れ當家を密に逃去てく這回こそ願ひの如く東京に立出んと肝太くも唯ひとり此家

八〇頁注一五。一五 きっかけ。一六 →二七九頁絵注。一七 →二七六頁七行以下。一八 九右衛門の貯え二十四円(→二七六頁一三行)とお留の帆待十四、五円(→二八〇頁一四行)の合計に、裁縫などの仕事で得た報酬を加えた四十円余りを身につけているので(あるいは、河部家から四十円盗んで着服したので、の意か)。一九 野のおもて。野づら。「野も狭に」(野も狭くなるほどいっぱいに)の意から、「野も狭」の部分が名詞と解されて成立。二〇 藤川村から南下し、利根川を越えて熊谷宿付近で中山道(→一〇二頁注一)に合流したか。二一 →二五三頁注二三。二二 思いをかけること。二三 六編上巻(→二五三頁一五行以下)。二四 諸本、「し」の上下に不自然な空白がある。二五 たびたび、仕返ししようとたくらんだが。二六 武蔵国(現東京都、埼玉県、神奈川県東部)。二七 武蔵国北中部の郡名(現埼玉県熊谷市南部)。二八 大里郡熊谷宿(現埼玉県熊谷市)。→補一〇三。→付図2。二九 大里郡大麻生村(現熊谷市大麻生)。→補一〇三。→付図2⑰。三〇 豪農家。富豪の農家。三一 妻の兄弟姉妹。三二 蚕の繭を解きほぐし、その繭糸を繰り取って数本合わせて糸としたもの。練っていない絹糸。「蚕卵紙」は枠を置いた紙の上に交尾済みの雌を置き、卵を産みつけさせ

②

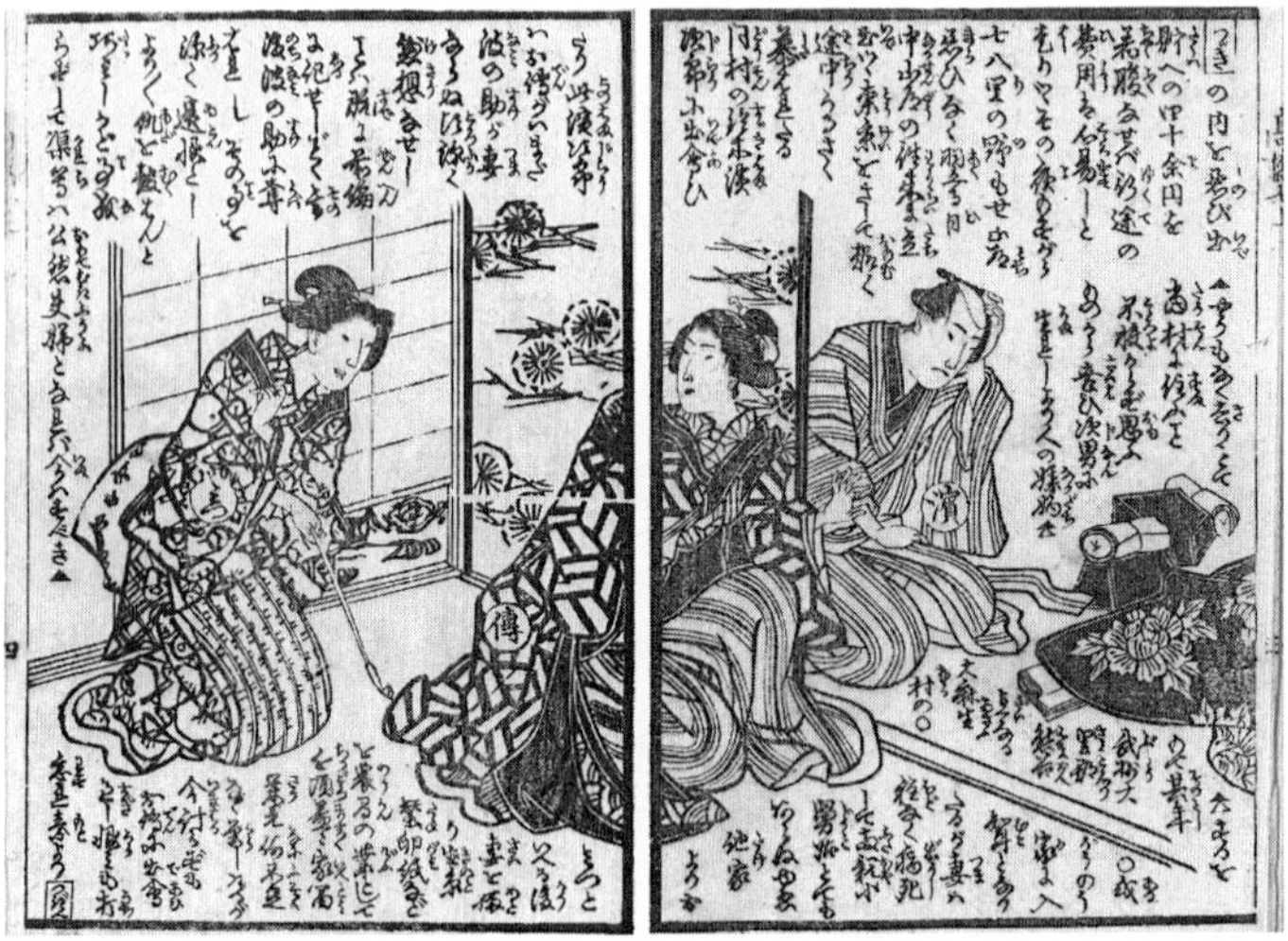

奉公《ほうこう》なせしかど　こたび東京《とうけい》へ出《いづ》る途中《とちう》　おん身《み》に逢《あひ》しは尽《つき》一せぬ縁《えん》など　なまめかしくいふを聞《き》き　渡《わた》二りに舟《ふね》と浜次郎《はまじらう》は　まづ一度我住家《たびわがすみか》に脚《あし》を憩《やす》めば　行《ゆく》末《すへ》の談合相手《だんかふあひて》三と成《な》りもすべしといふことばさへ心《こゝろ》四あるそぶりにその夜《よ》は打連《うちつれ》て或旅舎《あるはたごや》に一泊《ぱく》し　淫婦《いんぶ》の多情《たじやう》五　衾《ふすま》を倶《とも》にし　翌日《よくじつ》大麻生《おほあさふ》村《むら》の浜次郎《はまじらう》が家《いへ》に同道《どうだう》し　所謂《いはゆる》六ずる〴〵ベツタリに半月余《はんつきあま》り過《すご》すうち　浜次郎《はまじらう》は多年《たねん》の望《のぞ》み此時遂《このときとげ》て　お伝《でん》を手《て》に入《い》れゆく〴〵は権妻《めかけ》七にもせばやと思《おも》へど　今《いま》の妻《つま》にも憚《はゞか》りあれば打《うち》あけて夫《それ》といはれず時《とき》を待《ま》つ

たもの。↓補一〇四。なお、お伝が十六歳の時に鈴木浜次郎が入り聟したとすれば、この時文久三年(一八六三)。↓二五三頁注二〇。

二三　農作業の合間の仕事。養蚕は農家の副業として営まれた。

二四　それ相応の理由。

二五　今はもう、夫のない後家の身の上。

二六　群馬県吾妻郡大戸(おおど)村(現吾妻郡東吾妻町大戸)か。榛名山北西に位置し、中山道から北西に分岐して信州善光寺平に通じる大戸道(信州道)の宿駅があり、交通の要衝として栄えた。大戸道は、中山道・北国街道の脇往還であり、お伝が横浜から信州を経由して帰る時に通ったとしても不自然ではない。↓付図2⑱。

以上二九一頁

絵　鈴木浜次郎は妻おみつの留守中にお伝を家に引き込み、情交していたところを帰宅したおみつに見咎められる。帯もきちんと締めず頭に手をやって恐縮する浜次郎。箱枕が二つ見える。↓二九三頁一行以下。なお絵②左側の四丁オモテは時間短縮のため上下分割して二人で彫ったらしく、横に切れ目が見える。

一　尽きることのない、深い御縁ですこと。**二**　かつて慕っていたお伝が甘い言葉をかけてくれたので、好都合だと思って。**三**　↓四五頁注二四。

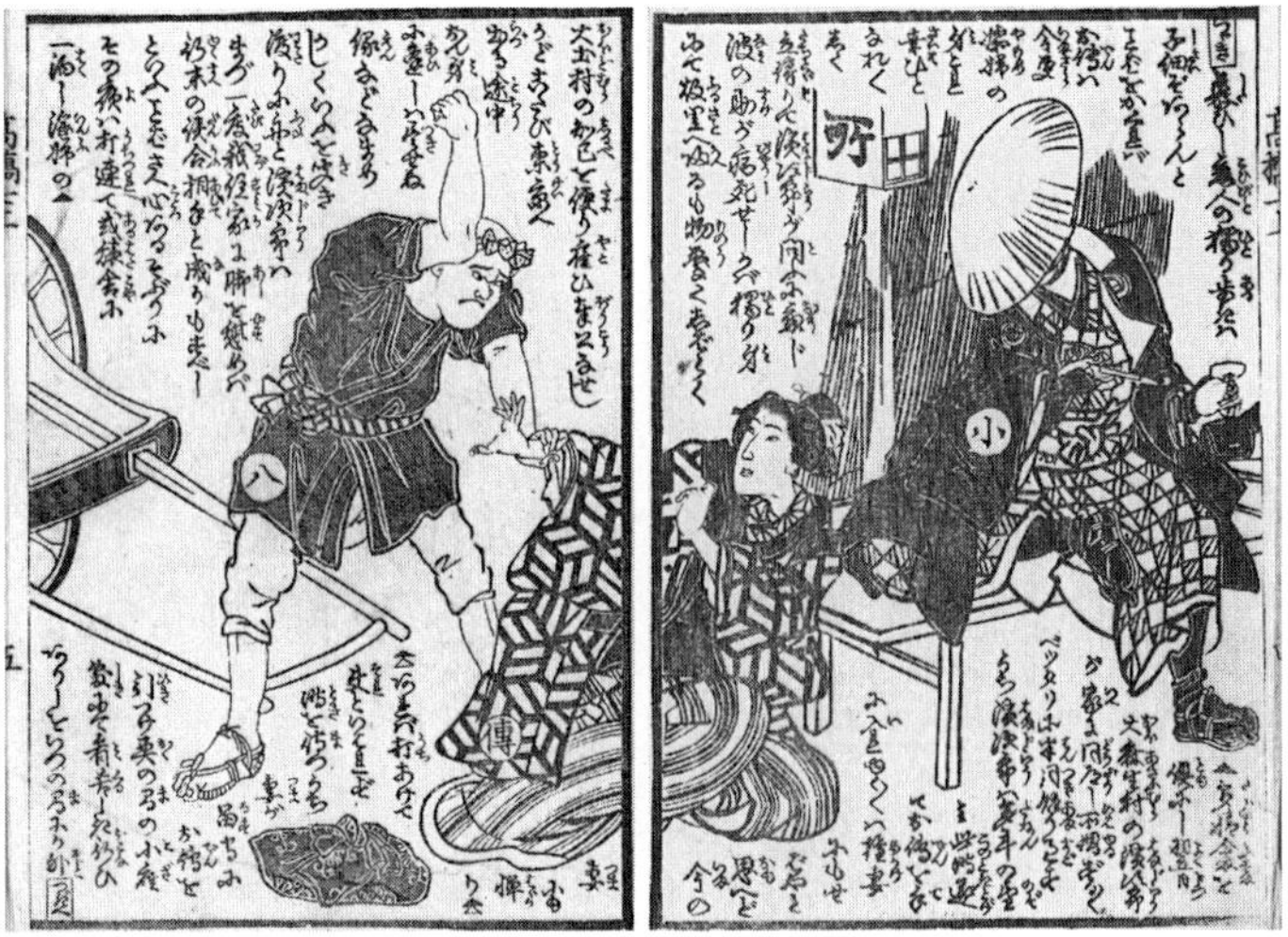

③

うち　妻《つま》が留守《るす》にお伝《でん》を引《ひき》[八]つけ奥《おく》の間《ま》の小座敷《こざしき》にて看苦《みぐる》[九]しき行《おこな》ひありしを　いつの間《ま》にか外《そと》④より妻《つま》の帰《かへ》り来《き》て　この醜体《しうたい》[一〇]を看《み》るよりも本夫《おつと》をたしなめ　お伝《でん》を罵《のゝし》り　その日《ひ》より家《いへ》の内《うち》に苦《く》情《じやう》たえねば　お伝《でん》は密《ひそか》に浜次郎《はまじらう》と談合《だんかふ》し　一度《たび》東京《とうけい》へ立出《たちいで》て彼地《かのち》にてめぐり合《あは》ん　落着《おちつく》さきは郵便《いうびん》[一一]にて告越《つげこ》さんといひかは[一二]し　路用《ろよう》の金《かね》をもらひ受《うけ》　東京《とうけい》さして立出《たちいで》けり

○中仙道《なかせんだう》の一[一三]の駅《えき》　熊谷《くまがへ》の立場《たてば》[一四]の茶屋《ちやや》に車《くるま》を下《おろ》して　車夫《しやぶ》[一五]が濁《だみ》[一六]声《ごゑ》　「モシ姉《ねへ》さん　二里半《りはん》[一七]の約《やく》束《そく》で車賃《くるまちん》は前銭《めへせん》[一八]だが　最前《さいぜん》ちら

四 気のある様子。 五「移リ易ク浮気デアルコト」(『日本大辞書』)。
六 だらだらといつまでも離れないでいること。
七 正妻に対する副妻の意。「GONSAI(略)権妻(kari no tsuma)(略)Syn. MEKAKE」(『和英語林集成』三版)、「ごんさい 権妻、めかけ、妾」(『漢英対照 いろは辞典』)。→補一〇五。 八 近くに引き寄せ。
九 情交を暗示。 一〇 見るとすぐに。
一一 熊谷では明治五年七月一日、大字熊谷三一八八に熊谷宿郵便取扱所を設置(熊谷市史編纂委員会編『熊谷市史』後篇、一九六四年)。郵便制度は→補一〇六。 一二 約束して。
一三 一つの駅。東京に近い宿場で人口も多い「第一の駅」の意も込めるか。
一四 宿駅の出入口にあった、人足らの小休憩所。そこにある掛茶屋を立場茶屋という。人力車夫などがたむろした。
一五 一般には「SHAFU(略)(kuruma-hiki)」(『和英語林集成』三版)と清音だが、底本のママ。以下同じ。→補一〇七。 一六 →一〇二頁注八。
一七 約九・八キロメートル。
一八 前金で払ってもらったが。

絵 熊谷の立場茶屋で、人力車夫の八蔵に乱暴されそうになるお伝。合羽を着て笠で顔を隠した人物は小川義和(市太郎)。手には煙管と煙草入れ。→二九五頁七行以下。

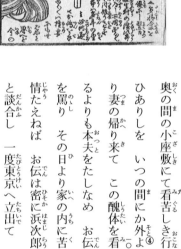

④

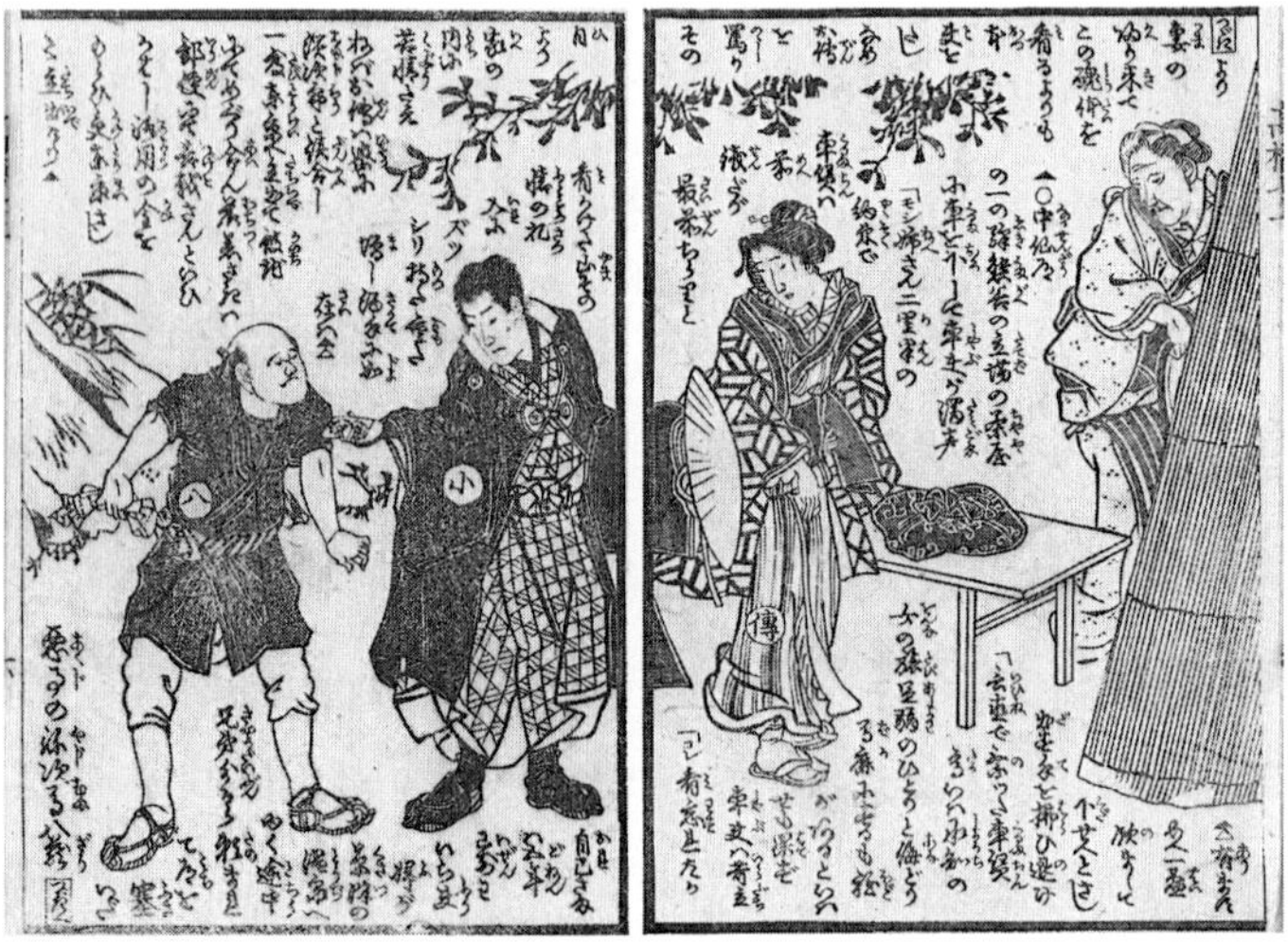

りと看《み》かけた山《やま》一　その懐《ふところ》の札入《さついれ》に　ズツシリ持《もつ》た重《おも》二た増《ま》し　酒《さか》三手《て》に如在《じよさい》は有《あり》ますめへ　一盃飲《ばいのん》まして下《くだ》せへと　さし出《だ》す手《て》を払《はら》ひ退《の》け　「言直《いひね》四で乗《の》ツた車賃《くるまちん》高《たか》いは承知《しようち》の女《をんな》の旅《たび》　足弱《あしよわ》五のひとりと侮《あな》どり馬鹿《ばか》にするも程《ほど》があると　いはせも果《はて》ず車夫《しやぶ》は苛《いら》立《だち》　「コレ看忘《みわす》れたか　自己《おれ》さまは五年已前《ごねんいぜん》　わいら夫婦《ふうふ》六が草《くさ》七津《つ》の温泉《とうぢ》へゆく途中《とちう》　兄弟分《きやうだいぶん》八から頼《たの》まれて　道《みち》を塞《ふさ》いだ悪事《あくじ》の弥次馬《やじむま》九　八蔵《ざう》一〇⑤といふ溢《あぶ》一一れもの入《い》らざる出過《ですぎ》の剣術遣《けんじゆつつか》ひに妨《さまた》げられて　其場《そのば》はドロン一二　下牧村《しもまきむら》の名代《なだい》一三もの　高橋《たかはし》お伝《でん》と知《し》つた

絵　笠を脱いだ小川が後ろにお伝をかばい、八蔵に酒手を出す。様子をうかがう茶屋の老婆。↓次頁一〇行。

一 思いがけない幸運。 **二** 江戸時代、駕籠かきが体重の重い客に請求した割増し料金を、人力車夫に転用。財布にぎっしり入った札束の「重」さと掛ける。 **三** 心付け（チップ）にぬかりはないでしょうね。「酒手」は特別の労役に対し酒代の名目で貰う金。ここは、客が女なのに付け込んで車夫がねだったもの。「小娘の如き始め廉価を以て之を喰（くら）はしめ載すれば則ち五十歩ならずして而（しか）して忽ち緩なり　請ふ四銭を益せと　百歩ならずして而（しか）して又た緩なり　請ふ三銭を益せと　又た奔（はし）つて而（しか）して又た緩なり　請ふ二銭を益せと　遂に其の嚢を傾けしむ」（服部誠一『東京新繁昌記』初編「人力車 附馬車会社」明治七年）。「モシ旦那　急いで来ましたから一銭増て遣て下せへ、ヘンベら坊め根津から神保町迄幾等（らく）ある　六銭なら御（お）の字だと（略）客と車夫の水掛論から」（明治十一年十一月二十九日『仮名読新聞』）。「如在（ジヨサイ）」（『書言字考節用集』十二）、「ジヨサイナイ、無如在」（『和英語林集成』再版）。 **四** 売り手（ここは車夫）の言うままの、値切らない値段。 **五** 足の遅い女の一人旅と侮って。 **六** ↓一〇六頁注五。 **七** ↓一〇四頁二行以

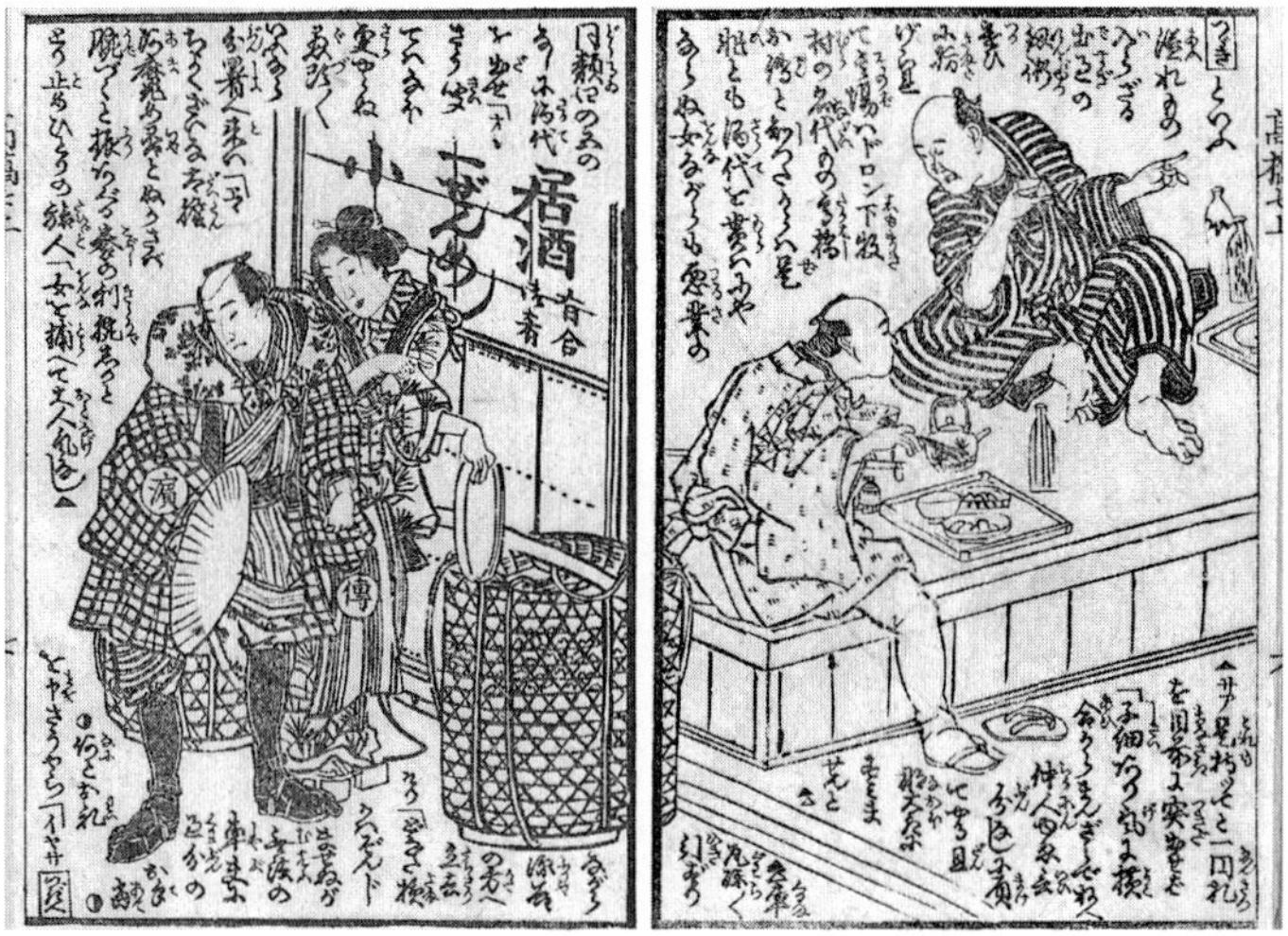

からは　是非《ぜひ》とも酒代《さかて》を貰《もら》はにやならぬ　女《をんな》ながらも悪業《わるさ》の同《どう》類《るゐ》　[一四]四の五のなしに酒代《さかて》を出《だ》せ「オ、さう聞《きい》てはなほ更《さら》やらぬ愚頭《ぐづ》〳〵いふなら分署《ぶんしよ》[一五]へ来《こ》い「ヱ、[一六]ちよくざいな太胆阿魔《だいたんあま》め否《いや》とぬかさば腕《うで》づくと　振《ふり》あぐる拳《こぶし》の利腕《きゝうで》しかととり止《と》め　ひとりの旅人《たびゞと》「女《をんな》を捕《とら》へて大人《おとな》気《げ》なし　サア是持《これもつ》ツてと　[一七]一円《ゑん》札《さつ》を目前《まなさき》に突出《つきだ》せば　「[一八]子細《しさい》あり気《げ》に横合《よこあひ》から　[一九]まんざらでねへ仲人《ちうにん》ゆゑ　言分《いひぶん》なしに負《まけ》[二〇]てやる　旦那《だんな》大《おほ》きにすみませんと[二一]車瓦礫《くるまがわら》〳〵引《ひき》ずりながら　深《ふか》[二二]谷《や》の方《かた》へ立去《たちさり》けり　「どなた様《さま》

下。 八 熊ゑもんを指す。↓一〇三頁一一行以下。 九 他人のしり馬に乗って騒ぎ立てる者。 一〇 ↓一〇二頁一二行、一〇六頁一六行。 一一「ABURE-MONO（略）溢者」（『和英語林集成』再版）。↓四五頁注一九。 一二「どろんと（略）体ガ消エル体ノ形容。—「どろんと消エル」」（『日本大辞書』）。 一三 ↓七一頁注四三。 一四 ↓一〇三頁注二八。 一五「分署」は明治十年以降の呼称。↓補一〇八。 一六 ちょこざい。口のきき方が小生意気なさま。「猪口才」を当てるが、「猪口」は「ちょく」とも読むため、通用。 一七 ↓補一〇九。 一八 何かわけでもありそうに。 一九 まったく悪いというわけでもない仲裁人。少しは話のわかる仲裁人。 二〇 十分ではないが、一円に負けてやる。 二一「瓦礫(ガレキ)」は瓦と小石。ここは人力車の車輪の音（↓補六一）の擬音。「轔声(りんせい)瓦落〳〵(ぐわら)雷鳴を圧倒す」（萩原乙彦『東京開化繁昌誌』二・下「風俗一様」明治七年七月附言）。 二二 当時は熊谷県。中山道で日本橋から九番目、熊谷の次の宿駅（現埼

二九六頁に続く

絵　東京で小川と一緒に居酒屋を始めたお伝は、浜次郎を呼び寄せる。腰高障子に「居酒　有合(ありあはせ)御肴一ぜんめし　小〔川〕」とある。店の中には、酒を飲む二人の客。浜次郎は旅装。足もとに天秤棒と籠。↓二九八頁一〇行以下。

⑥

かはぞんじませぬが　無法《むはふ》の車《しや》夫《ぶ》に過分《くわぶん》のお手当《てあて》　何《なに》とお礼《れい》を申《まを》さうやら「イヤサ⑥そのお礼《れい》には及《およ》ばぬ事《こと》　一旅《たび》は道《みち》づれ世《よ》はなさけ　お互《たが》ひの一人旅《ひとりたび》　今《いま》の車夫《しやぶ》めが二飲《くら》ひ酔《ゑ》ふて来《こ》ぬうちに三お上《のぼ》りならイザ同道《どうだう》といふに委《まか》せ　うち連立《つれだち》て爰《こゝ》を立出《たちいで》　その日四蕨駅《わらびゑき》まで五合乗《あひのり》の人力車《じんりきしや》にて来《く》る途中《とちう》　この旅人《たびびと》の男《をとこ》ぶり　気《き》立《だて》もさぞと浮気《うはき》のお伝《でん》は　六誘《さそ》ふ水《みつ》なる合宿《あひやど》に　又《また》もや罪《つみ》を重《かさ》ねづま　七因果《いんぐわ》は後《のち》にぞ思《おも》ひ知《し》られぬ　そも〳〵此旅人《このたびびと》は如何《いか》なる者《もの》ぞ　生国《しやうこく》は八尾張国《をはりのくに》九日置《ひおき》の産《さん》にて　愛知県《あいちけん》の一〇士族《しぞく》一一小川義和《をがはよしかず》と名《な》

玉県深谷市)。熊谷宿から約一〇・三キロメートル。→付図2。

――――以上二九五頁

絵　旅籠で食事をする浜次郎。お伝が、妻を離縁して自分を本妻にするよう口説くので、悩んでいる。→二九八頁一四行以下。井の字絣(がすり)の暖簾越しにうかがうお伝と小川。本文では、小川は浜次郎の旅籠に行っていないが、二人が結託していることを示すための改変か。右は給仕の女中。

一 諺。道中をする時は道連れがあるのが何よりも心強く、同じように、世の中を渡るにも人情が大切だ、の意。 **二**「くらふ」は飲み食いすること。ここは酒を飲む意。 **三** 上京を丁寧にいう語。 **四** 埼玉県足立郡蕨宿(現蕨市)。中山道で板橋に次ぐ二番目の宿駅。→付図2。 **五** 二人乗の人力車。→補一一〇。 **六** 男を誘い込んで同じ部屋に泊まり合わせ、またも姦淫の罪を重ねたが。「重ねづま」は着物の褄(つま＝裾の左右の両端)を幾重にも重ねることで、共寝を示す。 **七** 小川と知り合ったことが原因で、以後お伝が罪を重ねていく、ということ。 **八** →一八七頁注一〇。 **九** 日置村。名古屋城の南南西、現名古屋市中区・中川区・中村区にまたがる広い村。→付図2⑲。

⑦

乗《のり》　去《さ》る明治《めいぢ》二年志願《ねんしぐわん》ありて出《しゆつ》京《きやう》し　その後《のち》神田佐久間町《かんださくまちやう》[一二]に住《ぢゆう》居《きよ》せしが　近頃病痾《ちかごろやまひ》ありて上州《じやうしう》草津《くさつ》[一三]の温泉《おんせん》に浴《ゆあ》みなし　稍《やうや》く平《へい》愈《ゆ》の帰《かへ》り途《みち》　熊谷駅《くまがやえき》[一四]にてはからずも　斯《かゝ》る毒婦《どくふ》[一五]としら化《ばけ》の　お伝《でん》に初《はじ》めて出会《しゆつくわい》し　その容貌《みめ》よきに看惚《みほれ》ツヽ　思《おも》はず車夫《しやぶ》が乱《らん》⑦妨《ばう》の中《なか》に入《い》りしが　悪縁《あくえん》の結《むす》び初《はじ》めや尾張《をはり》[一六]もの　故郷《こきやう》の事《こと》より身《み》の上《うへ》を打《うち》あけ話《ばな》しに　怪《あや》しき夢《ゆめ》の契《ちぎ》[一七]りこめては憎《にく》からぬ　お伝《でん》も深《ふか》く心迷《こゝろまよ》ひて　是《これ》より小川《をがは》が家《いへ》に連立《つれだち》　市太郎《いちたらう》も無妻《むさい》の身《み》の上《うへ》　夫婦《ふうふ》にならんと相談《さうだん》をお伝《でん》は思《おも》ふ子細《しさい》あれば　表向《おもてむき》を

一〇 ↓『青楼半化通』一三頁注六。

一一 小川市太郎のこと(↓二九七頁一四行)。↓補一一一。

一二 一―四丁目があった(現千代田区神田佐久間町一―四丁目)。神田川に架かる和泉橋の北側一帯。明治十一年神田区に所属。↓付図3⑨。

一三 ↓補三八。

一四 熊谷宿。↓二九一頁注二八。振り仮名「くまがや」の「や」は入れ木か(二九一頁五行、二九三頁一三行は「くまがへ」)。

一五 毒婦とも知らず、しらじらしく被害者のふりをしたお伝に初めて出会い。「しら」は「知らず」と「しら化」の掛詞。

一六 「終わり」と掛け、「初め」の縁語とする。

一七 関係を結んだからには、お伝も小川を憎からず思い、深く思い乱れて。なお、小川市太郎の供述「下調(東京その他の分一括)」(↓補一一文献)によれば、市太郎は「明治六年中より高橋でんと夫婦の約束」をしたという。

絵　お伝を家に連れ込んだため、本妻おみつと揉めた浜次郎が、おみつの髻(もとどり)をつかんで打つ。↓三〇一頁六行。散乱する煙草盆。仲裁しようとする鈴木家の舅姑。ただし、最初の妻の死後「両親小舅姑とてもあらぬ」(↓二九一頁六行)とする設定と齟齬。

⑧
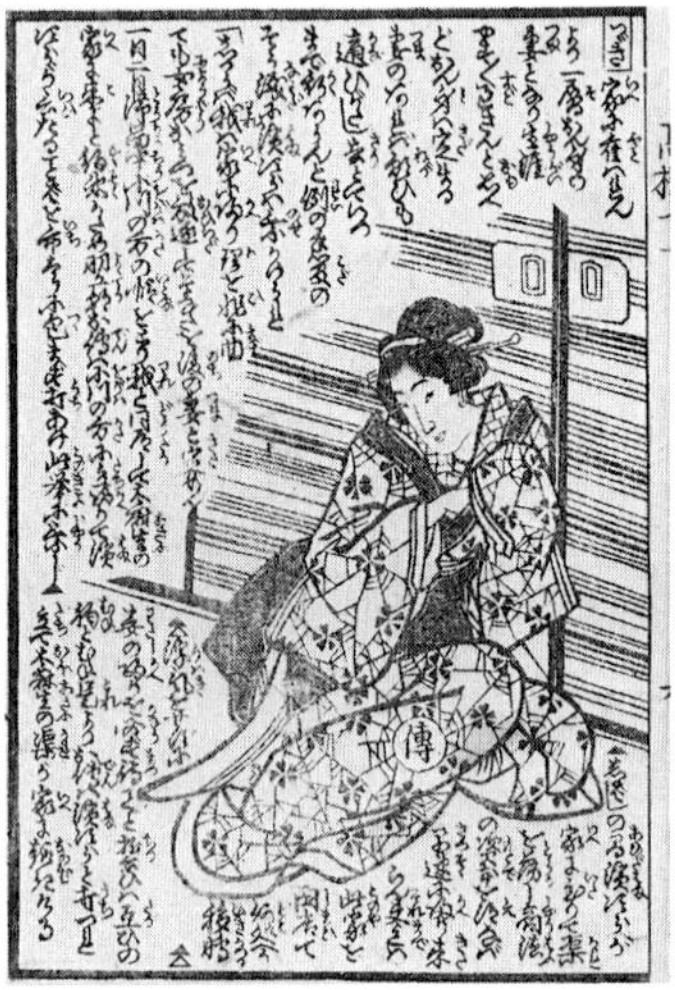

ば雇《やと》ひとしてト頼《たの》みの趣意《しゆい》　今《いま》にも大麻生村《おほあさふむら》の浜次郎《はまじらう》を釣寄《つりよせ》る一目論《もくろみ》ありと　その底意《そこい》まで打《うち》あかし　其年《そのとし》の暮《くれ》　同所《どうしよ》二筋違橋外《すじかひばしそと》に三居酒渡世《ゐざけとせい》を開業《かいげふ》するに　お伝《でん》が容貌《みめよき》と世辞《せじ》よきに一時繁昌《じはんじやう》なせしといふ　四去程《さるほど》に　お伝《でん》は小《を》川と夫婦《ふうふ》のごとく二タ月余《あま》り暮《くら》すうち　いかに繁昌《はんじやう》なさばとて　小商《こあきな》ひにてはいつの時《とき》にか大利《たいり》を得《え》て　ふたり楽《たのし》みを極《きは》むるに至《いた》らん　夫《それ》には資本《もとで》に有付策《ありつくさく》あり　妾《わらは》に諸事《しよじ》委《まか》せ給へと談合《だんかふ》の上《うへ》　大麻生村《おほあさふむら》なる浜次郎方《はまらうかた》へ　云《しか》ゝの処《ところ》に雇《やと》ひ奉公《ばうこう》なしをれば　訪《たづ》ね来《き》て給はるべしと　郵便にて書翰《てがみ》を出《いだ》すに　浜《はま》次郎は東京《とうけい》へ仕入《しいれ》を托《かこ》つけて家《いへ》を出《いで》　五外神田佐久間町《そとかんださくまちやう》なる小《を》川の居酒店《ゐざけみせ》を訪《とぶ》らふに　待《まち》まをけたるお伝《でん》が立出《たちいで》　その夜《よ》は市太郎《いちたらう》に打《うち》あけて　近辺《きんぺん》なる旅舎《はたごや》に浜《はま》次郎を案内《あない》なし　六しめやかにもてなして　臥処《ふしど》を同《おな》じく語《かた》らふやうは「我身《わがみ》も斯《かゝ》る家《いへ》⑧に雇《やと》はれんより　一層《そ》おん身の妻《つま》となり　生涯《しやうがい》やすく〳〵過《すご》さんと思《おも》へど　おん身《み》は定《さだ》まる妻《つま》のあれば　願《ねが》ひも適《かな》ひがたし　去《さり》とていつまで斯《かく》あらんと　七例《れい》の手管《くだ》のそら涙《なみだ》に浜《はま》次

絵　隣の部屋で成り行きをうかがうお伝。前頁絵の続き。

一　計画。「目論（モクロミ）」（『書言字考節用集』十二）。「第十五編に結局せん目論（もくろみ）なり」（魯文『西洋道中膝栗毛』十一・下、明治五年自序）。

二　江戸城外郭門である筋違御門に付属した橋で、神田川に架橋。↓付図3。現在の万世橋と昌平橋の間にあったが明治六年撤去。「筋違橋外」は神田佐久間町の西、神田花房町（現千代田区外神田一丁目）近辺だが、ここは神田佐久間町を指す。↓注五。

三　居酒屋。↓四七頁注三九。

四　さて。

五　神田川北側、神田佐久間町・同松永町・同相生町等四十九町の俗称（現外神田一―六丁目・神田花岡町等）。江戸城から見て神田川の外側だったことからいう。↓付図3。

六　しんみりした様子で。

七　例によって、思い通りに相手を操る嘘泣きに。

八　正しい道理をあえて無視し、無理を通すこと。是が非でも。

九　自分が一、二日ここに逗留している間に、そなたは小川の仕事を辞めさせてもらい。

一〇　商売の元手。

一一　お互い心の中で誓い合い。

郎は乗《のせ》かけられ　「しからば我《われ》は家《いへ》に帰《かへ》り　[八]理《り》を非《ひ》に曲《まげ》ても女房《にようばう》おみつを放逐《おひいだ》して　そなたを後《のち》の妻《つま》と定《さだ》めん　[九]一日二日滞留中《とうりうちう》　小川《をがは》の方《かた》の暇《いとま》をとり　我《われ》と同道《どうだう》して大麻生《あさふ》の家《いへ》に来《こ》よと　約束《やくそく》かため　翌朝《よくてう》お伝《でん》は小川《をがは》の方《かた》に立帰《たちかへ》りて　浜《はま》次郎が言《いひ》たることばを市《いち》太郎に包《つゝ》まず打《うち》あけ　此挙《このきよ》に乗《じやう》じ　しばしの間《あひだ》浜《はま》次郎が家《いへ》に至《いた》りて渠《かれ》を蕩《とろか》し　[一〇]商法《しやうはふ》の資本《もとで》を得《え》なば早速《さつそく》に帰《かへ》り来《きた》らん　夫迄《それまで》は此家《このや》を閉店《しまひ》て何処《どこ》へか移転《ひきうつり》　浮気《うはき》をせずに妾《わたし》の帰《かへ》りを必《かなら》ず待《まつ》てと　[一一]誓《ちか》ひは互《たが》ひの胸《むね》とむね　是《これ》よりお伝《でん》は浜《はま》次郎と打《うち》つれ立《だち》て　大麻生《おほあさふ》の渠《かれ》が家《いへ》に趣《おもむ》きける

(二三一頁より続く)――ノ品」」「ひざう 秘蔵 前条ノ語ニ同ジ」(『言海』)。

一九 思われたので、よく見ると。未然形ではなく、已然形「覚ゆれば」とすべきところ。

二〇 直径約二・七センチメートルの珊瑚珠。「分」は一寸の十分の一(約〇・三センチメートル)。

二一 「舶来ノ布帛、器物、薬品、ナドニ、古ク渡リシモノノ称、質、良シトシテ貴ブ」(『言海』)。「古渡の珊瑚珠の玉にて」(万亭応賀『懲面於祓函(ちようめんお はらいばこ)』明治七年五月官許)。特に、室町時代、またはそれ以前に渡来したもの。

二二 「当時じやア日本(わがくに)でも追こさんごじゆの直(ね)うちが上ツて八分珠(まだ)が百両前後だから」(魯文『西洋道中膝栗毛』十一・下、明治五年。当時は一両＝一円)。→一三九頁注三〇、補四四。

二三 紛れもないと思ったので。

二四 「約束」に同じ。

二五 →二一五頁注二二。

二六 以下、歌沢節(三味線を伴奏にする歌謡の一種)の一節。→補八六。

二七 三味線を、撥(ちば)を使わず爪でひくこと。

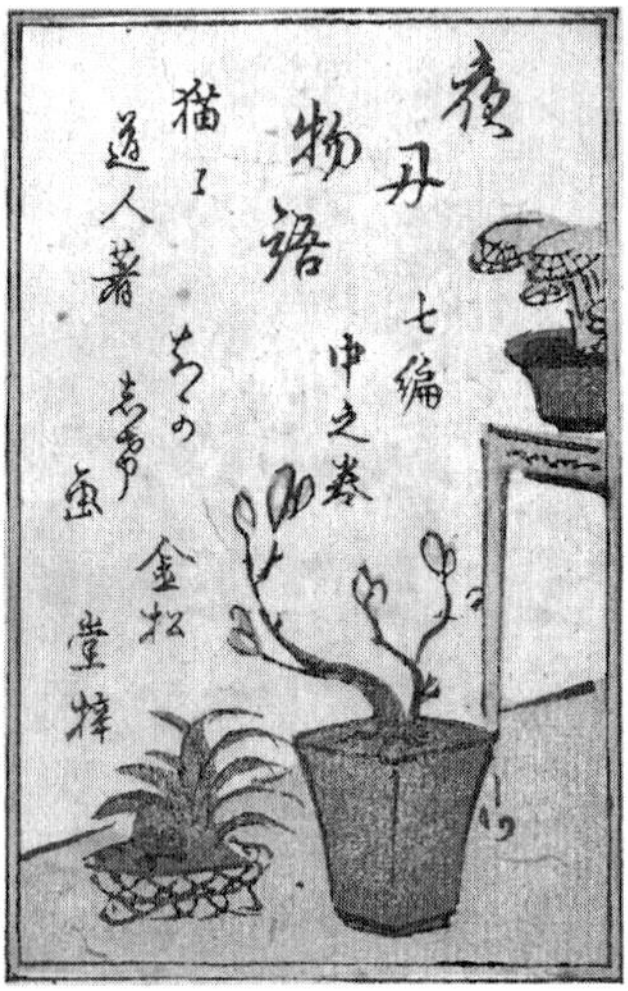

中巻見返し

夜叉物語

七編　中之巻

猫々道人著

ちかしけ画

金松堂梓

中巻見返し　鉢植の草木。二色刷。著者「猫々道人」は魯文の別号。「ちかしけ画」は「周重画」。

絵　浜次郎の家の縁側に出て、小川市太郎からの手紙を読むお伝。

⑨

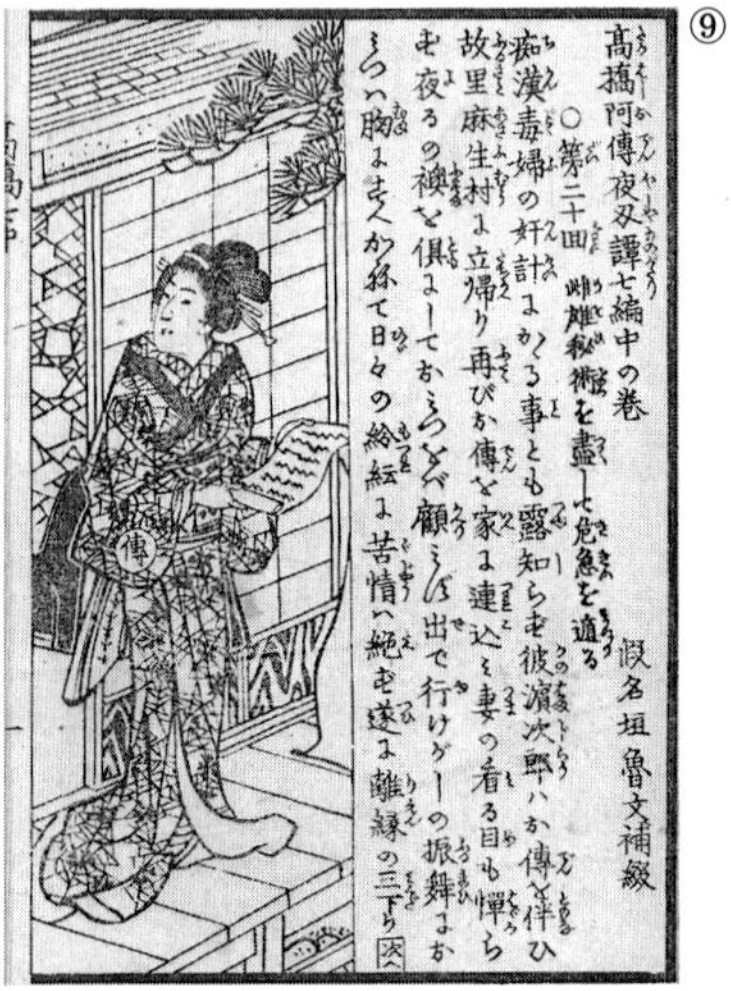

⑨高橋阿伝夜叉譚《たかはしおでんやしやものがたり》 七編中の巻

仮名垣魯文補綴

○第《だい》二十回《くわい》　雌雄《めを》[一]秘術《ひじゆつ》を尽《つく》して危急《ききふ》を遁《まぬか》る

[二]痴《ち》漢《かん》毒婦《どくふ》の奸計《かんけい》にかゝる事《こと》とも露知《つゆし》らず　彼浜次郎《かのはまじらう》はお伝《でん》を伴《ともな》ひ　故里大麻生村《ふるさとおほあさふむら》[三]に立《たち》帰《かへ》り　再《ふたゝ》びお伝《でん》を家《いへ》に連込《つれこ》み　妻《つま》の看《み》る目《め》も憚《はゞか》らず　夜《よ》るの襖《ふすま》[四]を倶《とも》にして　おみつをば顧《かへり》みず　[五]出《で》て行《ゆ》けがしの振舞《ふるまひ》に　おみつは胸《むね》にすへかねて　日々《ひゞ》の紛紜《もつれ》[六]に苦情《くじやう》は絶《たへ》ず　遂《つひ》に離縁《りえん》[七]の三下《みくだ》り半⑩　お伝《でん》は今《いま》は心安《こゝろやす》しと　是《これ》より浜次郎《はまじらう》が鼻毛《はなげ》[八]の有丈数《ありたけかぞ》へ尽《つく》して　家《いへ》の中《うち》を手《て》の届《とゞ》くほど掻《かき》[九]まはし　[一〇]より／＼金《かね》をくすねこみ[一一]　或《ある》ひは密《ひそか》に東京《とうけい》なる市太郎《いちたらう》と書状《てがみ》のやり取《と》り　始《はじ》めは夢《ゆめ》にも知《し》らざりしが　或時《あるとき》小《を》川より来《きた》りし文《ふみ》を　お伝《でん》は椽側《えんがは》に出《いで》て読《よみ》さす折《をり》から　浜次郎《はまじらう》は外《そと》より帰《かへ》り　お伝《でん》が文《ふみ》に心《こゝろ》を奪《うば》はれ　我帰《われかへ》りしを知《し》らぬは必定《ひつぢやう》子細《しさい》ある密書《みつしよ》ならんと妬心《ねたさ》に堪《たえ》かね　背後《うしろ》より突然《とつぜん》ふみを引《ひき》ちぎられ　お伝《でん》ははつと心《こゝろ》づき　振返《ふりかへ》りて打驚《うちおどろ》きしが　ことば巧《たく》みにいひ[一二]開《ひら》きしかど　浜次郎《はまじらう》が手《て》に残《のこ》りし文《ふみ》の文句《もんく》なまめかしく　偖《さて》は雇《やと》はれて居《い》たりといひし小川市太郎《をがはいちたらう》は　お伝《でん》が予《かね》て約束《やくそく》[一三]ある情夫《じやうぶ》なりしか　斯《かゝ》る男のあるうへは　我家《わがいへ》にも久《ひさ》しくは居るべからずとは思へども

一　お伝と小川市太郎を指す。なお、この章題の「雌」以下は摺りが濃い。入れ木か。
二　色仕掛けで浜次郎から商売の元手を引き出そうという、小川市太郎とお伝の悪だくみに引っかかるとも知らず。「かゝる」は「斯かる」（このような）と「掛かる」を掛ける。
三　活字版も含め、諸本「麻生村」。二九一頁六行を参照して改める。
四　同衾（共寝）して。「襖」は掛け布団（衾）。「襖（フスマ）」（『書言字考節用集』七）。
五　出て行けといわんばかりの。
六　もめごと。
七　→補六四。
八　→六四頁注二。
九　→二七九頁注一五。
一〇　たびたび
一一　「こみ」は入れ木。
一二　釈明したが。
一三　結婚の約束をした恋人の男だったのか。「情夫」の振り仮名は底本のママ。

⑩

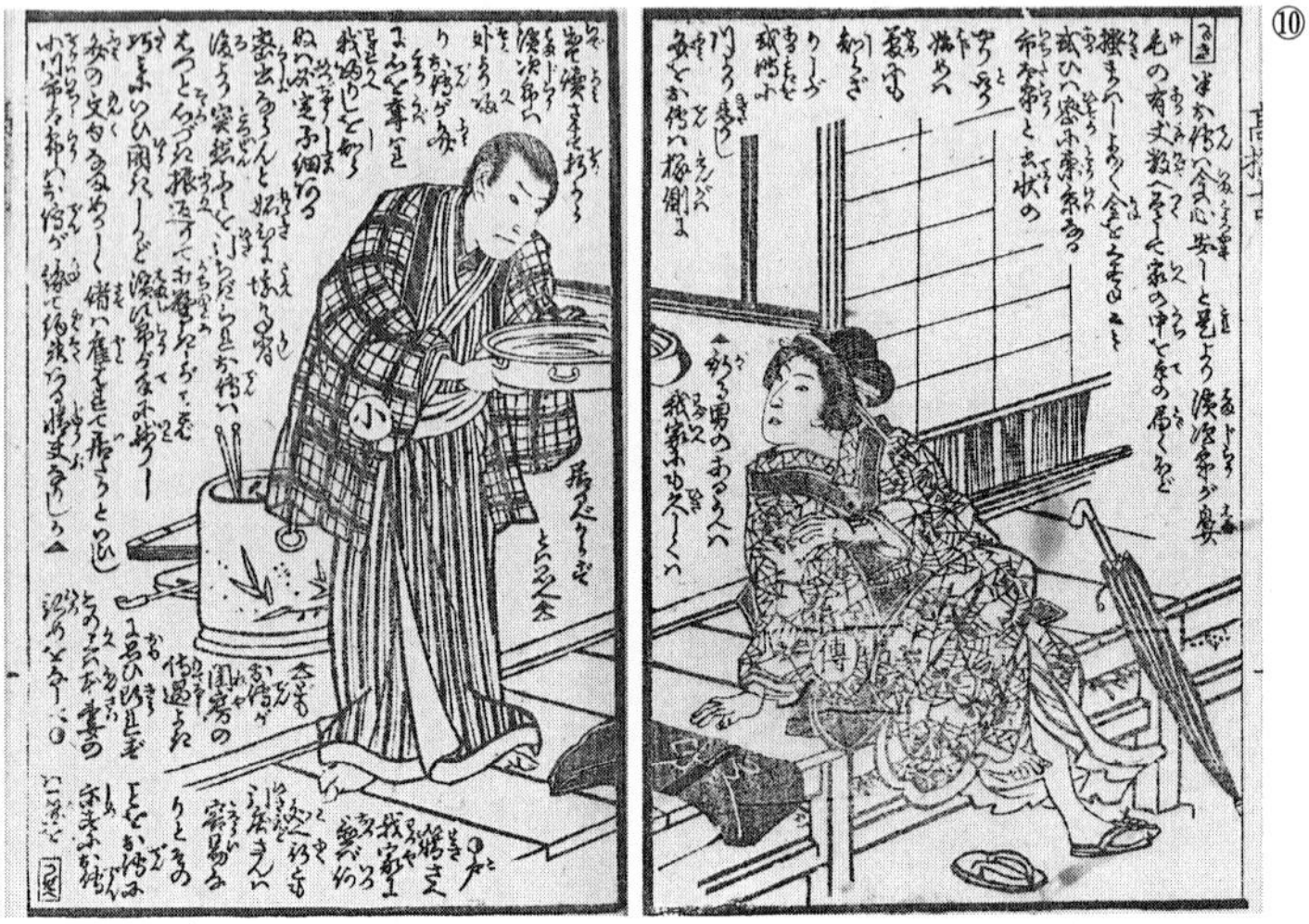

お伝《でん》が閨房《ねや》[一]の待遇《もてなし》よきに思《おも》ひ断《きら》れず　この上《うへ》は本妻《ほんさい》[二]の弘《ひろ》めをなして　戸籍《こせき》[三]さへ我家《わがや》に置《おか》ば何処《いづこ》へ行《ゆく》とも引戻《ひきもど》さんは容易《えうい》なりと　そのことをお伝《でん》に示《しめ》すにお伝《でん》は一箇《か》[四]を遁《のが》る⑪ゝため　よき程《ほど》に其場《そのば》をくるめ[五]　或《ある》とき浜次《はまじ》郎《らう》が高崎《たかさき》[六]まで仕入《しい》れに行《ゆき》たる留《る》守《す》を幸《さいは》ひ　貯《たくは》へ金《きん》は日頃《ひごろ》の帆待《ほまち》[七]当家《このや》に来《きた》りて新《あらた》に製工《したて》し己《おの》が衣《い》類《るゐ》　風呂敷《ふろしき》におし包《つゝ》みて家《いへ》を立《たち》去《さ》り　高崎馬車《たかさきばしや》[八]の帰《かへ》りを待《まち》うけ熊谷駅《くまがへえき》より東京《とうけい》の小川《をがは》の方《かた》に帰《かへ》り来《きた》り　此頃音信《このごろやりとり》の文《ふみ》の事《こと》より云《しか》ゞの紛紜《もつれ》を生《しやう》じ　彼痴漢《かののろさく》[九]が本《ほん》妻《さい》にせんといひしは後日《ごにち》の妨《さまた》げ

絵　馬車で熊谷から東京の小川のもとに帰り、縁側に腰掛けるお伝。洗足用の水を持って迎える小川。

一　寝間でのふるまい。
二　本妻として迎えたことを広く知らせ。
三　↓補四六。
四　一時逃れのため。「いつくわ(略)暫シノ間(ﾏ)」。「一凌グ」一時」(『言海』俗語)。「一花」「一過」と表記することが多い。
五　言いくるめ。「くるめる(略)十分ニ欺キタブラカス」(『言海』俗語)。
六　当時は熊谷県。中山道の十三番目の宿駅(現群馬県高崎市)。三国街道・大戸道(信州道)が分岐する交通の要衝。近世以来、絹織物が盛ん。↓付図2。
七　↓二八〇頁注一五。ここは「よりくゝ金をくすねこ」(↓三〇一頁八行)んで貯めた金。
八　高崎に行った馬車が熊谷まで帰ってきたのを待ち受けて。当時は午後七時高崎発東京行の馬車があった。↓補一一二。
九　女性に甘い男性を嘲っていう語。

⑪

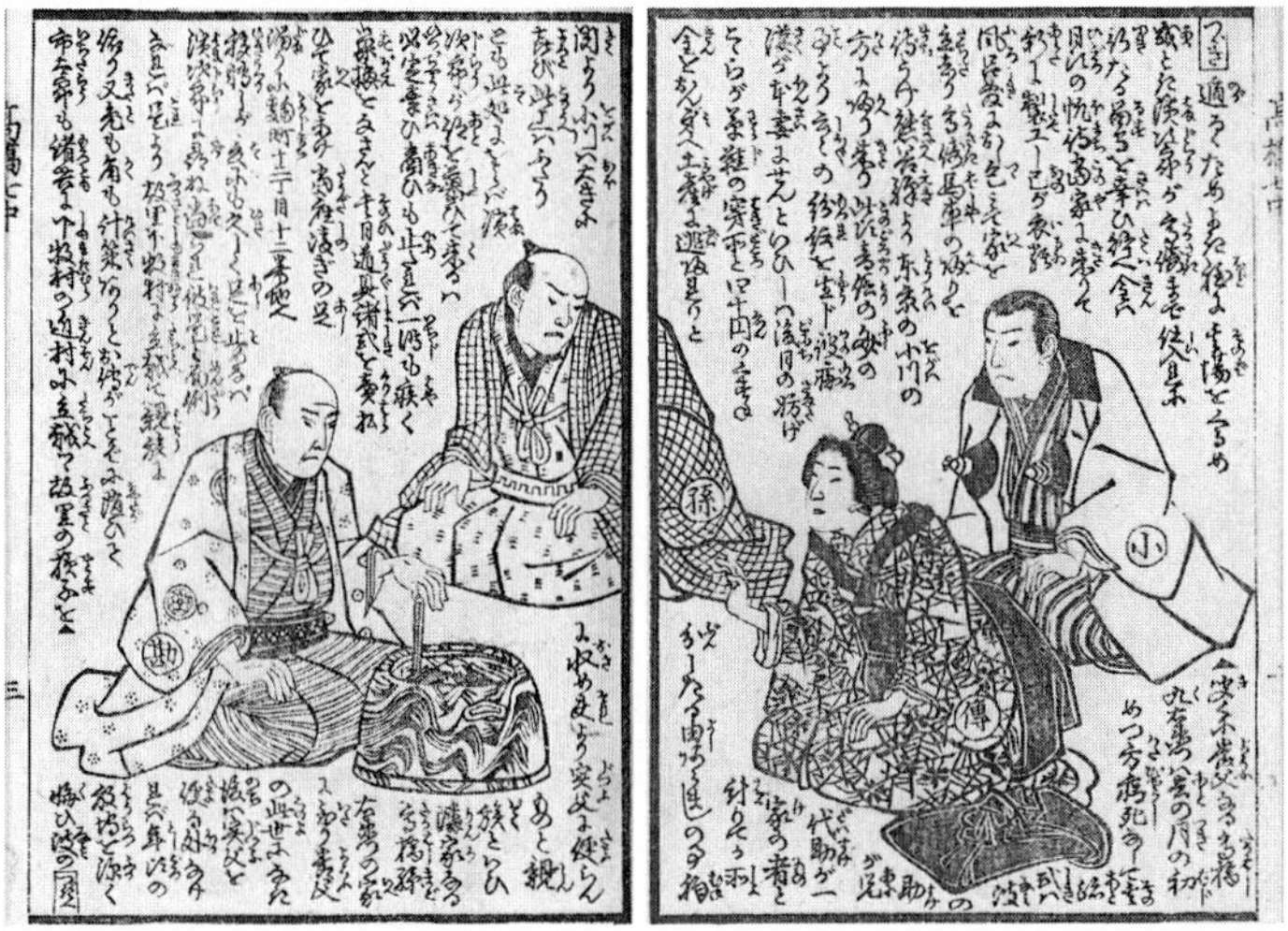

一〇こゝらが草鞋《わらじ》の穿所《はきどころ》と　四十円《ゑん》のくすね金《きん》をおん身《み》へ土産《みやげ》に逃《にげ》帰れりと　聞《きく》より小川《をがは》は大《おほ》きに喜《よろこ》び　此上《このうへ》はふたりとも此処《こゝ》にをらば浜次郎《はまじらう》が跡《あと》を一一慕《した》ひて来《く》るは必定《ひつぢやう》　幸《さいは》ひ商《あきな》ひも止《やめ》たれば一時《いちじ》も疾《はや》く一二巣換《すがへ》をなさんと　其《その》日一三道具《ひだうぐ》諸式《しよしき》を売払《うりはら》ひて家《いへ》をあけ一四当座《たうざ》凌《しの》ぎの足溜《あしだま》りに　一五麹町《かうじまち》十二丁目十二番地へ移転《ひきうつり》しが　爰《こゝ》にも久《ひさ》しく足《あし》を止《と》めなば　浜次郎《はまじらう》に尋《たづ》ね当《あて》られ彼是《かれこれ》と面倒《めんだう》なれば是《これ》より故里《ふるさと》下牧村《しもまきむら》に立越《たちこへ》て親族《みより》に依《よ》り　又兎《またと》も角《かく》も計策《けいさく》ありとお伝《でん》がことばに随《したが》ひて　市太郎《いちたらう》も諸共《もろとも》に下牧村《しもまきむら》の近村《きんそん》に立越《たちこへ》

一〇　今頃が旅に出るのによい時だ。

一一　追いかけて来る。

一二　住みかを替える。

一三　諸器物一切。

一四　一時の間に合わせに足を留める場所。

一五　江戸城の西、甲州街道沿いの町人町（現新宿区四谷一丁目）。麹町は大名・旗本相手の商家が多く、山の手で最も繁華な地。「高橋でんの口供（東京裁判所調）」（明治十一年十月二十六日。↓補一一文献）によれば、明治七年八月に帰郷するまで麹町十二丁目住居小川市太郎方に止宿。↓付図3。

絵　浜次郎の追及を逃れるため、下牧村に帰ったお伝は、隣家の高橋孫右衛門を介して実父勘左衛門宅を訪れ、小川を紹介して復籍を願う。

⑫
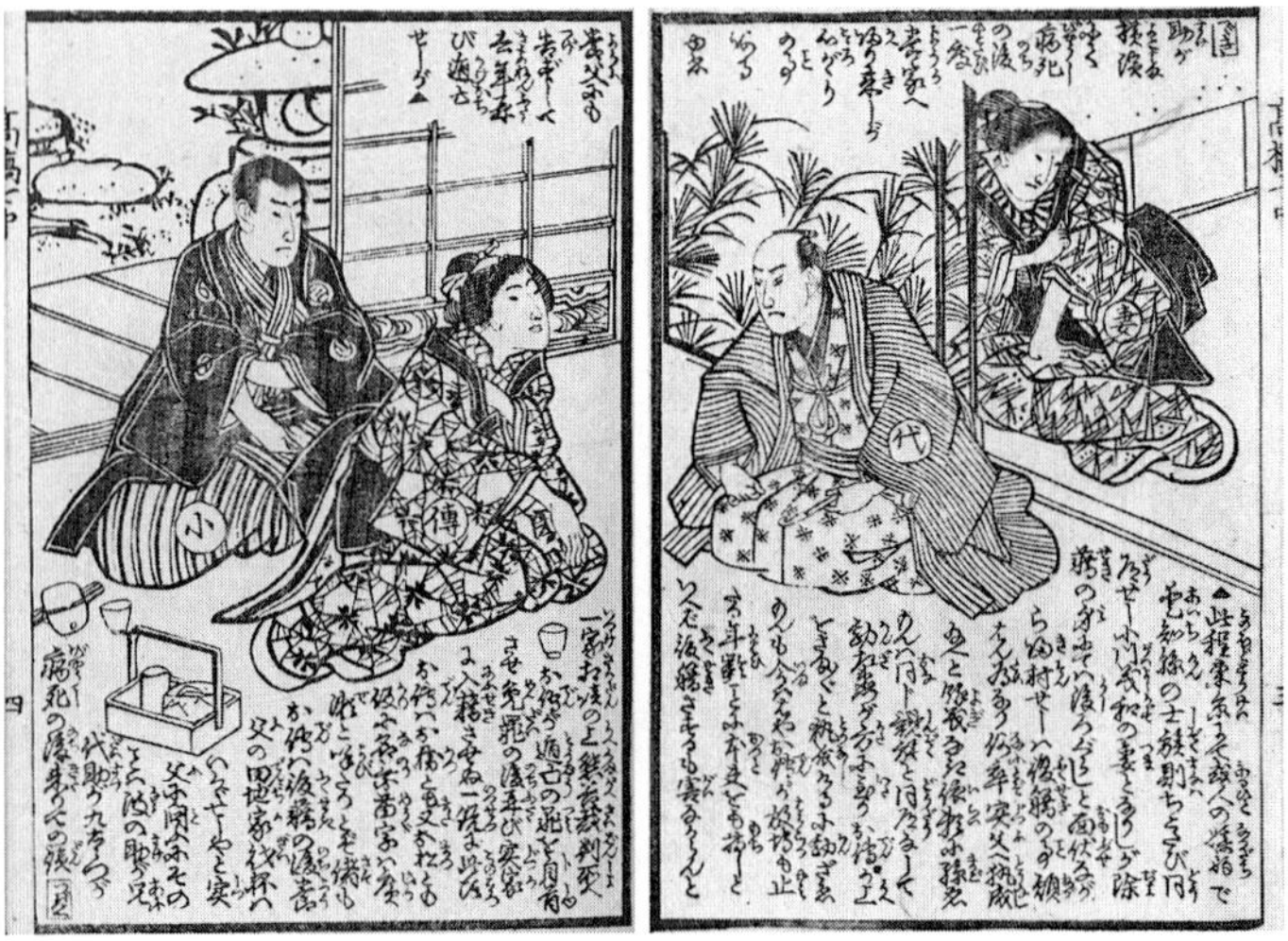

ツヽ　故里《ふるさと》の様子《やうす》を聞《き》くに　養《やう》父《ふ》なる[一]高橋九右衛門《たかはしくゑもん》は去《あと》[二]の月《つき》の初《はじ》めつ方病死《かたびやうし》なして　其跡式《そのあとしき》[三]は波《なみ》の助《すけ》が兄代助《あにだいすけ》が　一家《け》の者《もの》と計《はか》りてか所分《しよぶん》[四]したる由《よし》　あらましの事胸《むね》に収《おさ》め　夫《それ》より実父《じつぷ》に便《たよ》らんものと　親族《しんぞく》[五]といひ隣家《りんか》なる高橋孫《たかはしまご》右衛門の家《いへ》に至《いた》り養父《やうふ》の此世《このよ》になき後《のち》は　実父《じつぷ》を便《たよ》る外《ほか》なければ　年頃《としごろ》[六]の放埒《はうらつ》を深《ふか》く悔《く》ひ　波《なみ》の助《すけ》⑫が横浜《よこはま》にて病《びやう》死《し》の後《のち》　一度《ひとたび》[七]養家《やうか》へ帰《かへ》り来《き》しが心《こゝろ》がゝりの事《こと》あるゆゑ　養父《やうふ》にも告《つげ》ずして　去年《きよねん》[八]再《ふた》ゝび遁亡《かけおち》せしが　此程東京《このほどとうけい》にて　或人《あるひと》の媒妁《なかだち》で　愛知県《あいちけん》の士族《しぞく》　則《すなは》ちこたび

絵　九右衛門の死後、亡大波之助の兄代助が高橋家の遺産を引き取ったと聞き、代助に掛け合うお伝。その後ろに控える小川。隣室でうかがうのは代助の妻。

一 実際は明治九年一月段階で生存(「下調(その五)」→補二一文献)。従って以下のように高橋代助がその遺産を処分したこともない。ちなみに、彼の子孫の家に残るでんの略歴書(昭和九年十一月)によれば明治十一年十一月三日死去(萩原進『群馬県遊民史』)。

二 先月初旬。

三 遺産。

四 処分。

五 親族であり、隣家でもある。

六 ここ数年間の勝手気ままなふるまい。

七 →二七六頁三行。

八 →二七六頁一三行。現在は明治七年ということになる。

⑬

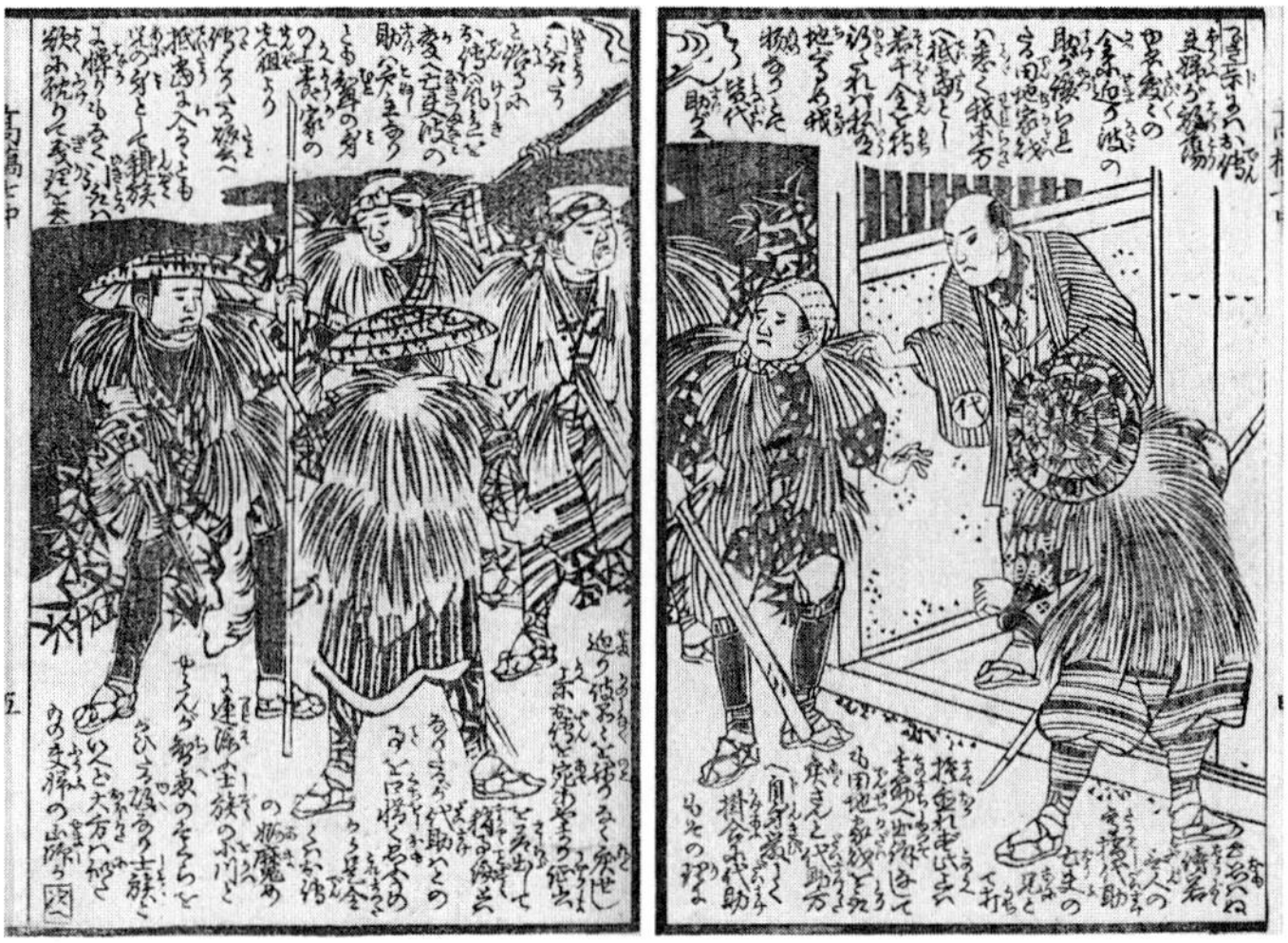

同道《どうだう》せし小川義和《をがはよしかず》の妻《つま》となりしが　[九]除籍《ぢよせき》の身《み》にては後《うし》ろぐらしと　[一〇]面伏《おもぶせ》ながら帰村《きそん》せしは　[一一]復《ふく》籍《せき》の事願《ことねが》はん為《ため》なり　何卒実父《なにとぞじつぶ》へ執成《とりなし》給へと[一二]余義《よぎ》なき依頼《いらい》に孫《まご》ゑもんは同《おな》じ親族《しんぞく》と同道《どうだう》なして　勘左衛門《かんざゑもん》が方《かた》に至《いた》り　お伝《でん》が上《うへ》をさま〴〵と執成《とりなし》けるに勘《かん》ざゑもんも今《いま》ははや　お伝《でん》が放埒《はうらつ》も止《やみ》たる[一三]年齢《よはひ》　ことに本夫《おつと》をも持《もち》しといへば　復籍《ふくせき》さするも害《がい》なからんと　一家相談《いつけさうだん》の上《うへ》[一四]熊谷裁判所《くまがへさいばんしよ》へお伝《でん》が遁亡《とうばう》の罪《つみ》を自首《じしゆ》させ　免罪《めんざい》の後再《のちふたゝ》び実家《じつか》に入籍《にふせき》させぬ　一説《いつせつ》に　此頃《このころ》お伝《でん》はお[一五]勝《かつ》とも　又《また》お[一六]松《まつ》とも仮《かり》に名《な》

九 →補四六、二七四頁注八。
一〇 恥ずかしながら。「おもてぶせ」とも読む。
一一 九右衛門の戸籍から除かれたお伝が、実父勘左衛門の戸籍に返る、ということ。
一二 断れない頼み。
一三 嘉永元年生まれ(→六四頁注九)とすれば、明治七年で数え年二十七歳。
一四 本作ではお伝の帰村を二度に分け、二年ぶりに下牧村に帰った際(→二七六頁三行)には復籍手続きをせず、今回明治七年の帰村時に自首したとする設定。実際は→補一一三。
一五 広瀬勝美(または勝見)による名か。→三〇六頁一行、三二〇頁注五、三二三頁二、一〇行。
一六 秋元幸吉の供述「下調(東京の分その八)」によれば、明治五年十月−六年三月、小沢伊兵衛の依頼ででんを預かった際の名は「まつ」。吉蔵殺害後の書置き(明治九年九月十二日『仮名読新聞』等)でも「まつ」と名乗っている。

絵 遺産をお伝に返した代助は、小川がお伝に知恵をつけたと思い込み、若者たちに、勘左衛門の家にいる小川を打ちのめすようけしかける。若者たちは蓑笠姿、手に竹槍・棒・松明などを持つ。

⑭

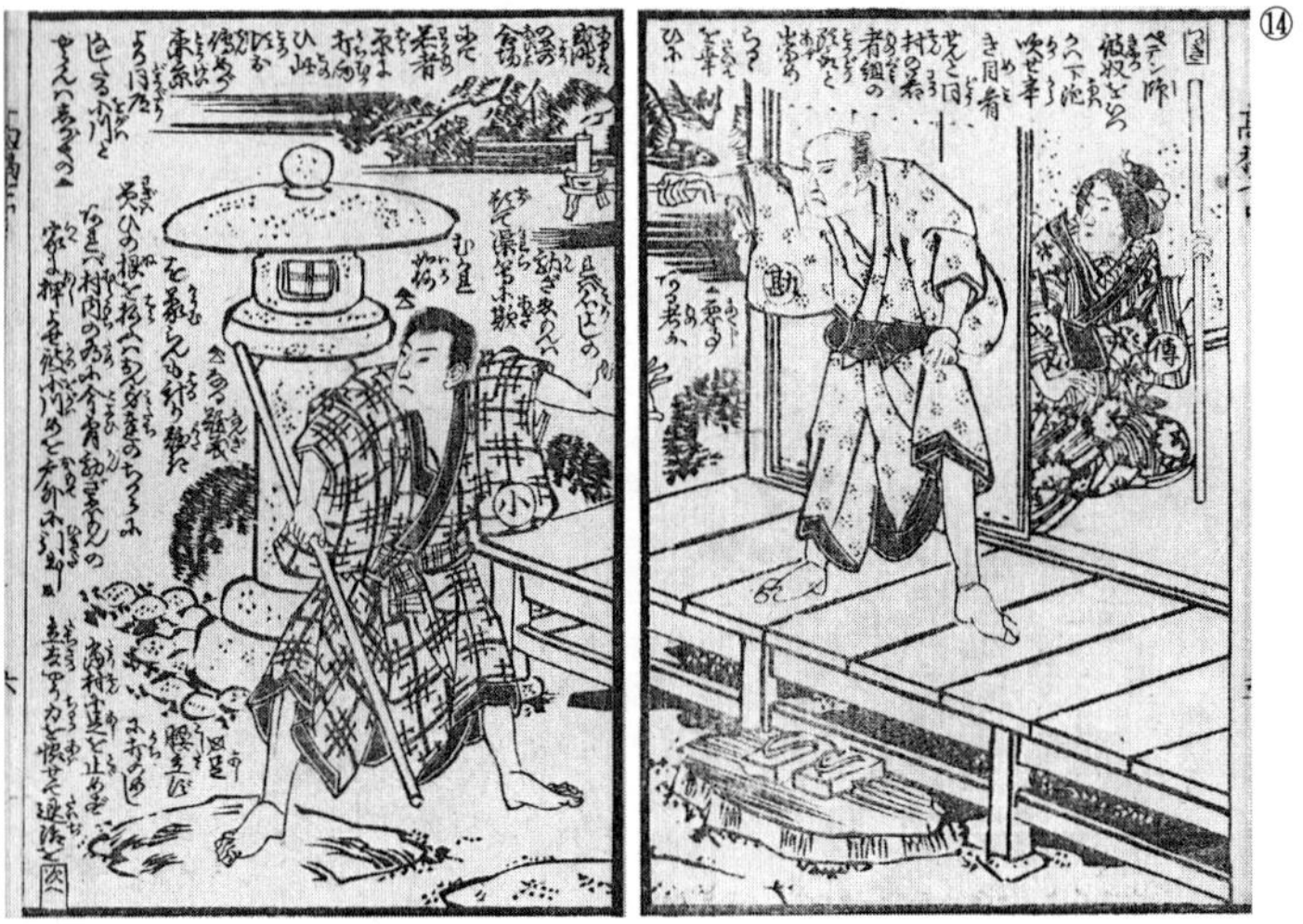

乗《のり》　苗字《めうじ》は一広瀬《ひろせ》と呼《よび》たりとぞ偖《さて》もお伝《でん》は　復籍《ふくせき》の後《のち》　養父《やうふ》の二田地家財《でんちかざい》抔はいかゞせしやと実《じつ》父《ぶ》に問《と》ふに　そのことは　波《なみ》の助《すけ》が兄代助《あにだいすけ》が　九右衛門が病死《びやうし》の後来《のちきた》りての三談示《だんじ》⑬には　お伝夫《でんふう》婦《ふ》が放蕩《はうとう》ゆゑ度《たび》〱の金《かね》に迫《せま》り四波《なみ》の助《すけ》が譲《ゆづ》られたる田地家財《でんちかざい》は悉《こと》〲我等方《われらかた》へ抵当《ていたう》とし　五若干《そこばく》の金《きん》を持行《もちゆき》たれば　六私有地《しいうち》ぐるめ我物《わがもの》なりとて　皆代助《みなだいすけ》が引取《ひきとり》たりと語《かた》るに　お伝《でん》は気色《けしき》を変《か》へ亡夫波《なきつまなみ》の助《すけ》は七戸主《こぬし》なりとも聟《むこ》の身《み》の上《うへ》　八養家《やうか》の先祖《せんぞ》より伝《つた》はりたる　譬《たと》へ抵当《ていたう》に入《い》るゝとも兄《あに》の身《み》として親族《しんぞく》に憚《はゞか》りもなく

絵　棒を持って庭に出る小川。手燭を差し出して若者たちに弁明する勘左衛門。用心棒(→三〇九頁注二二)を持って控えるお伝、それを押しとどめる小川。なお本文では、門戸を開いて出た小川が相手の棒を奪うことになっており、この絵と齟齬する。

一 でんの供述「下調(東京の分その六)」(明治十一年五月二日。→補一一文献)・同口供(同年十月二十六日)で、「自分実母はるは旧沼田藩家老広瀬半右衛門方へ出入致し候内、同人と通じ合(ひあ)、懐妊後(ちの)養父九右衛門弟勘左衛門妻となり、自分出生致し、正しく半右衛門の種に有之」(口供)と述べる。
二「でんぢ(略)田トナリテアル地。(畠地、宅地ナドニ対ス)」(『言海』)。
三 口頭での教示。
四 波之助が、隠居した九右衛門から譲られた田や家財を抵当にして、代助からお金を借りて持って行ったので。　**五** いくらかの金。
六 田・家財だけでなく、私有地(宅地)までひっくるめてすべて。
七「こしゆ 戸主 一戸(ケイツ)ノ家ノ主(ジアル)」(『言海』)。明治四年四月の戸籍法(→補四六)「戸籍同戸列次ノ順」に「戸主/高祖父母/曾祖父母/祖父母/父/母/妻/子…」の順で掲載されるように、明治三十一年施行の旧民法以前でも家の代表者を「戸主」と呼んでいた。戸主は、明治十

⑮

引取《ひきとる》は　欲《よく》に耽《ふけ》りて義理《ぎり》を思《おも》はぬ傍若無人《ばうじやくぶじん》の高橋代助《たかはしだいすけ》　亡夫《ばうふ》の兄《あに》とて打捨置《うちすておか》れず　此上《このうへ》は九其筋《そのすぢ》へ出訴《しゆつそ》なしても田地《でんち》家財《かざい》を取戻《とりもど》さんと　代助方《だいすけかた》へ自身《じしん》厳《きび》しく掛《かけ》合《あふ》に　代助《だいすけ》もその理《り》一〇に迫《せま》り　彼《かの》品々《しなぐ》を残《のこ》りなく戻《もど》せし上《うへ》に　お伝《でん》を宛《あて》一一あやまり証書《しやうしよ》を差出《さしいだ》して稍《やうやく》事済《ことずみ》とはなりたるが　代助《だいすけ》はこの事《こと》を口惜《くちをし》く思《おも》ふものから是全《これまつた》くは　お伝《でん》の婀魔《あま》めに連添《つれそ》ふ士族《しぞく》の小川《をがは》とやらんが　智恵《ちへ》一二のそくらをかひたる故《ゆへ》なり　士《し》族《ぞく》といへど　大方《おほかた》は似《に》たもの夫《ふう》婦《ふ》の山師《やまし》一三かペテン師《し》⑭　彼奴《きやつ》をいつかは一ト一四泡吹《あはふか》せ　辛《から》き目《め》看《み》せ

一年以後家族の身分に関する願出・届出を行うようになり、旧民法においては、家族の婚姻等の同意権を持つなど戸主権が確立した。**八**高橋九右衛門家の先祖から伝わった財産を。**九**その事を取り扱う役所(裁判所)に訴え出ても。明治五年八月、前橋に群馬裁判所が設置(→一五二頁絵注)。六年の熊谷県成立に伴い九月に群馬区裁判所と改称、十二月高崎に移転して高崎区裁判所となる(『群馬県史』四)。六年九月設置の熊谷裁判所の方は→補一一三。

一〇道理に責められ。

一一「誤(アヤマリ)ヲ詫(ワ)ビタル証トシテ送ル状」(『言海』)。詫び状。

一二知恵をつけてけしかける。「そくらをかふ　ケシカケル意　又ソクロとも云(略)〇関東にてソクラと云」(井上頼圀・近藤瓶城増補『増補　俚言集覧』明治三十二年)。

一三巧みな弁舌で人をだまし、利益を得ようとする者。詐欺師。「ペテン師」も同じ。「一ト箱はぬけるが山師口につき」(『誹風柳多留』五、明和七年〈一七七〇〉。千両以上の儲けがある、というのが山師の口癖、の意)。「詐偽師(ぺてんし)」(明治十一年十一月七日『仮名読新聞』)。

一四不意をついて大慌てさせ。

絵　戸外で、鍬や竹槍、棒を持った若者たちを打ち倒すお伝と小川。お伝の足もとに松明が落ちている。

⑯

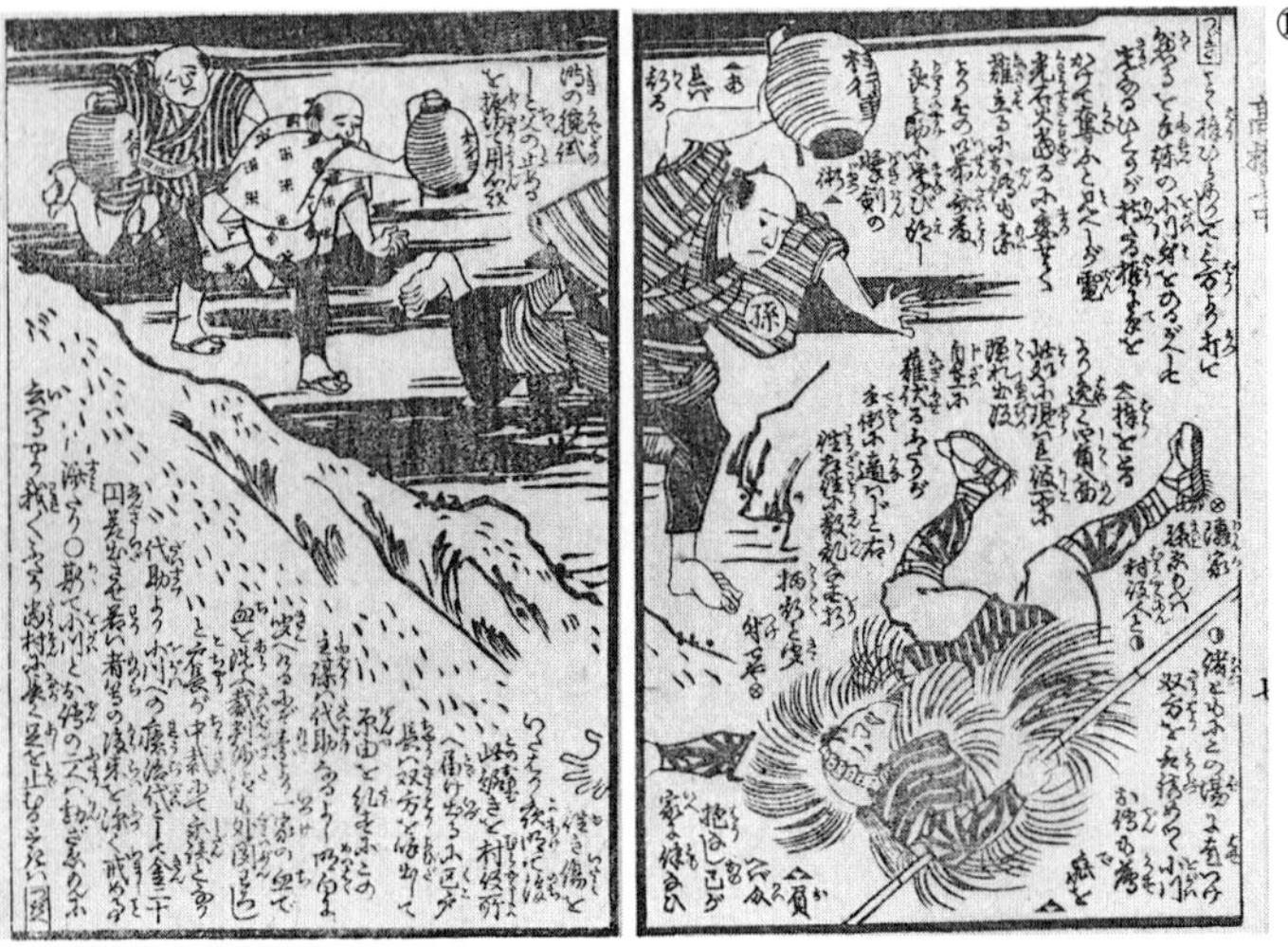

ん と　同村《どうそん》の[一]若者組《わかものぐみ》の頭取《とうどり》と崇《あが》められゝを幸《さいは》ひに　或時《あるとき》の[二]寄合《よりあひ》場《ば》にて[三]若者原《わかものばら》に打向《うちむか》ひ　此頃《このごろ》お伝《でん》めが東京《とうけい》より同道《どうだう》なしたる小《を》川《がは》とやらんは　しかぐ〵の悪事《あくじ》ある者《もの》なれば　[四]心《こゝろ》よしの勘《かん》ざゑもんは[五]頓《やが》て渠等《かれら》に欺《あざ》むかれ如《い》何《か》なる難義《なんぎ》を蒙《かうむ》らんも計《はか》り難《がた》き災《わざは》ひの根《ね》を払《はら》ふは　おん身《み》達《たち》のちからにあれば　村内《むらうち》の為《ため》に今《こ》宵《よひ》勘《かん》ざゑもんの家《いへ》に押《おし》よせ彼《かの》小《を》川《がは》めを戸外《おもて》に引出《ひきだ》し　足腰《あしこし》立《たゝ》ずに打《うち》のめし　当村《たうそん》に足《あし》を止《とゞ》めず⑮立去《たちさる》やう　力《ちから》を協《あは》せて退治《たいぢ》を頼《たの》むと　[六]鼻薬《はなぐすり》のたら腹酒《ふくさけ》を餌《ゑ》にして釣出《つりだ》す雑魚《ざこ》の群《むれ》　[七]心得反《こゝろえたん》

絵　騒ぎを聞きつけ、孫右衛門とともに村役人が駆けつけて取り鎮める。↓次頁一四行。提灯の「村行事」は、村の世話役の意。

一　若者の集団のかしら。「若者組」は青年男子の集団で村落ごとにあり、婚姻・祭礼・警防などに関わった。

二　集会所。

三　若者ども。「原」は、「人ニ係ル名詞ニ添ヘテ、一人ナラヌヲイフ語、等(ラ)。達(チタ)。ドモ」(『言海』)。多くは同輩以下に用い、軽んずる気持ちを示す。　四　善良な。お人よしの。

五　直ちに。

六　ご機嫌取りのため酒をたらふく飲ませ、いい気分にさせて若者どもを誘い出した、の意。「餌」「釣出す」「雑魚の群」は縁語。

七　「心得た」と「反圃」を掛けた洒落。「引き受けた」と言って、若者どもは田んぼの裏道から。「ヲツトがつてんこゝろへ田甫」(魯文『西洋道中膝栗毛』五・上、明治四年)。

八　各自の正体がばれないための扮装。

九　「鋤」は幅の広い刃にまっすぐな柄をつけた櫂(いか)状の農具。土を掘り起こすのに用いる。

一〇　「ちぎりき　乳切木(丈(ケタ)ヲ己ガ胸ノ乳マデニ比ベテ切ルモノナレバイフトゾ)棒ノ如キ杖、防禦ナドニ用ヰル。ボウチギリ」(『言海』)。喧嘩などに用いる。

一一　いわれ。出自。

圃《ぼ》の裏道《うらみち》より　[八]蓑笠《みのかさ》に面部《おもて》を覆《かく》し　[九]鋤鍬竹鎗棒《すきくはたけやりばう》[一〇]ちぎりをめい〳〵小脇《こわき》にかい込《こみ》て　三十七人　その夜更《よふけ》を量《はか》りて　一度《ど》に勘《かん》ざゑもんが家《いへ》の前後《ぜんご》に押寄《おしよせ》つ　先《さき》に立《たつ》たる一人が雨扉《あまど》激《はげ》しく打敲《うちたゝ》き　大声《おほごゑ》上《あげ》て呼《よば》はるやう　当家《このや》に此《この》ごろ[一一]生来《しやうらい》知れぬ山師《やまし》の悪者止宿《わるものししゆく》の由《よし》其奴《そやつ》を戸外《おもて》へ引《ひき》ずり出《だ》せと　寐耳《ねみゝ》に響《ひゞ》く[一二]破鐘《われがね》ごゑに　家内《かない》一同睡《どうねむ》りを覚《さま》し　勘《かん》ざゑもんは打驚《うちおどろ》きツヽ[一三]手燭《てしよく》を灯《とも》して走《はし》り出《いで》　[一四]多《た》せい来《きた》るは村内《そんない》の[一五]若者中《わかものぢう》と覚《おぼ》へたり　出生《しゆつしやう》知れぬ悪者《わるもの》の　止宿《ししゆく》なすとは心得《こゝろえ》がたし　我家《わがや》に泊《とま》りしその者《もの》は　むすめお伝《でん》が恩人《おんじん》なる愛《あい》知県《ちけん》の士族《しぞく》にて　小川何某《をがはなにがし》といふ人なるぞ　[一六]慢《みだ》りに無礼《ぶれい》の振舞《ふるまひ》して　一同罪《どうつみ》を蒙《かうむ》るなといはせも果ず　持《もつ》たる棒《ばう》にて既《すで》に門《もん》の戸《と》を打破《うちやぶ》らん物音《ものおと》に　小川《をがは》は[一七]聞《きゝ》かね　自身《じしん》に出《いで》て言《いひ》わけせんと門《もん》の戸《と》開《ひら》けば　それ遁《のが》すなと　[一八]つばなのごとく⑯棒《ばう》ひらめかして三方《ばう》より打《うつ》て懸《かゝ》るを　[一九]手煉《しゆれん》の小川《をがは》　身《み》をひるがへして　先《さき》なるひとりが持《もつ》たる棒《ばう》に手《て》をかけて奪《うば》ふと見《み》へしが　電光石火《でんくわうせきくわ》　当《あた》るに委《まか》せて薙立《なぎたて》るに　お伝《でん》も素《もと》よりその以前《いぜん》　[二〇]斎藤良之助《さいとうりやうのすけ》に学《まな》び得《え》し撃剣《げきけん》の術《じゆつ》あれば　斯《かゝ》る時《とき》の腕試《うでだめ》しと　父《ちゝ》の止《と》めるを振切《ふりきり》て[二一]用心棒《ようじんばう》をとるより逸《はや》く　[二二]四《し》角《かく》八面《めん》　此処《こゝ》に現《あら》はれ彼所《かしこ》に隠《かく》れ　出没自在《しゆつぼつじざい》に薙伏《なぎふせ》る　ふたりが[二三]手術《てなみ》に適《かな》はじと[二四]右往左往《うわうざわう》に散乱《さんらん》なす折柄《をりから》　斯《かく》と聞付《きゝつけ》てや　隣家《りんか》孫《まご》ゑもんは村役人《むらやくにん》と諸《もろ》ともにこの場《ば》に走《はせ》つけ　双方《さうはう》を取鎮《とりしづ》めツヽ　小川《をがは》　お伝《でん》も薄疵《うすで》を負《お》へば介抱《かいはう》なし　己《おの》が家《いへ》に伴《とも》なひ往《ゆ》き[二五]傷《いたみ》をいたはり　夜明《よあけ》て後《のち》　此趣《このおもむ》きを[二六]村役所《むらやくしよ》へ届《とゞ》け出《いづ》るに　[二七]区戸長《くこちやう》は双方《さうはう》を呼出《よびだ》して[二八]原由《げんゆ》

一二 ↓二〇八頁注一〇。
一三 柄をつけて持ち運びできるようにした燭台。ロウソクを灯し、庭先や廊下など邸内で用いる。↓三〇六頁絵。
一四 多勢。↓一五二頁注一。
一五 若者たち全員。「中」はある範囲の全体。
一六 むやみに。
一七 黙って聞いていられず。
一八 イネ科の多年草チガヤの若い花穂。長くて白い綿状に見えるため、抜身の刀や槍にたとえる。「秋の茅(つばな)と抜連れ〳〵討てかゝる」(千竹ら増補『鎌倉三代記』九、安永十年〈一七八一〉初演)。ここは長い棒の形容に転用。
一九 鍛えあげた腕前。
二〇 お伝は小太刀の指南を受けていた。↓一〇八頁四行。
二一 警戒用に備えておく棒。閉めた戸を内側からおさえておく心張り棒を転用。↓三〇六頁絵。
二二 四方八方。あらゆる方面。
二三 腕前。「手術」は手による技の意。
二四 「うわうざわうに 右往左往(うわうざわう)に敗散なすにぞ」(染崎延房『近世紀聞』六・一、明治八年)。『言海』)。
二五 傷の手当てをし。
二六 区長・戸長の執務する役場。ただし、新たに建てられることは少なく、戸長の私宅が役場を兼ねることが多かった。
二七 区長と戸長。↓補一一四。
二八 原因。「ゆ」は「由」の呉音。

⑰

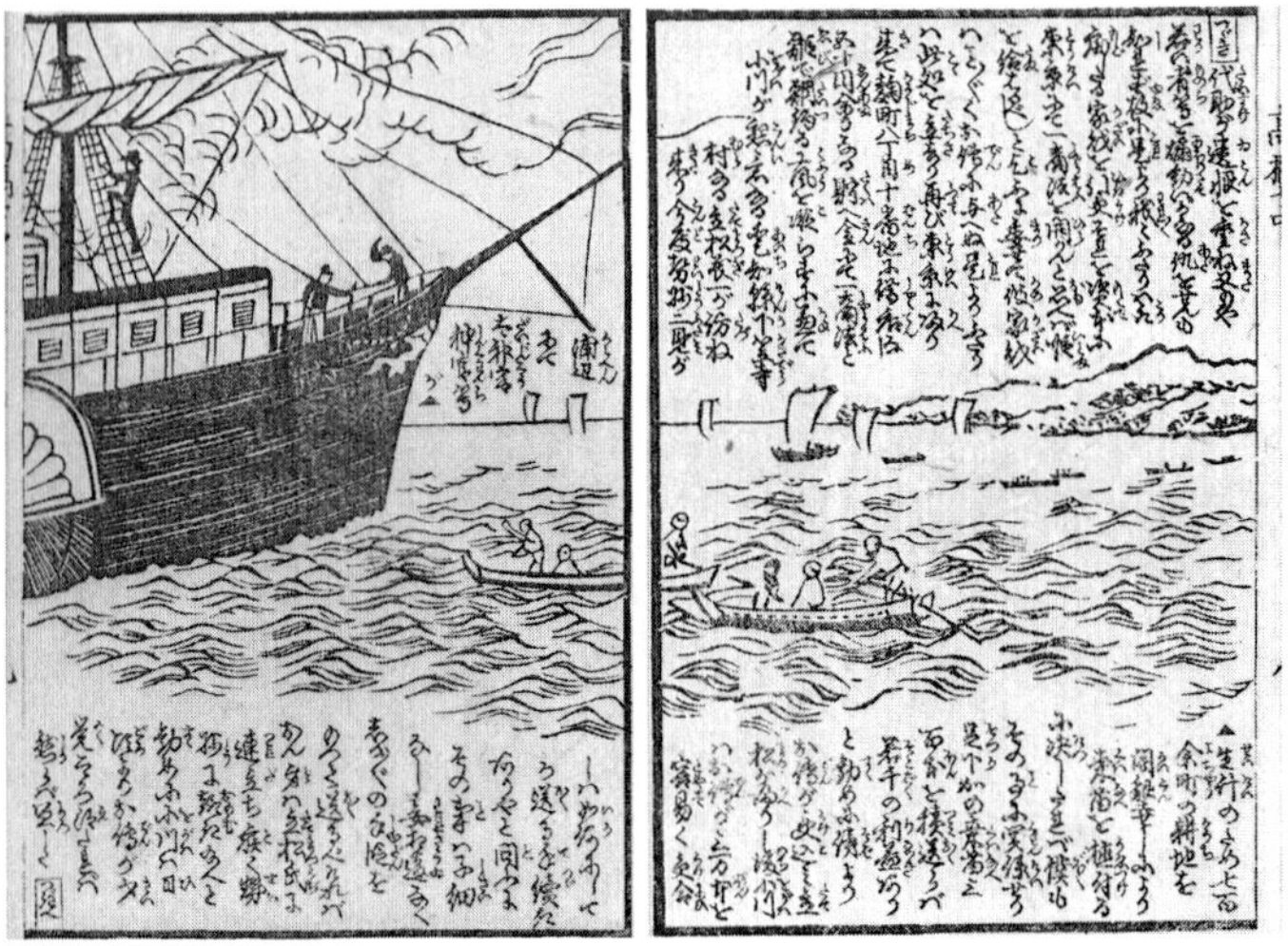

を糺《たゞ》すに　この主謀《しゆばう》は代助《だいすけ》なるよし　明白《めいはく》に聞《きこ》へけるにぞ　素《もと》より一家《いつけ》の血《ち》[一]で血《ち》を洗《あら》ふ裁判沙汰《さいばんざた》も外聞《ぐわいぶん》わろしと　戸長《こちやう》が中裁《ちうさい》[二]にて示談《じだん》[三]となり　代助《だいすけ》より小川《をがは》への療治代《れうぢだい》として金《きん》二十円差出《ゑんさしいだ》させ　若《わか》い者等《ものら》の後来《かうらい》[四]を深《ふか》く戒《いまし》め事済《ことすみ》たり　○斯《かく》て小川《をがは》とお伝《でん》の二人《ふたり》は　勘《かん》ざゑもんに云《い》へるやう　我《われ》〳〵ふたり当村《たうそん》に⑰長《なが》く足《あし》を止《とゞ》むるときは　代助《だいすけ》が遺《ゐ》恨《こん》を重《かさ》ね　又《また》もや若《わか》い者等《ものら》を煽動《あほりたて》　いかなる仇《あだ》をせんも知《し》れず　故《ゆゑ》に是《これ》より我《われ》〳〵ふたりは取戻《とりもど》したる家財《かざい》を引受《ひきうけ》　それを資本《もとで》に東京《とうけい》にて　一商法《しやうはふ》[五]を開《ひら》か

絵　立松義一の勧める商売のため、横浜から伊勢の二見に向かう郵船に小舟で乗り込む小川。蒸気船は煙を出し、外輪が見える。船員は洋装。→次頁一三行。

一　→一四一頁注一八。ここは、お伝とその義理の兄代助との争いを指す。

二　仲裁。

三　「双方ノ争ヒヲ、訴訟ナドニセズシテ、相対ノ話合ヒニテ治ムルコト」(『言海』)。

四　「コノノチ。ユクスヱ」(『言海』)。以後は二度とこんなことをしないよう、厳重に注意して。

五　一つの商売を始めようと。

六　十二丁目(→三〇三頁注一五)より東で、江戸城外堀の内側(現千代田区麹町五丁目)。→付図3。高橋勘左衛門の供述「下調(その二)」・同九右衛門の供述「同(その五)」(→補一一文献)によれば、でんの強い望みにより、明治七年九月、でんは東京麹町八丁目十六番地滝口専之助方寄留として送籍状を持参し、上京。明治八年二月下旬に九右衛門が上京した際には、滝口方裏座敷で縫物・洗濯をして生活していた。なお送籍状は、平民の場合、戸長・副戸長連印の証書を与え、翌月に戸長・副戸長が管轄庁に届け出をした。送籍状を持参した寄留者は、平民なら寄留先の戸主・傭主・請人のいずれかが、また士族なら当人が、証印をし、寄留

んと思《おも》へば　暇《いとま》を給《たま》はるべしと乞《こ》ふに委《まか》せて　彼家財《かのかざい》はことぐ〳〵くお伝《でん》に与《あた》へぬ　是《これ》よりふたりは此処《こゝ》を立去《たちさ》り　再《ふたゝ》び東京《とうけい》に帰《かへ》り来《き》て麹町《かうじまち》[六]八丁目《め》十番地《ばんち》に借店《しやくてん》[七]なし　五十円余《ゑんあま》りなる貯《たくは》へ金《きん》にて一商法《しやうはふ》と　鰕《あび》[八]で鯛釣《たいつ》る工風《くふう》を凝《こ》らすに　兼《かね》て小川《をがは》が懇意《こんい》なる　愛知県《あいちけん》下《か》笠寺村《かさでらむら》[九]なる立松義一《たてまつぎ》[一〇]が訪《たづ》ね来《きた》り　今度《こんど》勢州《せいしう》[一一]二見《ふたみ》が浦辺《うらへん》[一二]にて　太神宮神官《だいじんぐうしんくわん》[一三]等《ら》が　生計《せいけい》のため七百余町《よちやう》[一四]の耕地《かうち》を開墾《かいこん》せしにより　桑苗《くはなへ》[一五]を植付《うゑつけ》るに決《けつ》したれば　僕《ぼく》[一六]もその事《こと》に関係《くわんけい》せり　足下《そつか》かの桑苗《くはなへ》[一七]三百本《ぼん》を積送《つみおく》らば　若干《そこばく》の利益《りゑき》ありと勧《すゝ》めに　傍《そば》よりお伝《でん》が受込《うけこ》[一八]み立松《たてまつ》が帰《かへ》りし後《のち》　小川《をがは》は　お伝《でん》が三万本《ぼん》を容易《たやす》く受合《うけあひ》しは　如何《いか》にしてか送《おく》る手続《てつゞ》きありやと問《と》ふに　その事《こと》は子細《しさい》[一九]なし　妾相違《われさうゐ》なくしかぐ〳〵の手段《しゆだん》をもつて送《おく》るべければおん身《み》は立松氏《たてまつうぢ》に連立《つれだ》ち　疾《と》く勢州《せいしう》に趣《おもむ》き給《たま》へと勧《すゝ》めに　小川《をがは》は日頃《ひごろ》よりお伝《でん》が才覚《さいかく》こゝろ得《え》たれば　然《しか》らば宜《よろ》しく頼《たの》む⑱とて[二〇]日《ひ》ならず横浜《よこはま》より郵船《いうせん》[二一]に乗込《のりこ》みて　伊勢路《いせぢ》なる立松《たてまつ》が方《かた》を便《たよ》り発足《ほつそく》の後《のち》　お伝《でん》が太胆《だいたん》　鉄面皮《あつかま》しくも大麻生《おほあさふ》なる浜次郎《はまじらう》が家《いへ》に

地の区戸長に届けることになっていた（明治五年一月太政官四号達「送籍証ノ事」「寄留者ノ事」）。明治四年四月の戸籍法に、第三号「寄留人届書式」が例示、「自干支月何々ニ付寄留」等を記すようになっている。

七 店舗を借り。

八 少しの元手で多くの利益を得ることのたとえ。

九 愛知郡笠寺村（現名古屋市南区笠寺町等）。熱田の南東に位置し、東海道が村の南東から北西に通る。明治十一年三新田と合併、前浜村となる。→付図2⑳。

一〇 →補二一五。

一一 伊勢国（現三重県の大半。志摩国・伊賀国と、紀伊国東部を除いた地域）。明治四年の廃藩置県後、同年十一月に安濃津（あのつ）・度会（わたらい）の二県が成立。五年に安濃津県は三重県と改称、九年に度会県を合併して現三重県となる。

一二 度会県度会郡（現伊勢市）の、五十鈴川河口右岸から夫婦（めおと）岩のある立石崎までの数キロメートルの海岸。→付図2㉑。

一三 伊勢太神宮。度会県度会郡にある皇大神宮（こうたいじんぐう＝内宮）と豊受大神宮（とゆけだいじんぐう＝外宮）の総称。→付図2。

一四 一町は約九九アール。七百町は約六九四ヘクタール。

絵 大麻生村の浜次郎宅に行き、無断で家を出たことを詫びるお伝。

――三一二頁に続く

至《いた》るに　浜次郎《はまじらう》は斯《かく》と看《み》るより烈火《れつくわ》のごとく憤《おこ》り立《たち》「[一]おのれは〱　どの面《つら》さげて此《この》家《や》へ足《あし》を踏込《ふみこ》みしぞ　[二]先頃逃去《さきごろにげさ》るその後《のち》は　定《さだ》めし小川《をがは》が方《かた》ならんと自身《じしん》に跡《あと》を追蒐《おつかけ》しに　疾《はや》くも何処《どこ》へか移転《ひきうつ》り　行衛知《ゆくゑし》れねば立帰《たちかへ》りしが　おのれが為《ため》に[三]妻《つま》を去《さ》り　鰥夫《やもめ》の身分《みぶん》となりたるに　義理知《ぎりし》らずの[四]畜生婀魔《ちくしやうあま》めと　[五]歯《は》がみをなしてぞ怒《いか》りける

一五　桑は葉を蚕の飼料とするため栽培。→補一〇四。苗はおおね二―三月上旬に植える。なお、材は家具・器具類に、樹皮は染料・織物・製紙などに用いる。
一六　対等以下の相手に用いる自称。→『青楼半化通』一五頁注九。
一七　次行に「三万本」とあることから、ここは「三万本」の誤りと考えられるが、底本のママとする。
一八　（物品の売買などを）責任を持って引き受ける。
一九　問題ない。わけはない。
二〇　間もなく。
二一　郵便船。→二八六頁注四。

以上三一一頁

一　相手をののしる時に用いる対称。
二　→三〇二頁一一行。
三　妻を離縁し。→補六四。
四　→二〇八頁注一二。
五　歯ぎしり。「はぎしり（略）怒リ又ハ苦ミナドシテナスアリ」（『言海』）。

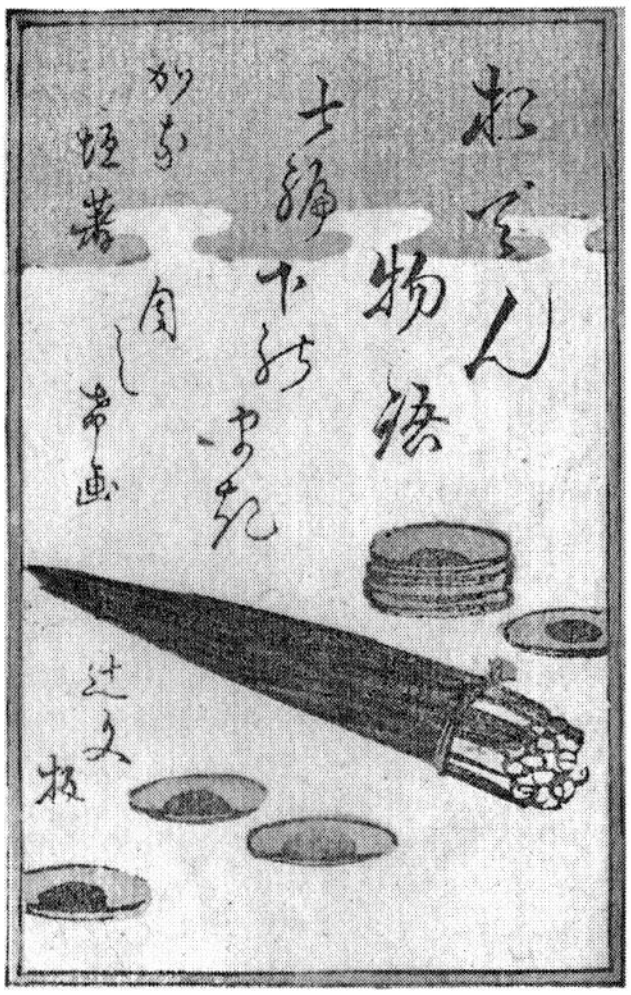

下巻見返し

おでん物語

七編　下のまき

かな垣著

周しけ画

辻文板

⑲

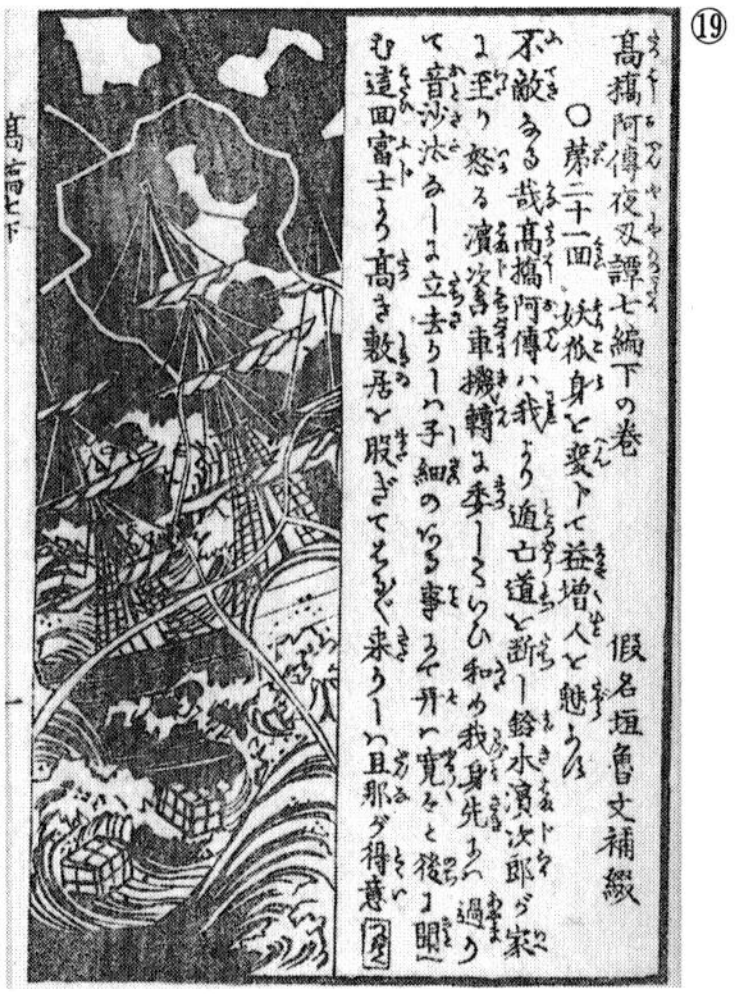

下巻見返し　紐でくくった菖蒲湯用の菖蒲など。二色刷。

絵　夜中の雷の中、激しい波に揉まれ積み荷を投げ捨てる蒸気船。ただし、小川の乗った船についてこうした設定はない。

⑲高橋阿伝夜刄譚《たかはしおでんやしやものがたり》　七編下の巻

仮名垣魯文補綴

○第《だい》二十一回《くわい》　妖狐《えうこ》[一]身《み》を変《へん》じて益増《ます〳〵》人《ひと》を魅《たぶら》かす

不敵《ふてき》なる哉《かな》　高橋阿伝《たかはしおでん》は　我《われ》[二]より遁亡《とうばう》　道《みち》[三]を断《たち》し鈴木浜次郎《すゞきはまじらう》が家《いへ》に至《いた》り　怒《いか》る浜次《はまじ》を口車《くちぐるま》[四]　機転《きてん》に委《まか》していひ和《なだ》め　我身《わがみ》[五]　先《さき》には過《あやま》りて音沙汰《おとさた》なしに立去《たちさ》りしは子細《しさい》のある事《こと》にて　其《そ》は寛々《ゆる〳〵》と後《のち》に聞《きこ》へむ　這回《こたび》　富士《ふじ》[六]より高《たか》き敷居《しきゐ》を股《また》ぎてはる〴〵来《きた》りしは旦那《だんな》[七]が得意《とくい》の⑳儲《まを》け口《ぐち》　その事《こと》は　先達《さきだつ》[八]て雇《やと》はれ居《ゐ》たる外神田《そとかんだ》の小川義和《をがはよしかず》　当時《たうじ》[九]市太郎《いちたらう》　勢州《せいしう》故郷《こきやう》に妻子《さいし》ある者《もの》なれば　疾《とく》に名古屋《なごや》[一〇]へ帰県《きけん》せり　夫《それ》につき彼地《かのち》よりの来翰《てがみ》には　勢州よりの注文《ちゆうもん》にて　桑苗《くはなへ》[一一]五万本《ぼん》を買入《かひい》れたしと　その周旋《しうせん》を頼《たの》まれたれど　遠路《ゑんろ》[一二]といひ事《こと》に追《おは》れ　急《きふ》に出京《しゆつきやう》なり難《がた》ければ　御身《おんみ》が懇意《こんい》に桑苗《くはなへ》を多《おほ》く貯《たくは》へたる者《もの》あらば　勧《すゝ》めて伊勢《いせ》へ輸出《つみだ》させなば是《これ》に勝《まさ》れる商法《しやうはふ》なしと文通《ぶんつう》ありしに　不図《ふと》此方《こなた》の地所《ちしよ》に植付《うゑつけ》ありしを思《おも》ひ出《いだ》して　先達《さきだつ》て家出《いへで》せし詫《わび》かた〴〵の罪消《つみけし》に　面伏《をもてぶせ》[一三]をも憚《はゞ》からず参《まゐ》りし事《こと》は詐《いつは》りならず　過《すぎ》たる事《こと》は免《ゆる》されて　此相談《このさうだん》に乗《のり》たまへと　云《い》ふは実事《まこと》か虚言《そらごと》か　再《ふたゝ》び帰《かへ》る心《こゝろ》根《ね》の　憎《にく》くはあらねど胸《むね》[一四]の闇《やみ》　疑《うたが》ひの雲晴《くもはれ》やらねば　先考《まづかんが》へて挨拶《あいさつ》[一五]せんと　その日《ひ》より

一　お伝を指す。↓一八七頁注四。
二　↓三〇二頁一一行。
三　関係を絶った。
四　言葉巧みに、機転をきかせてなだめ。
五　私が以前、誤って何の連絡もなく立ち去りましたのは、理由のあることで。
六　「敷居が高い」は、不義理をしたため、その人の家に行きにくい(会いづらい)こと。ここはその強調表現。
七　旦那様のよく慣れた方面で、金儲けの話があることをお知らせするためです。
八　先頃。↓二九八頁一、一二行以下。
九　その時の名は市太郎と言いましたが。
一〇　明治四年の廃藩置県で名古屋県(旧尾張国)と額田(たぬか)県(旧三河国)が成立、五年四月名古屋県は愛知県と改称、十一月に額田県を合併して現愛知県が成立。
一一　「三万本」(↓三一一頁七行)と齟齬するが、お伝が実際より大げさに言ったものか。実際には「十五万本」(↓三一六頁一六行)積み出した。
一二　遠路でもあり、その上自分(小川)は何かと忙しく、急に上京できないので、あなた(お伝)の親しい人で。
一三　↓三〇五頁注一〇。
一四　浜次郎は心中不安で。
一五　返答しようと。

⑳

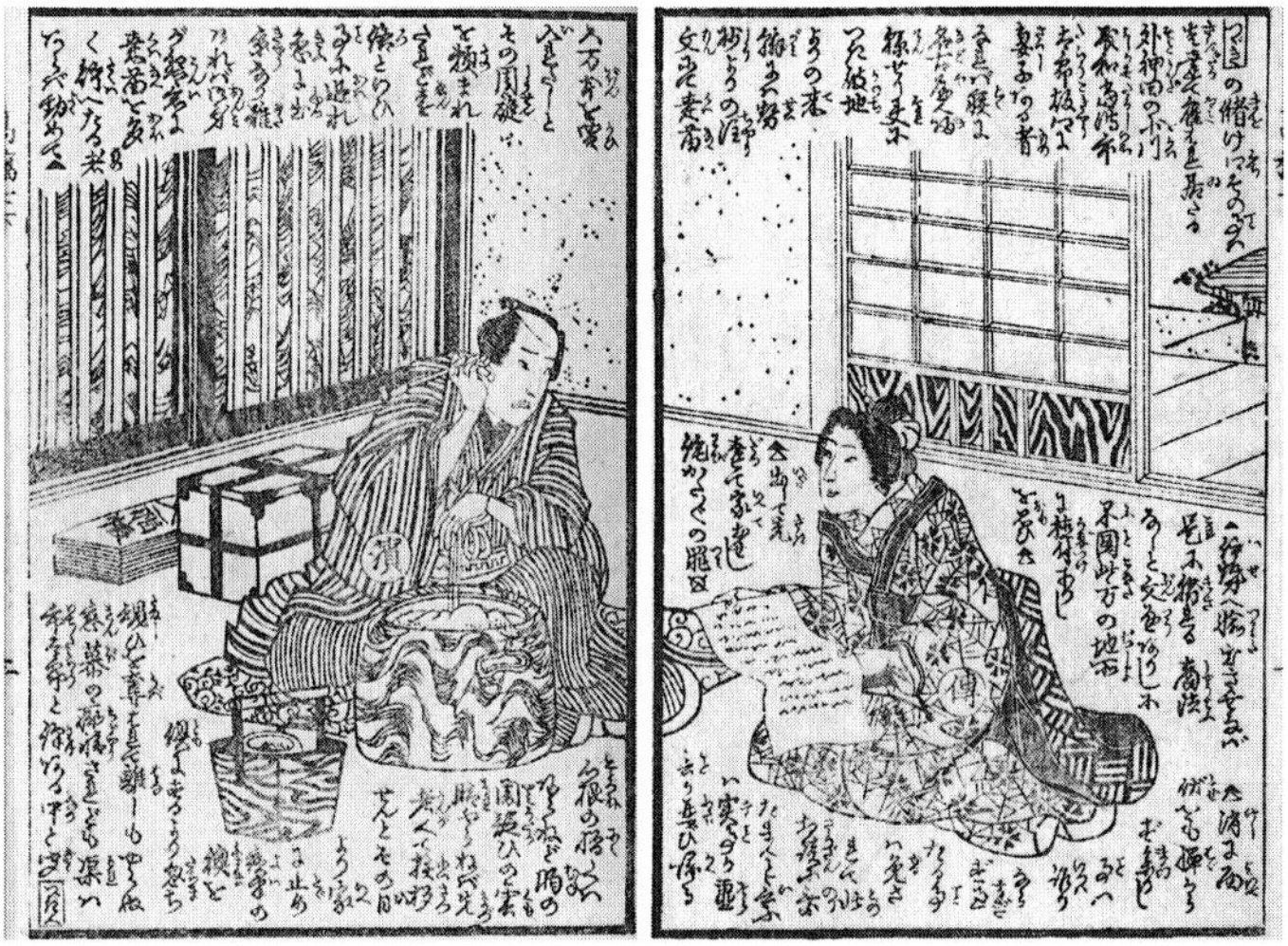

家《いへ》に止《とゞ》め　夜半《よは》の襖《ふすま》[一六]を倶《とも》にするより　忽《たちま》ち魂《たましひ》を奪《うば》はれて　離《はな》しもやらぬ恋慕《れんぼ》の痴情《ちじやう》　されども渠《かれ》は市太郎《いちたらう》と訳《わけ》[一七]ある中《なか》と聞《きゝ》た㉑れば　示《しめ》し合《あは》せて陥《おと》し穴《あな》にはめる心《こゝろ》か　疑《うた》がはしと　その挙動《ふるまひ》を窺《うかゞ》ふうち　お伝《でん》は故郷《こきやう》下牧村《しもまきむら》の実父《じつぷ》勘《かん》ざゑもんを訪《とぶ》らふとて己《おの》が荷物《にもつ》　貯《たくは》へ金《きん》をも浜次郎《はまじらう》が手《て》に預《あづ》け　四五日とて出行《いでゆき》しかば　此間《このひま》に浜次郎《はまじらう》は東京《とうけい》に車《くるま》を飛《とば》せ　今《いま》は麴町《かうじまち》[一八]八丁目《め》に住《すま》ふと聞《きゝ》し　小川《をがは》が家《いへ》に尋《たづ》ね行《ゆき》て隣家《となり》のものに市太郎《いちたらう》が様子《やうす》を聞《き》くに　予《かね》て斯《かく》あらんとお伝《でん》が作《さ》[一九]略《りやく》に　市太郎《いちたらう》は故郷《こきやう》へ引込《ひきこ》み

一六 →三〇一頁注四。

一七 →七二頁注一五。

一八 →三一一頁注六。

一九 策略。「先生の作略（さりやく）でとう〳〵おきぬと角太郎を夫婦に」（岡本勘造『夜嵐阿衣花廼仇夢』二・下）。

絵　大麻生村の浜次郎宅で、名古屋に帰った小川の手紙を示し、桑苗を売る儲け話を聞かせるお伝。背後の「大福帳」は、得意先別に日々の売買の勘定を記入した元帳。

㉑

家《いへ》はその折引払《をりひきはら》ひしと聞《きく》より　お伝《でん》がいひし事《こと》の詐《いつは》りならずと　心落着《おちつ》き　大麻生村《おほあさふむら》に立《たち》かへり　知《し》らぬさましてゐる処《とこ》ろへ　お伝《でん》は下牧《しもまき》より戻《もど》り来《き》て　家事《かじ》の賄《まかな》ひまめやかに立働《たちはたら》くに　弥《いよ〳〵》心《こゝろ》をゆるしけるが　斯《かく》てお伝《でん》は浜次《はまじ》を勧《すゝ》め　遂《つひ》に桑苗《くはなへ》を勢州《せいしう》へ積出《つみいだ》す手配《てくば》りなし　其身《そのみ》はお伝《でん》諸共《もろとも》に伊勢路《いせぢ》をさして趣《おもむ》きけり　是《これ》より前《さき》に市太郎《いちたらう》は　勢州四日《せいしうよつか》二市《いち》に着船《ちやくせん》し　立松義《たてまつぎ》一に面会《めんくわい》し　頓《やが》て桑苗到着《くはなへたうちやく》すべしと　其身《そのみ》は愛知《あいち》県下《けんか》㉒に借家《しやくか》して　お伝《でん》が便《たよ》りを待《まつ》ほどに　此時浜次郎《このときはまじらう》より積出《つみいだ》せし十五万本《まんぼん》の桑苗《くはなへ》も到着《たうちやく》

絵　立松義一を証人として、桑苗売買の契約を結ぶ小川・お伝・浜次郎。お伝の背後には旅行カバン。

一　家のきりもりを、こまめにあれこれしたので。

二　三重県三重郡四日市（現三重県四日市市）。江戸時代には東海道五十三次の桑名と石薬師の間の宿駅。桑名の前の宮宿へ海上十里の船便のある港町で、海陸交通の要衝として繁栄。→付図2。

三　愛知県海東郡蟹江本町村・蟹江新町村（現海部郡蟹江町蟹江本町・蟹江新町）。名古屋の西南約一〇キロメートル、濃尾平野南部の伊勢湾岸低湿地に位置する。村の中央を流れる蟹江川で本町と新町に区分。→付図2㉒。

四　小川市太郎を含め、お伝・浜次郎までも騙して。

五　桑苗の代金を渡さないという手だてを前もって計画した。

六　すぐさま。

し　続《つゞ》いてお伝浜次郎《でんはまじらう》も着《ちやく》せしかば　小川《をがは》は浜次《はまじ》を同道《どうだう》なし立松《たてまつ》を証人《しやうにん》とし　同県下《どうけんか》三蟹江村《かにえむら》なる黒川宗太郎《くろかはそうたらう》といへる者《もの》に百五十円《ゑん》の桑苗《くはなへ》を渡《わた》しツヽ　約定《やくぢやう》の日《ひ》を待《まち》てその金《かね》を受取《うけと》らんとするに　豈計《あにはか》らん　是《これ》みな立松《たてまつ》と黒川《くろかは》が予《かね》て巧《たく》みし奸計《かんけい》にて四小川《をがは》ぐるみたばかりて　五代価《だいか》を渡《わた》さぬ手段《しゆだん》を儲《まを》けし山師《やまし》の術《じゆつ》と看認《みと》めしかば　男勝《をとこまさ》りのお伝《でん》は六透《すか》さず　浜次郎市太郎《はまじらういちたらう》の七代言《だいげん》として八立松《たてまつ》を原告《げんこく》するに　九受取《うけとり》の証書《しやうしよ》も取《と》らぬ無証拠《むしやうこ》出《で》入一〇の一一吟味《ぎんみ》願《ねが》ひに　一二原被双方《げんひさうはう》の突合《つきあは》せ　かの立松《たてまつ》は一三理《り》を非《ひ》に曲《ま》げる高名《かうめい》の

七「他人ニ代リテ訴訟ノ事ナドヲ扱フヲ業トスルコト。其人ヲ一人トイフ」(『言海』)。現在の弁護士に近い。→補一一六。
八 →補一一七。
九 黒川が小川から百五十円分の桑苗を受け取った、との領収書。
一〇「ウッタヘ。訴訟」(『言海』)。ほぼ現在の民事訴訟に当たる。
一一 被疑者(立松)に対する取調べを裁判所に願い出ること。
一二 吟味の際、原告・被告双方にそれぞれ口頭弁論させること。対決。ただし、当時の民事訴訟は、一般には江戸時代以来の書面中心主義であり、対決審問の時も、当事者があらかじめ提出していた証拠書類を中心とし、当事者や証人が補充説明する形式だった。口頭での対決審問が徐々に成立していくのは明治十年頃で、早い例は明治八年に見られる(林屋礼二『明治期民事裁判の近代化』「訴訟の資料からみた明治前期の民事訴訟」東北大学出版会、二〇〇六年)。「一昨日原被より書面を差出したに付」(明治十一年十二月八日『仮名読新聞』)。
一三 →二九九頁注八。

絵　小川・浜次郎の代言人となって立松を訴えるお伝。反論する立松。裁判所で互いに弁舌を振るう。立松とともに小川を騙した黒川宗太郎も同席。

㉓

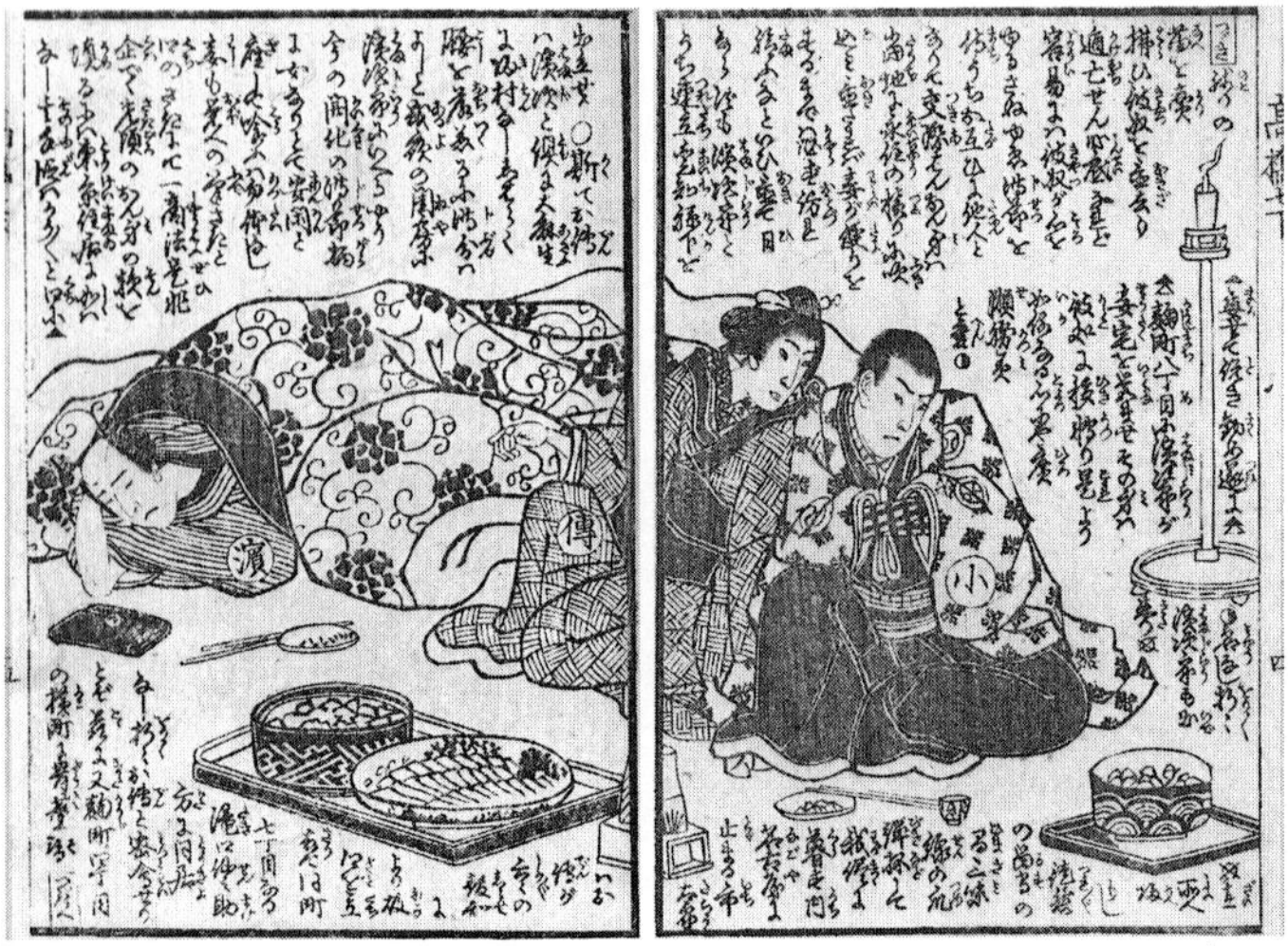

[一]佞弁者《ねいべんしや》にて　七日の間《あひだ》[二]裁判所《さいばんしよ》に対決問答《たいけつもんだう》　[三]懸河《けんが》の舌頭《したさき》　お伝《でん》も[四]ふるなの弁《べん》をふるひ　遂《つひ》に立松《たてまつ》[五]非理《ひり》に陥入《おちい》り　[六]拘留《かうりう》四十日を経《へ》て　金《かね》を償《つくな》ふ道《みち》なきゆゑ[七]懲役《ちやうえき》に所《しよ》せられたり　爰《こゝ》において浜次《はまじ》郎《らう》は骨折損《ほねをりぞん》の草臥儲《くたびれまをけ》け　[八]莫大《ばくたい》の[九]損毛《そんもう》にお伝《でん》小《を》川《がは》を深《ふか》く恨《うら》むをお伝《でん》は[一〇]当坐《たうざ》の気憩《きやす》めによき程《ほど》に説諭《ときさと》し　不慮《ふりよ》の災《わざは》ひ　損毛《そんもう》をかけしは全《まつた》く立松《たてまつ》のたばかりと[一一]知《し》らぬ凡夫《ぼんぷ》の浅猿《あさま》しけれど　残《のこ》りの苗《なへ》を引取《ひきとり》て此埋合《このうめあは》せなすべしと　色《いろ》と酒《さけ》とに蕩《とろ》かして　酔《ゑひ》倒《たふ》れたる寐息《ねいき》を窺《うかゞ》ひ　密《ひそか》に小《を》川《がは》に耳語《さゝやく》やう　「こんどの商法《しやうはふ》

絵　酔い倒れ、夜着に眠る浜次郎の寝息をうかがい、この後の計画を小川に耳打ちするお伝。前に刺身などの料理と銚子・盃。浜次郎の枕もとには札入れ。

一 →一二八頁注一七。
二 愛知県では、明治四年十一月の県治条例で置かれた聴訟課が、県庁(名古屋城内三の丸の竹腰邸)内で裁判事務を扱っていた。のち、明治九年五月、熱田神戸町西側の旧藩の西浜屋敷に愛知裁判所が置かれ、ついで同年七月に渥美郡豊橋町に愛知第二区裁判所が設置。さらに十一月、愛知裁判所に代わって名古屋裁判所・名古屋区裁判所が裏門前町二丁目の万松寺に開設。同時に、愛知第二区裁判所に代わって豊橋区裁判所が設置(新修名古屋市史編集委員会編『新修名古屋市史』五、名古屋市、二〇〇〇年)。
三 滔々と水の流れるような、よどみのない弁舌のたとえ。「KEN-GA-NO-BEN(略)懸河之弁、Fluent in speaking」(『和英語林集成』再版)。
四 →一一二頁注三。
五 「(dōri de nai.) Unreasonable, without principle」(『和英語林集成』再版)。
六 取調べのため身体を拘束すること。「当春三月以来檻倉に拘留されしが昨日「不審の廉(かど)ありて拘留せしが今日に至り取調る義もなければ差許

㉔

[一二]画餅《むだ》となり　鶍《いすか》[一三]の嘴《はし》となりたれど　残《のこ》㉓りの苗《なへ》を売払《うりはら》ひ　彼奴《きやつ》[一四]を置去《おきざ》り遁亡《かけおち》せん心底《しんてい》なれど　容《よう》易《い》には彼奴《きやつ》が心《こゝろ》をゆるさぬゆゑ時節《じせつ》を待《まつ》[一五]うちお互《たが》ひに　他人《たにん》[一六]となりて交際《つきあ》はん　おん身《み》は当地《たうち》に永住《えいぢゆう》の積《つも》りに吹込《ふきこ》み置《おき》たれば妾《わらは》が便《たよ》りをするまでは　必《かなら》ず訪《おとづ》れ給《たま》ふなといひ置《おき》て　日《ひ》ならずも浜次郎《はまじらう》とうち連立《つれだち》　愛知県《あいちけん》下《か》を出立せり　○斯《かく》てお伝《でん》は浜次《はまじ》と倶《とも》に大麻生《あさふ》に帰村《きそん》なししばらく腰《こし》を落着《おちつく》るに　時分《じぶん》はよしと　或夜《あるよ》の閨房《ねや》に浜次郎《はまじらう》にいへるやう　今の開化《かいくわ》の時節柄《じせつがら》に　女なりとて安閑《あんかん》と座《ざ》[一七]して喰《くら》

す」とて放免になり」(明治十年十月二日『郵便報知新聞』)。

七 →四九頁注二五。百五十円分の桑苗を詐取した立松は、『新律綱領』「賊盗律」では「詐欺取財」罪として「窃盗ニ準ジテ論ズ」ることになり、窃盗「百二十両以上、流三等」に該当。「流三等」は明治六年七月施行の『改定律例』「名例律上　五刑条例」で懲役十年に換えられた。

八 「BAKUTAI(略)莫大、The greatest quantity」(『和英語林集成』再版)。

九 「利ヲ失フコト。損失」(『言海』)。

一〇 その場限りの気休め。

一一 自分は凡人のこととて、それを知らないのは情けないことだったが。「凡夫」は→二五八頁注四。

一二 「画餅」は絵に描いた餅。骨折り損のたとえ。

一三 →補二五。

一四 鈴木浜次郎を指す。

一五 底本振り仮名「まち」。錦松堂版により改める。

一六 表向きは他人のふりをして、内々でお付き合いしましょう。

一七 →一八八頁注二。

絵　お伝と懇意になり、浜次郎の妾宅に出入りする骨董屋黒川仲蔵。しどけない姿で三味線を爪弾きするお伝。楊枝をくわえているか。仲蔵が抱えるのは掛軸を納める掛物箱。

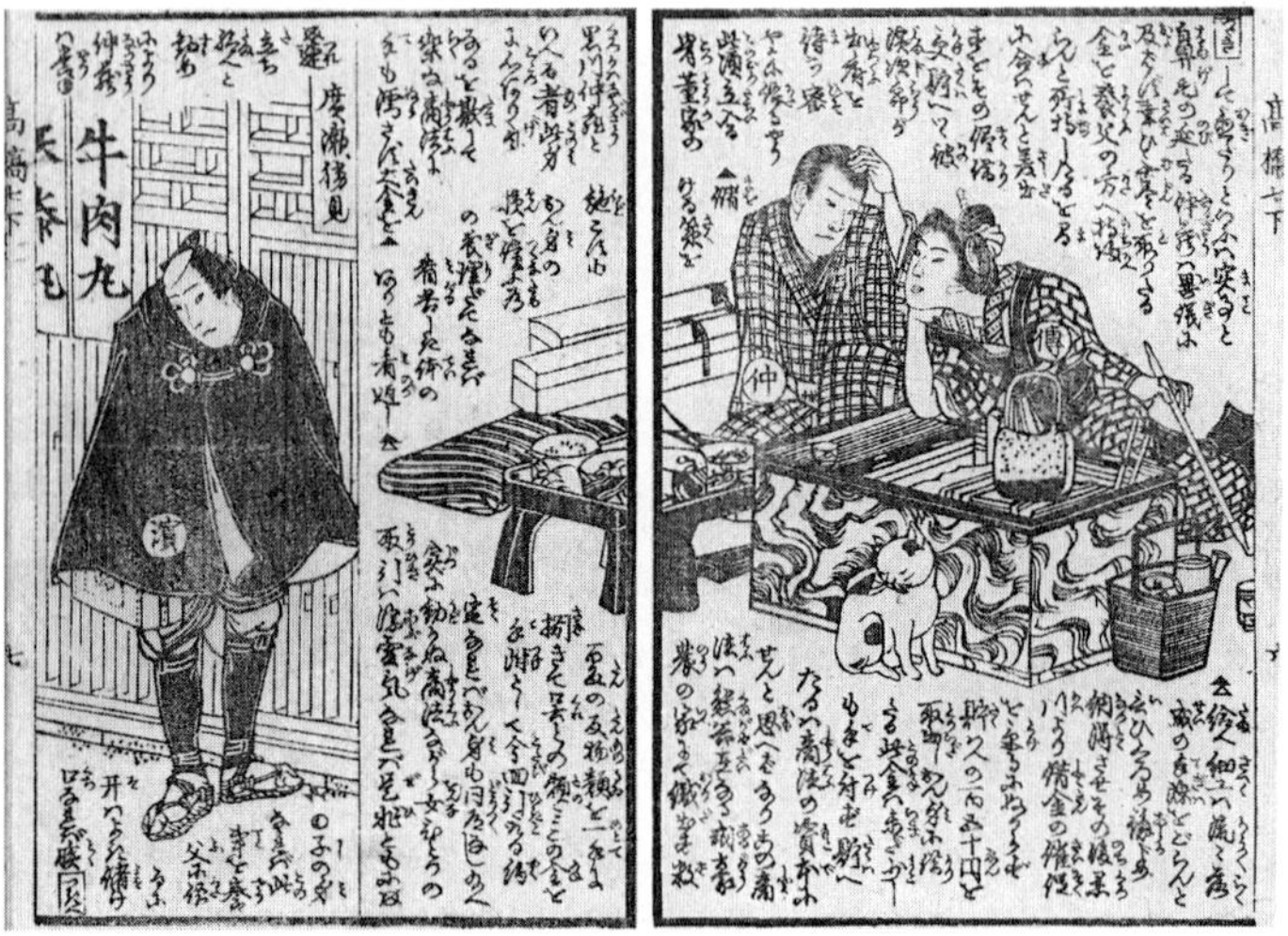

㉕

ふは勿体《もつたい》なし　一妾《わし》も覚《おぼ》への筆《ふで》さきと　口《くち》のさきにて一商法《しやうはふ》是《ぜ》非《ひ》二企《くはだ》てゝ　先頃《さきごろ》のおん身《み》の損《そん》を塡《うめ》るには　東京住居《とうけいずまゐ》に三如《し》く《しく》はなし　其手段《そのしゆだん》はかう〳〵と口《くち》に委《まか》せて説《と》き勧《すゝ》め　遂《つひ》に四麹町《かうじまち》八丁目《め》に浜《はま》次郎《じらう》が妾宅《せうたく》を営《いとな》ませ　その身《み》は彼処《かしこ》に移転《ひきうつ》り　是《これ》より如何《いか》なる心《こゝろ》にや　五広瀬勝美《ひろせかつみ》と変名《へんみやう》なし　折《をり》〳〵浜次郎《はまじらう》も出来《いできた》り　六在所《ざいしよ》へ帰《かへ》りし徒然《つれ〴〵》の留守《るす》の間《ひま》　三味線《さみせん》の七爪弾抔《つめびきなど》して我儘《わがまゝ》に暮《くら》す内《うち》　名古《なご》屋《や》に止《とゞ》まる市太郎《いちたらう》は　お伝《でん》が云ゝ《しかぐ》の報知《しらせ》により故郷《ふるさと》を立去《たちさり》て八同町七丁目なる滝《たき》口仙《せん》之助方《すけかた》に同居《どうきよ》なし　折《をり》〳〵お伝《でん》と密会《みつくわい》せり

絵　広瀬勝見(美)と変名し、浜次郎の妾宅で酒肴を整え、黒川仲蔵をもてなすお伝。しなだれかかるお伝と恐悦する仲蔵。お伝から前もって計略を聞いている浜次郎だが、心配そうに外から様子をうかがっている。上に「広瀬勝見」の表札。「牛肉丸」「天泰丸」の看板(↓一〇一頁・二四六頁絵注)。

一　私も、自信のある文章と口先とで是非ひと商売もくろんで。「わし」は、近世以降主として女性が用いた自称。近世前期では目上の相手に用いられたが、次第に待遇価値が下がり、近世後期には目下に使われるようになる。「わたくし、わたし、ノ略。(稍《やや》、高ブリ用キル)」(『言海』)。ここは隔てのない間柄を示す。
二　底本「企《はく》でゝ」。誤記として改める。錦松堂版以下は「企《はく》だて」。
三　越したことはない。
四　かつて小川市太郎と一緒に店舗を借りたのと同じ町内。↓三一一頁注六。
五　↓三〇六頁注一。なお、三二三頁二、一〇行では「勝見」と表記。
六　「田舎ニアル己ガ住家《スミカ》」。故郷《フルサト》」(『言海』)。
七　↓二三一頁注二七。
八　でんは明治七年九月に「麹町八丁目十六番地」の「滝口専之助」方に寄留。↓三一一頁注六。麹町七丁目は八丁目の東に続く甲州街道沿いの町

とぞ　茲《こゝ》に又《また》　[九]麴町《かうじ》四丁目の横町《よこ》に　[一〇]骨董《だうぐ》渡《と》世《せい》㉔を手広《びろ》に営《いとな》む黒《くろ》川仲蔵《なかざう》といへる者あり　此者は市太郎が[一一]寄留なす滝口仙之助方《たきぐちせんのすけかた》へ折〻《をり〳〵》出《で》入　いつしかお伝《でん》も懇意《こんい》となりしが　お伝《でん》は此仲蔵《このなかざう》が懐嚢暖《ふところあたゝ》かなる様子《やうす》といひ　殊《こと》に商法《しやうはふ》も手広《てびろ》にしてよき[一二]得意《とくい》もありと聞《き》き　例《れい》の悪心俄《あくしんには》かに発《はつ》し　如何《いか》にもして此者《このもの》をたぶらかさんと　酒肴《さけさかな》を整《とゝの》へ　我家《わがや》に招《まね》ぎて　饗応《もてなす》ほどに　素《もと》より色好《いろごの》みなる仲蔵《なかざう》なれば　お伝《でん》がみめ美怜悧《よくさかしげ》気なると　且《かつ》は[一三]その身《み》に心《こゝろ》あり気《げ》の待遇《もてなし》に　手管《てくだ》の[一四]罠《わな》に罹《かゝ》るとも知《し》らず〳〵据膳《すへぜん》の　箸《はし》をとらせし毒婦《どくふ》の塩梅《あんばい》[一五]河豚《ふぐ》の佳味《うまみ》の忘《わす》れかね　浜次郎《はまじらう》の来《きた》らぬ暇《ひま》には　這入《はいり》こみて泊《とま》る夜《よ》もありしかば　お伝《でん》は[一六]得《え》たりと思《おも》ふ坪《つぼ》　或時仲蔵《あるときなかざう》にうちむかひ　「おまへには未打《まだうち》あけねど　妾《わたし》はをり〳〵家《うち》へ来《く》る熊谷在大麻生《くまがやざいおほあさふ》の鈴木浜次郎《すゞきはまじらう》といふ者《もの》に　四百円《ゑん》の貸金《かしきん》あり　その[一七]抵当《ひきあて》に取置《とりおき》し地券《ちけん》の金高《きんだか》三百五十円《ゑん》　此状《このじやう》を預《あづ》ける程《ほど》に　金《きん》百五十円貸給《ゑんかしたま》へ　それを資本《しほん》に商法《しやうはふ》を開《ひら》く工風《くふう》もして㉕置《おき》たりと　いふは実事《まこと》と[一八]鼻毛《はなげ》の延《のび》たる仲蔵《なかざう》は異議《いぎ》に及《およ》ばず　幸《さいは》ひ[一九]無尽《むじん》を取《と》りたる金《かね》を養父《やうふ》の方《かた》へ持帰《もちかへ》らんと所持《しよぢ》したるを　間《ま》に合《あ》はせんと差出《さしだ》すを　その儘借《まゝかり》受貯《うけたくは》ヘツヽ　彼浜次郎《かのはまじらう》が[二〇]出府《しゆつぷ》を待《ま》ち　密《ひそ》やかに語《かた》るやう　此頃立入《このごろたちい》る骨董家《こつとうか》の黒川仲蔵《くろかはなかざう》といへる者《もの》　[二一]此身《このみ》に心《こゝろ》あり気《げ》なるを欺《だま》して　楽《らく》な商法《しやうはふ》に手《て》[二二]も濡《ぬら》さず　大金《たいきん》を儲《まを》ける策《さく》を施《ほど》こすも　おん身《み》の損《そん》を償《つくな》ふ為《ため》の義理《ぎり》だてなれば　[二三]看苦《みぐる》しき体《てい》のありとも看遁《みのが》し給《たま》へ[二四]細工《さいく》は流〻《りう〳〵》　落成《らくせい》の手際《てぎは》をごらんと言《い》ひくるめ　予《あらか》じめ納得《なつとく》させ　その後黒川《のちくろかは》より借金《しやくきん》

屋（現千代田区麴町五丁目）。↓付図3。

九 三丁目の西に続く甲州街道沿いの町屋（現麴町三—四丁目）。横町は南に二つ、北に一つ。↓付図3。

一〇 古道具類や書画骨董の商売。「道具屋　古道具ヲ商フ家。骨董行」（『言海』）。「渡（と）」は入れ木。

一一 他家に一時的に身を寄せること。↓三一一頁注六。

一二 いつも取引する顧客。

一三 自分（仲蔵）に好意を持っていそうなもてなしに。

一四 わなに掛かるとも知らないで、仲蔵がついつい誘いに乗るように仕向けた、お伝の優れた手際。「据膳食わぬは男の恥」（女の方から誘いかけた情交に乗らないのは、男として値打ちがない）を踏まえる。「鄙語（ことざわ）にいふ居膳（すへぜん）の。箸を採らぬは男の耻」（萩原乙彦『東京開化繁昌誌』初・上「新富街劇場（しばゐ）」明治七年）。

一五 他人の妾であるお伝の誘いに乗って手を出すのは危険だが、美しく、気の利いた女なので止められない、ということを、毒のある河豚を食べるのは危険だが、美味なので止められないことにたとえる。「すへ膳と鰒（ぐふ）汁を喰ぬは男の内ではない」（並木千柳ら『夏祭浪花鑑』六、延享二年〈一七四五〉初演）。

一六 うまく思い通りにいったと。

一七 担保として取っておいた地券。地券は、明治初年の地租改正に際し

㉖

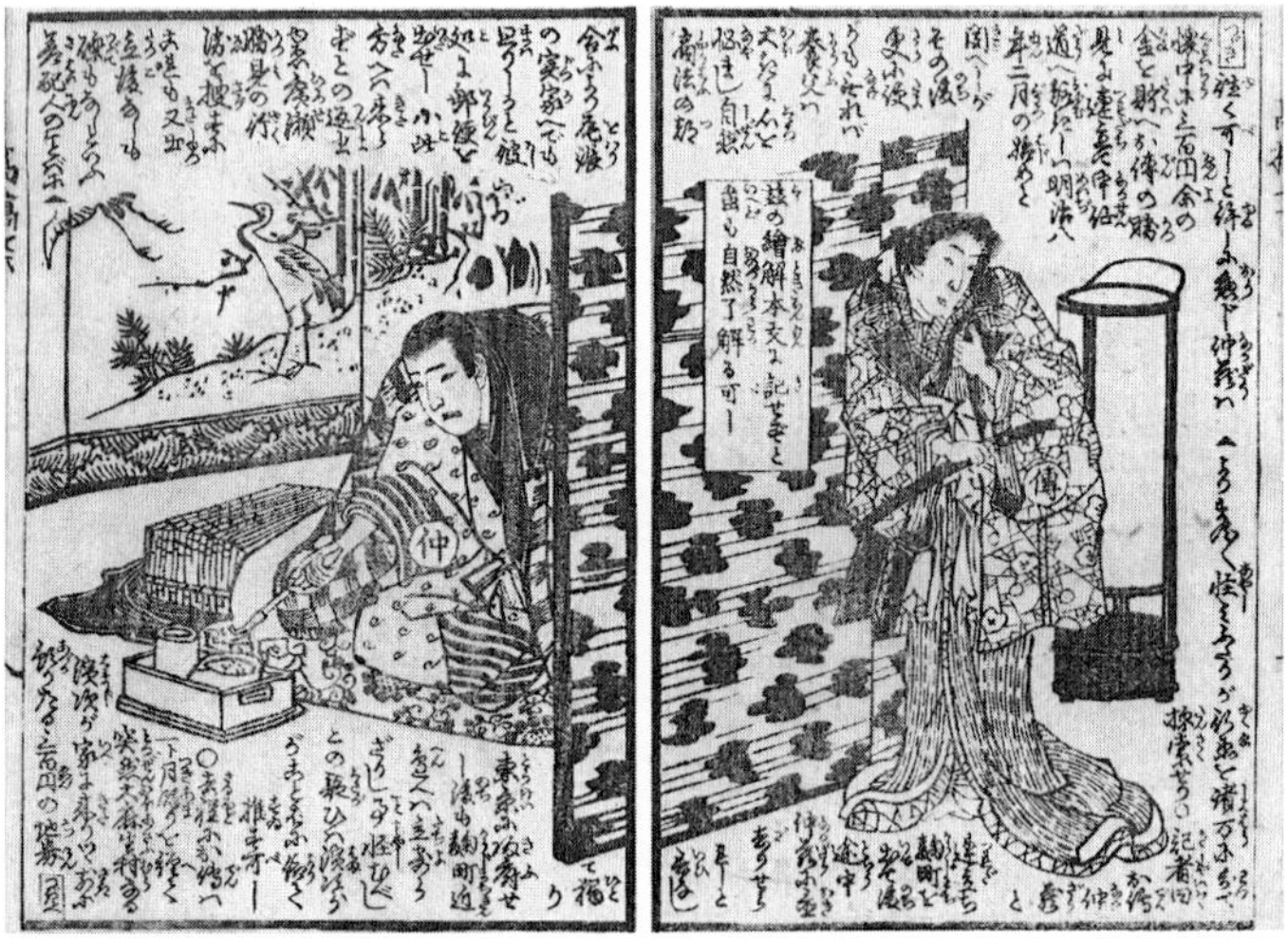

の催促《さいそく》を受《う》るに　ぬからず貯《たく》はへの百五十円《ゑん》を取出《とりいだ》し　おん身《み》に借《かり》たる此金《このかね》は　未《いま》だ少《すこ》しも手《て》を付《つけ》ず　貯《たくは》へたるは商法《しやうはふ》の資本《もとで》にせんと思《おも》へばなり　この商法《しやうはふ》は　一熊谷在《くまがやざい》なる或豪農《あるがうのう》の家《いへ》にて織出《おりだ》す数《す》百反《たん》二の反物類《たんものるゐ》を　三一手《ひとて》に捌《さば》きて呉《くれ》との頼《たの》み　この金《かね》を手附《てつけ》として　今回引取《こたびひきと》る約定《やくそく》なれば　おん身《み》も同道《どうく》なし給へ　実《じつ》に四動《うご》かぬ商法《しやうはふ》ながら　女《をんな》ひとりの取引《とりひき》は五浮雲気《あぶなげ》なれば　是非《ぜひ》ともに連立《つれだ》ち給《たま》へと勧《すゝ》めにより　仲蔵《なかざう》は養子《やうし》の身《み》なれば　此事《このこと》を養父《やうふ》に語《かた》るに㉖　其《そ》はよき六儲《まを》け口《くち》なれば　疾往《とくゆ》く可《べ》しと許《ゆる》しに応《おう》

て政府から発行された土地所有証券。持主、所在、地目、面積、地価が記載された。明治四年末―二十二年に施行されたが、ここは五―六年発行のいわゆる壬申地券。

一八 惚れた女に気を許して、だらしなくなった。

一九 無尽講。庶民の金融法。世話人の集めた仲間が一定の掛金を出し合い、定期的に会合して、くじ引きなどで順番に各回の掛金の給付を受ける。江戸時代に盛んに行われたが、明治以降も庶民間で行われた。頼母子(たのもし)。 二〇 →一八八頁注七。

一 自分に浮気心があるようなのを。

二 少しも苦労しないで。

三 情交を示唆。

四 工夫は十分にこらしてあるから、やり方について途中でとやかく言わないで、ともかく仕上がりの具合を見て、それから批判してください。「細工はりう〳〵仕上げを御らうじて御酒をあがれト」(魯文『西洋道中膝栗毛』初・上、明治三年)。

――以上三二一頁

絵 反物を買い込むため、お伝と熊谷在に赴いた仲蔵が布団の中で煙草を吸う。短刀を持って近寄るお伝。背後には丸行灯。「玆(こ)の絵解(あと)本文(もん)に記(き)せずと雖(いへ)ど)も自然(おのづから)了解(わか)る可(べ)し」。お伝による仲蔵殺害を暗示。→三二五頁四行以下。

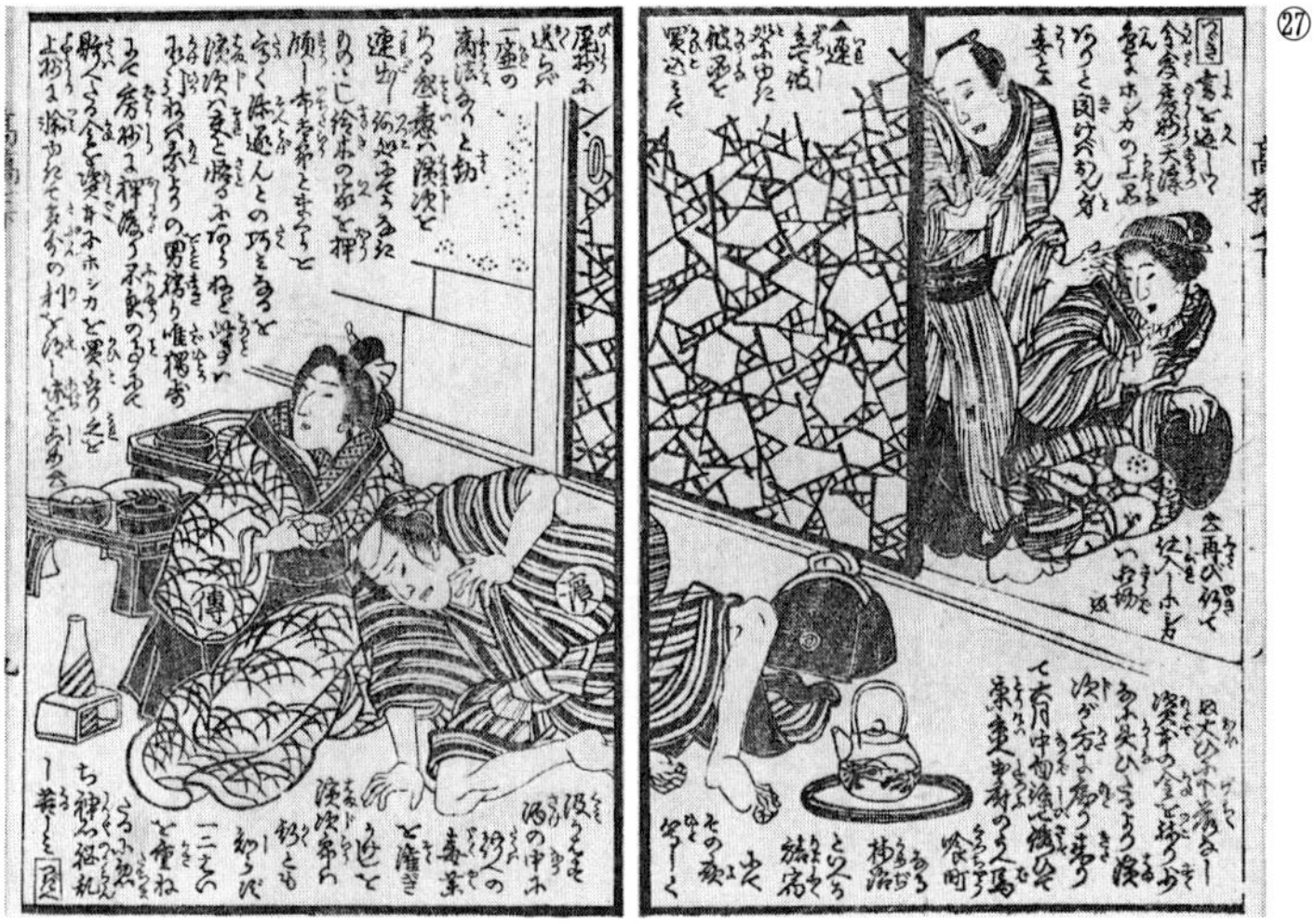

じ　仲蔵《なかざう》は懐中《くわいちう》に三百円余《ゑんよ》の金《かね》を貯《たくは》へ　[七]お伝《でん》の勝見《かつみ》に連立《つれだち》て中《なか》仙道《せんだう》へ趣《おもむ》きしは　明治《めいぢ》八年《ねん》二月《ぐわつ》の始《はじ》めと聞《きこ》へしが　その後更《のちさら》に便《たよ》りも無《なけ》れば　養父《ようふ》は大《おほ》きに心《こゝろ》を悩《なや》まし　[八]自然商法《しぜんしやうはふ》の都合《つがふ》により　尾張《をはり》の実家《じつか》へでも廻《まは》りしかと　彼処《かしこ》に[九]郵便《いうびん》を出《いだ》せしに　此方《こなた》へは来《きた》らずとの返書《へんしよ》ゆゑ　広瀬《ひろせ》勝見《かつみ》の行衛《ゆくゑ》を捜《さが》すに　これも又出立後《またしゆつたつご》　[一〇]なしも礫《つぶて》もなしといふ[一一]差配人《さはいにん》のことばにより　ますく〳〵怪《あやし》み　ふたりが行衛《ゆくゑ》を諸《しよ》方《はう》に分《わけ》て探索《たんさく》せり　○記者《きしや》曰《いはく》お伝《でん》　仲蔵《なかざう》と連立《つれだち》　麹町《かうじまち》を出《いで》て後《のち》　途中《とちう》仲蔵《なかざう》に置去《おきざ》りせられし

一 振り仮名「くまがや」の「や」は入れ木か。→二九一頁注二八。
二 一反は幅約三八センチメートル、長さ約一〇メートル内外。成人一人分の衣料に相当。
三 一人で独占的に売りさばいてくれ。
四 確かに利益の得られる商売。
五 「浮雲（アブナ）」(『書言字考節用集』十一)、「アブナイ、浮雲」(『和英語林集成』再版)、「あぶなし　浮雲　アヤフシ。危」(『言海』)。「盲馬じやさかい。浮雲気(あぶなげ)はないわいの」(十返舎一九『木曾街道 続膝栗毛』三・上、文化九年(一八一二))、「アレお浮雲(あぶな)やと手を採つて」(高畠藍泉『巷説児手柏』六、明治十二年)。
六 もうけになりそうなこと。
七 →三二〇頁注五、三二〇頁絵注。
八 もしかして。
九 →二九三頁注一一。「出せしに」の「に」は入れ木か。
一〇 何の音沙汰もない。「なしも礫も打たぬ」「なしの礫もない」とも。「梨」を「無し」に掛けた語呂合わせ。
一一 「貸シ地、貸シ屋ヲ監督スル人。其所有主カラノ命ヲ受ケテ事務ヲ行フ。主ニ東京ディフ。＝オホヤ。＝差配」(『日本大辞書』)。→二二六頁注六。

絵　お伝が毒薬を入れた酒を飲んで苦しむ浜次郎。お伝の手には盃。襖の向こうで心配そうにうかがう旅宿の主人と下女。

㉘

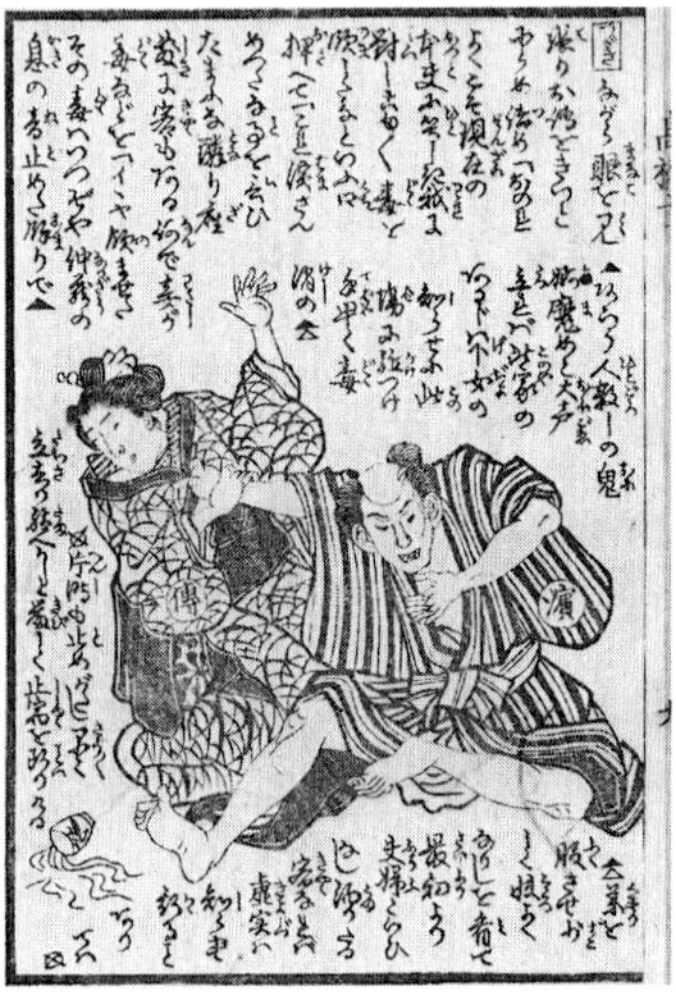

と言《いひ》なして　独《ひと》り東京《とうけい》に[一]帰府《きふ》せし後《のち》も　[二]麹町近辺《かうじまちきんぺん》へは立寄《たちよ》らざりし事《こと》　怪《あやし》むべし　この疑《うたが》ひは浜《はま》次郎が[三]ことばに依《より》て推《すゐ》す可《べ》し　○去程《さるほど》に　お伝《でん》は一ト月余《つきあま》りを経《へ》て　突然《とつぜん》大麻生村《おほあさふむら》なる浜次《はまじ》が家《いへ》に来《きた》りッヽ　前《さき》に預《あつか》りたる三[四]百円《ゑん》の地券書《ちけんしよ》㉗を返《かへ》しッヽ　今度《こんど》[五]房州《ばうしう》[六]天津辺《あまつへん》に[七]ホシカの上品《よきしな》ありと聞《き》けば　おん身《み》[八]妾《わし》と連立《つれだち》て彼処《かしこ》にゆき　彼品《かのしな》を買込《かひこ》みて[九]尾州《びしう》に送《おく》らば[一〇]一廉《かど》の商法《しやうはふ》なりと　勧《すゝ》める[一一]底意《そこい》は　浜次《はまじ》を連出《つれだ》し　何処《いづこ》にてか[一二]なきものとし　鈴木《すゞき》の家《いへ》を[一三]押領《おうれう》し　市太郎《いちたらう》と[一四]まくらを高《たか》く添遂《そへとげ》んとの巧《たく》みなるを　浜次《はまじ》は夫《それ》と悟《さと》るにあらねど　此事《このこと》は承引《うけひか》ねば　素《もと》よりの男勝《をとこまさ》り　唯独歩《たゞひとり》にて房州《ばうしう》に[一五]押渡《おしわた》り　[一六]不良《ふりやう》の事《こと》にて貯《たくは》へたる金《かね》を資本《もとで》にホシカを買取《かひと》り　之《これ》を上州《じやうしう》に[一七]輸《つみ》ゆきて[一八]多分《たぶん》の利《り》を得《え》し味《あぢ》を占《し》め　再《ふたゝ》び行《ゆき》て仕入《しいれ》しホシカは相場《さうば》大《おほ》ひに下落《げらく》なし　資本《もとで》の金《かね》を残《のこ》り少《すく》なに失《うしな》ひたるより　浜《はま》次《じ》が方《かた》に戻《もど》り来《きた》りて　六月中旬《なかば》強《しひ》て誘《さそ》ひて東京《とうけい》へ出府《しゆつぷ》のうへ　[一九]馬喰町《ばくろちやう》なる[二〇]梅治《うめぢ》といへる旅宿《りよしゆく》にて　その夜《よ》等《ひと》しく汲《くみ》かはす酒《さけ》の中《なか》に　貯《たくは》への毒薬《どくやく》を灌《そゝ》ぎかけしを　浜次郎《はまじらう》は斯《かく》と

絵　お伝の胸ぐらをつかんで罵る浜次郎。床に転がる盃、流れる酒。

一 東京府(東京都の前身)に帰ること。 二 黒川仲蔵が住んでいたのは麹町四丁目(→三二一頁注九)。置去りにされたのなら当然立ち寄るはずだ、ということ。 三 →三二五頁二行「毒を飲したな」、四行「その毒は　いつぞや仲蔵の息の音止めた余りであらう」。 四 三二一頁一〇行では「三百五十円」。 五 安房国(現千葉県南西部)。房総半島の先端部。明治六年に千葉県の一部となった。 六 安房郡天津村(現鴨川市天津)。房総半島の中南部、太平洋に南面する農・漁村。近世初期からイワシ・カツオ・サバ漁などが盛ん。→付図2㉓。 七 干鰯。肥料にするために干したイワシ。油かすとともに、江戸―明治期にかけて一般に用いられた速効性肥料で、灰や糞汁に混ぜて用いる。房総半島の九十九里浜などが名産地で、俵に詰めて回送された。 八 →三二〇頁注一。 九 尾張国。 一〇 それ相応の商いになる。 一一 「シタゴコロ」(『言海』)。 一二 亡き者にする。殺すこと。 一三 無理やりに奪い取ること。横領。 一四 安心して、夫婦で最後まで共に暮らそうという計略だったが。「まくら」「添」は縁語。 一五 海路、天津まで渡り。「押」は強意の接頭語。勢いよく、の意。

も知《し》らず　一二はいを重《かさ》ねたるに　忽《たちま》ち[二一]神心悩乱《しんぐのうらん》し　苦《くる》しみ㉘ながら眼《まなこ》を見張《みは》り　お伝をきつと[二二]にらめ詰《つ》め　「おのれ　[二三]よくこそ現在《げんざい》の本夫《おつと》に等《ひと》しき我《われ》に対《たい》し　[二四]うまく〳〵毒《どく》を飲《のま》したなと　いふ口押《くちおさ》へて　「これ浜《はま》さん　[二五]めつたな事《こと》を言《い》ひたまふな　隣《とな》り座敷《ざしき》に客《きやく》もある　何《なん》で妾《わたし》が毒《どく》などを　「イヽヤ飲《の》ませた　[二六]その毒《どく》は　いつぞや仲蔵《なかざう》の息《いき》の音《ね》止《と》めた余《あま》りであらう　人殺《ひとごろ》しの鬼婀魔《おにあま》めと大声立《おほごゑたつ》れば　此家《このや》のあるじは下女《げぢよ》の知《し》らせに此場《このば》に駈《かけ》つけ　手早《てばや》く毒消《どくけし》の薬《くすり》を服《ふく》させ　少《すこ》しく快《こゝろ》よくなりしを看《み》て　最初《さいしよ》より[二七]夫婦《ふうふ》といひなし泊《とま》りたる客《きやく》なれば　[二八]虚実《きよじつ》は知《し》らず　斯《かゝ》ることありては[二九]片時《へんし》も止《と》めがたし　早ゝ《さうく》立去《たちさ》り給《たま》へかしと　厳《きび》しく止宿《ししゆく》を断《ことは》りける

一六 仲蔵を殺害して、「三百円余の金」(→三二三頁一行)を得たことを示唆するか。 一七 「輸」は送る、移す意。 一八 多くの利益。

一九 日本橋馬喰町(現中央区日本橋馬喰町一―二丁目)。中央区の最北部、浅草橋の西南。江戸時代から旅人宿が多かった。→付図3⑩。

二〇 「毒婦高橋お伝の女仇討」(篠田鉱造『幕末明治 女百話』後編、四条書房、一九三二年)によれば、梅田屋治兵衛。後藤吉蔵殺害後、でんの人相書を見て、よく似た女が京橋新富町のかつと名乗って先頃宿泊したと届け出た。

二一 精神悩乱し。「神心」は「心神」。「心神 ココチ。精神」(『言海』)。

二二 しばらく睨みつけ。

二三 よくもまあ。他人の行為を取り上げ、非難する気持ちを表す。

二四 底本「こま〳〵」。錦松堂版により、誤記として改める。

二五 いい加減なこと。「私(わち)が何を盗んだへ。めつたなことをおいひでない」(為永春水『春色辰巳園』三編巻七、天保六年〈一八三五〉)。

二六 三二二頁絵でお伝が短刀を持っているのと齟齬するが、短刀を用いれば殺人だと直ちにわかるので、ここにあるように毒殺と考えるべき。

二七 嘘をついて夫婦だと言い。

二八 毒を飲ませたかどうかはわからないが、こうした騒ぎがあっては。

二九 →八四頁注一一。

（六一頁より続く）

付図2⑤。

四一 小県郡金井（現東御市鞍掛）北方の草原。鎌倉時代まで牧場で、「新張牧（みはりのまき）」と呼ばれた。岩村田から佐久甲州街道で小諸、そこから北国脇往還で海野に至る途中の加沢で北に折れると金井が原に通じる。↓付図2⑥。

四二 「くのぎ 櫟（クヌギ）ニ同ジ」（『言海』）。「檞」はかしわ。いずれもブナ科の落葉高木だが別の木。

四三 いざ知らず、白い霜の。「知らず」と「しろ妙」は掛詞。

四四 細長い円筒状の提灯。屋号などを書いて目印とした。畳んで携帯し、引き伸ばして使う。

四五 大九郎を示す「大」の字。

四六 行く手の提灯をまずばっさりと切って、明かりを消し。

四七 一刀のもとに斬り伏せるさま。

四八 この時思いがけない出来事が起こったので。

四九 新米の泥棒。「出来星」は成り上がりの意。近在に知られた天魔の大九郎に対して追剝をしたから。「この賊は出来星で、始めて兇器を持たやつ」（篠田鉱造『明治百話』「巡査の昔話」四条書房、一九三一年）。

五〇 狼藉。無法な行為をしたのは。

五一 ↓五四頁注一一。

五二 数人が同額を賭けて順にサイコロを振り、一（ぴん）の目を出したものが全額を取る胴親のない博打を「一ころがし」という（田村栄太郎『やくざの生活』）。

五三 人を斬ることと。血が刀の錆の原因になるところから。

五四 約八五《センチメートル》の大刀。一般に刀長の上限は二尺九寸。「だんびら 大刀（略）A long sword」（『漢英対照 いろは辞典』）。

（二三九頁より続く）

二六 群馬県中南部の地名（現前橋市）に基づく名か。↓付図2。

二七 群馬県周辺の地名としては未詳。福井県に四方谷（しほうだに）村がある（現鯖江市四方谷町）。

二八 うまい仕事を待ち受けて。「待合」は水茶屋（社寺の門前などで客に茶を飲ませる茶屋）または待合茶屋（男女の密会などに席を貸す茶屋）の意を掛け、次の「腰掛茶屋」を導く。

二九 道端や社寺の境内などに葦簀張（よしずばり）の小屋がけをした粗末な茶屋。縁台・腰掛を置き、通行人や参詣人を休憩させ湯茶を供した。掛茶屋。

三〇 獲物を待ち受け。

三一 行き来する旅人もごく少なく、やっと通りかかった網代笠の下はどんな顔だろうか、見たいと。網代笠は、竹を薄く削ったものを斜めに組んで作った笠。主に出家がかぶった。↓二三七頁・二三八頁絵。

三二 四世鶴屋南北の歌舞伎『隅田川花御所染（すみだがわはなのごしょぞめ）』（文化十一年〈一八一四〉初演）の通称。↓補九五。

三三 歌舞伎の女形岩井半四郎。↓補九五。

三四 路銀を持っているかどうかは後回しにして。

三五 甲斐国や信濃国、六十九次ある中山道を根気強く捜し回っても、こんな美しい女は二人とはいないだろうと思うと、にわかに煩悩が起こった。男と生まれた甲斐には、今夜だけでも色に飢えた自分たちの欲望を満たし、極楽に導いてくれ、それが出家の役目というものだ。「甲斐には」と「甲斐信濃」を掛ける。

三六 ↓一〇二頁注一。正しくは六十七次だが、出発地の江戸と合流地の草津を入れたか。

三七 鉄製の草鞋をはいて、根気強く捜し回ること。転じて、捜しても見つからない意。

三八 餓鬼道に落ちて飢えと渇きに苦しむ亡者に飲食物を施し、その功徳によって先祖を追善する法会の大規模なもの。ここは、比丘尼がその肉体を胡麻の蠅に施すことで、その煩悩（性欲）を満足させる意。

（二四〇頁より続く）

唱えたとする仏事が有名。ここも転じて輪姦の意。「みんながおめへを相手にして、百万遍を勤（つと）めるのだ」（『春色梅児誉美』初編四齣）。

九 二人だけでする百万遍だから、人数の足りない分は代わりばんこに犯そう。「持切り」は終わりまで同じ状態が続く意。

一〇 二三九頁七行では「浜松」。「はま松」の誤記と思われるが、底本のママ。 一一 押し倒し。

一二 もう少しで犯される、という丁度その時。

一三 はげしい勢いで転倒・転落するさま。ずでんどう。「嵩」は音「スウ」。「頭顚倒（ヅデンダウ）」（『書言字考節用集』十）。「二かいをふみはづしまつさかさまにすてんどう」（田螺金魚『妓者（げいしや）呼子鳥』四、安永六年〈一七七七〉）。

一四 関節。

一五 天狗の仕業。並み外れた力量をたとえる。「或は投出し踏仆（たを）す飛鳥の如き働きに（略）這（こ）は是天狗の所為なるか 人間業にはあるまじと胆を潰して」（染崎延房『近世紀聞』八・二、明治九年）。

一六 痛む腰。

一七 ↓一〇八頁注一。

一八 山中村から信濃国側へ碓氷峠を越え、下ったところの地名（岩井伝重『軽井沢町志』一九五四年）。「軽井沢の駅にいる。（略）臼井（碓氷）峠にのぼらんとして、（略）ひぢり沢よりから沢などいへる長き坂を上るに」（大田南畝『壬戌紀行』下、享和二年〈一八〇二〉成）。

一九 尼に対する敬称。尼御前（あまごぜん）。

二〇 待っていた者でございます。「侍れ」などを省略。

高橋阿伝夜叉譚《たかはしおでんやしゃものがたり》　八編

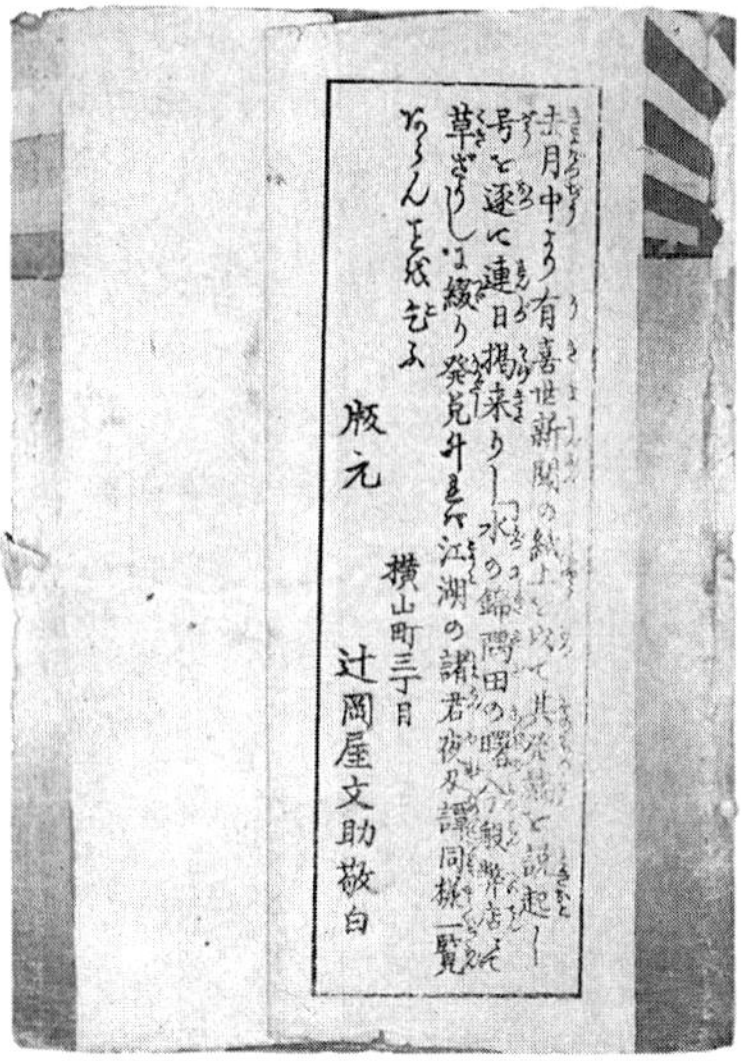

八編　袋(裏)

八編　袋(表)

上巻表紙

中巻表紙

袋（前頁）　浄玻璃の鏡（地獄の閻魔庁にある、死者の生前の善悪の所業を映し出す鏡）に標題等を記し、その前で白服の善玉が黒服の悪玉の頭を踏みつけている。背景は旭日。本編末尾の「悪人亡び善人栄へ」（→三六七頁三行）に対応。善玉悪玉の擬人化は山東京伝の黄表紙『心学早染艸(はやぞめぐさ)』（寛政二年〈一七九〇〉。→図）で大評判となったもので、以後京伝は『人間一生胸算用』（同三年）・『堪忍袋緒〆(おじめの)善玉』（同五年）でもこの趣向を用いた。「京伝翁が善玉悪玉今猶(なほ)人の口にのこれり」（山東京山『菊寿童霞盃(かすみのさかずき)』十編「草さうしの沿革」嘉永元年〈一八四八〉成）。笠亭仙果著・歌川国芳画『国字(かながき)水滸伝』第十編（天保三年〈一八三二〉）下では、一人の中に善悪混在する『水滸伝』の登場人物を、善玉悪玉半分ずつを一つの玉に合体させた絵によって表現している。山東京山『春の文かしくの草紙』八編（嘉永七年）口絵でも、忠義のため故主へ金を与えるお竹を善玉が取り囲む絵がある。魯文も『金鈴善悪譚(さがものがたり)』（歌川芳虎画）初編（慶応元年〈一八六五〉）自序上部に、標題に即して擬人化された善玉悪玉を配し、また『河童相伝　胡瓜遣』（明治五年）口絵（河鍋暁斎画）で、善悪の間で揺れ動く心を洋装の善玉悪玉により表し、「ぜんあくの二ツの玉はチト古風だが　西洋ふくだけあたらしかんべい（略）京でんいらいの古物をひきだして開化のせかいへもちゆるとはあぶねへもんだ」と記す。多色刷。

山東京伝『心学早染艸』

袋の裏側に「去月中より有喜世(うきよ)新聞の紙上を以て其発端を説起(ときおこ)し　号を逐(おつ)て連日掲来(かゝげきた)りし「水の錦隅田(すだ)の曙(あけぼの)」今般弊店にて草ざうしに綴り発兌升(うりだします)れば　江湖(こうこ)の諸君　夜叉譚同様一覧あらんことを乞ふ〔以上総振り仮名〕／版元　横山町三丁目　辻岡屋文助敬白」の広告文。『水錦隅田曙』は明治十二年二月二十二日―四月十九日『有喜世新聞』三三五―三八一号に連載（無署名。全二十七回）。同年五月十五日、伊東専三著・前島和橋補綴・梅堂国

下巻表紙

上巻見返し

高橋阿《たかはしお》伝夜叉譚《でんやしゃものがたり》

八編上之巻

魯文著

周重画

金松堂梓

政画として、初編三冊を金松堂より売出し(五月十四日『仮名読新聞』広告)。二編の売出し広告は六月三日(同日『仮名読新聞』)、三編は七月八日(同日『仮名読新聞』)。なお、出版御届は五月八日。

表紙(前頁上段と本頁右)　三枚続。海辺の苫船の中にたたずむお伝、水棹を持って舳先をつかむ船頭、草むらから現れる散切り頭の男。明治十二年五月二十九日―七月六日新富座で上演された『綴合於伝仮名書』三幕目「品川沖御台場脇の場」を意識するか。横浜通いの荷船の船頭野毛の弁蔵(市川団右衛門)がお伝(尾上菊五郎)を口説いているところへ、小川市太郎(市川左団次)が現れ、初めてお伝と顔を見合わせて互いに恋心を抱く場面の見立てか。ただし、上巻の絵は岩井半四郎、下巻は尾上菊五郎の似顔絵(岩田秀行氏御教示)。多色刷。

上巻見返し　猫が行灯から吊り下げた草にじゃれつく絵。多色刷。

自己《みづから》佞才《ねいさい》[一]を頼《たの》み　正道《しやうだう》[二]を目的《めあて》とし　慢《みだり》に横道《よこみち》を近《ちか》しとする者《もの》は　迷《まよ》ふて其迷《そのまよ》ひを顧《かへり》みず[三]遂《つひ》に覚《さむ》る時《とき》　万事《ばんじ》休《きう》して甲斐《かひ》なく　偶《たまく》無上《むじやう》[四]の精霊《せいれい》を得《う》るも　人此行《ひとこのおこな》ひを見《み》て鬼畜《きちく》に比《ひ》す　嗚呼《あゝ》　悪人《あくにん》[五]も亦《また》　全国《ぜんこく》の同胞《きやうだい》ならずといふ者《もの》なし　高橋阿伝《たかはしおでん》が如《ごと》き　人口《じんこう》[六]に流布《るふ》する所《とこ》ろ　伝者《でんしや》[七]の誤聞《ごぶん》多《おほ》かる可《べ》きも　天口豈善《てんこうあにぜん》[八]をして悪名《あくみやう》を下《くだ》すの理由《りゆ》ある可《べ》けんや　然《しか》[九]るも渠《かれ》が悪行《あくかう》　敢《あへ》て愚《ぐ》の痴《ち》なる者《もの》に非《あら》ず　此毒才《このどくさい》[一〇]をして　善行反対《ぜんかうはんたゐ》ならしめば　一個《いっこ》の女丈夫《によじやうぶ》[一一]　敏達《びんたつ》[一二]の才女《さいぢよ》を得《え》む　惜《をし》[一三]むべき遺憾《ゐかん》余《あま》りありと　結局《けつきよく》[一四]の序詞《じよし》　悼《いた》みて机上《きじやう》[一五]に筆《ふで》を閣《さしお》く

明治十二年
四月初旬

仮名垣魯文記

一　生まれつきの口先のうまさ。
二　正しい行いを目指しながら、むやみに邪(よこ)な行いに馴染んでしまう者は、自分がそのような迷いの道に入っていながら、そのことを気にかけない。
三　自分が悪い行いをしたことに最後に気づいた時には、もはや施すべき手だてもなく。
四　万物に優れた、不可思議な力を持つ人間でありながらも。
五　誰しも悪人になる可能性がある、ということ。
六　世間の人に噂される。
七　噂する人の聞違い。
八　どうして天が善人に悪名を下す訳があろうか、いやない。「理由」の「由(ゆ)」は呉音。
九　そうではあるが、お伝の悪行は決して愚かで道理をわきまえないものではない。
一〇　生まれつきの悪知恵を、反対に善い行いに導いたならば。
一一　気が強く、しっかりしている女。「ぢよぢやうふ(略)ヲトコマサリ」(『言海』)。
一二　賢くて、物事によく通じている才女。
一三　どんなに惜しく、残念だと思ってもまだ十分でない、と。
一四　結末の序文で。
一五　底本振り仮名「ぎしやう」。濁点の前後打ち違いとして、改める。

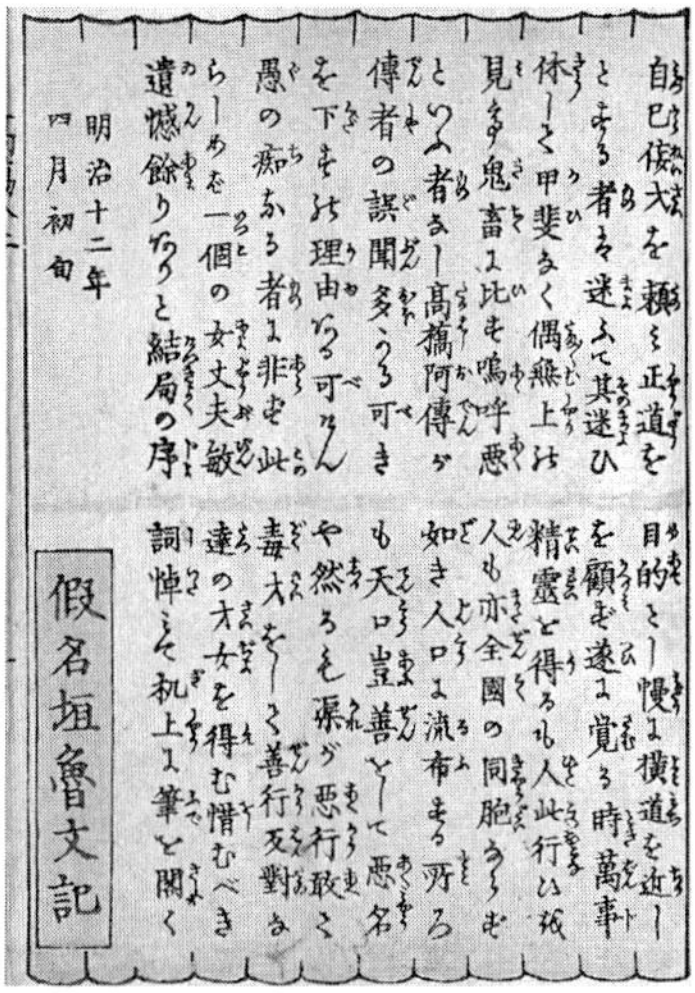
自己傲慢を頼み正道を目的とし慢に横道を辿し
とする者は迷ふて其迷ひを顧ず遂に覚る時萬事
休して甲斐なく偶然上は精靈と得るも人此行ひ旡
見ず鬼畜に比せ嗚呼悪人も亦全國の同胞なりせ
とのみ者なし高橋阿傳が如き人口に流布する所ろ
傳者の誤聞多かる可きも天口豈善として悪名
を下さは理由なる可きんや然るも源が悪行敢さ
愚の痴ある者に非ず此毒大をして善行反對ゐ
らしめたる一個の女丈夫敏達の才女を得む惜むべき
遺憾餘りありと結局の序詞悼みて机上に筆を閣く
明治十二年
四月初旬
假名垣魯文記

絵　自序を竹箇（縦割りにした竹の札を編み連ねたもの）に記す意匠。鶴亭秀賀『金花七変化』二十四編（慶応三年〈一八六七〉）自序に先例がある。二色刷。

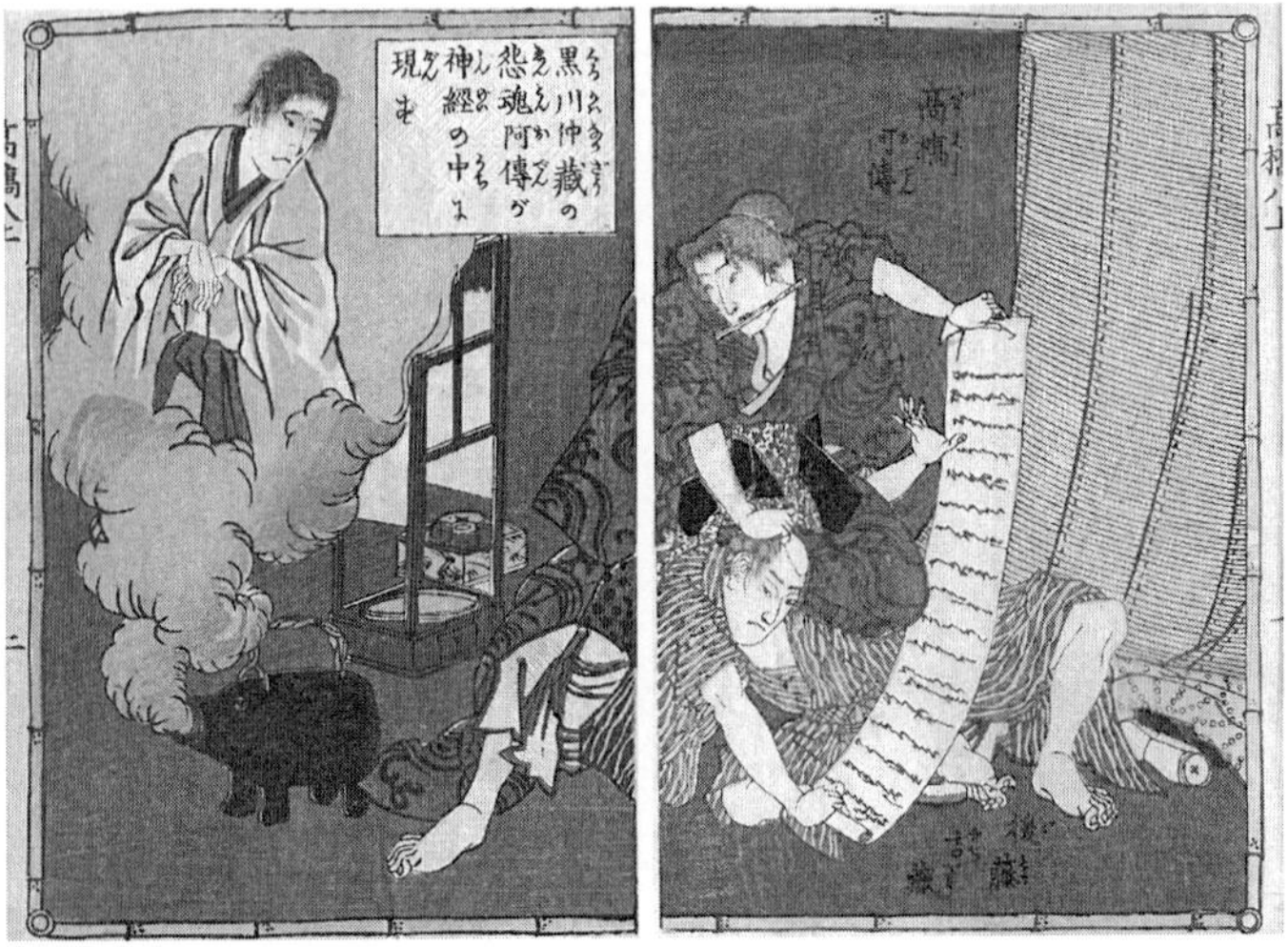

黒川仲蔵《くろかはなかざう》の怨魂《ゑんこん》阿《お》伝《でん》が神経《しんけい》の中《うち》に現《げん》ず

高橋《たかはし》阿《お》伝《でん》

後藤吉蔵《ごとうきちざう》

口絵　口に剃刀をくわえ、吉蔵の髪をつかんで今や殺そうとするお伝。蚊遣の煙の中から、お伝に殺された黒川仲蔵(→三二五頁四行)の姿が現れる。死者である仲蔵の顔は薄青色。右は蚊帳。吉蔵の足元に枕。「神経」は感性・精神の意。「神経トハ(略)五官作用ノ起源(モト)ニシテ精神(タマシヒ)ノコトナリ」(上田文斎『校正 小学人体問答』三、明治八年)。「大悪人も心経の労(かつ)れし故か　己れが罪己れを責て　躬(みづ)ら苦悩(くる)む非道の報ひ」(明治九年三月十二日『仮名読新聞』)、「幽霊怪物(おばけ)の虚説は扨(さて)は神経病であつたよナ」(岡本勘造『夜嵐阿衣花廼仇夢』三編自序)のように当時流行した語。なお、こうした場面は本文には出てこない。多色刷。

鹿倉何某《しかくらなにがし》

今宮秀太郎《いまみやひでたらう》

口絵　日傘を差し、扇を持つ鹿倉(→三五四頁注八)と、たすき掛けで剃刀を研ぐ今宮秀太郎(→三五二頁二行)。桶の中には砥石。多色刷。

①

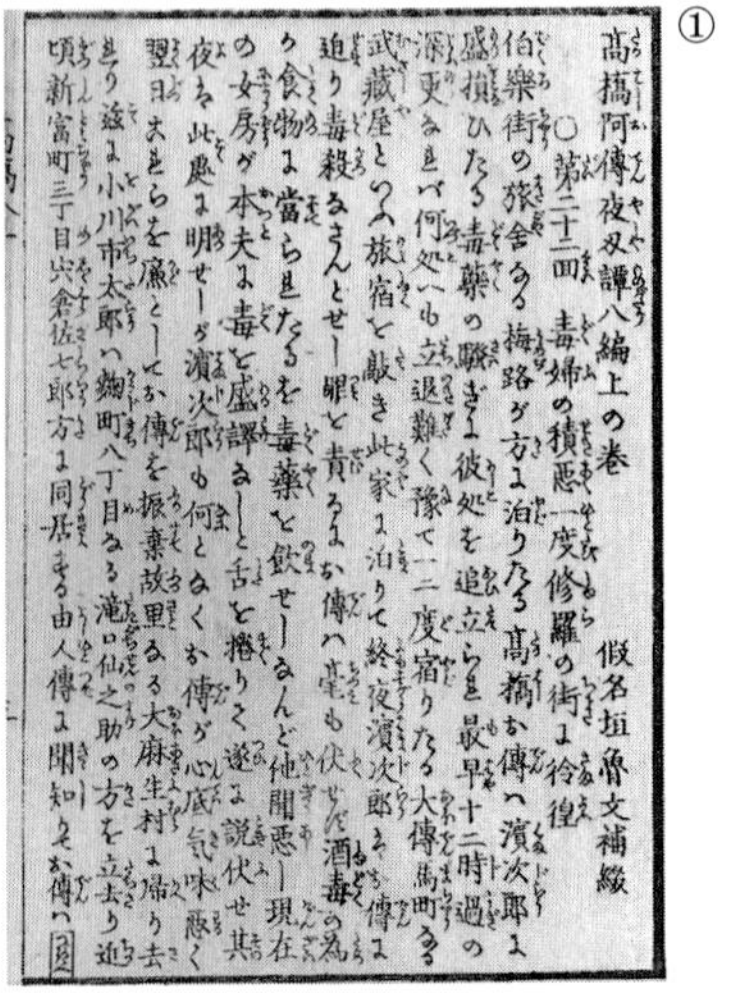

高橋阿傳夜叉譚八編上の巻　　仮名垣魯文補綴
○第二十二回　毒婦の積悪一度修羅の街に彷徨
伯楽街の旅舎なる梅路が方に泊りたる高橋お傳ハ濱次郎に
盛損ひたる毒薬の騒ぎに彼処を追立られ最早十二時過の
深更なれバ何処へも立退難く豫て一二度宿りたる大傳馬町なる
武蔵屋といふ旅宿を敲き此家に泊りて終夜濱次郎お傳に
迫り毒殺なさんとせし罪を責るにお傳ハ毫も伏せず酒毒の為
か食物に當られたるを毒薬を飲せしなんど他聞悪し現在
の女房が本夫に毒を盛訳なしと舌を捲りて遂に説伏せ其
夜ハ此処に明せしが濱次郎も何となくお傳が心底氣味悪く
翌日これらを廉として傳を振棄故里なる大麻生村に帰り去
りぬ然るに小川市太郎ハ麹町八丁目なる滝口仙之助の方を立去り近
頃新富町三丁目宍倉佐七郎方に同居する由人傳に聞知しお傳ハ図

高橋阿《たかはしお》①伝《でん》夜叉譚《やしやものがたり》　八編上の巻

○第《だい》二十二回《くわい》　毒婦《どくふ》の積悪《せきあく》一　一度《ひとたび》修羅《しゆら》二の街《ちまた》に徬徨《さまよふ》三

仮名垣魯文補綴

伯楽街《ばくろちやう》四の旅舎《はたごや》なる梅路《うめぢ》五が方《かた》に泊《やど》りたる高橋《たかはし》お伝《でん》は　浜次郎《はまじらう》に盛損《もりそこな》ひたる毒薬《どくやく》の騒《さは》ぎに彼処《かしこ》を追立《おひたて》られ　最早《もはや》十二時《じ》過《すぎ》の深更《よふけ》なれば　何処《いづこ》へも立退難《たちのきがた》く　予《かね》て一二度《ど》宿《やど》りたる大伝馬町《おほでんまちやう》六なる武蔵屋《むさしや》七といふ旅宿《りよしゆく》を敲《たゝ》き　此家《このや》に泊《とま》りて終夜《よもすがら》　浜次郎《はまじらう》はお伝《でん》に迫《せま》り　毒殺《どくさつ》なさんとせし罪《つみ》を責《せむ》るに　お伝《でん》は毫《ちつと》も伏《ふく》八せず　酒毒《しゆどく》九の為《ため》か食物《しよくもつ》一〇に当《あて》られたるを　毒薬《どくやく》を飲《のま》せし一一なんど他聞悪《ひとぎゝあし》一二し　現在《げんざい》一三の女房《にようばう》が本夫《おつと》に毒《どく》を盛訳《もるわけ》なしと　舌《した》一四を捲《まく》りて遂《つひ》に説伏《ときふ》せ　其夜《そのよ》は此処《こゝ》に明《あか》せしが　浜次郎《はまじらう》も何《なに》となくお伝《でん》が心底気味《しんていきみ》悪《わる》く　翌日《よくじつ》これら

一 積み重なった悪事。
二 激しい闘争の場所。遊び人「児雷也」(→三三七頁注一五)の強請に対して引かなかったことを指すか。
三 「徨」はさまよう意。→二七四頁注六。
四 →三二四頁注一九。馬に詳しいことから、馬喰(博労)は「伯楽」(中国春秋時代の馬を見分ける名人)が変化した語。
五 「梅治」(→三二四頁注二〇)に同じ。
六 日本橋の北に位置する町(現中央区日本橋本町三丁目・日本橋大伝馬町)。屈指の問屋・商人町。→付図3⑪。
七 二四六頁口絵注の武蔵屋か。ただしこれは馬喰町二丁目。「大伝馬町」なら、明治十二年二月一・三・四日『郵便報知新聞』掲載のでんの口供の写し(振り仮名なし。以下〈報知〉と略)に、「明治九年八月中旬頃　大伝馬町壱丁目岩崎龍之助方に止宿中」とある。以下、でんの口供はこれに依拠し、ほぼ同文の「高橋でんの口供(東京裁判所調)」(→補一一文献。以下〈口供〉と略)との主な異同を注記する。なお〈報知〉の欠字は〈口供〉により補う。
八 承服せず。
九 飲酒による害。
一〇 食当たりしたのを。
一一 「など(等)」に同じ。漠然と指すことによって表現を和らげる。
一二 中世以降現れた「あし」の終止形の一つ。

②

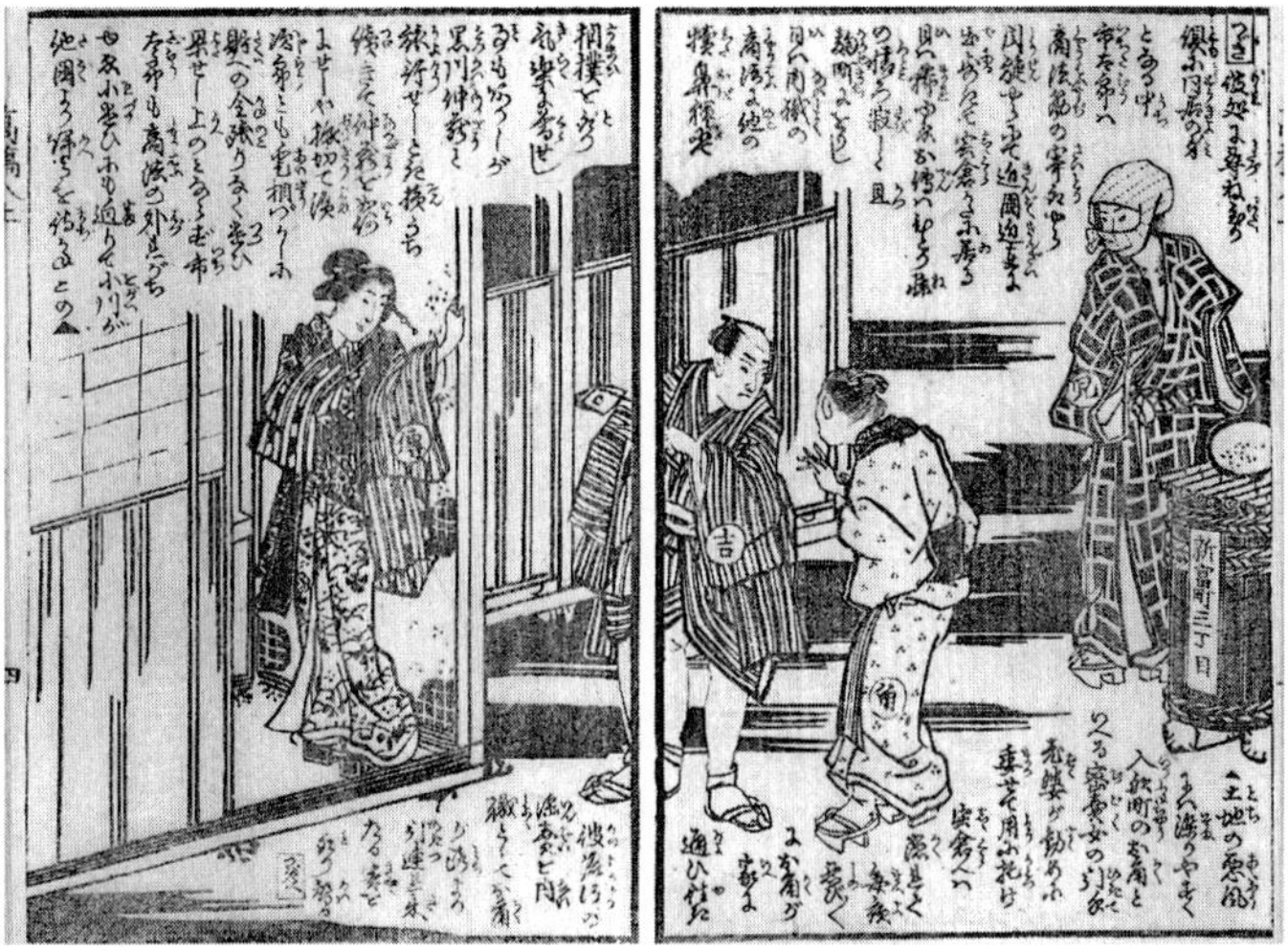

を[一五]廉《かど》としてお伝《でん》を振棄《ふりすて》　故里《ふるさと》なる[一六]大麻生《おほあさふ》村《むら》に帰《かへ》り去《さ》れり　茲《こゝ》に小川《をがは》市太郎《いちたらう》は　麹町《かうじまち》[一七]八丁目《め》なる滝口仙之助《たきぐちせんのすけ》の方《かた》を立去《たちさ》り　近頃《ちかごろ》[一八]新富町《しんとみちやう》三丁目《め》[一九]宍倉佐七郎《しゝくらさしちらう》方《かた》に同居《どうきよ》する由《よし》　人伝《ひとづて》に聞知《きゝし》りてお伝《でん》は②彼処《かしこ》に尋《たづ》ね至《いた》り　倶《とも》に同《どう》居《きよ》の身《み》となる中《うち》　市太郎《いちたらう》は商法《しやうはふ》筋《すぢ》の[二〇]宰取《さいとり》やら周旋《しうせん》やらにて　近《きん》国近在《ごくきんざい》に出歩《である》きて　宍倉《しゝくら》かたに居《ゐ》る日《ひ》は稀《まれ》ゆゑ　お伝《でん》はひとり寐《ね》の懐《ふとこ》ろ寂《さび》しく　且麹町《かつかうじまち》にをりし日《ひ》は　内職《ないしよく》の商法《しやうはふ》に[二一]他《ひと》の犢鼻褌《したおび》にて相撲《すまひ》を取《と》り　気楽《きらく》に暮《くら》せし事《こと》もありしが　[二二]黒川仲蔵《くろかはなかざう》と旅行《りよかう》せしとき　損《そん》うち続《つゞ》きて

一三　まぎれもない女房。ただ実際は、浜次郎と結婚していない。
一四　雄弁をふるって。
一五　理由。
一六　→二九一頁注二九。
一七　前には「七丁目」(→三二〇頁注八)とあったが、住所としては八丁目が正しい。→二七六頁注一一。
一八　宍倉佐太郎(本作では「佐七郎」)の供述によれば、宍倉は新富町三丁目三番地の行川やす方に居住していたが、明治九年七月頃小川市太郎と懇意になり同居、八月中旬頃にはでんも行川方に座敷を借りて同居した。小川・でんは生活に困っていたようだという(「下調(東京の分その四)」→補一一文献)。新富町三丁目は二丁目の東、六丁目の北。→二〇二頁注五。→付図3⑫。
一九　→四〇頁注二八。
二〇　売買の仲立ちをして手数料を取ること。→補一一八。
二一　他人の物を利用して自分の利益とする意の諺。ここは、文字通り他人の犢鼻褌(ふんどし)を用いる意で、売春行為を示す。
二二　→三二三頁一行以下。ただし、実際には仲蔵を殺し、その金を得ている。→三二五頁四行。

絵　入船町のお角の取り持ちで、後藤吉蔵に売春するお伝。それをじっと見ている遊び人児雷也。天水桶には「新富町三丁目」とある。

③

仲蔵《なかざう》を如何《いか》にせしや振切《ふりきり》て　浜《はま》一次郎《じらう》とも愛相《あいさう》づかしに　貯《たくは》への金残《かねのこ》りなく遣《つか》ひ果《はた》せし上《うへ》　のみならず市太郎《いちたらう》も商法《しやうはふ》の外《はづ》れがちゆゑ　二小遣《こづか》ひにも迫《せま》りて　小川《をがは》が他国《たごく》より帰《かへ》るを待《まち》三かね　この土地《とち》の悪風《あくふう》には染《そま》りやすく　入《いり》四船町《ふねちやう》五のお角《かく》といへる　密売女《ぢごく》六の七引手老婆《ひきてばゝ》が勧《すゝ》めに委《まか》せて　用《よう》に托《かこつ》け　宍倉《しゝくら》へは隠《かく》れて　毎夜忍《まいよしの》び〳〵にお角《かく》が家《いへ》に通《かよ》ひ往《ゆ》き　八彼流行《かのりうかう》の淫売《いんばい》を内職《ないしよく》として　お角《かく》が路《みち》より引連《ひきつ》れ来《き》たる客《きやく》を取《と》り　九替《かは》る枕《まくら》③の塵《ちり》を払《はら》ふに　此時《このとき》一〇はからず出会《であひ》し客《きやく》は　日本橋《にほんばし》檜物町《ものちやう》の古着渡世《ふるぎとせい》一一　後藤吉蔵《ごとうきちざう》一二とい

絵　吉蔵の後から押し入り、売春をネタにお伝をゆする児雷也。肩・腕・太腿まで大蛇の入れ墨が見える。枕屏風の向こうに、頭に手をやって困惑する吉蔵。対照的に平然としているお伝。

一　浜次郎を嫌いになって冷たく扱い。ただし、実際には浜次郎の方からお伝を振り棄てている。→三三四頁一三行以下。
二　小遣い銭にも窮して。
三　待っていられず。
四　新富町の東にあり、八丁目まであった町（現中央区入船一―三丁目・明石町）。→付図3⑬。
五　五編口絵（→二〇四頁）の「寒サ橋のお曳」か。
六　→二二〇頁注五。
七　遊客を遊女屋に案内する引手茶屋で諸事の取り持ちなどをする女。ここは、客と「密売女」との間を取り持つ女の意。
八　借金を返すため「忍び〳〵に彼流行の淫売を働いたかと思はるゝが」（「毒婦お伝のはなし」明治十二年二月十五日『東京絵入新聞』→補一一八）に依拠。
九　毎夜別の男と寝ていたところ。
一〇　日本橋の南西に位置する町（現中央区八重洲一丁目・日本橋三丁目）。後藤吉蔵はその七番地に居住（吉蔵の後家ふみの住所。「下調（東京その他の分一括）」→補一一文献）。→付

④

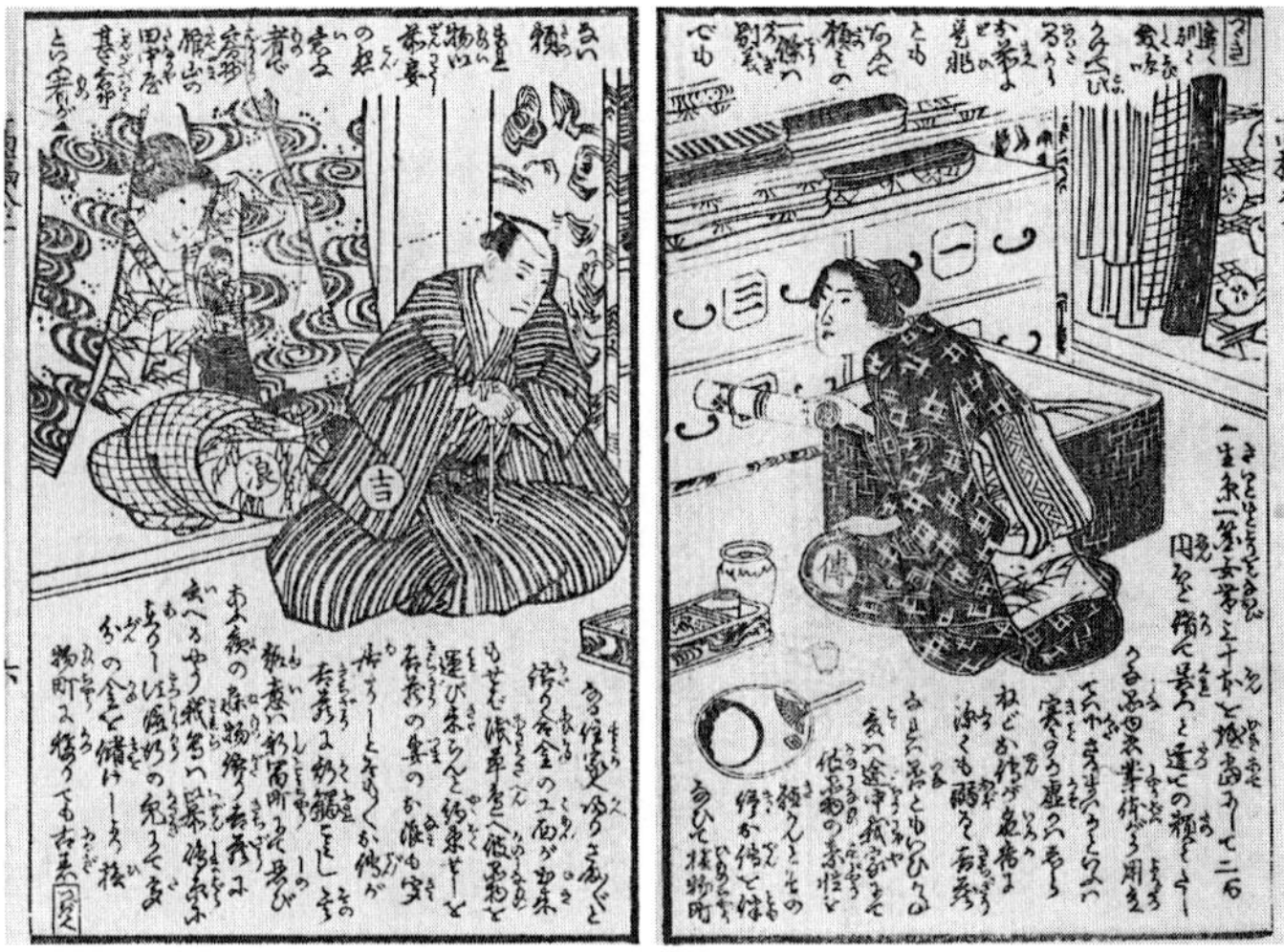

へる者《もの》にて　[一三]形装《みなり》も相応《さうおう》　懐中《ふところ》も軽《かる》からぬ様子《やうす》ゆゑ　さまぐ〵に饗応《もてなす》ほどに　吉蔵《きちざう》は現《うつゝ》[一四]をぬかし　しばく〵此家《このや》へ通《かよ》ふうち　或夜《あるよ》此辺《このへん》の児雷也《じらいや》[一五]と綽号《あだな》する遊《あそ》[一六]び人《にん》が　吉蔵《きちざう》のしのびく〵に通《かよ》ひ来《く》る跡《あと》を付《つけ》ツヽ押入《おしいり》て　お伝《でん》が密売淫《ぢごく》の後《うしろ》ぐらき所業《しよげふ》を彼是《かれこれ》[一七]言立《いひたて》に　金《かね》を借《か》らんと迫詰《せりつめ》るを凡庸《なみ》ならぬ毒婦《どくふ》の大胆《だいたん》　後《うし》ろ闇《ぐら》きは互《たが》ひの身過《みす》[一八]ぎ　人の一[一九]寸《すん》我《わが》身《み》の一尺《しやく》　[二〇]不正《ふしやう》な渡世《とせい》は承知《しやうち》の密売女《みつばいをんな》でこそあれ　上州《じやうしう》では[二一]賭莚《ぼん》の端《はし》へもすはツたお伝《でん》　相《あい》手《て》にするなら　[二二]願《ねが》ふとも訴《うつた》へるとも如何《どう》ともしな　その代《かは》りに

図3⑭。
一一 古着屋。
一二 →四〇頁注五。
一三 「檜物町の後藤吉蔵といふものに逢ふと(略)形装(みなり)も相応になつて居るので」(「毒婦お伝のはなし」十五日)に依拠。
一四 お伝の魅力に心を奪われ、夢中になり。
一五 五編口絵(→二〇四頁)の「児雷也の定」か。
一六 定職を持たず、遊興などをして世渡りする人。ばくち打ちなど。
一七 述べ立て、それを口実に。
一八 「生業」(『言海』)。
一九 →一四一頁注一五。
二〇 不正(ふせい)に同じ。
二一 ぼんござ。→五八頁注一二。
二二 お上に処置を申し立てる。次の「訴へる」と同意。

絵　檜物町の自宅で、お伝から金の工面を頼まれる吉蔵。お伝が差し出しているのは抵当の女帯。煙管を膝に突いて考え込む吉蔵。暖簾越しに二人の話を聞く吉蔵の妻お浪。たんすの上や次の部屋に商売物の古着が見える。

⑤

は[一]こなたも共《とも》に　闇《くら》[二]い所《ところ》へ抱《だい》て行《ゆく》と　沖《おき》[三]を越《こへ》たる失柄返《しっぺいがへ》しに流石名《さすがな》うての児雷也《じらいや》も　腕《かいな》[四]に黥刺《ほり》し巴蛇《うはばみ》の　舌《した》を巻《まい》て立去《たちさ》りしと　去程《さるほど》に　明治《めいぢ》九年《ねん》[五]八月二十一日の頃《ころ》とかや　お伝《でん》は他出《たしゆつ》の途中《とちう》に於《おい》て　此頃久《このごろひさ》しく訪《おとづ》れなき彼後藤吉蔵《かのごとうきちざう》に行会《ゆきあ》ひければ④馴《なれ》〳〵敷呼《しくよび》かけて「此間《このあいだ》からお前《まへ》に是非《ぜひ》ともあふて頼《たの》みの一条《でう》は　別義《べつぎ》[六]でもない　頼《たの》まれ物《もの》以前妾《いぜんわたし》の懇意《こんい》な者《もの》で　房州館山《ばうしうたてやま》[七]の田中屋甚三郎《たなかやじんざぶらう》[八]といふ者《もの》が　生《き》糸一箇《いとひとこり》[九]　女帯《をんなおび》三十本《ぼん》を抵当《ひきあて》にして　[一〇]二百円《ゑん》ほど借《かり》て呉《くれ》ろと達《たつ》ての頼《たの》み　たし[一一]かな品《しな》ゆゑ

絵　南八丁堀の蕎麦屋の二階で、吉蔵と酒を酌み交わすお伝（↓三四一頁一一行以下）。左上の品書には、「記／〔一〕そうめん／〔一〕蘭麺／一ひやむ〔ぎ〕／一　天ぷら」とある。「蘭麺」は「卵麺」（『言海』）。そば粉を鶏卵でこねて作る麺類。

一　↓一四一頁注二七。**二**　牢屋。この辺りのお伝の口調は、三編中巻での鬼清へのセリフと類似。↓一四一頁三―一〇行。**三**　老練な仕返し。「沖をこえる　技芸の至ッてすぐれたるを云ふ」（『増補　俚言集覧』）。**四**　腕に彫った入れ墨の大蛇のように舌を巻いて。「舌を巻く」は、言い込められて沈黙するさま。美図垣笑顔ら作『児雷也豪傑譚』（天保十年―明治元年〈一八三九―六八〉）では、蛇性を受けた大蛇（おろち）丸が児雷也の敵として登場。「四客団欒、渾身皆な青紋（ホリモノ）有り　或は地（ママ）雷也大蛇を斬り　或は渡辺の綱赤鬼を捕ふ」（服部誠一『東京新繁昌記』二編「京橋煉化石 附 呉服店、奴茶店」明治七年）。**五**「お伝がしば〳〵他出した時（おなじ月二十一日ごろ）（略）後藤吉蔵といふものに逢ふと」（「毒婦お伝のはなし」十五日。↓補一一八）に依拠。**六**　他でもない、人に頼まれた物についてです。**七**　千葉県安房郡。房総半島南西部、館山湾に面する地名（現館山市）。↓付図2。**八**　以下、三三九頁一一行「聞居たりしと」まで、「毒

⑥
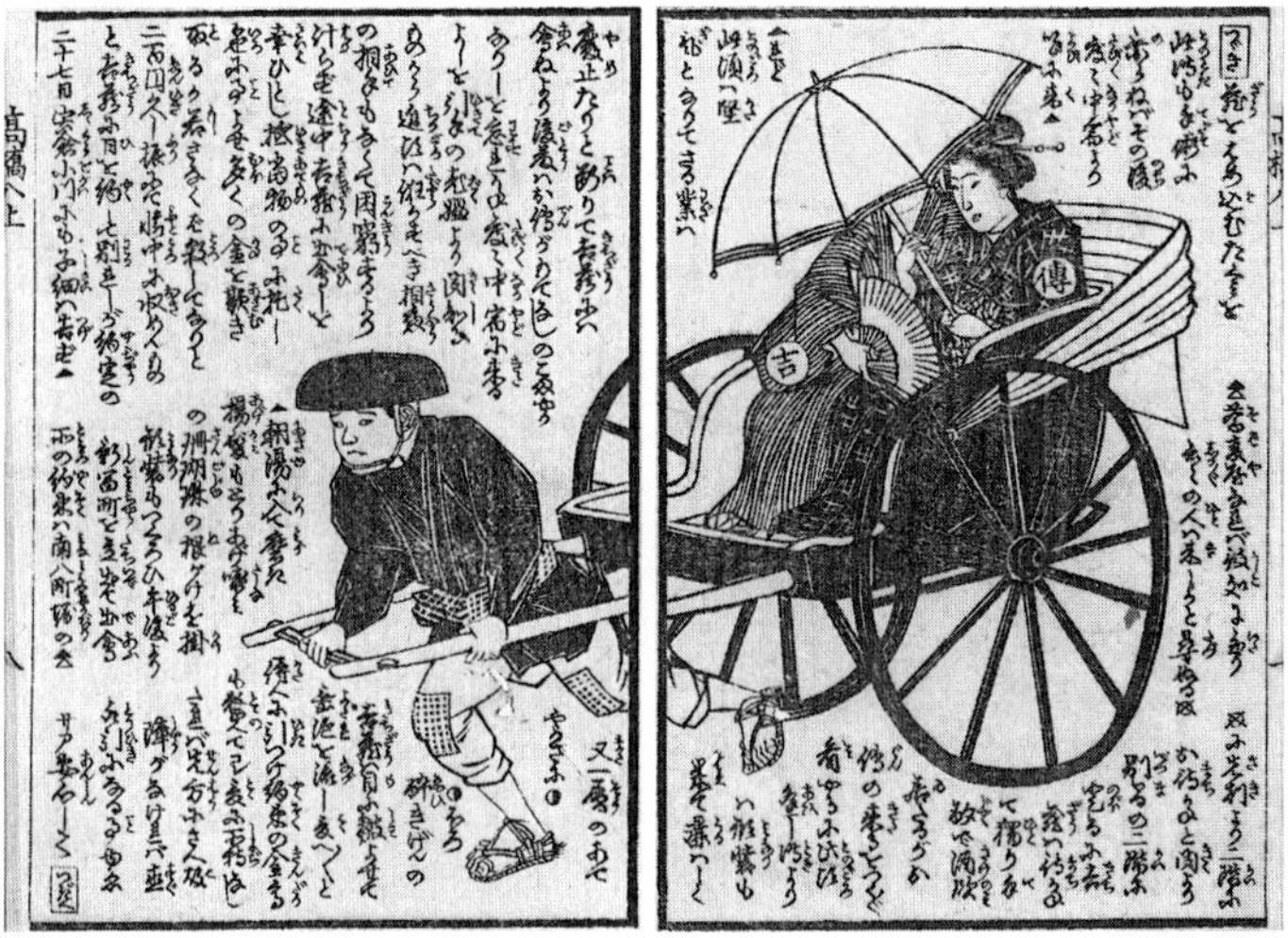

業体《しやうばい》がら用立《ようだつ》ては下《くだ》さるまいかといふは　実事《まこと》か虚《うそ》かはしらねど　お伝《でん》が色香《いろか》に深《ふか》くも溺《おぼ》るゝ吉蔵《きちざう》なれば　否《いな》ともいひかね爰《こゝ》は途中《とちう》　我家《わがや》にて彼品物《かのしなもの》の素《す》一二性《じやう》を聴《き》かんと　その儘《まゝ》お伝《でん》を伴《とも》なひて　檜物町《ひものちやう》なる住家《すみか》へ帰《かへ》りさまぐ\と語《かた》り合《あひ》　金《かね》の工面《くめん》が出来《でき》もせば　一三浅草辺《あさくさへん》へ彼品物《かのしなもの》を運《はこ》び来《きた》らんと約束《やくそく》せしを　吉蔵《きちざう》の妻《つま》の一四お浪《なみ》も聞居《きゝゐ》たりしと　そもぐ\お伝《でん》が吉蔵《きちざう》に斯触《かくふれ》こみし其趣意《そのしゆい》は　一五新富町《しんとみちやう》にて忍《しの》びあふ夜《よ》の寐物語《ねものがた》り　一六吉蔵《きちざう》の云《い》へるやう　一七我等《われら》は以前《いぜん》一八嶋原《しまばら》に在《あ》りし頃《ころ》流行《りうかう》の兎《うさぎ》にて多分《たぶん》の金《かね》を儲《まを》けし

婦お伝のはなし」十五日に依拠。↓補一一九。　九 一包み。生糸一梱《こり》は九貫目(約三三・七五キログラム)。　一〇 二百円ほど人から借りてくれと、強いての頼み。なお、明治九年の取引価格は、生糸一梱当たり約四百円(横浜市編・刊『横浜市史』三上、一九六一年所収、第25表「生糸類輸出高」・第27表「蚕糸類輸出額の内訳」より算出)。　一一 信用できる品物だから、職業柄貸してはくださるまいか。吉蔵は古着商だから生糸や女帯とは縁が深い、ということ。　一二 出所。いわれ。　一三 東京北東部の地名(現台東区東部)。隅田川の西、浅草寺を中心とする地域。↓付図3。　一四「下調(東京その他の分一括)」(↓補一一文献)によれば、吉蔵の後家の名は「ふみ」。　一五 お伝は新富町三丁目の宍倉方に同居。隣接する入船町(↓三三六頁注四)の、お角の家の誤りか。　一六 底本「吉蔵に」。自由閣版により改める。　一七 ↓一二一頁注一一。　一八 新富町を指す。兎売買の市が立った。↓補一二〇。以下、「以前島原で兎市の帳場をして居た檜物町の後藤吉蔵といふものに逢ふと　古着渡世は表向で　今は金貸の周旋をして居るとかいふ事で」(「毒婦お伝のはなし」十五日)に依拠。

絵　蕎麦屋を出て、合乗の人力車に乗るお伝と吉蔵(↓三四二頁二行)。日傘で顔を隠すようにしている。

⑦

より　檜物町《ひものちやう》に移《うつ》りても　古着《ふるぎ》⑤渡世《とせい》は表向《おもてむき》にて　今《いま》では自他《じた》の金《かね》を貸出《かしだ》し　抵当物《ひきあてもの》の周旋《しうせん》などして　可也気楽《かなりきらく》な身《み》の上《うへ》なりなど　誇《ほこ》[一]り香《か》に吹聴《ふいちやう》せしかば　お伝《でん》は聞《きゝ》て　是《これ》こそよき金《かね》を引出《ひきだ》す手掛《てがゝ》りなりと　我身《わがみ》　当時《たうじ》は斯《かゝ》る卑《いやし》[二]き世渡《よわた》りをもて糊口《くちすぎ》[三]すれど　其実《そのじつ》は　沼田《ぬまた》[四]の藩中《はんちう》広瀬《ひろせ》[五]某《ばう》の落胤《おとしだね》[六]にて　廃藩《はいはん》の後斯《のちかく》なり果《はて》しが　此頃《このごろ》腹違《はらちが》[七]ひの兄弟《きやうだい》に名乗《なのり》あひて　近《ちか》き内正《うちたゞ》[八]しき身《み》に立帰《たちかへ》る話《はな》しも極《きま》り　実家《じつか》[九]の助《たす》けに家《いへ》を建《たて》　商法《しやうはふ》を開《ひら》く可《べ》き下組《したぐみ》[一〇]あれば　其時《そのとき》は是《これ》を縁《えん》に懇意《こんい》を結《むす》び　一[一一]ト肩《かたい》入れて給《たま》はれがし抔《など》　ま

絵　旅人宿丸竹でくつろぐお伝・吉蔵。大谷三四郎の宿帳に偽名を書き記させる（→三四五頁六行）。提灯には丸に「竹」、「大谷」とある。宿帳の下にあるのは矢立。下女が料理を運ぶ。

一 →二六四頁注一。 二「流行の淫売」（→三三六頁一二行）のこと。 三 →三六頁注一一。 四 上野国沼田（→二五二頁注八）に藩庁を置いた藩。譜代。寛保二年（一七四二）以降土岐氏が藩主となり、三万五千石を領した。明治二年六月土岐頼知が版籍を奉還、四年七月廃藩により沼田県となる。錦松堂版に底本振り仮名「ぬまだ」。 五 広瀬半右衛門（→三〇六頁注一）。ただし、半右衛門の息子文郎（群馬県利根郡沼田倉内町一八一番地）の供述によれば、亡父存生中「後閑村長兵衛娘しづ并はると申者、召使候事実　母并親族の者と雖も一向不存（ぞんぜず）　且出入せし事なし」（「下調（東京その他の分一括）」↓補一一文献）。なお、小野勝「高橋おでん（お伝）聞き書き帳」（一九八七年十二月『沼田万華鏡』三十）の壬申戸籍の調査によれば、半右衛門は明治五年現在六十一歳（数え）で存命（文化九年〈一八一二〉生まれ）。 六 →四〇頁注三一。 七 でんの口供（→三三四頁注七）によれば、異母姉青木かね。→補一二一。 八 広瀬半右衛門に、庶子として認められること。

ことしやかに語《かた》るといへども　吉蔵《きちざう》はお伝《でん》が挙動《ふるまひ》　なみ〳〵ならぬ女《をんな》と看認《みと》めて　[一二]浮架《うか》とは乗《のら》ず　宜《よ》き程《ほど》にあしらひて別《わか》れしが　其後《そののち》久《ひさ》しく出会《いであは》ざりしが　先頃逢《さきごろあひ》しその折《をり》に　[一三]製茶《せいちや》の見本《みほん》を持来《もちきた》り　吉蔵《きちざう》⑥をは[一四]め込《こ》むたくみを　此時《このとき》も[一五]手術《てだて》に乗《の》らねば　その後度々《のちたび〳〵》[一六]中《なか》宿《やど》より呼《よび》に来《く》れど　[一七]此頃《このごろ》は堅気《かたぎ》となりて[一八]さる業《わざ》は廃止《やめ》たりと断《ことは》りて　吉蔵《きちざう》には会《あは》ぬより　後藤《ごとう》はお伝《でん》がもてなしのこまやかなりしを忘《わす》れかね　度々中宿《たび〳〵なかやど》に来《きた》るよしを　[一九]引手《ひきて》の老媼《ばゝ》より聞知《きゝし》るものから　[二〇]近頃《ちかごろ》は誑《たぶら》かすべき相応《さうおう》の相手《あひて》もなくて　困窮《こんきう》するより　計《はか》らず[二一]途中《とちう》吉蔵《きちざう》に出会《であひ》しを幸《さいは》ひとし　抵当物《ひきあてもの》の事《こと》に托《たく》し　[二二]色《いろ》に事《こと》よせ多《おほ》くの金《かね》を欺《あざむ》き取《と》るか　若《もし》さなくば殺《ころ》してなりと　二百円久《ゑんひさ》し振《ぶり》にて懐中《ふところ》に収《おさ》めんものと　吉蔵《きちざう》に日《ひ》を約《やく》して別《わか》れしが　約定《やくぢやう》の[二三]二十七日　宍倉《しゝくら》　小川《をがは》にも子細《しさい》は告《つげ》ず　朝湯《あさゆ》に入《いり》て磨《みが》き揚《あげ》　[二四]髪《かみ》もとりあげ　[二五]嗜《たしな》みの珊瑚珠《さんごじゆ》の根《ね》がけを掛《かけ》　形装《みなり》もつくろひ　[二六]午後《ひるご》より[二七]新富町《しんとみちやう》を立出《たちいで》て　出会所《であふところ》の約束《やくそく》は　[二八]南八町堀《みなみはつちやうぼり》の蕎麦屋《そばや》なれば　彼処《かしこ》に至《いた》り　[二九]云々《しか〴〵》の人《ひと》は来《き》しかと尋《たづ》ぬるに　先刻《さき》より二階《かい》にお待《まち》かねと聞《きく》より　別間《べつま》の二階《かい》に登《のぼ》るに　[三〇]吉蔵《きちざう》は待《まち》かねて独《ひと》り手酌《てじやく》で酒飲居《さけのみゐ》たるが　お伝《でん》の来《きた》るをつく〴〵看《み》やるに　此頃逢《このごろあひ》し時《とき》よりは形装《みなり》も栄《はえ》て麗《うる》はしく　又《また》一層《そう》の[三一]あてやかさに　ほろ酔《ゑひ》きげんの吉蔵《きちざう》は[三二]目《め》に皺《しわ》よせて垂涎《よだれ》を流《なが》し　爰《こゝ》へ〳〵と傍《かた》へに引《ひき》つけ　約束《やくそく》の金高《きんだか》も整《とゝの》へて　コレ爰《こゝ》に所持《しよぢ》なしたれば　先方《せんばう》にさへ故障《こしやう》がなければ直取《すぐとり》引《ひき》になる事《こと》ゆゑ　サア安心《あんしん》して⑦一杯飲《いつぱいのみ》なと猪口《ちよく》の遣取《やりとり》　[三三]合《あひ》の手《て》を押《おさ》へる振《ふり》もなまめき

九 広瀬家を指す。一〇 用意。一一 ちょっとお助け下さい。「がし」は↓二五六頁注八。一二 うっかりと。↓一五三頁注九。一三 宍倉佐太郎の供述「下調(東京の分その四)」によれば、明治九年七月頃、でんが手付けを打った茶の見本を宍倉に見せ、金主を募ったことがあった。↓二五三頁注二三。以下、「お伝は(略)爰(こゝ)に一ツの方略(てだて)を考へ　製茶の見本を持歩行(もちあるき)」(「毒婦お伝のはなし」十五日。↓補一一八)に依拠。一四 だましこむ計略だったが。一五 だまされなかったので。一六 主語は吉蔵。「中宿」(↓四九頁注一四)は新富町あるいは入船町の淫売宿(↓三三九頁注一五)を指す。一七 以下お伝のセリフ。一八「流行の淫売」(↓三三六頁一二行)のこと。一九 お角を指す。「引手」↓三三六頁注七。二〇 以下、一二行「二階に登るに」まで、「毒婦お伝のはなし」十五日に依拠。↓補一二二。二一 ↓三三八頁六行。二二 ↓二六七頁注一八。二三 正しくは二十六日。注一三の宍倉の供述によれば、八月二十六日夕飯後、でんが一人で外出、その夜は帰宅せず、翌二十七日午後五時頃帰宅。二四 髪を結い上げ。ただし注一三の宍倉の供述によれば、困窮の余り「でん儀日々髷(まげ)を結ひたる儀は無之(これなき)程」で、日々の食事も宍倉で賄っていた。宍倉によれば、でんが「丸髷に結ひ、簪(かんざし)根掛け等も用

⑧
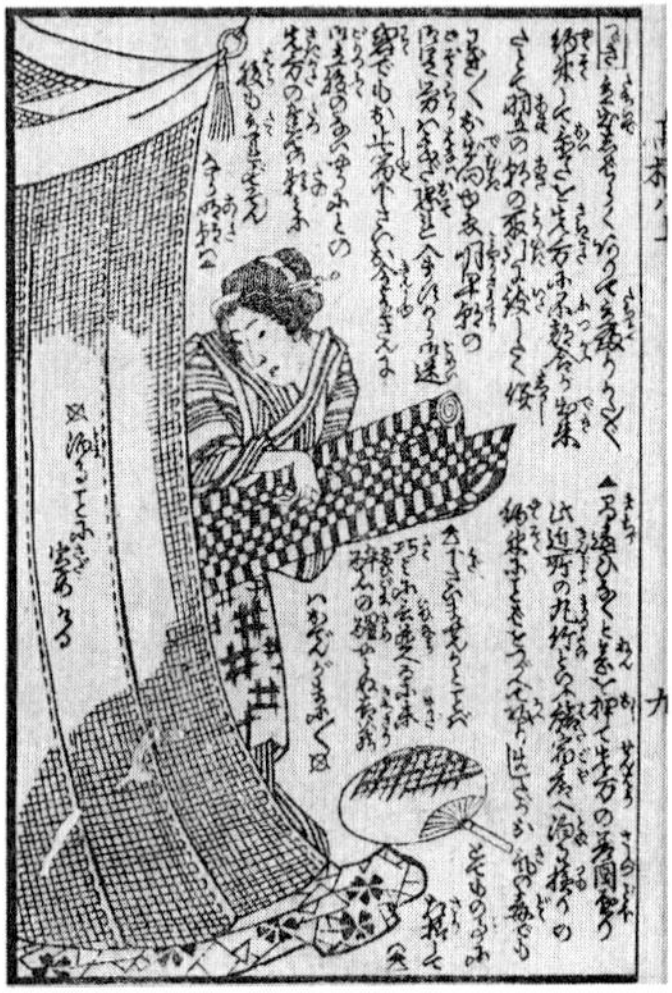

て　一暫《しばら》く時間《じかん》を此処《こゝ》に費《つひや》し　是《これ》より二人《ふたり》は二合乗《あひのり》の人力車《じんりきしや》にて蕎麦屋《そばや》を立去《たちさ》り　三蔵前通《くらまへどほ》りにさしかゝりしが　素《もと》より四安房《あは》の何某《なにがし》が抵当品《ひきあてしな》を浅草辺《あさくさへん》へ持寄抔《もちよるなど》とは　五形《かた》もなき詐《いつは》りながら　お伝《でん》が頓智《とんち》　六或待合茶屋《あるまちあひちやや》の檐《のき》さきに車《くるま》をおろさせ　未《ま》だこれ〳〵の人物《じんぶつ》は見《み》へませぬかと問《と》ふに　七茶店《さでん》の女房《にようばう》が　イヱ〳〵左様《さやう》なお客《きやく》さまはお見《み》へでは有《あり》ませぬといふを八そらさず　モウ疾《とく》に来《き》てゐるはづだに　九めんような　マア吉蔵《きちざう》さん上《あが》りましやうと　打連《うちつれ》て待合《まちあひ》の小座敷《こざしき》に座《ざ》を占《しめ》て　一〇一吸煙《いつぷく》するうち　お伝《でん》は立《たつ》て　余《あま》り来《き》やうが遅《おそ》いから　此先《このさき》の中宿《なかやど》で様子《やうす》を聞《きい》て来《く》る程《ほど》に　少《すこ》し待《まつ》てと　吉蔵《きちざう》を此家《このや》に残《のこ》し戸外《おもて》に⑧立出《たちいで》　しばらくありて立帰《たちかへ》り　一一かた〴〵約束《やくそく》して置《おい》たを　一二先方《さきかた》に不都合《ふつがふ》が出来《でき》たとて　翌《あす》の朝《あさ》の取引《とりひき》に致《いた》したく　併《しかし》わざ〳〵お出向《でむき》ゆゑ　明早朝《みやうさうてう》の御足労《ごそくらう》は甚《はなは》だ恐《おそ》れ入ますから　御迷惑《ごめいわく》でもお一三止宿《ししゆく》下さい　お一四金主《きんしゆ》さんに御立腹《ごりつぷく》のないやうに　との　先方《さきかた》の達《たつ》ての頼《たの》みに腹《はら》も立《たゝ》れず　そんなら明朝《あした》は間違《まちが》ひなくと念《ねん》を押《おし》て　先方《せんばう》の差図通《さしづどほ》り　此

ひ」たのは、吉蔵を殺害した後の二十八日早朝。
二五 好みの珊瑚珠（→二三〇頁注八）の根がけ（日本髪の髻（もとどり）の部分にかける縮緬や宝石などの装飾品）。
二六 読みは「昼後」による。午後。
二七 三丁目の宍倉方（→三三五頁五行）。　二八 →補一二三。
二九 これこれの人。吉蔵を指す。
三〇 以下、一六行「猪口の遣取り」まで、「毒婦お伝のはなし」十六日（→補一一八）「後藤吉蔵は（略）約束したる蕎麦店（そばや）に至（いた）り　酒を出させて飲ながら　お伝を遅しと待居たるお伝も（略）形装（みなり）も殊に取繕ひて（略）吉蔵に声をかけ　入りくるさまを熟視（つくゞみ）るに　此頃逢し其時とは打て替りしあてやかさに　ハヤ微酔（ほろゑ）ひの吉蔵は眼を細くして　爰（こゝ）へ〳〵と態（わざ）とおのれが側（そば）へ呼つけ　お約束の金高も調（とゝの）へて是（これ）こゝにあれば　先方にさへ故障が無（なけ）れば直（すぐ）取引になる事ゆゑ　マア安心して一杯お飲（のみ）とさす盃を　お伝はうけて」に依拠。
三一 上品な美しさ。
三二 目尻に皺を寄せて。女に見とれるさま。目尻を下げて。
三三 お伝の話に割りこもうとする吉蔵をさえぎる身振り。

以上三四一頁

絵　蚊帳を吊った後で、下女が薄い敷物（→三四七頁絵）を持ってくる。

近所《きんじょ》の一五丸竹《まるたけ》といふ旅宿店《はたごや》へ　泊《とま》る積《つも》りの約束《やくそく》に　一六ことばをつがへて帰《かへ》りましたが　お気《き》の毒《どく》でも一七とてもの事《こと》に　左様《さう》して下《くだ》さいませんかと　ことば巧《たく》みに言並《いひなら》べるに　未酔《まだゑひ》心《こゝろ》の醒《さめ》やらぬ吉蔵《きちざう》は　一八おでんがまに〳〵泊《とま》ることに定《さだ》めける

一 以下、上巻末尾まで、「毒婦お伝のはなし」十六日に依拠。↓補一二四。
二 ↓二九六頁注五。
三 浅草御米蔵の西側の通り(現江戸通り)。浅草橋から浅草御蔵前片町を通って北上する。↓付図3。
四 田中屋甚三郎。↓三三八頁一二行以下。
五 何の根拠もない偽り。
六 男女の密会などに席を貸す茶屋。
七 振り仮名は「さてん」の誤りとも考えられるが、三四五頁六行にも例があり、底本のママとする。
八 吉蔵の気分を悪くしないように。
九 不思議な。
一〇 たばこを吸ってしばらく休息すること。
一一 いろいろと。
一二 田中屋甚三郎を指す。
一三 旅館などに泊まること。
一四 資金を出す人。吉蔵を指す。
一五 浅草御蔵前片町の大通りにあった、でんが吉蔵を殺害した旅人宿の屋号。関東大震災前まで残っていたという(篠田鉱造『幕末明治　女百話』後編「毒婦高橋お伝の女仇討」)。
一六 固く約束して。
一七 いっそのこと。
一八 お伝の言うがままに。

中巻見返し

⑨
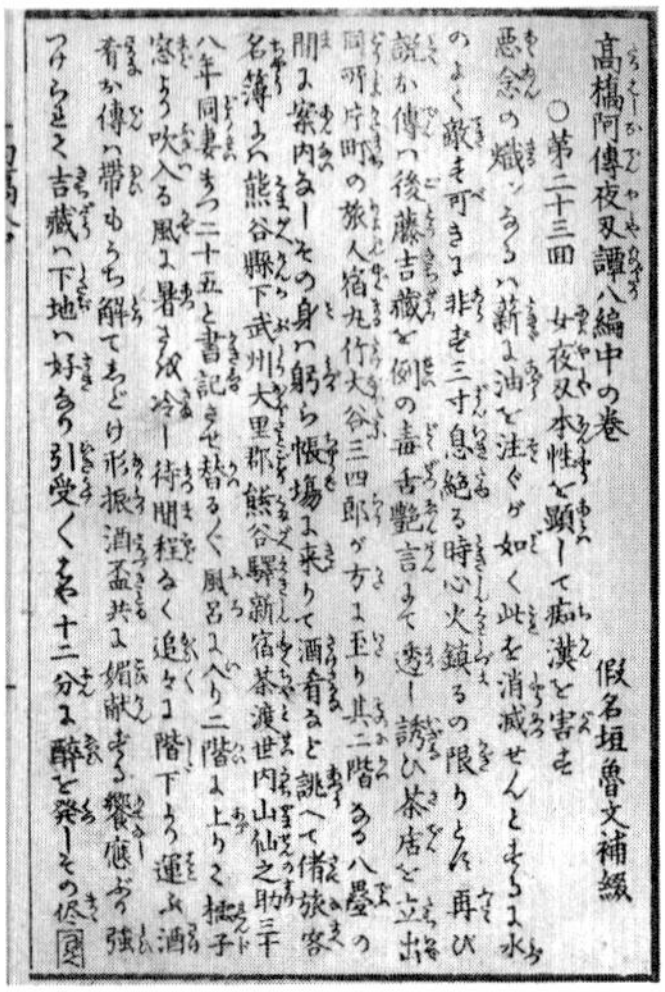
高橋阿傳夜叉譚八編中の巻　假名垣魯文補綴

○第二十三回　女夜叉本性を顕して痴漢を害す

悪念の熾なるハ薪に油を注ぐが如く此を消滅せんとするに水のよく敵す可きに非ず三寸息絶る時心火鎮るの限りとれ再び説か傳ハ後藤吉蔵を例の毒舌艶言もて透し誘ひ茶店を立出同所片町の旅人宿丸竹大谷三四郎が方に至り其二階なる八畳の間に案内なしその身ハ帳場に来りて酒肴など誂へて備旅客名簿にハ熊谷縣下武州大里郡熊谷驛新宿茶渡世内山仙之助三十八年同妻まつ二十五と書記させ替るく風呂にいり二階に上りて扨子窓より吹入る風に暑さを冷し待間程なく追々に階下より運ぶ酒肴お傳ハ帯もうち解てしどけ形振酒盃共に媚献する饗應ぶり強つけられて吉蔵ハ下地ハ好なり引受くむや十二分に酔を発しその侭（図）

高橋阿伝夜叉譚　八編　中之巻

魯文著
周重画

金松堂梓

中巻見返し　海辺の景。飛ぶ鳥と帆船。多色刷。

一 女の夜叉(→四二頁注一)。お伝を指す。
二 後藤吉蔵を指す。「痴漢」は→二九〇頁注六。
三 悪事を働こうとする心。
四 水では十分に対応できない。
五 呼吸がとまって死ぬ時、はじめて、燃え上がる火のように激しく起こる感情が鎮まる。「三寸」は咽喉の長さ、転じて呼吸するのどの意。「野辺の送りもそこ〳〵に　三寸息絶て万事休すはかなき夢の一周(めぐ)り」(明治十一年十月十三日『仮名読新聞』)。「わづか喉(のど)三寸に酒食の甘味(かんみ)を見るため」(服部応賀『修身千代見草』三号、明治十三年四月)。
六 悪意のある巧言と、艶めいた言葉。
七 うまく言いくるめて勧め。
八 以下、一一行「其処に倒るゝを」まで、「毒婦お伝のはなし」十六日に依拠。→補一二五。
九 浅草御蔵前片町(現台東区浅草橋三丁目)。浅草御蔵前通り(→三四二頁注三)の西側に沿った片側町だったが、明治五年浅草御蔵の一部を合併し、町域を東に拡大。→付図3①。
一〇 注文して。
一一 宿泊者の住所・氏名などを書き記す帳簿。宿帳。
一二 熊谷宿(→二九一頁注二八)の地域名。宿の東南端に位置(現熊谷市

⑨高橋阿《たかはしお》伝夜刄譚《でんやしやものがたり》　八編中の巻

仮名垣魯文補綴

○第二十三回　[一]女夜刄本性《にょやしゃほんしやう》を顕《あらは》して[二]痴《ち》漢《かん》を害《がい》す

[三]悪念《あくねん》の熾《さか》ンなるは薪《たきゞ》に油《あぶら》を注《そゝ》ぐが如《ごと》く　此《これ》を消滅《しやうめつ》せんとするに　[四]水《みづ》のよく敵《てき》す可《べ》きに非《あら》ず　[五]三寸《ずん》息絶《いきたゆ》る時《とき》　心火鎮《しんくわしづま》るの限《かぎ》りとす　再《ふたゝ》び説《とく》　お伝《でん》は後藤吉蔵《ごとうきちざう》を例《れい》の[六]毒舌艶言《どくぜつゑんげん》にて[七]透《すか》し誘《いざな》ひ　[八]茶店《さてん》を立出《たちいで》　[九]同所片町《どうしよかたまち》の旅人宿《りよじんやど》　丸竹大谷《まるたけおほたに》三四郎《らう》が方《かた》に至《いた》り　其二《そのに》階《かい》なる八畳《でふ》の間《ま》に案内《あんない》なし　その身《み》は躬《みづか》ら帳場《ちやうば》に来《きた》りて　酒肴《さけさかな》など[一〇]誂《あつら》へて　偖《さて》[一一]旅客名簿《なまへちやう》には熊谷県下《くまがへけんか》武州大里郡《ぶしうおほさとごほり》熊谷駅《くまがへえき》[一二]新宿《しんしゆく》　茶渡世《ちやとせい》[一三]内山仙之助《うちやませんのすけ》三十八年　同妻《どうさい》まつ[一四]二十五と書記《かきしる》させ　替《かは》るぐ〱風呂《ふろ》に入《い》り　二階《かい》に上《あが》りて　[一五]櫺子窓《れんじまど》より吹入《ふきい》る風《かぜ》に暑《あつ》さを冷《さま》し　待間程《まつまほど》なく追々《おひ〱》に階下《した》より運《はこ》ぶ酒肴《さけさかな》　お伝《でん》は[一六]帯《おび》もうち解《とけ》てしどけ形振《なりふり》　[一七]酒盃共《さかづきとも》に媚献《こびけん》ずる饗応《もてなし》ぶり　強《しひ》つけられて吉蔵《きちざう》は　[一八]下地《したぢ》は好《すき》なり引受《ひきうけ》〱　はや十二分《ぶん》に酔《ゑひ》を発《はつ》し　その儘《まゝ》⑩其処《そこ》に倒《たふ》るゝを　お伝《でん》は下女《げぢよ》に蚊帳《かや》を釣《つ》らし　[一九]蒲団《ふとん》の上《うへ》に吉蔵《きちざう》を掻抱《かきいだ》きツヽ臥《ふ》せしむるに　吉蔵《きちざう》は此家《このや》に泊《とま》り　お伝《でん》が罠《わな》に罹《かゝ》るとも知《し》らで　却《かへ》ツて取引《とりひき》の金《かね》と品《しな》との手違《てちが》ひが[二〇]是《これ》ぞ[二一]勿怪《もつけ》の僥倖《さいはひ》と　倶《とも》に臥床《ふしど》に入《い》るを歓《よろこ》び　強《しひ》つけられたる饗応酒《ふるまひざけ》を飽《あく》まで過《すご》して　枕《まくら》

筑波)。江戸時代後期、北西の石原から熊谷宿に入ると、門前町、本町、仲町、下町、新宿(しんしゆく)の順に経由(『熊谷市史』前篇、一九六三年)。

三 でんの口供(→三三四頁注七)によれば後藤吉蔵の変名。異母姉青木かねを殺害したとする。

四 お伝が嘉永元年(一八四八)生まれ(→六四頁注九)なら明治九年のこの時数えで二十九歳であり、「毒婦お伝のはなし」十六日(→補一二五)が正しい。明治十二年の処刑時「二十九年二ケ月」(→四〇頁一〇行)なら嘉永二年生まれとなり、この時は数えで二十八歳。嘉永四年七月下旬生まれ(→六四頁注九)とすれば、この時満二十五歳。

一五 櫺子を縦または横に一定間隔で並べた窓。「櫺子」は、方形の細長い木または竹を、角を正面にして狭い間隔で枠内に並べ、取り付けたもの。

一六 帯も緩み、打ち解けて崩れた身なり・態度になって。

一七 盃とともに媚も呈するもてなしよう。

一八 もともと酒好きなところへ、お伝も好意をもって勧めるので、盃を繰り返し受けて。「下地は好きなり御意はよし」を踏まえる。「下地は好きなり御意はよしで御供をいたしやせうといったら」(魯文『滑稽富士詣』八・下)。「帝様から下された御酒なれば(略)うまい〱と舌鼓。なるは滝呑　引受〱」(並木千柳ら『源平

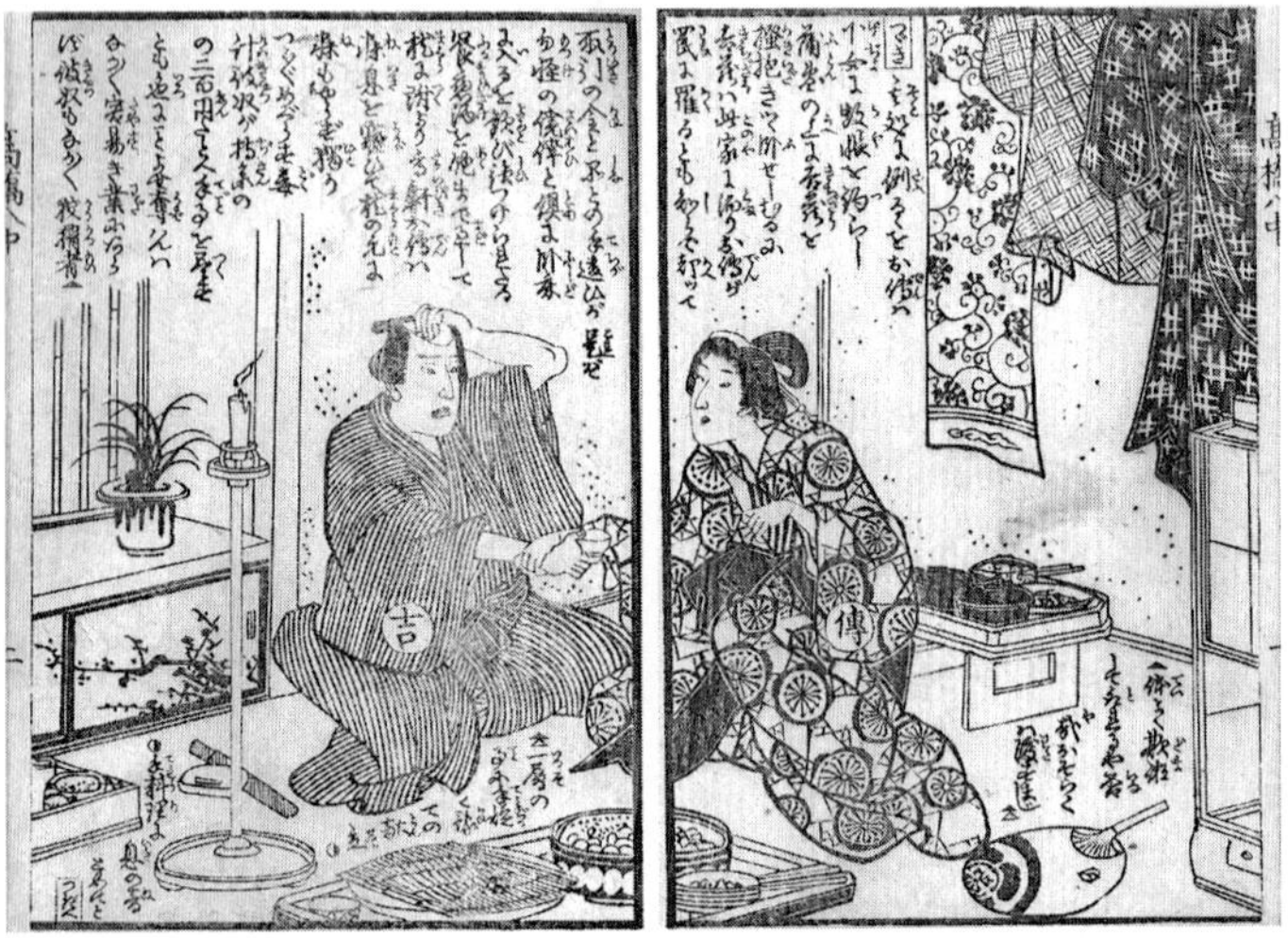

⑩

に附《つく》より高軒《たかいびき》　お伝《でん》は寐息《ねいき》を窺《うかゞ》ひて　枕《まくら》の元《もと》に寐《ね》もやらず　独《ひと》りつくぐ〳〵めぐらす毒計《どくけい》一　彼奴《きやつ》が持参《ぢさん》の二百円《ゑん》　たとへ手事《てごと》二を尽《つく》すとも　色《いろ》にことよせ奪《うば》はんは　なかく〳〵容易《たやす》き業《わざ》にあらず　彼奴《きやつ》もなかく〳〵狡猾者《かうかつもの》　体《てい》よく欺誑《だま》して取《と》三れるや否哉《いなや》　おそらくは渡《わた》すまじ　一層《いつそ》の事《こと》に手短《てみぢか》く　予《かね》ての献立《こんだて》四　手料理《てれうり》に息《いき》の音《ね》とめてと⑪四辺《あたり》を看廻《みまは》し　十八五日の月《つき》しろも西《にし》に傾《かたむ》く時分《じぶん》はよしと　宍倉《しゝくら》六の家《いへ》を出《いづ》るをり　密《ひそか》に奪《うば》ひて貯《たくは》へたる剃刀《かみそり》の根刃《ねたば》七を合《あは》せ　行燈《あんどう》吹消《ふきけ》し　猶《なほ》も寐息《ねいき》をうかゞひすまし　薄《うす》八かいまきを

布引滝』四、寛延二年〈一七四九〉初演）。

一九　以下、三四六頁一〇行「息の音とめてと」まで、「毒婦お伝のはなし」十八日に依拠。↓補一二六。

二〇　「是ぞ」は入れ木か。

二一　思いがけなく巡り合った幸運。

以上三四五頁

絵　丸竹の二階で、吉蔵に無理に酒を勧めるお伝。右手で吉蔵の手首をつかみ、左手には徳利を持つ。酒好きの吉蔵は、頭に手をやり恐悦のさま。大蠟燭の燭台が照らす。ランプは明治五—十年頃より次第に使用が増大するが、一般に普及するのは明治二十年代。↓『青楼半化通』補三四。

一　悪計。

二　手練手管。うまく男を操る技巧。

三　取れるだろうか、だめだろうか。

四　計画通り、自分で手を下して。

五　十八日の月。犯行が夜明け方であったことを示す。なお実際の犯行があったのは明治九年八月二十七日(旧暦七月九日)の午前十一時頃(↓補一二七)。

六　「宍倉方にて盗み置たる剃刀にて難なく殺して」(「毒婦お伝のはなし」十九日。↓補一一八)に依拠するか。なお宍倉佐太郎の供述「下調(東京の分その四)」(↓補一一文献)によれば、「八月二十一日頃より、所有の髪剃刀不相見(あひみえず)、依ては何れへ歟(か)仕舞(しまひ)失ひたる儀と心得居候、右

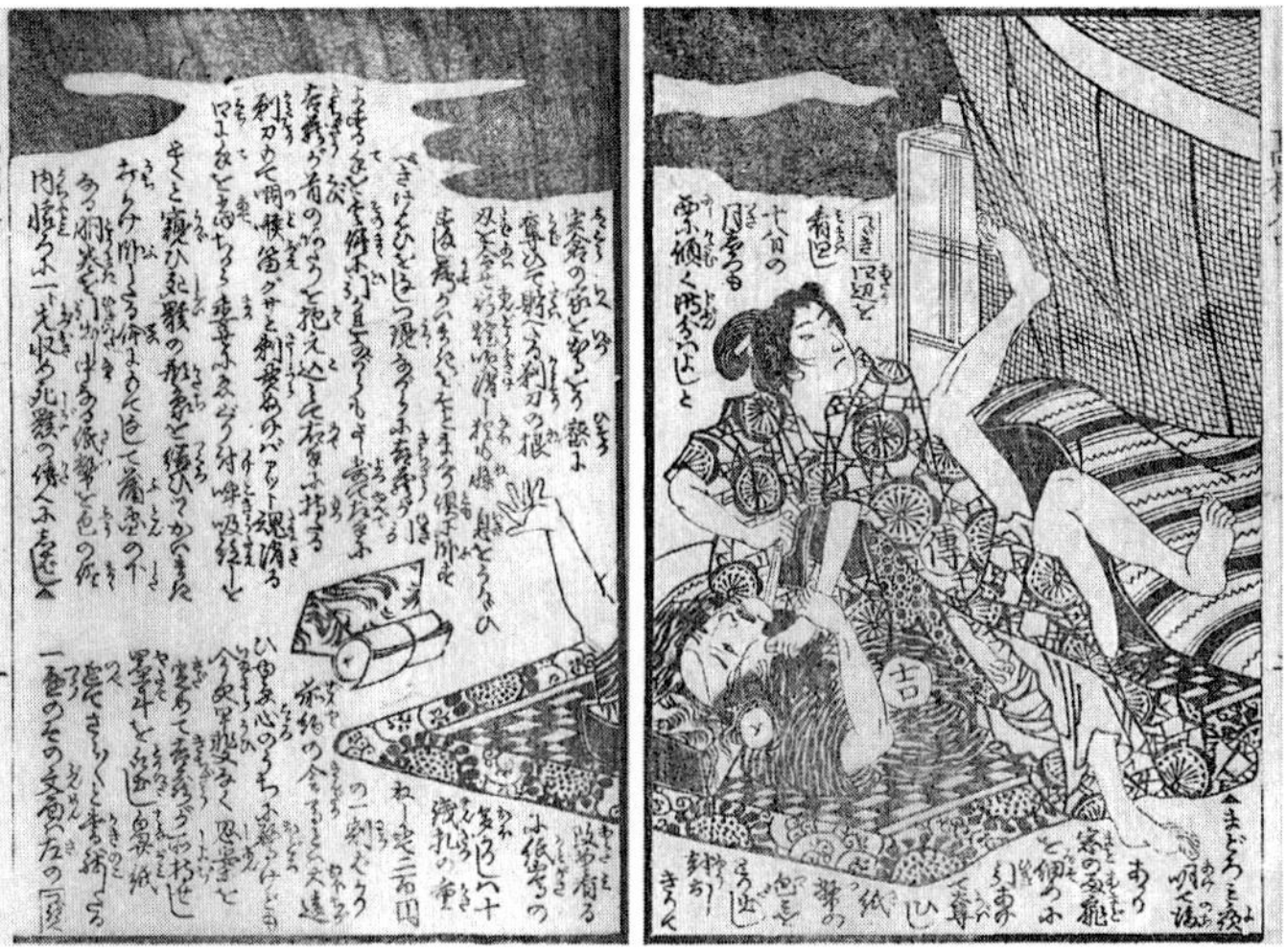

⑪

九そとまくり　倶《とも》に臥《ふ》すべきけはひをなしつ　一〇現《うつゝ》ながらに吉蔵《きちざう》が引《ひき》よする手《て》を其儘《そのまゝ》に　引《ひ》かれながらもさし寄《よつ》て　左手《ゆんで》に吉蔵《きちざう》が首《くび》のあたりを抱《かゝ》え込《こ》みて　右手《めて》に持《もつ》たる一一剃刀《かみそり》もて　咽喉笛《のどぶえ》グサと刺貫《さしつら》ぬけば　アット一二魂《たまぎ》消る口《くち》に手《て》を当《あて》　ちから委《まか》せにゐぐり付《つけ》　呼吸絶《こきうたえ》しをとくと窺《うかゞ》ひ　死《し》骸《がい》の形象《かたち》を繕《つくろ》ひツヽ一三かいまき打《うち》かけ　臥《ふ》したる体《てい》に一四もてなして　蒲団《ふとん》の下《した》なる一五胴巻《どうまき》を引出《ひきいだ》し　中《なか》なる紙幣《さつ》を包《ふう》の儘《まゝ》　一六内懐《うちふとこ》ろに一ト先収《まづおさ》め　死骸《しがい》の傍《かた》へにしばしまどろみ　夜明《よあけ》て後《のち》　あかり窓《まど》の雨扉《あまど》を細《ほそ》めに引《ひき》あけて　奪《うば》

でん者盗取り　同人より、近隣の研屋(とぎや)へ遣しある趣」とある。
七 寝刃(ねたば)を合わす。切れ味を鋭くすること。わら束やある種の砥石などを用い、刃先に細かい傷をつけることで切れ味が増す。ここは周到に殺害の準備をする意。
八 掻巻。袖の付いた綿入れの寝具。夏の夜や昼寝用。
九 そっとまくって。
一〇 以下、「蚊帳(かや)のもとへよる折しも　此物音に眼をさましてか　寐(ね)ぼれ声にて吉蔵が　此方(こっち)へ早く這入(はい)てお寐ナト引入るゝを打も払はず　莞爾(にっこ)笑つて其儘に蚊帳のうちに入りし後は　如何なる事をなしゝならん」(「毒婦お伝のはなし」十八日)。
一一 一五―一八センチメートル程の鋼製の小刀で、切っ先がない。→補一二七。
一二 →八九頁注一四。
一三 〈報知〉では「吉蔵死体へは夜具を掛け寝臥せる体にし」。
一四 見せかけて。
一五 →六二頁注九。
一六 肌に近い内側の懐。

絵　蚊帳の中に入り、剃刀で吉蔵の咽喉を刺すお伝。もがく吉蔵。はね飛ぶ箱枕。

⑫

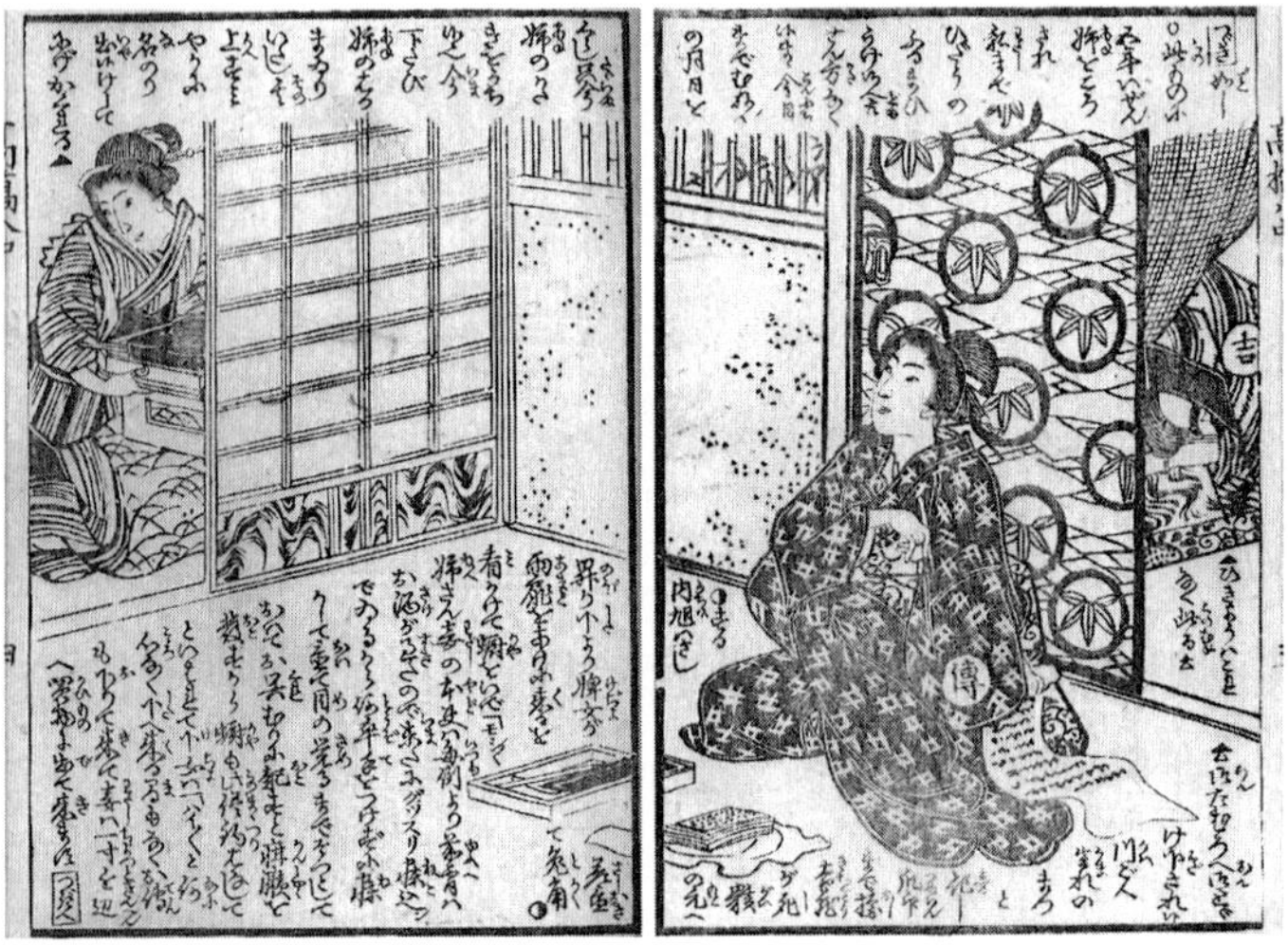

ひし紙幣《さつ》の包《つゝ》みをとり出《だ》し　封《ふう》おしきりて改《あらた》め看《み》るに　紙嵩《かみがさ》[一]の多《おほ》かりしは十[二]銭札《せんさつ》の重《かさ》ねしにて[三]二百円の一割《わり》ばかり　前約《ぜんやく》[四]の金《きん》高《だか》とは大違《おほちが》ひゆゑ　心《こゝろ》のうちに驚《おどろ》けども　今更甲斐《いまさらかひ》なく　思案《しあん》を定《さだ》めて　吉蔵《きちざう》[五]が所持《しよぢ》せし墨斗《やたて》を取出《とりいだ》し　鼻紙延《はながみのべ》[六]てさら〳〵と書残《かきのこ》したる一通《つう》の　その文面《ぶんめん》は左《さ》の如《ごと》し⑫

○此《この》ものに五年いぜん[七]姉《あね》[八]をころされ　私《わたし》までひだら[九]のふるまひうけ候[一〇]へ共《ども》　せん方《かた》なく候まゝ今日《こんにち》までむねんの月日をくらし只今姉《たゞいまあね》のかたき[一一]をうち候也　今《いま》一トたび姉《あね》のは[一二]かまゐりいたし

絵　吉蔵の死骸にかいまきを掛けて寝ているように見せかけ、隣の部屋で、下女の運ぶ朝ご飯を待つお伝。左手にはまだ書置きを持っている。前にあるのは硯箱。書置きを書いた紙も鼻紙ではなく、本文と齟齬する点が多い。襖の紋は丸に五枚笹。

一　以下、「嵩の多きは半円ならんと逌(さすが)のお伝も思ひあやまり(略)扨(さて)彼紙幣(かのさつ)の包を見るに　十銭紙幣のみにして　見込の金高とは大違ひゆゑ　心に痛くは驚けど　今更何とも所詮(せんすべ)なければ　姉の復讐(あだうち)はなし」と遺書(かきおき)して」(「毒婦お伝のはなし」十九日。↓補一一八)に依拠。

二　明治九年段階では新紙幣。↓補四四。

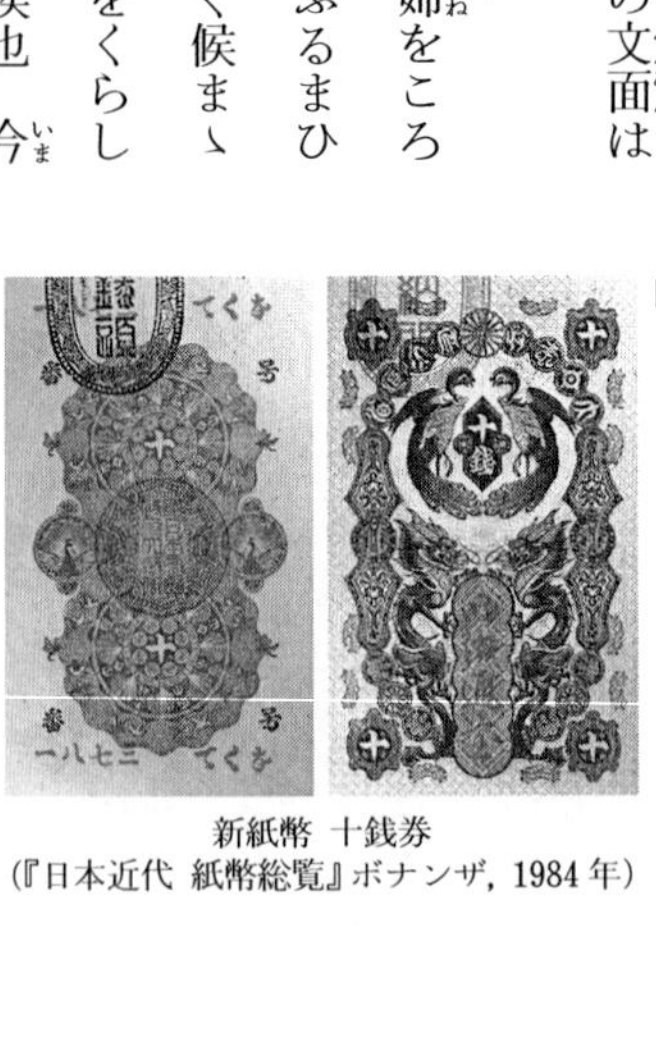

新紙幣　十銭券
(『日本近代　紙幣総覧』ボナンザ，1984年)

三　「兼て調達し置たる十銭紙幣二十五円を懐中(ふところ)にして」(「毒婦お伝

⑬

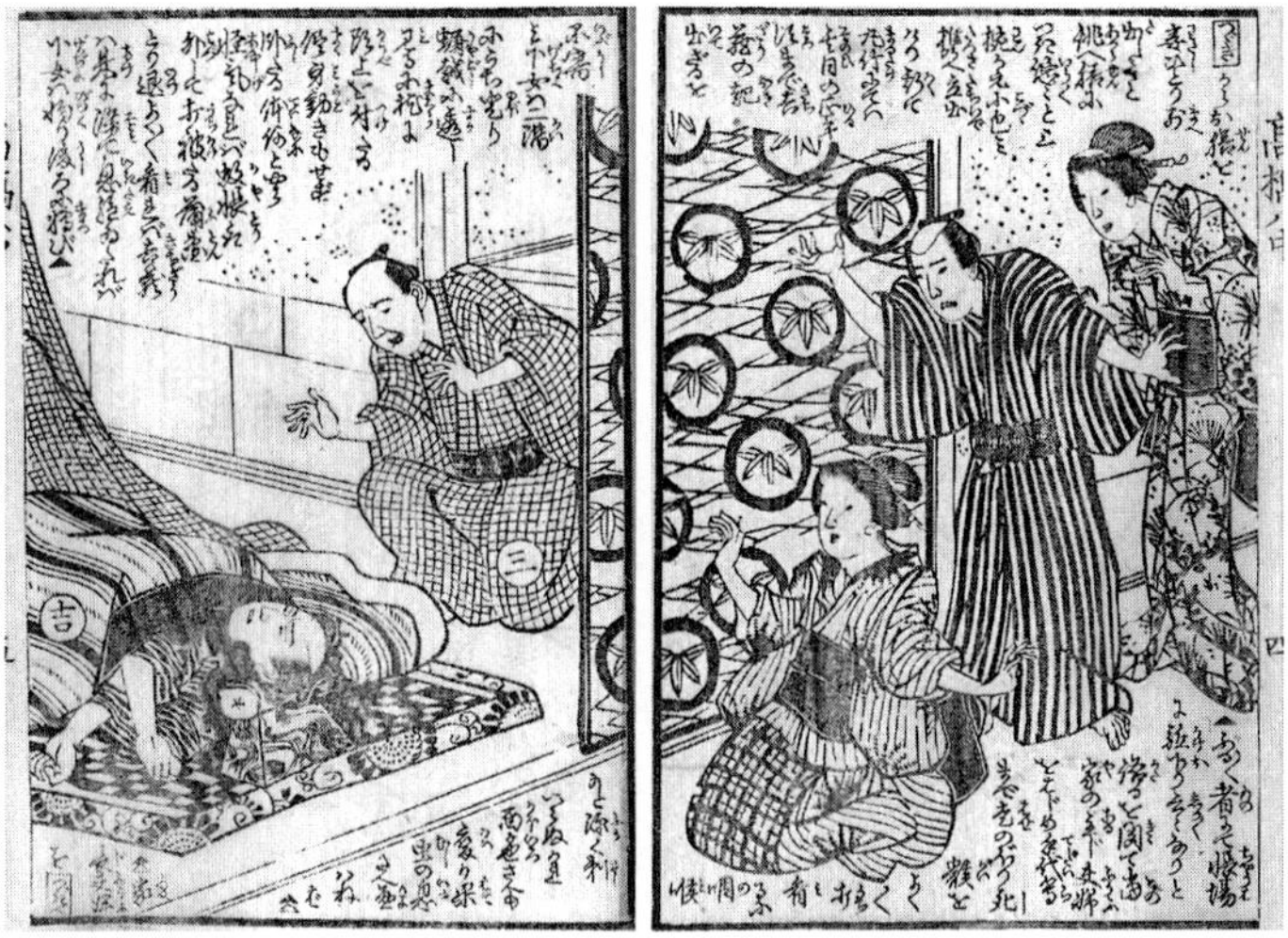

其上《そのうへ》すみやかに名《な》のり出《いで》候　けしてにげかくれるひきよう[一三]はこれなく　此旨《このむね》御《おん》[一四]たむろへ御《おん》とゞけ下《くだ》され候　川《かは》[一五]ごへ生《うま》れのまつ[一六]と記《しる》し　爪印《つめいん》[一七]まで捺《おし》　吉蔵《きちざう》が死《し》骸《がい》の元《もと》へ差置《さしおき》て　兎角《とかく》する内《うち》旭《ひ》はさし昇《のぼ》り　下《した》より婢女《げぢょ》が雨扉《あまど》をあけに来《く》るを看《み》かけて蟵《かや》[一八]をいで「モシ〳〵姉《ねへ》さん妾《わたし》の本夫《やど》[一九]は　毎例《いつも》より前宵《ゆふべ》はお酒《さけ》が過《すぎ》たので　未《いま》だにグッスリ寐込《ねこ》ンでゐるから　何卒《どうぞ》手《て》をつけずに寐《ね》かして置《おい》て　目《め》の覚《さめ》るまでそつとしておいてお呉《くれ》　むりに起《おこ》すと疳癪《かんしやく》を発《おこ》すから　蟵《かや》も此儘《このまゝ》[二〇]釣《つり》はなしてと　いはれて

のはなし」十六日）に依拠するか。なお明治九年九月十二日『仮名読新聞』によれば「金拾一円と書附類」。同日の『東京曙新聞』『読売新聞』『朝野新聞』『郵便報知新聞』『東京絵入新聞』、十三日の『東京日日新聞』などでも金額は同じ。**四** →三三八頁一五行。**五**「檜物町後藤吉蔵を殺害せし手続概略」（→補一一文献）によれば、書置きは「自分所持の矢立を以て認め置候事」だが、明治九年九月十二日『仮名読新聞』では「吉蔵が所持の墨斗」。「墨斗」は→一一一頁注二〇。以下、三五一頁一三行「訴へ出ぬ」まで、「毒婦お伝のはなし」十八日に依拠。→補一一八。**六** 懐中して鼻をかむ場合などに用いる、薄く漉いた小さい紙。**七**『東京絵入新聞』『東京日日新聞』『朝野新聞』『横浜毎日新聞』『仮名読新聞』は「いらい」、『東京曙新聞』は「以来」。『読売新聞』「いぜん」、『郵便報知新聞』「以前」。**八** 青木かねなる人物を指す。→補一二一。**九** 非道。〈報知〉にいう「再三不義中掛」を指すか。**一〇**『仮名読新聞』『横浜毎日新聞』も同じ。他紙は「候はゝ」（『読売新聞』）、「候間」（『郵便報知新聞』）、「候て」（『朝野新聞』『東京日日新聞』『東京曙新聞』）など。**一一** 明治六年二月七日太政官第三十

——三五〇頁に続く

絵 蚊帳を取外し、吉蔵の死骸を前に驚きうろたえる大谷三四郎・女中・手代ら。

⑭

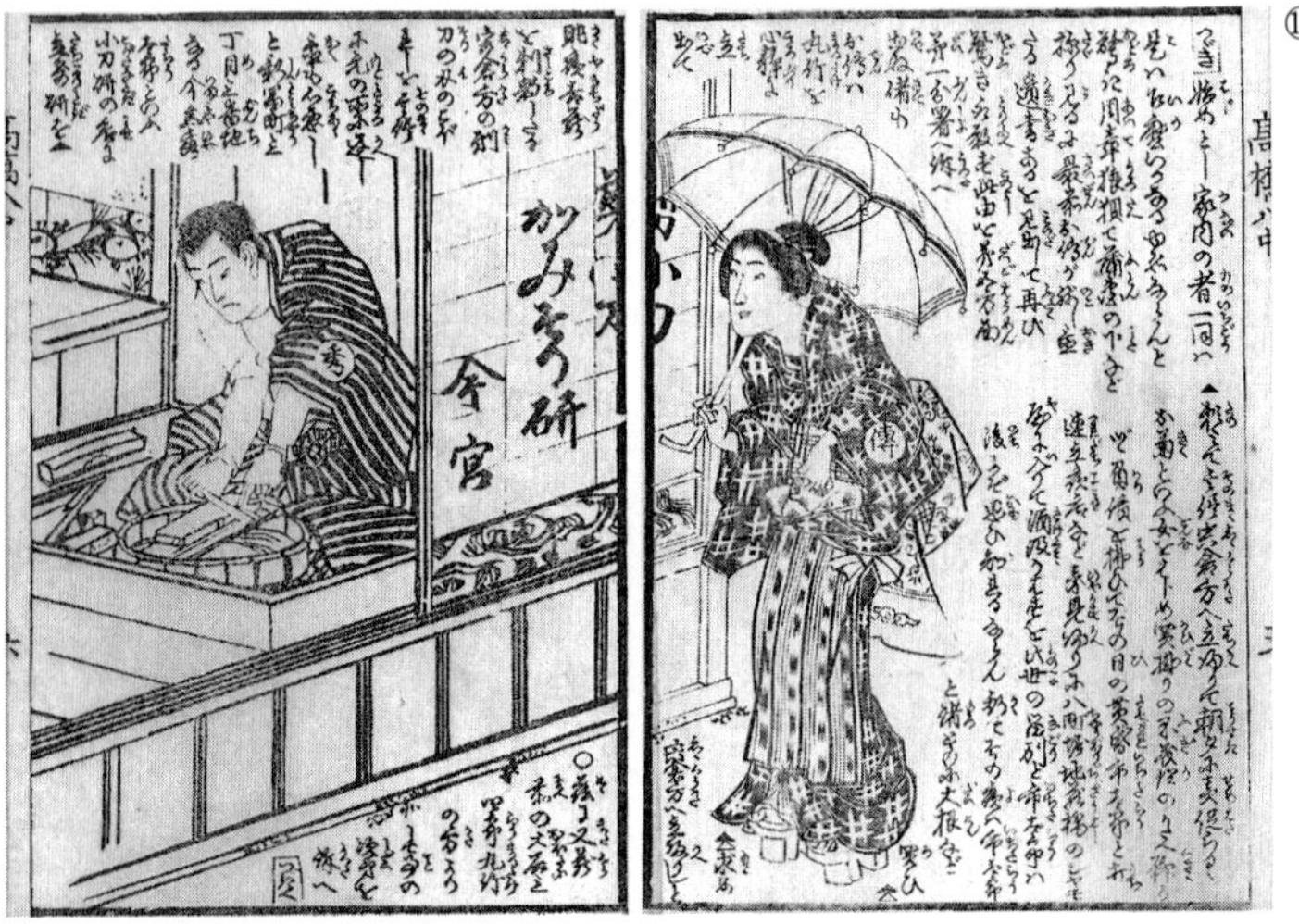

下女《げぢよ》は「ハイ〳〵と　何心《なにごゝろ》なく下《した》へ来《く》る　間《ま》もなくお伝《でん》も下《お》りて来《き》て　妾《わたし》は一寸近辺《ちよつときんぺん》へ　買《かひ》物《もの》に出《で》て来《き》ますから⑬　お膳《ぜん》を妾《わたし》ひとり前出《まへだ》してと誂《あつら》へ　膳《ぜん》につき悠《いう》〳〵と[一]三椀《わん》かえ　小《こ》包《づゝ》み携《たづさ》へ立出《たちいで》けり　斯《かく》て丸竹《まるたけ》にては　其《その》日《ひ》の正午《ひる》頃《ころ》まで吉蔵《きちざう》の起出《おきいで》ざるを不審《いぶかし》み　下女《げぢよ》は二階《かい》にうち登《のぼ》り　蝈越《かやごし》に透《すか》し見《み》るに　枕《まくら》に頭上《かうべ》を付《つけ》たる儘《まゝ》　身《み》動《うご》きもせず臥《ふし》たる体《てい》　何《なに》とやら怪気《あやしげ》なれば蚊帳取外《かやとりはづ》して　打被《うちかけ》たる蒲《ふ》団《とん》と り退《のけ》よく〳〵看《み》れば　吉蔵《きちざう》は朱《あけ》に染《そみ》て息絶《いきたえ》ゐたれば　下女《げぢよ》は悑《びつく》り　後《うし》ろに転《まろ》び　ぶる[二]〳〵者《もの》に

七号布告により、敵討は厳禁された。

一二 他紙は「はかいまゐり」(『仮名読新聞』『横浜毎日新聞』)、「はかいまいり」(『朝野新聞』)、「墓へ参り」(『郵便報知新聞』)、「はかへまいり」(『読売新聞』)、「はかへまゐり」(『東京日日新聞』)、「墓参りして」(『東京曙新聞』)など。

一三 卑怯。

一四 →二三二頁注七。

一五 埼玉県中南部、入間郡川越町(現川越市)。明治六年六月以降熊谷県所属だったが、九年八月二十一日に埼玉県に所属替え。東京へは川越街道で結ばれる。江戸時代は川越藩の城下町として栄えた。→付図2。

一六 他紙は「にて」(または「ニテ」)。

一七 印章の代わりに、指先に印肉をつけて捺す印。

一八 蚊帳。「カヤ、蚊蟵」(『和英語林集成』初版、慶応三年〈一八六七〉)。

一九 「やど」は、妻が夫のことを他人にいう語。亭主。

二〇 釣ったまま置いておいてと。

以上三四九頁

絵　今宮秀太郎の店で、剃刀の研を頼むお伝。右手に日傘、左手に剃刀の包み。障子に「剪小刀／かみそり研／今宮」とある。店の中には砥石で剃刀を研ぐ今宮。

一 三杯おかわりし。お伝の大胆さを示す。

⑮

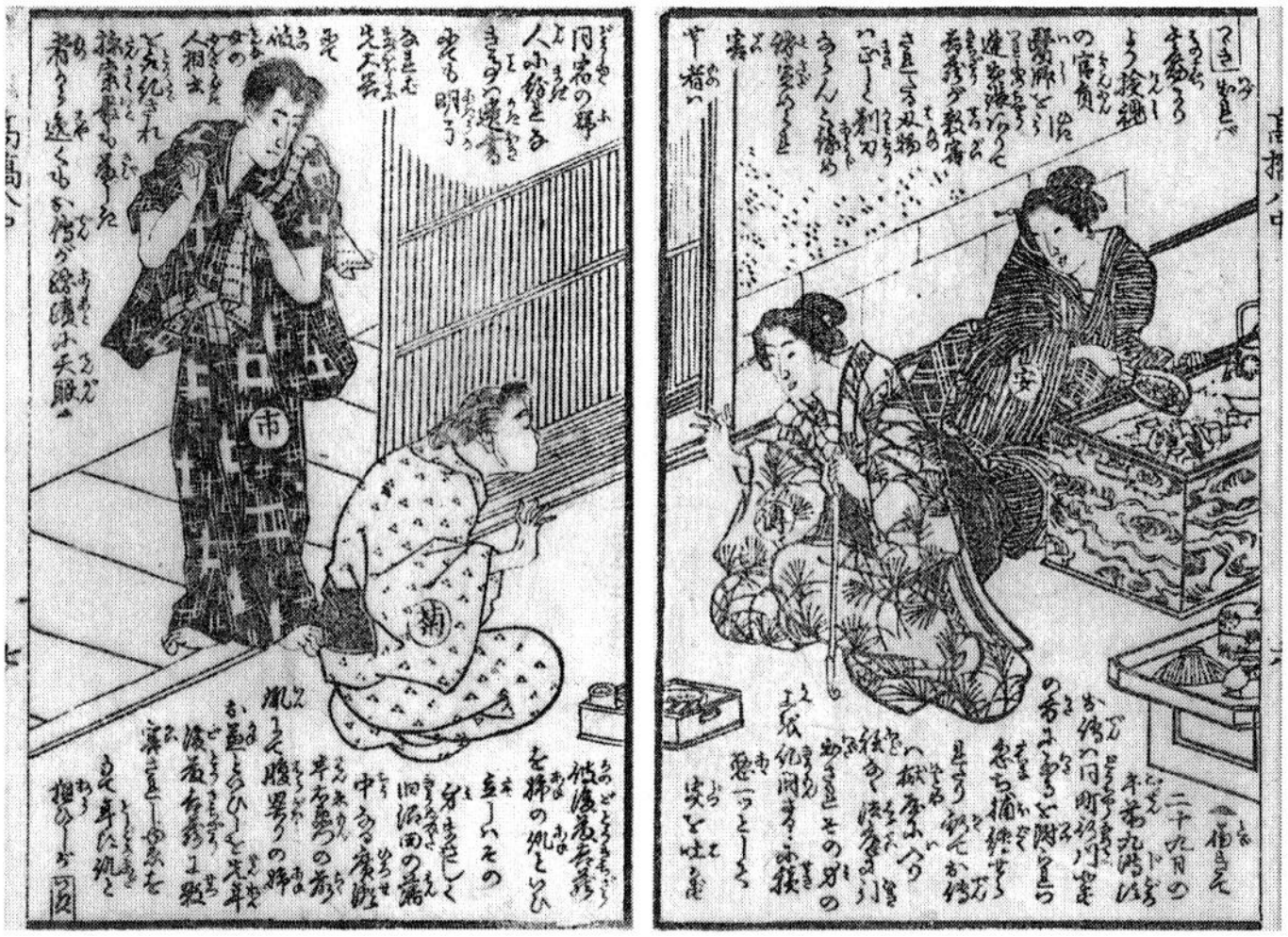

て帳場《ちやうば》に駈下《かけお》り　云〻《しかぐ》なりと語《かた》るを聞《きゝ》て　当家《このや》の主《ある》じ夫婦《ふうふ》をはじめ　三手代等《てだいら》まで走《はせ》のぼり　死《し》骸《がい》をよく〳〵打看《うちみ》るに　咽喉《のど》もと深《ふか》く刺《さし》つらぬかれ　面色《かほいろ》さへも変《かは》り果《はて》　四虫《むし》の息《いき》さへ通《かよ》はねば家長夫婦《あるじふうふ》を⑭始《はじ》めとし　家内《かない》の者《もの》一同《いちどう》は　是《こ》は五乍麼《そも》いかなるゆゑならんと　驚《おどろ》き周章狼狽《あはてうろたへ》て　蒲《ふ》団《とん》の下《した》など探《さぐ》り見《み》るに　最前《さいぜん》お伝《でん》が残《のこ》し置《おき》たる遺書《かきおき》あるを見出《みいだ》して　再《ふた》び驚《おどろ》き　取敢《とりあへ》ず此由《このよし》を六第五方面第一分署《だいごはうめんだいぶんしよ》へ訴《うつた》へ出《いで》ぬ

偖《さて》もお伝《でん》は　七丸竹《まるたけ》を心静《こゝろしづか》に立出《たちいで》て　昨夜吉蔵《さくやきちざう》を刺殺《さしころ》したる宍倉《しゝくら》方《かた》の剃刀《かみそり》の　刃《は》のこぼれしを其《その》

二 恐ろしくてぶるぶる震えるような様子で。

三 商家で番頭と丁稚（でっち）との間に位する使用人。奉公して十年ぐらいでなり、商売上の事務・取引などに当たった。

四 かすかな息遣い。

五 いったいどうしたわけだろうかと。底本、「乍麼」の振り仮名「いか」。錦松堂版により改める。「乍麼（そも）香港は支那の東南の方（かた）にある孤嶋（こじま）なり」（魯文『西洋道中膝栗毛』三・上、明治四年自序）。

六 明治九年八月当時は「第五方面第一署」が正しい。→四〇頁注二二、補一二九。

七 以下、三五二頁七行「負債を払ひて」まで、「毒婦お伝のはなし」十九日に依拠。→補一三〇。

絵　行川やす（→三五三頁注一一）方の借家に帰り、お菊に借金を払うお伝。立って見ているのは小川市太郎。

⑯
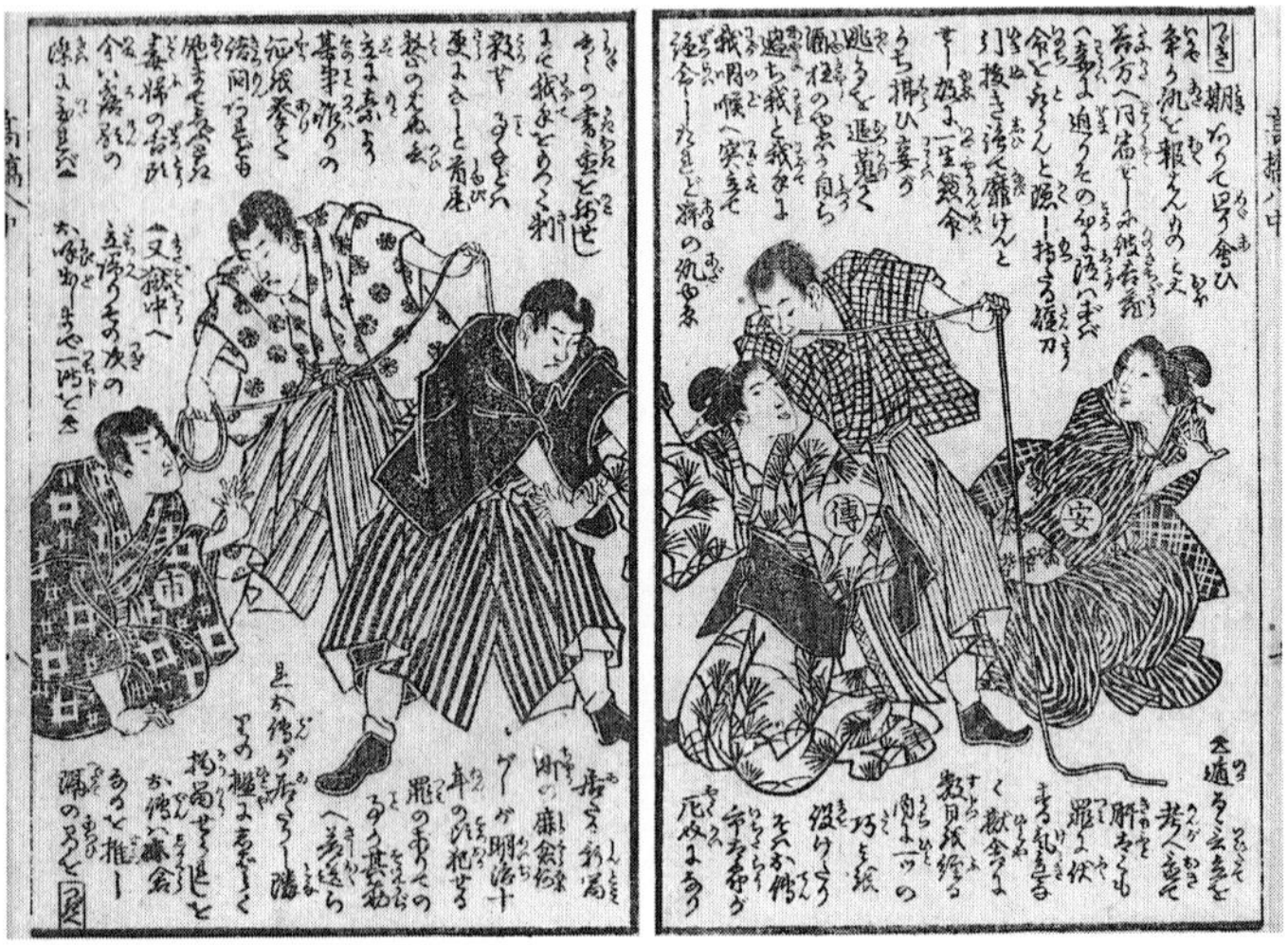

儘《まゝ》に　元《もと》の所《ところ》に返《かへ》し置《おく》も心悪《こゝろあし》と　新富町《しんとみちやう》三丁目《め》三番地《ばんち》なる一今《いま》宮秀太郎《みやひでたらう》といふ小刀研《こがたなとぎ》の店《みせ》に立《たち》寄《より》　研《とぎ》を頼《たの》みて　其儘宍倉方《そのまゝしゝくらかた》へ立帰《たちかへ》りて　朝夕《てうせき》に二責促《せめはた》らるゝお菊《きく》といふ女《をんな》をはじめ　三買掛《かひがゝ》りの不義理《ふぎり》のかたへ　聊《いさゝ》かヅヽ負債《かり》を払《はら》ひて　四その日《ひ》の黄昏《たそがれ》　市太《いちた》郎《らう》と打連立《うちつれだち》　夜店《よみせ》など五素見帰《ひやかすかへ》りに　六八町堀地蔵橋《ちやうぼりぢざうばし》の七シヤモ屋《や》に入《い》りて　酒汲《さけくみ》かはすを此世《このよ》の留別《なごり》と　市太郎《いちたらう》は後《のち》にぞ思《おも》ひ知《し》れるならん　斯《かく》てその夜《よ》は　市《いち》太郎《たらう》と諸《もろ》ともに大根《だいこん》など買《か》ひ求《もと》め　宍倉方《しゝくらかた》へ立帰《かへ》りしと

○八茲《こゝ》に又《また》　蔵前《くらまへ》の大谷三四郎丸《おほたにらうまる》

絵　行川やす方で捕縛されるお伝。手をついて控える市太郎も捕縛されようとしている。実際には、でんは二十九日夜宍倉に伴われ出頭後、捕縛（→注一〇）。一方の市太郎は、でん捕縛の翌朝、「警視第五方面第一分署（マヽ）」に出頭し、種々吟味を受け、七、八日間拘留された（「下調（東京その他の分一括）」所収の小川市太郎供述。→補一一文献）。

一→四〇頁注二六。　二 厳しく取り立てられる。　三 現金でなく、掛けで品物を買うこと。　四 宍倉佐太郎の供述「下調（東京の分その四）」によれば、でんは二十七日午後五時頃帰宅し、思わしい金策もできなかったと言いながら「太政官一円札十枚」を宍倉に差出し、「其夜市太郎でんの両人にて外出致し、凡（およ）一時間程過し」て戻ったという。なお「毒婦お伝のはなし」十五日（→補一一八）では「太政官の一円札」を返却。明治九年九月十二日『仮名読新聞』では、田中屋甚三郎（→補一一九）に十円、お菊に一円を返却。　五 明治九年九月十二日『仮名読新聞』によれば、二十七日「夜　市太郎と同道にて八丁堀まで趣く途中　本材（木）町の川筋へ彼書類（かきつけ）を投捨（なげすて）て　入船町にて牛肉（しう）を喰（くら）ひ　野菜杯（あほものなど）を買い求め　十時過に帰宅なし」たという。同十二日の『朝野新聞』記事にも同様の記載がある。　五 買う気もな

⑰

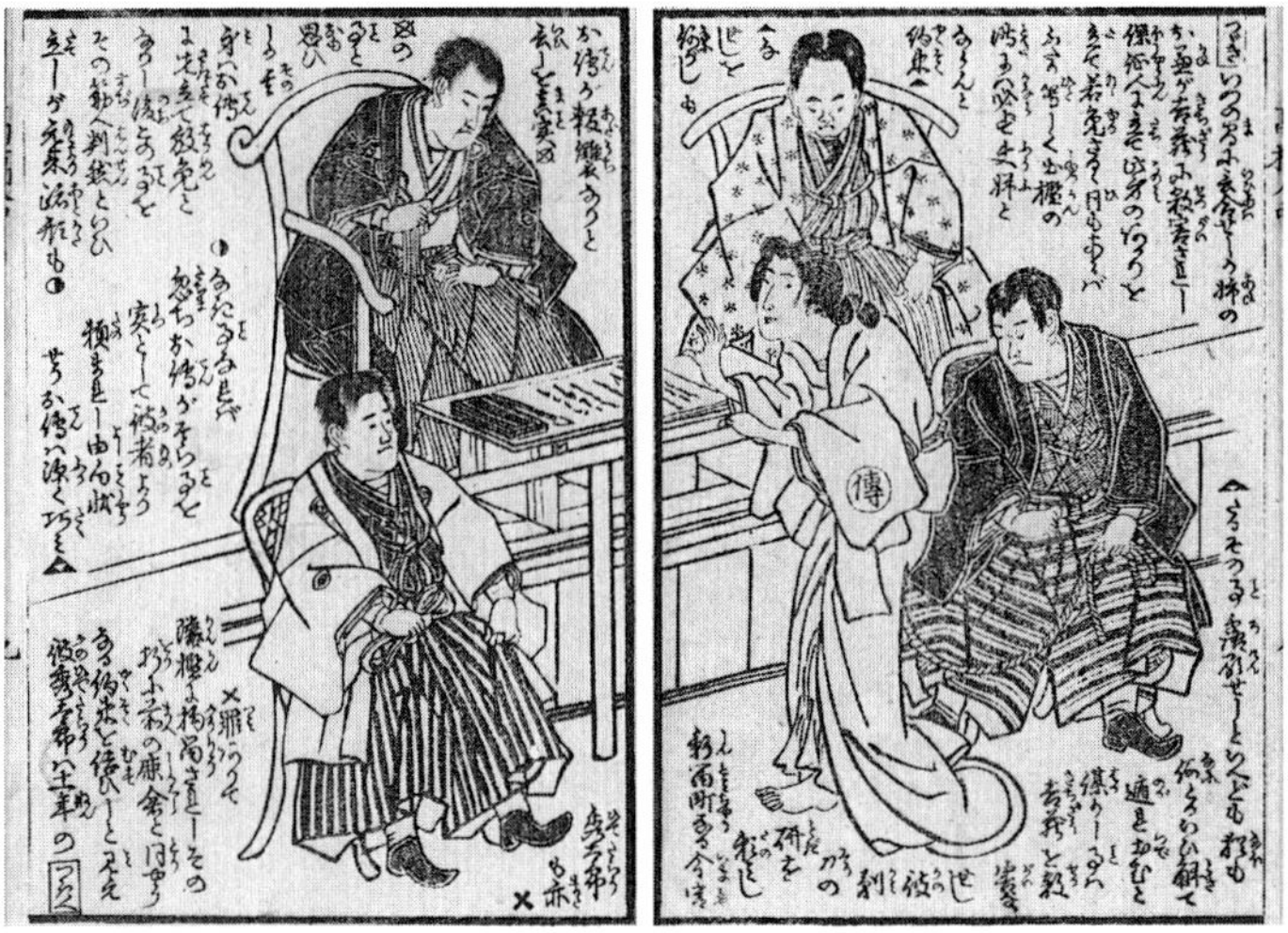

竹《たけ》の方《かた》よりして　事《こと》の次第《しだい》を訴《うつた》へ出《いつ》⑮れば　其筋《そのすぢ》より検視《けんし》の官員《くわんゐん》医師《いし》を引連《ひきつれ》出張《しゆつちやう》ありて　吉蔵《きちざう》が殺害《せつがい》されたる刃物《はもの》は正《まさ》しく剃刀《かみそり》ならんと　予《あらかじ》め認定《みさだ》められ害《がい》せし者《もの》は同宿《どうしゆく》の婦人《ふじん》に紛《まぎ》れなき事《こと》は　遺書《かきおき》にても明了《あきらか》なれば先大谷《まつおほたに》にて彼女《かのをんな》の人相書《にんさうがき》を取糺《とりたゞ》され　探索《たんさく》最《いと》も厳《きび》しき者《もの》から逸《はや》くもお伝《でん》が踪蹟《あしあと》に九天眼届《てんがんとゞ》きて二十九日の一〇午前《ごぜん》九時頃《じごろ》　お伝《でん》は同町《どうちやう》一一行川《なめかは》やすの方《かた》に至《いた》るを一二附《つけ》られつ　忽《たちま》ち捕縛《ほばく》せられたり斯《かく》てお伝《でん》は一三獄屋《ひとや》に入《い》り　程《ほど》なく一四法庭《はふてい》に引出《ひきいだ》され　その身《み》の上《うへ》を糺問《きうもん》さるゝに　一五積悪《せきあく》一ツとして

いのに商品などを手に取ったり値段を聞いたりすること。六 京橋川・楓(もみ)川・三十間堀の合流点から、東の現亀島川との合流点までの、堀を中心とする地域名。北側が本八丁堀、南側が南八丁堀。地蔵橋は、八丁堀の北、亀島川から西へ入る入堀に掛かっており、亀島町一丁目と二丁目(現中央区日本橋茅場町二―三丁目)の間にあった。↓付図3⑰。七 軍鶏(しゃ)の肉料理を食べさせる家。軍鶏は、江戸初期にシャム(タイ)から輸入され、日本で改良された鶏の一品種。闘鶏・愛玩・肉食用。「府下昼夜目鏡ニ代リテしやも鍋日ニ増加セリ　イヅレノ店ニテモ満客雑沓　膝ヲ横フルノ地ナシ」(明治七年十二月十六日『新聞雑誌』三五一)。明治八年八月十四日『郵便報知新聞』でも、大黒屋というしゃも鍋店が一日百羽以上のしゃも・合鴨をつぶす、とその流行ぶりを報道。シャモ鍋はおおよそ一人前五銭(明治九年十二月十三日『仮名読新聞』)。八 以下、三五四頁二行「落胤にて」まで、「毒婦お伝のはなし」十九日に依拠。↓補一三一。九 一切を見通すお上の眼。一〇 宍倉佐太郎の供述「下調(東京の分その四)」によれば、二十八日(実際は二十九日)午後七時頃、区務所

三五四頁に続く

絵　糾問されてもしぶとく自白せず、身ぶり手ぶりを交えて抗弁するお伝。右の男はお伝の腰縄を持つ。

実《じつ》を吐《は》かず　彼後藤吉蔵《かのごとうきちざう》を姉《あね》の仇《あだ》といひ立《たて》しは　その身《み》まさしく旧[一]沼田《きうぬまた》の藩中《はんちう》なる広瀬《ひろせ》半右衛門《はんゑもん》の落胤《らくいん》にて　腹異《はらがは》りの姉《あね》お兼《かね》といひしを　[二]先年後藤吉蔵《せんねんごとうきちざう》に殺害《せつがい》されしゆゑをもて　年頃仇《としごろあだ》と狙《ねら》ひしが　⑯期《とき》ありて廻《めぐ》り会《あ》ひ　争《いかで》か仇《あだ》を報《むく》はんものと　大谷方《おほたにかた》へ同宿《どうしゆく》せしに　[三]彼吉蔵《かのきちざう》は妾《わらは》に迫《せま》り　その[四]心《こゝろ》に随《したが》はずば命《いのち》を取《と》らんと　隠《かく》し持《もつ》たる短刀引抜《たんたうひきぬ》き　強《しひ》て[五]靡《なび》けんとせし故《ゆゑ》に　一生懸命《いつしやうけんめい》うち払《はら》ひ妾《わらは》が逃《にぐ》るを　追蒐《おつかけ》て　[六]酒狂《しゆきやう》のゆゑか自《みづか》ら過《あやま》ち　我《われ》と我手《わがて》に我咽喉《わがのど》へ突立《つきたて》て絶命《ぜつめい》したれど　姉《あね》の仇《あだ》ゆゑ　云ゝ《しかぐ》の書置《かきおき》を残《のこ》せしにて　我手《わがて》をもつて刺殺《さしころ》せし事《こと》などは更《さら》になしと　[七]首尾《しゆび》整《とゝ》のはぬ言立《いひたて》に　素《もと》より其事詐《そのこといつは》りの証《しやう》を挙《あげ》て詰問《きつもん》あれども　飽《あく》までしぶとき毒婦《どくふ》の舌頭《ぜつとう》　今《いま》は露顕《ろけん》の際《きは》に至《いた》れば　又獄中《またごくちう》へ立帰《たちかへ》りその次《つぎ》のお呼出《よびだ》しまで　一時《いちじ》を遁《のが》るゝ言立《いひたて》を考《かんが》へ置《おき》て　肝太《きもふと》くも罪《つみ》に伏《ふく》する気色《けしき》なく獄舎《ひとや》に数日《すじつ》を経《ふ》る内《うち》に　一《ひと》ツの巧《たく》みを設《まを》けたり　そはお伝市太郎《でんいちたらう》が厄介《やくかい》になり居《ゐ》たる新富町《しんとみちやう》の[八]鹿倉何《しかくらなに》がしが　[九]明治《めいぢ》十年《ねん》の頃《ころ》　犯《おか》せる罪《つみ》のありての事《こと》か　其筋《そのすぢ》へ差送《さしおく》られ　お伝《でん》が居《ゐ》たりし[一〇]隣《となり》の檻《ひとや》に　しばらく拘留《かうりう》せられしを　お伝《でん》は[一一]鹿倉《しかくら》なるを推《すゐ》し　隔《へだて》の間《あはひ》を⑰いつの間《ま》に言合《いひあは》せしか　姉《あね》のお兼《かね》が吉蔵《きちざう》に殺害《せつがい》されし保証人《ほしやうにん》に立《たち》て　此身《このみ》の[一二]あかりを立《た》て　若免《もしゆる》さるゝ日《ひ》もあらば　ふたり等《ひと》しく[一三]出檻《しゆつかん》の時《とき》には必《かなら》ず夫婦《ふうふ》とならんと約束《やくそく》なせしを　[一四]何《なに》がしも　お伝《でん》が報讐《あだうち》なりと言《いひ》しを真実《まこと》の事《こと》と思《おも》ひしか　其身《そのみ》はお伝《でん》に先立《さきだて》て放免《はうめん》となりし後《のち》　この事《こと》をその筋《すぢ》へ判然《はんぜん》といひ立《たて》しが　[一五]元来跡形《もとよりあとかた》もなき事《こと》なれば　忽《たちま》ち[一六]お伝《でん》

より宍倉が呼ばれ、「衣類人相書等を以て警視局探索掛より、でんの始末尋を受候に付、御答申上候末、でん儀同道にて」新富町の警視第一方面第一分署(ママ)に出頭、浅草蔵前の第五方面第一分署(ママ)へ拘引。

一一 新富町三丁目三番地に居住し貸家業を営む。明治九年宍倉佐太郎に部屋を貸していたが、同年八月十日頃から小川市太郎・高橋でんにも二階を貸した。明治十一年五月現在、年齢五十年七カ月(「下調(東京の分その七)」↓補一一文献)。

一二 尾行されて。

一三 ↓補一三二。

一四 法廷。「法庭　裁判所」(『言海』)。

一五 ↓三三四頁注一。

以上三五三頁

一 ↓三四〇頁注四。

二 ↓補一二七、三六三頁一五行以下。

三 以下、八編中巻末尾まで、「毒婦お伝のはなし」二十日に依拠。↓補一三三。

四 自分の思い通りに、身を任せなければ。

五 自分の意に従わせようと。

六 ↓七四頁注二七。

七 前後矛盾した主張。

八 「毒婦お伝のはなし」二十日(↓補一一八)では「宍倉佐七郎」。八月十日頃から行川やす方で部屋を借り、懇意になった。↓三五三頁注一一。ただ何らかの事情で仮名としたか。

⑱

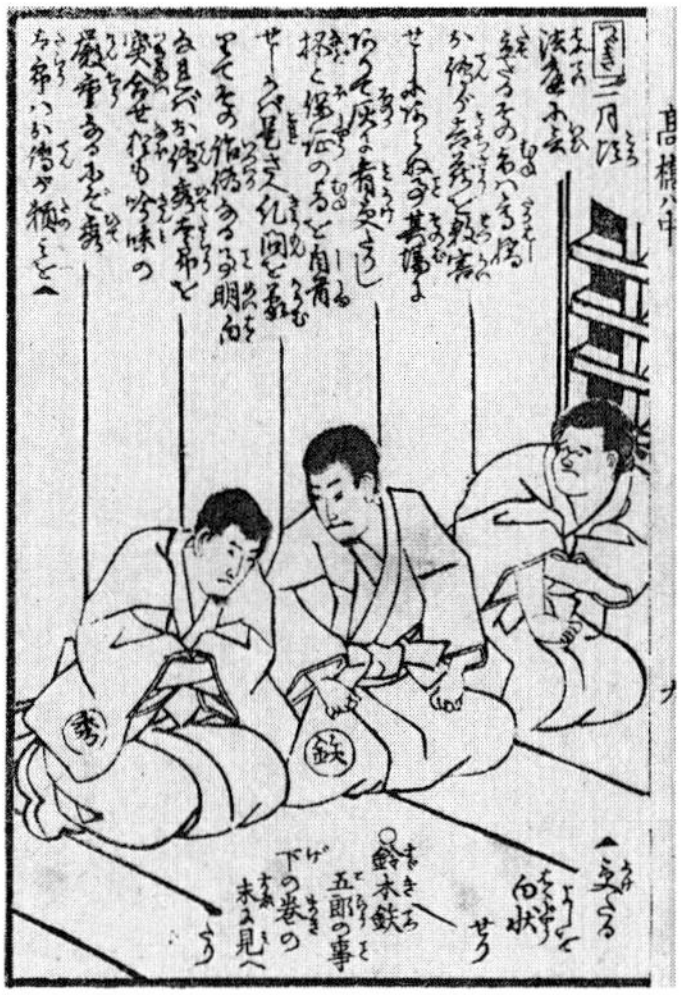

がそら事《ごと》を実《じつ》として　彼者《かのもの》より頼《たの》まれし由白状《よしはくじやう》せり　お伝《でん》は深《ふか》く巧《たく》みたるその事露顕《ことろけん》せしといへども　猶《なほ》も何《なに》とかいひ解《とき》て（一七）遁《のが》れ出《いで》むと謀《はか》りし事《こと》は　吉蔵《きちざう》を殺害《せつがい》なせし彼剃刀《かのかみそり》の研《とぎ》を頼《たの》みし新富町《しんとみちやう》なる今宮秀太郎《いまみやひでたらう》も　亦罪《またつみ》ありて隣檻《りんかん》に拘留《かうりう》されしその折《をり》に　前《まへ》の鹿倉《しかくら》と同《どう》やうなる約束《やくそく》を結《むす》びしと見《み》え　彼秀太郎《かのひでたらう》は　十一（一八）年《ねん》の二月⑱頃《ころ》　法庭《はふてい》に言立《いひたて》たるその旨《むね》は　高橋《たかはし》お伝《でん》が吉蔵《きちざう》を殺害《せつがい》せしにあらぬ事《こと》　其場《そのば》にありて仄《ほのか》（一九）に看受《みうけ》たりし抔《など》と　保証《ほしやう》の旨《むね》を自首《じしゆ》（二〇）せしかば　是《これ》さへ糺問《きうもん》を蒙《かうむ》りて　その詐偽《いつはり》なる事明白《ことめいはく》なればお伝秀太郎《でんひでたらう》を突合《つきあは》（二一）せ　猶《なほ》も吟味《ぎんみ》の厳重《げんぢう》なるにぞ　秀太郎《ひでたらう》は　お伝《でん》が頼《たの》みを受《うけ》たるよしを白状《はくじやう》せり

しこれまでは「宍倉」（→三三五頁五行等）。なお、岡本勘造『其名も高橋毒婦の小伝　東京奇聞』七編下巻では、「湯島天神町三丁目の津村次郎といふ男」が同様の偽証言をしている。

九「毒婦お伝のはなし」二十日では「二昨年（をとゝし）」。執筆時の明治十二年から見て一昨年は明治十年。

一〇 明治十年八月、土佐出身の政治家片岡健吉が禁獄百日の刑に処せられた際、でんは隣檻におり、片岡に「百方」「戯」れていたという（明治二十四年六月二十六日『読売新聞』）。

一一「鹿」は入れ木。

一二 疑いを晴らし。　一三 出獄。

一四「何（にな）がし」は入れ木か。

一五 何の根拠もないこと。

一六 お伝の言った嘘を本当と思って、お伝から頼まれた、ということを鹿倉何がしが白状した。

一七 弁明して。

一八「毒婦お伝のはなし」二十日では「去年二月」。

一九 ぼんやりと。　底本「灰」。　錦松堂版により改める。

二〇 自分で申し出たので。

二一 対席させ。

絵「〇鈴木鉄五郎（すゞきてつごらう）の事（こと）下（げ）の巻（まき）の末（すゑ）に見（み）へたり」。鈴木鉄五郎は→三六六頁注一九。隣は今宮秀太郎。鹿倉を入れて、この三人がお伝の隣檻に拘留されたという設定（→七行）。

下巻見返し

⑲

高橋阿傳夜叉譚八編下の巻　假名垣魯文補綴

○第二十四回　積悪の餘殃汝に出て汝に帰る

婦女性理一代鑑に女子隠密の悪習を説その事や年少なる女子有病の春情を発動し且放肆ならず良に身躰ら心と體を災害に暴棄るなり此事に就ては既に数年前あめりかの貴女何某が檄を米國中の諸母に傳へたり其語に曰く隠密の悪ハ女子を墓穴や狂癲病へ

高橋お伝夜叉ものかたり
八へん　下の巻

魯文著
周重画

金松堂梓

下巻見返し　月に鳥の図。多色刷。

絵　獄屋の様子をうかがう張番(はりばん)。三五八頁の絵に続く。

一 悪事を重ねたむくいとして起こる災い。「積善の家には必ず余慶有り、積悪の家には必ず余殃有り」(『説苑』十六・説叢)を踏まえる。

二 自分のしたことは、善悪ともに必ず自分の身に返ってくる。お伝の犯した数々の罪についていう。

三 →補一〇。以下、三行後のカギ括弧(」)まで、その第一編第十章「隠密(みつ)なる悪習」に依拠。→補一三四。「隠密の悪習」とは自慰行為のこと。

四 病的な色情。「春情(略)イロケ。＝イロゴコロ。＝春心。＝春思」(『日本大辞書』)。

五 振り仮名「はひ」は入れ木。

六 「暴棄」は自ら損ない捨てる意。

七 「檄」は説論のための文書。

八 「これは」を強めた言い方。

⑲高橋阿《たかはしお》伝夜叉譚《でんやしやものがたり》　八編下の巻

○第《だい》二十四回《くわい》　[一]積悪《せきあく》の余殃《よわう》　[二]汝《なんぢ》に出《いで》て汝《なんぢ》に帰《かへ》る

仮名垣魯文補綴

[三]婦女性理《ふちよせいり》一代鑑《だいかゞみ》に　女子《によし》隠密《いんみつ》の悪習《あくしう》を説《とく》　その事《こと》や　年少《としわか》なる女子《によし》　[四]有病《やまひ》の春情《しゆんじやう》を発動《おこ》し　且放肆《かつほしひまゝ》なるがゆゑに　身《み》躬《みづか》ら心《こゝろ》と体《からだ》を[五]災害《わざはひ》に[六]暴棄《すて》るあり　此事《このこと》に就《つき》ては　既《すで》に数年前《すねんぜん》　あめりかの貴女何某《きぢよなにがし》が　[七]檄《てがみ》を米国中《あめりかぢう》の諸母《はゝおや》に伝《つた》へたり　其語《そのご》に曰《いは》く　隠密《ひそか》の悪《あく》は　女子《によし》を墓穴《はかあな》や狂癲病院《きちがひびやうゐん》　猶甚《なほはなは》だしきは売淫所《ばいいんじよ》に誘出《さそひいだ》すと」　[八]此《これ》は是《これ》　偏《ひとへ》に[九]淫《いん》を乱《みだ》すのみにして　偸盗人殺《ぬすみひとごろ》しの悪《あく》に及《およ》ばず　彼高橋《かのたかはし》お伝《でん》なる者《もの》は　[一〇]初発《はじめ》賭博《ばく》の莚《むしろ》⑳に親《したし》みて　[一一]稍《やゝ》春情《しゆんじやう》を萌《きざ》せしより　高橋波之助《たかはしなみのすけ》と姦通《かんつう》し　[一二]同気相求《どうきあひもと》めて遂《つひ》に夫婦《ふうふ》となると雖《いへ》ども　漸〻《ぜん〴〵》悪意増長《あくいぞうちやう》し　[一三]困難《こんなん》の場合《ばあひ》　無慚《むざん》にも病夫《びやうふ》を[一四]失《うしな》ひ　いよ〳〵慢《つの》りて残忍無頼《ざんにんぶらい》　[一五]淫《いん》を肆《ほしひ》まゝにし　[一六]放逸男子《はういつだんし》に勝《まさ》り　天網洩《てんもうも》れず　罪状爰《ざいじやうこゝ》に至《いた》れども　強情《がうじやう》その止《とゞ》まる処《とこ》ろを知《し》らず　檻《ひとや》にありても　本分《もちまへ》の[一七]毒舌《どくぜつ》を逞《たくま》しうして[一八]実《じつ》を告《つげ》ず　厳《きび》しく糺問《きうもん》せらるれども　唯《たゞ》前〻《まへ〳〵》の作《つく》り言《ごと》のみいひ立《たて》て　飽《あく》まで[一九]黒《くろ》きを白《しろ》しとなさんと　[二〇]足掛《あしかけ》三とせ越檻《ごしひとや》に在《あり》て　悔《くわい》悟《ご》の心更《こゝろさら》になく　頼《たの》みに思《おも》ひし[二一]しか倉《くら》も[二二]今宮《いまみや》もいひ甲斐《がひ》なく　[二三]頼《たの》みを受《うけ》しは虚言《そらごと》なりと

九 淫らな欲望をほしいままにするだけで。
一〇 ↓七〇頁五行以下。
一一 ↓七二頁四行以下。
一二 ↓七一頁注五四。
一三 波之助が苦しみ悩んでいる際に。↓二二五頁二行以下。
一四 殺し。
一五 鎌鼬の市奴(↓二二四頁七行)、鈴木浜次郎(↓二九二頁九行)、小川市太郎(↓二九六頁一二行)、黒川仲蔵(↓三三一頁五行)、後藤吉蔵(↓三三六頁一六行)など。他に外国の水夫兵士(↓二二二頁九行)やお角宅での密淫売(↓三三六頁一二行)などもあった。
一六 勝手気ままなことは男性以上だったが、天の張りめぐらす網に漏れることなく、結局捕えられて、後藤吉蔵殺しの事実は明白になったけれども。
一七 ↓二七五頁注一七。
一八 以下、三五八頁六行「定られたり」まで、「毒婦お伝のはなし」二十日に依拠。↓補一三五。
一九 明らかな罪なのにそれを認めず、無罪になろうと。
二〇 〈口供〉(↓三三四頁注七)末尾の日付は「明治十一年十月二十六日」。明治九年の捕縛から足掛け三年。
二一 鹿倉。
二二 頼りにならず。ふがいなく。
二三 申し上げたことは、お伝に頼まれた嘘でしたと。

⑳

て　明白《あからさま》に白状《はくじやう》をしたりしかば
[一]少《すこ》しく力《ちから》を落《おと》㉑したれど　大同小《だいどうせう》
異《い》の事《こと》のみを申《まを》し立《たて》て　夫《それ》より
後《のち》は覚悟《かくご》をきはめ　断食《だんじき》などし
餓死《がし》せんとまで計《はか》りしが　監守《かんしゆ》
の者《もの》[二]に悟《さと》られて　遂《つひ》に口供《くちがき》を定《さだめ》
られたり　其事《そのこと》は　前《まへ》にも言《い》へ
るお伝《でん》が作《つく》り言《ごと》にして　更《さら》に取《とり》
とめぬ首尾《しゆび》[三]不合《ふがふ》の虚言《そらごと》なりと
口供文案左《くちがきぶんあんさ》のごとし
「自分義《じぶんぎ》[四]　明治《めいぢ》[五]二年《ねん》十二月中《ちう》
高橋代助次男《たかはしだいすけじなん》（本文代助弟《ほんもんだいすけをとゝ》[六]とす
るは　二代目代助則《だいめだいすけすなは》ち波《なみ》の助《すけ》が
兄《あに》なり）波《なみ》の助《すけ》を聟《むこ》[七]となし　明《めい》
治《ぢ》四年《ねん》二月中《ちう》より　同人病気《どうにんびやうき》[八]に
相成《あひなり》　親子《おやこ》の間《あひだ》も睦《むつま》しからず

絵　女囚用監獄のさま。畳を積み重ねた上に座るお伝は取締り格で、新入りの挨拶を受けている。上に吊るした目の粗いざる（道成寺と呼ぶ）には、衣類・手拭い・紙など差し入れ（届け物）を入れて保管（大原虎夫『日本近世行刑史稿』上、刑務協会、一九四三年）。ただし、この絵は一様に獄衣を着た既決囚のもので、長く未決囚だったお伝の状況とは異なる（→補一三二）。

一　典拠では「お伝は力を落し〻体にて」（→補一三五）。本作では、「少しは力を落したが」と、しぶとさを強調。**二**　底本「に」なし。錦松堂版により補う。**三**　前後矛盾した嘘だということだ。**四**　以下は、〈報知〉〈口供〉（→三三四頁注七）の前半を適宜簡略化したもの。「自分義」は口供の類に用いられた慣用句。「わたくしこと」「わたくしに関して」の意で謙譲の意を含む。明治二―五年頃に「私儀」と変更されたが、七―十四年では「自分儀」または「自分義」（小泉輝三朗『明治黎明期の犯罪と刑罰』批評社、二〇〇〇年所収の口供例による）。**五**「十年前明治二年十二月同村高橋佐助次男」〈報知〉。「佐助」は、〈口供〉では「代助」。**六**→七二頁二行。括弧内の注記は〈報知〉〈口供〉になし。**七**「聟養子に致候処」〈報知〉。**八**「同人儀不図癩病相発し　自然親子の」〈報知〉。**九**→一五五頁注一三。

㉑

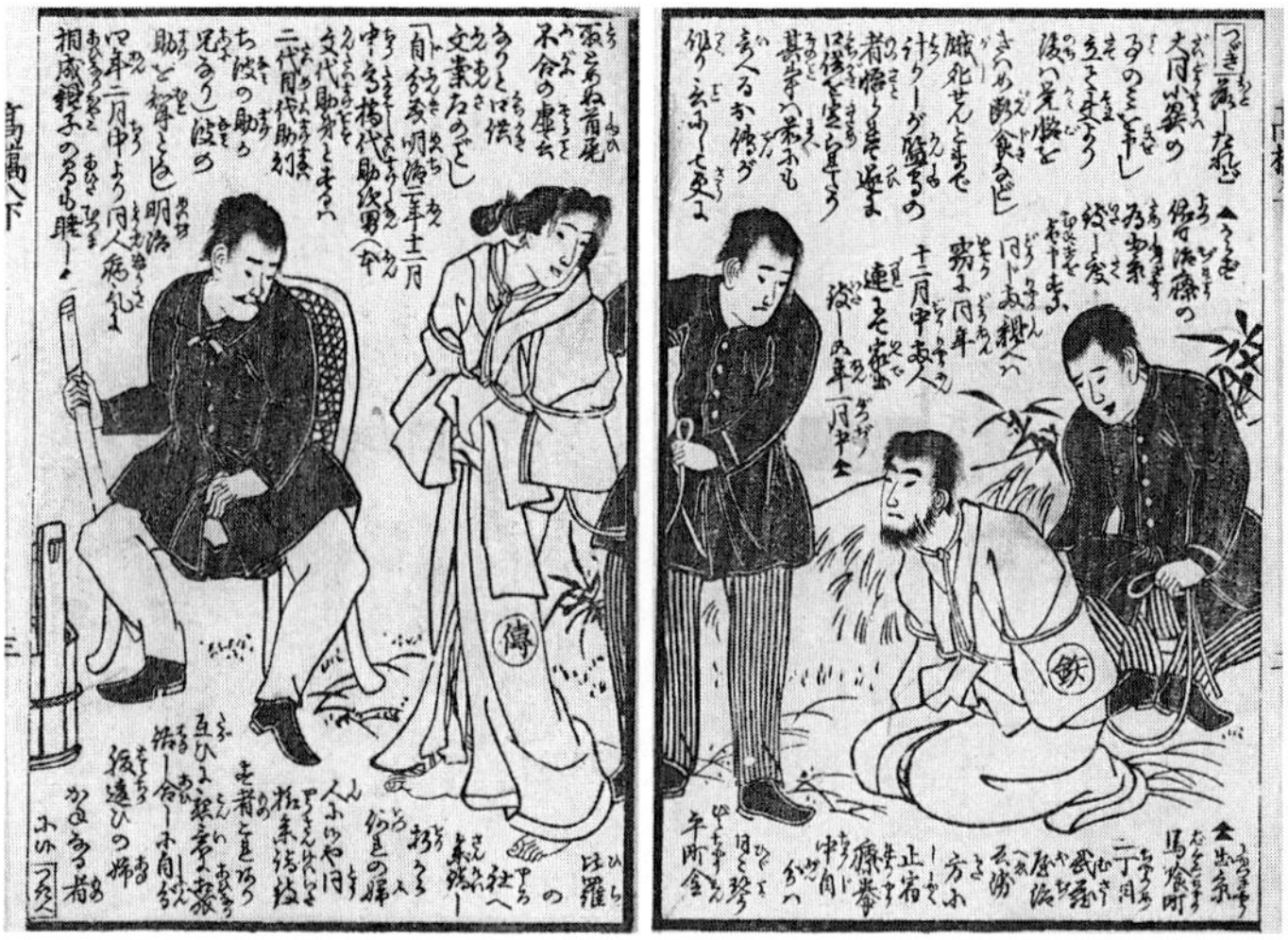

依《よつ》て治療《ちれう》[九]の為《ため》出京《しゆつきやう》致《いた》し度旨《たきむね》[一〇]申《まを》すに同《どう》じ　両親《りやうしん》へは窃《ひそか》[一一]に　同年《どうねん》十二月中《ちうりやう》両人連《にんづれ》にて家出《いへで》致《いた》し五年《ねん》一月中《げつちう》出京《しゆつきやう》　馬喰町《ばくろちやう》[一二]一丁《ちやう》目《め》武蔵屋《むさしや》治兵衛《ぢへゑ》方《かた》に止宿療養中《ししゆくれうやうちう》自分《じぶん》は日《ひ》ゞ琴平町《ことひらちやう》[一三]金比羅《こんびら》の社《やしろ》へ参詣《さんけい》し　折《をり》から何《いづ》れの婦人《ふじん》に候や　同様参詣致《どうやうさんけいいた》す者《もの》これあり互《たが》ひに懇意《こんい》に相成《あひなり》　話《はな》[一四]し合《あひ》しに自分腹違《じぶんはらちが》ひの姉《あね》かねなる者《もの》[一五]に候

㉒一体自分実母《いつたいじぶんじつぼ》[一六]は　旧沼田《きうぬまた》[一七]家老広《からうひろ》瀬半右衛門方《せはんゑもんかた》へ出入《でい》りいたし候内《うち》　同人《どうにん》と通《つう》[一八]じ合《あひ》　懐妊《くわいにん》[一九]に及《およ》び候後《のち》　勘《かん》[二〇]右衛《ゑ》門《もん》の妻《つま》となり　出生《しゆつしやう》すと　故《ゆゑ》に正《まさ》しく半《はん》右衛《ゑ》門《もん》の胤《たね》にこれあり　又半《またはん》ゑもん義《ぎ》

一〇 底本振り仮名「たくむね」。錦松堂版により改める。一一「窃に匿し」。「窃に、明治四年十二月中」〈報知〉、「窃に、明治四年十二月中」〈口供〉。一二「二丁目」〈報知〉。一三 現港区虎ノ門一丁目。明治五年成立。古くからの武家地。讃岐丸亀藩京極家の上屋敷があり、邸内に金刀比羅大神(現香川県仲多度郡琴平町)を勧請した金刀比羅宮があった(現存)。文化年間(一八〇四-一八)末に一般の参詣を許してから、毎月十日の縁日には参詣人や諸商人で賑わい、明治維新後は飲食店なども増えて門前町の様相を呈した。馬喰町二丁目の南西、直線距離約四キロメートル。→付図3⑱。「琴平町金刀比羅神社へ参詣致し候折柄」〈報知〉。

一四「彼是(かれこれ)咄(はなし)合候処　豈(あに)図らん　右は自分異腹の」〈報知〉。

一五「者にして」〈報知〉。

一六「実母はるは」〈報知〉。

一七「沼田藩」〈報知〉。→三四〇頁注四。一八「密通スル」(『日本大辞書』)。

一九「懐姙後　当養父九右衛門弟　勘左衛門妻となり　自分出生致し　正に半右衛門種に有之(これあり)」〈報知〉。

二〇「勘左衛門」の誤りと考えられるが、諸本異同なく、底本のママ。

絵　刑場に向かうお伝。「足さへも地に着(かつ)ぬ」鈴木鉄五郎(→三六六頁注一九)に対し、自若としているお伝。左の椅子に腰かけ、刀を持った男が斬首役。

㉒

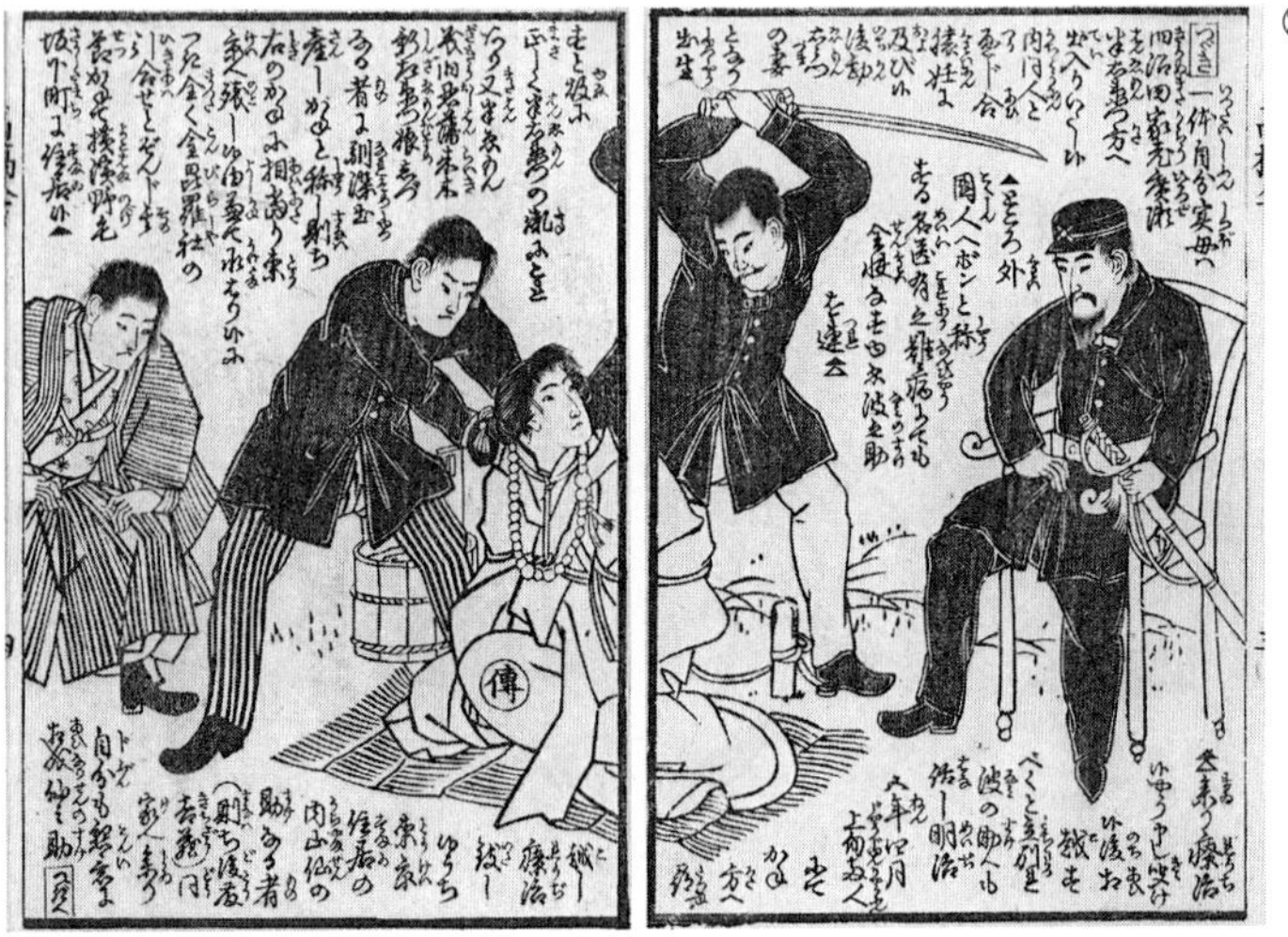

旧《きう》[一]忍藩《おしはん》来木《らいき》[二]新左衛門《しんざゑもん》娘《むすめ》しづなる者《もの》に馴染《なれそめ》 [三]出産《しゆつさん》し かねと称《しやう》し則《すなは》ち右《みぎ》のかねに相当《あひあた》り 東京《とうけい》へ残《のこ》し候由《よし》 兼《かね》て承《うけたま》はり候につき全《まつた》く[四]金毘羅社《こんぴらしや》の引合《ひきあは》せとぞんじ其節《そのせつ》かねて横浜[五]野毛坂下町《よこはまのげさかしたまち》に住《すま》居《ゐ》候ところ [六]外国人《ぐわいこくじん》[七]ヘボンと称《しやう》する名医《めいい》有之《これあり》 [八]難病《なんびやう》にても全快《ぜんくわい》なすゆゑ 波之助《なみのすけ》を連参《つれまゐ》り [九]療《れう》治《ぢ》候やう申し聞《き》け候後《のち》 相越《あひこ》すべくと立別《たちわか》れ 波《なみ》の助《すけ》へも[一〇]話《はな》し明治《めいぢ》五年《ねん》四月上旬《じやうじゆん》 両人《りやうにん》にてかね方《かた》へ尋越《たづねこ》し [一一]療治致《れうぢいた》し候うち [一二]東京住居《とうけいずまゐ》の内山仙《うちやません》の助《すけ》なる者《もの》(則《すなは》ち後藤吉蔵《ごとうきちざう》) 同家《どうけ》へ[一三]参《まゐ》り自分《じぶん》も懇意《こんい》に相成《あひなり》 仙之助《せんのすけ》より㉓

絵 莚の上で斬首されるお伝。押え人足は一人だけだが、通常は三名(→補一四四)。右の椅子に掛けた制服姿の男は検視の役人。

一 →補一三六。 二 正しくは「青木」〈報知〉。なお旧忍藩主松平忠敬(ただたか)の家令加藤安積の供述によれば、「旧藩人に青木姓の者無之(これなし)」(「下調(東京その他の分一括)」→補一一文献)。 三 「出生し 青木かねと」〈報知〉。 四 「金刀比羅神社の引合と歓心仕(つかまつり) 其節かねより兼て」〈報知〉。「歓心」は〈口供〉では「感心」。 五 正式な町名ではなく、野毛坂下に位置する町の意。野毛町(→一六〇頁注一〇)一—二丁目あたりを指すのであろう。 六 「同港には外国人」〈報知〉。 七 →二一八頁注八。 八 「何様(なにやう)難症の病気にても全快不致儀(いたさざるぎ)は無之(これなく)候間」〈報知〉。 九 「療養受け候様申聞(きけ)候に付何れ同人へ申聞 可罷越旨(まかりこすべきむね)相答 立別れ 其段波之助へも」〈報知〉。かねが自分(でん)に、波之助をヘボンの元に連れて行くよう言うので、でんが、いずれ波之助にそう言い聞かせ連れて行くと答えて別れた、の意。 一〇 「咄聞け」〈報知〉。 一一 「止宿 療養致し罷在(まかりあり)候内」〈報知〉。 一二 「住所の由」〈報知〉。 一三 「参り 姉世話致し(かねの囲ひ主の如し)自分も追々懇意に」〈報知〉。 一四 「不義申掛候得共(まをしかけそろへども) 強(ひ)

㉓

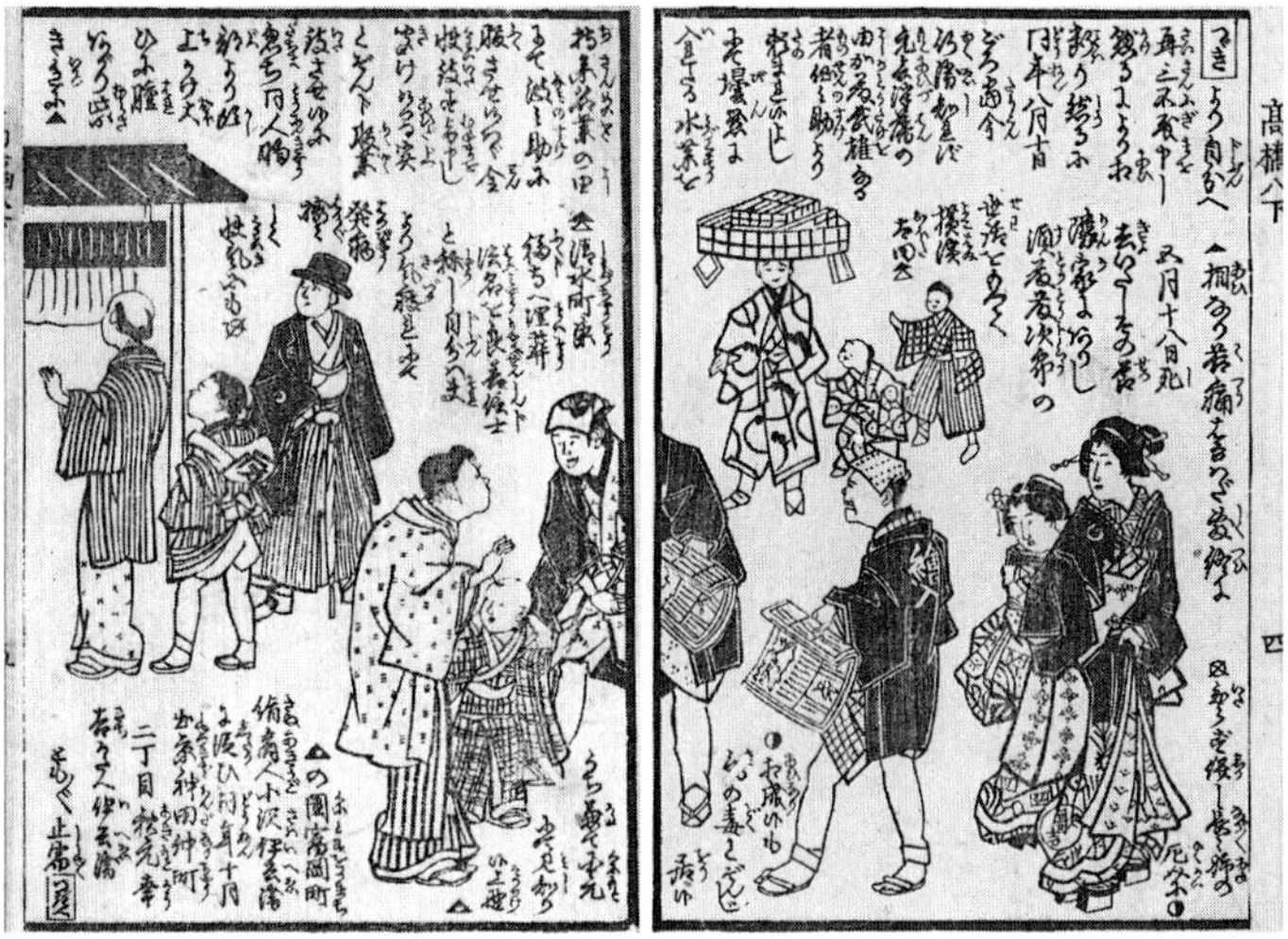

自分《じぶん》へ再三不義《さいさんふぎ》[一四]申《まを》し懸《かけ》るにより相断《あひことは》り　然《しか》るに同年《どうねん》八月十日[一五]ごろ　当今行衛《たうこんゆくゑ》知《し》れず　元会津藩《もとあひづはん》[一六]の由《よし》　加藤武雄《かとうたけを》なる者《もの》　仙之助《せんのすけ》より頼《たの》まれ候よしにて　罎器《びん》に入《い》れたる水薬《みづくすり》を持参《ちさん》　名薬《めいやく》の由《よし》にて　波之助《なみのすけ》に服《ふく》[一七]させ候はゞ全《ぜん》快致《くわいいた》す旨《むね》　申《まを》し聞《き》け候間《あひだ》　実《じつ》[一八]とぞんじ服薬致《ふくやくいた》させ候に　忽《たちま》ち同人胸部《どうにんきやうぶ》より頭上《かしら》[一九]かけ大《おほ》ひに腫《はれ》あがり　紫《むらさ》き色《いろ》に相《あひ》なり　苦痛《くつう》はなはだ敷《しく》　終《つひ》[二〇]に五月十八日死《し》去《きよ》いたし　その節隣家《せつりんか》にありし[二一]須《す》藤藤次《とうとうじ》郎《らう》の世話《せわ》をもつて　横《よこ》浜太田《はまおほた》[二二]清水町東福寺《しみづちやうとうふくじ》へ埋葬《まいそう》　法《はふ》[二三]名《みやう》を良善信士《りやうぜんしんじ》と称《しやう》し　自分《じぶん》は

て断り置候」〈報知〉(これが二月一日掲載分の末尾)。「強て」は〈口供〉では「強く」。

一五「十日頃と覚ゆ　当今」〈報知〉。

一六→補一三七。

一七「服用致させ候得ば暫時全快する旨」〈報知〉。〈口供〉は「(略)暫時に全快致す旨」。

一八「実事と存(ぞんじ)　速(すみやか)に相用候処　忽ち」〈報知〉。〈口供〉は「事実と存じ速に相用候。／然る所忽ち」。

一九「顔へ掛け」〈報知〉。

二〇「夫是(それこれ)手当致候得共(いたしそろへども)終に明治五年八月十八日死去致し候間　其節」〈報知〉。本文「五月」は「明治五年」に引かれての写し誤りか。

二一「須藤々次郎(其頃年三十三位)の世話を」〈報知〉。「年三十三位」は〈口供〉では「年齢三十三年位」。→補一三八。

二二 太田村清水町の東福寺。→二二七頁注九。清水町は明治四年起立、昭和十年赤門町となった。→付図4。

二三「法名良善信士と称し候　自分も」〈報知〉。なお金光寺信元(「下調(東京の分その五)」)・市川小団次(→補七六)によれば、実際の法名は「秋還居士」。

絵　お伝の処刑後、町で事件を読み歩く新聞の売り子。背に「絵入」とある半纏姿の男は『東京絵入新聞』の売り子であろう。奥には豊年踊り(→一一六頁注一六)。右下の女の裾に「歌吉」とある。

㉔

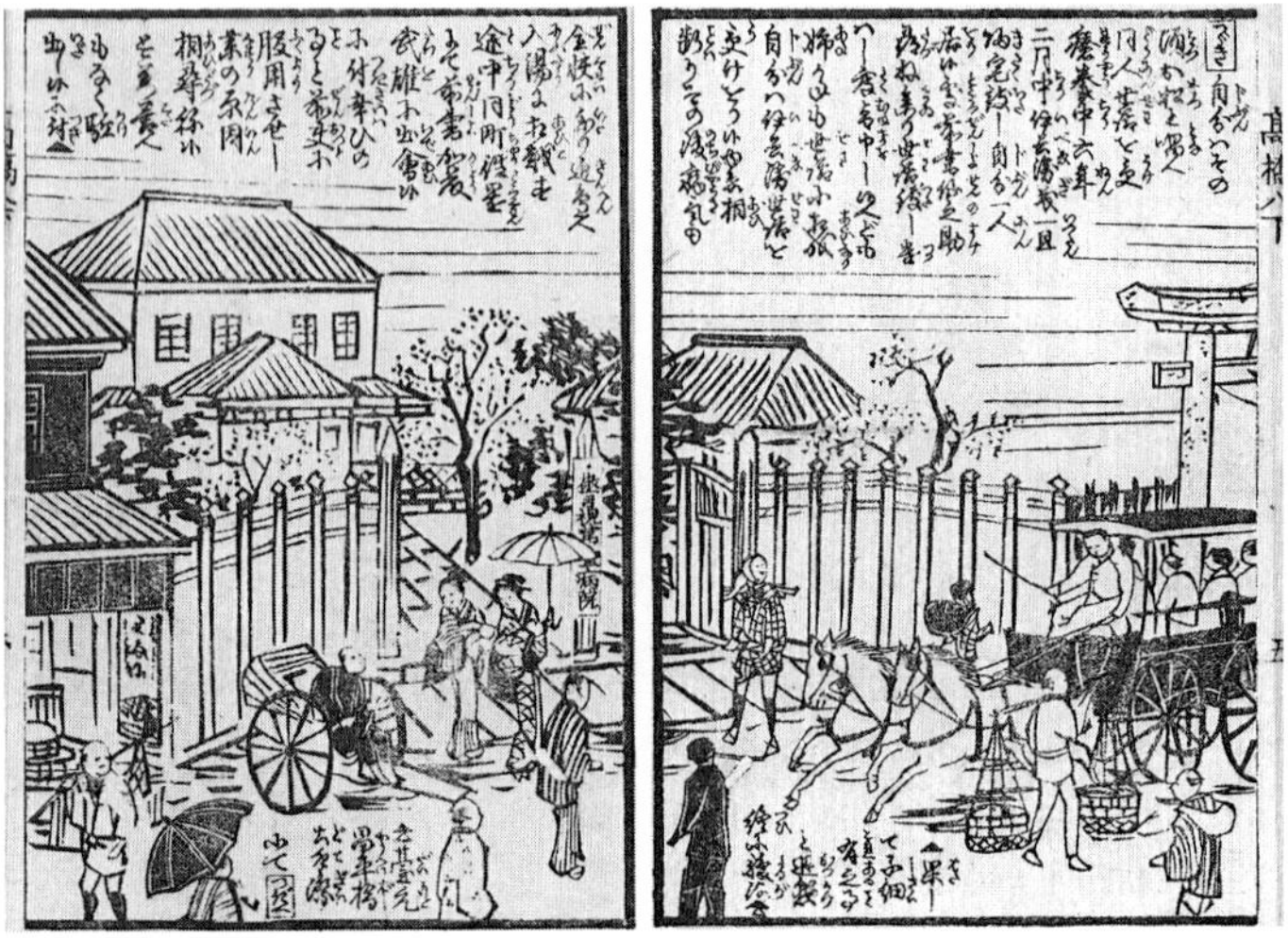

夫《それ》より気疲《きづか》れにて発病《はつびやう》　捗《はかぐ》〳〵しく快気《くわいき》[一]にも至《いた》らず　併《しか》し長《なが》〳〵姉《あね》の厄介《やくかい》に相成《あひなり》候も気《き》[二]の毒《どく》とぞんじ居《をり》候うち　兼《かね》て国元《くにもと》にて見知《みし》り候上野《かうづけ》の国富岡町絹商人《くにとみをかまちきぬあきうど》[三]小沢《をざは》[四]伊兵衛《いへゑ》に従《したが》ひ　同年《どうねん》十月出京《しゆつきやう》[五]神田仲町《かんだなかちやう》二丁目秋元幸吉《あきもとかうきち》[六]かたへ伊兵衛《いへゑ》とも〴〵止宿《ししゆく》㉔　自分《じぶん》[七]はその頃《ころ》お松《まつ》と唱《とな》へ　同人世話《どうにんせわ》[八]を受療養中《うけれうやうちう》[九]　六年《ねん》二月中伊兵衛義《ちういへゑぎ》[一〇]一旦帰宅致《いつたんきたくいた》し　自分《じぶん》一人居《にんをり》候処《ところ》　前書仙之助尋《ぜんしよせんのすけたづ》ね参《まゐ》り　世話《せわ》致《いた》し遣《つか》[一一]はし度旨申《たきむねまを》し候へども　姉《あね》かねも世話《せわ》に相成《あひなり》　自分《じぶん》は伊兵衛世話《へゑせわ》を受《う》けをり候ゆゑ相《あひ》断《ことは》り　その後病気《のちびやうき》も全快《ぜんくわい》に至《いた》り

絵　お伝の死体を解剖した警視第五病院(↓補一四六)門前の景。二頭立ての乗合馬車が走り、客待ちの人力車が見える。

一 「病ノ癒ユルコト」(『言海』)。
二 「気の毒に存罷在候(ぞんじまかりありそろ)折柄曾(つか)って国元にて」〈報知〉。
三 群馬県西南部、甘楽(かんら)郡富岡町(現富岡市)。近世以来養蚕を主要産業とし、農家では繭から絹まで生産、絹取引も盛んだった。明治五年富岡製糸場が完成、フランス人の指導で近代的な機械製糸が営まれた。↓付図2。
四 「小沢伊兵衛に出会候処　東京に於て療養致候様　申勧めに従ひ　五年十月三十日出京」〈報知〉。↓補一三九。
五 現千代田区外神田一丁目。神田花房町(↓二九八頁注二)の北に、東西に延びる町。↓付図3⑲。
六 ↓補一三九。
七 「自分は夫婦と唱へ」〈報知〉、「自分はまつと唱へ」〈口供〉。
八 妾になることの婉曲表現。「内山仙之助といふ商人の囲妾(ワセ)に成て」(「お伝の話し前号の続き」明治十二年二月三日『東京曙新聞』)。
九 「療養罷在候内　明治六年」〈報知〉。
一〇 「一旦帰国」〈報知〉。
一一 「可遣(つかはすべき)旨申聞候得共」〈報知〉。

㉕

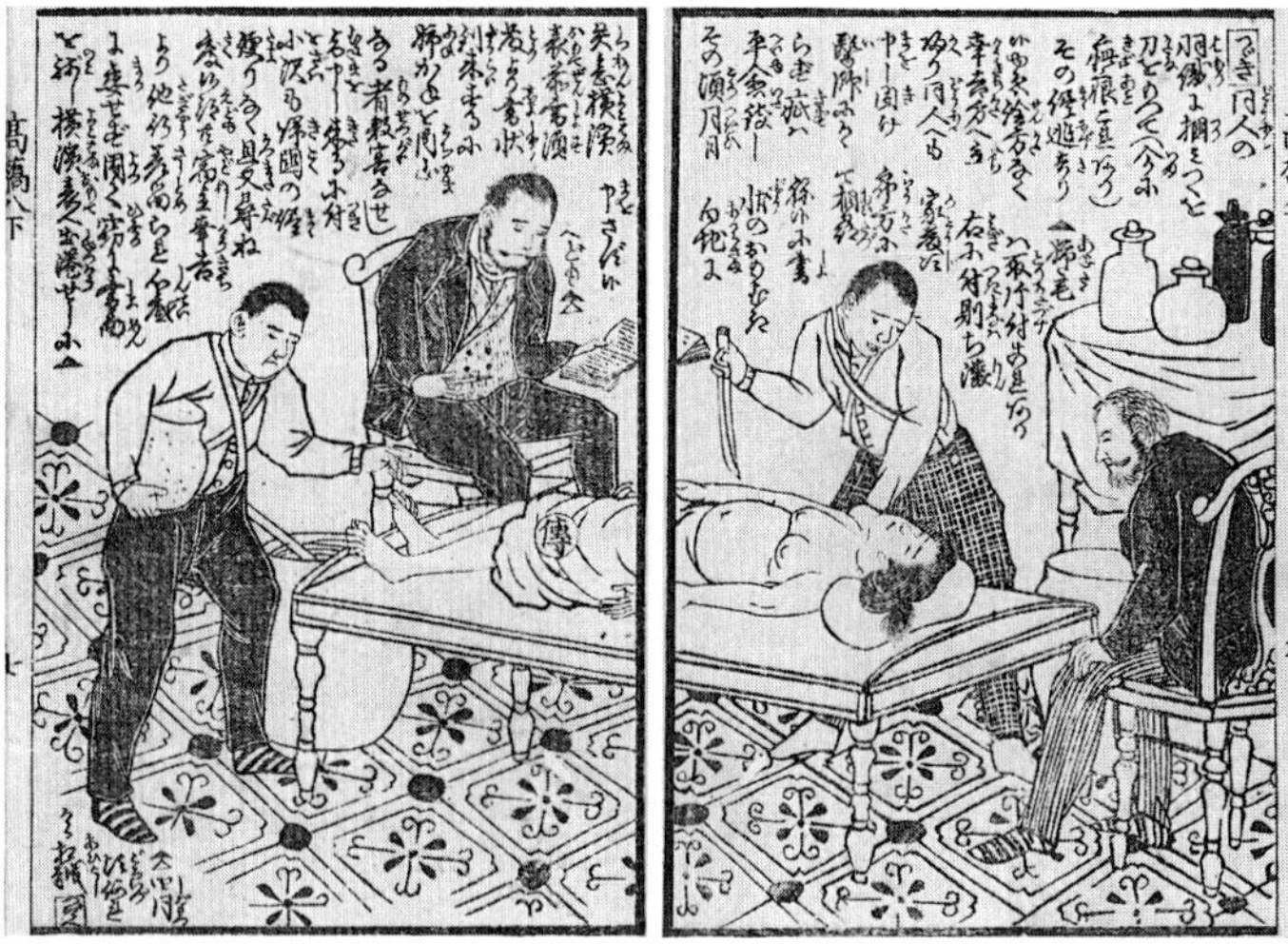

近辺《きんべん》へ入湯《にふたう》に相越《あひこ》す途中《とちう》　同《どう》町往還《ちやうわうくわん》[一二]にて　前書加藤武雄《ぜんしよかとうたけを》[一三]に出会《いであひ》候に付《つき》　幸《さいは》ひの事《こと》[一四]と　前夫《ぜんおつと》に服用《ふくよう》させし薬《くすり》の原因相尋《げんいんあひたづ》ね候ところ　答《こた》[一五]へもなく駈出《かけいだ》し候に付《つき》　果《はた》して子細有之事《しさいこれあること》[一六]と追懸《おつかけ》終《つひ》に㉕駿河《するが》[一七]台元昌平橋土手際《だいもとしやうへいばしどてぎは》にて　同人《どうにん》の羽織《はおり》[一八]に掴《つか》みつくを刀《かたな》をもつて(今《いま》に疵痕《きずあと》これあり)その儘逃去《まゝにげさ》り候ゆゑ　詮方《せんかた》なく幸吉方《かうきちかた》へ立帰《たちかへ》[一九]り　同人《どうにん》へも申《まを》し聞《き》け　医師《いし》にかゝらず疵《きず》は平愈《へいゆ》致《いた》し　その頃月日《ころつきひ》失念《しつねん》　横浜表《よこはまおもて》前書須藤《ぜんしよすとう》[二〇]より書状到来《しよじやうたうらい》するに姉《あね》かねを内山《うちやま》なる者殺害《ものせつがい》[二一]なせし旨《むね》申《まを》し来《きた》るに付《つき》　小沢《をざは》も帰国《きこく》

一二　往来。人が行き来する道路。

一三　→三六一頁四行。

一四　「事と存じ」〈報知〉。

一五　「答も不致(いたさず)駈出し」〈報知〉。

一六　「子細可有之(これあるべし)と」〈報知〉、「仔細有之(これあり)と」〈口供〉。

一七　駿河台は江戸城の北東、神田川の南側の丘陵。その東端、神田淡路町二丁目(現千代田区)の北から神田川に架かり、明治六年流失した橋が「元昌平橋」。翌年私設の橋を架橋し、明治三十年頃やや下手に現在の鉄橋を架設。→付図3。

一八　「羽織を掴み候処　直に帯し居る刀を抜き　自分右脇へ切付け(今に痕跡あり)」〈報知〉。「右脇」は〈口供〉では「右腕」。

一九　「帰宅　同人へも申聞候得共　疵所は聊(いささか)の儀に付　膏薬相整(あひととの)へ　相用(あひもちゐ)　別段医師へは相掛り不申(まをさず)　平癒致し候」〈報知〉。「相整」は〈口供〉では「買整」。

二〇　「須藤藤次郎より書状到来　披見候処」〈報知〉。

二一　「刺殺たる旨云々申来(まをしきたり)候に付　驚入(おどろきいり)　直(ただち)に様子承り度(たく)　且小沢伊兵衛も帰国の儘音信無之(これなく)　是又」〈報知〉。

絵　お伝の死体解剖のさま。→補一四七。お伝の足側で椅子に座った男が筆記役。頭側の男は解剖の指示をする外国人医師。

㉖

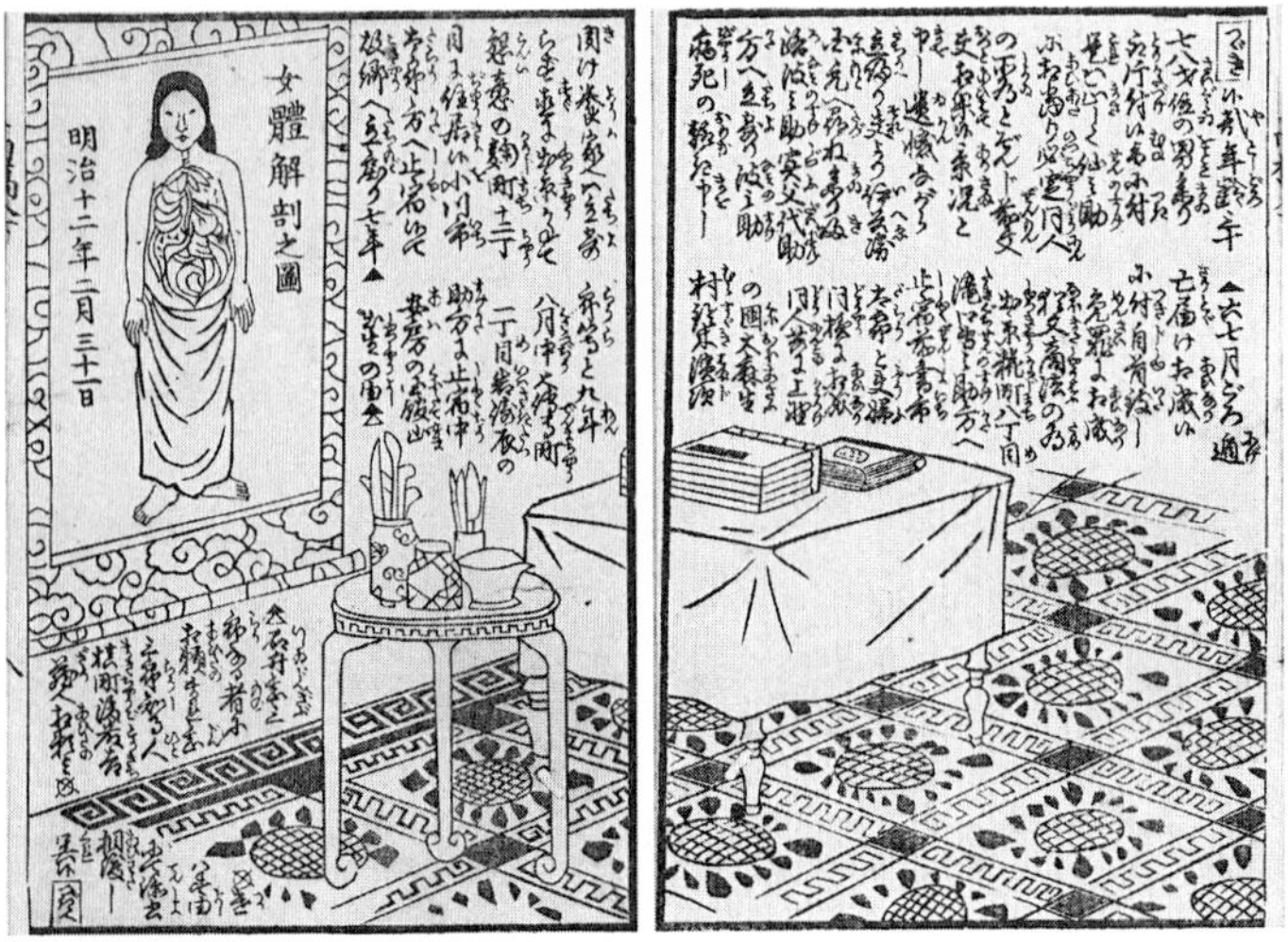

の儘便《まゝたよ》りなく　且又尋《かつまたたづ》ね度《たく》候得《え》共《ども》　宿主幸吉《やどぬしかうきち》より他行差留《たぎやうさしとめ》られ一心底《しんてい》に委《まか》せず　因《よつ》て窃《ひそか》に書面《しよめん》を二残《のこ》し　横浜表《よこはまおもて》へ出港《しゆつかう》せしに　姉《あね》宅《たく》は取片付《とりかたづけ》これあり　右《みぎ》に付《つき》則《すなは》ち三隣家《りんか》藤次郎方《とうじらうかた》四にて相尋《あひたづ》ね候に　書状《しよじやう》のおもむき白地《あからさま》に申《まを》さず候へども　四月頃何《しぐわつごろいづ》れから相《あひ》㉖越《こし》候哉《や》　年齢《としごろ》三十七八才位《さいぐらゐ》の男参《をとこまゐ》り　取片付《とりかたづけ》候旨《むね》に付《つき》　是《これ》は正《まさ》しく仙之助《せんのすけ》に相当《あひあた》り　五必定《ひつぢやう》同人《どうにん》の所為《しよゐ》とぞんじ　前文夫《ぜんもんおつと》相果候景況《あひはてありさま》と申《まを》し　遺憾《ゐかん》ながら立帰《たちかへ》り　夫《それ》より伊兵衛国元《いへゑくにもと》へ尋《たづ》ね参《まゐ》り　帰路波之助実父代助方《きろなみのすけじつぷだいすけかた》へ立寄《たちよ》り　波之助病死《なみのすけびやうし》の六趣《おもむ》き申《まを》

絵　お伝の死体解剖から得られた知見を「女体解剖之図」として掲げる。「明治十二年二月三十一日」とあるが、その年の二月は二十八日まで。単純ミスか。図の前には、解剖結果を筆記したノート類、メスなどを置いた机。

一 思う通りにならず。 二「残し置き　幸吉へは無断に立出　横浜表へ立越(たちこえ)候処　果して姉宅は取片付有之(これある)に付」〈報知〉。 三 底本「潾家」。錦松堂版により改める。

四「方に至り　相尋候処　前書々状の如く白地(あからさま)には不申聞(まをしきけず)候得共　四月頃何れへか相越し　家財等は年齢三十七八位の男参り　取片付候旨　相答候間　是仙之助に」〈報知〉。〈報知〉では、姉が何処かへ引っ越した後、残る家財を三十七、八の男が片付けた、という内容。対して本作では、どこかからやって来た男が家財を片付けた、との内容で、姉の動静は不明。

五 →三六一頁二行以下。

六「趣を相噺　自分養家へは」〈報知〉、「趣相話し　自分養家へは」〈口供〉。

七「止宿罷在候処　故郷慕敷(したはしく)存じ　明治七年六七月頃帰国　養家へ立戻り候処　自分夫妻逃亡御届相成居候由にて　自訴致候処　前文の如く御処分受候上　猶又」〈報知〉。「六七月」は〈口供〉では「七八月」。「前文」とは、〈口供〉の冒頭に「明治七年

㉗

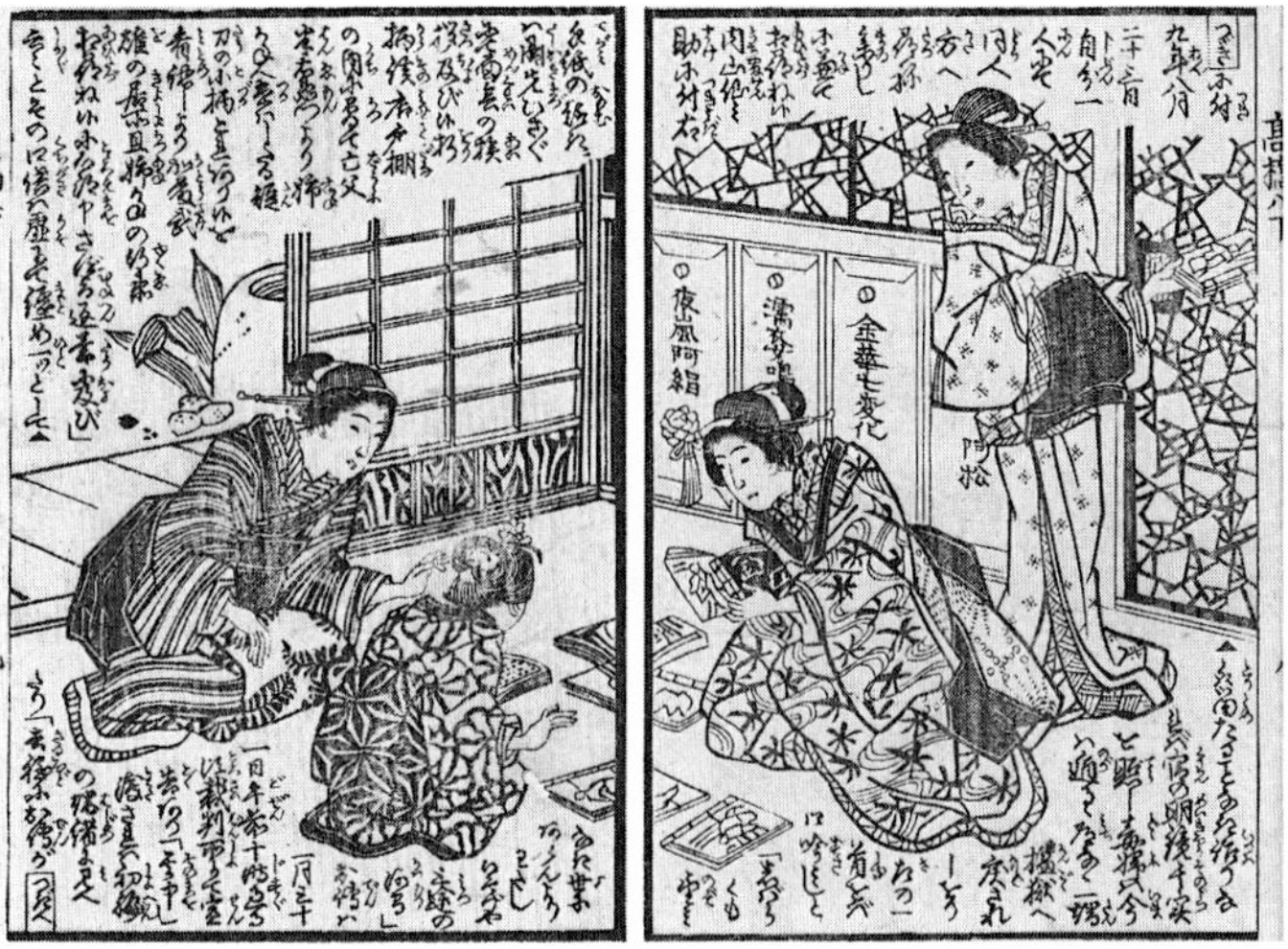

し聞《き》け　養家《ようか》へは立寄《たちよ》らず直《すぐ》に出京《しゆつきやう》　かねて懇意《こんい》の麹町《かうじまち》十二丁《ちやう》目に住居《ぢゆうきよ》候《を》小川市太郎《いちたらう》方《かた》へ[七]止宿《ししゆく》候て　故郷《こきやう》へ立戻《たちもど》り　七年六七月ごろ　[八]遁亡《にげさり》届《とゞ》け相成《あひなり》候に付《つき》　自首《じしゆ》致し　免罪《めんざい》に相成《あひなり》　猶《なほ》又商法《またしやうはふ》の為《ため》出京《しゆつきやう》　[九]糀町《かうじまち》八丁目《め》滝口仙之助《たきぐちせんのすけ》方《かた》へ止宿《ししゆく》[一〇]　前書《ぜんしよ》市太《いちた》郎《らう》と夫婦《ふうふ》同様《どうやう》に相成《あひなり》　同人共《どうにんとも》[一一]に上野《かうづけ》の国《くに》大麻生《おほあさふ》村《むら》鈴木《すゞき》浜次郎《はまじらう》[一二]等と　九年《ねん》八月中《ぐわつちう》[一三]大伝馬町《でんまちやう》一丁目《め》岩崎辰《いはさきたつ》[一四]の助方《すけかた》に止宿中《ししゆくちう》　安房《あは》[一五]の国《くに》館山《たてやま》出生《しゆつしやう》の由《よし》　石井甚三《いしゐじんざぶ》郎《らう》なる者《もの》に相頼《あひたの》[一六]まれ　甚《じん》三郎《らう》知《し》る人《ひと》　槇町《まきちやう》後藤吉蔵《ごとうきちざう》へ相頼《あひたの》み遣《つか》はす由《よし》にて　添書相渡《てんしよあひわた》[一七]し呉《くれ》候に㉗

八月十日、熊谷裁判所に於て逃亡の科（がと）自首するに付、免罪に処せらる」とあるのを指す。

八 戸籍構成員に出入りのあった時は、戸長に届け出るよう定められていた（明治四年四月戸籍法第五則）。これに基づく届けのこと。

九 麹町に同じ。「糀」は国字。米に花が咲いたように生えるカビの意。

一〇「寄宿」〈報知〉。

一一「同人儀上野国」〈報知〉、「同人并に上野国」〈口供〉。

一二「浜次郎と商業に従事罷在　明治九年」〈報知〉。「浜次郎」は〈口供〉では「浜次郎等」。

一三「八月中旬頃」〈報知〉。

一四「龍之助」〈報知〉。

一五「金策の儀　安房国」〈報知〉。

一六「相頼置候処　同人俄（にはか）に帰国致すに付ては　甚三郎知人槇町」〈報知〉。〈口供〉では「槇町」なし。槇町は上槇町・下槇町・北槇町・南槇町等の総称（現中央区八重洲一－二丁目・日本橋三丁目・京橋一丁目）。上槇町の北東が檜物町（→三三六頁一五行）。
↓三三八頁一三行以下。

一七 使者に持たせて送る紹介状。

絵 草双紙を手に取る女性たち。背後の本箱の書名は右から「（鳥追）阿松」「金華七変化」「濡衣女鳴（神）」「夜嵐阿絹」。いずれも魯文もしくは辻岡屋文助と関係ある書物。↓補一四〇。

㉘

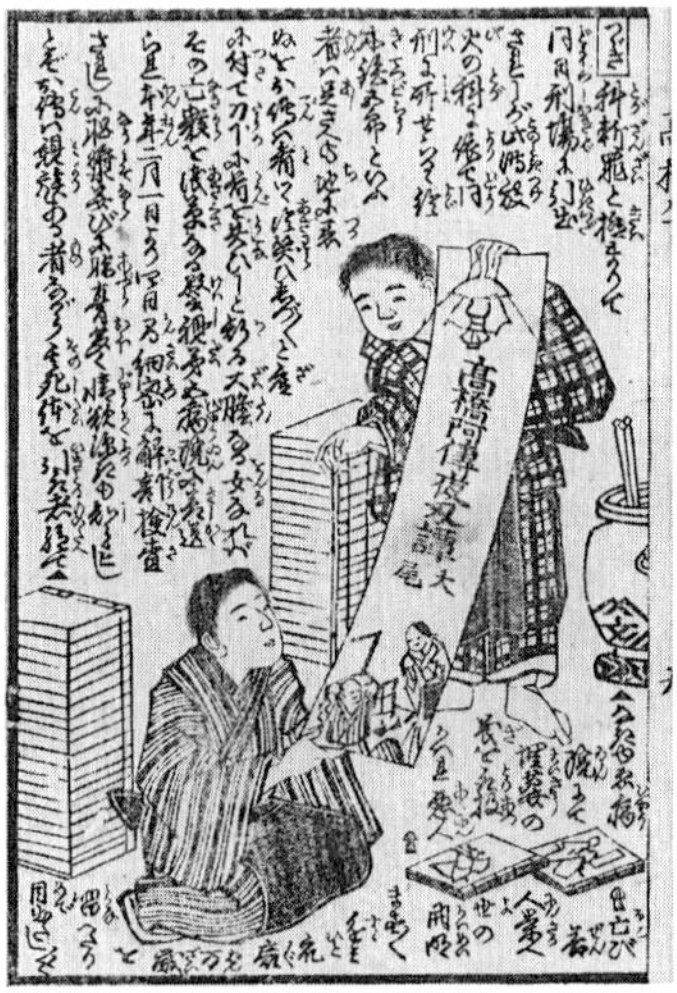

付《つき》　九年《ねん》八月二十三日自分《じぶん》一人《にん》にて同《どう》人方《かた》へ尋《たづ》ね[一]参《まゐ》りしに　兼《かね》て相尋《あひたづ》ね候内山仙之助《うちやませんすけ》に付《つき》　右《みぎ》手紙《てがみ》の趣《おもむ》きは[二]閣《さしおき》　先《まづ》ひさ〴〵にて面会《めんくわい》の挨拶及《あいさつおよ》び候折柄《をりから》　該店《そのみせ》戸棚《とだな》の内《うち》に　曾《かつ》て亡父《ばうふ》半《はん》右衛門《ゑもん》より　姉《あね》かねへ遣《つか》はしたる　[三]短《たん》刀《たう》の[四]小柄《こづか》これあり候を[五]看認《みとめ》しより　加藤武雄《かとうたけを》の居所《きよしよ》　且姉《かつあね》かねの[六]行衛《ゆくゑ》相尋《あひたづ》ね候に　心得申《こゝろえまを》さず旨[七]返答《むねへんたふ》に及《およ》び」云ゝ《しか〴〵》と　その口供《くちがき》は虚《うそ》にて纏《まと》め　一《ひと》ツとして[八]取留《とりとめ》たることなき詐《いつは》りなれば　[九]官《くわん》の明鏡《めいきやう》其実《そのじつ》を照《てら》し　毒婦《どくふ》は今《いま》は遁《のが》るゝ道《みち》なく　[一〇]端《たん》[一一]檻獄《かんごく》へ戻《もど》されしをり　左《さ》の一首《しゆ》をば口吟《ずさ》みしと

「しばらくも望《のぞ》みなき世《よ》にあらんより　わたしいそげや[一二]三途《みつ》の河守《かはもり》」

[一三]お伝《でん》は一月三十一日[一四]午前《ごぜん》十時《じ》過《すぐ》る頃《ころ》　裁判所《さいばんしよ》にて宣告《せんこく》あり「其申《そのまを》し渡《わた》されは[一五]初編《しよへん》の端緒《はじめ》に見《み》へたり　「去程《さるほど》に　お伝《でん》が㉘[一六]科斬罪《とがざんざい》と極《きは》まりて　[一七]同日刑場《どうじつしおきば》に引出《ひきいだ》されしが　此時《このとき》放火《つけび》の科《とが》に依《より》て　[一八]同刑《どうけい》に所《しよ》せらるゝ[一九]鈴木鉄五郎《すゞきてつごらう》といふ者《もの》は　[二〇]足《あし》さへも地《ち》に着《つか》ぬを　お伝《でん》は看《み》ツゝ冷笑《あざわら》ひ　しづ〳〵と座《ざ》に付《つき》て　刀下《たうか》に首《かうべ》を失《うしな》ひしと　斯《かゝ》る大胆《だいたん》なる女《をんな》なれば

絵　平積みされた書物の間で、「高橋阿伝夜刄譚／大尾」のビラを広げる本屋の小僧たち。本書が大いに売れていることを示す。ビラの上に描かれたのは石油ランプ。→『青楼半化通』補三四。

一「参り候処　図らずも兼て相尋候処の内山」〈報知〉。二「閣き　先づ互に久々にての面会の」〈報知〉。三 短い刀。決まった長さをいうのではなく、相対的な呼称。四→補一四一。五「見認め候より　旁(かたがた)先年の噺を起し　加藤」〈報知〉。「噺を起し」は〈口供〉では「咄思起(おもひおこ)し」。六「行衛幷(ならびに)同人所持の諸道具等如何(にいか)相成候哉と相尋候処」〈報知〉。七「返答に付」〈報知〉。以上、二月三日掲載分の途中。八「慥(たし)カ」ナリト証ス。確証」(『言海』)。九→四〇頁注一二。一〇 一旦。一一 以下、「監獄へ送りもどされし其折に左の一首をば口吟(くちずさみ)しと／しばらくも望(のぞみ)なき世にあらんより　渡しいそげや三途(つみ)の河守」(「毒婦お伝のはなし」二十日。→補一一八)に依拠。一二→補一四二。一三 以下、三六七頁三行「取扱かはれ」まで、「毒婦お伝のはなし」二十一日に依拠。→補一四三。一四「死刑ハ朝第十字ニ之ヲ行フ」(明治五年十一月二十七日太政官第三七八号布告「監獄則」「処刑」)。一五→四〇頁八行以下。

その亡骸《なきがら》を浅草《あさくさ》なる警視《けいし》[二一]第《だい》五病院《びやうゐん》に差送《さしおく》られ　本年《ほんねん》二月一日より四日間《かん》　細密《さいみつ》に解剖検《かいばうけん》[二二]査《さ》されしに　脳漿《なうみそ》並《なら》びに脂膏《あぶら》多《おほ》く　情欲《じやうよく》深《ふか》きも知《し》られしとぞ　お伝《でん》は親族《みより》ある者《もの》ながら其死体《そのしたい》[二三]を引取者《ひきとるもの》絶《たへ》てなきゆゑ　病院《びやうゐん》にて埋葬《まいさう》の義《ぎ》を取扱《とりあつ》かはれ　悪人《あくにん》[二四]亡《ほろ》び善人《ぜんにん》栄《さか》へ　世《よ》の開明《かいめい》[二五]ます〱進《すゝ》み　衆庶《ひとぐ》万歳《ばんざい》[二六]を唱《とな》へたり　目出《めで》[二七]たし〱〱

一六 →補一四四。
一七 「刑場ハ監獄場ノ一隅ニ設ク　周囲其垣墻(ゑんしやう)ヲ高クシ　其門扉ヲ厳ニス」(「監獄則」「処刑」)。
一八 斬罪。「凡(およそ)火ヲ放テ。故(こと)サラニ公廨倉庫。及ビ民舎ヲ焼ク者ハ。皆斬」(『新律綱領』「雑犯律」「放火」。「公廨」は役所)。
一九 →補一四五。 二〇 怖じ恐れて、落ち着かないさま。 二一 →補一四六。 二二 →補一四七。 二三 →補一四八。
二四 草双紙などの末尾に用いられる慣用句。「お定(さだま)りの紋切形にて。悪人亡びて善人栄ふ。是なん作家の習風(ならはし)なりしに」(二世為永春水〈染崎延房〉『花曇朧夜(おぼろよ)草紙』五編、万延二年〈一八六一〉自序)。 二五 人知や文化が開け進むこと。文明開化。
二六 めでたいことを祝って叫ぶ声。「BAN-ZAI, or BANZEI, バンザイ、万歳」(『和英語林集成』再版)。「輦下百万の民戸(みんこ)国旗を掲げ万歳(ばんざい)を奏し」(「還幸の記」明治十一年十一月九日『仮名読新聞』)。
二七 昔話・草双紙などの末尾に用いられる慣用句。「かくてよく右衛門の名をかへ　徳右衛門とあらためけるは　めでたし〱」(山東京伝『甘哉名利研(あまいかなみようりおろし)』寛政十二年〈一八〇〇〉)。「徳兵衛は(略)お初と夫婦になり、仲むつまじく連れ添ひぬ。千秋万歳めでたし〱〱〱〱〱」(同『ヘマムシ入道昔話』文化十年〈一八一三〉)。

新 日本古典文学大系 明治編 9
明治戯作集 上

2010 年 1 月28日 第 1 刷発行
2024 年 10月10日 オンデマンド版発行

校注者 須田千里《すだちさと》 岩田秀行《いわたひでゆき》

発行者 坂本政謙

発行所 株式会社 岩波書店
〒101-8002 東京都千代田区一ツ橋 2-5-5
電話案内 03-5210-4000
https://www.iwanami.co.jp/

印刷／製本・法令印刷

ISBN 978-4-00-731485-8 Printed in Japan